碧葉如染憶青蓮

癸卯夏西泠印社江吟

冒辟疆与董小宛传奇

孙林霞 著

西泠印社出版社

图书在版编目（CIP）数据

碧叶如染忆青莲 : 冒辟疆与董小宛传奇 / 孙林霞著
. -- 杭州 : 西泠印社出版社， 2023.11
ISBN 978-7-5508-4315-8

Ⅰ. ①碧… Ⅱ. ①孙… Ⅲ. ①长篇历史小说－中国－当代 Ⅳ. ①I247.5

中国国家版本馆CIP数据核字(2023)第191947号

碧叶如染忆青莲——冒辟疆与董小宛传奇

孙林霞　著

责任编辑　叶康乐
责任出版　冯斌强
责任校对　吴乐文
装帧设计　王　欣
出版发行　西泠印社出版社
（杭州市西湖文化广场32号5楼　邮政编码　310014）
经　　销　全国新华书店
制　　版　杭州真凯文化艺术有限公司
印　　刷　杭州捷派印务有限公司
开　　本　710mm×1000mm　1/16
字　　数　810千字
印　　张　42.75
书　　号　ISBN 978-7-5508-4315-8
版　　次　2023年11月第1版　第1次印刷
定　　价　78.00元

西泠印社出版社发行部联系方式：（0571）87243079

导　言

讲述一段跨越两个朝代的凄美爱情，解码传世经典名著《红楼梦》原型人物之千古情怀。

还原三百多年前的繁华金陵，欲界之仙都，升平之乐国。宗室王孙，翩翩裘马，恍恍一梦境。

揭示明朝末年江南才子佳人们的跌宕命运和侠骨柔情，演绎波澜壮阔的历史故事和风云变幻时代的悲欢离合。一代兴衰，千秋感慨！

目　录

人物小传

董小宛：原名董白，字青莲，绸庄富家小姐，冰雪聪明，精通琴、棋、书、画。因天灾人祸家破父亡，颠沛流离入籍南京教坊司。董小宛追求个性独立，外柔内刚，敢爱敢恨、不畏强权、不惧艰险，勇敢追求爱情，最终与冒辟疆有情人终成眷属。（15—20岁）

冒辟疆：冒襄，字辟疆，明末复社热血青年的代表性人物，江南第一才俊，出身官宦之家，贵而不骄，抱负远大。冒辟疆个性洒脱、痴情，为人正直、大气，爱打抱不平，不畏强权，匡扶正义。在国家覆亡之际，拒绝为清廷效力，体现了强烈的家国情怀。（25—50岁）

方以智：字密之，明末“复社四公子”之一，聪慧过人，遇事冷静、理智，为人善良，并精通医学、物理、天文。多次救助董小宛，对董小宛一见钟情，但当得知董小宛爱慕冒辟疆之后，把爱深埋心底，并想尽一切办法默默帮助董小宛脱籍，体现其对董小宛的真爱和高义。（25—30岁）

陈贞慧：字定生，明末“复社四公子”中最年长的一位，文章清丽，人称“美髯公”。个性稳重，重义轻利，淡泊功名，视贞娘为红颜知己，可为她一掷千金，后隐逸山林。（28岁）

侯方域：字朝宗，明末“复社四公子”中年纪最小者，户部尚书侯恂之子，风流倜傥，为人善良，个性懦弱，李香君为他血溅桃花扇。（22岁）

陈圆圆：原名陈沅，柔弱、倔强，十岁时被卖入梨园，成为吴中名角。莺声呖呖，貌若天仙，命比纸薄，心比天高。深爱冒辟疆，无奈命运坎坷，几次被豪家劫夺，为保全冒辟疆不得不将心爱之人拒之门外。（18岁）

红果儿：艺名贞娘，孤儿，从小被流浪武艺人收养，个性洒脱、帅气，会武功，侠义心肠。为葬养父母卖身落籍秦淮河，与落难的董小宛相遇，多次出手相救，两人情同姐妹。在秦妈妈死后接管红楼，收养流浪艺人，成为秦淮河边有名的贞娘。（20岁）

李香君：原名李香，“秦淮八艳”之一，小巧玲珑，个性刚强，知大是大非，侯方域受奸臣阮大铖资助迎娶她，她以为耻辱而拒绝，后遭到迫害，为坚守爱情，血溅桃花扇，留下千古传奇。（18岁）

柳如是：本名杨爱，号河东君，才华横溢，诗词过人，是“秦淮八艳”之首推才女。个性坚强，正直聪慧，魄力奇伟，择偶眼光甚高，与钱谦益对诗定情。（20岁）

柳敬亭：原姓曹名永昌，说书艺人鼻祖，武艺高强。与冒起宗有私交，金陵大会前后一直暗中保护冒辟疆。冒辟疆幼时曾向柳敬亭拜师学艺，两人亦师亦友。柳敬亭为人热情、正直，在秦淮河名望甚高，是明末江南艺人的领袖人物。（45岁）

董夫人：董小宛母亲，姓白名羽，勤劳、善良，雷厉风行。爱女儿，爱丈夫，绣艺高超，重情重义。（45—50岁）

董志：董小宛父亲，董氏绸庄老板，积善好德，专情好面，用毕生心血维护家族的丝绸事业。（48岁）

杨默生：董家收养的义士遗孤，沉默寡语，少年老成。能力强，个性也强，在董府面临困境之时，奋力相助。从小喜欢董小宛，得知董小宛心有所属，黯然离开董府远赴南洋。（17岁）

子修：孤女，小冰河期逃难路上母亲饿死，被董小宛收留成为其贴身丫鬟，从此生死相随。纯朴、善良、聪慧，为人古灵精怪。（12—17岁）

华安：冒辟疆的书童，虽与冒辟疆为主仆，实为兄弟，为人憨厚、忠诚，最终为救冒辟疆而死。（20—25岁）

钱谦益：号牧斋，明末探花郎，才华当为魁首，复社士子之精神领袖，为人

正直、豪爽。敢于冲破封建礼教，在秦淮河公开迎娶地位低微的柳如是，崇尚自由的婚恋。（50岁）

汪然明：徽州歙县人，后迁居杭州西湖，富甲一方，因其重情任侠，义薄云天，人称黄衫侠客。他的名舟“不系园”是名士、高僧和美人的云集之地，曾多次不惜财力、物力为复社士子和有才貌的秦淮女子搭建避风港。（40岁）

曹化淳：原被魏忠贤迫害免职，在冒辟疆等复社士子的极力帮助下重回京城，后被崇祯重新启用为秉笔司礼太监。在他的努力下，曹琴钟被任命为织造钦差前往江南扫黑除恶。（60—65岁）

曹琴钟：织造钦差，曹化淳徒弟，机智、正直，是江南扫黑除恶的负责人。在复社士子的帮助下，最终清除了苏州的地痞恶霸万鼎。（40—45岁）

朱由检：崇祯帝，明朝亡国之君，节俭勤政，体恤百姓，有心强国却无力回天。因从小目睹母亲被迫害致死，性格多疑。有气节，宁死不降，悲剧命运。（28—33岁）

万鼎：明末内阁首辅温体仁外戚，千户侯，垄断江南丝绸业，在苏州一手遮天。为人狠毒、刻薄、荒淫，直接导致董小宛家破人亡。最终死在自己的小妾和仆人之手，可谓“自作孽，不可活”。（50岁）

阮大铖：戏曲家，唯利是图的小人，既有才学又狡猾、狠毒。先后依附东林党、魏忠贤，排除异己。多次向复社示好而不得，转而打击报复，冒辟疆组织金陵大会写檄文揭露其真面目，最终灰溜溜地离开南京。（50岁）

王宓：杭州富商王家公子，年少时也向往美好，但为人狭隘，在舅舅（南京守备）和阮大铖的影响下，逐渐变成为达目的不择手段的阴险小人，喜欢董小宛，因爱生恨。后死于贞娘正当防卫的剑下，多行不义必自毙。（25岁）

黄忠良：原田贵妃身边的宫廷侍卫，后自宫，拜魏忠贤为父。三观极其扭曲，魏党垮台后隐藏江南十年，贩私盐、开私矿，敛财收买爪牙，是江南的大毒瘤。（48岁）

福王：崇祯的皇叔，富可敌国，骄奢淫逸，视百姓如草芥。（50岁）

温体仁：内阁首辅，缺乏治国之才，却自视甚高，把持朝政，排除异己，纵容外戚万鼎行恶，最终被崇祯免职。（60岁）

田弘遇：田贵妃之父，贪财好色，将陈圆圆献给崇祯。（55岁）

毛文平：浙江盐民，明末私盐案的受害者，被迫流亡成“半盗半仙”，但亦是个侠盗，与王婷两情相悦，最终在王婷的勇敢追求下双双归隐。（22—42岁）

王婷：杭州王家小姐，王宓的姑姑，因曾被落草为寇的侠士毛文平掳掠，竟生情愫，最后两人相爱，却被哥哥强行拆散，禁闭阁楼二十年，在董小宛的帮助下打开心扉，勇敢去爱。（18—38岁）

第一集　运河结冰遭遇马贼　定慧寺内再现恩人

1．水绘园一默斋外莲池　日　外　大雪

大雪纷飞，一默斋外的莲池中，残荷依然默默屹立着，雪花轻柔地落在荷茎上，也落在了冒辟疆斑驳的双鬓里。

冒辟疆慢慢地摊开一方丝帕，只见上面绣着一朵小巧、淡雅的青莲。二十年前，他无法知晓这方手帕的主人会成为他的妻子，更无法预料，在相知相守九年之后，年仅二十八岁的她又悄然离去。

雪花轻悄悄地落在手帕上，落在冒辟疆脸庞晶莹的泪滴上，他固执地认为心爱的人从未离开："莲儿，你看，又下雪了。"

侍从思聪剃了头蓄了小胡子，他带了两个人进园来，一人手中捧着官服、官帽，一人手里托着剃发刀、剪子。

其中一人说道："先生，朝廷设'博学鸿词'科，请先生进京就任《明史》编撰官。"

冒辟疆半僧半道披肩散发，着一袭宽大的道服，在莲池边的石头上坐下来，雪忽然停了。

冒辟疆轻声道："如皋有个叫许元博的秀才刚刚去世，他的手臂上刺有'生为明人，死为明鬼'八个字，吾今尚存，但也不能随你们去清廷为官。"

两人迟迟不走，思聪对两人劝说道："你们都来了三回了，事不过三，以后别来了。"

两人无奈，只好将聘书和笔墨留下："先生，你想好了在上面签个字便可。"

思聪带着两人离开。

冒辟疆看着石头上的聘书和笔墨苦笑道："我意岂在于此？"

冒辟疆小心翼翼地将一直拽在手心的丝帕摊在石头上，提笔在手帕"青莲"两字的一旁，写下了"石头记"三个字。他忽然感应到了什么，慢慢转头看向莲池，满池的荷叶、莲花仿佛在瞬间全都盛开了，董姬在池中甜甜地冲着他微笑。

冒辟疆也笑了："我哪儿也不去，就在这儿陪着你一生一世。"

大朵大朵的雪花从天空中飘落下来。

冒辟疆陷入回忆……

字幕（旁白）：

明朝末年，朝政腐败，社会动荡。气候进入小冰河期，自然生态遭破坏，粮食骤减，民不聊生。

2. 浙江与江苏接壤处结冰的运河边　日　外　大雪

一队难民艰难地在运河边行进着，一个七八岁的小姑娘，在寒风中瑟瑟发抖。她母亲用尽全力，将脚下的积雪掰开，在两脚间腾出一小块地方，好让小女孩站稳。她想用自己的身体挡住呼啸而来的风，并将自己头顶的裹巾解下来，层层包住小女孩冻僵的身体。当她成功地将裹巾打成实结后，已经用完了自己身上最后一丝精力，轻声说道："活下去！"说出的话，随即被一阵风吹散，她缓缓地倒在了雪地里。

"姆妈——"女孩的哭喊声在空旷的雪地里响彻天际。

运河的冰面与陆地浑然一体。

远处马车里出来一个穿白色植绒斗篷的女孩，精致简洁的装束，手里捧着暖炉，面若明月，眼里像装着剔透的水晶，她的目光向远处女孩哭喊的方向搜寻着，突然脚下一滑摔在了冰面上。一个四十多岁的文弱男子停下脚步。

董志："董白（少女董小宛），你下来做什么？"

嬷嬷小心地扶起董白。

董白："爹，我听到有个小女孩在喊姆妈。"

董志抬头望去，后面是长长的难民队伍。

董志："哎——那么多难民，听到有人喊姆妈有何稀奇的？"

耳畔又传来女孩撕心裂肺的哭喊声："姆妈，姆妈，姆妈——"

董白担忧地说："你们听，是她在喊。"

董志分辨出哭喊声分明是求救声，他皱皱眉："听声音就在后面，走，过去看看。"

哭声渐近。

女孩拼命地摇晃着倒下的女人："姆妈，姆妈，快醒来快醒来呀！呜呜呜呜呜。"

董志上前蹲下去探了探雪地里女人的鼻息。

女孩因哈出的热气混合着雪花、泪水，脸上结出了一层白白的霜："救救我姆妈，救救我姆妈！”

董志摇摇头：“孩子，别哭了，你姆妈她醒不了了，她死了。”

女孩突然停止哭泣，怔怔地一动不动。

董白也被眼前的情景吓到了，半天才回过神来，连忙脱下自己身上的斗篷一把裹住女孩。

嬷嬷急吼吼地追上来：“小姐，小姐，寒风刺骨别给冻坏了。”

3. 郊外运河边马车里　日　内

董白与女孩同坐在马车里。

嬷嬷递进来一件红色镶金边的斗篷：“小姐，快将这个披上，千万别冻着了。”

董白做了个鬼脸乖乖地把斗篷穿好了。

女孩见嬷嬷盯着她看，就倔强地转过脸去。

嬷嬷：“呦，你真当咱求着你坐车子吗？还不是因为小姐留你。”

女孩转过去看着远处岸上的那个土丘，土丘上的新鲜泥土已经覆盖了一层雪，她用力咽了一口气不再看那土丘，两行泪水滚落。

嬷嬷没有任何表情放下帘子在车厢外喊道：“小姐、姑娘坐稳了，走吧。”

马车缓缓前行，董白拍了拍悲伤的女孩：“她没有恶意的。”

女孩连忙擦掉泪水，对着董白艰难地挤出一丝微笑，指指白色斗篷上的泥巴道：“刚才——不小心沾上的……”

董白并不在意，笑盈盈地端详着女孩：“你叫什么名字？”

女孩低垂着眼眉怯怯地回答道：“紫薇。”

董白点点头，用手绢替女孩擦拭脸上的雪霜、泥垢，女孩的脸庞终于可以看清楚了，董白欣喜道：“一个清秀的姑娘，父母原是做什么的？”

女孩：“爹爹是蚕农，姆妈是织女。天寒地冻，爹爹为护蚕苗几天几夜不出蚕房，蚕宝宝没有活下来，爹爹也再没醒来，现在姆妈也走了。”女孩说着便又哭泣起来。

董白眼里也闪着泪花：“不说了不说了，怪我不该问你的。我叫董白，以后你就跟着我吧，给你一个新名字，就叫紫、子——修，对，孩子的子，修改的修，就叫子修好吗？”

女孩感激地点头：“谢谢你小——姐姐！”

董白笑笑：“以后人前你得叫我小姐。回话前先说——是。”

女孩立刻领会：“是，小姐。”

两人含着泪花笑了。

4. 郊外结冰的运河　黄昏　外

高管家喊道："停车——"

董志："高管家，怎么了？"

高管家："老爷，今天的风雪耽误了时辰，眼看天要暗了。"

董志："离苏州城还有多远？"

高管家："少说也还得有五六十里路。"

董志："得找个地方借宿一晚。"

运河对岸隐隐约约可以看见村庄的屋檐。

高管家："附近只有一个叫小砾山的渔村，在运河的对岸。"

董志看着长长的商队一车车的货物一筹莫展。

高管家："冰面足够一辆马车通过，千斤重的货物得卸下来分散在冰面上才可运过去。"

董志："天黑之前必须过河。把所有的布匹卸下来，用绳子连接成蛇的形状，大家全力以赴把所有的货拉过河去。"

高管家："是，老爷。"

仆人们七手八脚地将马车上的布匹卸下来。

董白和子修从马车上下来。

董白："爹爹，我们是要过河吗？"

董志："今晚到不了苏州城了，去河对岸避一夜风雪，明日再走。"

风雪又似更大了，河对岸的村庄淹没在风雪里。

董白突然说："爹，我好想娘亲呢。"

董志把身上的短匕递给女儿："爹知道，咱们熬过今晚，明天就可以回家了。"

董白："爹——"

董志："嬷嬷，你带着小姐先行过河，我们带货物随后就到。"

董白随着嬷嬷在风雪里往前走。

队伍艰难行进着，风雪凛冽。

忽听得身后传来狼叫似的吼叫声："嗬呜呜——呦呵——呦呵——"

一群雪橇狗卷着风雪往董家商队冲过来，伙计们躲闪不及纷纷被撞倒在冰面上。

忽听得操一北方口音的男人大喊："风雪为我吹，此冰是我结，要想过河面，留下买路钱。”

用绳索串联的布匹像中了法术一样直溜溜被拖进风雪弥漫的河面的另一边。

高管家想要拽住绳索，却被重重地摔在冰面上：“老爷，布匹怎么自己跑了？”

董志声音发颤：“咱们遇到贼寇了！”

高管家：“除了一群狗，没见着人哪，咱们跟他们拼了！”

董志一把拉住高管家：“不可轻举妄动，人家不露面，各留一步。破财消灾！”

高管家哭将起来：“咱们千辛万苦把布匹从杭州运到这里，只差最后一口气就进家门了呀！”

董志突然感觉到了什么：“不好，董白。”

5. 郊外运河边　黄昏　外　大雪

一马贼立于马前，盯着董白，嬷嬷和几个伙计哆哆嗦嗦地护着董白。

董白鲜红的斗篷在雪地里格外显眼，她拉起子修的手颤抖得厉害，努力使自己镇静下来，举起匕首喃喃地说：“子修，别怕！”

马贼哈哈狂笑：“老子不做将军做马贼是对的！哈哈哈——”

董志和伙计们匆匆赶到：“恶贼，休伤我儿！”

马贼迅疾横跨上前，抽刀架在董志脖子上：“老东西，贼也分三六九等，恶贼是你随便骂的吗？

董志忍气吞声：“好汉息怒，只要放了我们老小、家人伙计，金银财物我双手奉上。”

马贼：“哈哈哈哈！看见今日的风雪了吗？不是寻常日不做寻常事。别的可以不要，你家小女俺要定了！”

马贼向几个小盗贼挥手，上前拉扯董白，双方对峙，几个伙计哪里是他们的对手，一阵拳打脚踢被打得落花流水。

董白情急之下将匕首横在自己脖子上：“别再打了，你们再无辜伤人我即刻死在这里。”

马贼手腕一震刀尖刺进董志的胸膛，董志倒在雪地里。

董白扔掉匕首冲到父亲身边：“爹——爹——”

高管家和几个伙计冲过去想要对抗马贼。

马贼身后的喽罗们拦住高管家拳脚相加。

董白扯下身上的丝带给子修：“照顾好老爷。”

子修用丝带捂住董志的伤口。

董白止住哭泣缓缓站起身："别打了，只要你们放了我爹，放了我家人，我答应跟你们走。"

马贼上前用力抱住董白："这就对了！"

董白挣扎着试图推开马贼："我自己会走，放开我，放开我！"

一阵急促的马蹄声，四人旋风般勒马立定。

冒辟疆："大胆淫贼！放了那姑娘。"

马贼："哪来的登徒子，滚远点！"

陈贞慧："盗也有道不是？大老爷们欺负一个姑娘算什么！"

小贼们将四人团团围住。

马贼："盗窃不盗书生，今天是老子的大日子，放路走人！"

冒辟疆："不走如何？"

马贼："不走，刀剑无眼。"

冒辟疆举起火铳朝天一枪。

马贼脸色大变，即刻推开董白："兄弟们，走人！"

盗贼一阵风似的逃窜离开。

董白松了一口气，转身喊道："爹爹——"

董白眼前一黑，晕倒在雪地里。

方以智上前扶住董白，打开一个小药瓶放在董白的鼻息前："姑娘，姑娘醒醒，姑娘醒醒。"

董白微微睁开双眼，未语泪先流："快，快救救我爹爹。"

方以智有些失魂，不知如何反应。

董白又恳求道："救救我爹爹。"

方以智点点头："哎——我这就去。"

冒辟疆几人也走上前去，将受伤的伙计一一扶起来。

冒辟疆将一个褡裢布袋扔给方以智："方贤弟，你的医药背囊，满腹医学可派上急用了。"

方以智小心查看董志的伤口，上药："伤口未伤及内脏，首要是止血和消炎。"

董白隐隐地抽泣。

方以智急忙安慰："姑娘别担心，老人家昏迷不醒一半是受了惊吓和极寒天气的缘故，这个药你收好，每天早晚用量半勺，伤口在半个月后便可痊愈。"

冒辟疆："各位听好了，今日风雪异常，能不带的物件统统舍弃，轻装极速赶路，难保马贼不再杀个回头枪。哪一个是管事的？"

高管家一脸伤痕：“正是在下。”

冒辟疆把火铳递给高管家：“这个你带着，它的作用有多大不好说，吓唬贼寇最管用了。”

高管家：“公子，老奴今日是开了眼了，怎么谢你们好呢？”

冒辟疆指指董志、董白父女：“照顾好他们。”

董白抬头望去正好与冒辟疆对视，连忙羞涩低下头去。

冒辟疆：“方兄咱们也得赶路了。”

方以智手上还握着包扎后剩下的半截丝带，他发现董白身上的丝带少了一截，他下意识地将丝带塞进了布袋欲转身离开，又觉得应该说点什么。

方以智回头支支吾吾不知如何道别，低声地说道：“那个——我叫方以智。”

董白：“什么？”

方以智鼓起勇气：“我——那个，请问姑娘芳名？”

董白不作答深深欠下身作揖。

冒辟疆已经上马：“方贤弟，赶路要紧。”

陈贞慧和侯方域笑笑：“方兄妙医仁心，冒兄也要耐心一点才好。”

方以智不忍这般离开，却也不好冒昧久留，一行人上马拱手作揖离开。

董白目送四人离开，眼里充满了敬意和感激。

6. 苏州城城门　街道　日　外

天已放晴，城门、街道的积雪已经清扫。

董氏商队歪歪扭扭，伙计们相互搀扶着进了城门，到处可见沿街乞讨的难民。

7. 苏州董府大门外　日　外

难民在董府门口排着长长的队伍。

两个家丁抬着一桶粥出来。

董夫人：“你们再去熬一锅，眼看到晌午了，来喝粥的人还会多一些的。”

丫鬟翠儿：“夫人，我去吧。”

董夫人：“让他们去吧，你去路口候着。老爷、小姐怎么还没有回来呢？”

翠儿：“是，夫人，我这就去路口等着。”

董夫人小心翼翼地给难民施粥，她看见一个小姑娘手里的碗破了一个口子，就弯身从桌子下取出一个木碗递过去：“孩子，我的碗可以跟你的换一下吗？”

小姑娘迟疑着不知所措，回头看着自己的母亲。

小姑娘的母亲感激地落下一行热泪，点点头说不出话来。

小姑娘得到母亲的允许，便奶声奶气地回答：“母亲说可以的。”

董夫人爱怜地摸摸小姑娘的脑袋：“好孩子。”

8. 苏州街道马车里　日　内

子修好奇地撩开车窗布帘一角，一缕阳光透进来。

董白给父亲的伤口换上药。

董志感受到了光线微微地睁开眼睛。

董白：“爹爹，你醒了，伤口还疼吗？”

董志：“你用的药甚好，不碍事了。”

董白：“药是昨天救我们的人留下的。”

董志点点头：“世间有恶贼，也有好人。”

董白灿烂地笑着：“嗯，爹，我们进苏州城了。”

董志：“你母亲怕是等急了。”

9. 苏州董府　日　外

嬷嬷带着几个穿白布衣夹袄的丫鬟忙碌着穿过走廊，拿着洗脸盆、炭盆、茶具、点心匆匆往东院主卧奔去。

嬷嬷：“快快，老爷、小姐回来了，都利索点。”

10. 苏州董府东院卧房　日　内

董志斜靠在榻上，董夫人替他盖上植绒毯子。

董志满脸的歉意：“让夫人受累了。”

董夫人眼眶红红的：“你什么也别说，躺下好生歇着。”

董白和子修已经换了衣衫进来。

董白作揖：“孩儿给娘请安。”

董夫人上前拉过董白在董志的榻前坐下：“我的儿，让娘好好看看，有没有冻着饿着，哪里不舒服的？”

董夫人捧着女儿的脸蛋、双手仔仔细细地瞧着：“我的儿受苦了，都怪你爹，这一趟去杭州遇到那么大的风雪，要有个好歹娘就活不了了。”

董白：“娘，我好好的一点事没有，倒是爹爹为了女儿受了伤。”

董夫人：“他活该，说在大雪天遇到个高人讨教刀法，功夫没学着，自己还受了伤。”

董白睁大眼睛向父亲求证：“啊？是这般受的伤？”

董志朝董白使眼色：“可不是，高人的刀法不是那么容易学到的。”

董白这才反应过来，立即转移了话题：“娘，女儿这次去杭城真是大开眼界，爹爹带我去拜访了杭城的刺绣大师，教我如何绣盘金绣、包金秀、彩丝绣，回头学给娘看。”

董夫人：“平安回来比什么都强！”

翠儿进来作揖：“给老爷、小姐请安。夫人，下午的粥还施吗？”

董夫人：“施，为什么不？老爷这次把杭州、嘉兴库存的丝绸布匹卖给了洋人，少说也该上百万两银子不是？”

董夫人朝董志使眼色。

董志眼神躲避，捂着嘴咳嗽起来。

董白会意了父亲的难处，急忙起身道：“娘，爹爹路途劳累，让他好好歇着吧，女儿也退下了。”

董夫人自然心疼她生命中最重要的两个人的身体状况，便毫不犹豫地说道：“对对对，都散了吧，让老爷、小姐好生歇歇。”

空镜头：借着灯笼的微光可以看见屋檐下结着长短各异、晶莹剔透的冰川，突然有一根从瓦当下掉了下去，落在石阶上摔了个粉碎。

11. 苏州董府厨房　日　内

嬷嬷拎着食盒从外面进来，看见董夫人坐在炉子旁边着实吓了一跳。

嬷嬷小声问道：“夫人，您怎么在这儿呢？”

董夫人沉着脸，语气却还平静：“给老爷炖药呢。”

嬷嬷不知所措：“哎呀夫人，这些事情吩咐下人做就可以了。”

董夫人突然提高了音量问道：“你们眼里还有我这个夫人吗？”

嬷嬷不知做错了什么连忙低了头，心里七上八下起来：“夫人——”

翠儿拿着一包药进来：“夫人，这是您要的药。”

董夫人亲自接过了药，吩咐道：“嗯，你去小姐房候着，看还有什么需要。”

翠儿退了出去：“是。”

董夫人看着翠儿离开："嬷嬷，我问你，高管家也受伤了是不是？"

嬷嬷支支吾吾："他，那个——是受了点伤。"

董夫人脸色变得更难看了，却极力控制自己的情绪："杭州、嘉兴的丝绸根本没有卖给洋人是不是？"

嬷嬷觉得让她在董夫人面前撒谎，那就是对她最大力度的惩罚，她一边说一边嘴里像嚼了蜡一样难受得要命："这个，这个，老奴并不十分清楚。"

董夫人："好，这个你不清楚我不怪你，那我问你，你们是不是在把货运回来的途中遇到了贼寇，老爷因此受了伤是不是？"

嬷嬷脸上的表情比哭还难看几分："那个，我——老爷他——"

董夫人继续逼问："老爷他不让你说是不是？很好，去杭州一趟才半个月，你就把跟我二十年的情义于不顾了是不是？"

嬷嬷扑通一声跪下："不是，不是，我跟随夫人到董家二十年从不敢忘记夫人的恩情，夫人，夫人消消气，老奴也不是存心要欺瞒您，老爷和小姐一路上已经受了惊吓，只是不想让您再担惊受怕了，实在没有别的意思。"

董夫人："嬷嬷好糊涂！董家府上下里外事务哪一件不是我在打点，你们瞒得了一时又能瞒多久呢？"

嬷嬷："夫人太操心了，事情哪里有做得完的。"

董夫人过去扶起嬷嬷："你我几十年形同姐妹，别人不了解，难道你不了解我吗？"

嬷嬷落下泪来："在浙江与江苏交界的地方遇到了一帮马贼，货物被洗劫，老爷为救小姐受了伤，要不是遇到四位年轻公子出手相救，恐怕嬷嬷和小姐再也见不到夫人了，呜呜呜……"

董夫人也垂泪："可怜他们父女受了多大的惊吓，回来还装得若无其事。要不是绸庄伙计拿货物进库清单过来时正好被我撞上，我还蒙在鼓里呢。伙计说最后运到苏州的布匹、丝绸都是沾了泥浆和水的，高管家也受了伤。就算你们不说，这般光景我也猜出了八九分。天灾人祸啊，天寒地冻，断粮断水，现在满大街的难民。保不准咱们家不会遇见风浪，两个多月来我是天天挂念、祈祷！能够不伤性命平安回来就是福了。"

嬷嬷点点头："夫人说的极是。"

董夫人抹去眼泪："事已至此，也不必与他人多说什么，你我知情便是。嬷嬷，你去候着老爷醒来，倘若他问起什么，你一概回他不清楚便是了。"

嬷嬷赶忙擦拭眼泪："是，夫人，老爷的药？"

董夫人："老爷的药我要亲自煎熬。"

嬷嬷点点头离开，走了几步又回头问道："夫人，万氏绸庄的人又来问老爷回来没，现在还在西厅等着要见老爷。”

董夫人冷静地回答道：“老爷伤着呢，等老爷伤好了再说。”

嬷嬷又忍不住抹起了眼泪：“前厅管事的说，前些天老爷没回来他们还每天等到天黑才走人，如今老爷回来了，怕是赶都赶不走了。”

董夫人：“怕什么？天塌下来当被子盖着，就说我说的，今儿个明儿个也不见，他们愿意等就让他们等着。”

嬷嬷神情无奈地点点头：“是，夫人。”

12. 苏州董府西厢房　日　内

董白的内卧、外榻之间放着一架古琴。

董白把书桌上的书放到书架上：“翠儿，你把琴搬到书桌上来。”

翠儿不解地问道：“小姐，放得好好的琴为何挪到书桌那儿去。”

董白笑道：“以后，子修就睡外面的榻上。”

翠儿一边搬一边又问：“子修，子修是谁？”

董白招了招手：“子修，你进来。”

子修躲在帘子后面探出半个脑袋。

翠儿看着子修的模样，扑哧笑出声来：“小姐房里什么时候添了个小丫头？我怎么不知道？”

董白也冲着子修笑：“子修别怕，快来见过翠儿，以后你就跟着她做事。”

子修羞涩地不敢露面，可她那因长途跋涉而破烂不堪的布鞋却在帘子下面露出了一角。

翠儿看见她那冻得通红的脚趾后就收敛了笑容，轻声问：“小姐，她，她是你从路上捡回来的难民吧？”

董白马上明白了子修害羞的原因，便吩咐翠儿道：“你去给她弄身干净的衣服来，对了，先带她去洗个热水澡。”

13. 苏州董府东院卧房　日　内

董夫人提着食盒进房间，嬷嬷赶忙迎上去接过食盒。

董夫人轻声问道：“老爷醒了吗？”

嬷嬷低声道：“回夫人，老爷还睡着呢。”

董夫人摆摆手：“千万别惊动了他，他是太累了。”

董夫人走过去撩开隔帘悄悄地往里瞧，董志斜靠在暖榻上睡着，植绒毯子一半滑下来垂在台阶上。

董夫人眼眶里溢出泪水，将毯子小心地替董志盖好。

14. 苏州董府董白西厢房　日　内

翠儿领着洗漱打扮妥当的子修进来，刚洗浴后的子修粉脸红嘟嘟的完全换了一个模样。

董白看得一时语塞，从来不曾如此打扮过的子修害羞地低着头不敢看人。

翠儿扑哧笑出声来："子修，还不谢过小姐。"

子修俯身作揖，却说不出一个谢字来。

董白见子修这般可人的模样，真是打心眼儿里喜欢她，董白拉过她坐到火炉旁："子修，在这里不要有什么生疏见外，我看着你倒觉着像是见着了小时候的自己呢。"

董夫人在门外接话："是谁那么像莲儿小时候呢？"

董白和子修起身迎接董夫人，子修跟着董白给夫人行礼。

董白："女儿不知母亲过来了！"

董夫人拉起子修的手仔细瞧着她的模样：这小姑娘的五官端正，樱桃小嘴小脸蛋粉嘟嘟的，真有莲儿的几分颜色。

董白忙又作揖道："母亲大人最是仁慈、疼人的，孩儿长的模样更是母亲的菩萨心肠修来的。"

董夫人明白董白作揖是为子修："莲儿长大了，能自己做决定了，娘也替你高兴。"

董白感激母亲默默支持她的决定，见子修羡慕地看着自己和母亲亲昵便想起路上惊心的一幕，要不是巧遇四位公子相救，大概自己与子修的遭遇也就一步之遥了，不由得心底酸楚，倒在母亲的怀里落下了眼泪。

董白唤一声："娘——"

董夫人慈爱地抱紧女儿："莲儿回来就好了，明儿咱们去定慧寺还愿。"

15. 苏州董府空镜头　黄昏　外

董府花园几处蜡梅在假山旁静静地散发着芬芳，融雪从枝头滑落。

池子里有红鲤鱼忽然躲进岩石，倒影中的天空渐渐暗淡。

16. 苏州董府东院厢房　晨　内

董志穿戴整齐，坐在一张文椅上摆弄桌子上的一盆兰花。

高管家进来回话："老爷，账本已经清点好了。"

董志不接账本，用手沾了一下盆里的泥土："说多少遍了，兰花越冬不能过繁浇水，那是要烂根的，你们把我的话当耳旁风了！"

高管家心里一震："老爷，我一定吩咐下去，下不为例。"

董志叹了一声："哎——那什么？夫人一早出去了？"

高管家如实回答道："出去了，夫人一早和小姐往定慧寺去了。"

董志点点头："嗯，出去的好。你把银库里的银子全理出来去抵万氏绸庄的账吧。"

高管家脸上十分为难："老爷，银库里剩下的银子——是夫人准备过年的。"

董志皱皱眉："我知道，你去办吧。"

高管家迟疑了片刻："那——好，这就去办。"

17. 苏州定慧寺外巷子　日　外

定慧寺巷狭长幽深，只容得下一辆马车经过。

马车在巷口停了下来。

董夫人撩开了马车帘子说道："莲儿，前面就是定慧寺了，我们下车走走吧。"

董夫人和董白在前面走着，后面跟着嬷嬷和子修。

走了一小段对面也过来了一辆马车，马车经过的刹那就停了下来。

董夫人下意识地也停住了脚步。

万鼎撩开马车窗帘子："哟，巧了。遇上董夫人了！"

董夫人作了个万福："原来是万老爷。"

万鼎的侍从撩开马车门帘，万鼎瞟了他一眼却不下马车，侍从马上意识到自己的殷勤是多余的，便又放下帘子退下了。

万鼎依旧透过马车的小窗口往外看，他瞅见董氏旁边的董白，眼睛里顿时冒出光来："董夫人，这是上哪儿？"

董夫人落落大方地道："我家老爷刚从杭州回来，这不就带小女去定慧寺上香还愿呢。"

万鼎点头微笑："回来的好回来的好啊，哈哈哈，您请便，请便。"

董夫人也微笑回敬，转身拉起董白离开："莲儿，我们走。"

万鼎回看董白等人离开，久久没有放下帘子。

侍从看着万鼎的动静上前搭话："万老爷，那姑娘大概就是董志董老爷的千金小姐了。"

万鼎眯缝着眼睛："董志有个女公子从小才艺出众早有耳闻，不曾料想竟然出落得仙女下凡般的俊模样，好得很，好得很呐！"

侍从见万鼎迟迟不走，便催促道："老爷，咱们还往馨香院去吗？"

万鼎有些不耐烦："不去了！走，去董府找董志去。"

18. 苏州定慧寺　日　外

定慧寺前院的银杏树高耸入云，金色的叶子铺满了地面。一匹白色的骏马立在拴马桩边，马尾扫出寂静的声响。

慧觉身披袈裟送冒辟疆出来。

冒辟疆停下来拱手作揖道："慧觉师父留步、留步，小生多有打搅。"

慧觉仙风道骨待人却十分亲切入世："公子不必客气！贫僧是手足皆分散，无家问生死。多年不回家乡了，见到故乡人自然是欣喜的事。"

冒辟疆："慧觉师父是修行人，为他人祈福何止单单为故乡人。"

慧觉："修行何分出世、入世？公子踌躇满志，心系天下是贫僧远不相及的，你此去南京，烦劳带去贫僧的问候。"

慧觉将一封书信交给冒辟疆。

冒辟疆看到书信封面上写着"曹化淳"三字。

慧觉意味深长地："冒君不是弄权之人而是侠义之士，他日定有志同道合的助你一臂之力！"

冒辟疆手握书信已猜出慧觉的三四分意思："小生替受灾受难的乡亲们拜谢慧觉师父！"

慧觉忙不迭摆手："唉呀，冒君言重了，就此别过吧。"

冒辟疆拱手作别："告辞。"

19、苏州定慧寺大门　日　外

董白跨进定慧寺大门，转身又去扶母亲进来。

冒辟疆牵着马立在偏门通道将一点行李挂到马鞍上。

董白扶着母亲进院子。仿佛间董白与冒辟疆对视了一眼。

冒辟疆的马突然嘶鸣。

冒辟疆连忙拉住缰绳牵着马儿消失在通道转弯处。

董白怔怔地半天回不过神来。

董夫人："莲儿，莲儿，你在看什么呢？"

董白："我，我，我好像看见他了。"

董夫人一头雾水："他，他是谁？"

董白："救命恩人！"

董夫人："嬷嬷，你快过去看看。"

嬷嬷跑过去左看右看，转身摇摇头喊道："没见有人呢。"

董夫人："哎——我儿受的惊吓着实不小呢。你有心事不该瞒着娘，说出来就没事了。"

董白回过神来："哦，女儿并未有心事。"

董夫人："那你说的救命恩人是怎么回事？"

董白支支吾吾："我，我说的是像有个人在那边。"

董夫人也不追问，怜惜地拉起董白的手。

董白落寞的样子（旁白）："刚才明明有一人一马立在那的。"

嬷嬷走近身旁："夫人、小姐，那门里门外并未见有一人踪影。"

董白好奇地又问三人："你们刚才没有听见有马嘶叫的声音吗？"

三人摇摇头，翠儿说："没有注意听。"

董白叹了一声："大概是幻象罢了。"

董夫人："好了没事了，我儿是受了惊吓了。进去敬香吧，等过些日子会慢慢好起来的。"

董白喃喃地叫了一声："娘！"

董夫人牵着董白的手往大殿走。董白还频频回头往冒辟疆离去的方向瞧。

20. 苏州董府会客厅　日　内

高管家扶着董老爷在会客厅迎接万鼎。

万鼎并不看董志一眼，在太师椅上入座，丫鬟们端上茶品。

董志："若不是董某身体有恙，原本一回来就该上员外府给万老爷请个安的。"

万鼎："无妨无妨，万府平日里宾朋满堂，吵吵闹闹，董老爷是个清静之人怕会吵着你，不如我亲自上门来。"

董志一时不知如何作答："哪里哪里，不敢不敢。"

万鼎："知道董老爷不容易，这年岁光景谁也不容易啊。这冰天雪地的又是鼠疫、瘟疫，纵有良田万亩，大半也是被荒废了。钱庄的生意大伙儿是看在我父亲员外郎的份上给的面子，没有一个拖沓、欠账的。董老爷是个明白人，此次杭州回来，应该是带回了不少银两吧？"

董志："万老爷，不瞒您，此去杭州不但没能收回货款，连库存的货物都丢了。万老爷帮了董志的万不敢忘，请再宽限些日子，容董某想想法子。"

万鼎眯缝着双眼悠闲地喝茶："不急不急，董老爷先养好身体。"

董志起身作揖："多谢万老爷，董某不甚感激，也替董家绸庄上下几百人感恩了！"

万鼎："不用谢我，今日在路上遇见贵府夫人和小姐了。"

董志不曾落座，弯着腰倾听下文。

不料万鼎起身一边离开一边抛下一句没头没脑的话语："你家女公子长大了，董老爷有福气啊！"

董志呆呆地目送万鼎扬长而去。

高管家："老爷，这个抠门的财迷天天派人来催账，怎么突然大方起来了？"

董志："不知葫芦里卖的什么药呢。"

21. 苏州董府西厢房　夜　内

房内红烛摇摇，翠儿给香炉添上熏香退了出去。

董白腿上搁着暖壶手握书卷，忽而抬头盯着香案上的熏香丝丝缕缕的烟发呆。

闪回一：

方以智、冒辟疆、侯方域、陈慧贞四人飞马消失在风雪中。

闪回二：

定慧寺院落董白见冒辟疆牵着马一闪而过。

22. 苏州董府东院卧房　夜　内

董夫人端着药碗递给董志。

董志接过药碗小心吹了吹："莲儿她怎么样？"

董夫人："许是受了惊吓，今日在定慧寺她说看见救你们的那个人了。"

董志怔住："救……救我们？夫人，你怎么知道的？"

嬷嬷拿着暖壶进来，谨慎地看了董志一眼。

董夫人接过嬷嬷的暖壶："嬷嬷你出去吧，这里交给我。"

董志咕咚咕咚地喝下了药，任夫人拿着帕子擦嘴。

董志："什么事都自己操心，你是我董志的夫人，不是伺候人的老妈子。"

董夫人接过董志手上的药碗，将暖壶塞进他怀里："伺候你又不是一天两天了。再说我是你夫人，我不操心你倒让别的老妈子围着你转。"

董志眼眶里含着泪水："这几个月以来家里的事——那万家每天派人来府上的吧？有些事情不是有意要瞒你，实在是——那嬷嬷也太不懂事了！"

董夫人："你瞒得了一时瞒得了一世吗？你什么也不说拿我当什么？你若觉得我老了不打事儿了，明儿个你休了我娶个年轻、漂亮，有能力的为你分担为你操心吧。"

董志："夫人！怎么像个孩子般说起傻话了呢。"

董夫人："我……我是被你气的。风风雨雨都二十年了，别人不了解我你能不晓得我脑袋里、心里装着什么的吗？"

董志："装着莲儿、装着这个家，还有我这个半小老头儿。"

董夫人眼角挂着泪，嘴角却笑着："没错，我能装得了你，你不能装不下我。你能经的事为何我不能？"

董志："嬷嬷替我告诉你也好，我是无脸与夫人细说。"

董夫人："老爷也说傻话不是，那路上行凶作恶的强盗是有脸了吗？老爷做事一向小心谨慎，从不过分他人，如今遇了贼倒是不能说的了，天底下还有没有王法了。"

董志："事已至此，首先要应付的是那万鼎。他白天来府上了，明着来探望我，实际还是来要账的。"

董夫人："经过定慧寺时打了个照面，他倒是客客气气没说什么。"

董志叹了一声。

23. 空镜头　苏州董府花园

日夜交替，冰雪消融。

24. 苏州董府西厢房　日　内

子修熟练地收拾桌上的早点碗碟。

董白拿起一个刺绣框架，上面绣着双面的喜鹊图。

董白抬头望了一眼子修的背影："子修，你的双面绣越发精致了。"

子修回头羞涩地笑笑："还不是小姐教得好。"

董白用手抚摸绣面，低声自语："针线走得灵动可不是谁人能教予你的。"

董白忍不住坐下来拿起绣针上下走线。

子修手里多了一个暖炉进来，站在旁边看，惊喜道："小姐才补几针，它那眼睛好似活了呢。"

董白："子修，我带你去看个地方，那才叫开了眼见呢。"

25. 董府东厢房小客厅　日　内

董夫人、嬷嬷、翠儿、高管家几个人围着商量事。

高管家："夫人，绣庄上如今生意冷清，伙计走的走、散的散，工钱支出自然也少了许多。"

董夫人："你这个不叫节省开支，既然庄上生意少了，那些个货车、马匹用不了的可以找需要的人家卖了去。还有那些库存的布匹、丝绸、缎子总得想法子，老爷身体还没有完全恢复，我们信得过你。"

高管家："夫人，等开了春，棉布在民间还能走掉一点，丝绸、缎子洋商行不收咱们，就只能走官府一条路。可是，可是——"

董夫人："可是什么？"

高管家："往年都是万老爷帮忙销售一大批进贡的丝绸、缎子，这次不知怎地说那边只要嘉兴当地的，苏州、杭州的都不要。"

董夫人："怎么能够呢？皇家用的一向比出口的丝绸都要用心的，怎么会突然退而求其次了？"

嬷嬷低声插话："只怕是那员外府一家的推托之词。"

董夫人张着嘴，惊讶地看着嬷嬷半晌："嬷嬷你说的有道理。"

26. 苏州董府藏绣阁　日　内

藏绣阁的门"吱嘎"一声被推开，一道光线立刻打在罩着黑布的屏风上。接着一屋子罩着黑布的画框和屏风出现在眼前。

董白转身向傻站在门口的子修招招手："进来吧，别让人看见了。"

子修小心跨过门槛，显得很紧张。

董白："快把门关上了。"

子修掩门，屋内的光线恢复了灰暗。

董白将挂在墙上的画框罩子一一取下来。

子修伸手去帮忙："小姐，让我来吧。"

董白急了："你别动！这里的东西除了我爹、娘，谁人都不敢动的，今日我算是破例了。你尽管看个饱饱的就是。"

子修看着一幅幅精美的刺绣图，像是着了魔，连眼珠子都钉在了画布上。

董白笑了："傻眼了吧，我那两下子算得了什么呢，这才叫好的呢！"

子修："小姐，你不会是神仙下凡吧，变戏法似的，子修算是开了眼做了人了，天底下竟然有这般精美的刺绣！"

董白走近子修指着一幅戏鱼图："你看这戏鱼图。"

子修凑近了仔细观看："老天爷！鱼鳞、鱼尾就得用上几十种颜色了吧。"

董白："这个不是最难的，你看它们的眼睛。"

子修："小姐，你绣眼睛的技法原来是这里来的！"

董白："没错，可惜我那点本领连它的三成都不到。只要盯着它们的眼睛看，每条鱼儿都像在画布上游动起来了。"

子修惊讶地说："真的是！连水草都动起来了！"

董白："子修，你得保证今日从这里出去后，你看到的、听到的统统得吞进肚子里，不许跟外人透露一个字。"

子修点点头："我保证。子修生是小姐的人，死是小姐的鬼。"

董白不觉地笑起来："你保证了就好，别说得那么难听，你的人和鬼我都不要，你是你自己的。"

子修紧张起来："奴婢是小姐的。"

董白"刷"地一下扯下屏风外面的黑布。

子修："哇——"

董白吓了一跳："嘘——你别一惊一乍的，要是被父亲知道，你我都得受罚，这藏绣阁别说你了，平时我都进不得呢。"

董白眼里也冒了光似的："你看，这个是百子戏春图。"

子修还傻愣愣的："小……小姐，这，这真的是一针一线绣出来的吗？"

董白："那还能唬你的吗？这是专供给孝靖皇后刺绣的绣娘的作品。你看她不但针法、技巧是一流的，最最称奇的是图中人物形态各异、鲜活，没有一处雷同和不妥的。据说那孝靖皇后也酷爱刺绣，不知怎地后来被常年禁足宫中，却豁出命地助她的绣娘逃出了宫门。那绣娘在苏州成家立业，后来还办了绣庄，她就是我外祖母，这屏风就是我外祖母留给我娘的。"

子修转而看向董白，张着嘴巴一动不动的。

董白见状乐得"扑哧"一声笑弯了腰："干嘛那么看着我？"

子修："我……我的脑袋要转不了了。那百子戏春图能让人百日不知肉滋味，并且小姐的身世也太惊人了！”

董白嘟嘟小嘴：“看快吧，看一眼少一眼。”

子修立刻奔向刺绣屏风，痴傻地蹲下来细细观赏。

董白也一边欣赏一边喃喃自语：“什么时候我也能绣这百子戏春图就好了！”

第二集　娇柔小姐乔装探险　四大才子曲线救国

1. 南京秦淮河边酒楼　日　外

江南四大才子举杯共饮。

侯方域举杯道："冒兄，敬你一杯，今年那么早早开始做准备，等来年乡试定能一举成功了。"

冒辟疆回敬道："侯贤弟见笑了，余愚笨，考了三次名落孙山，心中也委实郁闷。"

方以智自顾自喝下了一盅酒，笑道："冒兄是江南第一俊才，你果真那么在乎那八股文？你心中最郁闷的恐怕不是乡试未中吧？"

冒辟疆："喏，方老弟你没有说'郁闷'两字的资格，十六岁中了举人，却不肯在地方为官，一心研究医学、哲学、西方科学。你说你在等什么啊？"

陈贞慧："我倒是听说一则趣事，甚是好奇。据说方贤弟进了府最怕见着夫人，常常独自躲在书房不敢出门。您这般博学多才的人物竟然也惧内，不知是真是假？"

冒辟疆听了先耷拉了脑袋。

方以智哭笑不得："并不是什么惧内，是在一个陌生人面前活不自在。"

冒辟疆低声道："呵呵，又是陌生人。"

方以智："可不是？你我婚姻大事哪个是自己做主的。潘氏是个标准的贤内助，帮衬着老夫人催促我的仕途，愈发使我逆反。我便立下规矩不中进士不戴官帽，她倒不反对，成全了我一心研究学问真是不假。"

陈贞慧："方贤弟原来不是惧内，是避贤内啊！哈哈哈……"

众人也乐了。

方以智却摇摇头无奈地叹了一声："岁月蹉跎，知音难觅！"

大家听罢，不由得静下来也暗自伤感起来。

冒辟疆也自斟自饮了一杯："我能理解方贤弟，父母操持的婚姻纵有千般好，终不是自己心里真正想要的那一个。"

秦淮河畔微风袅袅，柳丝绦绦。

方以智走了神，眼前闪回董白在他怀里未语泪先流的情景：“不知她现在何处？”

冒辟疆起身：“侯贤弟、定生、密之，兄弟有要事先行一步。”

侯方域：“话未说，酒未酣，怎么就急着要走呢？冒兄此去苏州定有什么消息带回来的吧？”

冒辟疆：“捎回的消息是好是坏，得今日去曹府拜访回来才能定。”

侯方域：“曹府？你说的可是被魏忠贤陷害受牵连的曹化淳？”

冒辟疆：“正是，我只听说此人为人低调，精通书画诗文，别的也不太清楚了。”

方以智：“曹化淳被贬后一直隐居，冒兄怎么就跟他有交往了。”

冒辟疆：“有熟人书信引荐，前些日子拜帖约好今日见面。”

方以智：“我说冒兄的心思不在考功名，快去快去吧，等你的好消息。”

冒辟疆：“吾与方贤弟的忧心无二般，倘若奸臣当道，只怕考了功名也无你我用武之地。”

侯方域：“等你消息。”

冒辟疆：“告辞！”

2. 苏州董府东厢院子　日　外

董白吩咐子修：“你在外面等着，我悄悄地把藏绣阁的钥匙还回去，有人来了你就咳嗽一声。”

子修笑着点点头。

董白嘟嘟嘴：“不许笑！从小到大我从未曾私自拿过父母的物件，还不是为你这个小丫头破了例。”

子修：“知道小姐对子修好着呢！”

董白转身进了书房。

董夫人领着一群人走到院子外面。

子修赶紧躲到廊柱后面。

董夫人停下来，跟从也都停下脚步。

董夫人：“嬷嬷，这个月的月钱发下去了吗？”

嬷嬷：“还没有。”

董夫人：“还差多少？”

嬷嬷支支吾吾地：“差不了多少，也，也就差二三十两的样子。”

董夫人：“高管家你把闲置的车马赶紧都给卖了吧，让嬷嬷先支了月钱。大伙儿散了回家也好有点盘缠吧。”

后面几个丫头听罢，悄声地抽泣起来。

董夫人有点不耐烦：“哭什么？我还没死呢！”

众人跟着董夫人出了院子。

不知什么时候，董白已经站在院子的假山旁，望着董夫人的背影远去陷入沉思。

子修：“小姐，夫人好像在生气呢。”

董白：“母亲不是生气，是家里愈发不景气了。”

3. 南京曹化淳隐居处书房　日　内

一书童将冒辟疆引入书房，书房除了一个书架、一张书桌、一把椅和一只小茶几，空荡荡的，并无其他家具和装饰。案头上插着一支快干枯的梅枝，旁边却放着一个精致的香炉，正供着一缕清香。虽然简朴，看着却十分简洁、雅致。

冒辟疆举头看见墙上唯有的一张画卷，细细观赏道：“我家洗砚池头树，朵朵花开淡墨痕。不要人夸好颜色，只留清气满乾坤。梅花屋主。”

书童又进来将茶碟放在茶几上，转身看见曹化淳正立于门前，欲作揖打招呼，曹化淳摆了摆手，示意他出去。

冒辟疆痴痴地看着画作，喃喃自语着：“好一幅墨梅图！”

曹化淳：“好一个清秀才子！老夫是久闻江南才子冒辟疆的大名啊，十四岁写出《香俪园偶存》，红遍了整个江南，今日一见，果然气宇不凡。”

冒辟疆回过神连忙作揖：“冒襄见过前辈！想必前辈就是当年在皇上御书房掌事的曹公公了。”

曹化淳：“老夫不才，都是陈年往事了，冒公子快快请坐。”

冒辟疆跟着就座：“多谢曹公公！”

曹化淳：“公子不必拘礼，老夫离开了皇城，也就摆脱了奴才的头衔。在此置了几亩地，盖了几间瓦舍，想当个逍遥的老农民清净、自在。”

冒辟疆：“我从苏州慧觉师父处来，他十分想念前辈，故托我捎来书信和问候。前辈若果真在此过得清闲、自在，倒是一桩美事。”

曹化淳：“哈哈——我有这个心，只怕岁不与我哪！你看，你冒辟疆不就找上门来了吗？对吧，哈哈哈……”

冒辟疆红了脸不知如何作答：“嗯……嗯，我……”

曹化淳摆摆手：“罢了，罢了，老夫已经看了慧觉的书信了，他既懂我曹某的心，定也看得懂你冒公子的心思咯；走了一个魏忠贤，如今又来一个温体仁，不止你们复社艰难，天下百姓的日子都在锅上煎熬似的，曹某又安能清闲偷生啊！”

冒辟疆：“想来前辈也不是等闲之人，自然清楚当下的时事。如今温体仁一手遮天蒙蔽了皇上的，皇上对他是言听计从。年末，复社遭到温体仁集团前所未有的打击，几个月前，仁学先生也暗遭黑手中毒身亡了。”

曹化淳震惊：“什么？你是说仁学先生去世了？”

冒辟疆十分伤神地点点头：“先生他一生勤奋好学，从不谋私利，只为天下人排忧解难，却落得如此下场。”

曹化淳：“哎——真是造化弄人啊，仁学先生才华过人，可谓国之栋梁！英年早逝，可惜可叹啊！

冒辟疆：“此去苏州，就是将云间几社和香山同社暂时封关了，门生们个个血气方刚，生怕他们又闹出什么乱子。”

曹化淳：“冒公子想得周到，救国不在一时之气。”

冒辟疆起身作拜：“实不相瞒，此次拜访前辈有一个不情之请，若有不妥，请前辈莫要见怪。”

曹化淳也站起来：“冒公子，请讲！”

冒辟疆：“请前辈出山再入皇城，助皇上和天下百姓一臂之力！”

曹化淳怔了半天说不出话来。

4. 苏州董府西厢房　日　内

房间里堆满了大大小小的礼盒。

翠儿抱着几个盒子穿过帘子。

子修清点礼盒，董白提笔写清单。

翠儿：“小姐，这是你最喜欢的苏绣叠扇，也要拿出来吗？”

董白：“对哦，积攒了好几年，确实绣了不少的。除了叠扇，我记得还有十多把团扇。”

翠儿：“小姐，那些都是你几年来一针一线的心血，平时那么宝贝，连夫人讨要你都没舍得给，如今真的要拿去卖啊？再说，拿去卖了它们也不值多少银两的。”

董白：“好大的口气，果真是大户人家的丫头，我这些上好的绣品，也不入你的眼了？”

翠儿带着哭腔道：“小姐你就别调排我了，我是怕夫人知道了，怪罪奴婢没有看好小姐的宝贝物件儿。别说是夫人，奴婢看着也心疼呢！”

董白嘟嘟嘴：“好没眼力见的，一会儿说不值几个钱，一会儿说心疼，你帮我还是不帮呢？”

翠儿：“帮，帮，帮——小姐就是让奴婢去下火海，奴婢也去。”

董白无奈地笑笑：“翠儿，没人让你下火海。不就是去二手市场卖个扇子、礼品什么的，你不是说，也不是什么太值钱的东西嘛，我舍得，你有什么舍不得！”

翠儿索性哭了起来，一个劲地擦眼泪：“奴婢就是难受，小姐尽管笑话吧，奴婢还想哭呢。”

子修不太明白翠儿为何伤心：“翠儿姐姐今天是怎么了？”

董白笑道：“别理她，让她哭，我们笑！”

子修天真地说道：“小姐，那我绣的那几样也一齐拿去卖吧，混在小姐的绣品里，说不定还能卖个好价钱呢。”

董白：“哎呦，还是我们子修有买卖人的头脑，没问题。萝卜、青菜各有所好，说不定人家还愿意买子修的呢。不对，今日是什么日子了？”

翠儿止住了哭泣：“怎么了，小姐，今日是二月初二。”

董白：“就是嘛，去二手市场能卖个什么好价钱？每年的二月中旬，朝廷都会派人到织造局看样放样，若能把绣品卖给织造局，那就是翻几倍的价钱呢。”

翠儿喜出望外：“小姐，这可是真的？”

董白：“我娘不是每年都是在做准备的吗？”

翠儿立刻像泄了气的球：“小姐是说万老爷牵线搭桥的买卖吗？”

董白：“怎么了？”

翠儿：“听夫人说，除了万氏丝绸，他们再不要别家的丝绸织品。”

董白：“他说不要就不要啊，我们自己去找苏州织造局的人去。”

翠儿：“啊？”

5. 南京秦淮河畔　夜　外

秦淮河畔莺歌燕舞，繁星般的各色灯笼，映得水面浮翠流丹。

一艘客船缓缓地行进着。

一曲《琵琶行》渐入尾声。

6. 南京秦淮河客船　夜　内

李香君犹抱琵琶半遮面，唱完一曲稍做调息。

侯方域带头击掌叫好：“极妙！极妙！在秦淮河畔听得香君一曲，我此生无憾了。”

李香君低着头，羞红了脸。

陈贞慧：“怪不得侯贤弟今日茶饭不思，原来是余音绕梁不绝于耳呐。哈哈哈哈哈……”

众人跟着笑了。只有冒辟疆独自一人坐在一个角落，自斟自饮。

李香君听着笑声，感觉不自在，低声唤道：“妈妈，我唱完了，该下船了。”

侯方域起身向李香君作揖：“今夜多谢姑娘献曲，侯某不胜感激！”

李香君也不回话，飘然离去。

侯方域呆呆地看着一行人扶着香君上了岸。

方以智举杯自饮：“侯贤弟一掷百金，意犹未尽啊！”

冒辟疆：“我说各位，以后碰头能不能挑个安静的去处。”

方以智：“呆子，不解风情的呆子。”

侯方域目送着李香君远去才转身：“冒兄，有佳人处就是最安全清静的地方。外面风声那么紧，在这里聚会是最好的了。”

冒辟疆：“侯贤弟不用找借口，你喜欢那个李香君。”

侯方域：“不是借口！我喜欢李香君不假，但为了各位兄弟的安全考虑也是真的。”

方以智：“好了好了，我也觉得此地甚好！冒兄你不要总是一副愁眉不展的样子，天塌下来还有地顶着呢。”

冒辟疆：“仁学先生才过世几个月，我心里不痛快，你们谁也别劝我！”

众人都沉默了。

侯方域坐下来：“说事吧。冒兄见了曹化淳如何？”

冒辟疆立刻转移到大圆桌上坐下：“事情有转机！”

侯方域：“曹化淳知道皇上给魏忠贤立墓碑的事吗？”

冒辟疆：“没错。曹化淳虽然隐居在南京，但是魏忠贤余党时不时找他一些麻烦，根本没有做闲居逸士的可能。他知道皇上给魏忠贤立墓碑的荒唐事，也知道温体仁集团掌控了朝政，忧心忡忡。仁学先生的死也让他感到很难过。”

侯方域点点头。

冒辟疆从怀里拿出一个信封，放在桌子上。

方以智念道：“苏州织造局！”

侯方域："苏州织造局是怎么回事？"

冒辟疆："曹前辈答应，跟我们合力奋力一搏。"

众人兴奋地互相确认眼神。

侯方域将手里的纸扇在桌上放好，以示恭敬："苏州织造局原是魏忠贤阉党盘剥百姓血汗钱的重地，现在还有什么缘故吗？"

冒辟疆拿起写着"苏州织造局"的信笺说："五义士的英魂还在苏州城呢，魏忠贤就算立了墓，也是遭人唾骂！"

陈贞慧："难道要再鼓动一场苏州百姓的反抗暴动不成？"

方以智："万万不可冲动，暴动最后受伤害的还是平民百姓。"

冒辟疆："自然是不能够的。据曹前辈所知，苏州织造局虽然换了织造太监，但是依然被魏忠贤的余党操控，其中也不可能清明。但是，每年到苏州织造局看样、下单的太监，是由皇上亲自派下去的。这个人正是曹化淳前辈一手带出来的徒弟，是个十分可信的人。事不宜迟，此人二月中旬就到苏州织造局。"

方以智："冒兄，我陪你去苏州。"

侯方域："此事非同小可，大伙尽快打理好手头的事，一同前往。"

船外传来呼救声："快来人呐，有人跳河了，有人跳河了。"

船上、岸上的人们纷纷过去看个究竟。冒辟疆在船栏边看见一女子在河水中渐渐没入了脑袋，河面上只剩下玫红色的披纱和绣花鞋。

冒辟疆纵身跳入水中，一时却无法搜寻到落水者。

女子慢慢沉入冰冷的水中不再挣扎，她看见水面上粉红的灯光映射下来，妖娆诱人仿佛成千上万的女子在舞动着水袖："快来呀，再喝一杯，再喝一杯呀。"

女子没有一丝留恋地闭上了眼睛，突然她的手腕被一只手重重地抓住。

空镜头：运河上船只往来，两岸的风景不停地更替。

7. 苏州织造局大门外　日　外

董白、翠儿女扮男装，子修还是小女孩装束，手里拿着一串糖葫芦，一个劲儿地用舌头舔着，差点儿撞上一个行人。

翠儿一把拉过子修喝道："吃货，你能不能看好你自己。"

子修满嘴的糖葫芦，一脸无辜地嘀咕道："怎么了？"

董白抬头望着织造局的匾额："这里就是苏州织造局了。"

翠儿性急，皱着眉道："可是我们又没有门牌，就算有认识的人也进不去啊。"

董白：“我们进不去但是可以在门口等里面的人出来吧。”

子修吃了一嘴的糖，羞答答地央求：“小姐，糖葫芦太好吃了，还想吃。”

翠儿瞪大眼睛张着嘴：“啊……”

董白递过去一块手绢：“把嘴擦干净了，好吃也不能贪嘴，小心把你的牙给酸倒了。”

子修接过手绢眼泪却吧嗒吧嗒地往下落。

翠儿：“你这是唱的哪一出啊，吃了一串糖葫芦还委屈了你不成？”

子修摇摇头：“我想我娘了。”

董白拉起子修的手劝慰：“子修不哭，等会儿回去时再给你买一串糖葫芦好吗？”

子修又摇摇头眼泪还是止不住：“小姐，不用了。”

翠儿：“唉——你还生气了？”

子修放声哭起来：“没有生气。”

董白赶紧将两人拉到远处的墙角。

翠儿气呼呼地：“真不应该带你出来！小姐对你好，还惯出毛病来了！”

董白：“好了，翠儿，你能不能少说几句！”

子修：“对不起，小姐，我哭不是生小姐的气，是小姐对我太好了，让我想起我娘了。”

董白：“子修，下次我一定带你在苏州城好好玩，今天我们还有正事要办。”

翠儿：“别再哭了哦，今天我可是正经八百的公子哥儿，子修你可得给我面子哦。”

子修和董白看着翠儿跨着正步装腔作势的样子，忍不住都笑了。

远处，织造局的大门打开了，出来一群人。

董白：“快看，有人出来了。”

翠儿：“小姐，奴婢认得前面带头的那个人，以前跟着夫人见过他。”

董白：“他就是织造局负责丝绸样品的。”

三人朝织造局大门过去，跟墙角一个戴斗笠的家伙擦肩而过。

一辆马车风一般拦在行人前面停在了织造局门口。

万鼎从马车里出来，织造局的一群人即刻围了上去。

万鼎拱手：“让各位久等了。”

一群人围着万鼎进了织造局，大门又重新关上了。

董白、翠儿拉着子修赶到大门下时，马车、人都走了。

翠儿：“怎么回事？一晃眼的工夫，门怎么就关上了呢。”

董白：“看情景一时半会儿是不会出来了。”

门口两个衙差："你们什么人，不要在织造局门口妨碍公事，速速离开。"

翠儿竟豁出嗓门道："我们是来找刚才进去的李公公的。"

衙差："什么？你找谁？"

翠儿挺了挺胸膛："负责织造监理的李公公。"

衙差："别闹了，快走快走。"

翠儿："我们不进去就在门口等还不行了？"

衙差："不行！再不走就叫人请你们走了。"

翠儿："我们董氏丝绸是全苏州最好的，要是让你们李公公错过了，你们负得起责吗？"

衙差："嘴上毛还未长，吹牛倒是顶呱呱的，再在这里胡说八道，我可就要动真格的了！"

说着衙差撸了撸衣袖。

董白上前拉走翠儿："走吧，回头再想办法。"

翠儿跟着董白一边走一边有些垂头丧气地说："小姐，你知道刚才谁跟着李公公他们一群人进去了吗？"

董白："万鼎万老爷。"

翠儿："哼！夫人说就是他不要咱们的丝绸，他进了织造局还能有什么好事。"

董白："父亲伤病未愈，母亲也已经够劳累的，今天出来的事，一定不能让他们知道。"

翠儿点点头。

两人突然觉得不太对劲。

董白转身："子修呢？"

翠儿前后左右查看，却不见了子修："刚刚还在的呢。"

董白和翠儿两人慌了神到处寻找子修出了画面。

冒辟疆带着方以智进了画面，抬头望着苏州织造局大门："就是此地了，到附近街巷找个客栈住下了吧。"

冒辟疆、方以智与董白、翠儿两边各自朝相反的方向离开了。

8. 苏州桃花坞村陈圆圆姨母家院子　日　外

一个打扮朴素的丫头（思琴），端着一盆清水灵巧地穿过天井。

妇人满脸煞气挡住思琴，夺过水盆将水泼洒在院子里。

思琴："姨娘这是干什么？"

妇人：“问问你们干什么呢？”

思琴：“打盆水给姑娘洗个脸呗。”

妇人：“嫁出去的姑娘泼出去的水，你懂吗？”

思琴：“姑娘还未曾嫁呢。”

妇人：“一口一个姑娘，你当她是千金小姐吗？早年就卖给梨园当戏子了，什么时候轮得到她在这洗脸？陪人喝杯酒怎么了？人家是福王的外戚，那是八抬大轿难请的贵人，她倒好，陪人喝杯酒就寻死觅活的！”

思琴：“不是那样的，那爵爷要强行霸占姑娘，姑娘才摔了酒杯跳的河。”

妇人：“人家爵爷看上她是她的福，她倒好，得罪了贵人，把几年赚的积蓄统统赔个精光。”

陈圆圆脸色苍白、衣衫单薄，依着墙艰难地跨出门槛：“我现在就回南京，你放心，我会把银子给你们赚回来的。”

思琴：“姑娘，路途颠簸！你还病着呢。大师傅说了，让你先在家好生养着。”

陈圆圆：“梨园就是我家，咱们回家。”

妇人哼了一声：“真把自己当个角儿了！”

陈圆圆咳嗽不止，硬是没让眼眶里的泪水滴落下来。

闪回：

陈圆圆被救上船后，呼吸微弱。

冒辟疆湿透的身影：“姑娘，姑娘醒醒，姑娘醒醒。”

陈圆圆微微睁开了双眼。

闪回毕。

陈圆圆强忍着泪水：“你为何要救我。”

9. 苏州城一街客栈门口　日　外

冒辟疆和方以智跨进了一街客栈大门。

子修痴迷地盯着门口小商贩铺子上的糖葫芦，不知不觉地慢慢踮起脚尖伸手拿了一串。

老板探出头来：“小姑娘，先给钱。”

子修懵懵地：“没，没带钱。”

老板一把抢过子修手里的糖葫芦：“没钱，你敢拿我的糖葫芦？那就是偷！眉清目秀的小姑娘还偷东西！”

子修瞪大眼睛倔强地回话：“我不是小偷！我用这个跟你换。”

子修掏出一方手帕摊开在手掌上，上面绣着一叶荷和一朵青色莲花，姿态生动、色泽淡雅。

老板拎起手帕，指着上面子修擦嘴时留下的糖浆，一脸嫌弃地说：“什么东西？上面还粘着脏东西的手帕跟我换糖葫芦吃啊？”

子修：“这个是我们家小姐绣的，是苏州城最上等的绣工了。”

老板不耐烦地将手帕扔了出去：“走开走开，别妨碍我做生意。”

子修边追手帕边喊道：“别扔，别扔——”

手帕在街巷上空慢慢展开、飞舞，子修跑到街巷中央撑开双臂去接。正在此时一辆马车经过，车里的人喊道：“快停车——”

随着车轮的惯性，轮子还是压过了手帕撞向子修。

说时迟那时快，冒辟疆一把拉过子修，用自己的身体挡在子修的前面。

车上下来一男子，着一袭简洁朴实的淡青色长袍，既不像达官贵人，更不像普通平民。

青衣男子蹲下身，只见手帕上有一朵娇嫩的莲花。他小心地拾起帕子，转身向子修询问道：“是你的吗？”

子修受了点惊吓，怔怔地看着冒辟疆说不出话来。

冒辟疆礼貌退后，并示意子修：“那个是你的吧，快去拿吧。”

子修有点胆怯，小心翼翼地走过去接手帕。

青衣男子却不松手，又问道：“你是哪家孩子？”

冒辟疆和方以智正欲离开，听到这句又停下了脚步。

子修见他长得和善不像个坏人，便低声回答：“董氏绣庄。”

青衣男子放开手帕：“这帕子上的绣工可比内廷针工局的都好。”

青衣男子说着便转身上车离开了。

冒辟疆对方以智：“你听见那人说什么了吗？”

方以智沉吟了一下：“嗯——董氏绣庄。”

冒辟疆：“后面那一句。”

方以智：“好像说什么内廷针工局？”

冒辟疆：“他的口音也不像苏州本地人，没有猜错的话，他应该是宫里出来的。”

方以智：“有这么巧？说曹操，曹操就到。”

冒辟疆：“苏州城就那么点大。”

老板：“你还不走啊，都跟你说了，没钱别站在这里碍事。走开，走开！”

子修还站在铺子前面：“你扔了我家小姐的手帕，应该跟我道歉！”

冒辟疆和方以智听到两人争吵。

方以智："老板，你乱扔人家小姑娘的东西，就是不对，还差点害人撞上了马车酿成悲剧。"

老板换了副面孔："两位公子有所不知啊，这个小姑娘她没钱，硬要拿我的糖葫芦吃，我这也是个小本买卖。"

冒辟疆随手拿了一串糖葫芦："用整一吊钱买一串糖葫芦可以吗？"

老板："可以，太可以了。"

冒辟疆轻声细语地对子修道："小姑娘，街上摆着的东西不能白拿，是要用钱买的，知道了吗？"

子修嘟嘟嘴："我家小姐说了，她的刺绣可以换好多钱呢，不信你看。"

冒辟疆接过手帕笑了："嗯，好一幅芙蓉出水，我买了。这串糖葫芦归你了。你把这吊钱给那个小气的大老板吧。"

子修笑着点点头，将钱重重地放在柜台上："给你。"

小商贩尴尬地收好了钱。

冒辟疆将手帕塞进袖袋，转身对方以智道："别跟小商贩一般见识，咱们走。"

冒辟疆和方以智两人离开了。

子修拿着糖葫芦开心地笑了，她舔了一口咂咂嘴巴，看着两人离开的背影道："这个大哥哥，我见过你。"

老板："你这个小鬼，精得很呢！"

翠儿跑得上气不接下气，到了子修跟前，一屁股坐在客栈的台阶上喘息。

子修萌萌的无辜的眼神看着她："翠儿姐姐，你怎么了？"

翠儿吼道："叫我公子，翠儿公子——"

子修："好吧，翠儿公子你怎么了？"

翠儿："你还问我怎么了？一转身的工夫你就不见了！你眼里还有没有小姐，哦，不，你眼里还有没有我这个公子了？"

子修一嘴的糖葫芦，鼓鼓囊囊地说不出话来。

翠儿又立刻站起来，气呼呼地使劲地摇晃子修的肩膀："你看看你，像个什么样？有你这样随便跑的奴婢吗？真不知道小姐是怎么想的，会带一个野孩子回家来，只会添麻烦的野孩子！"

老板看着热闹，也起哄道："说的一点没错，就是个缺少管教的野孩子。"

子修听罢，嘴里含着糖葫芦不再嚼了，两行泪水挂了下来。

忽然，一只手掌重重地拍在小商铺的柜台上。

老板惊了一下，不敢再说话。

拍手掌的正是董白，她靠着小商铺的柱子喘气，想着要给子修讨个尊严，顺便也教育她一番："最重要的是管教，是要管得住人的良心！子修感恩娘亲从小让她自食其力学习绣工，可是个好孩子！不是吗？"

子修听罢，低下头说道："小姐，子修错了，让你们担心了。"

董白："这就对了，你是个好孩子，但是也得有规矩不是？"

子修使劲地点点头。

董白："你手里的糖葫芦哪儿来的？"

翠儿指指柜台架子上的糖葫芦："你，你，你拿人家……"

子修："没有，我给了他一吊铜钱呢。"

老板："说好的，一吊铜钱，一串糖葫芦，我不会找你的了。"

翠儿指指老板："黑心！"

董白十分认真地盯着子修问道："不是，我问你哪来的钱？"

子修："我把小姐给我的手帕卖了。"

董白、翠儿："啊？！"

10. 苏州董府正厅　日　内

董志穿着正装和董夫人坐着喝茶。

董夫人："孩子大了不由娘了，见了面也不像她小时候那样，说些黏糊娘亲的话了。不是打听我那点刺绣的绝活，就是说她新学的针工。这几天更是神神鬼鬼的，早起之后就不见人影。"

董志低着头喝茶不搭话。

董夫人："你倒好，两耳不闻窗外事。"

董志："夫人，你就是操心过度，我不觉得莲儿有什么不妥。"

嬷嬷进来："老爷、夫人，小姐她来了。"

董白进来，衣领还歪歪扭扭的，连忙行礼："爹、娘。"

董夫人一看见女儿，脸上便又柔和了："快过来。你看你，那么大的人了，连个衣服还穿不齐整的。"

董白由着董夫人收拾衣领，眼睛却看着父亲。

董志放下茶杯："莲儿，你娘急着叫你过来是让我叮嘱你几句，别太痴迷刺绣，多陪陪你娘，爹要去趟山西。你们要好好照顾自己，等我回来的时候……"

董夫人："等你回来的时候记得数数莲儿的头发少没少一根？"

董白撒娇："娘——"

董志："十个爹也不比你一个娘。莲儿交给你自然是最放心的，我是怕你累着了，有些事情放手交给别人去做。对了，高管家随我去山西，绣庄上有他的大徒弟帮衬着。”

董夫人：“就是那个让你吃了闭门羹的杨默生吗？”

董志：“什么闭门羹？”

董夫人：“你热情似火要收人家做义子，被小伙子拒绝了不是。”

董志：“呵呵，给高管家做徒弟也挺好嘛，高管家一没成家二没子嗣，有个亲近的徒弟，于他于我们都是桩好事嘛。”

董夫人：“不知为何，总觉得杨默生哪儿不太对，果真是你路上捡来的孤儿吗？”

董志：“有什么不对，孤儿怎么了？小伙儿勤快、实诚。”

董白：“爹，你身体才刚好，怎么又要出远门？再说三月份是织造局定样的时候，怎么反而舍近求远呢？”

董夫人瞪大眼睛看着董白：“莲儿，你怎么知道这些？”

董白：“不是每年都如此，耳濡目染的，能不知道个一二吗？”

董志：“夫人，你别总把莲儿想成小娃娃，她都到出阁的年龄了。”

董夫人急了：“不能够！莲儿还小着呢。莲儿，你听着，大人们的事不要过问。叫你过来，就是让你爹也说道说道，闺阁小姐要懂得收敛，把心思放在自己的事情上，别跟几个小丫头凑在一起，动些不着调的歪脑筋。”

董白眼圈红了：“娘——你从不曾对女儿说过那么重的话，女儿怎么就不着调了？”

董志：“好了，好了，不就是去逛街了吗？至于那么严重吗？莲儿跟着我走南闯北见过世面的，偶尔让她自由活动，只要保证安全。”

董夫人：“还是我的不是了吗？你知道女儿在想什么，做什么吗？”

董志：“我们的女儿知书达理能有什么差池？”

董夫人：“莲儿，你们几个悄悄商量着出去卖刺绣可有此事？”

董志：“什么？”

董白：“不能够呀，娘，到底是谁跟你说的？我怎么不知道？”

董志：“听着，董家生意上的事情，一律由我董志来操持。那么多年了，就算你娘，她也只能在绣庄内务上帮助打理。所以，莲儿你不可破了家规。爹爹什么都可以依你，唯独这件事绝对不可以。”

董白：“爹爹，女儿只是……”

董志坚决地：“没有只是。苏州织造局的大门关了，我们去了杭州，海运的门也关了，我们可以走丝绸之路。总之，董氏绸庄的事情，你和你娘都不许参与。”

董夫人点点头：“莲儿，我们得听你爹的。你不能再让你爹担心了。”

董白："我们绸庄的丝绸品质，一向都是最上等的，是苏州织造局有问题。"

董志与董夫人互看了一眼："有问题才不撞黑门嘛！莲儿，过几天，你那出游的先生也该回来了，好好念书是正经。"

董白低声嘟囔着："我不想念了。"

董夫人："你说什么？"

董白连忙回答："没什么，娘。"

高管家带着他的大徒弟进来。

董志起身："好了，我该出门了，高管家，行李准备妥当了吗？"

高管家："都好了老爷，就等您了。"

董志："噢对了，夫人，这位就是高管家的最得力助手。"

高管家："小的时候来过府上，他叫杨默生。"

董夫人："我们已照过面了，小伙儿机灵能干。"

杨默生："在下不敢称能，全凭夫人吩咐。"

董志："杨默生一边读书识字，一边还打理绸庄的事务，确实能干，用不着谦虚。"

杨默生不自觉地偷偷看了董白一眼，发现董白嘟囔着嘴，一脸的不高兴。

董夫人拉起董白："走，去送送你爹。"

11. 苏州董府大门口　日　外

董夫人叮嘱丈夫："去了山西，吃的住的可都不比在家里，别一忙起来，什么都忘记了。扛坏了身体，我第一个不答应。"

董志："嗯，我知道。"

董夫人给丈夫披上斗篷："我让高管家随身带着田七，平时就拿它泡茶喝，对新愈合的伤口有好处。"

董志点点头："嗯，好。"

董夫人："还有，虽说开春了，早晚气温低要记得添衣，有两件贴身的夹袄可以换着穿。"

两人黏糊着说着贴己话，董白晾在一边也插不上话。

董志："你在家不要太劳累，你一累就会引发头痛病，那可不是闹着玩的。现在家里得靠你照管，你不能累病了。"

董志说着眼眶湿润了。

董夫人笑着却落下泪滴："嗯，你尽管放心，等你回来我就什么都不操劳了，就享清福了。"

董志替夫人擦眼泪。

董白："爹、娘——要不然我还是回避了。"

两人才想起女儿还在身边，赶紧松开了相互牵着的手。

董志："啊，不用不用，爹这就走了。莲儿，爹不在家，你更要听你娘的话，照顾好自己，也要心疼你娘咯。"

董白有点醋意："女儿知道，爹心疼我，是因为我是娘的女儿。"

董夫人："傻姑娘，你是你爹的心头肉。"

董志上了马车，马车离去。董志在车里向外面挥手："回吧，回吧。"

董夫人也挥了挥手，脸上挂着两行眼泪。

董白："娘，临分别，咱能不能不哭鼻子。每年爹出门的次数，不下十来回，您次次那么哭，硬生生地把美貌给哭残了。"

董夫人破涕为笑，赶紧整理面容："什么美貌哭残了？谁哭了，是让风给吹的。"

董白："有那么难舍难分吗？真受不了！"

董夫人："你嘴硬吧，等你嫁了夫君你就懂了。"

董白眼前突然闪过冒辟疆的面容。

董白下意识地摇摇头，自言自语道："真是见了鬼了！"

12. 苏州城一街客栈　夜　内

短衫男子低语道："机房间有198间，绣缎房5间，染工房5间。"

冒辟疆、方以智、侯方域、陈贞慧四人围坐着，认真听短衫男子说话。

短衫男子有点受不了四人的目光，撇撇嘴："有水吗？"

陈贞慧："嗯——有。"

方以智转身将茶几上的茶壶递给他。

短衫男子见没有杯子，干脆提壶就灌，手指甲缝黑黑的，大概是染布留下的痕迹。

冒辟疆："按你说的，你们染工房人是最少的，也有几十人。"

短衫男子："对，染工房人是最少的，负责铺机的有上千人。可是丝绸织品金贵得很，能织出上好的却不多。所以每年在民间收购上好的成品，才能完成上贡任务。特别是绣缎房，人工本来不多，好师傅又难找，更需要大量收购民间的成品。苏州城里最出名的就是董氏丝绸，老字号快两百年的丝绸世家。"

13. 苏州董府西厢房　夜　内

翠儿和子修站成一排，董白站在两人的对面，一会儿盯着翠儿，一会儿盯着子修，半天也不说话。

翠儿不自在地用手扯裙摆："小……小姐，你看得我心里发毛。"

董白："你心里发毛就对了，叛徒！"

翠儿急了："小姐，什么叛徒？你说的奴婢怎么听不懂呀。"

董白顾自己走开，坐下："我就知道子修不会背叛我的。"

翠儿："李翠儿也绝不会背叛小姐的，绝对不会！"

董白当作没听见，从暖袋里取出一只精致的汝窑茶壶，一会儿淡绿色的茶水注满一小盏。她也不喝，纤细修长的手指轻轻地碰了碰茶杯。

翠儿："小姐，你是怎么了呀？"

董白："那就奇了怪了。"

翠儿走过去将汝窑茶壶放回暖袋里。

董白："翠儿，夫人知道我们张罗卖绣品的事呢。"

翠儿："啊？不能够的呀，这件事只有我们三个知道，我可对夫人只字未提，也不曾对旁人吐露半个字，子修连个熟识的人都没有，更是不可能的。"

董白闪回：

董白、子修、翠儿三人朝苏州织造局大门过去，跟墙角一个戴斗笠的家伙擦肩而过。

闪回毕。

董白："白天出去时，我们被人跟踪了。"

翠儿："真无聊，用得着那么花心思吗？"

董白："我娘若着急了要找我，也不至于那么莫名其妙的。"

翠儿："怪不得上晚饭时，嬷嬷叫我好好待在院子里，脚底抹油的早晚得被赶出去。说得奴婢心里凉飕飕的。"

子修傻愣愣地问："翠儿姐姐，脚底抹油是什么意思啊？"

翠儿："就是偷摸跑出去买糖葫芦、逛街的不良之举。"

子修倒吸一口冷气："啊？子修再也不敢了。"

董白："今天爹爹叫了高管家的徒弟过来管事，小的时候高管家带他到家里玩过几次，低眉顺眼的，让他吃东西愣是什么好吃的也不吃，也不会笑。让人觉得很不自在。"

翠儿："一个奴才还让小姐不自在了？这里是小姐的家又不是他的家，该不自在的应该是他呀。"

董白：“不知道为什么，我见着他就觉得不舒服。”

翠儿：“小姐怎么突然说起高管家的徒弟来了？”

董白：“娘向来是个小事不长心的人，咱们偷摸跑出去多少次了，她也未曾追究过呀。偏来了个新的管家，我娘突然就多了心机，还话中有话地敲打我。我娘可从来不会用那样的语气说我的，家里多了这么个人，我可真够倒霉的。”

翠儿：“明白了，小姐是说，在苏州织造局门口跟踪我们的人，是刚进府的新管家，向夫人告状的也是他。”

董白：“没错。明人不做暗事，他要放暗箭，我就给他亮明刀。”

翠儿：“可是，这事在夫人面前确实说不响啊，错在咱们呢。”

董白：“就凭我与他，主与仆我说了算。”

第三集　苏州城内暗生乱象　县衙门外击鼓鸣冤

1. 苏州城内一街客栈　夜　内

冒辟疆和方以智、陈贞慧、侯方域三人起身。

冒辟疆拱手致谢："多谢周大哥帮忙了。"

短衫男子（周义郎）听罢立刻作揖还礼："公子万万不可言谢！今年是父亲过世的十周年，这十年来副使大人年年差人来，照料在下老母和孩子，在下却没有机会当面言谢，如今见了公子，应当拜谢！"

说罢周义郎便要行大礼。

冒辟疆当即扶起周义郎："周大哥不必拘礼，倘若拜谢，也是该拜谢令尊大人，当年他为了维护苏州百姓，不惜献出自己的生命。"

侯方域连忙拱手行礼道："莫非令尊大人就是当年五壮士之周文元义士？"

周义郎："在下正是周文元之子周义郎。"

陈贞慧和方以智也起身向周义郎拱手行礼："敬仰令尊大人久矣！"

周义郎每每想到父亲便感慨万分："父亲当年抗击阉党，虽说在民间的影响较大，但是没过几年，那阉党余孽不又勾结了各地的势力搜刮民脂民膏，鱼肉百姓。"

方以智点点头："魏忠贤死了，但是蠹宿新居，他们依然可以找到新的保护伞。"

冒辟疆年轻的脸上，夹杂着与他年龄不相匹配的焦虑："如今温体仁集团根系太深了，百姓的心声和忠臣良言都是进不了金銮殿的。"

周义郎呼吸变得粗大，他那强壮的前胸鼓鼓的，想要一吐为快："当下苏州城的县令是个摆设，有个仗着祖上官籍发家的富商万鼎，在苏州城势力大得惊人，可以一手遮天。县衙门特别是织造局的生意，都由他家包揽了。"

冒辟疆双眼炯炯有神地盯着周义郎问道："你不是说苏州城有个两百年的丝绸世家，在江南首屈一指的董氏丝绸吗？"

周义郎摇摇头："唉，人家董氏是正经生意人，两百年来靠的是手艺、工艺，那万鼎玩的是勾结税使、官僚，霸占资源投机豪取。据我所知，若不入万大老爷的法眼，就算董氏有两百年的手艺，也得靠边站了。”

陈贞慧：“这么说来苏州织造局，还是道不明朗。”

冒辟疆：“如何明朗，那温体仁奸臣当道，弹劾忠臣良将，复社的莘莘学子不分缘由遭到迫害，下面的地痞恶霸那是更加猖獗了。”

侯方域叹道：“冰封千里，非一日之寒啊。”

方以智：“大家不要忘了此行的重任，若能把真相带进京城，才能真正扭转乾坤，减轻压在百姓身上的层层税收，改善国库虚空、百姓潦倒的局面。”

冒辟疆：“就等皇上派来的钦差了，还请周大哥帮忙打听消息。”

周义郎：“这几天，织造局上上下下，都为接待钦差大人的事忙碌，我会每天关注里面的动向。另外，我认识纺织行会的人，苏州城内有什么事，或许可以帮上忙。在下告辞了。”

四人也作揖，目送周义郎离开。

2. 苏州董府花园走廊　日　外

杨默生边整理衣衫边快速地经过走廊。

突然从他身后面传来一声：“站住。”

杨默生吓了一跳回头看，廊下并无一人，也不见有人说话。

杨默生迟疑了一下想要离开。

翠儿忽然从假山后窜出来大喊道：“你鬼鬼祟祟的看什么呢？”

杨默生站住，却不回头：“此话何意？谁曾几时鬼鬼祟祟了？”

翠儿刁钻得很：“刚才你回头看什么来着，现在明知后面有人问你话，却不回头瞧瞧。”

杨默生无奈地一笑：“我知道你是小姐房里的翠儿，何必再多此一举。”

翠儿嘟囔着嘴道：“哼！就算你日后当了真正的管家，也不至于这么无礼吧。”

杨默生转身低头作揖：“翠儿姑娘多虑了。”

翠儿看他低头作揖便满意地笑了：“这还差不多呢，你跟我走一趟吧。”

杨默生问道：“姑娘究竟有何事，在下有要事在身，正准备出园子去。”

翠儿：“啧！果真又摆出架子来了吧，是我家小姐找你有事，你还敢摆架子吗？”

杨默生有点不敢相信：“啊？你，你说小……小姐找我？”

翠儿点点头：“没错，跟我走吧。”

杨默生心神不宁地跟在翠儿后头。

3. 苏州董府西厢房花园　日　外

翠儿带着杨默生来到西厢房。

杨默生走过花园的鱼池便停了下来。

翠儿：“你干嘛不走了。”

杨默生在董家从小到大规矩惯了，从不敢造次，此时他的内心十分纠结：“西厢房是小姐的闺房，我们做男仆的怎敢随便靠近。”

翠儿觉得杨默生老实得可爱，忍不住笑道：“看来你是有自知之明的。”

花园亭台上挂着纱幔，纱幔后面隐约透出董白曼妙的身姿，杨默生低着头不敢直视。

纱幔后面的董白一脸严肃：“你就是高管家的义子杨默生吧？一直在外打理绸庄店铺，刚调来府里的是吧？”

杨默生低着头回话：“我是杨默生。”

董白忽然换了口气：“杨默生，几日前你竟敢跟踪我，居心何在？”

杨默生额头渗出细汗：“小姐一定是误会了，我从不曾跟踪过小姐。”

董白故意提高音量，装出一副严厉的口吻道：“大胆奴才！不许扯谎！我且问你，你可去过苏州织造局？”

杨默生抬了抬眉眼：“去过。”

董白：“那你敢说跟踪我们至苏州织造局的人不是你？向母亲告状的人不是你！”

杨默生十分笃定地回答道：“不是。”

董白有些气急败坏地说道：“你！哼！我明明看见你戴着斗笠在苏州织造局门口与我们擦肩而过。”

杨默生：“没错，那天我确实在苏州织造局门口见过小姐和翠儿姑娘，回府后正遇夫人满园子找小姐，怕夫人着急就说了实情，并且劝慰夫人，一会儿就能见到小姐的。”

董白没想到老实巴交的杨默生，理论起来却比她还有条有理，她想以主仆的气势压倒他却也不能：“那你为何否认？”

杨默生语气变得愈来愈镇定：“否认是因为我既没有跟踪，也没有告状之意，那天去苏州织造局，也是高管家吩咐去办事，纯属巧合。”

董白：“好厉害的一张嘴。你说是无意告状，却十分友好地提醒了董家夫人，她的女儿不守规矩出了园子，你若有心，可以有几十个理由为我和翠儿挡一挡嘛。”

杨默生：“恕在下不能挡！在下是董府的奴才，纵有千万个理由，也不敢在主子面前撒谎。另外，苏州织造局那样的地方，小姐——你女扮男装出入，也确实不妥。”

翠儿急了：“大胆杨默生，你是在教训小姐和我吗？你是个什么东西！小姐爱穿戴成什么样子，去什么地方你管得着吗？”

杨默生却也是得理不饶：“默生是董府的家仆，小姐和翠儿姑娘的安全自然管得。”

翠儿：“你！”

董白发现根本找不出杨默生一丝茬，再僵持下去有害无益：“翠儿，算了。”

杨默生：“小姐，若觉得默生有做的不当之处，任凭小姐惩罚！”

董白：“好一个忠义的奴仆，你走吧，今天的事，别让老爷夫人知道。”

杨默生深深作揖：“默生告退。”

杨默生离开。

翠儿捶胸顿足：“小姐，这就让他走了，分明说他什么问题都没有嘛！”

董白撩开纱幔出来：“那你说他有什么问题？”

翠儿：“这个人也太嚣张了点，还管起小姐来了呢！”

董白倒是有几分佩服起杨默生，眯着眼笑道：“我看这个杨默生，比高管家厉害多了，心思缜密，看似笨拙做事却天衣无缝，并且心底实诚，说话行事不卑不亢。真不知是咱们董家的福还是——祸吧？”

翠儿：“小姐，你怎么不说让他少管咱们的事情。他的事倒是撇得清楚，咱们要说的却全被他堵嘴了。”

董白：“说了也没什么用，人家是表忠心呢，咱们的小心思能大过他的‘忠心’吗？”

翠儿：“哼！谁知道他是真是假呢。我看他是要压咱们一头才是真的。”

董白：“他是他，我是我，苏州织造局还是得去。”

4. 苏州织造局染工房晒场　日　外

苏州织造局染工坊一角竹子搭建的高架上挂满了粉色的、蓝色的、紫色的绸纱，微风下盈盈袅袅透着莫名的神秘感。

周义郎从绸纱后面出来，顾前盼后的像是在找人。

一个戴斗笠的人突然说话了：“周义郎，久等了。”

周义郎：“杨默生？”

杨默生从斗笠下抬起头来，看到周义郎的一刹那，仿佛电光火石般闪现。

倒叙：刑场　日　外

一个六七岁的男孩在愤怒的人群中被挤到断头台边角。

男孩抬起头看到一张血污的脸，正是周义郎的父亲周文元（1626年对抗魏党英勇就义）。

男孩大声哭喊起来："爹！爹！我爹呢？"

周文元："孩子，你爹是谁？"

男孩停止了哭泣："杨念如。"

周文元："好样的，杨念如的儿子就不许哭！"

倒叙毕。

周义郎："杨默生，是你吗？"

杨默生看着一张与周文元几乎一模一样的脸，半天才回话："你跟你父亲长得太像了！"

周义郎："你见过我父亲？"

杨默生："见过，天启六年七月初五。永生难忘！"

周义郎听闻后久久不再说话。

杨默生深深作揖："兄长！"

周义郎眼含热泪："默生说正事吧。"

杨默生点点头："从去年至今，提督大人不肯再收用董氏绸庄的丝绸，董氏丝绸在整个江南，可排入前三位。

周义郎："这些在纺织行会我有听说，可董老爷不是提督大人的座上宾。"

杨默生："只怕是没能成为万鼎老爷家的上宾吧。"

周义郎："各类丝绸布匹、刺绣样品全已装箱陈列，就算这个时候能提交样品，也不会收录了。"

杨默生指着地上几个精致的礼盒："这是几个上等的绣品，若能放进陈列室，就不怕各位织造大人看不上眼。"

周义郎："这个不妥，就算你我不怕引火上身，织造局上上下下各个关卡的工人，也难逃职责。在这里并不在乎样品优劣，但绝不能违反了他们的规矩，稍有差错性命难保。"

杨默生若有所思："定样的织造钦差还没到，这些东西好不容易拿进来的。"

周义郎："东西放这里你尽管放心。"

杨默生："周大哥，我听说纺织行会推选你当会头，你为何推辞了？"

周义郎："你是通过行会找到我的吧？"

杨默生："嗯，我也想加入。"

周义郎："如今的行会不似当年，里面龙蛇混杂，甚至还有税吏的眼线。"

杨默生："如果周大哥当了会头呢？"

周义郎："默生，你不加入行会一样可以行侠仗义。"

杨默生点点头。

周义郎看看周围，压低了声音道："快到点了，默生，你怎么出入？"

杨默生拿出腰牌，上面写着"灶房"。

周义郎："多加小心。"

5. 苏州一街客栈　日　内

青衣男子在客栈一角自斟自饮。

一剑客模样的男子匆匆在他身旁坐落，顺手关上了挨着座位的窗户。

青衣男子替他斟上一杯酒："景护卫辛苦。"

景护卫："大人，卑职已经走访了苏州城内各大工人行会。"

青衣男子："哦，可有什么消息。"

景护卫想了想道："大部分消息，不算好消息也不算坏消息。"

青衣男子的眼里像是藏了无形的光，能看透人心一般犀利："那跟没有消息有什么区别？"

景护卫："与各方上报的情况几乎一致，气候变寒冷，大部分蚕宝宝未曾熬到吐丝产茧就死了。生丝产量急剧下降，导致丝绸成品短缺，质量也受影响。"

青衣男子："不少机户停工停产，大量工人失业，行会不曾有别的声音？今年还额外增加了工人个人税收，这些不曾有反馈吗？"

景护卫摇摇头："没有人提出来。"

青衣男子："没有人发声未必是好事，这太不正常了。行会向来是维护工人利益的热血人士，怎么会如此沉闷。"

景护卫："或许是苏州的地方官公平公正，也没什么好说的，唯有天灾不可回避吧。"

青衣男子："织造业的盛衰关系着朝廷的经济命脉，必须了解真实情况，这样一知半解，以何脸面回京城复命呢。"

景护卫："我去董氏绸庄招工去，与他们合作的机户有上百家之多，是苏州最大的商户。"

青衣男子："我们的时间不多了，越快越好。"

6. 苏州一街客栈门口　日　外

冒辟疆在门口，忽听马蹄声由远及近。

方以智从马上下来，客栈的杂役立即将马牵走了。

冒辟疆迎上前，对方以智说道：“我去驿馆找过你。”

方以智搓了搓手，看见客栈有一扇窗户打开了。

方以智对冒辟疆说道：“在驿馆住了两天了，没有任何动静，一早出去转转，咱俩错开了。”

冒辟疆：“我们进去再说。”

方以智与冒辟疆跨进客栈大门，正好与出门的景护卫擦肩而过。

而青衣男子早已不见踪影。

7. 苏州董氏绸庄门店　日　外

翠儿和董白穿着杂役的短装戴着布帽，在绸庄门口扫地，样子甚是滑稽。

翠儿隔着门廊向里面柜台喊：“掌柜的，杨管家什么时候到店里来？”

里面的回话道：“别叫我掌柜，我只是个账房。”

翠儿拄着扫把：“哦，不是差不多嘛。”

账房老头十分慎重地出来解释道：“差远了，掌柜的是管事的，账房就是个记账的，怎么能差不多呢？

董白觉得好笑，举起扫把拍了一下翠儿的屁股。

账房老头：“你们俩我怎么没见过，库房里没有那么瘦弱的杂役。”

董白咳嗽一声，向翠儿使眼色：“咱俩——是城西门店库房的。”

账房老头：“啊？”

翠儿：“啊什么呀，就是城西门店的过来帮忙。”

账房老头：“帮啥忙？”

翠儿：“那个，那个，扫地啊。”

门外突然一阵狂风刮过，枯叶纷纷洒落下来。

董白：“生意冷清，门厅还必须整洁嘛。”

账房老头叹了一口气：“哎——也是，库房人手走了大半，几个门店合用两杂役倒是实在。只是，只是……”

董白连扫把也拿不稳当，被风刮得东倒西歪的。

账房老头：“你们俩也太瘦弱了，怎么不挑几个身强力壮的做杂役呢。”

景护卫在一边冷眼旁观，听罢上前左右开弓，将翠儿和董白的扫把抢了过去，三两下以旋风之势将门口的落叶扫成一堆。

翠儿："喂！你这人怎么抢人家活干嘛。"

景护卫故意展示胳膊的肌肉："老人家，你看在下够不够强壮？"

账房老头有点惧色："这个，这个，好汉。咱们店这个月的税已经上交了。"

景护卫指指自己脸上的胡子："不对吧，老人家你再仔细看看。"

账房老头连连后退："不用看不用看，反正税收按时上交了。"

景护卫："不是，不是。哎，你这老头。不看看我可是货真价实的汉子，哪一点像税收太监了。"

账房老头理直气壮起来："哦，你不是税收太监——派来的？"

景护卫："不是，绝对不是。"

账房老头夺过对方手里的扫把："那你耍什么威风。"

翠儿和董白偷笑。

景护卫："没有啊，我是来招工的，刚才只是想证明给你看，我比他们俩更适合在这里当杂役。"

杨默生背着背褡裢匆匆赶来。

账房迎过去："默生来了。"

杨默生："今天把库房里的丝绸清点分类。"

账房："老爷带走了一批，留下的账本上都有数目。"

杨默生自顾进了店门，将那三人晾在了门外。

账房跟进去："我给你账本。"

杨默生："不用，账本上大致的数目我知道，需要具体分类的数目，特别是去年准备进贡的库存，要一一确认。"

账房："知道了。"

杨默生边从褡裢里取出一些罗、纱、绢、缎等零头布料边问："刚才门口什么热闹事？"

账房拾看那些零头布："哦，一个是来招工的，两个是城西门店的杂役。这些料子哪来的，看着是上等的，但跟咱们店里的精品比还差一截。"

杨默生露出笑意："老前辈就是老前辈，眼光有毒。"

账房："十六岁进的董氏，大半辈子浸在这里，看得多了兴许眼光就长毒了。"

杨默生："这些是苏州织造局今年准备的部分样料。"

账房惊愕："啊？你哪来的？"

杨默生挎上背褡裢已经跨出门槛。

景护卫跟上去："看得出来你是这里管事的。"

杨默生站住："有什么事吗？"

景护卫："我是想在你们董氏绸庄找活干，我什么都能干。"

杨默生上下打量了景护卫一番："你？我们暂时不需要帮手。"

景护卫拍拍胸脯："我什么活都能干，做杂役也可以啊。"

杨默生笑笑："你太不像个做杂役的，更像个做爷的。"

景护卫把宝剑往身后藏："我，我……"

杨默生："您留步吧。"

8. 苏州街巷　日　外

杨默生匆匆走过街巷。

三三两两的乞丐在街头行乞："行行好，行行好吧。"

杨默生分别在他们的碗里放入了几枚钱币。

杨默生不曾停下脚步转而拐入小巷，小巷静悄悄的，身后却不时传来窸窸窣窣的声响。

杨默生有意放慢脚步又突然向一边进入一个胡同贴着墙一动不动。

翠儿和董白一个趔趄没有刹住走过了头。

翠儿："人呢？"

杨默生悄无声息在董白身后站了出来："你们跟踪我？"

董白着实吓了一跳："啊！要死了，他在我后面。"

翠儿立刻用手臂护住主子："杨默生，不许吓唬小姐！"

这下杨默生给吓住了："你……你们是？"

翠儿："怎么？没见过我们穿短装的样子很帅气吗？"

杨默生有些紧张又觉得好笑："小姐这是有什么吩咐？"

董白镇静下来，单刀直入："问你要一样东西，怕你不给就跟着你看个究竟再说。"

杨默生："在下先送小姐回府，要什么东西全凭小姐吩咐。"

董白："你就跟我娘一样不许我出园子，那跟你要东西还做什么？"

杨默生想了片刻说："什么东西？"

翠儿快嘴："杨默生你别装了，你戴个斗笠怎么出入的苏州织造局？"

杨默生惊讶："啊？"

翠儿："啊什么呀，你有苏州织造局的腰牌，跟着厨房的泔水车自由出入不是？"

杨默生闪回：

杨默生出示腰牌后推着泔水车进了苏州织造局专供工人出入的小门。

闪回毕。

杨默生："你们又去织造局了？"

董白："不然呢？"

翠儿："还先得问问你呢，你行事鬼鬼祟祟的，冒充织造局灶房的人，一定有什么见不得人的事。"

杨默生低头回答："没有。"

董白："我信你。"

杨默生抬眼看着董白说不出话。

翠儿："不是吧，你乔装打扮推泔水车敢说没有事？"

董白："有事儿，跟我们一样。"

杨默生沉默。

翠儿："想卖绣品吗？"

董白："不止绣品，还有去年准备进贡的丝绸织品。"

翠儿："这么大的事儿，老爷都不发话，你一个家仆做得了主吗？自不量力！"

董白："跟咱们一样做不了主，只想拼尽全力！"

杨默生莫名觉得脸上有些发烫。

董白："你把腰牌借我一用。"

杨默生急了才憋出话来："小姐拿腰牌做什么？"

董白："你不相信我？"

翠儿："哎呦喂，真是听不下去了。"

杨默生："不是，是担心小姐……"

董白："怕我出了事让你担责任吗？"

杨默生："不是。"

翠儿猴急的撸袖子："不仅听不下去还看不下去了，杨默生你别磨磨唧唧，再不给我就搜身了。

董白制止："翠儿！罢了，他不给咱们自己想办法。"

董白说着拉着翠儿就要走。

杨默生："等等。"

董白："你放心，我不会告诉母亲。"

杨默生将腰牌取了出来："若有什么好歹，用不着谁说，默生自己会去夫人那里领罪的。"

董白犹豫着不接："你是在威胁我咯。"

杨默生："没有。是觉得小姐贸然见织造提督，意外生事有九成九，成事的几率一成都不到。"

董白："你知道我要去见提督大人？"

杨默生："小姐应该听听默生的建议。"

董白："我就不听呢？"

杨默生："有罪一起受。"

翠儿又急了："你敢说小姐有罪！杨默生，别话里话外调排小姐，你还真把自己当个主子了！"

董白："翠儿！我看你最像个刁奴了！说话没个分寸。"

翠儿委屈："小姐你竟然帮他说话，翠儿是向着小姐的呢！"

董白："都是一家人，谁向着谁呢？"

杨默生低着头不说话，心里却是暖暖的。

倒叙：董府花园　日　外

高管家领着幼年的杨默生进董府花园。

幼年董白和几个小丫头在园子里追逐嬉戏。

高管家："老爷，他就是杨念如义士的遗子。"

董老爷起身蹲在杨默生身边："好孩子，以后董府就是你的家了。"

高管家："老爷，孩子来时说，他愿意跟我住外面绸庄里。"

董志沉吟片刻："行，听他自己的意愿就好。"

幼年董白捧着一盒糕点，正在分给伙伴们。

董志叫道："莲儿，快过来认识一下，今天家里多了一个成员。"

董白好奇地看着杨默生。

高管家介绍道："他叫杨默生，比小姐小几个月。"

董志："那就是弟弟了。"

董白笑了："快叫姐姐，这盒糕点就是你的了。"

杨默生不笑也不说话，怔怔地盯着董白。

董白有点尴尬，只好将递过去的糕点盒子收了回去。

倒叙毕。

翠儿："杨默生傻愣着干什么，快走吧。"

9. 苏州万府金屋　日　内

铜铸的地砖、镶金的天花板，加上镶金的桌椅家具，整个屋子看上去金碧辉煌。万鼎靠在镶金扶手的榻上喝茶，背景墙也是一幅镶金框的巨大山水图。

万鼎：“那两个税官还在吗？”

家仆：“在呢，由几个歌伎陪着喝酒呢。”

万鼎：“没有我那帮狗腿子，公公们大概没这个工夫可以寻欢作乐了。”

家仆递上一份单子：“老爷，这是这个月的税银，比上个月足足多了五六百两，两位税官公公很满意，咱们家的税银自然全免了。”

万鼎：“小事一桩，在城西多设一道过税，就多了五六百两，赶明儿在城东再设一道。”

10. 苏州城西过税关卡附近　日　外

冒辟疆和方以智一路走来，两边的路摊小商贩在叫卖着。

冒辟疆：“咱们这两天跑遍了苏州城各个客栈，从驿券、信牌看，根本不曾有京城来的客人。”

方以智：“如果他有意暗访，又怎会留下让人察觉的信息呢？”

冒辟疆：“我怎么没想到呢？”

方以智：“你是出了名的书呆子，提醒了你还会去做。不过书呆子自然有书呆子的妙处。”

冒辟疆：“什么妙处？”

方以智：“你跑腿下功夫的档儿，那京城来的会闲着吗？”

冒辟疆：“没有见上面还不是白搭嘛。”

方以智：“此言差矣，恰恰坐实了钦差暗访的动机。不惊动地方官绅，察看实情，为国为民办事。”

冒辟疆：“曹公公的徒弟，这一点咱们早已知晓。”

方以智：“小心驶得万年船，急事缓办，我反觉得静悄悄的就是好信息。该遇见的总会遇见！”

附近传来一阵吵闹声。

税吏凶巴巴的：“勿来噻勿来噻！不交过税勿能摆摊，别搞七捻三！”

老妪哀求：“大人，进城门时已经交过了。”

税吏：“真是笑话，那你就在城门口卖呀，别来城西集会呀。”

老妪：“大人呐，城门口不准百姓设摊啊。”

税吏坏笑：“那不就结了，你要到城西集会卖东西，那就得交城西集会的过税咯。”

老妪打开遮在篮筐上的布：“我这半篮子鸡蛋总共三十五个，在城门口交了二十个鸡蛋的过税，剩下才十五个，你让我怎么再交出二十个鸡蛋的过税呐。”

税吏："哈哈哈，还问我呢？问问侬自家，半篮子鸡蛋拿出来卖，噶好笑咯，不嫌臊得慌。"

老妪哭将起来："老头死得早，我儿病在床上，这三十五个鸡蛋想换点钱去买药的。"

税吏："哎呦——死忒啦！侬勿要哭啦？我又不是救死扶伤的郎中。这里是集市，集市有集市的规矩，看你可怜巴巴的，你交了那十五个鸡蛋就算了事了。"

老妪不再哭诉，只是一个劲地流泪，呆呆地看着税吏从自己的篮子里，将鸡蛋一个个地拿走。

周围的路人和商贩们看着这一幕都静下来，眼里有怒火却没有人说话。

冒辟疆从人群里走出来："等等，这些鸡蛋我花五十两银子买了。"

税吏惊愕："五十两银子，侬是傻还是呆的呀？"

冒辟疆将税吏手里的鸡蛋一个个拿回来，重新放入老妪的篮子里："只要大人你不傻就好，这是老妇人的税银，你可拿稳了。"

税吏掂了掂银子："按五十两的收入，这点税银太少了，不过只十五个鸡蛋来说，这些算多了。谁让我人好呢，就这样好勿啦。"

冒辟疆将一袋银子放入篮子："老婆婆，这些银子给你儿子买些药吧。"

老妪激动万分，要行跪拜礼，被冒辟疆搀扶住了。

冒辟疆神情悲痛："不必如此。"

众人散去。

方以智："税吏并非税课司真正的官差。"

冒辟疆："何以见得？"

方以智："满口的方言，更不像个执法者。"

11. 苏州城街巷药店门口　日　外

董白和翠儿在前面走着，后面跟着杨默生。

董白停下来："翠儿，叫杨默生走快点。"

翠儿往回走到杨默生身边："喂，小姐叫你走快点，一个男生磨磨唧唧的。"

杨默生显然有些不情愿，此时一辆马车飞快地向这边狂奔而来。路人都来不及躲闪。

杨默生推开翠儿大喊："小姐，快闪开。"

董白反应过来连连往路边后退，跟从药店买药出来的老妪擦肩而过，马车的轮子正好扫到了老妪的胳膊，老妪被撞倒在地上。

董白赶紧将老妪扶起来查看伤情。

翠儿追着马车屁股骂了几句："喂——是不是有病啊！什么人呐，横冲直撞的！撞死人不偿命吗？"

翠儿指着旁边被撞到的商贩："你们的货架都被撞翻了也不吭个气儿的，任那怂货乱飞啊！"

修鞋的老头一边捡回被撞飞的工具箱一边念叨："小孩子家家别嚷嚷了，你也不看看那是谁家的马车。"

翠儿问："谁家呀？"

路人纷纷道："金子铺地的万家，谁人惹得起哦，就算县太爷也得看他家的脸色行事。"

杨默生："小姐你没事吧。"

董白询问老妪："老婆婆你的手掌心流血了，疼吗？"

老妪摇摇头："老骨头贱得很，擦破点皮不碍事。"

杨默生从褡裢里取出一个小瓶子："这个是田七粉。"

老妪合掌作揖："今日是什么日子，尽碰见菩萨心肠的好人呢。愿菩萨也保佑你们这些好心人。"

董白突然觉得一阵头晕，整个人瘫了下去。

闪回镜头一：一股鲜血从董志的胸口流出。

闪回镜头二：冒辟疆手握火铳，枪声响彻天际。

杨默生："小姐怎么了？"

翠儿："不好，小姐晕血。"

老妪："啊？小姐，不是个小伙子吗？"

翠儿："对对，是小伙子来着，"

杨默生一时惊慌不知如何是好。

翠儿："杨默生，你还愣着干什么？快扶她起来啊。"

杨默生："啊？"

人群中方以智："先别动，让他平躺着。"

方以智拿出一个小瓶子在董白的鼻翼旁来回晃动。

董白微微动了动眼皮。

方以智："没事了，回去煮点枣仁汤喝下休息一阵就好。"

董白听着声音感觉有几分熟悉，想睁开眼辨认，却始终看见一个白晃晃的影子看不真切。

翠儿："多谢这位公子了。"

方以智看着董白："这位公子面善的很，像是在哪儿见过。"

翠儿抱着董白整理了一下她的假胡子："嗯嗯，没错，我家公子也是个大善人。杨默生，还不来帮忙呢。"

方以智看着两人将董白搀扶离开，摇摇头自语："我大概是魔障了，怎么看见一个晕在路边的男子，也觉得是一位姑娘呢？想必她也是苏州人，要真能在此遇见她就好了！"

老妪认出了方以智："公子，你就是和那个好心公子一起的吧？"

方以智回过神来："哦，老婆婆你能跟我去一趟衙门吗？"

老妪："啊？"

12. 苏州吴县县衙大门　日　外

冒辟疆重重地敲击县衙门口的登闻鼓。

对切：县衙二堂　日　内

县官常青听到了击鼓声："击啥子鼓呢，不是还没到点的嘛，今天哪个王八值班？"

主簿："大人，这鼓声听着不像是放衙的鼓声，不会是有人想进谏鸣冤呐？"

县官常青："哎呀，谁那么多事嘛！"

主簿："大人，咱们半年多没有接案子了，兴许好……"

县官常青："兴许好啥子？之前是东厂与东林党的人，斗得你死我活，如今温体仁集团一支独大，搞不好七拐八拐碰了雷池，多一事不如少一事。爱管事的大有人在不是？"

主簿："大人是说那个土霸王万鼎吧。"

县官常青："这个万鼎，我们管得的事他管得，我们管不得的事他也管得。他既是税使官也是县老爷。"

主簿："唉，此人行事张扬跋扈，只怕引起民愤。"

县官常青："你我能奈何得了他吗？在我之前赶跑了几任县官了？我能坐满两年算是万幸了。那万鼎是谁？是当今首辅大人的亲戚，我还想要到自己的衙门口击鼓鸣冤呢！"

主簿："大人，卑职去看看来者何人。"

县官常青："去看看。"

对切完毕。

衙役急了，大喝道："你什么人？衙门的登闻鼓能随便敲得吗？"

冒辟疆不回答，继续击鼓。

方以智带着老妪匆匆赶来："冒兄，人给你带来了。"

衙役："你等可知敲了登闻鼓的后果，惊动了大人登堂问审，尔等若有意扰乱公堂，可是要吃板子蹲监牢的呢。"

方以智："你吓唬谁呢，登闻鼓设在此处，就是为了给百姓一个进谏的通道，不是仅仅为你们这些个吃公粮的点卯、放衙用的。"

主簿出来了："说的没错，放他们两个进来吧。"

冒辟疆与方以智对视了一眼，跟着主簿进了县衙大门。

景护卫匆匆赶至，大口喘着气问衙役："刚才谁在击鼓鸣冤呢？"

衙役："又来一个多事儿的，人家是击鼓进谏，未必就是鸣冤，你懂不懂？世上多是你们这些个唯恐天下不乱的扳错头。"

景护卫："啥啥啥？什么扳什么头？"

衙役："原来是个外地佬，走开走开。"

景护卫："开堂审案老百姓是可以在堂外观看的。"

衙役："案子还没接，开什么堂？走开走开，你要看，也得等县官大人下了通告再说。"

景护卫若有所思地朝里面看了看。

13. 苏州吴县县衙寅宾馆　日　内

主簿将人引入室内一张案桌旁："请公子在此写下姓名、年龄、籍贯、住址和进谏事项类别。"

冒辟疆案前提笔。

主簿取了案卷："几位在此稍候。"

冒辟疆目送主簿离开，转向老妪："老婆婆辛苦你，一会儿你替我做个证人。"

老妪："这位公子都跟我说了，你们是好人。世上虽是好人多，但是能站出来，替我们平民百姓说句公道话的人却太少了。我谢谢你们了！"

14. 苏州吴县县衙二堂　日　内

县官常青："如此说来，他是要状告我们的户部税课、税赋不当了。"

主簿："正是。冒辟疆扬州如皋人，其父亲从官四品，东林党人。"

县官常青："人呢？"

主簿："在寅宾馆呢。"

县官常青："主簿想得周到，即刻去三堂会审。"

主簿："要不要派人通知万老爷？"
县官常青："不用，还不怕他惹的事少吗？"

15. 苏州董府西厢房　日　内

董白在榻上醒来，子修将枣仁汤端上去。
子修："小姐，你醒了。"
董白喝了一口："是什么？"
子修："翠儿姐姐让熬的枣仁汤。"
董白闪回：
方以智："没事了，回去煮点枣仁汤喝下，休息一阵就好。"
董白听着声音感觉有几分熟悉，想睁开眼辨认，却始终看见一个白晃晃的影子，看不真切。
闪回毕。
董白："翠儿呢？"
子修扶着董白重新在榻上躺下："她刚刚上夫人房里去了。"

16. 苏州董氏绸庄　日　内

杨默生匆匆进了店铺，账房上前将他的褡裢挂在木椸上。
账房："去看了几家机户？"
杨默生一边提壶倒水一边回答："没去成。"
账房："怎么了？"
杨默生："没什么，改日再去。"
账房拿出账本："货物分类精点准备工作好了，城西店的伙计临时叫了行会的工人帮忙。"
杨默生："走，去库房。"

17. 苏州董府西厢房　日　内

董白从榻上起来，听见外面的脚步声。
子修进来："小姐你怎么起来了？"
董白："夫人那边怎么了？翠儿回来了吗？"
子修扶住董白："我过去时他们人都出去了。"

董白推开子修："不用，我好得很。"

子修："夫人房里的小丫头说，夫人好像在生气，说高管家的徒弟擅作主张，要去绸庄讨教说法。"

董白："糟了！"

18. 董氏绸庄库房外　日　外

杨默生和账房走在库房外的石板路上，几个人高马大的工人正在将仓库门板卸下来，可以看见里面一排排高高的布架子，架子上一匹匹的丝绸全都蒙着黑布。

杨默生停下脚步："就算董氏绸庄的仓库保存条件再好，丝绸也经不起岁月的消耗，想办法将库存倾销出去才是最保险的。"

账房："默生，老爷临走时托付将绸庄的事务由你主持，不知夫人那里可有通气？"

突然传来一声喝令声："杨默生，你好大的胆！"

杨默生和账房老头同时转过身去，只见董夫人带着翠儿、嬷嬷一行人匆匆赶来。

杨默生连连拱手作揖："夫人。"

董夫人："你眼里有我这个夫人吗？"

账房低声念叨："说曹操，曹操就到。"

杨默生低声回应："夫人可不是曹操。"

董夫人来到跟前："谁叫你开的仓库。"

杨默生表情坦然："夫人，老爷临走时将绸庄的事托付于在下。"

董夫人："那你是要趁火打劫吗？你可知仓库保存条件的严格，温度、湿度、光线、通风各个方面都容不得一点马虎。"

杨默生："夫人是说不该轻易开仓。"

董夫人："你明知故问，一个老管家的徒弟行事也太张扬了吧。"

杨默生："夫人，为了清点库存的丝绸，必须在这几天内完成，若晚了就得等上一年或许更久。"

董夫人："你找到买家了吗？真是笑话。好的丝绸堪比金银，开仓见了光若有个好歹，我看你如何与我董家交代。"

杨默生："夫人，董老爷他……"

董夫人："你别给我提他的名衔搪塞于我。"

董白赶来："娘，我相信他。"

众人没人敢出声的。

董夫人："董白，你来干什么？"

董白；"我相信爹爹将绸庄的事全权托付给了杨默生。"

董夫人："你一个闺阁里的小姐，你知道些什么？别看这些个工人平日里老老实实的，暗地里要算计董家的大有人在。"

董白："娘，别人怎样不知道，他杨默生不敢也不会。"

杨默生没有抬头也不作声。

董白将董夫人拉到一边低声道："娘，如今爹爹不在庄上，苏州的丝绸商家巴不得董氏内讧，爹爹既然让高管家的徒弟管事，咱们应该相信他。"

董夫人："你爹也没有跟我说让他可以自作主张呀。"

董白："爹是有委婉地说呀。爹说让娘别总是事事操心，有些事放手让别人去办理。"

董夫人："他一个毛头小子怎么让人放心？"

董白："娘，爹当年接管董氏绸庄时，也就杨默生这般年纪吧？"

董夫人："杨默生跟你爹，这能比吗？"

董白："娘，爹离开时这么安排自有道理。说不定他还真能想出好法子，帮董氏绸庄渡过难关也未可知。娘不能总是老当益壮地冲在前头去。"

董夫人咳嗽起来："娘有老了吗？"

董白拉着董夫人的衣袖："娘——我不是那个意思。"

董夫人："你说的不是没有道理，真是心急乱了方寸。娘是操心惯了，你爹不在，看着其他人，谁也不可靠。"

董白："仓库几年没有精点了，我觉得杨默生做这件事没什么问题的，不管是买办还是库存，都应该做到精确到位。"

董夫人脸色缓和下来："可能是你爹不在家，我太紧张了。"

杨默生："夫人，默生向您领罪，开仓前没有经过您的同意。"

董夫人："不必了，既然老爷将绸庄的事务全权托付给你，你自然做得了主，是我误会你了。"

董白向翠儿使眼色："那可不行，该罚的必须得罚。就算爹爹同意，也不能逾越我娘这个董氏大掌柜的位置。娘，这件事你交给女儿吧。"

翠儿："对，杨默生，回头小姐得问你话可记下了？"

杨默生："是。"

董夫人："算了，杨默生你好生看着工人，一一清点记录，丝绸金贵得很，不好马虎。"

杨默生点点头，将褡裢里的抹布分给众人："大伙儿干活吧，架上的积尘必须用干湿布擦拭，以免丝绸沾染扬尘。”

董夫人满意地点点头：“能讲究的活儿，错不了。”

第四集　冒辟疆报案遭暗箭　董小宛夜探织造局

1. 苏州吴县县衙三堂　日　内

厅堂上悬挂着一幅匾额，上面写着“清慎勤”三字。

县官常青问：“堂下何人？

冒辟疆答：“学生冒襄。”

方以智答：“学生方以智。”

主簿补充道：“冒襄江苏如皋人士，方以智安徽桐城人士。”

县官常青点点头：“哦，如此说来两位都是外地人，为何敲响我吴县县衙的登闻鼓。尔等倘若无事扰乱公堂，可知罪？

冒辟疆：“学生并非无事生非，只是路见不平，无处寻得说法。心想整个苏州城，唯有县官老爷您最了解，也最关心百姓了，那么学生敲击登闻鼓的心迹，跟老爷您的心迹是一样的。”

县官常青听罢有了兴致：“呦呵！这倒是新鲜！听听是个什么样的心迹？如实说来。”

冒辟疆从容不迫缓缓道来：“今日一早路过城西集市，刚巧碰见税吏在向摆摊的老百姓收受过路税。一位老婆婆提着一篮子鸡蛋去卖，在城门口交了过税，篮子里的鸡蛋就少了一半，在城西集市又得交十五个鸡蛋的过税，可篮子里只剩十五个鸡蛋，交两道过税后篮子里便再无鸡蛋可出售了。学生觉得这实在荒唐至极，无论于国于民，如此严酷的过税，只会是杀鸡取卵。”

县官常青：“你可知口说无凭的。”

冒辟疆指指堂外：“老婆婆就在堂外。”

县官常青：“让她进来吧。”

老妪哪见过这个阵势，吓得瑟瑟发抖“扑通”一声跪倒在地：“拜、拜见县官大老爷。”

县官常青倒是语调变得温和起来：“一早去城西集市卖鸡蛋的，可是这位老婆婆？”

老妪这才敢略微抬起头来：“正是。这位公子所说句句实言。”

县官常青问主簿：“城西的过税是哪一个负责的？”

主簿：“税吏王世仁。”

县官常青：“宣王世仁上堂。”

2. 董氏绸庄库房　日　内

一排排的货架上，色泽鲜艳的丝绸一匹匹地显现，工人们分头点数记录。

账房老头向杨默生走过去。

杨默生接过账本看了看念道：“素缎、暗花缎、织锦缎、两色缎、闪缎、遍地锦缎、妆花缎……”

账房取下老花眼镜说道：“这些可供上贡的各类丝绸上品一万四千八百零六匹。”

杨默生想了想：“应该还有织金缎和孔雀羽丝、妆花缎织。另外几十家机户跟着董氏绸庄囤货，还会有上千匹的数目。”

账房笑笑：“没有比默生更清楚账目的人了。”

杨默生：“还不是你们几个老先生教的。”

账房：“走，喝口水去。”

杨默生跟着账房去开水间。

3. 董氏绸庄库房开水间　日　内

杨默生和账房走到门口听见里面工人在说话。

工人甲：“真的有一位外地来的公子，为城西卖鸡蛋的老婆婆，敲响了县衙门口的登闻鼓？”

工人乙：“你不是说也听见鼓声了？”

工人甲：“去年咱们工人加了个人税，都没有人站出来说句话，一个外地来的年轻公子，敢如此伸张正义？”

杨默生：“你说是个外地来的人？”

工人们纷纷站起来：“杨管家来了，咱们干活去了。”

杨默生一把拉住工人乙问道：“有个外地来的人，敲了衙门的登闻鼓？”

工人乙有点不好意思：“嘿嘿嘿，我也是听说的。”

杨默生转念对账房道：“老头，我得出去一趟，剩下的交给你了。”

账房：“怎么了默生？”

杨默生匆匆离去。

4. 苏州董府西厢房　书房　日　内

镜头一一移过书案上的戒尺、《女戒》《女训》抄写本。

董白低头行礼："先生好久不见，学生这厢有礼了。"

宋柏青拿起抄写本掂了掂："每日读写功课都做了。"

董白点点头："先生吩咐的学生都记在心里的。"

宋柏青："《女戒》说：'夫云妇德，不必才明绝异也。'"

董白没有抬眼，继续回答道："先生说女子不谙中馈，不入厨房，不可以治家。"

宋柏青："你当真这么认为。"

董白面无表情："学生谨记先生的教诲。"

宋柏青瞄一眼自己的女弟子，又在书案前来回地踱步。

翠儿端着茶具进来，小心地将茶杯放到茶几上正要退出去。

宋柏青忽然叫住翠儿："翠儿你别走，去把你家小姐的琴搬上来。"

董白有些惊讶："先生是说我房里的那架七弦琴吗？"

宋柏青："没错。"

翠儿迟疑了一下又看看董白，董白朝她使眼色示意她去取来。

董白心里七上八下，摸不准宋柏青的用意："先生，您是要惩罚学生吗？您先看看我抄的《女诫》《女训》再罚不迟呀。"

宋柏青摇摇头："那些就不看了。"

翠儿将七弦琴放在案头上向董白努努嘴就出去了。

宋柏青走过去一把举起七弦琴，拨弄了一根琴弦："好音质。"

董白看宋柏青的举动心里急了："先生，您可千万别砸了它呀。"

宋柏青又轻轻地放下琴笑道："什么话？为何要砸了它。"

董白："平时先生总劝诫学生不要沉迷诗歌、音律，学生总不听。如今不用先生劝，董白自己就要断了那个念想，只是别砸了它。"

宋柏青："我游历回来才听说你不想我教你读书了？"

董白："啊？我，我……"

宋柏青："你厌学了是不是？"

董白连连摆手："厌学？没有没有。"

宋柏青："你讨厌我以前的教法是对的。"

董白将戒尺递过去："先生，你别说了，要不然您打我手掌吧。"

宋柏青收起戒尺："孩子，今日先生是要跟你致歉呢。你是我教的第一个女弟子，对传统教学不曾有半点怀疑的。那是先生我不够重视和自我观省。"

董白眨巴着眼不知如何是好。

宋柏青摆好七弦琴，稳稳地坐下："我先抚一曲与你听听，你若觉得极不入耳，就可以辞退我这个当先生的了。"

董白在翠儿的耳边轻声道："快去请母亲过来。"

翠儿点点头离开。

宋柏青自顾抚琴，时缓时疾时高时低。

一曲终了，宋柏青问道："董白，你觉得如何?

董白："抚琴的先生，与之前教我的先生判若两人，此场景倘若给以前的您看，定会说，此举极不正经。"

宋柏青哈哈大笑起来："哈哈哈，果真是我教出来的学生，如此坦诚。"

董白："先生您不会是出了什么事了吧？先生的琴声虽饱满，情绪却过于激昂。"

宋柏青："孩子，前三年我教得了你，三年后发现我根本教不了你了。大明朝的贵族女娃娃们，不求精通琴棋书画，必熟读《女戒》《女训》《列女传》，守得规矩罢了。"

董白："先生是要夸我，还是骂我呢？"

宋柏青："既然文人墨客抚琴吟诗可称高雅，为何女孩诗词歌赋就生出淫邪之意了呢？"

董白："学生虽为女子，但从不觉得懂得诗词音律，会让我染得邪气。"

宋柏青："我支持你。"

董夫人跨进门来："先生你此番回来，可变得不让人认识了呢。"

宋柏青："夫人，您来得正好。"

董白做了个万福："母亲来了。"

董夫人："董白的七弦琴，是我闲来无事，教她用于打发时间的，你大可不必放在心上。"

宋柏青："夫人，关于教育董白，之前多有得罪，夫人大人大量，从不曾真正计较于老夫，今日向您赔个礼了。"

董夫人："何罪之有？姑娘家三从四德，守得规矩应该放在第一位。只是咱们这样的人家，祖上遗传下来的爱好，董白从小喜欢画画和音律，可作闲散时的玩意儿。"

宋柏青："夫人此言差矣，我们都得自我反省。此次游历途经桐城，有幸拜访了一位奇人，此人深究教养之法，精通诗歌、绘画、数理，甚至还懂医学、天文学，可谓博学多才。培养出来的孩子，通晓文史、数理，不但勤奋好学还知书达理，她的侄儿方以智，在她的授教下，十六岁就考取了举人。”

董夫人：“是吗？那定是一位既有学问又有学识的老先生了吧。”

宋柏青摆摆手：“恰恰是一位比我还年轻的女先生。”

董夫人：“女先生？”

宋柏青：“前大理寺少卿方大镇之女方维仪，奇女子也！”

董夫人：“哦？也有女子研究学问的？”

宋柏青：“老夫做先生几十年来，也从未怀疑过女子无才便是德，这位女先生让老夫受教了。董白此后不必每日抄写《女诫》。既然已经掌握便可放置一边，腾出时间也可研究诗歌、绘画，甚至天文、地理。”

董白有些不敢相信：“您说的可当真？”

宋柏青：“先生说的句句当真。”

董白：“先生画兰最有妙法，学生做梦都想学，您可以教授学生？”

宋柏青：“铺纸磨墨便是。”

董白兴致勃勃地收拾桌案。

董夫人有些无奈：“你们一个肯学一个肯教，叫我来做甚？女子无才便是德，也不全无道理。一个女子懂得多了，倘若他日出了阁……”

宋柏青笑道：“夫人忧虑甚远，今日只做今日事。董白天资聪慧，为何硬生生做朽木？”

董夫人拿起《女诫》翻了一下道：“论女子研究学问，有几个能跟班昭比较呢？”

董白对母亲眨眨眼调皮道：“班昭是史上少见的女史学家，她补写《汉书》自然可歌可颂，可她写《女诫》宣示男尊女卑我不赞同。我觉得班昭是个矛盾体，她自己的身世经历，就是最好的证明。”

宋柏青点点头：“有道理。”

董夫人讪讪地看了一眼师徒两人，拿着《女诫》果断地离开了书房：“好，我消失。”

5. 苏州一街客栈客房　日　内

青衣男子：“那么说敲登闻鼓的是个外地来的？”

景护卫：“是的，大人。”

青衣男子：“去看看。”

6. 苏州吴县县衙三堂　黄昏　内

王世仁："卑职王世仁见过大人。"

县官常青："王世仁，三十税一你可是清楚的！城西市场的过税，可是你负责的？"

王世仁："大人，除却盐、矿、纺织，由地方税课负责的，都是些零碎的临时的小商贩。所以小人的职责，还得配合税使公公完成大头的赋税。"

县官常青："别扯远了！这位老婆婆的鸡蛋，被你收了个精光可有此事？"

王世仁："大人，必须扯开了才说得明白呀，她这鸡蛋里不仅仅是鸡蛋。"

县官常青："哦，难不成鸡蛋里还有骨头？"

王世仁："这位老婆婆本是城外十里亭的一家机户，每一家机户都有登记造册的。如今他们租了织机，却不肯开机织丝，十里亭的机户十有九家如此。为了阻止机户停机停产，凡有机户改做其他买卖的，增加一道过税。"

县官常青："老婆婆，你可是十里亭的机户？"

老妪："草民是十里亭的，祖上三代都是养蚕织丝为生。"

县官常青："如今为何要停了织机呢？"

老妪："大老爷呐，养不出蚕又怎能织出丝呢！现在已是阳春三月，可早晚的河面上，还结出厚厚的冰呢。桑树愣是不抽芽不长叶，蚕宝宝不是冻死就是饿死。这几年咱们家，都是在桑田田埂上撒上黑麦，不饿死人已是万幸。"

王世仁："大人，办法是人想出来的，也有织户能产丝产绸的。"

老妪："你是说给桑树搭棚的钱大头吧？他是个千户侯，享受侯爵免税，我们普通人家怎么能比呢！他家的成本高，丝绸也卖高价呀。"

县官常青沉默了片刻："王世仁你说办法是人想出来，你们为了收机户的税银，就想出了断人家后路的办法？

王世仁："机户人人做小商贩了，那还有谁开织机呢？

县官常青："哼哼！机户但凡有丝可织，谁愿意去市场卖鸡蛋换米钱呢？我看你们想出的办法，是出门只顾伸头不顾屁股掐门洞。"

王世仁："这……这也是为了配合税使公公的上头的指令。"

县官常青重重地拍打惊堂木："大胆王世仁！公堂上你胡诌什么？你是县衙税课的人，你做好吴县老百姓的税事才是正事。税事如水，利欲取之，必先护之。"

王世仁没想到县老爷连税使公公也不理会，伏在地上大气不敢出。

门外敲响了衙门放班的鼓声。

县官常青："王世仁，办法是人想出来！给你一晚时间你好好想想，如何能让机户不断了织机，还能给你缴纳税银。你若没有能耐将功赎罪，明儿个你与我一同蹲监牢去。这就是你目无百姓的后果！两道过税你也敢收！”

王世仁额头冒着冷汗：“是，大人，卑职这就将老婆婆的过税退还。”

县官常青：“带王世仁下去，退堂！明日再审。”

冒辟疆和方以智也作揖退下。

7. 苏州董府后花园茅房　黄昏　外

翠儿拿着衣服头饰急吼吼的左顾右盼。

董白在茅房里头喊话：“哎呀，这个男人的汗巾怎么系呀？”

翠儿哆哆嗦嗦地：“小姐，你小声点。”

董白放低声音：“我系不好呀。”

翠儿：“小姐你出来，我帮你系。”

董白穿着滑稽的伙夫短装出来。

翠儿一看这般光景，没忍住扑哧笑出来。

董白提着裤腰，瞪大眼睛：“你还有工夫笑我，快点弄好它。”

翠儿一边给董白系汗巾腰带一边道：“小姐，天要暗下来了，这个时候还出去会不会不太安全呀？”

董白：“用过晚膳请了晚安，母亲困乏休息了。这个点出去自然是最安全的。”

翠儿：“奴婢是说天黑路滑，有点怕怕的。”

董白拍拍胸膛：“怕什么，亮不亮堂靠这里点着灯呢。”

翠儿无奈地笑笑将衣服塞进包裹里。

8. 苏州吴县县衙大门附近　黄昏　外

杨默生：“刚敲了放衙鼓，一会儿准出来了。”

周义郎：“默生，你急吼吼地叫我来就是为了看这个热闹呀？”

杨默生：“周大哥此言差矣，这怎么是看热闹？倘若今日敲登闻鼓进言的公子，真是为了城西卖鸡蛋的大娘，那么这个事儿，不仅关系到你我，甚至还关系到全县乃至整个苏州老百姓的切身利益。”

周义郎沉吟了一下：“我看你骨子里流的全是你父亲的血呀。”

杨默生不回话，眼睛一眨不眨地盯着县衙大门。

两个衙役将冒辟疆和方以智从县衙送出了门口。

杨默生兴奋地："出来了，出来了！"

对切：冒辟疆转身扶老妪跨出门槛下了台阶。

老妪感激地双手合十而拜："两位公子是活菩萨。"

冒辟疆扶住老人："老婆婆先回十里亭吧，事情有了更好的转机，自然会有人到十里亭告知于您的。"

两人与老妪告别。

对切：杨默生："没错，是有一位老婆婆。"

周义郎惊讶地："冒公子方公子，原来是他们！"

杨默生："你认识他们？"

周义郎："何止认识，冒公子是我们周家的恩人呐。"

周义郎拉了一把杨默生："走。"

对切：冒辟疆和方以智准备离开，曹琴钟和景护卫拦在了冒辟疆和方以智的前面。

曹琴钟："公子留步，公子义举令人钦佩。"

对切：周义郎停住脚步："等等，半路杀出个程咬金，看看再说。"

冒辟疆闪回：

随着车轮的惯性，轮子还是压过了手帕撞向子修。

说时迟那时快，冒辟疆一把拉过子修，用自己的身体挡在子修的前面。

车上下来一男子（曹琴钟），着一袭简洁朴实的淡青色长袍。既不像达官贵人，更不像普通平民。

曹琴钟蹲下身，只见手帕上一朵娇嫩的莲花。他小心地拾起帕子，转身向子修："是你的吗？"

子修受了点惊吓，怔怔地看着冒辟疆说不出话来。

冒辟疆礼貌退后并示意子修："那个是你的吧，快去拿吧。"

闪回毕。

冒辟疆看了一眼方以智，方以智也回以眼色："公子好生面善。"

曹琴钟："有缘人自然会相见，在下曹琴钟，请问两位公子尊姓大名？"

方以智："在下方以智。"

冒辟疆："在下冒辟疆。"

曹琴钟停顿片刻："江南四才子之冒辟疆、方密之，久仰久仰。"

冒辟疆："哪里哪里，冒辟疆只是在南京拜访过曹化淳曹公公的一介门生，不足一提。"

曹琴钟听闻曹化淳三个字脸色都变了："你说什么？"

冒辟疆看方以智的反应，方以智重重地点点头。

冒辟疆：“两日前，在下刚从南京曹化淳前辈处而来。”

曹琴钟眼眶湿润：“曹公公他身体可好？”

景护卫上前提醒：“大人，此处不是说话的地方。”

话音刚落，“呼啦啦”头顶飞过一群灰鸽子，众人猝不及防，抬头观望。

一支利箭朝冒辟疆背部飞来，躲在墙角的周义郎猛地冲出去，推开了冒辟疆：“冒公子快躲开。”

利箭稳稳地插入了周义郎的肩膀。一个黑影消失在巷尾。

9. 苏州一街客栈冒辟疆房间　夜　内

众人透过薄薄的绸画隔断可以看到里面。

方以智已经给周义郎上好了药，一小书童将床帘放下。

方以智从隔断里出来：“你们看，箭头是黑的，涂了促使皮肤溃烂的药，可见下手者用心之歹毒。”

冒辟疆：“周大哥的伤严重吗？”

方以智：“箭头涂了药却是钝的，伤得不深。”

冒辟疆：“那就好，那就好，要不是周大哥，伤的应该是我。”

曹琴钟：“来者气势汹汹却并不是来夺命的，这一箭只是示威以作警告。”

冒辟疆：“难道是警告我今日敲响了县衙的登闻鼓？”

方以智：“县官大人不仅接纳了我们的案子，还将税课的税吏狠批了一顿，今天的状告得很顺利啊。”

一直沉默在旁的杨默生突然发话：“但凡被收双重过税的老百姓家里，一定是有织机的。这一箭与县衙无关。”

冒辟疆：“你如何知晓？又为何让周义郎来见我们？”

景护卫：“我认识他，他是董氏绸庄的管家。我去他们那找活做，他不收我。”

杨默生似笑非笑看了一眼景护卫，向众人拱手介绍：“在下杨默生，董氏绸庄的长工。织机户进城做小买卖被收双重过税，是苏州城里的潜规定，本地人无人不知，更不敢去敲县衙的登闻鼓。在下一是钦佩公子，二来……”

冒辟疆见杨默生犹豫，走上前去询问：“二来是什么？”

杨默生鼓足勇气，突然单膝跪地：“在下一直在等皇上的钦差到来。”

冒辟疆本能地朝曹琴钟望去，曹琴钟转头回避了他的眼神，景护卫握住了腰间的佩剑。

室内一阵死寂的沉默，杨默生只听见自己粗重的呼吸声。

玄关后面传来周义郎微弱的声音："他是五义士杨念如之子杨默生。"

众人面面相觑。

冒辟疆上前将杨默生扶起："没想到你竟然还活着，当年我父亲打听过你的下落，你家左邻右舍都说你……"

杨默生："董氏绸庄的董老爷与我父亲有交情，父亲被斩当天，他怕生出事端，将我的衣物扔进河里，悄悄带我进了城。"

曹琴钟："皇上已为五义士之事翻案，你还有什么不满的？等皇上的钦差，此话你可知轻重？"

杨默生："父亲当年含冤被斩也未曾有过惧怕，我若为见大人您一面而踟蹰退缩，就枉活人世了。"

曹琴钟不再回话。

景护卫："那个，那个杨管家，话题别那么沉重，此处哪有什么钦差大人，大家都是乐于助人、关心时事的热血人士嘛。你为何说那暗箭伤人与县衙无关呢？"

杨默生："针对六扇门的税课的一个税吏三堂会审，堂内调解无伤大雅，何必暗箭伤人？县官大人或许还盼望着，有人为此事敲响登闻鼓，整顿衙门官吏。按理税课税吏直属县衙，不应首先为税使公公们差遣的。这十年来，苏州的县官没有一个能待过两三年的，当今的县官大人怎会没有此担忧呢？"

景护卫："你是说，税使公公的权力大过县官？"

杨默生："也不完全是。"

冒辟疆："地方豪绅，家族根系势力庞大，例如万鼎万家。"

杨默生瞪着眼睛："你，你们知道？"

方以智："我们猜的。"

周义郎在玄关后面咳嗽："八九不离十，万家桑田千顷，如今租户们纷纷退户，桑田荒废、织机停机，最不能忍受的，就是他家了。"

方以智："他可知天气骤冷，蚕不孵子桑不抽芽，百姓安能就业？"

曹琴钟神情凝重，在屋子里来回踱步："双重过税，他是要将老百姓往死里逼。"

杨默生："不仅如此，织造局每年进贡的丝绸织品也被垄断，如董氏绸庄因为丝绸囤积，面临关门倒闭。"

景护卫："这就是传说中的一手遮天？"

10. 苏州万鼎府上　金屋　夜　内

黑衣人（荆一）跪在地上："老爷，若不是半途闯出一个人来，那个敲击登闻鼓的家伙，一准倒下了。"

万鼎："无妨，这帮舞文弄字的登徒子，吓唬吓唬也就差不多了，他告的是县衙的税吏，挡的是本老爷的道，糊涂县官还给他开堂问审，他还想不想在本县搭台唱戏了！桌上还有一支箭你拿去。"

荆一站起来将箭拿起来："老爷还有什么吩咐？"

万鼎若无其事地端起茶杯喝了一口："去，糊涂县官有一千金。"

荆一倒吸一口冷气："老爷是要……"

万鼎得意地笑笑："怎么？你怕了？"

11. 苏州董府后花园　夜　外

翠儿拾起地上的汗巾低声道："小姐，你的汗巾掉地上了。"

董白一边整理衣衫，一边匆匆地走着："嘘——别让人看见我们了。"

树后面突然蹿出一人冷冷道："慢着！"

翠儿吓得瑟瑟发抖，董白也不敢回头。

杨默生："是我，你们把衣服和腰牌给我吧。"

董白直跺脚："侬要害煞我哇！"

翠儿重重地将包裹扔进杨默生怀里。两人急急离开。

杨默生看着她们远去，喃喃道："你们那么晚回来才吓人呢，哪像个姑娘家，哎！"

12. 苏州吴县县衙住宅区西房花园　夜　外

一弯冷月悬挂在枝头，几片零落的叶子，各自在风中拍打着，把月色映衬得格外的阴冷。忽然风向急促而凌乱，一个黑影几步蹿上树干，越过高高的围墙消失。

厢房里传来女孩惊恐的尖叫声："啊——"

厢房的门吱嘎打开，小丫头用布包裹着什么，气喘吁吁慌张地奔出花园，包裹里不断地渗出血，滴落在鹅卵石铺成的小径上。

13. 苏州董府西厢房　夜　内

红烛旁三踏步雕工精美的床榻，董白在里面咳嗽着，她撩开粉色的纱帐，探出脑袋张望：“翠儿，子修是睡下了吗？”

翠儿拿着一个用布袋装好的暖炉进来，一边塞进董白的被褥，一边小声道：“早早睡下了，就是打天雷也叫不醒她呢。”

董白：“嗯，没吵着她才好。”

翠儿：“小姐快快歇着吧。”

董白拉拉翠儿的衣袖：“没累着你吧？”

翠儿咧嘴笑笑，把纱帐塞严实了：“小姐都不怕，奴婢有什么的，能活着回来真好。”

对切：纱帐里的董白做了个鬼脸，叹一声瞪着眼睛望着帐顶出神。

回叙：苏州织造局工人生活区　夜　外

翠儿在前面带路闯进了一个院子，忽地从里面出来一帮工人。

翠儿急转想掉头，董白意识到众目睽睽下夺路逃跑目标太明显，急智镇静下来拉住翠儿：“别慌！”

翠儿跟着董白退到路边，低着头不敢出声。

工人们互相嬉闹着从她们身边经过，其中一个头上裹着汗巾的小头目，突然回过身来盯着董白、翠儿看：“喂！这两小子怎么回事？”

董白：“我们，我们……”

董白穷词了，心想：“完了，完了，怎么闯到澡堂子里来了。”

小头目上下左右打量着董白和翠儿：“没有皂豆！没有换洗衣服，两手空空。”

翠儿自觉闯祸，急得快要哭出来了。

小头目摇摇头：“啧啧啧——又是新来的两个穷小子吧。”

小头目取下头上的汗巾，慢慢靠近董白和翠儿。

董白不知不觉地往后退了一步，翠儿吓得两腿打战。

小头目突然将汗巾塞进翠儿的手里：“拿着。小王，把你的皂豆给他们一个。”

回叙毕。

董白在纱帐里偷偷乐得笑出声来。

子修在外面榻上翻了一个身喃喃道：“小姐，双鱼戏莲绣好了。糖葫芦真的好甜呐……”

董白笑着赶紧捂住嘴巴。

14. 苏州吴县县衙住宅区某客厅 日 内

县官常青焦虑地来回踱步，主簿进来立在一旁也不说话。

常青走了一阵忽然停下："你怎么不说话？"

主簿："大人，卑职怕打断你的思路。"

常青："不像话，太不像话！"

主簿："是是是，大人，下次卑职一定注意了。"

常青："说的不是你，他们竟然打起本官女儿的主意！"

一个发髻蓬乱、衣衫不整的十多岁的小胖妞（县官常青女儿）立在门口："爹爹，我要我的丫丫，没有丫丫女儿也不活了，呜呜呜——"

圆润、丰盈的常青夫人急匆匆赶来："哎呀，囡囡啊，都哭了一夜了，不吃不喝的吃勿消的呀，丫丫死了，哭也哭不回来的呀。"

常青女儿一听更伤心了，一屁股坐在地上号啕大哭："不行，不行，就是要我的丫丫回来，我要丫丫，我要丫丫！"

常青太太心疼地上前去抱，哪里抱得起来："囡囡，囡囡，地上凉呀，要生病的呀！"

常青无奈地叹气："让你找的波斯猫找来了吗？"

主簿："卑职这就去拿。"

常青："你带囡囡一起过去。"

主簿："啊？"

常青："你等等。"

常青过去抱起女儿："囡囡，让爹爹给你找丫丫吗？"

常青女儿一脸鼻涕眼泪，委屈地看着常青："爹爹，我要丫丫。"

常青："囡囡乖，主簿哥哥给你找了一个小丫丫。"

常青女儿："小丫丫？"

常青："嗯，就是丫丫的小妹妹。"

常青女儿的脸胖嘟嘟的开始聚集起来，眼看又要哭将起来了。

常青抢话道："它非常的乖，跟囡囡的丫丫一模一样，它就是丫丫。"

常青女儿天真地眨眨眼："就是丫丫？"

常青略显忧伤："对，就是丫丫。"

常青女儿转眼笑了："主簿哥哥，走，带我去见丫丫。"

主簿带着常青女儿离开。

常青叹了一声转身在椅子上坐下来，随手拿起茶杯尝了尝水温。

常青夫人随即过去夺下茶杯放回茶儿："赶紧把王世仁给放了！"

常青："你，你这是闹得哪一出？"

常青夫人："是我闹还是你在闹？你把王世仁关起来了，他是给万家办事的，那万家会放任你抓人吗？"

常青："你听听，你听听自己说的是啥子话嘛？王世仁还是不是咱们县衙的人啥？"

常青夫人："苏州话侬晓得伐？也是地地道道的大实话。你要弄伐灵清，到时候遭殃的恐怕不是一只猫，囡囡要是有个三长两短，我也是不活的。"

常青："妇道人家就喜欢把事情想严重了。"

常青夫人提高嗓门："常青！你是真傻还是假傻？昨晚那血淋淋的场面，还不够严重吗？"

主簿带着常青女儿回来了，常青女儿不哭也不笑，低着头一味地抚摸着怀里小猫咪的脑袋。

常青亲切询问："囡囡，你喜欢它吗？"

常青女儿点点头又摇摇头："它不是丫丫。"

常青不知怎么回答："……"

常青女儿又哭起来："它是丫丫的妹妹不会有错的，丫丫死了，以后就让我来照顾它吧。"

常青夫人心疼地点点头："囡囡是个好孩子，一定能照顾好小丫丫的，所以你要先照顾好自己，走，吃饭去好吗？"

主簿把猫笼递给丫鬟。

常青夫人忽又转身大声说道："常青，这个案子别往下审了。"

15. 苏州织造局南局——总织局大院　日　外

院子里乱作一团，仆人、职员、侍卫纷纷进场站位。

织造总管："你们都是干什么吃的？昨夜轮班值夜的人都死了吗？"

值班的几个小厮哆哆嗦嗦地出列，跪在石板上。

一群穿着红黑相间制服的人簇拥着一袭白衣的老者进来。

在场众人齐刷刷地行礼："提督大人。"

织造提督："叫大伙儿都散了吧。"

织造总管："提督大人，还没有查清楚昨晚进锦绣堂的，是内部人员还是外面的人？"

织造提督："锦绣堂少了什么东西吗？"

织造总管："没有。"

织造提督："那就是了。"

织造总管还想再说什么，织造提督抬起手臂挥了挥阻止了他。

织造总管："昨晚值班的留下，其他人都散了。"

织造提督已经走上了台阶，皱皱眉停下来道："不必了，叫他们也走吧。"

16. 苏州苏州万府花园　日　外

万管家："爷，茶点备好了。"

万管家引路，带着万鼎走进一个插满艳丽绢花的湖心亭。

几个打扮得花枝招展的丫鬟候在周围。

万鼎看罢打了个哈欠："这些绢花全撤下去换成素的。"

万管家向丫头们挥挥手，指引她们将绢花搬走。

万鼎端起一碗绿色的汁汤喝了一口，突然皱起眉："这个还是铁皮石斛磨的汁吗？"

一个伶牙俐齿的丫头回话："是，老爷，这是五奶奶亲手调制的，五奶奶说，怎么能让老爷喝苦味的汤汁呢，就在里面调制了蜂蜜，不仅有营养还改善了口味。"

万鼎眉眼间舒展开来："还是老五贴心。"

小丫头们转眼搬上素色绢花。

万管家："姨奶奶们真是有心，各色绢花早早给备足了。"

万鼎心满意足的模样，将绿色的液体咕噜咕噜吞下了肚子。

万管家、家丁、众丫鬟伺候万鼎用完早点。

万鼎不紧不慢问道："昨天的事都怎么样了？"

万管家靠近万鼎的耳朵低语。

万鼎频频点头："哈哈哈哈哈哈，叫王世仁别来见我了，不想看见他死笨的样子。"

万管家："是，老爷。"

17. 苏州苏州织造局南局——总织局锦绣堂　日　内

织造提督盯着一个包裹看，来来回回转着圈看。

仆人们忙碌着将窗纸重新修好。

织造提督："不像，不像进贼，哪有贼往人窗户里塞东西的。"

织造总管："提督大人的意思是？"

织造提督："打开它。"

织造总管："是。"

织造提督看着一摞整齐的缎、绢、纱、锦、绒等样料和一些绣工精湛的帕子、扇面。

织造总管一头雾水。

织造提督一边看一边频频点头："上好的织品，上好的绣工。"

织造总管："提督大人，这、这是什么意思？"

织造提督："这是来送样料的，你觉得这些东西怎样啊？"

织造总管的眼珠子滴溜溜地转："好是好，不过这苏州城除了万家，谁家也拿不出更上乘的织品了。"

织造提督："罢了，既然没有偷东西还留下了东西，就不必穷追猛打了，得饶人处且饶人，你呀，还是多多留心自己，关心好自己呢。"

织造总管不好再追究深问："是，大人。"

织造提督边吩咐侍从边走了出去："带上这些跟我去机房走一趟。"

织造总管从侍从处悄悄顺了一块样料塞进自己的袖口。

织造总管怔怔地看着织造提督离开，回头对手下道："赶紧去一趟万府。"

18. 苏州董府西厢房　日　内

董白正在书房画兰，翠儿悄悄地走到身后她也浑然不觉。

董白提笔停在半空中沉吟："笔墨之祖，如今拜了你，才知画兰真难。"

翠儿："小姐画得挺容易啊，三两下就是一株的，可比不得你之前画牡丹的功夫。"

董白："碎嘴，小心先生听见。十年画竹百年画兰，兰的雅致、韵味、精气神可不是一朝一夕能就的。"

翠儿："先生听不见，一早出门了。"

董白："又走了？"

翠儿："对啊，给你布置了作业：诗三首、画十幅、曲一首，叫你天天练习。"

董白："啊？我还指望先生能手把手地教教我呢。"

翠儿："先生说董白聪明，自己琢磨去吧。"

董白将笔放下发呆："先生是不想拿月饷吧。"

翠儿："奴婢也不要月饷了，只要能跟着小姐一辈子就好。"

董白突然站起来："子修呢？"

翠儿："子修被夫人叫到东厢房那边去了。"

19. 苏州董府绣房　日　内

一缕阳光透过窗纱，停在董夫人的脸上，董夫人轻轻地推开窗户，阳光洋洋洒洒地铺进屋子。

董夫人向着阳光感受着温度，说道："妆花纱绣品是最高档的精品，在透明纱质上，刺绣更能显出绣品的淡雅、富丽，但也更考验绣娘的针工。"

镜头摇至绣架上，一双巧手上下走线，透明的纱上，漂浮着几朵灵动的五彩祥云。

董白边喊边跑进来："子修……子修在吗？"

子修一不小心刺到了手指，一滴鲜血染红了透明的纱。

董夫人："莲儿。"

董白一把拉起子修："娘，子修可不能去做绣娘！"

董夫人："这孩子一惊一乍的，不在先生那儿读书，跑这里来做什么？"

董白看子修手指出血了赶紧握住她的手查看："娘， 你看子修都刺到手指了。

子修一手扬着纱布一手被董白握住，愣愣地说道："小姐，是你刚才惊到我了。"

董白反应过来撒开手，子修用纱布缠绕手指。

董夫人："莲儿，问你话呢。"

董白："娘，今日先生出门了。"

董夫人："又出去，唉——走吧走吧，这个家迟早要散的。"

董白："娘，子修她……"

董夫人感觉困顿，靠着榻沿坐下来，手里拨弄着一小串檀珠："子修她是你半途上带回来的，不仅是个实在孩子，而且在刺绣方面有一定的天赋，所以趁娘现在还有精力教她，就让她多学点。以后对她来说也是一门生计。"

董白撒娇地趴在董夫人的腿上："娘，女儿还以为您打算送子修去做绣娘呢，吓我一跳。"

董夫人不自觉地将董白拥入怀里，疼爱地抚摸着她的脑袋，眼睛却茫然地看向窗外："唉——我的儿啊，娘巴不得你和子修，能一辈子围在我身边呢。"

子修天真的样子："我喜欢做绣娘的，嬷嬷说做绣娘不但可以天天学刺绣，还可以领月钱呢，尤其是宫里的绣娘，月钱比别处多出好几倍呢。"

董白噌地坐起来："子修，你过来。你可知道被宫里选中当绣娘，除了刺绣还要做什么吗？”

子修磨磨唧唧地走过去：“不知道。”

董白：“宫里所有的绣娘，都是去伺候皇上的，伺候皇上你会吗？”

子修懵懵懂懂：“不知道。”

董白：“皇上后宫佳丽三千你可知？反正我是死也不愿意的。”

董夫人：“莲儿，有些话不要说太多了。”

董白：“她是个傻的，我得告诉她。要嫁人也只能是嫁我爹那样的，我爹爹这辈子只娶我娘一个，从成亲之日，就下定决心此生不再纳妾。”

董夫人端详着女儿的脸，泪水在眼眶里打转：“莲儿，你生在这样的家庭，不知是幸运还是害了你，你爹爹这样的是为娘前世、今生、来世唯一的一个，他不是芸芸众生皆可得呀！”

董白：“娘，子修要当绣娘也只在家里好吗？”

董夫人：“好好，谁说不是呢。”

子修开心地拍手：“好呀好呀，做绣娘还有好吃的糖葫芦呢。”

董白：“吃吃吃，就知道吃的小吃货，手还疼吗？”

子修：“早就不疼了。”

董夫人：“好了，接下来不绣五彩祥云了。”

子修兴致勃勃：“夫人，那您要教新的吗？”

董夫人：“对，新的。五彩金雀！”

董白：“偏心偏心，五彩金雀！娘都没有教我呢。”

子修欢呼雀跃着：“好呀好呀，五彩金雀，五彩金雀……”

声音渐低，镜头淡出。

第五集　钦差夜审织造提督　董氏库房一日售罄

1. 吴县县衙寅宾馆　日　内

方以智端详着昨晚写好的状纸，冒辟疆手握着一支箭，等候着。

年轻的主簿进来：“各位回吧，今日暂不开堂听审了。”

冒辟疆：“这是为何？怎么说停就停呢？”

主簿：“诉讼调解嘛，等调解好了，自然会通知各位的。”

方以智：“既然是诉讼调解，当然要双方在场呀！”

主簿无奈：“该说的就这些，你们自便，我回了。”

冒辟疆：“哎哎——等等，我们这还有新状纸新案件上报。”

主簿停下脚步，半晌才回头：“什么新案件？”

方以智递上状纸和箭。

主簿：“这箭是哪儿来的？”

冒辟疆：“昨晚从县衙出去，几十米处的巷子里。若不是一个兄弟及时赶到，今日我便不能站着跟你说话了。”

主簿倒吸一口冷气：“跟昨夜县衙后花园那支一模一样。”

冒辟疆：“难不成常大人他……”

主簿：“不是常大人，常大人千金的波斯猫，当场毙命。”

方以智与冒辟疆对视，目瞪口呆。

2. 董府东厢房游廊　日　外

歌声导入：“蒹葭苍苍，白露为霜。所谓伊人，在水一方。溯洄从之，道阻且长。溯游从之，宛在水中央……”

特写：一双绣花鞋飞速地在游廊石板上奔走。

翠儿呼哧呼哧地喘着气，鼻尖冻得红红的，唇边冒着白气儿。

翠儿猛地推开绣房的门：“不好了，不好了。”

董白的歌声和众人的笑声戛然而止。

翠儿："夫人，万老爷带着一帮人进了正厅了，拦也拦不住。"

董夫人："杨默生呢？"

翠儿："他，他一早就出去了。"

几个人等着夫人的下文。

董夫人将手里的丝线轻轻地绕好放下："走，去看看。"

3. 董府正厅　日　内

董夫人第一个跨进正厅门槛，后面跟着董白、翠儿和嬷嬷。

一帮粗汉横七竖八地歪在椅子上，并不见万鼎本人。

董夫人调整呼吸："你们万老爷呢？"

万鼎慢悠悠地从柱子后面转出来："董夫人，听你这口气比我还急呢！"

董夫人："不知哪个王八蛋，不事先通报一声，怠慢了万老爷万金之躯。嬷嬷赶快吩咐下去，拿出上好的茶水招待各位爷。"

万鼎轻蔑的笑容："董志不在家，董夫人愈发娇艳动人了。"

董夫人掩饰不住的厌恶："董志不在家，还有孤儿寡母在呢，万老爷有什么事？尽管吩咐就是。"

万鼎一会儿盯着董夫人，一会儿盯着董白看："哪敢呢？这大小美人在面前一站，是个人就得丢掉半条魂。各位你们说是不是吧？"

十来个地痞的笑声使得董府大厅震雷响，董白不由得往后退，董夫人一把拉住她，低声而坚定地说道："叫你别跟来，你偏要来，现在给我站稳了。"

董夫人："万老爷那里五百两银子转眼垒成了一千两，但凡拿得出，怎会由着它利滚利加价。"

万鼎："我真喜欢你说利滚利加价这句话，这个不急。"

董夫人："那你想干什么？"

万鼎突然语重心长的样子："我还想问你想干什么？你董氏绸庄的东西，偷偷塞进织造局锦绣堂的门缝，亏你还是个大户人家的太太，做出如此偷鸡摸狗的事情！偷摸进织造局锦绣堂，你可知那是什么罪吗？"

董夫人目瞪口呆："你，你说什么？"

董白异常紧张地嘀咕："他，他怎么会知道？"

万鼎："织造局的样料，早就定了我们万氏绸庄的，人说不看僧面也得看看佛面，你董氏是摆明了要跟我万家对着干呀。"

董夫人："你，你在说什么？我怎么听不懂呢？我们董氏清楚自己几斤几两，哪敢跟您万老爷比试个高低啊？如今董氏连个织造局的门都进不去，还往门缝里塞样料，那不是小孩子玩闹吗？不然，董志至于山高水远地去太原吗？”

董白额头冒着冷汗。

万鼎想了想，调低了说话的音量：“料你也不会有这个胆量！或许是你家庄上，哪个不知天高地厚想钱想疯了的工人干的，董志不在家，董氏的安危夫人可得管一管。”

董夫人：“咱们董氏不可能会出这样的事。”

万鼎：“旺三，把东西拿过来。”

地痞递上一块植绒丝料，董夫人凑近细看。

董夫人：“孔雀蓝植绒整个苏州城除了我们董氏再无别家了，你怎么会有董氏绸庄的样料？”

万鼎：“这回你该信了吧，昨晚有人往织造局送董氏样料。”

董夫人不知所以（旁白）：“到底是什么人？冒这么大的风险去做一件蠢事。”

万鼎：“确实挺蠢！提督大人不追究这件事，就算过去了。”

地痞凶巴巴地：“再有下次，一旦查出是谁，非死即残！”

此时的董白已全无惧怕的神色，她咬咬牙恨恨地盯着那几个地痞。

董夫人：“哼，万老爷不分青红皂白，带着一大帮人马是来兴师问罪的。”

万鼎：“哪里？是提醒提醒，董志不在，我万鼎还不得多帮衬帮衬。兄弟们，时候不早了，回吧。”

董夫人冷冷地：“不送！”

万鼎嬉皮笑脸地：“照顾好你家女公子，董志好福气好福气啊！哈哈哈哈……”

万鼎等人夺门而去。

董白紧握着拳头一动不动，翠儿忍不住朝着那帮人的背影啐了一口。

董夫人气得瑟瑟发抖：“杨默生，杨默生呢？嬷嬷快差人把杨默生给我去找来！”

董白这才回过神来：“娘，娘，你找杨默生是为何？”

董夫人：“这董府上上下下能做此等冒失的事，除了他还会有谁？！”

董白焦急却无计可施。

4. 苏州一街客栈　日　内

曹琴钟背对着冒辟疆、方以智、景护卫望着窗外，忽又转过来直奔书案，提笔疾书，转而将书信交给景护卫："我在此没有断案的权力，事不宜迟，尽快将苏州织造局的现状呈报给皇上。"

5. 苏州纺织行会聚集地　日　内

行会会头："小兄弟，你的提议还真是个好法子，我们纺织行会遍布各家机户和产生丝的农家，只要稍做统计，谁家有丝谁家有绸自然就清楚了。"

杨默生："原本市场自行，根本用不着这些，可如今没有几家会走自由市场，各家交了过税、铺税，基本上白忙活一场，如果能免费为机户、桑农牵线搭桥，那可是帮了大忙了。"

行会会头皱皱眉头："只是行会里头……"

杨默生："行会里头有为税吏跑腿的听风的。"

行会会头："你也知道，一旦……"

杨默生又抢了话："一旦风声走漏，这个事情是办不成的。"

行会会头："你是周大哥的小兄弟，周大哥拒绝当会头也是因此，行会不能真正为平民百姓办事，实属无奈。"

杨默生："只做区域分组统计，不公布牵线搭桥的事，分组为缴纳工人个税统计更方便，每月以各组为单位上缴。恐怕税收公公们也会赞成这个统计缴纳个税的方法。至于我们想做的，各组都有私人小作坊和工厂、商铺的工人，谁家有什么，谁家缺什么，也显现出来了，就算你不表明用意，他们也会自己设法做调整、补给。"

行会会头激动地点点头："没想到你小小年纪还有这番考量。"

杨默生："原本董氏合作的有几十家机户，如今董氏库存积压，机户们受到牵连，也是万般无奈，寻找着出路。"

行会会头："路难走也得走下去。"

杨默生："这段时间周大哥不能来行会了。"

行会会头关切地问道："他怎么了？"

杨默生想了想回答道："你放心吧，他不小心受了点伤，休养一段时间就没事了。"

行会会头甚是担心："喔？怎么受的伤？"

杨默生不愿再多说："日后你自会知晓，先行一步，告辞！"

行会会头："哎——小兄弟，小兄弟！"

杨默生已经急匆匆地离开。

6. 苏州织造局绣房　日　内

绣工们齐刷刷地立着。

织造提督："这么说我们织造局的绣房，竟然绣不成这般的绣品？"

绣工长："别说绣品，首先这样的布料，咱们这里也没有。不瞒大人，我们这里几十号人，无一人能及此等针工。不过，既然是偷摸着塞进锦绣堂，说明绝不是什么正路！"

织造提督："居心叵测？"

绣工长夸张地说道："对，居心叵测！"

织造提督："好一个居心叵测！自从董氏一落千丈退出织造局以来，这几年的丝绸还勉强可以，绣品的品质是差了许多哇，上头不知晓的，就说气候问题、丝质问题，若知晓民间还有上好的绣品被忽视，那老夫这个提督不是秤砣是铁砣。"

众人低着头不敢作声。

织造提督："老夫是京城来的外地人，你们个个都是本地人，你们可不能欺瞒老夫啊！"

绣工长："哪敢哪敢呐大人，大人一言九鼎，织造局才有繁荣昌盛啊。昨夜此人是向咱们织造局有意挑衅呢，谁知道是哪儿弄来的样品给大人您添堵的呢！"

织造提督"呵呵"笑了两声，摇摇头走向大门。

绣工长在后面："大人慢走。"

织造提督停下脚步，慢慢转过脸："就是搞不明白，这里除了工长你，其他人都是哑巴吗？"

绣工长点头哈腰地笑答："在提督大人面前，咱们做下人的，哪敢随便说话呢。"

织造提督沉吟了一下："嗯——不是，绝对不是，大概你底下不说话的那些，个个比我更清楚。"

绣工长低着头等织造提督离开后，对众人道："既然是万家包了这里的活，你们只管按要求干活拿工钱，不用管别的闲事，只要记住，我这个工长姓万，你们也姓万。"

绣工们默不作声，纷纷走向各自的绣架干活。

7. 苏州董府正厅　日　内

董白和嬷嬷、翠儿等几个垂手立在董夫人两旁。

杨默生匆匆跨进正厅作揖道："夫人，默生来晚了，那万老爷没有为难咱们吧？"

董夫人气鼓鼓地盯着杨默生："你自己做的好事，自己心里清楚。昨晚上你去干什么了？"

杨默生用余光打量着翠儿，想搜寻出点信息来。翠儿努努嘴又朝董白看看，董白难堪地朝杨默生点点头。

闪回：

杨默生："是我，你们把衣服和腰牌给我吧。"

董白直跺脚："侬要害煞我哇！"

翠儿重重地将包裹扔进杨默生怀里。两人急急离开。

闪回毕。

董夫人："杨默生，怎么？敢做不敢认了是吧？"

杨默生支支吾吾不知如何是好："昨，昨晚……"

董夫人："哼！你又擅作主张，将我们董氏的样料，偷偷往织造局锦绣堂里塞。你那么做，是要害死我们董家吗？"

杨默生看着翠儿道："把样料塞进了锦绣堂？"

翠儿点点头。

董夫人："别说你不知道！"

杨默生叹了一声："哎——这个样料，也不应该会有董氏的字样吧？"

翠儿不自觉地搭话："对呀对呀，凭什么就认定是咱们董氏绸庄的。"

董夫人拿起孔雀蓝植绒缎料抖了抖："小孩家家，可笑！织造局里是什么人？一个个全是丝绸行的精怪！万老爷一看这个，整个苏州城除了董氏，还有谁家有这个的！"

杨默生无奈地看看董白："织造局里全是万家的人，是咱们疏忽了。"

董夫人一拍桌子："荒唐！你忘了隔壁秦老头家店铺的那把火了吗？杨默生你再擅作主张做出出格的事来，下一个火场就是咱们董家。"

杨默生跪在地上直冒冷汗。

董白："娘，让织造局的人看看咱们董氏的样料，怎么就得变火场了？还有没有王法了呀！咱们不偷不抢，就是放个样料供他们参考，这也不行吗？"

董夫人："你们可是亲眼看见，刚才万家的人是怎么打上门来的吧。杨默生！董家有个三长两短，你负得了责任吗？"

杨默生看了一眼董白："夫人，您惩罚默生吧，这事做的确实太唐突了。"

董夫人："明天开始，管家的事你不用理了，重新去打杂吧，这个适合你。"

董白急了："娘，此事还胜负未分呢，说不定提督大人看了会有新的看法呢？"

董夫人厉声道："莲儿，我看你也是个拎不清的，你不想跟着杨默生一起罚跪就跟我去后院。"

董白为难地看了看杨默生，却也无计可施。

偌大一个厅只剩杨默生一个人孤零零地跪着。

8. 苏州城一街客栈　日　内

方以智："这会儿曹大人大概已经进了织造局了。"

冒辟疆低头沉浸在自己的思考中："昨晚我就将曹公公的信件交给他了。"

方以智："就如曹前辈所说，曹大人果真是个正直、有担当的人，我看这事交给他，完全可以放心，只是事情本身有几层把握就不清楚了。"

冒辟疆："事情千头万绪，侯兄父亲被弹劾，此去恐怕也是凶多吉少。"

方以智："冒兄不要过多忧虑，相信事情一桩桩总会水落石出的。"

冒辟疆打开客栈房间的窗户向外观望。

9. 空镜头

镜头从一街客栈窗户延伸至街巷远处，街上行人、车马在快进。

树梢斑驳的光线渐渐暗淡。

10. 苏州董府正厅　夜　内

厅内一片漆黑，杨默生依然跪在地上，他对着墙上松鹤延年的丝绸画一动不动。忽然，一丝粉红的光线在丝绸画的白鹤上闪现，光越来越近，慢慢扩大开来，杨默生身后传来"吱嘎"的开门声。

杨默生回头。

董白一手提着灯笼，一手拎着食盒站在门口。

董白轻声地："嘘——这会子除了我，谁都不敢给你送吃的。"

杨默生："我能扛饿，三天三夜不吃也死不了。"

董白放下灯笼，准备将食盒里的饭菜拿出来放在地上。

杨默生看看周围，突发奇想："等等，能——坐着吃吗？"

董白停顿了片刻，笑道："对呀，为什么不上桌吃呢。你等一下。"

董白将饭菜端上了桌，看杨默生依然在地上跪着不动："还跪着干嘛，你起来吃呀。"

杨默生尴尬地笑道："起，起不来了。"

董白过去扶他，杨默生的腿完全麻木了，才站起来又歪了下去，两个人都摔倒在地，杨默生的手不小心压在了董白的身上。

董白本能地将杨默生的手甩开。

杨默生的脸刷的红了："对……对不起，小姐。"

董白倒是不在意，关切地问道："你的腿怎么了？"

杨默生低着头敲打双腿："没……没事。"

董白："你傻不傻呀，几个时辰都笔直地跪着啊？至少没人的时候，你总可以倒在地上坐一会儿吧。"

杨默生平静地看着董白道："这有什么的，我愿意。"

董白内疚地说道："该说对不起的应该是我，我怕伤了母亲的心，所以……"

杨默生此刻腿上疼，心里却美滋滋的："腰牌是我给你的，要说错，也是我错在先了。"

董白想要再次去搀扶杨默生："饭菜要凉了，快去吃吧。"

杨默生躲开董白，踉踉跄跄地自己起来，在饭桌前犹豫了一下，还是坐下了。

董白以为杨默生对自己还有几分怨气，便柔声细语道："让你受苦了。"

杨默生坐下默默地吃饭，董白立在一旁有些不自在。

董白："我出去看着点。"

杨默生低着头发话："小姐，能坐在这里吃饭的，该不是杨默生对吗？"

董白回头奇怪地看着杨默生："你说什么呢？我不明白你在说什么，你知道我把你当朋友的。"

杨默生一直没有抬头，听到董白推门出去，他慢慢地抬头朝大门方向看去，眼角却挂着一颗晶莹的泪珠。

11. 苏州董府正厅外院子　夜　外

董白手脚有点冷，在石板路上跳格子。

远处回廊尽头，嬷嬷带着两个小丫头过来了。

嬷嬷："连个门都摸不着，过去小半个时辰了，还告诉我你们没找到。夫人留着你们，就是给我添堵的。”

十来岁的小丫头奶声奶气地：“嬷嬷，近来夜里园子里都不打灯，天太黑了，我们有些害怕。”

嬷嬷：“罢了罢了，在娘怀里撒娇的孩子，还能帮衬做什么事吗？夫人就是个活菩萨。”

声音由远及近，董白急匆匆地推开大门，里面并没有亮灯，黑漆漆的看不见人。

嬷嬷在外面喊道：“杨默生你出来吧。”

一缕光洒在杨默生背上，影子拖得老长。

嬷嬷：“夫人其实知道你是为了帮衬董家做事，等她过几天消了气或许就没事了。委屈你暂时搬到工坊去。”

杨默生：“嗯，晓得的。”

嬷嬷：“那你自己过去。”

小丫头把手里的灯放到地上。

嬷嬷和两个小丫头离开。

杨默生对门背后的董白道：“她们走了，没事了。”

董白：“娘这次大概真的生气了，都罚了跪，还不依不饶的。”

杨默生：“你们胆子也太大了，把样料塞进锦绣堂去。不过也好，虽然惹恼了万氏绸庄，那万氏横竖就是一个横，也就那样了，但是至少引起了织造提督的关注。今天钦差进织造局看样料，正好可以派上用处。”

董白：“你那么确定？”

杨默生：“我见过钦差了。”

董白：“啊？你不早说，我还费那个劲？”

杨默生：“拦得住你吗？你们一闹推波助澜有利有弊，不过事情摆到台面上，可能会更清楚些。”

董白：“嗯，杨默生，没想到你还真有本事。”

杨默生：“小姐回去吧。”

董白点点头。

12. 苏州织造局锦绣堂　夜　内

织造提督坐立不安地在屋内来回走动。

闪回一：

织造提督和曹琴钟在前头，后面跟着一排穿着织造局制服的人员。

众人穿过一个长长的天井，两旁是整齐的织机房，门口各放置着半人高的大水缸。

织造提督热切地介绍着织工情况和技术改良后的丝织品，曹琴钟走得飞快似无心细听。

闪回二：

一个空旷、简朴，四面开着窗棂的展示厅，一排排的木桅上，各种丝绸样料像一个个静默的少女。有的柔软光亮，有的垂感厚重，有的轻薄如蝉翼，但是近看，就会发现有抽丝的、断丝的、经纬度不均匀的。

织造提督紧张地靠近曹琴钟："曹大人，你看，这里陈列……"

曹琴钟摆摆手："不必细说了，容我观看一番吧。"

闪回毕。

织造提督皱着眉头自言自语："曹大人到底是什么意思？"

门"吱嘎"一声被推开。

景护卫立在门口："提督大人果然还在，大人请。"

曹琴钟现身跨进门槛："久等了。"

织造提督："曹大人快快请进。"

景护卫即刻掩门退出。

曹琴钟："提督大人一向可好，皇上甚念呐。"

织造提督颤颤巍巍地欲下跪感恩："皇恩浩荡，老夫……"

曹琴钟搀扶住了公公："公公，此处只有你我，再说皇上也不喜好繁文缛节。"

织造提督李公公："哎，到苏州一个年头了，想皇上了。"

曹琴钟："李公公在此受清苦了。"

李公公："受苦不敢说，就是孤独，孤独的滋味不好受哇。"

曹琴钟："这一年里，公公每个月都有信件送往京城，比以往的织造提督都勤快哦。我在御书房打理这些信件，也感受到皇上的滋味，同样也是孤独。"

李公公："大人不如说，这些信件没有什么价值吧。哎，不知是老了，还是反应迟钝了，苏州城虽说有大户、平民，财富、权力也有不均衡，但是出奇的平安、平静。按理说这该是好事情吧，心里头却又感到莫名的恐慌。"

曹琴钟："据说苏州城内又增加了过税和工人个税，这些都不曾有民众怨言？"

李公公："按各地情况，倘若合情合理管理，过多的劳动力作为调派，也有它的积极意义，再说这些又由税使公公们管辖，皇上还夸赞苏州、南京税况良善，老奴眼力范围内也相安无事。"

曹琴钟："你可知几天前，在吴县县衙门口有人敲响登闻鼓？"

李公公："几天前？昨天刚去过县衙，并不曾听说此事。"

曹琴钟："你不曾听说也是意料之中。是个外地来的公子，为西市过税苛刻递交了状纸。"

李公公："哦，竟然是个外地人？"

曹琴钟："呵呵，不是外地人，也不敢如此耿直递交状纸了，当日三堂会审出来，此人在县衙门口险些丧命。第二天常青常大人，推托暂停会审。"

李公公："何人如此张狂？常青是个挺正直的人，为何推托会审？曹大人才到的苏州，怎么就知道此案了呢？"

曹琴钟："我早到苏州三日，竟然比你待了整整一年得到的信息还多，可见织造提督究竟是个什么官职，已是大白于天下了。"

李公公："满眼皆是天衣无缝。"

曹琴钟沉默片刻后问道："万鼎，你不会不识得吧？"

李公公诧异："万鼎，当然认识，他的家族有渊源，父辈皆是勤俭持家之人，虽享受爵位却从不懒散，经营家业有方，桑田、纺织、矿业、商铺甚至还帮人做押镖的买卖。这个万鼎的姐姐嫁给了当今皇上身边红人首辅温体仁，他姐姐屡次劝他随姐夫做个官，也好荣光家族，万鼎都严词拒绝了，他说自己有手有脚，自己打拼自己过活。此人还乐善好施，咱们织造局那么多房舍需常年维修，都是他出的工人出的费用，是一笔不小的数目。他还包了我们绣工坊，这个耗时耗力最不赚钱的活计。

曹琴钟："听你这么一说，这个万鼎真是个令人敬佩的人呐。"

李公公："这个不会有错，前不久我们还见过面，为了三月份迎接曹大人来苏州看样，他是出了不少力的。今年的天气比往年更加寒冷，桑不发芽蚕不吐丝，织造局的生丝供应链也出了问题，幸好有万鼎帮忙，不但及时供给，而且价格实在优惠，不多收一分钱呐。"

曹琴钟："哦，原来这个万老爷帮了李公公不少忙啊。除了万家，苏州城内没有其他有能力的丝绸之家吗？"

李公公："有倒是有，只是近年越发不景气了。董氏绸庄一向品质至上，不知为何今年连样料都不曾递交。对了，昨天发生了一件怪事，为此还特意跑了一趟董府核实，结果并不是如我所想。"

曹琴钟："噢？什么怪事？"

李公公："有人悄悄往锦绣堂塞了个包裹，里面全是精美无瑕的丝绸样料。"

曹琴钟："哦？"

李公公："当时第一感觉这个东西可能是董氏绸庄的，所以我差人去董氏问个究竟，不料被一口拒绝，这个事就怪了。"

曹琴钟："不奇怪，你想，常青会拒绝三堂会审，董氏就可能拒绝承认递样料。"

李公公："对啊，那外地人敲登闻鼓是怎么回事，常老爷又是怎么回事？"

曹琴钟坐下来："容我喝口水慢慢说与你听。"

李公公也坐下来，身子呈现倾听状，镜头淡出。

13. 苏州织造局锦绣堂外院子　夜　外

冷白的月光洒在庭院中，一阵风卷席着零星的几片树叶跳动着。

景护卫环抱着胳膊紧了紧身子。

14. 苏州织造局锦绣堂　夜　内

李公公："这……这不可能的吧！我也派人到民间走动，甚至在各行会安插了眼线。隐约有苏州几个大户联盟抬扛万家的消息，万家都是以德报怨。"

曹琴钟："你呀你呀，李公公你派出的人马，能出得了织造局大门吗？"

李公公："你说别家尚且可信，那万家是不能够。就说那董氏绸庄的董志，要说董氏绸庄生意一落千丈，就是给他那臭脾气给害的。一言不合，一拍两散，不给人留余地。若说那董家目前的状况，要报复衙门，报复咱们织造局，或许还可能呐。"

曹琴钟："李公公，你说此话担得起责任吗？"

曹琴钟敲了敲窗户，窗外景护卫吹响口哨，几个跟景护卫一样装束的大汉推门而进。

李公公吓得连连后退："你们要干什么？"

黑衣护卫将一个箱子放在李公公面前。

曹琴钟："李公公，这个你不会不识得吧？"

李公公跌倒在座椅上："事已至此，我无话可说，你们尽管拘了老奴去见皇上吧。"

曹琴钟："不，李公公，你得说。"

其中一位黑衣人"刷"地扯开外罩长衫，里面是一件普通工人的短装："这个箱子送来时，提督大人并不知情吧？"

李公公："你，你到底是何人？"

黑衣人：“织造局染工房工长周义郎的义弟是也。”

李公公：“与你何干？”

黑衣人：“这一箱子金条是那霸头差我送与你，你当初不知情还情有可原，可事到如今仍不知情，就说不过去了吧。”

李公公：“你……你们？”

曹琴钟：“皇上知道李公公是个老实人，既不贪功也不邀利，就是想弄清楚‘相安无事’的真实情况。”

李公公：“就知道这箱金条是来讨命的。我想过上交公堂，可来历不明，上交容易，其中的来龙去脉，就更混沌不清了。”

曹琴钟：“李公公你不讲实情就不好了。”

李公公：“好，我就是怕死，怕怎么死都不知道。其实，几个月后，发现局里局外都是万鼎的人，他的人缘好得惊人，我哪能不清楚的。只是在我眼力范围内，他并无做出出格的事，安全起见我也只好装糊涂。”

曹琴钟：“李公公是真糊涂啊！”

黑衣人：“不管你是受淫威胁迫还是被收买，织造局的局面你默认了。”

李公公耷拉着脑袋：“戏里戏外，我都该出局了。”

曹琴钟：“昨晚锦绣堂的包裹就是董氏绸庄的，样料的品质你已见得，这出戏你暂时不能出局。”

15. 苏州董氏绸庄库房　日　外

董夫人亲自指挥，将丝绸布匹一一装箱搬上平板马车。

董白带着子修、翠儿匆匆赶来。

董夫人一手拿着记账簿一手点数，顾不上看董白一眼。

董白上前拉住董夫人的衣袖：“母亲，到底发生什么事了？”

董夫人平静地：“莲儿，你不在家做功课跑来做甚？”

董白：“府上都沸腾了，有的说董氏迟早还是要发达的，有的又说是祸躲不过，藏着掖着的，还是要被抄了家去。”

董夫人：“让他们沸腾去，敢当着我的面说，就一个个揭了他们的皮！”

董白：“娘，这些丝绸是要往哪里运呀？”

董夫人：“织造局，官差来报，今日午时前，必须将上等的两千匹彩缎和一千匹纱罗送至织造局，按历年价格收购，不得有误。”

董白看着董夫人一头雾水：“就，就这样吗？”

董夫人：“就是这样，你别挡着我了。还有一千五百匹等着装箱，误了时辰可怪不得别人。”

董白连忙退后，董夫人忙碌开去。

董白看看子修又看看翠儿，三人露出天真烂漫的笑容。

董白忽又想起什么追上母亲：“娘，娘，还有咱们的绣品，咱家的绣品可是全江南最好的了。”

董夫人回头冲董白点点：“莲儿乖，快回府去。”

董白乐呵呵地：“嗯——这就回去。”

董夫人又叫住董白：“慢着，叫那在下房干杂活的臭小子快些过来帮忙。”

董白咧着嘴大声回答：“哎——知道了。”

对切：巷子的一侧楼台正好居高临下对着董氏库房，一群人簇拥着万老爷。

万鼎：“东林党的人，手伸得是不是太长了，也怪不得姐夫大开杀戒。”

万府管家：“怎么一夜之间就掰了咱们的手腕。”

万鼎：“哼！这个姓董的平日里看着他老实，谁知道背地里干些什么名堂！”

管家：“老爷，我看这个姓董的没啥花招，他家的东西确实不错。多半是东林党的人作怪。”

万鼎：“放屁！管他什么人只要是跟我万家作对的，绝不轻饶！”

管家低着头：“是是是。”

万鼎：“雕虫小技！还搞不死你们！”

长镜头切至董白蹦蹦跳跳远去的背影。

16. 苏州城一街客栈　日　内

周义郎已经下床。

方以智搭脉毕：“周大哥果然好筋骨，脉象已无大碍。”

周义郎：“射程远，伤得不深罢了，多谢公子医治之恩。”

方以智：“哪里的话，是周大哥救了咱兄弟。”

周义郎：“方公子，在下得回织造局了，此地不宜久留，还请多多保重。”

楼下传来一阵吵闹声：“六扇门的，捉拿乱党，例行检查！”

方以智：“周大哥快走。”

周义郎：“我岂能不管公子先行离开。”

方以智已经将床单挂到窗外：“周大哥速去织造局告知曹大人，就说我被衙门捕快带走了。”

周义郎：“啊？”

门外急促的敲门声。

方以智将周义郎推向窗外："周大哥你可下得去。"

周义郎已经跨出窗台："方公子小心哪。"

门栓被打开，一群人冲进房间。

捕头冲过去推开方以智往窗外瞧，床单下空无一人。

捕头："逃走的是何人？"

方以智从容地走过去将床单收起来："今日天气好，将床单上的霉气晒一晒。"

捕头："把你的信牌拿出来。"

方以智从袖袋里掏出信牌递过去。

捕头："你就是方以智，那逃走的是冒辟疆吧？带走！"

几个捕快七手八脚地上前去。

方以智："不劳驾各位，本公子自己走。"

17. 苏州董府柴房　日　外

董白带着子修来到柴房外。

子修看着整理得井井有条的院子惊叹："哇！小姐你看，咱们是走错地方了吗？"

董白嘟嘟嘴："知道为何杨默生年纪轻轻能当董氏的代理总管了吧？"

杨默生满身灰尘，抱着一些柴条进来，整齐地叠在柴堆上："现在可不是什么总管，别让人听见了笑话。"

子修："小姐不笑话，谁敢笑话？"

董白："杨默生，告诉你两个好消息，一个咱们董氏的，一个关于你自己的，你先听哪一个？"

杨默生低着头掸去肩上头上的灰尘："小姐，别打趣了，就算绸庄有什么好消息，也不会来得那么快吧。"

董白："杨默生听令，母亲叫你快去库房发货。"

杨默生眼里冒出光来："真的？"

子修："小姐说的还会有假，怪不得翠儿姐姐说你是呆子。"

杨默生咧着嘴笑了："谢谢夫人和小姐！默生这就去。"

董白看着一溜烟跑远的杨默生，半天说不出话来。

子修："小姐，怎么了？咱们也走吧。"

董白摇摇头："原来这个杨默生也会笑啊。"

18. 苏州街道夷光豆腐店　日　外

夷光豆腐店的招牌陈旧，有多半是掉了漆的。万鼎坐在招牌下的轿椅上打了个喷嚏：“阿嚏！这鬼天气，哪一点有阳春三月的样子！这街头刮的是哪门子妖风，冷得要命！”

轿夫四人齐刷刷地排队替万老爷挡风。

万鼎没好气地：“走开走开，别挡着小嫂嫂。”

众人走开，只见一妇人和一十几岁的男孩趴在地上朝万鼎磕头。

万鼎：“小嫂嫂，这里整条街都是万家的了，就你一家豆腐店，死赖着不肯盘给我，到底是个什么道理？你抬起头来，让万某也见识见识。”

妇人全身上下没有一处不在颤抖，半天才抬起了半个脸来。只见那妇人，虽皮肤黝黑却生得端庄俏丽，眉目生情。

万鼎慢悠悠地：“怪不得那东街的捕头，几次三番替你说情，原来是个俏寡妇。那捕头与你是何关系？为何你要与万家作对，迟迟不肯搬走，从实招来！”

妇人：“万老爷，这豆腐店是我那死去的丈夫，留给我和小儿过生活的唯一家当，孤儿寡母靠着这个小店铺活命，关门一天，一天生活就没着落。哪敢与您大老爷作对呀！”

万鼎忍不住又打了个喷嚏。

一旁的地痞打手连忙接话：“你个骚寡妇！勾引那捕头不说，还装什么良善哭什么穷啊！”

万鼎乐了，饶有兴致地：“平时怎么教你们说话的，别那么粗俗。小嫂嫂，你与那捕头果真没有什么别的关系？”

妇人：“我那死去的丈夫原也是衙门的捕快，是为救一个小姑娘被西市的地痞活活打死的。若不是捕头好心帮衬接济，我们娘俩也活不到今日。”

万鼎听罢突然厌恶地看着身旁的打手：“晦气的很！这么冷的天在哪儿听故事不好，回府去。”

众人齐刷刷地回应：“是，万老爷。”

轿夫抬起万鼎抬步转身而去，管家急急地跟在一旁：“老爷，咱不盘夷光豆腐店了？”

万鼎：“哼！盘豆腐店，我看你们是想给我盘官司呢！前街后院都是万家的地盘，你们就想不出个点子来让她走人吗？”

管家：“是是，回头就想办法。”

19. 苏州郊外十里亭牌楼下　日　外

老妪拉着冒辟疆对着一群乡亲说道："今日咱们十里亭来贵人了，这位公子就是那天为乡亲们击鼓鸣冤讨说法的。他可是个大好人哪！"

冒辟疆有点尴尬："哎呀，老婆婆，这个事情最后还没给个说法，咱能不能先不说这个。"

老妪："啊？你不说这个，那叫乡亲们来做甚的嘛。"

几个壮汉："就是就是，你们富家子弟充好汉，别拿咱家穷人讨生活的时间开玩笑。"

冒辟疆："没有没有，冒某人绝对没有要拿大伙儿开玩笑的意思。只是十里亭家家户户养蚕、织丝，方圆几十里都是出了名的。如今因为气候骤冷，停了生计，冒某打心底里替大伙可惜。"

壮汉："哼！装，你接着装！又是来逼我们开机织丝的吧？"

老妪看着冒辟疆："不能够的吧，公子可不是官家派来督查十里亭织丝的，丝比布贵，那是要逼死人的呀。"

冒辟疆："不能够不能够，我不是来逼你们开机的，我是来帮你们开机的。"

壮汉："啊，那还不是一样嘛！兄弟们抄家伙赶人。"

冒辟疆抱着头灰头土脸地逃跑。

壮汉们边追边喊："不能便宜了他，如今的狗腿子还装斯文了。"

老妪想拦也拦不住："哎哎哎，怎么就动起手来了呢。"

冒辟疆一个趔趄跌倒在地，情急之下说了谎话："我是余杭县来的，余杭县来的。"

一个年长的老汉听罢："住手！他说他是余杭县来的。"

一个愣头青直着嗓子："管他什么县来的，照样赶出十里亭去。"

壮汉们应和："对，对，赶出去。"

老汉："你们瞎嚷嚷什么，让他把话说完。"

冒辟疆气喘吁吁地从地上爬起来："多谢老人家，君子动口不动手嘛，再说我与各位并非冤家。"

老汉："你说你是余杭县的。"

冒辟疆有点不好意思地咳嗽一声："对的嘛，本公子是来传授余杭县桑蚕之家的宝贵经验来的，不是来打架的。老人家，幸好你知道余杭县。"

老汉走上前："十年前我去余杭县买过蚕种。"

冒辟疆拍掉身上的泥土："老人家，咱们找个地方好好说行吗？"

20. 苏州郊外十里亭老汉家　日　内

地上排满了各色用剩的丝线团，老婆婆坐在纺线机旁，咕噜噜空转着纺机。

老汉走过去弯下腰道："老婆子，别转了，纺机不是空着的吗？"

老婆子像是听不见，还是转着纺机。

老汉对冒辟疆解释："老婆子一天不转这个就活不了，不管她。公子里面坐吧。"

冒辟疆跟着大伙在一张方桌旁坐下。

老汉递上一碗水，冒辟疆接过去就咕咚咕咚喝了："多谢老人家，还真是渴了。"

老汉："你果真是余杭县人氏？"

冒辟疆不会说谎话："我虽然不是余杭县人，可我……"

众人一听刷地从凳子上站起来，怀疑地盯着冒辟疆。

老汉："各位各位，勿要冲动勿要冲动，先听他说完。"

冒辟疆："对嘛对嘛，可我想传授余杭县的好经验给大家是真的呀。"

老汉努努嘴示意他说。

冒辟疆："那我可说了。余杭县的丝绸业之所以兴盛，要归功于他们专人专事分工细，并且由市场灵活调配。西溪有叶市，塘栖卖蚕种，包括丝线、织染到成布……"

21. 空镜头：十里亭

冒辟疆对众人滔滔不绝地讲解。镜头渐渐拉远，天色慢慢变得暗淡，十里亭的灯火一盏盏地点亮。

第六集　董老爷囧途差归来　杨默生真情假婚约

1. 苏州城街道　夜　外

景护卫和周义郎匆匆地从不同的方向走到一起会合。

景护卫急匆匆地问道：“你那边可有冒公子的消息？”

周义郎摇摇头：“哎！整个苏州城都翻了个遍，也没能找见他。”

2. 苏州郊外十里亭老汉家　夜　内

老汉：“我们十里亭的蚕种，就是十年前从余杭县购买来的山种，结出来的茧个大、饱满。余杭县桑蚕和织造的繁荣也见识过，只是各地有各地的情况，如今咱们十里亭连桑叶都难见着，还怎么学人家的专人专事分工精细？”

冒辟疆：“老人家您别着急，您可知如今西溪叶市的桑叶，主要来源是哪里吗？你们以为还是十年前那样，主要靠本地桑农维持吗？苏杭的气候差别不大，他们一样在经历气候骤冷、桑不抽芽的困境。”

老汉：“那西溪还有叶市？”

冒辟疆：“有，叶市比以往更加繁忙。因为桑叶是从广东、福建运来的。所以得有人专门腾出时间精力去从事这件事。”

老汉长叹了一声：“噢——原来是从南方来的桑叶。”

冒辟疆：“不仅仅是桑叶，丝也可以从别处调派。只要你们分工合作得当，彼此信任彼此支持，老婆婆的纺机就不会是空转，十里亭的织机一定可以重新开启。”

老汉大喜连连作揖：“哎呀！多谢公子，公子大恩大德，老汉替十里亭的乡亲们敬拜了！”

冒辟疆：“别……别……别，老人家留步，冒某就此告辞。”

3. 苏州郊外十里亭老汉家门口　夜　外

众人将冒辟疆送至门口。

冒辟疆随即跨上马背：“各位留步，留步。”

一辆马车急匆匆地从他身旁经过，冒辟疆的马受到惊吓，众人连忙扶住后仰的冒辟疆。

壮汉：“什么人这么横冲直撞的，我去跟他理论！”

只见马车在老汉家隔壁停了下来，车厢帘子被撩开，下来一个十五六岁的姑娘（翠儿），她穿着粉色的裙袄背对着大伙，扶着一个身形更加羸弱的女孩（董白）从马车上下来。

冒辟疆：“算了算了，天黑了人家也未必看清了。”

老汉：“我家隔壁住着一位教书先生，收了个千金女弟子，大概就是她了。”

壮汉：“最看不惯这些有钱人家的公子、小姐，有什么了不起的。”

冒辟疆不自在地咳了一声：“冒某告辞！”

冒辟疆策马离去。

隔着十几步的董白听见马蹄声，竟不自觉地回眸望着冒辟疆扬鞭消失在夜色中，一时有些出神。

翠儿唤道：“小姐，小姐？”

董白这才回过头。

翠儿：“小姐，先生真的住这里吗？黑漆漆的，啥也看不见啊！”

车夫将马车上的灯笼取下来，照亮了前面一小片石子路。

4. 苏州郊外十里亭先生家　夜　内

董白一边跨进门槛一边喊：“先生在家吗？先生在家吗？”

翠儿左顾右盼只见门框不见门板：“确定这房子有人住吗？”

董白并不理会，依然一口一个先生地叫着：“宋先生，宋先生在吗？”

突然后边传来一个声音：“别叫了，宋先生不在这里。”

董白回头，只见老汉立在门外：“宋先生不在这屋里。”

董白上前问：“宋先生果真出去云游四方了吗？”

老汉：“哎！云游什么呀！他老母亲病了几个月，他日日夜夜照顾了几个月，不久前见他母亲能起床走动，以为病情好转，他才去董家教他的女弟子。谁料就几天的工夫，他母亲就归西了。宋先生一生未娶妻生子，与老母亲相依为命，这个打击太大，他也病倒了。”

董白又惊又伤心，一时竟无法控制情绪，泣出声来："呜呜呜……原以为先生云游回来谈笑风生，原来都是满腹忧虑、强颜欢笑。呜呜呜……那先生现在人在何处？"

老汉："你就是那董家的女公子吧？"

翠儿一边替董白擦拭眼泪一边道："正是我家小姐。要不是今日有个十里亭的机户来董氏绸庄结账，我们还被宋先生蒙在鼓里呢。"

老汉也擦擦眼泪："你们看这房子，到处漏水又漏风，怎么住人嘛，宋先生病得不轻，暂时住我家里呢。"

董白稍稍屈膝作揖示谢跟着老汉走去。

5. 苏州吴县县衙便门外　夜　外

衙役推推搡搡地："什么公函咱们也看不懂，没有公告谁也不让进。别磨蹭了，速速离开。"

景护卫无奈地将公函折好放入怀中。

周义郎将景护卫拉到一边低声道："这不是有皇印的公函嘛，怎么也不好使？"

景护卫："唉，这是给织造局的公函，人家不认。再说一个县衙衙役能见识过皇印吗？"

周义郎："这可如何是好？"

景护卫："这几天是织造局事务最烦琐的时刻，曹大人让咱们耐下性子，切勿打草惊蛇。"

周义郎："冒公子也不知去向，实在是心焦。"

景护卫摸摸肚子："饿了，先去旁边酒馆填饱肚子再说。"

6. 苏州一街客栈　夜　外

冒辟疆牵马立于台阶下，望着不远处的一辆马车。马车帘子被掀开，一丫头扶着一位珠圆玉润的太太从马车上下来。此情此景让冒辟疆想起了什么。

冒辟疆闪回：

马车在老汉家隔壁停下来，董白从马车上下来。

闪回毕。

冒辟疆自言自语道："那穿白衣的姑娘好似在哪儿见过？"

此刻街对面的马车上又下来一个胖嘟嘟的小姑娘，怀里抱着一只白色波斯猫：“娘，娘，糕点买好了吗？爹爹叫我们快……”

话音未落一只大手将胖姑娘拉进了马车车厢里。冒辟疆疑惑地停下脚步，只见胖夫人小跑着提着糕点进了马车，一行人跟着离开，相安无事。

7. 苏州城外十里亭老汉家废弃机房　夜　内

昏暗的煤油灯下，废弃的织机旁横放着一张门板搭置的床榻，下面铺着厚厚的稻草，上面盖着两床被子，宋先生的脸也没在里面。

老汉轻声呼唤：“宋先生，宋先生，你的女徒弟来看你了。”

董白摇摇头：“不碍事，让先生睡着，我在一旁待一会儿。”

老汉：“宋先生多半是哀伤过度，几天未能进食了。”

董白：“今日得以发月钱，全董府上下就差宋先生未领取。母亲有心，今日宋先生不在，遂将月钱送与家属代收。谁知先生家里竟这般光景。”

翠儿将一袋钱放在董白手里。

董白抽泣着：“烦请老人家买些吃的用的照顾宋先生，虽是三月天，早晚冷冻得很，明早会差人送些炭还有药过来。”

老汉接过袋子点点头：“你是个好孩子呢。”

马车夫在门外道：“小姐，夫人吩咐过早去早回的。”

老汉：“放心去吧，宋先生的事我会上心。”

董白又伤心起来，低声抽泣：“先生何苦编出一则游历桐城的故事来哄学生呢。”

宋柏青咳嗽起来，将被子拉开一点。

老汉过去扶他。

宋柏青：“咳咳咳，游历桐城可不是编的。”

董白抹去泪珠：“先生醒了？”

宋柏青：“只是，那是几年前。方维仪可当女先生，我徒弟董白可做女公子。”

董白：“先生，学生早该过来看望您的。”

宋柏青：“无妨无妨，各家有各家的难，各家有各家的娘。你我师徒情已足够！”

董白：“先生吩咐的功课，学生每日不敢懈怠，只是那兰花画得不抵先生的十分之一。”

宋柏青笑笑：“孩子，你最擅长画蝶，师承你娘亲和外祖母的笔力，远胜于先生我的兰草啊。”

董白有些害羞："先生的豁达令学生十分敬仰。"

宋柏青："尽管大胆地学，你的艺技和品性，是我这一生所教学生中最好的一个。"

董白："多谢先生。"

宋柏青："不出几年，恐怕我得叫你先生了。回吧回吧，以后别来了。"

董白不解："宋先生。"

宋柏青背过身去将苍白的脸转开："你我师徒缘分已尽。"

董白难过地默默垂泪。

翠儿拉拉董白的衣角。

董白施礼离开。

8. 苏州吴县衙门不远处街边酒家　夜　内

景护卫大快朵颐，周义郎皱着眉头盯着窗外，忽又马蹄声传来。

冒辟疆快马一闪而过。

周义郎拉起景护卫："快走，是冒公子。"

9. 苏州吴县衙门口便门外　夜　外

冒辟疆出示信牌。

衙役拿着信牌仔细辨认："冒辟疆？贡生？"

冒辟疆："正是，行个方便吧。"

衙役："不行不行，刚哄走两探监的，过了点便不能往里放人。"

冒辟疆递给衙役半锭金子："急事，放我进去看个朋友。"

衙役接过金子低声道："那你快去快回。"

冒辟疆抬脚进门。

景护卫和周义郎后脚就到，却被衙役拦下。

景护卫嚷嚷："过了点不让进，他怎么就进去了呢？"

冒辟疆忽又从门里出来："这位兄弟行行好，咱们三个是一起的。"

衙役没好气地打量一番："老实点！进吧。"

景护卫跟在冒辟疆后头，边走边愣头愣脑地问："咦，冒公子，这是为何？"

10. 苏州吴县狱司房门口　夜　外

牢头打着瞌睡，见冒辟疆几个进来吓得瞌睡都醒了，拉着他们几个躲到墙角："要死的！是偏门的赖赌佬放你们进来的吧？要钱不要命啦？"

冒辟疆取出一袋银子："老哥，一点酒钱不要命的。"

牢头取过银袋轻声道："今日非同寻常，有个犯人明早就要转走，一律不许外人进出监牢。"

冒辟疆的脸色凝重起来："是位书生吗？"

牢头："好心提醒，想要活命赶紧离开，别的一概不知。"

11. 万府金屋　夜　内

几个地痞围着万鼎，讨好地给他斟酒。

万鼎："没有女人怎么喝酒？"

地痞低声回应："老夫人吩咐丝竹歌舞班的人住院子外头去，说关在院子里没有灵感。"

万鼎："她懂个屁！"

地痞："奴才出去叫他们来便是。"

万鼎："站住，那两个敲登闻鼓的逮着没？"

地痞吞吞吐吐："逮着了，那个——逮……逮着了他的同伴方以智。"

万鼎："废物！正经要抓的是那个姓冒的。"

地痞："咱们的人赶去时，那姓冒的从后窗逃走了。"

万鼎："那他还能逃得出苏州城去？"

地痞："小的也奇怪，翻遍了苏州城角角落落也不见姓冒的。"

万鼎："哼！杀鸡儆猴！好歹都是东林小子，明早把人带走。不给点颜色不晓得自己几斤几两，看以后谁还敢来敲我苏州城的登闻鼓！"

12. 主簿宅院门外　夜　外

衙役赖赌佬悄悄道："就是这里了，记住，我没见过你们，你们也没见过我。"

三人看着衙役消失在夜色里。

冒辟疆上前轻轻地敲击院门的铁环。

不一会儿，一个老仆人开了一条门缝，一见冒辟疆等三人，又非常警惕地掩紧了院门。

冒辟疆解释道：“在下冒辟疆，有急事找主簿商量。”

景护卫哈着冷气：“没想到江南比京城还要冷。”

周义郎摇摇头表示无奈：“江南空气潮湿，风一吹，冷透骨子里。”

门又吱嘎打开，里面轻声道：“进来吧。”

13. 苏州主簿住宅　夜　内

屋子里仅放着几张楠木椅子。

主簿披着一件长衫出来，显然刚才是睡下了。

冒辟疆：“深夜来访，多有打搅。”

主簿：“这……你们怎么进来的？”

冒辟疆：“人命关天，只好冒险闯一闯。”

主簿：“那请长话短说吧。”

冒辟疆：“你们的捕快抓了方公子，到底是怎么一回事？”

主簿瞪大眼睛：“你说什么？”

冒辟疆：“今日未时，方以智被你们的人抓走了。”

主簿：“不可能，今天常大人午时就告假休息了，从未听说发令抓捕过谁。”

冒辟疆：“狱司房警戒，连牢头都知道有一‘乱党’入狱，明天一早转移到别处去。”

主簿的嘴唇瑟瑟发抖，不知是冷还是紧张：“走，去问问常老爷。”

14. 苏州常青府邸门外　夜　外

常青府邸的大门敞开着，里面有一盏灯笼闪着火光。

主簿叫唤：“有人吗？主簿找常大人有急事。”

众人等了半晌，并未见一人出来招呼。

主簿：“门开着怎么会没有人在呢？”

景护卫凭着职业直觉，悄悄地拔出腰间的宝剑。

冒辟疆一马当先跨门而入：“进去看看再说吧。”

15. 常青府邸大厅　夜　内

大厅里空无一人，桌子上放着一盏琉璃灯。昏暗的光线下每个人的影子拖得老长老长，气氛诡异。

主簿看到桌子上整齐地放置着官服、官帽，下面压着一张信笺。

主簿念道："深院静，小庭空。断续寒砧断续风，无奈夜长人不寐。整衫换衣把官别。"

镜头从信笺进入倒叙：苏州吴县县衙门一堂　日　内

高大的匾额：正大光明

常青背对着王世仁站着不说话。

王世仁低眉顺眼却言语强硬："温大人一早派人来报，有乱党扰乱苏州城的秩序，务必让咱们县衙配合抓捕。"

常青："抓人总得有凭有据，也得有个正常的程序。"

王世仁递上名单："温大人的名单就是凭据。"

常青看了一眼上面分明写着"冒辟疆、方以智"："哼！恐怕列名单的另有其人吧？"

王世仁笑笑："识时务者为俊杰！"

常青："你一个税课的小官吏还要挟起本官来了吗？"

王世仁："哪里哪里，常老爷贵人多忘事，不知令千金的猫可还活着？"

常青气得发抖："你，你……"

王世仁毫不客气上前取下案桌上的令箭："不劳驾常老爷亲自动手，请放心，卑职一定把事情办得妥妥的。"

王世仁扬长而去，独留常青呆立在空荡荡的公堂上。

倒叙毕。

景护卫重重地将佩剑插入剑鞘："辞官！？"

主簿："去年才走了县丞，这……这……这常大人也走了，可如何是好。"

冒辟疆："先救人，救人要紧，主簿可有法子救出方贤弟？"

主簿一边将披着的衣服穿上一边往屋外走："去找捕头。"

16. 苏州董府西厢房花园　夜　外

嬷嬷和两个小丫头在前面提灯带路，董夫人披着厚厚的斗篷。花园亭子四周的挂帘铃铛被风吹得叮叮咚咚地响，董夫人停下脚步。

嬷嬷："夫人，小姐这会子睡得正香呢。"

董夫人："外间守夜的灯怎么没有亮？"

小丫头搭话："小姐房里的夜灯早就撤掉了，听翠儿姐姐说小姐不让点，说废了油灯钱还弄得夜晚不像夜晚。"

董夫人："这倒是像莲儿说的。算了，咱们回吧。"

嬷嬷懂得董夫人的心思："夫人安心回去歇息吧，再过些时日老爷该回来了，他要是看到夫人把家里家外打点得那么顺当，一定也会开心的。"

董夫人："不提他倒也罢，一想到老爷在外面不知怎么受着苦熬着，心里好似挂着沉甸甸的石头。"

嬷嬷："夫人，万事多往好的方向想，事情才会奔着好兆头去呢。"

董夫人："嬷嬷说的是。"

几人说着正要出园子去，突然西厢房亮起了烛光。

17. 苏州董府西厢房　夜　内

董白从梦中惊醒，在床上坐起来，脸色苍白、满头大汗。

翠儿披着一件旧袄，正将几头的油灯都拨亮些，又过去替董白擦汗。

董白摆摆手："翠儿，你去把柜子里的火铳拿过来。"

翠儿纳闷："小姐，好端端的半夜拿那个做甚？"

董白从床上起来，裹着植绒的斗篷坐到书桌前，自言自语道："我梦见爹爹在半道上遇见劫匪了，冲着我喊救命。"

翠儿拿来一个红漆的盒子放在桌子上，董白拉开盒子，里面是擦拭得发亮的一把火铳。

董白眼前闪过冒辟疆举枪吓退马贼的情景，嘴里却喃喃地道："爹爹他还好吗？"

身后传来董夫人的声音："莲儿，你怎么不睡觉，起来做甚？是身体不舒服吗？"

董白吓了一跳赶紧将盒子合上。

董白："母亲，你怎么来了。"

董夫人拉着董白回到床上坐下："快回被窝里，半夜寒气重。"

董白又转回被窝里，将母亲双手拉进被子里暖暖。

董夫人："娘睡不着，跟嬷嬷几个在园子里巡夜，看你房里灯光亮了就进来瞧瞧。"

董白忽闪着大眼睛调皮地说："娘，今天库房的货出了一大批，是不是兴奋得睡不着了，当然最重要的肯定是'日日思君不见君'想我爹爹了。"

董夫人："鬼精的丫头，什么也瞒不过你。"

董夫人忽又转身问翠儿："翠儿，小姐半夜醒来，房里可有别的什么事？"

翠儿不自觉地看了一眼桌子上的红漆盒子，又见董白摇头示意，便答道："房里都好着呢，小姐刚刚……刚刚起夜……”

董白迅速地接话：“如厕。”

董夫人脸色缓和下来：“没事就好，莲儿安心睡觉吧。”

董夫人正要起身，却被董白的双手牵住了：“娘——”

董夫人又坐下来，看着女儿充满依恋而透亮的眼睛，仿佛回到了她还是襁褓中的小娃娃的情景，她的眼里流露出无限的温情和爱意：“好，娘陪着你。”

董白听罢，如获至宝，机灵地将身体往里让出一个位置，并朝外间嚷嚷道：“翠儿，告诉嬷嬷，母亲今晚就留在西厢房了。”

董夫人盖上被褥，董白像个小娃娃似的倚在了母亲的怀里。

18. 苏州衙门公房　夜　外

主簿敲响房门：“有公捕在吗？快开门。”

门被打开，里面露出半个脑袋问道：“谁呀，半夜三更还让不让人睡觉啊。”

主簿：“是我，你们捕头在吗？”

公捕打着哈欠：“刚换了班走人了。”

19. 苏州城夷光豆腐店小偏门　夜　外

捕头路过小弄堂，不由地在一扇黑色的木门前停下脚步。他往里张望，里面隐约有灯光。捕头犹豫了一下，是准备转身离开，突然里面传出孩子的哭闹声，捕头停下脚步倾听。

傻蛋：“放开我娘，我要娘，我要娘！”

捕头一脚踢开了木门。

20. 苏州城夷光豆腐店后院　夜　内

捕头破门而入，只见傻蛋被两个地痞架着，绑到小院里的青枣树上。他操起门前的扫帚，将两个地痞打得嗷嗷直叫。

地痞一边嚷嚷一边逃出小院：“你们等着，敢打小爷？回头再收拾你们！”

捕头给傻蛋松绑：“傻蛋，不怕，没事了。”

傻蛋指着石磨喊：“娘，娘，娘，血，好……好多血！”

捕头：“辛夷，辛夷，你醒醒啊。”

辛夷额头上流淌着血，气息微弱：“傻蛋，我的儿，吓着你了。”

傻蛋："娘，娘不做姨太太，娘只做傻蛋的娘。"

辛夷："那万老爷大概是豺狼虎豹变的。"

捕头："又来翻豆腐店的地契了？"

辛夷蔑视地笑笑："这次翻了新样。"

捕头看到地上撒落一地的红妆和头饰："这个哪儿来的？

辛夷："哼！吃羊羔的狼送来的。"

捕头："无耻！"

辛夷："可怜我儿，他叔，你带傻蛋离开吧，那些地痞流氓不会善罢甘休的。"

捕头扯下制服的白色里衬："傻蛋，扶着你娘。"

捕头小心地给辛夷包扎伤口："你和傻蛋都得离开。"

辛夷落下眼泪："别傻了，我不走。"

捕头一把抱起辛夷往屋外走："傻蛋，快去收拾衣物。"

辛夷挣扎着试图推开捕头，经过门时她用力抓住门框，将捕头和傻蛋关在了门外："你们走！以后傻蛋生死跟着他叔，就当从来没有过爹娘。"

傻蛋："娘，娘，快开门呀，傻蛋不走，傻蛋不怕坏蛋。"

辛夷泣不成声："他叔，算我求你了，带傻蛋走吧。你的大恩大德，辛夷来生再报！"

21. 苏州县衙监狱门外　清晨　外

天已微亮，主簿带着一拨人跟牢头一拨人理论。

主簿："衙门并不曾发布逮捕令，你们怎么擅自将平民关进了监牢？先让我进去看看。"

牢头："我们底下做事就听上面的指示，谁也不许进。"

主簿："常大人不在衙门，你们听的是谁的指示？"

从人群里走出几个五大三粗的并非衙门统一制服的打手，其中一个故意扬了扬手里的一张公文："这是温大人的公函，这个犯人是温大人直接发令拘拿的，就算常大人在也不好说什么，主簿大人是不是有点太多事了。"

主簿带着一帮人执意要往里面去，打手们急哄哄地冲将出来，"呼啦啦"亮出明晃晃的大刀。一辆囚车缓缓地被推出来，囚车里方以智看到有两拨人对峙，于是在人群中搜寻熟悉的面孔，却并不见冒辟疆、周义郎等人。

有人喊道："县尉大人来了。"

主簿迎过去跟县尉站一旁："好了，常大人不在衙门里，我和县尉大人说了能算吧。县尉大人是负责逮捕令的，可以证实，昨天并未发布逮捕令。”

县尉大人睡眼朦胧，用极其缓慢沉闷的语速回答：“什——么逮——捕令？本——官有——两——三年——不曾——发——过——一张——”

对方为首的打手又扬扬手里的纸：“上头发的逮捕令，自然跟县尉大人无关，事不宜迟，把犯人速速发往南京，不得有误。”

身着一袭黑色制服的打手个个身强体壮，强行将囚车推走，人群一阵混乱，双方队伍里都有衙门的捕快。

在主簿身边的捕快白脚花猫举着刀喊道：“阿狗，你到底是跟谁一伙的？你是要造反吗？”

捕快阿狗：“你个白脚花猫，咱们当然是听头的，捕头吩咐我们要将犯人安全送走的。”

捕快白脚花猫和阿狗先打作一团，双方两阵很快成了混战，囚车却不见了。

主簿懊恼地大喊：“别——打——了！”

众人你看看我我看看你，剩下的都是穿衙门制服的人。

主簿摇头叹气：“抓人、送人？你们到底搞清楚状况没有！”

阿狗一脸懵：“就是搞不清楚我们就打起来了嘛，他们的人呢？”

22. 苏州城门外　晨　外

打开城门的声音隆隆作响，几十人的队伍簇拥着囚车往城外去了。

方以智仰天长叹：“北斗星辰作伴，何惧你黑我眼前方寸！”

话音刚落，马蹄声落于车头前，只见冒辟疆道：“知我者方贤弟也！”

方以智看冒辟疆单枪匹马赶来，唯有苦笑：“你若知我，该明白好汉不吃眼前亏的道理吧。”

几十个凶神恶煞般的打手齐刷刷亮出手里的家伙，为首的大胡子拍马绕着冒辟疆转了一圈，蔑视地问道：“你是活得不耐烦了，还是也想着坐囚车的滋味？”

冒辟疆从马上翻身而下，几个人一拥而上将他制住，冒辟疆既不反抗也不回避：“我想坐囚车。”

方以智一听更着急了：“这位兄弟，你，你别胡闹哇。”

大胡子：“大胆狂徒！那就成全你！”

冒辟疆：“且慢，你们真正要抓的是冒辟疆。”

大胡子火急火燎地从马上下来，一把抓住冒辟疆的衣领：“你是冒辟疆？”

冒辟疆轻松笑道：“你们文雅点，有话也得好好说不是。”

大胡子急吼吼地拔剑指着冒辟疆：“你倒是自己找上门来了。”

冒辟疆：“不管我是不是冒辟疆，你们都是无从考证的，就连你们的主子也没有见过冒辟疆。所以你们领了冒辟疆三个字就抓人，这件事有多少荒谬，你们大概也是清楚的。”

大胡子：“听他啰里吧嗦，给他上枷锁。”

冒辟疆看有两人抱着枷锁过来：“别说，你们这枷锁，还真像是衙门里的正规刑具。等等，你们待我先整理一下衣领。”

那两人还当真停下来在一旁等着。

大胡子不耐烦地叫着：“磨蹭什么，磨蹭什么，快扣上！”

两人又七手八脚地上去，却不小心缠住了冒辟疆的衣袖，两人又是转又是退的，不得要领。

冒辟疆指指囚车：“你们抓了我，就该放了他，我是冒辟疆，他可不是。”

枷锁哐当拷上，景护卫带着曹钟琴等人风驰电掣而至。景护卫削铁如泥的宝剑随即将枷锁挑开，枷琐掉在了地上。那些打手虽然凶悍，却也不曾见识过如此迅疾的身手，一个个吓得往后退却。

曹钟琴一身皇家锦袍，手持宝剑喝道：“尚方宝剑在此，看谁敢冒充官家在此胡作非为！”

大胡子一看来人的气势和打扮，流氓气焰被灭了大半，又听得“尚方宝剑”四字，便第一个掉头逃窜。

冒辟疆苦笑道：“果真比我的火铳好使多了。”

景护卫已经将方以智从囚车里扶了下来。

众人上前问候：“怎么样？他们可有伤及你。”

曹琴钟：“方公子受惊了。”

方以智恭敬地行礼：“多谢曹大人尚方宝剑救我一命。”

曹琴钟不自在地将宽大而裹得严实的锦袍衣领弄宽松一些：“你要谢还是谢冒公子吧，今天之事主要是他出的主意。”

方以智看了冒辟疆一眼，冒辟疆连忙回道：“你别谢我，也别骂我就好了。”

曹琴钟打开绣工考究、四周镶着闪亮的宝石的剑套，里面却是一把普通的剑。曹琴钟笑道：“织造局里果真有的是宝贝，不过我身上的这套不知是哪位王爷的锦袍，实在是中看不中用啊，穿着极不舒适！花了我小半个时辰才打扮好，要不是冒公子智勇双全，拖住那帮狗崽子，怕是要误事了哈！”

方以智才会意尚方宝剑不是真的，跟着众人笑了。冒辟疆朝他挤挤眼：“咱们俩准一个也死不了。”

曹琴钟：“两位才子果然不同凡响，此次苏州之行，最大的收获就是结识了你们。此地不宜久留，景护卫，给两位公子换上壮实的骏马，咱们就此别过

吧。”

景护卫牵着两匹高头大马过来，方以智和冒辟疆牵过缰绳，却总有心事没有放下，冒辟疆欲言又止。

曹琴钟拍拍自己的胸膛笑道：“公子心里挂念的是沉甸甸的东西，曹某怎敢忘，放心吧。一直贴身带着呢，定将亲手呈予皇上。”

冒辟疆和方以智心存感恩地点点头：“曹大人保重！”

曹琴钟：“你们都是贡考生，好好考试，日后定当大有作为！”

冒辟疆指指方以智笑道：“万能考生，出什么题他都不怕呢。”

曹琴钟：“上马吧。”

冒辟疆、方以智策马飞奔而去。

23. 苏州万家金屋　日　内

镶金的屏风上一个巨大的囍字，两侧还挂着红绸，桌子上红烛和各色糕点摆放整齐。

万鼎从屏风后出来，不小心刮到了红绸，他极不耐烦地将红绸甩得老高，红绸却又飘到他的脸上。

万鼎怒吼道：“来人！都死光了吗？”

大胡子连忙进来，畏畏缩缩地回答道：“老爷，兄弟们在门外候着呢。”

万鼎跨步夺过大胡子腰间的佩剑将红绸斩成两截。

一群黑衣低头跪在地上，大气不敢出。

万鼎：“平日里好吃好喝地供着你们，你们有多少田地我都给你们兜着，免了租免了税，好处你们拿着，轮到我万某有事了，你们一个个是这么鼎力相助的吗？一个小寡妇你们都弄不来，让一个小小的捕快给弄跑了！进了囚笼的鸽子，让你们给不明不白地看丢咯！我万某在苏州还有什么脸面！”

大胡子：“万……万老爷，来者不善，那……那家伙手里有尚方宝剑。”

万鼎：“狗屁！尚方宝剑！我还有镇国玉玺呢！他有尚方宝剑还能让你们活着回来吗？一个个脑袋里都装着大料！”

大胡子讨好的：“万老爷息怒，哥们几个现在就出去找一个苏州城最俊的，保证赛过那小寡妇一百倍。老爷您消消气，哥儿几个刚在外面死的心都有。”

黑衣们磕头如捣蒜：“是……是……是，老爷饶命饶命。”

万鼎用剑头挑起桌上的一个红苹果，左右端详：“哼！苏州城里长得最俊的倒确实有一个！这口恶气也跟她家脱不了干系！”

24. 苏州董府花园长廊　日　外

嬷嬷疾步快走大声地喘着粗气，又恨不得三步并作两步地小跑起来。

两个小丫头在游廊的长椅上坐着编坠穗儿，看见嬷嬷匆匆过来，连忙起身作揖。

嬷嬷哪有工夫理会，只顾着往前冲，满怀撞上了收拾屋子出来的小厮。

小厮手里端着的铁制茶具，哐当一声地滚落一地。

嬷嬷一边心疼地蹲地上拾捡，一边教训道："你两只手是捏泥的吗？连个盘子都端不稳。再说，这么冷的天你拿它们做什么？"

小厮嘟囔着："夫人说如今用不着的器具都让收拾起来。"

嬷嬷将盘子茶具往他怀里一塞："好了好了，快去告诉厨房赶快做些好吃的，还有先熬碗姜汤送来，不对，送东厢房去。"

小厮："哦，这个时候就做吗？"

嬷嬷已经走远："对，现在！立刻！马上！"

25. 苏州董府正厅　日　内

大厅内整洁、敞亮，桌子换上了绛红色福禄寿织锦的桌布。

董夫人将点燃的熏香香炉盖上盖子。

董白："母亲，父亲不喜欢熏香，你怎么今天还点上檀香了呢？"

董夫人："檀香驱蚊虫，等赶跑了蚊虫，香味也走散了，你爹也该回家了。"

董白嘟嘟嘴："娘，爹爹他怎么还不回家啊！"

嬷嬷在门外匆匆回应道："回了回了……"

话音刚落，只听"啪"的一声，嬷嬷在门槛上摔了个"狗啃泥"，嘴里却还含糊地说着："夫人，老爷回了。"

董夫人急忙上前搀扶起嬷嬷："嬷嬷，嬷嬷摔疼了吗？快让我看看。"

嬷嬷死劲地捂住嘴不让看："夫人莫看了，老奴没事。"

董白又惊又喜地："嬷嬷，你刚才说什么？是父亲回来了吗？"

董夫人焦急地朝外张望："他们人呢？"

嬷嬷忍住疼痛道："老爷没有走正门，他们从偏门进的院子，这会儿该到东厢房了。"

董夫人喜出望外："快、快、快，莲儿，快去迎接你父亲。"

董白："母亲，那咱们这就过去。"

董夫人有些手忙脚乱地："莲儿，你看娘的头饰是不是有点散了？"

董白笑道："没有没有，娘戴什么头饰都好看着呢。"

董夫人一时声音提高了一个八度："那个，那个熏香，嬷嬷一会儿叫人把熏香给撤了吧。"

董白拉着董夫人往外走："娘走吧，爹爹在东厢房呢，那个熏不着他。"

嬷嬷见两人离开才把手放下。

镜头特写：手掌上沾着血迹和一颗断裂的牙齿。

26. 苏州董府东厢房正厅外　日　外

董夫人和董白一前一后匆匆进了东厢房正厅。

董夫人和董白一口一个"老爷""父亲"叫唤着，却又从屋里出来了。

董夫人跨出门槛的瞬间，整个人像是被冰冻住了似的，直直立着一动不动，眼睛盯着外面花园的方向，泪水挂落下来。

董白在身后正要叫"父——"，突然惊得捂住了嘴巴。

镜头移至花园，一副脏乱的杂货担子横在一棵龙爪槐旁，高管家低着头背对着站立，藏青的长袍破败零落。

董夫人撕心裂肺地吼叫道："老爷呢，他人呢？"

一个衣衫褴褛、满脸胡子拉碴的人从树后移步出来。

董夫人张着嘴辨认了好一会儿才冲上前去，她一把将这个乞丐儿似的董志拥入怀里放声大哭起来："董郎，我的董郎回来了！回来就好，回来了就好！"

董志木木地想推开夫人："夫人莫碰，我身上臭得很。"

董夫人反而抱得更紧了："我不管！你再臭也是我丈夫。"

董志无奈道："夫人，你还是嫌我臭，我要是香喷喷的回来，你大概不会哭得那么凶了。"

董夫人被逗笑了："我是喜极而泣！不行吗？"

董志也笑了："当然行，夫人说行就是行！"

董夫人端详着丈夫，用手抚摸董志一脸的胡子："董郎，就算是下辈子你换了皮囊我也要认出你。"

董志："自从有了莲儿以后，你再没有叫我董郎了吧？"

董夫人突然觉得有点不好意思。

董白在一旁半天插不上话，看两人破涕为笑，也轻松下来："爹、娘！还有我呢！羞羞！"

董夫人拉过董白，将三人手叠在一起："这样呢？"

董白撒娇地："这样还差不多呢。"

董志怜爱地看着董白："我们的莲儿又长个了，爹爹没有一天不挂念你啊。"

三人拥了一起。

27. 苏州董府花园　日　外

嬷嬷带着丫头们在园子里挂上了彩色的丝带驱邪祈福。

快进镜头：忙碌的仆人上茶点、打扫庭院。

天色渐暗……

28. 苏州董氏绸庄小间房　夜　内

高管家泡在热气腾腾的木桶里，杨默生在为他舀水搓背。

杨默生脸上显得十分踏实而满足："师父，水温可以吗？"

高管家点点头："好，正好。"

杨默生继续给高管家舀水。

高管家问道："默生啊，你怎么不问问我和董老爷为何回来的那么狼狈呢？"

杨默生生涩地笑笑道："有吗？这年月横穿中原能活着回来就算是英雄了。"

高管家用力转身看着杨默生："你……你真这么想？"

杨默生点点头："嗯。"

高管家："哎——那么说走之前你料我们此行艰难，那你怎么不说？"

杨默生："师父，董老爷比我清楚着呢，还不是照样要出行。"

高管家叹了一声转过身去："唉——也是。九死一生啊！默生，中原的鼠疫、瘟疫那叫一个凶残！没到山西，老爷差不多将咱们的钱财撒尽了。底下几个雇佣工人眼见吃饭都成问题，都脚底抹油跑了。"

杨默生低着头小声应和道："那还能怎样？"

高管家："你也怪我和老爷？"

杨默生："我是说你们遇到受灾情的难民哪有见死不救的。"

高管家："还是默生能理解啊！"

杨默生冷冷地："理解有什么用，大明朝气数将尽！"

高管家紧张地盯着杨默生："默生，话可不能乱说哪！"

高管家做了一个砍头的手势。

杨默生："师父，要守住董氏两百年的家业，唯有离开这里。"

高管家："孩子说傻话了不是，到处乱哄哄的，还能去哪里？你不会要去参加起义军吧？"

杨默生顿了一顿："离开大明去南洋。"

高管家："什么？！"

杨默生心烦意乱地将浴袍递给管家："师父早点歇息，什么事明朝再说吧。"

第七集　恶霸进府强聘抢婚　义子入狱绝处逢生

1. 苏州董府正门口　日　外

一群人扛着大红漆器礼盒，横冲直撞地闯入了董府大门。几个老仆人上前阻拦，可哪里抵挡得住，纷纷被推倒在地。

老仆人忍痛呼喊道：“快去找高管家来。”

2. 苏州董府大院　日　外

高管家和杨默生站在大院中央傻了眼。

院子中央错落放置着一排排的红漆礼盒和箱子，上面挂着色泽鲜艳的红绸，一个个刺眼的喜字分明贴在礼盒上。

高管家：“这……这叫什么事儿嘛？送礼的人呢？”

老仆人：“拦也拦不住，那些人放下聘礼就走了。”

高管家：“聘礼？”

老仆人：“你看，这是喜帖。”

高管家打开帖子看了一眼，又将帖子重重地扔在地上：“流氓！万鼎是要强娶咱家小姐吗？这……这天底下还能有这等荒唐的事！”

杨默生满脸通红，憋着一口气大声道：“走！大伙儿把东西还回去！”

高管家：“慢着！默生，先不要冲动，这可不是还不还礼的事呢。”

杨默生一把扯掉礼盒上的红绸，一手提起一只礼盒往外面冲：“大不了跟他们拼了！”

高管家上前拦住杨默生：“放下！放下！”

杨默生倔强地：“我不放。”

高管家示意众人上前把杨默生手里的东西夺下来。

杨默生牛脾气上来力大无穷，四五个人也拽不动他，杨默生使尽全身力气一甩，几个人重重地摔在地上，礼盒里的翡翠珠子撒了一地。

高管家不管不顾地上前抱住杨默生："默生——你给我冷静，冷静。"

杨默生："冷静不了！"

高管家："咦——这娃？你还是我的徒儿杨默生吗？"

杨默生气呼呼地："我家小姐岂能嫁给那等混账恶霸！"

高管家也吼道："好了！默生！这个理儿全苏州城都明白。"

杨默生突然被吼醒了似的，慢慢平静下来。

高管家："这个事非同小可，先回了老爷再说。"

3. 南京曹化淳草庐　日　外

两人围着一个巨大的树墩喝茶，曹化淳为冒辟疆添茶倒水。

曹化淳："公子此去苏州，曹某数着日子，一共十一天。心想着，该不是遇到麻烦了，不料昨夜公子刚到南京，皇上的密信也随后到了。明日即可启程回京。"

冒辟疆："可喜可贺，曹大人做事果然了得啊！"

曹化淳："皇上重用了温体仁，而他上任后只做了一件事，就是如何壮大温氏集团的利益。皇上深知内忧外患刻不容缓，比起你我之忧虑更甚百倍。"

冒辟疆："可想而知。"

曹化淳："苏州织造局情况如何？"

冒辟疆："皇上的耳目已形同虚设。"

曹化淳："苏州的织造提督老李头从来就是个胆小怕事的本分人，不该会做什么手脚哇？"

冒辟疆："自然另有其人。"

曹化淳："哦？"

冒辟疆："苏州城千户侯万鼎，不仅享有祖上的侯爵身份，他还是温体仁的嫡亲小舅子。"

曹化淳："关于此人听说过一二，在江南的口碑不赖呀，听说他姐姐几次提携他当官，他都一一推让了。"

冒辟疆："老李头就是这番说辞。"

曹化淳："这十一天原是被这难住了？"

冒辟疆："暗藏杀机的千户侯在苏州城可谓一手遮天。"

4. 苏州董府西厢房　日　内

案上摆香炉，一支清香袅绕，董白奏琴和歌：

月出皎兮，佼人僚兮。舒窈纠兮，劳心悄兮。

月出皓兮，佼人懰兮。舒忧受兮，劳心慅兮。

月出照兮，佼人燎兮。舒夭绍兮，劳心惨兮。

子修悄悄进来站在董白身后听了半晌，见董白忽停下来叹气。

子修上前去拉帘子："小姐，大白天的为何不拉开帘子。"

董白忙道："别，别，别，你开了帘子我这曲便唱不成了。"

子修眨巴眼睛不解："这是为何呢？"

董白："这曲原是月圆之夜唱的，这会儿拉了帘子营造的是月夜的气氛。"

子修放下帘子："噢。"

董白伸手去拉子修："算了。子修，过来陪我说会儿话。"

子修在董白的琴凳旁坐下："小姐，老爷回来了你怎么还叹气呢？"

董白："你想，我父亲回来最开心的自然是我母亲，这会子又有我什么事呢？人总有一天要长大，你也一样。长大了何去何从又怎么不让人忧心忡忡呢！"

子修低下头嘟囔着："子修不想长大！"

董白喃喃道："岁月不由你我。"

5. 苏州董府正厅　日　内

董志焦急万分，在厅内来回踱步。

董夫人急匆匆地从外面进来："老爷，到底发生什么事了？"

董志懊恼地坐到桌旁，指指桌子上面鲜红的帖子："你自己看吧。"

董夫人打开喜帖顿觉眼前一阵眩晕，董志慌忙上前扶住她："夫人莫急，夫人莫急！天大的事还有我呢！"

董夫人被扶至太师椅上，她眼神恳切："这婚事万万不可答应，万万不可啊！"

董志："夫人放心，就算拼了我这条老命，也绝不能将女儿嫁给那天煞的恶霸哪！"

董夫人哭将起来："老爷，不！董郎，都是我的错，我不该跟那万氏绸庄抢苏州织造局的生意，自从囤积的库存出货后，我没有一天睡得安稳。万恶霸怎会放过咱们。"

董志："这不怪夫人，那是织造局点名要董氏绸庄的丝绸。"

董夫人："谁不知苏州一霸，哪里还有理可说的。老爷，你带着女儿快走吧，走得越远越好。事情由我而起，就让我来应对。"

董志："夫人好糊涂，你让我带女儿走哪条路出去？"

董夫人索性放声大哭起来："呜呜呜呜……"

董志将董夫人揽入怀中："夫人你想哭就哭吧，都是董志无能。"

董夫人听董志这么说便慢慢停止了哭泣，一边擦眼泪一边道："你说的对，事情缘由荒唐，何苦先自己乱了阵脚。"

高管家进来："老爷、夫人，这件事原本底下人插不上话……"

董志懊恼地："你说的是什么话？那万鼎明摆着是要跟咱董氏绸庄作对嘛。"

高管家："老爷，事已至此急也急不得，还得想法子跟他谈判。"

董志："问题是他一个随心所欲极不讲理的土霸，我如今拿什么跟他谈？是用钱砸他？还是有权势可以去抗衡？"

杨默生在门口闭目息神片刻，鼓起勇气道："老爷、夫人，咱们可以用天下人兼知的明理。"

董志："默生，你来得正好，你说说用什么明理？"

杨默生："就说小姐早已订下了婚事。"

董夫人一听，顿时忘记了哭泣："你说什么？"

杨默生："媒妁之言父母定， 你们俩说小姐婚事何时订下就是何时订下了。"

董夫人沉吟："你说的还真是个理儿，可订婚事还得有个对象不是？"

杨默生忍不住单膝跪地："只要能帮上老爷、夫人和小姐，默生就是上刀山下火海也在所不辞。"

董志看着杨默生，有所会意地点点头。

董夫人急得团团转："这……这……这是上刀山下火海的事儿吗？刀山火海能变出一个女婿来吗？"

高管家看着杨默生反常的举动有点不知所措："默生，没影儿的事别瞎出主意。"

董志半天不说话，忽然看着杨默生说："你起来吧，你们先出去，我跟夫人商量商量。"

董夫人看着两人出去叹道："这女儿我压根儿没想过要嫁出去呢！"

董志好像心里有了几分底："可不是，咱俩就一女儿。夫人，你跟我走一趟。"

6. 苏州董府西厢房外　日　外

子修和翠儿忙碌着往外搬东西。

翠儿往石桌上摆好茶具，点上清香。

子修小心地架好了琴。

翠儿：“小姐，今日里太阳好，室外弹琴岂不更好？”

对切：

董白打开了窗户懒懒地回应：“就你们事儿多。”

一会儿工夫董白又出现在窗外。

董白：“子修，琴搬回房里，我可不想在外面弹什么琴！”

子修看了一眼翠儿。

翠儿笑道：“好，好，好，咱们就在外面晒晒太阳。”

翠儿示意子修搬琴，董白却又道：“子修，把你的彩蝶刺绣拿出来，我们一起绣它们岂不好玩些。”

翠儿上前自己搬了琴进去，子修道：“小姐，彩蝶已早早绣好了呢。”

董白笑着：“那你拿与我看看，让小姐学学不好吗？”

子修嘟囔着：“小姐是笑话我吧？”

董白拉过子修：“还真没有。子修，有时候小姐的身份不见得是什么好事。你聪明伶俐、心无旁骛，手艺精进得比我快很自然。”

子修离开。

阳光暖开了院子里的池水，金鱼忽地跳出水面撒欢。董白注意到了，起身慢慢走到池边搜寻着鱼儿的踪影。只见两条鱼嘴对着嘴吹着泡泡，董白看得出奇，依着石头坐下来观看，突然觉察到了什么，竟然莫名地羞红了脸，欲扭头离开却又忍不住回望，鱼儿早已不知去向。董白对着水里自己的倒影发呆。不知什么时候倒影变成了三人。

董白惊愕：“父亲、母亲！”

董夫人忙上前拉起女儿询问：“我的儿，怎么坐这风口，石头上凉得很。”

董夫人：“今儿早上没有出过西厢院子吧？”

董白作揖施礼道：“女儿还未来得及过去给父亲母亲请早安。”

董志松了口气：“罢了罢了，没出去过就好。咱们家用不着那么多死规矩。”

董夫人看了一眼董志。

董志道：“莲儿，爹娘有话要跟你说。”

董白看父亲、母亲的举动有些反常却也顺从地答应：“嗯，好。”

子修远远地围着石桌焦急地呼唤：“小姐！小姐！小姐！”

董志看着子修一路叫唤着跑回屋里：“这小丫头是谁？”
董白回答：“就是从杭州回苏州途中带回的那个。”
董志恍然大悟似的：“噢！”

7. 苏州万府金屋　日　内

万鼎躺在榻上吃茶点，两个小丫鬟给他敲背、捏腿。
几个地痞进去回话：“万老爷，东西送去了。”
万鼎若无其事地：“嗯。”
地痞甲：“没碰见董志那老家伙。”
万鼎：“那是自然，这就叫打他个措手不及。”
地痞乙：“按董志的性格，东西他还会送回来的。”
万鼎：“那不正好，再外加送回一个美人儿！哈哈哈！”
地痞乙与地痞甲对视：“这……这个董家的千金据说性格硬得很。”
万鼎：“女人嘛，就算会点识文断字，也就是个女人，能硬气过本老爷！”
两地痞忙应和：“是，是，是，苏州城没有老爷您搞不定的。”
万鼎：“对嘛，接下去咱们就等着董志，是爽快地将人送来，还是扭扭捏捏地需要你们哥儿几个敲锣打鼓地送来！他搅了我织造局的好事，心里比谁都清楚！”

8. 苏州董府西厢房　日　内

书桌上放着子修绣好的彩蝶绣面，子修怯生生地退了出去。
董夫人点点头赞许地：“这丫头有几分天分，这彩蝶不比莲儿绣的差。”
董白：“爹、娘，你们有什么话就说吧。”
董夫人：“莲儿，过了今年六月就是你成人礼后的第二年了。”
董白：“如今女儿不像小时候那般总盼着过生辰日。”
董志：“你不想要爹爹给你礼物和惊喜了吗？”
董白觉得不好意思又有些抗拒：“爹爹，女儿都几岁了？你还当小娃娃哄哄呢。”
董志：“就是就是，莲儿明摆着已经长大成人了。”
董白：“娘——你们特意过来商量我的生日？不能够的吧？”
董志咽了一口唾沫对夫人道：“那个……白羽哇，你跟女儿谈，我先出去一下。”

董白奇怪地看着父亲："白羽？娘，爹叫你名字哎！从我记事起没听他叫过你名字呢。"

董夫人无奈地笑笑："白羽就白羽吧，我还不想当这个董夫人呢！"

董志："别……别……别，夫人！我是有点紧张。心里想的话不知怎么吐露，竟然对夫人直呼名字。"

董夫人："颠三倒四的，你叫我来的，来了又不知如何说，你先出去。"

董志："女儿的事还是夫人先谈谈，我就在外间。"

董白看着父亲出去越发觉得不对劲："娘——你和爹爹是不是有什么事瞒着我？"

董夫人："莲儿，再娇贵的孩儿也总有长大的时候。"

董白："那又怎样？"

董夫人："男大当婚女大当嫁呗！"

董白"噌"地从椅子上站起来："娘！你是要把我嫁了吗？"

董夫人眼眶里充满了泪花："如果有好的人家未尝不可。"

董白倔强地走到书桌前，将前面的一摞书推倒："父亲母亲既然那么急的等着我嫁人，那还读什么书，学什么字！"

董夫人忍住泪花："嫁人也可以是个识文断字的明白人。"

董白："我不明白！爹爹一回来你就要谈女大当嫁的事，你们分明嫌弃我是个多余的累赘！"

董夫人："孩子，你怎么能那么想爹娘呢？"

董白再没能忍住，任泪水哗哗地落到脸上："就是就是！娘心里永远把爹爹放第一位，爹爹自然也把娘放第一，女儿再怎么努力也永远是你们俩的第二位。"

董夫人靠近董白去拉她的手却被董白躲开了。

董夫人："你知道这是为什么吗？这个就是婚姻的意义。你总有一天要寻找生命中的那个第一，不能总是个撒娇的孩子吧。"

片刻，董白才慢慢止住了哭泣，董夫人再次伸手去拉她，这次董白没有抗拒。

董夫人："娘也有过豆蔻年华，长大的感觉既让人向往又让人害怕。你真的从没有想过这件事吗？"

董白被董夫人拉到身边挨着坐下，嘟嘟嘴："我为什么要想这个！"

董夫人心疼地笑笑："年龄到了想不想都难，跟娘说说你心里中意的人是个什么样儿的。"

董白眼前闪过冒辟疆的身影，嘴上却说："没影儿的事儿，不知道！"

董夫人：“你可知道，你爹爹为什么急着要跟你商量，还不是因为心疼你。”

董白：“心疼我就别那么急着让我嫁人。”

董夫人：“这……这孩子。”

两人一阵沉默。

董志从外面进来，有点不知所措地倒了两杯水递给母女。

董夫人：“哎呀！我不喝。”

董白也摇摇头不接，董志只好将茶杯放回桌上。

董志慢吞吞地坐下来，他的口吻充满了歉意：“莲儿，你看……”

董白：“别说了，横竖我不要嫁人！”

董志：“好、好，不嫁！不嫁！”

董夫人拿眼睛瞪董志。

董志慌忙地脱口而出：“你看咱们家里的杨默生怎么样？”

董夫人和董白异口同声地：“你说什么？”

董志：“你们、你们稍安勿躁！稍安勿躁！听我慢慢说好吗？”

董夫人拉住情绪反常的女儿，稳住自己翻江倒海的内心：“好，听你说完我们再反对也不迟。”

董志：“莲儿，原本你有一个大你一岁的哥哥，但是在他几个月大的时候得……得了……”

董志咳嗽起来，他用手绢捂住嘴却咳个不停。

董夫人起来给他捶背：“好端端的，你又提那伤心的事干嘛。”

董志发现手绢上有一丝血渍，连忙将它包裹住：“没事没事。”

董白：“这事我知道，他得了痢疾没能治好。”

董志：“是呀，你若有哥哥我们会放心许多，即使有一天我和你娘都没了也总有个亲人照顾你的。所以，杨默生当年进家门的时候，我是有考虑过收他为养子的，不料那小子倔强得很，宁可跟高管家做徒弟。”

董夫人惊讶道：“董志，你可真能瞒，这么大的事也没跟我商量。”

董志时咳时止：“不是没——成嘛，说了——惹你烦心不是？”

董夫人递一杯温热水让董志喝下：“怪不得，你对杨默生总是另眼相待。”

董志：“对，原本让他专心上学，他愿意边工边读纯粹是这孩子懂事、勤奋。最难得的是这孩子对生意的领悟力禀赋极高，他的能力可能远在高管家之上，甚至超越我。”

董夫人：“你绕来绕去到底要说什么？”

董志：“杨默生若能留在咱儿莲儿身边，我是很放心的。”

董夫人：“他不就已经是咱家的管家了吗？”

董志：“我是说长长久久地在一起。”

董夫人提高了音量：“你是说让他做我们的女婿？！”

董白哭着跑出了屋子：“我不要！”

董夫人跟了几步，董志在后面喊道：“夫人别去，让她静一静、想一想也好。”

董夫人呆呆地望着董志半天说不出话来。

董志温和地再次询问：“夫人，你的意见呢？”

董夫人：“我自然觉得莲儿委屈，可如今的局面，若杨默生能救场总比没有的好。”

董夫人说着也抹起了眼泪。

董志过去替董夫人擦眼泪：“夫人，杨默生是我用心培养的绸庄接班人，他的一举一动像极了董氏祖上第一代创业的人。由他接管董氏绸庄和照顾咱们女儿，岂不是一桩两全其美的事。”

董夫人一时不知该怎么接话。

董志又道：“我知道这事儿突然，你心疼女儿。儿女成长是把双刃剑，不痛彻不结果啊！”

9. 苏州定慧寺　日　外

董白站在定慧寺偏门的长廊下神情恍惚、哀伤。

翠儿远远地跟着，小心翼翼地喊一声：“小姐，老爷、夫人不知道咱们出来，没准正着急找人呢！”

董白索性坐下来：“那你回去吧。”

翠儿也不敢靠近：“奴婢陪着小姐。”

董白眼前闪过冒辟疆骑着白马的模样。

董白喃喃道：“没影儿的事怎么就得嫁人了呢？几个月前救我的人呢？他们是真的吗？”

闪回：

高管家：“公子，老奴今日是开了眼了，怎么谢你们好呢？”

冒辟疆指指董志、董白父女：“照顾好他们。”

董白抬头望去正好与冒辟疆对视，连忙羞涩地低下头去。

冒辟疆：“方兄咱们也得赶路了。”

方以智手上还握着包扎后剩下的半截丝带，他发现董白身上的丝带少了一截，他下意识地将丝带塞进了布袋想转身离开，又觉得应该说点什么。

方以智回头，支支吾吾不知如何道别，低声地：“那个——我叫方以智。”

董白：“什么？”

方以智鼓起勇气：“我——那个，请问姑娘芳名？”

董白不作答深深欠下身作揖。

冒辟疆已经上马：“方贤弟，赶路要紧。”

陈贞慧和侯方域笑笑：“方兄妙医仁心，冒兄也要耐心一点才好。”

方以智不忍这般离开，却也不好冒昧久留，一行人上马拱手作揖离开。

董白目送四人离开，眼里充满了敬意和感激。

闪回毕。

董白耳边又回响起陈贞慧的声音：“方兄妙医仁心，冒兄也要耐心一点才好。”

董白感到心脏跳得飞快：“他姓冒？”

董白起身走到院子的大银杏树下对着佛堂正殿方向默默祈祷。

对切：慧觉路过正殿门口注意到了外面的董白。

慧觉跨出门槛问道：“施主是请愿还是还愿？不妨移步殿内。”

董白忽然觉得自己内心被窥探了似的，羞答答地扭头就走。

慧觉无奈地摇摇头。

10. 苏州董府东厢房　日　内

董夫人坐在榻上一动不动的。

董志坐在桌边，桌上放着一大串掌柜的铜钥匙。

两人静默，只有靠墙的一口直立的英式大时钟滴答、滴答地走着。

高管家进来：“老爷、夫人，小姐找到了，在定慧寺。”

董志和董夫人站起来。

董志看了一眼董夫人：“还是你了解女儿。”

董夫人朝董志使了个眼色，董志会意，开口问高管家：“小姐的事你问杨默生了吗？”

高管家：“问了，默生的意思是可以先在名义上跟小姐定亲约，等渡过难关，一切由小姐的意愿定。”

董夫人激动地走上前：“默生是个懂事、实诚的好孩子。”

高管家支支吾吾道：“老、老爷、夫人，老奴有一事不爽快。”

董夫人：“有什么不爽快的尽管说来。”

高管家：“你们……你们不该让默生有这个非分之想。”

董志："怎么就非分之想了呢？都是一家子人。"

高管家："直觉，直觉这事儿不爽快着呢。"

董志："好了好了，高管家老脑筋了，这事儿让孩子们自己慢慢理清楚。"

11. 苏州定慧寺巷子　日　外

翠儿和董白从寺里出来，看见巷子里停着那辆董府日常出入用的马车。

董白走到马车旁停下问翠儿："谁让他们找来的？"

杨默生从车夫的位置上跳下来："我自己找来的。"

董白一见他即刻转身往别处走。

杨默生追上前："小姐，我有话对你说。"

董白用厌恶的口吻道："我对你无话可说。"

杨默生拿出大红喜字的帖子："你不觉得今天董府很反常吗？老爷、夫人会害你吗？"

董白停下脚步，迟疑片刻，还是接过了帖子。

董白看罢顿觉眼前一阵眩晕，她靠着巷子的墙大口大口喘着气。

翠儿上前询问："小姐怎么啦？"

董白一把推开她，翠儿当下拾起帖子对着杨默生大吼："上面写着什么？"

杨默生冷冷道："老贼万鼎给小姐下的婚帖。"

翠儿当即将帖子撕了个粉碎。

杨默生："老爷、夫人出此下策大概也是别无选择。"

董白紧紧地握住拳头，身体不自觉地颤抖着："我宁可死！"

杨默生憋得满脸通红，眼眶里满满的泪花却忍着不让落下："你与我用不着死。我可以陪你演一出戏，只要你和董府渡过难关就好。"

董白听得杨默生这般说忍不住哭出声来："用不着你来演戏， 大不了一死。"

翠儿："小姐，别一口一个死，太吓人了！"

杨默生："你倘若没有生的欲望就不会来寺庙请愿。"

董白："那又与你何干？"

杨默生："死活与你父亲、母亲有关！他们也是收养了我的恩人。此恩也与你无关，我只为报恩不为别的！"

董白惊愕地抬头看着杨默生，杨默生也不回避目光，两人对视着。

闪回：

董志："莲儿，你以后有弟弟了。"

童年董白："快叫姐姐，这盒糕点就是你的了。"

童年杨默生呆呆地望着董白不回答也不接糕点。

闪回毕。

杨默生："这次老爷走了趟中原，回来明显身体不如从前了，你不仅得帮自己更得帮帮老爷、夫人。"

董白平静下来，一片银杏叶从寺院的围墙里晃晃悠悠飘出来，落在董白和杨默生之间。

12. 空镜头

前进的马车轮子，夕阳的光线映在车轱辘上面由暗红色渐渐转为灰暗。

13. 苏州董府东厢房花园　黄昏　外

杨默生带着董白、翠儿进了东厢房花园，老爷、夫人早早等候。

杨默生："老爷、夫人，小姐回来了。"

董志神情凝重地点点头，眼神在询问着杨默生。

董夫人小心地瞧着女儿的反应。

杨默生："您们放心吧，默生先回了。"

杨默生转身经过董白身边停下来看了她一眼，董白低着头不言不语，面无表情。

杨默生正挪步离开，董白突然开口道："我答应跟杨默生订婚。"

花园里的光线暗得只能看见各自的身形，众人一阵沉默。

只有翠儿转动着乌黑的大眼珠，嘴巴张得大大的。

14. 苏州董府西厢房董白房间　夜　内

董白歪在榻上神情哀伤，看到对面墙上自己绣的彩蝶图慢慢起身走上前去。

子修询问道："小姐，怎么了？"

董白侧过身去不让子修看到她落泪："没什么，把这幅彩蝶图取下来送给你了。"

子修："啊？"

董白："你们要是嫌弃就把它扔了吧。"

董白说着忍不住呜呜哭出声来，一个人躲进纱帐去了。

子修木木地一时不知所措。

翠儿进来："嘘——"

子修："翠儿姐姐，小姐她？"

翠儿拉起子修悄悄地出去了。

对切：

董白在纱帐里眼睛瞪得大大的，任泪水在脸上流淌。

15. 苏州董府东厢房　夜　内

董志和董夫人在榻上对坐着，默默地对着茶盅。

董夫人："不接、不送、不知情。老爷，这真的行得通吗？"

董志："非礼勿言，非礼勿视，非礼勿听，非礼勿行。"

董夫人："成不成就看明日了。"

董夫人说着又伤感叹息一阵。

董志："夫人，事情不能总往坏处想，因祸得福也未可知。"

董夫人："莲儿她……"

董志："她会没事的。"

董志咳个不停。董夫人为他轻拍背部："我听老爷的。"

董志边咳边应了一声："嗯。"

董夫人扶着董志进卧房："吃了那么多天药了，你这伤风怎么总不见好啊。"

两人的背影。镜头淡出。

16. 苏州董氏祠堂　晨　内

董志和董夫人在祖先牌位前进香、行跪拜礼。

董氏绸庄的的工人和奴仆在外厅济济一堂。

董志礼毕后走下台阶面向外厅。

高管家上前低声道："人都到齐了。"

董志点点头道："今天把大伙儿集聚起来是要宣布一件对董家来说的头等大事，而对董氏绸庄来说也是势在必行的事。董氏从创业至今已有两百年，我董志是为董氏绸庄第五代人。众人皆知我娶夫人白羽至今育有一女公子视为珍宝，膝下并无男儿。"

董志咳嗽停顿片刻后，从袖笼里取出一张用锦缎装裱过的帖子："前有约帖为证，今将杨默生正式收为董氏绸庄门下并与小女董白行订婚之礼。”

厅堂一片哗然！纷纷道：

“怎么回事？”

“那个学徒工杨默生吗？”

“太突然了！”

董志咳得满脸通红，他将手中的帖子交给高管家：“高管家你念念。”

高管家提高嗓门：“安静安静！静一静，这里有约帖凭证。”

众人稀稀拉拉安静下来。

高管家念道：“明，天启六年春，弟杨念如拜董志为兄长。你我并非血缘之亲，较量于研桑生计。年长日久，知己知彼到惺惺相惜，惜缘念恩、情同手足。弟虽为商贾低微，系民间桑蚕纺织于命脉，为事业锒铛入狱，心不甘而无悔。唯犬子年幼无母可依，托付于兄长，此后他成家立业、去留何处任由兄长做主。弟杨念如拜恩！”

高管家念完后底下一片肃静。

董夫人惊愕：“杨默生是义士杨念如的儿子？”

董志：“正是。为求默生平安长大成人，我一直未将此事透露半分。如今默生已是束发戴冠之龄，今日召集大家为他和小女董白见证，从此立下婚约，杨默生便是我董志未来婿儿，与小女董白守家立业，延续董家的血脉香火。”

突然，大厅屏风墙后面传来一声苍老而威严的喝声：“不可！不可！”

众人齐转身看过去，只见一长须白发老人拄着拐杖出现在大伙儿跟前。

董志猝不及防：“三叔公？”

三叔公：“你眼里还有我这个三叔公吗？”

董志：“三叔公你怎么来了？”

三叔公：“怎么？董家的祠堂里把我除名了吗？”

董夫人看了一眼尴尬难堪的丈夫，站出来道：“三叔公一向对家族事务不感兴趣，小女婚约之事更是由父母操心便可了，不劳三叔公大驾！”

三叔公：“此事我若不来，怎么面对董家祖先，董志今日所作所为有辱董氏门楣。凡家奴娶良人女为妻者，是为违反大明婚姻律法，侄儿可是明智亮眼儿人，怎么连这点道理都会不清楚呢？”

董夫人气恼：“你——”

董志摇摇头示意董夫人耐心：“三叔公教训的是，但杨默生并非家奴，他家与咱家同为商贾之家。”

三叔公：“他父亲生于没落的商贾之家，是经商还是流浪不好说，而杨默生大家有目共睹就是高管家的徒弟你董氏绸庄的杂役。”

董志："刚刚我已经解释了，当初他进董氏绸庄隐瞒身份是特殊原因，如今谁人不知苏州五义士英雄之举。杨默生是英雄之后，品行端正、吃苦耐劳，行事大胆心细。从他进入董氏绸庄之日起，不被允许以奴仆自居，每日读书习文，也不曾与董白有何差别。"

三叔公慢悠悠地在大厅正位的太师椅上坐了下来："那是你个人心里想法，事实上你收养了杨默生后，他一直从杂役做到了管家，为董氏绸庄奴工。"

董志："三叔公你可别忘了，咱董氏绸庄第一代创始人也是从底层杂役开始慢慢积累经验的。"

三叔公："那你是承认杨默生就是底层杂役咯，他们俩的地位差距是不允许通婚的。"

董夫人："三叔公，杨默生是咱们收养的，是不是奴仆自然比你清楚。今日之事恕不能听您的了。"

三叔公不慌不忙从怀里掏出一块色泽、包浆均为上等的子玉石："好玉，好玉！端的好料子！"

三叔公说完便悄悄地退后了。

董志："既然三叔公到场了，也好！跟大伙儿一起做个证，小女和杨默生婚约之事众人见证。"

话音刚落，祠堂大厅两侧潮水般涌进两拨人。

站在前排的各家族老人有的捣拐杖，有的拍掌，有的跺足，嘴上还骂骂咧咧地："还有没有族规？有没有律法？绝不允许此等有悖伦理的婚约！报官报官！"

董夫人大惊失色："董志，怎么回事？哪来那么多人哪！"

董志也慌了，没等回过神来就被蜂拥而至的人潮给淹没了。

17. 苏州董家祠堂高墙外弄堂　日　外

三叔公一人摇头晃脑走在高墙下，万鼎一帮人挡在三叔公面前。

万鼎竖竖大拇指："三叔公给力了！"

万鼎家仆送上亮晃晃十来锭银锭。

三叔公毫不犹豫将装满银锭的盘子推开："万老爷，我今日可不是去帮你的，董家出了此等有悖伦理的事儿岂有不管之理。你的事儿一码归一码，能不能娶到董家大小姐，三叔公既不反对也不帮衬，全凭万家自己的能耐。"

万鼎笑眯眯地看着三叔公扬长而去："这个老头游手好闲一生，竟然不爱银子！有意思有意思！"

18. 苏州董府东厢房小厅　日　内

董夫人有气无力地坐在椅子上，董白小心翼翼地在一旁帮她包扎受伤手腕。

董夫人："一帮野蛮人，口口声声仁义道德，做的却是蛮不讲理的事儿。"

董白默不作声，眼眶里含着泪花。

杨默生匆匆跨进门槛："夫人，伤的要紧不？都是默生出的主意，想的不够周全。"

董夫人："事已至此，别光急着认错，老爷和高管家为了避免咱们的人吃眼前亏，就跟着那帮人走了，得赶紧想办法把人找回来。"

杨默生："我这就去。"

19. 苏州万府金屋　日　内

万鼎对着正厅墙上那幅镶金的山河图赞叹："多好的手艺！多好的风景！"

一地痞上前对着万鼎耳语。

万鼎大笑起来："哈哈哈，这就对了嘛，怎么能关咱家的董老丈人呢，将那自不量力、乳臭未干的臭小子逮起来就行了。"

万管家上前道："万老爷，新房重新做了布置。"

万鼎："咦，不能那么随意了，往最好的规格布置。"

万管家："老爷，上次现成的还都没用，全新的。"

万鼎："什么全新的！晦气！晦气统统换掉。"

万管家唯唯诺诺地应声退出。

地痞："老爷，咱们的事儿那边还没回应呢。"

万鼎："什么没回应？把那小子处理了，管他回不回应，董白迟早是我的！"

地痞："咱们是不是找个媒人去意思意思？"

万鼎："找媒人？哼，笑话！费那个事儿扯空！"

20. 苏州监牢　日　内

监牢幽深、潮湿，杨默生被单独关在一个角落牢房。刚束冠的头发散落一肩，眼睛直挺挺地盯着外面，看上去一下子比之前更成熟、坚定。

隔壁牢房的犯人们正狼吞虎咽地用着午饭。

杨默生焦急地趴在牢门上向外探望："我要用饭，我的饭呢？"

只见外面打饭的老头将剩下的饭菜，移交给另一个人后转身离开。那人踢了一脚趴在牢门上的杨默生，杨默生猝不及防地“哎呦”了一声。

那人打开牢门进去，将饭菜放在靠墙的角落，漫不经心地看了他一眼道：“你是用饭还是想找人？”

杨默生被问住了。

那人（赖赌佬）：“你不像是个来坐牢的人。”

杨默生低声道：“我想找一个能出去的人。”

那人冷冷地：“在这里除了困笼子里的哪个不能出去呢？你凭什么找人？”

杨默生：“你出多少价我可以买。”

那人：“你的命值不少钱？可惜已经被卖了。”

杨默生：“我可以再买回来。”

那人：“呵呵，钱未必是万能的！你就说说拿自己的命换那董老头子的命值不值吧。”

杨默生：“没的说。”

那人点点头：“人人都叫我赖赌佬，没人记得我也姓万。”

杨默生惊愕：“你——”

赖赌佬变魔术似的从袖笼里拿出一小壶酒：“利索地，好吃好走吧。”

21. 苏州董府后院库房入口　日　内

库房在一个窄小的楼梯下面，董夫人带着高管家从楼梯入口出来，董志等在楼梯口：“找到了吗？”

董夫人指指高管家手里端着的小木箱子道：“找到了，这是我压箱底传家首饰，总还值些钱。”

董志：“七拼八凑的都带上，只要能救默生。”

轰隆隆——外面传来一声闷雷，随即是“哗啦啦”的雨声。

冲进来一个满脸雨水的家仆：“老爷、夫人，外面来了一帮人直冲西厢房去了。”

董夫人一听西厢房，一把推开家仆冲进雨里。

董志急得直跺脚：“你们怎么不拦着？”

家仆哭丧着：“拦不住啊。”

董志二话不说也冲进了雨里。

22. 苏州野外荒鬼谷　日　外

雨越下越大，空旷的荒野被雨雾笼罩着，赖赌佬穿着蓑衣拖着平板车穿过旷野，在一片小树林旁停了下来。他从车上拖下一具尸体放到树下，耐心地将尸体整理好衣衫，又把自己头上的斗笠罩在了他的脸上。

从林里传来一个声音：“对一个死了的人还讲究什么？”

赖赌佬：“可以验尸了。

地痞蹲下身在尸体的鼻子上探息：“呵呵，都凉透了。”

轰隆隆的雷声惊吓了树上的一窝鸟，鸟窝稳稳地砸下来盖在了地痞的脸上。

地痞弄得一脸鸟屎恼了：“弄一个死人还那么麻烦，赖赌佬你看着办。”

地痞撒手离开，钻进了丛林。

赖赌佬：“喂——说好的银袋子呢？”

地痞远远地扔过来两吊铜钱：“死赖赌佬，你敢要钱就来万家赌局试试看。”

赖赌佬看着对方离开消失，喃喃道：“什么死人钱都要抠，万家也就我这个赖赌佬还算没烂透吧。”

23. 苏州董府西厢房　日　内

董夫人全然不顾大雨滂沱，来到西厢房廊下时已浑身湿透。

董夫人：“莲儿！莲儿！莲儿！”

廊下滚落着被人打翻的鸟笼，董夫人一个趔趄，差点被绊倒在地。

24. 苏州董府西厢房　日　内

董夫人脸色惨白进了屋，书房里狼藉一片，地上躺着两个呻吟不止的家仆。

董夫人带着哭腔：“莲儿——我的儿呢？”

董夫人又冲进卧室，里面空荡荡的，木桅后面传来“呜呜呜”的哭声。

董夫人撩开挂在木桅上的丝绸斗篷，只见子修和翠儿被反手绑着，嘴里堵着厚厚的布条。

董夫人感觉一阵眩晕。

此时董志赶到，见此情景已不能言语，一口鲜血喷在地上，倒了下去。

董夫人大声哭将出来扑在倒地的董志身上：“董郎，董郎啊——”

董志迷迷糊糊地睁开眼睛：“死不了，快扶我起来去找女儿！”

25. 苏州万府婚房　夜　内

万鼎酒气冲天地推门而入。

大红帐幔下董白躺着。

万鼎脚踩“嘎吱嘎吱”满地的花生、喜糖走到帐幔旁，盯着董白看了半天：“这不乖乖地来了吗？就是不能听你娇滴滴的说话声，这不满意。”

端着化妆盒立在一旁的嬷嬷屈膝行礼道：“老爷，新娘妆您满意吗？”

董白白玉雕琢般的脸庞没有一丝生气，她静静地躺着，倒像是一幅立体的仙子图。

万鼎一向凶煞，此刻神情温和：“新娘是仙子下凡还需要什么装扮呢。”

嬷嬷以为万老爷不满意，收敛了笑容准备退下。

万鼎目光并不离开董白：“等等。”

万鼎将一个沉沉的喜钱袋压在了嬷嬷的化妆盒上，挥挥手示意她们离开。嬷嬷和身后两个小丫鬟即刻笑逐颜开地退下了。

第八集　仗义救人原不姓赖　为爱成全奔赴南洋

1. 苏州万府柴房　夜　内

柴房的门被踢开，随后一高一矮两个人被推进柴房。门又“哐当”一声关上了，铁锁的链子窸窸窣窣。柴房里一片漆黑。

2. 苏州万府婚房　夜　内

一地痞悄悄靠近万鼎耳语。

万鼎不耐烦地：“什么屁事都来汇报，你也不看看现在是什么时候。”

地痞嬉皮笑脸地做了一个掂银子的手势：“嘿嘿嘿，万老爷，今晚弟兄们辛苦也是应该的，这个……”

万鼎醉意朦胧高声嚷道：“管家，给外面的兄弟发喜钱。”

地痞点头哈腰：“多谢老爷，多谢老爷。”

万鼎：“快滚出去。”

地痞：“是是是。”

万鼎：“等等，你们给我的小美人下了多少药？弄得像个死人似的。”

地痞：“灌得不多，一盅酒的样子，五六个时辰内没啥问题。”

万鼎：“有辱斯文！”

地痞：“啊？”

万鼎：“拿钱滚蛋！”

地痞麻利地不见了。

万鼎转身想将他厚重的大红袍子脱下来，衣饰、佩带实在是过于讲究，暗扣明扣半天脱不掉。

万鼎一屁股坐到床榻上对着董白道：“董娘子，今天理应你伺候我入寝，这下好，嘴边的天鹅肉……”话音未落，床边的红烛簌簌地掉烛泪，三头的红烛灭了一头。

万鼎：“理应你跟着我才有好日子过，你那父亲实在不识时务。从今后就别指望他了吧，你看他走山西这一趟就蠢得很，不仅不懂经商更是看不懂时局。如今天下四分五裂，几十万流寇，几百起起义，抢的抢掠的掠，谁还跟你谈生意。时下什么最流行，就得跟着潮流走，嘿嘿，‘掠夺’就是时下唯一可行的生意。你父亲去山西的档儿，我派人走了趟陕西，除了你，我谁人都不曾说明，以后的天下，姓李还是姓张未可知。什么是生意？识的时务才有生意。”

万鼎心满意足地取下墙上的佩剑，挑开自己大红袍子的腰带，接着小心翼翼地挑开董白的红袍和里衬，红艳艳的布片像花瓣一样飞落。

董白雪白的脖颈裸露在外面，万鼎丑态毕露喘着气扑将上去，却一头栽在床榻上不再动弹。

赖赌佬穿着万家家仆的衣衫从窗户跳入。

赖赌佬靠近床榻见董白只剩一件肚兜躺在那儿，冷不丁吓了一跳，转头不敢再看。

一个黑衣人从屋顶沿纱幔滑落下来， 他与纱幔同时落地， 纱幔盖在董白身上。

3. 苏州董府东厢房厅堂　晨　内

董夫人双眼通红地坐在那，发髻乱糟糟的。高管家一身的泥站立一旁回话。

董夫人：“你看清了吗？”

高管家有些哽咽：“一脸的血污，面目不清了，看身形酷似默生。”

董夫人落下两行泪：“董家对不住杨义士的嘱托，默生死得太冤了啊！”

高管家神情极其痛苦，已流不出眼泪：“连夜找人给他下葬了，白发人送的黑发人呐。”

董夫人：“老爷昨夜去了万府，至今未归，莲儿也不知生死。高管家你得跟我再去趟万府，我一刻也等不了了。”

高管家：“夫人，我带些人现在就去，您就在家等消息吧。”

董夫人：“高管家别说了，嬷嬷，拿斗篷来！”

三人匆匆出了厅门。

4. 苏州万府五姨太卧房　日　内

万鼎五姨太一脸妖艳浓妆，卖力地给万鼎按摩：“老爷，何苦弄个小贱人来找不自在，不如趁早赶出去打发了算了。”

万鼎："你懂个屁！"

五姨太："哼！我不懂，你昨晚深更半夜往我房里来做甚？"

万鼎拿个铜镜照照额头："这不需要人调教的嘛。"

地痞进来："老爷，人醒了不肯吃东西。"

万鼎："赖赌佬招了吗？"

地痞："欠了人赌债，说拿钱替人卖命的。"

万鼎："呵呵，这像是他的做派。"

5. 苏州城外树林　日　外

朝阳洒在树林上，阳光穿过深深浅浅的绿色，呈现出斑驳的光圈。

董白曲腿坐在高高的岩石上，一动不动地望着前方，裹了一身的五彩纱幔随风舞动，好似仙子落了凡间。忽然身后传来踩踏树叶的稀碎声。

杨默生端着一个木碗立在岩石下："你醒了？"

董白下意识地用手裹紧纱幔："你去哪儿了？怎么才来？这是什么地方？"

董白："默生，我怕，我要回家。"

杨默生将木碗放到岩石上："粥凉了，好歹喝一点。"

董白："到底怎么了？我们怎么会在这儿？我只记得一帮黑衣人闯进家里来，翠儿和子修被绑了起来。我想去找那把火铳，却被一个布袋罩住了，只觉得一阵恶心，便什么也不知道了。"

杨默生："听你说话的声音气若游丝，你得先吃点东西。不好的事何必知道得那么清楚。"

董白双手有些发抖地端起木碗看了半天，杨默生也看见了粥里有一小片干枯的树叶。

杨默生："山脚住一个瞎婆婆，眼睛看不见耳朵灵得很，她听我的脚步就知道我是去找吃的。"

杨默生使劲朝碗里吹气，想把树叶吹掉。

董白："别吹了，这粥是好的。"

董白咕咚咕咚一口气喝了半碗："是你救了我。"

6. 苏州万府大门　日　外

董夫人正跟门口的家仆交涉。

董夫人："你们让我进去，我女儿被你们的人强行带走了，我家老爷昨天也来找她，至今两人音讯全无。”

家仆：“昨天万府办喜事来着，主人和来客都还在休息。你先等着，我去后院通报。”

董夫人敲了半天的门，好不容易见到个人，哪里肯放：“你别走，我跟你一起进去。”

家仆：“夫人，我也是刚换的早班，里面什么情况也得去问问清楚再说。”

董夫人几乎是央求着：“老人家，你可知你们家老爷娶的是哪家姑娘？”

家仆：“老爷娶姨太不是一回两回了，都是半夜进的门，我们做下人的哪里会晓得，日后自然会慢慢清楚的。”

高管家劝道：“夫人，事已至此不要心急，等他回话再说。”

7. 万府金屋正厅　日　内

董志坐在上首的位置，满脸伤痕带着怒火却不能言语。

万鼎坐在下首位，和颜悦色：“董老爷，噢，不，董老丈人。昨天夜里让你受惊了，一半是我那狗奴才的过错，有眼不识泰山。另一半嘛，您也有不是，这两家结亲是好事，大喜的日子你又吵又闹，能不让人误会嘛。”

万鼎随即挥了挥手，地痞带着同样一脸伤痕的赖赌佬进来。

万鼎：“董老丈人，你来吵闹了还不算，买通这个赌棍半夜放走了我的新娘，算个什么事？”

董志听罢瞪大眼睛挣扎着想说话，无奈嘴里堵着布双手被反绑着。

万鼎不耐烦地上前扯掉董志嘴里的布条：“好好说话，不许再骂人！”

董志：“呸——畜生！”

董志转而对着赖赌佬急切地询问：“好汉，你果真放走了我女儿？”

赖赌佬轻描淡写地：“放了。”

万鼎一把揪起赖赌佬的衣领：“老子弄死你？”

赖赌佬：“你弄死我啊，正好坐实了你谋财害命的事实！”

万鼎：“好，董老头给了你多少银子，只要你说出新娘的去向，银子双倍。”

董志：“好汉，不能听他的呀！”

赖赌佬突然号啕大哭：“好汉，亏得董老爷一声好汉。我顶着赖赌佬的名号一辈子了，今日宁死不顶了！万鼎，你我本是同族，你害死了我爹娘，夺了我家的家产，还给我戴一顶赖赌成性的帽子，当着街坊假装照顾我。谁知我是赖赌赖醉里偷生一条命，从不敢声张，从不敢揭露你那饿狼的本来面目。”

万鼎气得团团转：“疯狂！疯狂！来人！拉出去！”

地痞上前架起赖赌佬就要走。

万鼎又突然大喝："等等。"

万鼎一把抽出地痞身上的大刀片，举过头顶："你记住了，你此生姓赖不许姓万！"

大刀片正要落下，一群锦衣卫冲进了大厅："谁也不许动！就地静默！"

曹琴钟身着盔甲战袍走进来："圣旨到。"

整个屋里的空气瞬间凝固了，只听得万鼎手里的大刀"咣当"跌落的声音，幽幽地回荡在铜制的地板上。大刀片的反光对着铜天花板折射到万鼎的脸上，刺得他睁不开眼。

8. 苏州城外树林 日 外

风在树林里穿梭，发出"呜呜呜"的呜咽声。

杨默生背对着董白坐在岩石上，他把脚上的鞋子脱下来拎在手上转身看着董白。

董白见杨默生举止怪异地看着她，不解地问道："你要干什么？"

杨默生："你不嫌弃的话……"

董白迅速地接话："我嫌弃！"

杨默生又说："我是说你嫌不嫌弃都得穿上这双鞋子，等天暗下来我们就下山。"

董白意识到自己想多了："哦，那你穿什么？"

杨默生："我皮厚肉多。"

董白被杨默生冷不丁冒出的损话逗乐了。

杨默生将一颗小石子扔向山林，"哗啦啦"惊飞了一群鸟。

9. 空镜头

树林上空的光线变幻着，太阳西移染红了天空，天色渐深渐暗。苏州城被城墙包裹着，沉着、宁静。

10. 苏州万府 夜 外

万府灯火通明，抄家的官兵们还陆陆续续往外搬东西。

11. 苏州城外地下通道口　夜　外

赖赌佬举着火把第一个出来，接着高管家、董志、董夫人和两个仆人陆续出了地道口。

赖赌佬："前面是个山林，大家分头找找。"

董夫人焦急万分："荒山野林的，莲儿他们会躲在哪里？天那么黑到处是危险。"

董志咳嗽着："夫人莫急，已经去绸庄叫人了，人多找起来也快些。"

赖赌佬："万府后花园原是我家旧址，通往城外的地道，除了我没有人知道的，他们不会有事。"

12. 苏州城街道　夜　外

杨默生、董白趁着黑夜穿过一条小弄堂。

董白拉住杨默生："我怎么觉得，咱们不是往家的方向走呢。"

杨默生："现在回家太危险，你去工人行会躲一夜再作打算。"

董白急了："不行！我父亲母亲呢？我现在就得回去找他们。"

董白没等杨默生回话，扭头往相反的方向奔去。

杨默生低声催促："小姐，你快回来。"

董白一口气冲到大街上，只听得一阵铁蹄席卷而来。

杨默生赶紧将董白拉到墙边躲开。

两排铁骑过后是举着火把的士兵，照得沿街路面火光通亮。几辆囚车由远及近，第一辆囚车上是原苏州县衙税吏王世仁。

还开着档铺的小茶馆老板赶紧关了店门。

杨默生和董白瞪着眼睛看着一辆辆囚车从眼前经过。

杨默生突然道："小姐，咱们可以回家了。"

董白："什么？"

杨默生指指最后一辆囚车："你看。"

董白张着嘴惊愕得说不出话来。

杨默生："没错，就是那老贼万鼎！"

董白没有忍住，激动地趴在杨默生的肩头哭了出来："默生，我们可以回家了。"

杨默生想安抚董白的情绪，举起的双手停在半空中。他没有勇气去拥抱她，只低声喃喃道："没事了，没事了，回家，回家，可以回家了。"

13. 董府东厢房小厅　夜　内

董志一个劲儿咳嗽，董夫人轻拍他的背部。

赖赌佬盘腿坐在榻上吃糕点，左手右手全用上了。

董夫人对着赖赌佬道："你到底知不知道默生带我女儿去哪里了？他走的时候就没有跟你说什么？"

赖赌佬："说了，浪迹天涯再不回来了。"

董夫人急了："喂——你这说的是什么话？"

赖赌佬："人话，是我的话就不回了。回来干什么？回来说不定媳妇儿就不是自己的了。"

嬷嬷急匆匆地跑来，那日跌落了门牙说话漏风："老爷、夫人，小姐回来了，这会儿在西厢房换了衣裳就过来。"

董志："我说默生会把董白送回来的。"

董夫人"噢"地舒出一口气来："谢天谢地！"

话音刚落，杨默生进来向董志、董夫人请安。

董志上前握住杨默生的双手："默生，受苦受累了！"

杨默生蓬头垢面、一脸疲惫，眼神却沉着、坚定："不碍事，您和夫人也都没事就好。"

董夫人哽咽地说不出话来："高管家去了城外野山岗，还以为……"

杨默生拱手："赖大哥救命之恩，再生难忘！"

赖赌佬："唉，本大哥姓'万'，别以为姓万的都是坏蛋！"

杨默生："是是是，万大哥！"

董白进来低低地喊道："爹、娘！"

董夫人上前一把搂住女儿："孩子，他们没把你怎么样吧，让娘好好看看。"

董志："两个孩子都平安回来了，极好极好！"

董白有些懵懵地挂下两行泪水："孩儿并不十分清楚发生了什么，醒来时默生已经带我在城外的山顶上了。我只记得阳光清冷、松涛呜咽。"

赖赌佬："傻丫头，那是他们给你灌了迷药，夺了你半条命的迷药！"

杨默生："万大哥救小姐一命的恩德，默生就算做牛做马……"

赖赌佬："别、别、别，我不吃那一套，讨你们一杯喜酒喝喝才是正经的。"

董白不作声默默地转过脸去，杨默生显得有些尴尬。

董志拱手笑道："当然，当然，敬恩人理所当然！"

14. 苏州城门　夜　外

曹琴钟带着队伍出了城门，士兵们举着火把在黑夜里蜿蜒前进。

15. 苏州城外凉亭　夜　外

冒辟疆、方以智、李公公、周义郎、常青、捕头、辛夷一行聚集在一起等候钦差队伍经过。

冒辟疆将琉璃灯挂到凉亭的柱子上，马蹄声渐渐迫近。

一辆马车离开队伍在凉亭边停下，曹琴钟下了马车。

冒辟疆出亭拱手相迎："曹大人。"

曹琴钟摆摆手直接进了亭子："苏州吴县常青听旨。"

常青慌忙下跪听旨。

曹琴钟："常青因地方势力强迫而不顾百姓安危，心生退却辞官之念，罚俸禄半年，即日到任不得有误。钦此！"

常青："常青谢恩！"

李公公畏畏缩缩地要下跪："曹大人，老奴对不起皇上……"

曹琴钟并不理会他，走到周义郎和冒辟疆、方以智身旁："有劳几位了！这就是豆腐店的辛夷吧？"

辛夷眼泪汪汪地伏地下拜："民女谢青天大老爷！"

曹琴钟扶起辛夷："不敢当哪，你要谢就谢他们几个吧。"

冒辟疆双手递上状纸："状纸都有乡亲们的手印。"

辛夷和捕头频频点头："我们都按了手印可以做证。"

曹琴钟收起状纸："好，各位告辞！"

被晾在一边的李公公急了："要杀要剐也得让老奴回宫见皇上一面啊！"

曹琴钟笑笑："走吧，忘不了您老人家，您的事儿得皇上亲自办。"

李公公老泪纵横。

众人目送曹琴钟和李公公离开。

16. 苏州董府正厅　日　内

高管家带着几个工人正铺红地毯，小丫鬟们将多头烛台上的蜡烛换成新的红烛，嬷嬷带着翠儿进来。

嬷嬷低下身从地毯上拾捡起一张纸，悄悄藏进了袖笼。

董夫人从柱子后面转出来："嬷嬷，你来得正好，银子给你备好了。"

嬷嬷靠近董夫人低语了几句。

董夫人笑盈盈的脸上又挂上了愁云："老爷在写婚帖，明天早点过了换帖仪式，叫那三叔公扑个空当。

嬷嬷："三叔公走路都不利索了，偏他多事。"

董夫人拿出银袋子："嗯，甭管他。你支了银子出去置办些东西，明天总要办上几桌宴席。"

嬷嬷和翠儿领了银子出去。

17. 苏州董府游廊　日　内

杨默生在游廊里坐下又站立，焦躁不安、六神无主的样子。他看到嬷嬷和翠儿从一边走来，像看到了救星似的迎上去。

杨默生将翠儿拉到一边低声道："找你有点事儿。"

翠儿酸酸地："干什么，就要当主子了，行事就粗鲁起来了？"

对切：（游廊的另一头）嬷嬷像是想起了什么，她从袖笼里拿出那张纸左右看着。

切回杨默生："我想见见小姐，你有什么办法？"

翠儿忍不住窃笑："瞧你猴急的样子，这会子就要见面。你懂不懂规矩的，换庚帖下婚书、纳彩下聘礼、举行婚礼，在这之前你们俩是不可以见面的。"

杨默生怏怏地："在我看来这些都不是最重要的，重要的是小姐心里到底是怎么想的。"

翠儿："你想听真话吗？"

杨默生："什么真话？你说。"

翠儿："那我可说了，你别不爱听。小姐应该配个读书人，而不是你这样的。"

杨默生："我怎样了？"

翠儿："你是个手拿算盘做买卖的。"

杨默生张着嘴接不上话，转身就走。

翠儿："等等。"

杨默生站住。

翠儿拿出一把钥匙："这个是后花园的钥匙。"

18. 苏州董府董白书房　日　内

董白披头散发坐在琴凳上发呆。

对切花园：杨默生打开后花园的小门，地上青草茵茵，各色花儿星星点点，树叶抽出稚嫩的绿芽，鸟雀歌唱跳跃。杨默生深深舒了口气往里走。

董白拉起窗户竹帘，望着外面，一只彩蝶探出窗框飞舞忽又隐没。

董白低吟道："董家有蝶闭门飞，不知春风弄花开，觅得西厢惊芳梦，白骑少年何处来。"

董白神情恍惚，仿佛看到定慧寺廊下的冒辟疆坐在白马上呼唤她。定睛细看，却是体格壮实的杨默生立在花园里低唤："小姐，小姐……"

董白慌张地拉下了竹帘："你来做什么？"

杨默生："小姐，我……我本不该来，老爷、夫人忙着明天拜庚帖下婚书。我……我想……"

董白背对着窗外："那还有什么好说的。"

杨默生："我想说……小姐，你若没有想好，我……我们可以等等……"

不知是感动还是心酸，董白落下泪来："那还不是一样……"

对切：杨默生低着头，额上冒着细细的汗珠："小姐心里若没有默生，只需你一句话，我不希望任何人为难小姐。"

董白再没有忍住，低低地哭出声来。

对切：杨默生抬起头望着窗户，他听到里面传出令人心碎的哭泣声。

杨默生晶莹的泪水夺眶而出，他没有再说话，默默地转身离去。

19. 苏州秦淮河畔酒家　日　外

一双彩蝶忽上忽下在柳枝间飞舞，酒家的窗台上探出冒辟疆清秀的脸庞："客来酒香醉，柳载蝶双飞。"

冒辟疆眼前闪现陈圆圆在水中漂浮的衣衫像花瓣一样轻柔散开的样子。

冒辟疆完全没有意识到方以智已走到他的身后，他不由地自语道："水濯莲清清，何嫌泥沼沼。"

方以智："冒兄，念什么呢？"

冒辟疆："我不反对来秦淮河了。"

方以智："啊？"

冒辟疆："方贤弟你还记得上次落水的姑娘叫什么吗？"

方以智："好像叫陈什么来着？"

冒辟疆眼前一亮："对了，陈——圆圆，我想见见她。"

20. 南京梨园　日　内

梨园的大门敞开着，有小厮忙进忙出地搬运行头。

长镜头移到梨园后院一间小亭子下，陈圆圆舞弄香帕唱道（平四调）："只见他闷恹恹和衣而睡，脸儿黄儿气息儿低微儿，这门儿我轻弹指背。我么，是散相思的五瘟使来扣柴扉。"

冒辟疆和方以智被人引到小院门口。

冒辟疆呆呆地望着陈圆圆练戏曲的模样出神。

梨园管事："公子，公子，公子？"

冒辟疆："嗯？"

梨园管事："见慢了，陈姑娘有每天练功的习惯，在下这就去叫她先停一停。"

冒辟疆："别，别，千万别惊扰了她，我们就在这里等又无妨。"

梨园管事："那，这个……"

方以智会意："有幸听姑娘练曲，当下极好！"

冒辟疆忘情地感叹："咿呀之调，如云出岫，如珠玉盘，其人淡而韵，盈盈冉冉，如孤鸾之在烟霞。真佳人也！"

方以智悄悄儿看一眼冒辟疆："哈哈，冒兄，你这榆木疙瘩是要动情了呀！"

21. 苏州董府小厨房内/外　日　内/外

长条实木桌上摆满了各色新鲜瓜果、蔬菜，嬷嬷正在清点。

翠儿："嬷嬷，还缺什么回头再去买办。"

嬷嬷："没事儿，盘装浅点能应付了。"

翠儿正要出门去。

嬷嬷喊道："翠儿，你等一下。"

嬷嬷从袖笼里掏出一张纸，正是上午在正厅拾捡到的那张："你帮我看看，这上面写着什么？"

翠儿接过来正反面看看："反正这不是银票。"

翠儿："哦，记起来了，有一次小姐让我们去当铺典当扇面，当铺也给了咱们这么一张纸。"

嬷嬷有些意外："你们去过当铺？"

翠儿意识到自己说漏了嘴，捂着嘴说："嬷嬷，求求你千万别让老爷、夫人知道。"

嬷嬷心事重重："这事儿先不提，今儿是想验证一件事，夫人房里的金银首饰、古董每每少了，我心里直打嘀咕。原来如此！这是一张当票。"

厨房外的窗口探出一个脑袋又不见了。

嬷嬷："外面是谁？"

一个穿一袭白麻布衣的小厮立在窗外也不回避。

嬷嬷："是你，你姓葛，葛根对吧？那天撞翻了铁制茶具，今儿鬼鬼祟祟的又要做甚？"

小厮葛根："取箩筐去装些干柴过来。"

小厮进去拿了箩筐又出来，低声嘀咕："什么光景，活该的！"

嬷嬷厉声道："你说的什么？"

小厮葛根："回嬷嬷，家里刚死了娘。"

嬷嬷不再说什么。

翠儿看那人走远便道："嬷嬷，这个人怪怪的。"

嬷嬷："这当票的事儿不能跟外人说道才是。"

翠儿点点头："嗯。"

22. 苏州董氏绸庄　日　内

杨默生坐在账桌旁做记录，周围是堆得如山高的账本。

高管家进来："侬个阿木林，都啥辰光了？你还在这没日没夜地看账本？"

杨默生站起来："师傅。"

高管家喜气洋洋："明儿师傅就得改口了，我的董家大姑爷。"

杨默生脸上却没有什么表情："师傅，我把近十几年的账本做了坏账记录。"

高管家："查那些坏账做甚？"

杨默生："这些坏账有尾款未结的，有突然中止生意的。它们看似都是坏账、死账，但是如果一一做排查、处理，说不定能给董氏绸庄的生意带来转机。"

高管家："少说也有几十笔吧，那些客户都是特别难搞、难缠，极其不好打交道的一批刺儿头。"

杨默生："不跟他们死磕是不能做成生意的呗。"

高管家："你是说多跑脚头。"

杨默生："师傅不是有个外号叫'勤脚快'嘛。"

高管家："亏得默生那么用心，有时候生意冷清了心也跟着凉，事实上生意冷清人可不能凉了，生意冷了脚头更要勤快，心头要火热。你不提醒，师傅倒忘了自己还有个外号了。"

杨默生微微苦笑："师傅就是师傅，那这个本子就交给您了。"

高管家："唉——那你？"

杨默生已经转身离开。

高管家笑盈盈地摇摇头，满眼的赞赏和欢喜。

23. 南京梨园后院亭子　黄昏　外

夕照映红了半边天，梨园的花草、树木都披上了一层金色的光线，亭子的桌上摆上了果品、酒盅。陈圆圆背对着众人望着池水的波光发呆。

梨园管事："姑娘，大师傅是说这些天，你就在后院休息，这两位公子也是好不容易才说服的大师傅，只想一睹姑娘芳容，无须唱戏应酬。"

陈圆圆低柔的声息更像是自言自语："这没什么的，唱戏是戏子的本分。"

小丫头思琴将亭子中间的纱笼放下来，陈圆圆转身坐上了琴凳。

思琴又递上了琵琶。

陈圆圆随即弹唱李清照的《如梦令》："昨夜雨疏风骤，浓睡不消残酒。试问卷帘人，却道海棠依旧。知否、知否？应是绿肥红瘦。应是绿肥红瘦。"

梨园管事在陈圆圆的歌声中将两位公子引入亭内入座。

冒辟疆却直直地站在卷帘外，入了神竟忘了自己身处何地。

方以智坐下自斟自饮："高曲厌旧梦，不觉知音来。"

陈圆圆一阵咳嗽，冒辟疆隔着纱帘手足无措："姑娘，本不该打扰姑娘，实为……实为……"

方以智觉得冒辟疆的样子有点好笑："实为情之所至，相思成灾。"

冒辟疆："方贤弟，你……你言语不可造次。今日陈姑娘身有不适，还是快去休息吧，改日再行拜访！"

冒辟疆说罢拉起方以智往外走。

方以智极不情愿地边走边说："哎、哎、哎，你急什么，等了好半天，才说一句话你又离开。"

冒辟疆一听又转身向亭子作揖道："姑娘千万养好身体，不可再有轻生的念头。"

陈圆圆听了他这一句，立刻从琴凳上站了起来，拉开纱帘，只见两人的背影一晃已经出了院子。

思琴："姑娘，这两人好奇怪的，你练功时他们在外面等了有大半天，这会子才进来半刻钟都没有又走了。"

陈圆圆："去打听一下这两人姓甚名谁。"

思琴："是，姑娘。"

陈圆圆耳边再次响起冒辟疆的声音："姑娘千万养好身体，不可再有轻生的念头。"

24. 苏州董府杨默生房间　夜　内

杨默生房间除了床便是一张书桌和一个香樟木箱子，没有别的家具，墙上挂着一把宝剑。

杨默生坐在床边静默了片刻，他将包裹背在身上，又取下墙上的宝剑，夺门而去。

25. 苏州董府西厢房　夜　内

翠儿铺好被褥："小姐，该休息了。"

董白的书桌上堆满了被揉成团的废纸，她搁下笔站起来，撩起窗户竹帘一角，洁白的月光轻柔、迷人。

董白低吟："满腹心事难下笔，为谁作诗为谁愁？"

翠儿："小姐别吹了冷风。"

董白："爹爹看的不会错，杨默生人好对吗？"

翠儿："嗯，只是小姐还没完全做好准备。"

董白回头看着翠儿："你为何这么说？"

翠儿："小姐心有不甘。"

董白："可是不甘什么呢？"

翠儿："奴婢也是女孩，女孩都爱做梦。"

董白："我在从杭州回苏州的途中见过一个人，像是梦里的人。他和默生一样救过我的命，默生是真实的，而他就像一个影子，一晃而过不见了，却如影随形。"

董白看翠儿收拾书桌、笔洗便转身坐到了床沿上："默生，我该对你说实话。"

翠儿："小姐，你说什么？"

董白："翠儿，我们现在就去找默生。"

翠儿："啊？"

26. 苏州董府杨默生房间外　夜　外

董白和翠儿踩着月光来到杨默生的住处。

翠儿低声道："小姐，奴婢去敲门。"

董白："等等，我自己去就好。"

董白一边轻轻敲击门框一边道："默生，是我，我有话对你说。"

房间里边半天也不见有动静。

翠儿急了："喂！杨默生，你倒是起来呀！"

董白拉住翠儿摇摇头："嘘——别吵着外边了。"

董白叹了一声："默生你不想见我，就隔着窗户听吧。我……我心里一直挂念着一个人，虽然只见过一面，却时常在梦里梦见他。默生，这对你不公平，明天的婚帖交不交由你决定，我的话说完了。"

董白说罢含着眼泪匆匆离开。

一组长镜头：高管家穿过董府长长的游廊，出了院子的小偏门，又拐过几个小弄堂，一路气喘吁吁跨进了董氏祠堂的大门。

27. 董氏祠堂　日　内

高管家进了祠堂，只见三叔公坐在大堂上，怒气冲冲的样子，他身后围了一群人跟董志对峙着。

董夫人道："三叔公，您是董氏一族的长辈，谁人不尊重您老，只是您也得为小辈们着想是不是？"

三叔公："哼！三叔公我向来是帮理不帮亲！董志和你家毛脚女婿能挨得了那八十大板子吗？"

高管家满头大汗地立在大堂中央。

董志："高管家，你怎么了？出什么事了吗？"

高管家结结巴巴地："不……不好了，人……人不见了！"

董夫人："谁不见了？"

高管家掏出一封信交给董志："这是默生留下的。"

董志打开信纸（杨默生旁白）："师父、老爷、夫人，默生的婚帖请退。我去南洋闯一闯，来年若还能活着回来，定当孝敬师父和两位老人家。感念养育之恩，默生叩首拜别！”

董志神情恍惚地说：“默生去南洋了？”

三叔公笑呵呵地站起来：“哈哈，杨默生跑了！这叫什么？天命不可违，天命不可违啊！大伙儿散了、散了吧。董志，你是逃过一劫！”

董志一个趔趄瘫坐在椅子上急咳不止。

董夫人：“快、快拿水来。”

人们有嘲笑撤退的、有拿水拿药安慰的，镜头淡出。

28. 苏州董氏绸庄库房一角落　日　内

小断葛根四周围着一群工人，窃窃私语。

众人：“典当首饰？你说的可真切？”

小断葛根：“千真万确，董府里的嬷嬷说的还能有假？你们想，前几个月我们在府里打杂工的月钱都付不清，从杭州回苏州的途中又遭了贼。董氏怕是要塌啦。”

一个工人气喘吁吁地跑来：“不好了，杨默生跑了！”

小断葛根：“什么？连他都跑路了，得去摸摸路数。”

工人甲：“葛根，有什么消息及时告知。”

小断葛根：“你们放心，有了法子到时候知会你们，一切行动听我指挥。”

众人点头。

29. 苏州董府西厢房　日　内

翠儿进了房间，床铺整齐，床头摆放着崭新的绣花新袄。

翠儿拿起新袄问道：“子修，小姐今天没有换新衣？”

子修在外面应道：“小姐说她要去花园采花露，怕打湿了新衣裳。”

翠儿转身看向窗外，看到董白一手拿着一个小口瓷瓶，一手采花。忽然，一只蝴蝶在她头顶旋转，董白挥舞双手，蝴蝶忽高忽低却不离去。

翠儿喃喃道：“小姐，你哪像个要出阁的人呢？分明还是个孩子。”

子修靠近翠儿道：“本来就是，小姐和子修都还是孩子，就你该嫁人了！”

翠儿：“小妮子，说什么呢！”

子修做个鬼脸跑了：“羞羞。”

翠儿低头看着手里的新装，不知不觉地羞红了脸说：“杨默生怎么能配小姐呢？”

30. 苏州董府东厢房　日　内

董夫人和嬷嬷扶着董志在榻上躺下，董志不情愿地想要坐起来，却咳得气喘吁吁。

董夫人："你就安心躺着缓缓气吧。"

董老爷："死不了，你把莲儿叫来，默生绝不会无缘无故地离开。"

董夫人："你就那么相信那个杨默生，别人怎么说是他顶不了压力逃跑了呢，与莲儿有什么干系了？"

董志："他们俩都是我眼皮子底下长大的，我还能不清楚吗？我看你对杨默生也有偏见。"

董夫人："你……"

嬷嬷在门口低声报话："小姐来了。"

董白和翠儿跨进门槛。

董白懵懵懂懂看看众人做了一个万福。

董夫人满脸的怜爱："莲儿，快过来。"

董志靠在厚厚的垫子上，抬了抬头一脸的严肃。

董白在父亲榻边坐下来询问："爹爹的咳嗽可好些？"

董志："你给我站好了，我有话问你。"

董白不知自己做错了什么，乖乖地站好心中却是委屈。

董夫人劝慰："有话好好说。"

董志："昨天你可见过杨默生？"

董白心虚地回答："没……没见过。"

董志提高嗓门儿："真当没见过？翠儿，你过来。"

翠儿吓得扑通跪在地上："老爷，奴婢什么都不清楚，奴婢只听小姐的。"

董夫人看这般光景已猜到几分，也不好说什么，独自退到一边。

董白看要牵连翠儿便抢着承认了："我昨晚去见他了。"

众人惊讶。

董志皱着眉："你跟他说了什么？"

董白："我……我说心里没有他，婚帖退不退让他自己看着办。"

董志一口气上不来，咳嗽不止，董夫人焦心地安抚着他的胸口。

董志："这……这是你该做的事该说的话吗？你懂什么心里有没有谁？"

董白大滴大滴的眼泪往下落："心——长在我自己身上，凭什么说我不该说！"

董志："是你的心重要，还是做父母的眼光重要，你的心能看清一个人十年、二十年后的样子吗？”

董白：“我不能，但是我骗不了此时此刻的心。”

董志气得满脸通红：“幼稚！幼稚！”

董夫人：“莲儿，你可知你父亲的用心良苦啊！”

董志：“好得很！一句话把默生气走了，以他的个性，说去南洋就绝不会回头。”

翠儿听罢“哇”地大哭起来，董白索性也放开了哭泣。整个小厅堂里的人都低着头，两个女孩的哭声淹没了董志的愤怒。

董志在女儿的哭声里慢慢平静下来：“三叔公说的对，天命不可违！”

31. 苏州城外某山顶　日　外

杨默生一身精干的短装，背对着镜头站在山顶上，面朝着远去的城郭俯身叩拜。他背上行李转身与镜头擦肩而过，独自进入山林。

32. 南京杜府花园　日　外

冒辟疆和方以智在亭子一角对饮。园子很大，太湖石搭成的假山围着鱼池错落有致，客人们在花团锦簇的园子里游玩。花园的一角搭建着一个临时戏台。

冒辟疆：“尚书大人是个孝子，每年母亲寿辰必定搭台唱戏宴庆一番。好个排场！”

方以智：“他也是东林党人，侯贤弟父亲的事，他自然清楚其中缘由，为何不发一点声响？”

冒辟疆：“他的任务是管护好自家田粮，不管他家闲事。”

方以智：“你是说他只对他的老丈人沈大老板负责吧。”

冒辟疆：“沈大老板供他上的学，做的官，可不为此？”

方以智：“今天叫你一起来还有另外一个原因。”

冒辟疆：“有何缘故？”

方以智：“你可知唱堂会的是谁？”

冒辟疆漫不经心地问道：“什么人？”

方以智：“你想见又不敢见的陈圆圆。”

冒辟疆来不及反应，杜縠在亭外拱手招呼：“两位公子让小弟好找！”

冒辟疆和方以智站起来：“杜大公子。”

杜縠：“仰慕复社以久，苦于无处入门。”

冒辟疆：“哪里哪里，杜公子在南京一枝独秀何须攀枝弄叶。”

杜穀进入亭子：“来来来，薄酒一杯以表心意。”

三人正喝酒，冒辟疆的书童华安急匆匆赶来，在冒辟疆耳边低语。

三人停了手中酒杯，冒辟疆一口干了杯中酒转身道：“方贤弟，侯贤弟的事拜托你与杜公子细说，愚兄先走一步。”

冒辟疆急匆匆离开，忽地站在园子中央看着空荡荡的戏台停顿了片刻。

书童华安：“公子怎么了？”

冒辟疆心神不宁：“华安，你去门口备马，我稍后就到。”

书童华安：“是。”

33. 南京杜府临时戏台候场间　日　内

陈圆圆穿着轻薄、贴身的裙衫，显得干净利落但也更加瘦小单薄，她画的红娘妆容俏丽、妩媚。

思琴在门口喊道：“这位公子，这里是我们姑娘上妆换衣裳的地方，你不能进去。”

冒辟疆的声音：“小姐姐你小声点，我跟你家姑娘说一句话就走。”

陈圆圆听得分明，她听出了冒辟疆的声音立刻从凳子上站起来：“思琴，你让那位公子进来。”

思琴：“啊？”

冒辟疆进了矮小的化妆间，一脸拘谨低着头作揖：“姑娘，身体可无恙了？”

陈圆圆看着眼前人热泪盈眶：“公子救命之恩无以言表。”

冒辟疆：“换做谁都会那么做的。姑娘用弱小之躯对抗恶霸，你的勇气令人钦佩！”

陈圆圆哽咽地说不出话来。

两人沉默片刻，冒辟疆尴尬地不知如何表达情意。

思琴在门口着急上火：“姑娘，一会儿要上场了，让人看见，又不知要说什么难听的话来对付姑娘呢。”

陈圆圆听了此话反而轻松下来：“死都不怕，还怕人嚼舌头！”

冒辟疆：“都是我不好，我不该来的。”

陈圆圆连忙接话：“没有，你该来。”

冒辟疆和陈圆圆对视着，眼睛里要冒出火来，他情急之下摘下腰间随身佩戴的玉佩，塞到了陈圆圆的手里：“这个是我母亲给我的护身符，一直随身带着，你留着可保平安。”

陈圆圆觉得唐突："我……"
冒辟疆此刻的心沉静下来，坚定地说道："必须好好地活着！"
陈圆圆整个人像是被定格了，等回过神还想说点什么，冒辟疆早已离开。

第九集　恶奴设计恩将仇报　董父护家气绝身亡

1. 南京杜府门口　日　外

书童华安牵着缰绳无聊地踢着地上的碎石子。

冒辟疆从里面出来："快拿书信与我。"

书童华安一边说一边将信笺给冒辟疆："公子，你这稍后就到也太久了吧？"

冒辟疆打开信笺念道："冒儿离家一月又余，祖母日夜想念，春夏交替，腿疾旧伤复发。请速回如皋！"

书童华安点点头："急报。"

冒辟疆："这是祖母病了想我了呢？还是想我想病了呢？"

书童华安："总之，回家。"

冒辟疆："我看你比我急。"

书童华安扶冒辟疆上马笑呵呵道："不孝有三，其一……"

冒辟疆也笑了："其一什么？"

书童华安："其一就是有家不回。"

冒辟疆一把将华安拉上了马："臭小子！你是想老祖宗屋里的嫣红了吧！"

两人骑马远去的背影。

2. 苏州董府小厨房一角　日　内

嬷嬷路过厨房看见董夫人坐在炉子前守着药罐，肩膀微微地颤抖。嬷嬷明白，董夫人在压制着自己默默哭泣。

嬷嬷靠近董夫人轻声呼唤："小姐。"

董夫人被这声遥远的称呼惊着了，顾不得一脸泪痕猛地转过身来。

嬷嬷早已泪如雨下："小姐是想夫人了吧。"

董夫人内心的小女孩瞬间被唤醒，她扑到嬷嬷怀里呜咽。

董夫人："嬷嬷，我该怎么办？"

嬷嬷："把夫人留给你作纪念的宝贝，都给典当完了能抵挡多少？怎能填补董氏绸庄如此大的空缺呢。不是还有老爷的吗？"

董夫人："他为了绸庄都丢了半条命了，怎舍得由他再去挑这副重担？"

嬷嬷："这就对了，人比什么都重要，要是人没了要那家业做甚呢？"

董夫人听罢突然冷静下来，沉吟片刻："你是说，把铺子典当出去，彻底解散董氏绸庄。不行不行，董氏绸庄两百年的家业，不能毁在董志和我的手里，我俩还有什么脸面，去见九泉之下的列祖列宗啊！"

嬷嬷："夫人，你小的时候，可曾想过要去守那几百年的家业？那时的你活得开心自在，为何现在不能了呢？"

董夫人："自然不能和那时相提并论，如今的我与董家性命相连。"

嬷嬷："夫人可知老爷在山西的遭遇？"

董夫人："救济难民，散尽钱财。"

嬷嬷："老奴问高管家，他说途经中原一路遇十几起民变，许多村庄、市井几乎成了废墟。他们根本没能到达山西，而是半途困了二十多天，真正九死一生。"

董夫人张着嘴半天不能说话。

嬷嬷张大嘴巴夸张地描述："夫人，外面的世界在大变样了。"

董夫人看见了嬷嬷的牙齿："嬷嬷，你的门牙呢？"

嬷嬷连忙捂住嘴巴："没事，不小心摔的。"

董夫人心疼又感激地："嬷嬷，谢谢你！我懂了。你也要好好的，只要我们都能好好活着，比什么都强。"

嬷嬷露出心酸的微笑，重重地点点头。

3. 苏州董府西厢房董白书房　日　内

董白在书桌前挥笔画兰，翠儿在一旁磨墨伺候。

董志手里抱着一摞书卷、画轴进来。董白猝不及防举着笔，一时不知该怎么行礼打招呼："父亲？"

董志挥挥手示意董白继续作画，翠儿连忙作揖退了出去。

董志将书画放进画缸里，走到女儿身旁观看她作画。

董白继续画，觉得不太自在。

董志："爹爹多久没看莲儿作画了！"

闪回：

一句话将董白引回到儿时父亲教自己画画、写字的镜头。

闪回毕。

董白画完最后一笔，一朵淡墨微染的兰花生动鲜活地呈现在纸上。不料一滴眼泪滴在了上面，兰花迅速地晕染开。

董志："莲儿，画得好好的怎么就哭了？"

董白低着头："女儿把默生气走了，爹爹……"

董志笑笑："爹爹不怪你，是爹爹考虑不周，我该想到默生心里的惧怕，你们都还是孩子。"

董白有些责怪的口吻："他连离家出走都不怕还会有什么惧怕。"

董志："你不会明白。爹爹当初接过董氏绸庄的时候，也有过那样的惧怕，因为董氏绸庄是父辈积累的成果，而不是自己一手经营出来的。那时候，总觉得董氏上上下下，每一双眼睛都在盯着自己。何况是默生呢，他一直隐瞒着真实身份长大，那个被质疑的声音会更大声、更刺耳。"

董白点点头："噢，原来是这样。默生一个人在外面风餐露宿，真怕他会遇到不测。"

董志："我相信默生，他天生是要出去闯荡的人，跟他的父亲一样，他们既是生意人，也是行侠仗义的剑客。是我私心太重，硬生生要把你和他绑在一场婚姻上，反而更快地失去了他。"

董白仰着稚嫩的脸庞："爹爹，你是天底下最好的爹爹。"

董志满足地笑着："那你怎么不相信爹爹呢，默生是能一生守护好你的人。"

董白害羞地低下头："我不知道！"

董夫人跨进门槛来："老爷，你果真在这里。"

董白迎上去做万福："母亲来了。"

董夫人拉过女儿的手，眼睛盯着董志看："父女俩说着体己话，把我这个黄脸婆给撇开了。"

董志咳嗽起来："你看看你，一把年纪的人连女儿的醋也吃。"

董志："我给女儿送字画过来。正想过去找你呢，我有话跟你说。"

董夫人望着丈夫："我也有话同你说。"

俩人短暂的对视好似读懂了对方大半的意思。

董白："爹爹，我可以看看这些字画吗？"

董志："莲儿，你先出去，我同你母亲有话要讲，一会儿再看你那些字画。"

董白没趣地退了出去："是。"

董志、董夫人两人同时地："你先说。"

董志点点头："好，我先说。"

董夫人边递了一杯水给董志边说："坐下来说吧。"

董志坐下喝了一口："原不知怎么跟你开口说呢。"

董夫人双手托住下巴看着董志，心酸地笑笑："就这么说呗！"

董志呆呆地望着董夫人半天。

董夫人："怎么了？"

董志："白羽。"

董夫人："嗯。"

董志："从你第一次进家门到二十年后的今天，你还是那么好看。"

董夫人"扑哧"一声笑喷："老爷，你还是二十年前的那个傻小子吗？"

董志："嘿嘿，你心里不是一直住着一个的嘛。"

董夫人不知怎么回答，笑着笑着渐渐眼眶湿润。

董志："我想把董氏绸庄彻底解散了。"

董夫人两行热泪滚落："把店铺统统典当出去还债吧。"

董志过去抱住董夫人："夫人，董志做得不够好，让你受苦了！"

董夫人用拳头轻轻敲击董志的胸口："你说什么呢？你那么说，就是怪我白羽做得不够好。"

董志握住董夫人的手："怎么能够，怎么能够呢！"

不知什么时候董白站在了门口："咦——爹娘在谈情说爱呢，羞羞！"

董白一脸嫌弃正要转身走，被董志喝住。

董志："莲儿，回来！看看爹给你的字画。"

董白即刻开心了："哇——我早就等不及了！"

三人将字画一一在地毯上展开，有唐宋名家的，也有明代名家的。

董志："莲儿，这些墨宝以后就归你保管了。"

董白欢呼雀跃："哈哈，莲儿太高兴了，爹爹你真好！"

高管家带着一帮人急匆匆进来，齐刷刷跪在门外。

翠儿从偏房跑出来拦着："哎呀，你们这是干什么呀？不打个招呼就闯进来。"

董夫人看这架势着实吓了一跳："老爷，他们是……是要造反了吗？"

董志定了定神："怎么可能，叫高管家进来。"

高管家脸色煞白只站在门口却不进来。

董志有些恼怒："叫你进来就进来嘛！"

高管家："老爷，不……不好了，那……那……那……"

董志："我们已经做好了准备，还能有什么不好的你尽管说。"

高管家："仓库、铺子昨……昨……昨一晚上被洗劫一空。"

董志感到胸口被什么东西狠狠地堵塞了，无法呼吸、说话。

董夫人扶住董志一边问高管家："金、木、水、火、土，哪一个库存出了问题？店铺又是哪一个？说清楚了！"

高管家冷汗直冒："库房一个没剩，店铺——就……就除了一个城南店铺，没……没有……"

没等高管家陈述完毕，董志身体前倾，一声咳嗽，大口的鲜血喷在了地毯上。顿时，字画上晕开了朵朵梅花似的红迹。

董夫人哭喊道："老爷！"

董白哭喊："爹爹！"

镜头淡出。

4. 如皋冒府水绘园　日　外

园子里小桥流水，正值春盛苏醒的气候里桃红柳绿。冒辟疆迈着跳跃的步子，穿过了霞山桥，华安个头小，步子迈不开，在后头一路小跑跟着。

冒辟疆忽然在亭子边停下脚步，望着湖面的水波出神。

华安大包小包地拎着追了上来："公子，哦不，爷！刚才走得飞快，这会子怎么不走了？"

冒辟疆："好像忘了一件事。"

华安："啊？"

冒辟疆："你少奶奶让我带一盒秦淮河边的水粉，给忘了。"

华安："唉——我道是什么重要的事呢，少奶奶还能怪爷不成？"

冒辟疆："这可不成，华安，你得帮帮我。"

华安："爷放心，华安的嘴利索，保证完成任务！"

冒辟疆爱护地拍一下华安的脑袋："小滑头！"

5. 如皋冒府颐养堂　日　内

冒辟疆才进了院子，前头就有小丫头报上了："二爷回来了，二爷回来了！"

冒辟疆行走生风，抢在小丫头前面进了颐养堂大门。花花绿绿一群姐姐妹妹、姑娘、嫂子围着老太太，听得有人来报才急急地散开。

老祖宗坐在暖榻上，手里握着一条绣工上等的抹额头饰，见冒辟疆来了，甚是激动。

老祖宗："冒儿，是冒儿回来了？"

冒辟疆："冒儿给老祖宗请安。"

老祖宗笑开了花："来来来，冒儿走了多久？你可知老祖宗在家天天想你、念你？怨不得你新媳妇，想你想的掉眼泪呢。"

苏元芳见着冒辟疆突然回来，又喜又羞，低着头不敢看人。

冒辟疆这才意识到自己的妻子也在颐养堂，他站起来恭恭敬敬地向苏元芳作揖，苏元芳惊慌地还礼。

冒辟疆与苏元芳互相尊敬，实为彼此生疏，俩人都不知该说什么，冒辟疆转身向华安示意，华安将大包、小包放到老太太的茶几上："老夫人，这些都是二爷从南京特意给您带回来的。盐水鸭、金陵烤鸭、卤鸭……"

老祖宗乐呵呵地："这是鸭子聚会吗？"

大伙儿都跟着笑。

冒辟疆："你把老太太喜欢的雨花茶拿出来嘛。"

老祖宗："不急不急，今儿个趁你那些个姐姐妹妹、嫂嫂都在，大家分着尝尝味道。"

冒辟疆给华安使眼色，华安好半天才想起来："噢——对了，还有二奶奶，二爷给二奶奶买的秦淮河边的水粉……"

冒辟疆不安地看了一眼苏元芳，苏元芳一脸满意的羞涩。

冒辟疆嗔怪地低声提醒："华安！"

华安："水粉、水粉在半途被我弄丢了，二奶奶，都怪华安太笨了！"

苏元芳脸上的笑容不愿意冷却下来："心意到了就是了。"

老祖宗责怪道："你可真够笨手笨脚的！"

华安看了一眼冒辟疆，边说边退了出去："是是是，老夫人骂的是。"

这时外面一个家丁来报："二爷，老爷唤你过去问话。"

老祖宗不高兴地："怎么才到府上，凳子还没坐热就要过去问话了？"

家丁回道："老爷说他就在一默斋等着。"

冒辟疆心里也疑惑，匆忙作揖退出了颐养堂。

6. 如皋冒府一默斋　日　内

冒起宗、冒家总管韩信良在屋内商量家事。

冒起宗："修缮庭院的事可以缓一缓，家里上百口人的平安、健康要放在第一位。我此次从山东赶回如皋，正是因为干系冒儿的安危，冒儿的性格不定什么时候又在外惹是生非了，你们平时都要用心尽力才好，不能随老太太似的由着他的性子野。”

韩管家：“是是是，老爷说的是。”

家丁来报：“二爷来了。”

冒辟疆进了门槛毕恭毕敬：“给父亲请安！”

冒起宗：“嗯。不给你写信就不记得回家看看你母亲和老太太了？”

冒辟疆一时语塞：“我……我，我正想着回家转呢。”

冒起宗：“哼！你说是去备考读书到底在外面干了些什么？要不是山东青州府知府是我的好友，我还被你蒙在鼓里呢。”

冒辟疆听得一头雾水：“父亲所说何事，冒儿实在不知情哪。”

冒起宗：“你人在南京读书，几时有闲跑去敲苏州的登闻鼓？”

冒辟疆恍然大悟，惊道：“父亲，您……您怎么会知道？”

冒起宗：“好啊！我还说我儿在南京，怎么会敲响苏州的登闻鼓？看来确有此事！信良，拿家法来！”

韩总管为难：“老爷，二爷都老大不小了，还动用家法？不太合适。”

冒起宗：“老大不小？他可知做什么事合适，什么事不合适？苏州府的水有多深？他清楚？

冒起宗面向冒辟疆训斥道：“此次进京，温体仁几次三番跟我来拉家常，每每拿捏各种词语夸赞于你，弄得我云里雾里不知其味。我只知他有个爱妾是苏州人，如此说来必与你那一击苏州登闻鼓有关！”

冒辟疆：“父亲，孩儿不知此事会殃及父亲，孩儿甘愿受罚。只是那温体仁的亲戚万鼎，在苏州城内为非作歹、草菅人命，实在天理难容。”

冒起宗气得浑身发抖：“那假传圣旨也是尔等所为？你可知那万鼎，人还没到京城就被放回了！”

冒辟疆：“曹大人可有民意状纸，万鼎恶行桩桩件件有据有实。”

冒起宗：“你说的是曹琴钟吧，温体仁挑明了，说曹琴钟有意针对他温某，不必拿他家的亲戚说事。既然有人假传圣旨，也就有人会伪造民意状纸。双方各执一词，皇上也不愿再理会此事。”

冒辟疆神情沮丧：“怎么会这样？怎么会这样啊？”

冒起宗：“凭你们公子哥儿几个，就想让朝廷乾坤大挪移？幼稚！”

冒辟疆倔强地：“我对朝廷不感兴趣，只是看不惯恶人当道罢了。”

冒起宗：“好哇，你个不肖子孙！冒家几代在朝为官，为的是什么？你不愿当朝为官，何谈报国为民！你敲登闻鼓，你怎么不飞天呢，这才是你屡考不中的真正缘故吧。信良，家法伺候！”

韩管家：“啊？老爷，弄半天还得打啊？”

冒起宗："怎么不打，狠狠地打，不打不长记性！"

两个家丁将冒辟疆按在长凳上，胳膊粗的棒子，一记记落在冒辟疆的屁股上。冒辟疆忍着疼痛，咬牙不出声。

冒起宗觉得不解气，夺过仆人手里的棒子，自己下了重手打，冒辟疆疼得"嗷嗷"叫唤。叫喊声惊飞了窗外一树杈的麻雀。

老太太、冒夫人急匆匆赶来，哭喊着进了屋子。

老太太拿住冒起宗手里的棍棒："住手！是我作孽生了你这个阎王儿子吗？才进家门，你就要打我的宝贝孙子，你索性把我一起打死吧。"

冒起宗为难："母亲！你这是何苦。"

冒夫人跪在地上央求："老爷，冒儿有什么不对，我这个当娘的脱不了干系，求你看在我的面儿上饶了冒儿这一回。"

冒起宗："你糊涂！这是一回两回的事吗？这孽障再不教训，今后不但自己性命不保，还会给家人带来灾殃。"

老太太："呸——孽障！你打残了冒家的命根子，才是咱家的灾殃。"

冒起宗无奈叹息："惊动母亲实不应该。"

老太太："你是大官人，眼里哪有我这个糟老婆子！"

冒起宗连连作揖："母亲言重了！"

老太太："你给我出去！冒儿、冒儿啊不怕了。"

冒太太也起身查看冒辟疆的伤情，两个妇人连哭带喊地，好像比冒辟疆疼的更厉害，冒起宗又怎能奈何，默默退出了。

镜头淡出。

7. 苏州万府金屋　日　内

万鼎背对着镜头坐在太师椅上，几个地痞带着葛根上来。

葛根："万老爷，按您的吩咐，事情都办妥了。"

万鼎："同样是董府从小收养长大的，区别怎么那么大呢。葛根，我看董志是有眼不识珠。在我看来你比那逃跑的杨默生强多了，杨默生从小可以上学堂看账本，而你呢，管饱管住，低人一等干杂活。"

葛根被哄得热血沸腾，头冒青筋："最受不了的是，还要被那个下贱嬷嬷当贼一样防着。"

万鼎："现在好了，一夜之间把董氏绸庄搬空了。董志一病不起，他们再也防不了你了。"

葛根："那万老爷，您……您事先说好的……"

万鼎给旁边的地痞使了个眼色，地痞拿出一袋沉甸甸的银子给葛根。

葛根喜不自胜，磕头就拜："万老爷就是葛根的再生父母！"

万鼎："葛根，你出了苏州城就再不要回来了。还有，既然苏州城没有人知道我回来的消息，那就别让人说三道四的了。我这残腿的一箭之仇要慢慢地一个个地报！"

葛根偷偷地瞧瞧万鼎那双一动不动的腿，吓得背上凉飕飕的："是是是，一定按万老爷说的做。"

8. 苏州董府东厢房　日　内

董志躺在床上昏迷不醒，董夫人在身旁日夜守候，发髻蓬乱、眼圈发黑。大夫仔细地诊断董志的脉象。

大夫收拾药箱，董夫人跟着走到屏风外："大夫，老爷都昏睡了三天三夜了，可怎么办呀！"

大夫："脉象紊乱，感觉他体内有强弱两股力量在扭打、较量。这段时间除了我配的药，可曾吃过别的药物？"

董夫人："不曾吃过别的药啊。"

大夫："虽说急火攻心，体内邪毒加剧，也不至于如此。"

董夫人："哦，对了！给他吃过家中珍藏的两支紫团参。"

大夫："哎呀，夫人哪，一个肺痨久咳之人，怎能经受得住你那大力人参嘛。"

董夫人："那……那可怎么办？大夫，大夫，求你救救我家老爷啊！"

大夫摆摆手："回天无力了。"

董夫人一个趔趄差点晕倒："不，不可能！一定要治好老爷。"

嬷嬷拦住大夫："大夫，你……你不能走。"

董夫人摇摇头："让他走，嬷嬷你叫高管家来。"

嬷嬷："是。"

9. 苏州城街道　日　外

大夫匆匆走在街道上，不时左右观望。

一个黑衣短装打扮的人，塞给他什么东西后又消失了。

10. 苏州董府东厢房　日　内

嬷嬷来报："高管家来了。"

董夫人："快让他进来。"

高管家一下子苍老了许多，进来看到董志依然闭着双眼躺着，禁不住老泪纵横。

董夫人将高管家拉到一边："怎么样？打听到没有？苏州城里城外有没有能治好老爷的大夫？"

高管家满脸泪痕，摇摇头："没有，进了医馆但凡听说是治咱老爷的，都说没法治愈了。"

董夫人悲愤万分："哼！一帮江湖庸医！我家老爷一向身体硬朗的，就是被那吃里爬外、从小养到大的白眼狼给气的，怎么就不能治愈了呢！"

董夫人说着说着哭泣起来。

屏风里面，突然传来董志微弱的呼唤声："白羽，白羽莫哭！"

董夫人听到董志的声音又惊又喜："老爷，是老爷醒了。"

董志睁开了眼睛，声音微弱吐字却清晰、深情："白羽，董志对不住你！"

董夫人忍不住呜咽着："不，老爷，你醒了就好，醒了就好。"

董志用尽全身力气替董夫人擦眼泪："不要哭，不要哭，哭了就不好看了。"

董夫人点点头："嗯，不哭，老爷醒了我是高兴。"

董志："莲儿呢？"

董夫人慌忙回答："这几天她搬到我们屋里住着，她就在外边。"

董志："叫她进来。"

高管家使劲点头，喜出望外地出去了。

董白一身淡蓝色的素衣跪倒在董志的床边："父亲，你终于醒了。"

董志："来，莲儿，离我近些。"

董夫人站起来："莲儿少说几句，别让你爹爹累着了。"

董白："嗯。"

董志："爹爹最遗憾的是，没能给你留住默生，以后的路得由你自己走了。"

董白不知道该回答什么，只觉得满腹的泪水不自觉地往外涌。

董夫人："老爷，你先好好歇一歇，有些话留着以后可以慢慢说的。"

董志摇摇头："我这一歇怕是要太久了。莲儿，董氏绸庄解散后，这房子保不保得住也不重要，重要的是你和你母亲得好好活下去。她的身体我清楚，她总是太要强，不肯让自己松懈下来，你得督促她好好休息、好好吃饭，你可记下。"

董白点点头："嗯，爹爹，女儿记下了。"

董志："高管家。"

高管家："在，老爷。"

董志："绸庄剩下的财物，盘出去后先付了工人们的工钱，但凡是人家赚的血汗钱，一分不能少。生意上往来的欠账、赊账能付的付，不能付清的，董志只能来生再还了。"

屋里主仆没有不低声哭泣的。

董夫人已泣不成声："老爷，这些事等你身体好了再说不行吗？"

董志一手拉住董白，一手拉住董夫人："我有一个好女儿和一个好夫人，此生足矣！只是委屈了你们。"

董夫人和董白摇头洒泪。

董志："白羽，清水湾有三亩地，地契在高管家那里。危难之际那三亩地便是安身立命之地。不可有伤悲，万事可从头起！"

董夫人悲痛欲绝："怎么能够啊！董志，你的命便是我的命！你若死，我不独活！"

董志痛苦万分，一声干呕"哇"地吐出一大口鲜血。

董夫人哭喊："老爷！老爷！高管家快找大夫救命啊！"

董志拉拉董夫人的衣袖："夫人，就算董志求你了，和女儿好好活下去。"

董夫人不知所措、心如刀绞："好好，我什么都答应你。"

董志一生的精力就此耗尽，他安静地闭上了眼睛。

屋子里哭声震天！

11. 如皋冒府冒辟疆卧房　日　内

冒辟疆趴在床上头抬得老高，使劲儿往外望："华安！华安！"

华安鬼鬼祟祟、探头探脑地进来："二爷，你小声点。"

冒辟疆："你二奶奶去老太太那边了，瞧你那熊样！"

华安较真地："有女眷的地方我们男仆是不好随便进的。"

冒辟疆："切！你顶多算是男童。"

华安笑眯眯地："二爷，腚还疼吗？"

冒辟疆："笑你个鬼！说正事！"

华安："老爷明天回山东，今儿个一天都要会客。"

冒辟疆："好！让他忙，他越忙咱越是安全。他明儿个前脚走我们后脚就开溜。"

华安："啊？二爷，还开溜哪，你那腚？"

冒辟疆："怎么了？你去给我弄辆马车来。"

华安："说得轻巧，哪里去弄马车，府上就老太太的马车……"

冒辟疆："对了，就老太太的马车了。"

华安："奴才可不敢。"

冒辟疆对华安招招手："华安过来，我有个主意。"

冒辟疆在华安的耳边嘀咕了几句。

华安："这么说能成吗？"

冒辟疆："怎么不成，就这么说，你现在就去。"

华安迟疑："啊？"

冒辟疆："啊什么，快去啊！"

华安不情愿地嘟囔着："才回来几天，又折腾开了！"

冒辟疆："你嘀咕什么呢？"

华安一溜烟儿跑出去了。

苏元芳忽从屋后转出来："二爷跟谁说话呢？"

冒辟疆吓了一跳："呀！你怎么还在啊，不是去老太太那边了嘛。"

苏元芳："哦，我的帕子找不到了，在后院找帕子呢。"

冒辟疆"噢"了一声便不再说话，苏元芳在屋子里转来转去作找东西状。

苏元芳见冒辟疆也不搭话，便主动上前轻声道："老太太那里什么时候去都可以，二爷一个人在屋里闷，要不我陪你说会儿话打发时间。"

冒辟疆把头转过来，不好意思地："不用，不用，我一个人也不闷的，你尽管去忙你自己的。"

苏元芳："二爷，原本轮不到我说话来着，可事情到这个分上，也得劝你几句。老爷下手是重了点，但他的话你得听一些，人的精力是有限的，读书人走仕途才是正道。"

冒辟疆将头转向了床里面，不耐烦地把被子拉过头顶，假装听不见。

苏元芳叹了一声，作揖退到屏风后头去了："二爷好好歇着。"

苏元芳才离开，华安便屁颠颠地赶来："二爷、二爷，老太太给你叫来了。"

屋外传来老太太的颤巍巍的声音："儿啊！我的宝贝冒儿啊，怎么伤口愈发疼了呢？屋里的人呢？人都干什么去了！"

冒辟疆听动静赶紧大喊起来："哎呦！哎呦！疼死我了，疼死我了！"

丫鬟们簇拥着老太太进来："冒儿，冒儿，伤口怎么愈发厉害了呢？"

冒辟疆："老祖宗救我呀！救我呀！"

老太太："昨儿个请的大夫怎么开的药？冒儿你再忍忍，老祖宗去给你请顶好的大夫来。”

冒辟疆给华安使眼色。

华安：“老夫人，顶好的大夫还真有一个。”

老太太：“那还愣着干什么？快去请啊！

华安：“这个大夫本事大架子也大，他从不肯上门就诊，只瞧自己找上门的。”

老太太：“那也简单，咱们现在就送冒儿去。”

华安：“他还不接待家属，必须由病人自己去，并且每日过午就闭门谢客。”

老太太为难：“这……这是什么怪兮兮的大夫嘛。”

冒辟疆作痛苦状：“老祖宗，要不冒儿能忍则忍，那怪大夫咱们也不瞧了。哎呦！哎呦！哎呦！”

老太太心疼的什么似的：“冒儿啊，伤口发作可不是闹着玩的，华安，明天一早辛苦你送冒儿去瞧大夫，让冒儿坐我的马车去。”

华安喜不自胜：“哎！老太太放心，华安一定尽心尽力送二爷去瞧病。”

冒辟疆看了一眼华安，华安悄悄竖起大拇指。冒辟疆差点没忍住要笑出来，赶紧用双手掩面：“哎呀，疼，好疼！”

老太太心痛，一口一个心肝、宝贝地叫着……镜头淡出。

12. 苏州董府大门口　黄昏　外

天色渐暗。

门楼上挂着纱绸白花，两边的灯笼也罩上了白纱。

一大群人挤在门口喊着：“还钱！还钱！还钱！”

高管家让人把门开出一条缝隙，持着欠条的拳头雨点似的落在门板上。高管家赶紧将门合上门栓。

高管家在门里高声喊道：“外面的人听着，欠账还钱天经地义！但是必须等到董老爷出殡以后，各位先回吧。”

外面的人喊道：“不行！人都死了咱们找谁去啊？先还钱再出殡！先还钱再出殡！”

高管家满头大汗不知如何是好。

董夫人身披白纱头缠白绫由嬷嬷和翠儿搀扶着来到门前。

高管家着实吓了一跳：“夫人！您怎么来了，这里的事我来处理吧。”

董夫人：“冤有头债有主！你们把门打开。”

高管家慌了：“使不得呀，夫人，外面围着一大群人呢，先避一避吧。”

董夫人："避什么？如今老爷去了，我死都不怕，还怕几个债主吗？把门打开。"

高管家不好再说什么，示意仆人开门。这边门一打开，台阶下的人群齐刷刷地往门里涌进来。

董夫人使出全身力气站到了大门高高的门槛上，高管家和几个仆人配合着将人群往外推。

董夫人大喝道："慌什么！董家的人还没死绝呢！"

熙熙攘攘的人群被这个一身白纱的妇人的气势镇住了，全都安静下来。

董夫人："各位！董氏绸庄经营了两百年，这两百年来，跟多多少少的生意人来往。你们就是其中之一，这便是咱们董氏绸庄的缘分！咱们生意人最讲究的是一个'利'字，但是除了'利'还得讲究一个'义'字。'利'在头，'义'在心！凭着良心讲，咱们董氏绸庄跟大伙儿做生意从来是'利薄义重'，为的是人人都有口饭吃。董志从父辈手里接过生意后更是如此，早些年，你们口口声声称他菩萨心肠的也大有人在。如今他走了，你们可不能把以前的事儿全都忘了呀！"

董夫人说着说着忍不住抽泣。台阶下的人全都低下了头，有个别人低声嘀咕道："他帮咱们的时候，咱们也是记得的呀，可现在大家日子都不好过。"

董夫人忍住悲痛："你说的对，我知道大伙儿日子艰难，该算的账都得一笔笔的算。只是恳请大家念在往日交情上，等我们老爷入土之后再算吧。"

大家沉默了片刻。

有人高声道："先回吧，先回吧，往日董老爷待大伙儿不薄，听董夫人的，等董老爷出殡后咱们再来吧。"人群渐渐散去。

董夫人的身体疲软下来晕倒在嬷嬷怀里，众人搀扶着她进了院子。

13. 苏州董府灵堂　夜　内

天已经完全暗下来了，厅堂内掌起了灯。

董白由子修陪着跪在灵堂中央，几个丫鬟、家丁在一旁伺候着。

董夫人被嬷嬷和翠儿搀扶着进来。

嬷嬷："夫人，你一天没吃东西了，先去屋里歇一歇成吗？"

董夫人无力地说："嬷嬷是说笑话吗？不是让你们搬一张榻儿过来嘛，我就躺在老爷旁边，我哪儿也不去！"

嬷嬷和翠儿只好将董夫人搀扶到棺木旁的榻上，董夫人跟董志的棺木并排躺在灵堂里。

董白苍白的脸上满是泪痕，见母亲默默无声直挺挺地躺下，满腹的心酸涌上来，忍不住又一阵低声抽泣。

14. 如皋冒府偏门　晨　外

天才蒙蒙亮，一辆马车停在冒府偏门处，华安扶着冒辟疆上了车厢，华安坐到了马夫的旁边。

华安："二爷，你可趴稳了？"

对切：冒辟疆趴在车厢里抱着一个大大的靠枕："走吧。"

苏元芳匆匆赶来："等一等！"

华安跳下马车："二奶奶，你怎么来了？"

苏元芳递过去一个大大的包裹："二爷说是去瞧伤的，我知道他一时半会儿不会回府的。多带几件换洗的衣裳，冷了热了都备上才好。"

华安嘿嘿傻笑："嘿嘿，什么都瞒不过二奶奶。"

对切：冒辟疆在车里连忙咳嗽一声，脸上有无法掩饰的愧疚之色。

苏元芳看了一眼车厢道："华安，你尽心照顾好二爷。走吧！"

华安作揖："二奶奶请回吧。"

苏元芳忍不住掩面转身离去。

马车沿着冒府大院高墙缓缓前行。

华安："二爷，凭良心说二奶奶对你够上心的，你为啥总是躲着她，弄得华安也跟着四处流浪。"

冒辟疆："你说些什么呢，我是急着赶去苏州救火救人呢，人命关天，刻不容缓！"

华安："啊？哪儿着火了？"

冒辟疆："快快赶路！"

华安摸摸头皮："哦！"

天空渐渐放亮，远远地飘着厚厚的云。

15. 苏州万府金屋　日　内

万鼎坐在太师椅上一脸横肉，似笑非笑的看不出究竟什么表情："来，上一杯清汤米酿醒一醒酒。"

妖艳的五姨太从丫鬟手里夺过酒杯，百媚千娇地递过去，万鼎拧了一下她的屁股，五姨太夸张地尖叫一声："疼！"

万鼎："小妖精！"

地痞荆一进屋一边向万鼎作揖，一边偷偷瞄着五姨太搔首弄姿、忸怩作态。

万鼎将酒喝下把酒杯递还给五姨太，五姨太满脸堆笑奉承："老爷还是那么英雄豪迈！"

万鼎满足地挥挥手，示意五姨太下去。

五姨太一步三颤地经过地痞荆一时稍作停顿，两人四目相对，五姨太勾人地一笑，转身离开。

万鼎："荆一，董府什么动静了？"

地痞荆一："回万老爷，董府设了灵堂，冷冷清清，没有什么人去悼念，上门讨债的人倒是不少。"

万鼎："好！好！哈哈哈，董志，跟我万鼎作对就该是这个下场。"

地痞荆一毫无表情："万老爷，几个医治过董老爷的大夫，还有一笔钱要支付。"

万鼎假装不明白："什么费用？"

地痞荆一："当初答应他们的等董老爷死后还会奉银百两。"

万鼎："百两？狮子大开口，给每人二十两。"

地痞荆一微微皱了皱眉头："这……这不太好吧？既然与他们约定的事……"

万鼎："什么不太好，咱们的事办好了，你还管他娘的什么约定！要我说一分不给！"

万鼎："荆一啊，你什么都好就是太死脑筋。"

地痞荆一欲离开："在下这就去办。"

万鼎："等等。"

地痞荆一神色略显紧张："万老爷还有什么吩咐？"

万鼎："那龟儿子的县官常青又回来上任了，你得再爬一趟县官千金的围墙。"

地痞荆一脸懵圈状。

万鼎招招手："你过来。"

地痞荆一凑过去，两人一阵嘀咕。

16. 苏州城外清水湾　日　外

字幕：一周后

清水湾的桃林零星开着粉色的花簇，天空中飘着似云似雾的雨丝，镜头如穿梭于九天仙境。透过一排青翠的松柏，可以看见厚实的石碑上刻着“董志之墓”，董白跟着母亲跪在墓前。高管家、嬷嬷、翠儿、子修也一样披麻戴孝，静静地跪在青石板上。几天时间董夫人已两鬓斑白，脸上清瘦了许多，悲愤的情绪也渐渐消散。倒是董白双眼红肿，依然委屈地抽抽搭搭。

董夫人看着灵幡忽上忽下地飘动：“老爷，你可真会挑地方，见了此地，白羽再也不想离开了。我知道你喜欢清静，所以葬礼一切从简，也有不少记挂着咱们的亲友，都被我一一谢绝了。不饮酒、不茹荤、不哭丧、不奏乐，就咱身边几个亲近的人，安安静静地送你。这是你平时最喜爱的安吉白茶，色泽最清，口味最纯，喝了还能安神助眠。”董夫人眼眶里的泪珠不听话地滚落下来，嘴角却依然挂着微笑，“不过，你不能睡太久了，你要记得我们的约定，你得等着我。”话音刚落，一阵清风吹过，满桃林的花瓣，纷纷扬扬飘洒在了墓地四周。

董白不知为何竟忍不住开口叫道：“爹爹，是爹爹他听见了。”

董夫人激动地站起来，跟着漫天的花瓣走了几步：“董郎，你真的听见我说话了。”

花瓣飞舞，镜头渐渐淡出。

17. 苏州县衙寅宾馆　日　内

冒辟疆和方以智坐在寅宾馆会客的桌几边，方以智摆弄上面的一盆迎客松微景观。

冒辟疆小心地挪了挪臀部。

方以智看了他一眼：“你的伤果真痊愈了？”

冒辟疆：“伤筋动骨一百天，只没那么痛罢了。”

方以智：“你也是的，既然如此，也不在家休养一段时间。”

冒辟疆：“我那么火急火燎招你来苏州为的是什么？你可沉得住气？”

方以智：“我来一趟就是了嘛，我可遣人打听了，苏州城里没人听说万鼎回来了呢。”

冒辟疆：“我父亲都要揭了我的皮了，事情没有到严重的程度，能让他老人家大动干戈吗？”

方以智：“苏州城太平无事就好。说不定走了一趟囚路，人家万老爷换了性子也不一定呢。”

冒辟疆：“那敢情好！我这屁股也不算白白挨揍。”

主簿进来作揖道：“两位公子久等，常大人家里早起举行了一个小型的葬礼，耽误了点时间。”

冒辟疆："葬礼？是有人去世了吗？"

主簿："是也不是，不说那个了。两位公子请吧。"

冒辟疆和方以智疑惑地对视，也不好多询问什么，跟着主簿走了出去。

18. 苏州吴县县衙内宅厅堂外　日　外

主簿领着冒辟疆和方以智来到县衙内宅院子，来到一厅堂门口，门两侧挂着对联："治赋有常经，勿施小恩忘大体；驭官无制法，但存公道去私情。"

主簿："公子请里面稍做歇息，常大人一会儿就到。"

冒辟疆："不必匆忙。"

方以智却落在后头盯着一处看什么，冒辟疆也折回身去看，只见一棵茂密的桂花树下，有一处隆起土丘，旁边插着一块木牌："小丫丫安息。"

方以智低声道："这大概就是主簿说的小型葬礼吧。"

主簿道："噢，那是常大人令千金的爱猫之墓。"

冒辟疆："记得那是一个多月前的事了，那木牌上面的墨迹怎么还是新鲜的呢？"

主簿叹息道："一个月前的是丫丫，这个是小丫丫。昨天半夜被人用箭射死，如出一辙。"

方以智仿佛感应到了什么。

冒辟疆："也奇了怪了，怎么总有人跟小女孩的一只猫过不去呢？"

常青出现在众人身后："见怪不怪，其怪自败！"

冒辟疆、方以智："常大人。"

常青双手作相迎状："两位公子请吧。"

方以智和冒辟疆跟着常青、主簿进屋。

19. 京城皇宫养心殿　日　内

崇祯皇帝朱由检的书桌上堆满了奏折，朱由检仔细地翻看、阅读。突然他将一本折子重重地扔在书桌上："荒唐！荒唐得很！这些折子叫朕如何批阅？两种截然相反的体察，两种水火不容的声音。"

一旁伺候的秉笔太监曹化淳："皇上日夜操劳，切勿再动怒伤身。"

朱由检："哼！当初朕任用温体仁时，那些老学究怎么说来着？他是唯一一个东林党出身，却能交融各方势力的官员，做事精干、稳重，面面俱到。如今倒好，有大肆肉麻颂扬他的，也有不厌其烦弹劾他精于一私之利、暗结亲党各方敛财的。孰真孰假？”

曹化淳：“皇上，信你自己的判断就是。”

朱由检：“朕天天在皇宫里，偌大个天下，还不靠着臣子们的耳目吗？”

曹化淳：“皇上，你暂判断不了温体仁功过结果，那就看看他又如何作眼下判断？”

朱由检：“此话怎讲？”

曹化淳：“此前温大人带领众官员弹劾了户部尚书侯恂。”

朱由检：“朕派人前去做了调查，虽然查不出他明显受贿赂的证据，但军费的安置上，确实有偏差不公，其中人员复杂，边防军事离朕甚是遥远，宁可信其有，不可信其无。”

曹化淳：“皇上，老奴有一句话，不知当讲不当讲。”

朱由检：“曹公公尽管讲吧。”

曹化淳：“户部尚书这个位置，在以往确实是肥差，可如今几经多年战事烦扰，军费严重匮乏、短缺。但凡少了担当和勇气的，断不敢久处此官职。侯恂任户部尚书多年，从不曾听说他有过退缩和抱怨的。”

朱由检：“呵呵！从不抱怨恰恰也是问题所在。”

曹化淳被朱由检一句话塞了喉咙，知道不好再继续这个话题了。

两人沉默片刻。

曹化淳：“皇上该相信曹琴钟苏州之行，老奴相信他。”

朱由检啪的一声合上奏章：“他是你的徒弟，你自然信他。”

曹化淳将身体弯得快要鼻子碰膝盖了，大气不敢出。

朱由检起身拂袖离开。

第十集　彻查万氏善恶果报　案破绸庄全身而退

1. 吴县县衙内宅慎言堂　日　内

常青、主簿、冒辟疆、方以智在堂内，茶过三巡，室内的气氛有些严肃、沉闷。

常青轻轻地将茶杯放到茶几上："如此说来，万鼎早已悄悄地回苏州城了。"

主簿："就说昨晚，小丫丫中的夺命箭，它不可能是个巧合。"

常青："小人作祟的伎俩！

冒辟疆："常大人还是得小心为好，此事涉及多人联名状告，其他人等目前尚安好？"

主簿："大人回县衙上任以来，城内一切正常，并非有什么特殊事端。"

方以智："昨晚的暗箭就是信号了吧，万鼎此番回来断不会明目张胆，暗地里使坏更可怕呀！"

主簿："对了，董氏绸庄的杨默生离开苏州城去南洋了。"

冒辟疆："他在状纸上按过手印，此去南洋不会与此事有关联吧？"

主簿："应该不会，据说是逃避一桩娃娃亲。"

冒辟疆与方以智相视一笑："这个杨默生不简单，咱们不敢干的事他都干了。"

常青站起来："行了，感谢两位公子不辞辛劳赶来报信。我常青既然接下圣旨，坚守这方衙门，在苏州城一日，一时、一刻断不会再生退缩之心。你们安心回去吧。"

方以智："常大人，我们既然来了，也不急于一时就回。此事的生机不能单凭一个守。"

冒辟疆："苏州织造局，钦差大人传达不了的，它可以。"

方以智："大明历代帝王都迷信遍布耳目，那就来个顺水推舟。"

常青："苏州织造局换了新鲜血液，新上任的织造提督没有保留一个前任留下的官吏。”

冒辟疆：“万鼎再怎么只手遮天，也是凭借了温体仁的势力，苏州织造局是皇上亲自摆阵。新换的官吏，这很公平。”

方以智：“苏州城内没有比苏州织造局的工人，更了解万氏绸庄的了。因为现如今，在苏州织造局领帖民营的机户，基本上剩下姓‘万’的，但是工人税收年年长，工资年年扣，吃不饱饿不死，早已苦不堪言、怨声载道。皇上虽然换了织造局的官吏，事实上是冰山一角，底下的管工、工长、大小师傅，才是每日落实工作的。爱民、怜民岂能仅仅靠监督和相互揭发呢！用不了多久，工人们会觉察到，新来的提督与之前的又有何差别，他们会用同样的愤怒同样的压抑，日复一日地去工作。皇上的‘用心良苦’也恐怕也是枉费财力、物力罢了！”

常青：“近五年里，苏州织造局已经换了六拨提督了。之前那个小心谨慎、唯唯诺诺的李公公，竟是坐镇最久的。可悲可叹！”

方以智：“必须试着让工人们说出真话、实话！”

冒辟疆：“新上任的提督大人，原是皇宫内务部管理皇上膳食的，料定他对苏州织造局的工作，也是一头的雾水。”

常青：“我去会会他。”

冒辟疆：“我和方贤弟去织造局找周义郎。”

常青：“好，大家分头行动。”

众人辞别。

2. 苏州董府东厢房　日　内

高管家手里拿着厚厚的一叠封条和转让布告。

董夫人：“高管家，就按老爷生前的意思去办吧。”

高管家脸上千万个不舍：“老奴一辈子跟随老爷走南闯北，什么苦难都经历了，不管怎样心中有一个董氏绸庄，就像是个定心的秤砣。如今……”

董夫人笑笑：“高管家，定心的秤砣它也只是个秤砣。人都不在了，要那秤砣干什么？”

高管家老泪纵横：“是是是，夫人说的是。”

董夫人：“既然董氏绸庄解散了，以后就改了称呼吧，您一直尽心尽力照顾董家，白羽能称您一声老大哥吗？”

高管家：“夫人啊，万万不可，老奴生死是董家的仆人。”

董夫人摇摇头：“也是，高管家说的没错。这董夫人的头衔，不是想摘就能摘的，特别是那些个债主们，一个个虎视眈眈盯着这个头衔呢。好，那就依你。”

高管家：“夫人，那老奴这就去办。”

3. 苏州万府花园　日　外

好一个花团锦簇，满园春色的大院！在这里你无法相信，小冰河期饿殍满野的凄凉景象。

一大群人围着万鼎的太师椅玩猜字谜，每每万鼎抽到谜面，五姨太就会凑到万鼎耳边告诉他谜底。万鼎玩得不亦乐乎！

地痞荆一进来递给万鼎一张纸：“万老爷，董氏绸庄的布告。”

万鼎：“盯死了，把价格压得越低越好。”

地痞荆一：“要是有人跟咱抢怎么办？”

万鼎：“荆一呀荆一，还用得着我来教你吗？恐吓！威胁！谁敢玩命抢本老爷的东西！”

4. 苏州客栈　日　内

客栈简陋、偏僻。

周义郎从怀里掏出一卷画轴。

冒辟疆和方以智同时问道：“周大哥，这是什么？”

周义郎：“状纸太长了，放在画轴里安全还方便。”

冒辟疆和方以智上前看后甚是惊讶：“足有上百人的手印啊！”

周义郎：“苏州织造局管工、技师、大小师傅，基本上常年受万氏管控，有言听计从的，可大多表面上服从实际已反感那种欺下瞒上的生活。他们圈子里的工人少则几十人多则上百人。说是他们拿着万氏的好处，实质是行尸走肉的棋子。死于万氏地痞杖下的工人不下上百人。”

冒辟疆：“太可恶！”

方以智：“有万氏底下的工人的帮忙就好。这是最有说服力的。”

周义郎：“据万氏的管工透露，万鼎早就回了万府。此地不宜久留，两位公子保重！”

冒辟疆、方以智：“周大哥保重！”

5. 苏州织造局　日　内

常青拜见提督大人王公公，王公公一对三角眼透着机智、狡黠。

常青示意主簿将一个红漆盒子奉上。王公公斜眯一眼，笑着从座椅上站起身，他毫不避讳将盒子打开。

常青弯腰躬身：“王公公千里迢迢来到苏州城，作为地方父母官也不知拿什么招待公公，常青俗人办俗事。还请王公公海涵。”

窗外一只叼着鱼的黑猫蹿到了假山后。

方以智的画外音：“王公公在宫里是出了名的财迷，常大人就按曹大人吩咐的做，非常事非常办，实属无奈。”

王公公：“水至清则无鱼嘛！好说好说，虽说这出了宫门，事还照旧办嘛。我喜欢跟俗人打交道，实在！说吧，常大人要办什么事？”

常青：“常青哪里敢烦劳公公办事，只是公公新官上任三把火，可曾有好办法没有？”

王公公：“你别说，皇上那边等着消息，不整出点动静真不好交代。闹心闹心！”

常青：“公公，常青有一主意。”

王公公：“哈哈，说来听听。”

常青道：“那常青先给公公介绍一下，苏州织造局有史以来……”

声音渐渐变轻，镜头淡出。

6. 苏州董府西厢房书房　日　内

董白身着蓝色布衣坐在古琴前，琴声时缓时急满腔沉闷、悲愤。只听得“呛——”琴弦断裂。

镜头起摇：董白四周堆满了书籍、字画。

子修进来：“小姐，就带走字画和书籍吗？”

7. 苏州郊外荒鬼谷　日　外

十来个人影等候在荒野上，有行医者、有商人、奴仆各色打扮的。

一袭黑衣短打的地痞荆一顺着树枝轻轻一跃落在地上。

众人：“哎呀，你可来了。事情可都按吩咐的办妥了，非得到这个鬼地方分账！”

地痞荆一冷笑："你们办的事可不光彩，别让你们的子孙瞧见了！喏，钱袋子在这里，你们自行分账吧。"

那些个人纷纷抢夺袋子，袋子的绳子打了死结，弄半天打不开。

荆一早有准备，抽出刀子，朝抢夺银子的人砍去，人头纷纷落地。转瞬间，小小的洼地出现一片血池。

地痞荆一拿着银子匆匆离开。

鬼谷死寂。

血池边的灌木丛动了一下，一个脑袋一晃而过。

8. 苏州万鼎金屋　日　内

万鼎光着膀子和五姨太躺在床上。五姨太光着大腿一边穿衣一边从床上下来。

万鼎："咦！才一会儿怎么就起来了？"

五姨太："老爷，你把董氏母女赶到清水湾的茅屋里去，不会就那么仁慈吧？"

万鼎："小妖精，你就是我肚子里的蛔虫。"

五姨太脸上掩饰不住的厌恶，嘴上却说："怎么会呢，奴婢只愿意做老爷身边的小猫小狗就足够了。"

万鼎："老爷就愿意疼你不是，好房住着，靓衣披着。那董氏母女嘛，眼看着茅屋也住不成了。"

五姨太："你又要纳妾了吗？"

万鼎："想什么呢？牢房有一间给她们预备着。"

五姨太："你关了那夷光豆腐店的豆腐西施，可人家越关越强硬了，几十天功夫都寻死觅活十来回了。"

万鼎将五姨太抱在怀里："你不觉得好玩吗？"

五姨太觉得透不过气来："老爷，我，我渴了，去喝口水。"

万鼎看着五姨太太哆哆嗦嗦的背影，一边拿起枕边的绿色仙草汁一边道："我就喜欢你又怕我，又想靠近我，奉承我的样子。"

五姨太握着水杯的手微微颤抖起来，听到身后万鼎"咕咚咕咚"喝下汤汁的声音，她紧张地闭上了眼睛。

镜头沿着窗户、屋檐飞到整个万府的上空。

传来五姨太惊恐的尖叫声："啊——"

9. 苏州城外清水湾茅屋瓦舍院子　日　外

高管家推着手推车，上面装满了书籍、字画和两个樟木箱子。

董白打开了院子篱笆门，扶着母亲进院子，嬷嬷从屋里迎出来："夫人、小姐你们可来了。一早赶来收拾屋子，扫了灰、掸了尘，搬入住已不成问题。"

董夫人："辛苦嬷嬷了。"

董夫人看了一眼董白道："莲儿，这里比不得……"

董白没等母亲说完，接话道："母亲，这里好个清静地啊！你听，流水潺潺、山雀鸣叫。我们是进了画里的人了！"

董夫人微笑："好个画里的人，陪着你父亲在此做活神仙吧。"

只听得翠儿和子修打闹嬉笑的声音，两人追逐着从瓦舍后面跑出来。

翠儿："子修，你跑什么，又不会抢了你那一份。"

嬷嬷喝道："闹什么呢？换了地儿也别忘了规矩，你们也不瞧瞧谁来了？"

翠儿和子修转身看见董夫人和董白连忙作揖："夫人、小姐。"

董夫人："哎呀！就免了那些个死规矩，从此不请安不行礼了。以后在这里就是普通农家一切按农家习俗罢了。"

董白："子修，你手里捧着什么野果子呢？"

子修："野桑葚果子，后山有野生的桑葚树呢，好多！"

董夫人与嬷嬷对视："天无绝人之路！"

嬷嬷欣喜："有桑叶便可养蚕，有蚕便可吐丝。"

董白："还有娘和咱们几个的巧手呢！"

几个人都笑了。

就在这时，屋里传来高管家的声音："地……地契不见了！"

高管家一手端着一个木盒一手拿着一个大铜锁出现在院子里。

董夫人："怎么了？"

高管家全身发抖："夫人啊！老奴对不住你啊，这……这地契明明是锁在木盒子里的，锁也没有动过怎么就不翼而飞了呢！

董夫人："别着急，你再想想，好好想想。会不会放到别的地方去了？"

高管家："不可能，老爷当着我的面把地契锁进这个盒子，千叮咛万叮咛要保住它。我从不敢打开更不敢把它放到别的地方去啊。我把盒子放在床底下，每天早晚检查锁都是安然无恙才放心。"

董夫人："你好糊涂呀，一个精致的盒子还上了偌大的铜锁只会招人注意。"

高管家闪回：

葛根背着个箩筐从墙角一闪而过，高管家追上去问：“葛根，你在这里做甚？”

葛根：“厨房没柴火了，我去捡了些树枝。”

闪回毕。

高管家：“葛根，一定是他，绸庄出事前一天我在住房门口见过他。”

董夫人：“看来，他是蓄谋已久。恐怕老爷的盒子是被调包了。”

高管家狠狠地将盒子摔在地上：“葛根！上天入地也要把你找出来！”

高管家说着往院子外冲出去。

董夫人：“站住！绸庄出事当晚，府里的葛根跑了，库房的钥匙被偷了，如今咱们的地契也不见了。高管家，连你也要走吗？”

高管家懊恼地蹲在地上，捧着脑袋呜咽：“老奴断不能走，这一走连自己也说不清了呀！”

董夫人：“高管家，白羽不是这个意思。上天入地你往哪里走？”

嬷嬷也哭起来：“天天防贼似的防着，竟把人防成了个大盗贼。”

董夫人：“这事儿没那么简单，葛根再怎么贼也没那么大的胆量和能耐。”

董白：“娘，那会是谁人作祟？”

董夫人：“不知道，也没那个能耐知道。咱们能做的就是跟平常百姓一样，去官府报官。”

高管家擦掉眼泪：“听默生以前说起过，有什么急事可以找县衙的常青常大人。”

董夫人：“可不是嘛，他是咱们的地方父母官。高管家明天你再跑一趟衙门吧。”

高管家：“是。”

董夫人：“不管事情怎么乌七八糟，做当下能做的事。这是老爷以前经常说的一句话。”

董白看着母亲一头的银发心酸、心疼又赞赏地说：“娘，就算您满头白发也是那么好看！”

董夫人笑了：“傻孩子，跟你爹学会耍嘴皮了？”

董白眼中闪着泪花也笑了。

院子里晒着的纱帐、被单，呼啦啦被风吹起。

子修悄悄问翠儿：“地契是什么东西？”

翠儿点了一下她的脑袋：“吃货！拿好你的野果子吧。”

镜头淡出。

10. 京城大明皇宫养心殿　日　内

朱由检紧皱眉头在殿内来回踱步。

门口太监传话："宣——内阁首辅温体仁进殿——"

温体仁躬身弯腰进了大殿，五体投地伏拜："臣温体仁拜见皇上！"

朱由检："平身吧！"

温体仁："皇上，天津城内瘟疫蔓延，臣按皇上的吩咐，连夜召集大臣们商量对策，一早救援的队伍已经前往天津了。"

朱由检："温爱卿，朕知你一向勤政、廉洁。所以朝堂上各色反对你的声音，朕向来充耳不闻。"

温体仁："皇上对臣的信任，臣感恩涕零。"

朱由检踱步到桌案后面坐了下来，案上摆放着长长的状纸，上面布满了鲜红的手指印。旁边还着一个大木箱。

温体仁眼珠子滴溜溜地转，猜不透朱由检话中意思。

朱由检："你那外戚万鼎的事情，朕很重视。"

温体仁额头渗出汗珠："皇上，臣秉公办事得罪朝中大臣确有其事，此前臣的外戚半途遇假传圣旨，也确有其事。"

朱由检："这个朕知道。无风不起浪！朕桌上放着两样东西，一个是锦护卫带回来苏州织造局几百名工人的联名状纸，一个就是这个木箱子。"

温体仁定了定神道："臣不知皇上说的何事？定与臣那千里之外的外戚万鼎有关。"

朱由检："没错。你先打开木箱子看看。"

温体仁打开木箱子，里面装满了空白的纸条："皇上，里面全是空白的纸条。"

朱由检："王公公初任苏州织造局提督，做了个小小的试验，给每一个工人、管工、大小师傅们发了一张纸条，让他们在上面给织造局提一些小建议，或者也可以说说他们的不满意，当场发当场收。"

温体仁："全是白条？"

朱由检突然提高了音量："无声胜有声不是！王公公又向朕要了锦护卫做了民间暗访，带回来这张几百名工人的联名状纸，状告你那外戚万鼎组织黑暗势力控制工人，控制苏州织造局，控制整个苏州城！"

温体仁噗通跪在地上："臣实不知万鼎在苏州城发生如此荒谬之事啊！"

朱由检："好一个地痞、恶霸！里面竟然涉及几十个命案！将朕的苏州织造局玩了底朝天！温体仁，你作为朝廷命官，怂恿外戚横行霸道、欺压百姓、玩弄朝臣，罪连九族！”

温体仁眼泪鼻涕哭诉：“皇上啊！臣冤枉啊！那万鼎虽说是臣外戚，臣却并无与他有任何来往，臣那贱妾几次与他说官，那万鼎铿锵有词，宁守家园也绝不捐官哪。”

朱由检：“此事你如何脱罪！”

温体仁摘下官帽：“臣愿以死谢罪！”

朱由检愤怒地站起来：“哼！身为大明重臣，为一个小小的地痞流氓以死谢罪！真是天大的笑话！温体仁你给我站起来！”

温体仁一生好为面子，小心谨慎为官，极其不愿面上无光、嘴上无理。万鼎恶霸一方之事着实打击了他。

温体仁：“皇上啊，臣甘愿跪死在殿前！”

朱由检：“迂腐之极！温体仁听旨——”

温体仁：“臣接旨。”

朱由检：“命温体仁亲赴苏州处理恶霸万鼎，削万氏千户侯世袭爵位和俸禄。名下房舍、田地等财物均当充公，族人无论主仆一律为奴，处万鼎和他的几十名打手以死罪示众！”

温体仁全身发抖瘫倒在地：“臣谢主隆恩！”

养心殿外夕阳如血，将朱由检的身影拖得很长很长。

11. 苏州郊外荒鬼谷　夜　外

一黑一白两人匆匆地赶路。

黑衣者：“进谷了，歇一歇吧。”

白衣者：“表哥，我害怕。据说这个地方经常会有一些不明身份的尸骨，号称鬼谷。”

灌木丛下一双黑眼珠紧盯着一黑一白。镜头推进可以分辨出黑者正是地痞荆一，白衣者是万府的五姨太丽娘。

荆一：“丽娘，由我送你，你不用害怕。”

丽娘：“送我？你不走吗？”

荆一取下丽娘肩膀上的包裹问道：“背着银子夜路不好走，我替你拿着。”

丽娘清脆、快活地声音：“轻得很，我才不带那些个笨重的劳什子！”

荆一：“什么？让你准备了那么久，你竟然两手空空的出来。”

丽娘咯咯地笑：“什么呀，憨货！早就兑成银票了，六百两呢！”

荆一一把抓住丽娘的手：“嘘——小声点。”

丽娘顺势靠在荆一的胸前："怎么了？你怕了。六百两银票足够咱俩过后半辈子了，或许……或许还能给你养几个小荆一呢。"

荆一抱紧丽娘："丽娘，别怪表哥，当初把你送给万鼎让你吃尽了苦头，以后再也不用受那份罪了！"

丽娘："我不怪你，为了你，我什么都愿意。再说我现在不是逃出来了吗？对了，我还悄悄放了被关押在地窖里的那个可怜的豆腐西施呢。我不觉得亏。"

荆一把丽娘抱得更紧："那就好，那就好。"

丽娘挣扎着："表哥，你弄疼我了，我……我快透不过气了。"

荆一用力捂住丽娘的嘴，任她怎么挣扎也无力挣脱，丽娘的身体渐渐疲软，最后完全摊在了他的怀里。

荆一痛哭流涕："丽娘，表哥对不住你！呜呜呜……你要怪就怪那恶霸万鼎，是他害了你。每次夜晚降临，我守在你屋外，看着那两盏红灯笼忽明忽暗的光亮，心头像被撕裂一样的疼。我发誓要杀了万鼎！他每晚占有你的债，白天将加倍的偿还，他每次喝下的仙草汤汁里都会有一小滴夺魂散，无色无味无差别。哈哈哈哈哈哈哈！连死都不知是怎么死的！丽娘，表哥已经给你报了仇，你就安心地去吧！来生做个干干净净的女人吧！呜呜呜……"

荆一伤心欲绝，突然背后飞来一把匕首，稳稳地插在他的后背上，他停止了哭泣一头栽倒在地。

赖赌佬从灌木丛里走出来："见过心黑的，没见过你这类又心黑又变态的货！我看你的黑，来生也清洗不干净！"

赖赌佬俯身探了探丽娘的鼻息："唉——五姨太，怎么说咱还是亲戚。你的命怎么比我赖赌佬的还苦还贱哪！既然让我碰上了就不能不管，找个地方给你安葬吧。"

赖赌佬背起丽娘往鬼谷外走去。

12. 苏州万府万鼎灵堂　夜　内

灵堂上挤满了人，明显分成两派，一边是以万家长公子为首的人群，一边是几十个地痞组成的队伍。

万家长公子："虽说父亲突然过世，但他的脸色、神态安详并无异常，城内行医者也全数招来，一致诊断操劳过度、精力透支。事已至此，当务之急是要给父亲一个像样的葬礼。"

地痞们叫嚷："事情还没弄清楚，你虽为长公子，府上大大小小的事却从未参与，我们推选葛根为总管家，料理万老爷的后事。"

万家长公子："反了，反了，你们是要反了。"

葛根眼珠子滴溜溜地转，他站出来讲得有理有据："荆一和五姨太不见了，万老爷的死究竟是他俩所为，还是背后受人指使不好说。长公子，现在您是万府老大，可其他七位公子呢？他们会怎么想？"

万家公子们的情绪被击中："对，对，事情没有弄清楚之前，万府谁说了也不算！"

各家太太、奶奶们也七嘴八舌地起哄："就是，就是，凭什么得听你一家的。"

万家长公子："就凭我是万家长公子！"

葛根轻描淡写："如果是那样，万老爷突然去世，长公子的嫌疑也是最大的！"

万家内部顿时炸开了："没那么便宜的事，老爷不明不白地死了，一定不能放过凶手！把他抓起来送官府！抓起来，抓起来！"

万家长公子慌了神，想要挤出人群外。

葛根趁机大喊："不能让他跑了！"

万家长公子果真吓得跑起来。

葛根一挥手，众地痞七手八脚将他按倒在地。

13. 苏州郊外清水湾瓦舍篱笆院子　日　外

子修穿着一件单薄的本色布衣裙衫，蹲在地上烧松木枝，将烧透的炭条用树枝划拉出来。浓烟呛得她连连咳嗽："咳，咳，咳，小姐，快来拿，又有一堆碳条了！"

董白穿着白色布衣坐在小矮凳上，用一个小小的石头捣臼，正使劲地将松枝炭条捣成碎末，她听见子修叫唤便扭头看去，微风吹起她的一缕头发黏到脸上，董白用沾满炭粉的手轻轻一抹，脸上便留下黑黑的两道"猫胡须"。子修着急地摆摆手向她示意，董白看不明白，继续用沾满炭粉的手撩开脸上的头发，同时瞧见了子修脸上、手上全是黑乎乎的炭粉，忍不住笑起来："哈哈哈，子修，你果真还是子修吗？"

子修眼看着董白亲手画成"猫胡须"的脸蛋，表情由尴尬渐渐被逗成嘻哈状："小姐，你还笑我，哈哈哈，看看你脸上长什么啦！你都成小猫咪了！"

两人对看着笑得直不起腰。

翠儿拿着一碗浓浓的米粥出来，边走边说："小姐，你要的汤粥好了，这些个东西能做成墨条吗？

董白和子修乐在其中，对翠儿的话充耳不闻，见她靠近，两人便冲着她伸出黑爪。翠儿撂下碗转身躲开，三人在院子追逐打闹起来，好不热闹！

董夫人和嬷嬷在屋檐下晒菜叶子。

嬷嬷："夫人，你瞧那俩丫头，跟小姐混得越来越没边儿了。"

董夫人："幸亏有她们，不然莲儿怎么办。"

篱笆门外来了一高一低两人："请问，这里可住着原来董氏绸庄董家的人吗？"

翠儿远远地看见那俩人便慌忙躲到墙角下，董白仰着脸答道："你们找谁？"

两人自行走进篱笆门，绕过董白和子修来到董夫人和嬷嬷跟前。

高个："我是刘翠娥的哥哥，她八岁的时候卖给董府的。前些日子听说董府里的奴仆全数解散了，可等了又等，别家的都回去了，我家翠娥怎么不见回来呢？"

嬷嬷："既然你们把翠儿卖给了董府，翠儿是留是走也得由董家说了算。"

高个："董家以前每月月钱比别家还高些，现在情况可不一样了，家里人商量着，想把她赎回去。"

嬷嬷："哼！你们来晚了，她早就卖给别家了！"

矮个急了："舅，表妹的聘礼都给下了，我怎么回去交代呢？"

董夫人："你们是翠儿的什么人？"

高个："我是翠娥她亲叔，她爹娘死得早，是她婶给她奶大的。"

董夫人指指矮个："那你呢？"

矮个："我是和她从小定了娃娃亲的表哥。"

董夫人定了定神："你会对她好吗？翠儿可是个能干、乖巧的孩子。"

矮个憨笑着红了脸："我知道，我会对她好的。"

董夫人看了一眼嬷嬷，嬷嬷进屋去。董夫人喊道："翠儿，你过来。"

翠儿低声抽泣着，极不情愿地走了出来："翠儿不回去。"

董夫人："翠儿，你进董家眼瞅着整八年了，自然舍不得彼此。可男大当婚女大当嫁，你不能一辈子耗在这里吧？"

翠儿倔强的眼神："嬷嬷不是一辈子不嫁人！"

董夫人叹气道："嬷嬷情况跟你不一样，我看你这个表哥是个老实人，你跟着他过日子比在这里强，你没必要跟我们一起受罪的。"

董白哭着转身离开。

翠儿也哭出声来："奴婢才不想嫁人！只要跟夫人、小姐在一起，受什么罪奴婢都愿意。"

高个："翠娥，做人可不能不讲良心，叔、婶可是为你准备了白银为你赎身。做人家娘子还是做人家奴婢？你可想好了！"

翠儿哭的更大声了。

董夫人："翠儿，你叔叔说的没错，生儿育女，自立门户你完全可以的。婚嫁是一个女孩除了生死以外最重大的事，莲儿错过了一回，你不能再错过了。"

翠儿表哥连连点头，翠儿白了他一眼。

高个将十两银子递给了董夫人，董夫人接过来："回家吧。"

嬷嬷把收拾好的东西交给翠儿，翠儿愣是不拿，他的表哥主动拿上了翠儿简单的行李。

众人来到篱笆门外，董夫人又把十两银子交到翠儿手上："这个你拿着，回去置办几样家用过日子的东西。"

翠儿呜呜哭出声来："夫人，翠儿舍不得走。"

子修哭着一把抱住翠儿："翠儿姐姐别走，翠儿姐姐别走！"

嬷嬷想拉过子修却拉不动她。

翠儿替子修擦掉眼泪："子修，以后照顾小姐就全靠你了，可不敢再当小迷糊、小吃货了。"

子修拼命点头，刚被泪水冲刷干净的小脸蛋，用黑手一抹又成了小花脸。

翠儿不舍地回头望院子里瞧，没看见董白的身影。

翠儿坐上了她表哥的牛车，才走几步，董白在后面喊道："等等。"

董白跑的气喘吁吁，她打开手里的包裹，里面是一件粉底红花的新袄，正是她与杨默生订婚换帖那天未曾穿的那件："翠儿，这件新袄如今我用不上了，就送给你吧。"

翠儿看着眼前的衣裳内心翻滚。

闪回：

翠儿："你想听真话吗？"

杨默生："什么真话？你说。"

翠儿："那我可说了，你别不爱听。小姐应该配个读书人，而不是你这样的。"

杨默生："我怎样了？"

翠儿："你是个手拿算盘做买卖的。"

杨默生张着嘴接不上话，转身就走。

闪回毕

翠儿大滴的眼泪滴落在红色绣花的新袄上："小姐，对不起！奴婢对杨默生说了不该说的话，奴婢说他配不上你。翠儿错了，翠儿错了，呜呜呜……"

董夫人和嬷嬷目瞪口呆。

董白微笑着将衣裳放到翠儿手里：“别哭，一切都是命运该有的样子！今天是个好日子，你应该笑才是。”

众人目送翠儿的牛车渐渐远去，翠儿一路抽泣。

董夫人眼眶湿润，喃喃道：“这牛车驮着翠儿走了，果然是农家嫁女的模样。”

嬷嬷搭话：“据说姑娘出嫁哭的越凶，嫁过去的日子会愈加兴旺！”

14. 苏州万府万鼎灵堂　日　内

灵堂上香烛早已燃尽，并无一人哭灵、守灵，万家子弟与葛根为首的地痞们混战、扭打成一团。

对切：温体仁和常青带领官兵洪水般涌进万府走廊、花园、厅堂、门房、院落。

切回：

葛根将灵堂上供着的水果瓷盘高高举起，重重地摔在地上：“你们都给我听着！前不久是我将董家的地皮、店铺尽数家产一分不少盘到万家，要不是咱弟兄们记着我葛根，就得被你们万家活活赶出苏州城去。你们万家是逼着兄弟们造反哪，今儿个万老头死了，你们愿意也好不愿意也罢，都得听咱们兄弟们！”

温体仁和常青站在门口听完葛根的陈述才进去。

官兵迅速将灵堂内的人员控制住。

灵堂内一片死寂。

温体仁：“原来反贼的胆，就是从你们这些地痞流氓开始养大的！”

护卫上前将葛根按倒在地，手上、脸上满是伤痕的万家长公子见状从人群中冲出来：“姑父救命，姑父救命！”

温体仁一脚将他踢开：“哼！既然万鼎死了，就由你来替你们族人接旨吧！”

万家族人全数拜倒在了地上，镜头淡出。

15. 苏州织造局锦绣堂　日　内

曹琴钟手握圣旨站在厅堂中央，织造提督王公公带领众官吏伏地接旨。

曹琴钟展开圣旨：“念江南一带，气候骤冷，水旱频仍，民不聊生，朕甚悯焉。今将苏州织造暂行停止，朕不忍以被组绣工困此一方民。稍加轸念，用示宽仁。重兴民间织造，以惠养税，安抚民生。钦此！”

众人："吾皇万岁万岁万万岁！"

16. 苏州运河船舱外　日　外

冒辟疆和方以智站在船舱外看着两岸的景色快速地向后退去。

冒辟疆："今日两岸的景色宜人，方贤弟为何依然忧心忡忡？"

方以智："你还记得我们在运河冰面上碰到马贼的那一次吗？"

冒辟疆："自然有印象。"

方以智："我总觉得那一行商队就是董氏绸庄。"

冒辟疆："听周大哥说董氏膝下无儿就一女公子，杨默生原是要接董氏绸庄的经营。那日队伍里是曾见过一位小姐。"

方以智："此次我去董府找了，母女早已搬走不知去向。"

冒辟疆："可惜了董氏绸庄，两百年正儿八经的商贾人家。"

方以智低声念道："可惜了那神仙般的小姐又怎得受苦受难呢！"

冒辟疆："你说什么？"

方以智："没说什么，说了又能奈何什么？"

冒辟疆："好端端的你又叹什么气，事情总算是水落石出了嘛。"

17. 苏州郊外清水湾瓦舍内　日　内

董夫人和嬷嬷在屋内忙碌着，桌上摊着一个大竹编簸箕，里面装满了切碎的菜叶和菜梗，董夫人将菜叶装进坛里，撒上盐，嬷嬷快速地切着菜叶子。

高管家从外面进来，脸上笑盈盈地："夫人，我回来了。"

董夫人拉着脸："你回来了，嬷嬷你出去一下。"

嬷嬷放下菜刀，迟疑了一下出了门。

高管家有些激动："夫人，今天去县衙正好……"

董夫人打断了他的话："今天翠儿家里的人来过了。"

高管家的笑容僵住："啊？来得那么快。"

董夫人："全苏州城无人知晓我们住在清水湾，是你告诉他们我们住这里的吧？"

高管家心里说不出的滋味，硬着头皮回答道："老奴也……也是为了夫人和小姐着想，多一人多一双筷子。"

董夫人："呵呵，不愧是精打细算的高管家，就算你为我们着想也不能把人往这里领吧？你别忘了咱们是……"

高管家又咧着嘴笑起来："夫人，夫人，咱们今后不用躲着全苏州城的人了。今天去衙门正好遇上常青常大人，董氏绸庄失窃案破了！几个仓库的货物全数找回来了！"

董夫人不敢相信地问道："真的？你说的可是真的！"

高管家又哭又笑的样子："千真万确！"

董夫人："那么说咱们可以把欠人的账款如数付清了？"

高管家："就如老爷之前说的那样，可以把剩余的欠款全部结清，做个快活的农夫又有何妨！"

董夫人欣喜万分："老爷！你听见了吗？董氏绸庄失窃的货物找回来了！如你所愿，咱们从今以后可以做无债一身轻的快乐农夫了！呜呜呜……"

董夫人说着说着又低低哭泣起来。

高管家热泪盈眶："夫人，切莫伤心，这可是天大的好事啊！你看，还有咱们地契也找回来了。"

董夫人抹掉眼泪反复端详着那一张薄薄的纸片："好，好！我是高兴，替自己，更是替老爷高兴呢。"

18. 一组农忙空镜头　日　外

镜头一春耕：高管家和嬷嬷在前面推犁，董夫人在后面撒种子。董白和子修在田埂上挎着篮子，提着水壶去送食物。

镜头二夏天灌溉：高管家将水引入田头一处低洼，董夫人、嬷嬷带着董白、子修几人在田里给绿油油的农作物浇水。

镜头三秋收晒谷：高管家、嬷嬷在风车旁忙碌着将谷子里的瘪谷壳、稻草、灰尘扬出去，金灿灿的谷子从风车下的口子里"簌簌簌"地吐出来。董白和子修笨拙地用木耙子将谷子在晒谷场上推开。

镜头三冬藏：白雪皑皑的田野，高管家用锄头扒开上面的冰雪，又抡起锄头刨开厚厚的土层，下面藏着的土豆、番薯露出了脑袋。个头小巧的子修穿着厚厚的粗布袄子，裹得像个粽子似的，在雪地里伸出一只小手，赶紧将土豆捡进篮子里。

19. 苏州郊外清水湾瓦舍　夜　内

董夫人、嬷嬷、董白围着炕头上的一盏昏暗的煤油灯做手工活，子修已经在被窝里睡着了。

董夫人缝制一件小儿的和尚衫，嬷嬷手里正纳一双虎头鞋，董白在给虎头帽沿边。

嬷嬷：“明春咱养蚕纺丝就又能做成上等的绣品了，何苦让夫人、小姐的巧手做这些个粗笨、廉价的手工活。”

董夫人：“给人家孩子做周岁的衣衫、鞋帽是顶好的活，比上次接的做寿衣的活轻松许多。”

董白哈欠连天。

董夫人：“莲儿，你先去睡吧。”

董白一边哈欠一边说：“娘，那你也别太晚了。”

董夫人：“没事，娘习惯了。”

董白将顶针放到桌上，准备躺下睡觉，董夫人顺势给女儿盖被子，不小心碰落了桌上的顶针，顶针滚落到了地上。

董夫人转身去寻顶针，忽觉得眼前一阵黑，她立刻闭上眼睛稳了稳神，又下炕去找。她看见顶针就在地上的凳脚边，她想低下身去取，却重重地一头栽在了凳脚上，再起不了身。

董白和嬷嬷听到声音同时叫起来：“娘！夫人！”

两人将董夫人搀扶到炕上，嬷嬷摸到董夫人的手滚烫，又试试董夫人额头的温度，失声叫道：“不得了了！夫人是发烧了呀！老奴去叫高管家请大夫去。”

董夫人拉住嬷嬷：“别，别，嬷嬷别去。外面下着雪呢，一点点小病不碍事的。”

董白着急了：“娘，那怎么成呢？我和高管家去村子里借牛车去，不怕走不了雪地。”

董夫人：“别折腾了！莲儿我听你的，今天不干活了，睡一觉明朝起来就好了。”

董夫人看俩人没反应就自行上炕了：“嬷嬷，我想喝口热水。”

嬷嬷抹了抹眼泪：“噢，好，热水在炉子上捂着呢，这就去给夫人倒。”

董白眼泪汪汪地：“娘，您这是累的，叫您别饿肚子、别熬夜，您偏偏不听。吃的最少、睡得也最少，就算铁打的身体也得垮了。”

董夫人靠着枕头休息，又不忍心董白难过，故意岔开话题：“莲儿，咱们搬过来有半年了吧？”

董白点点头：“半年多了。”

董夫人用冻的开裂的手指替董白抹去眼泪：“是呀，莲儿又长个了，还壮实了不少，你看，脸蛋儿红扑扑的像个熟透了的苹果。”

董白苦笑着：“娘，那是冻红的。”

董夫人：“越是天寒地冻，蜡梅花儿越是开的红艳不是吗？”

董白将母亲满是冻疮的手放入怀里：“娘，手上的冻疮疼吗？”

董夫人摇摇头：“不疼。”

嬷嬷：“热水来了。”

董白接过去：“娘，你躺着，我喂你喝。”

董夫人喝下水后笑道：“天下有哪个大夫能胜过这呢？”

董白：“娘，躺下睡吧。”

董白也在母亲身边躺下。

随后嬷嬷吹灭了煤油灯。

20. 苏州郊外清水湾田野　日　外

高管家扒开土层，下面露出土豆、番薯，他将它们往篮子里装进去，又迟疑着从篮子里拿了几个放回了土坑里。

嬷嬷匆匆赶来：“老高，可见过小姐和子修？”

高管家：“没见着，她们不在屋里吗？”

嬷嬷：“没在呢，这是去哪儿了呢？急死个人！”

高管家从地里出来：“嬷嬷你慢点儿，一起回去再找找。”

第十一集　为母采药深入山林　穷则思变出走南京

1. 苏州郊外十里亭　宋柏青家　日　内

宋柏青家的门窗已经修好，家徒四壁却也干净。

董白和子修站在宋柏青的家门口，董白叫了一声："先生。"

宋柏青正生炭火，听见有人来便站起来："这两位是？"

董白和子修梳着简单的道姑头，不戴任何发饰，身上穿着普通的粗布夹袄，宋柏青哪里还能将眼前人，跟原先那精致的董家大小姐联系起来。

董白有些不自在地整了整衣衫："先生，是我。"

宋柏青眼睛不好使，凑近了看："这位小伙子好生面善。"

董白眼眶里含着泪水："先生，董白是来向先生借钱的，先生若不认我也好。"

董白拉起子修转身就要走。

宋柏青一声厉喝："回来！"

董白转过身来："先生，我娘病了，没有银子抓药。"

宋柏青眼眶湿润："你果真是我的徒儿董白？"

董白："正是。"

宋柏青又惊又喜地："快快快，请里面坐，先烤烤火。"

三人围着炭火在竹椅上坐下。

宋柏青打开在炭火上煨着陶罐，用竹筒舀一勺水倒在黑色的陶瓷碗上："喝口热水暖暖。"

董白和子修捧起碗咕咚咕咚地喝水。

宋柏青怜爱的眼神又带着好奇问道："董白，令尊可安好？"

董白喝水的声音戛然而止，子修眼睛瞪得大大的，看了看小姐对宋柏青道："老爷早过世了。"

宋柏青会意，立刻转移话题道："哎呀！看我这老头的记性，一时忘了银子放哪儿了。你们先坐会儿，我去拿。"

董白盯着炭火发呆：“先生家的炭火不冒烟呢，让我想起以前在董府里用的。到了清水湾才知道，普通的木炭烧得满屋子冒烟，难道炭火也欺负穷人吗？”

宋柏青拿了一个布袋子出来，正是半年前，董白给他送来的那个银袋子：“先生也是穷人，那炭火怎不欺负我？这炭与炭也有讲究，原来董府用的都是上好的清炭，先生可舍不得花那冤枉钱，这屋子里生着的是竹炭，我这屋前屋后全是竹子不是？”

董白点点头笑了：“原来如此，我也回家去试试。”

宋柏青将扁扁的袋子递给董白：“我屋里的银子就剩这些了，你先拿着，我再去屋外找找。”

董白拉住先生的衣袖：“先生切莫再去找了，有这些，学生已经是千恩万谢了。”

宋柏青：“董白，人生难处十有八九，但人之可贵也在最难处见分晓。你今天来的光景，先生也能猜出七八分了，董家从来是宁苦了自家，也不愿辜负他人的。家里有什么难处，你能来找先生就对了，柏青定当倾力而为。我有一些字画，过些日子送去南京，等卖了字画就有银子了。”

董白眼眶里闪着泪花：“先生恩情学生记下了！先生保重！”

宋柏青目送董白和子修离开，忍不住老泪纵横。

2. 苏州郊外清水湾瓦舍水井　日　外

高管家从水井里打上来一桶水，嬷嬷时不时往里探看。

高管家：“嬷嬷，你想什么呢？”

嬷嬷：“里面除了水，什么也没有对吧。”

高管家：“小姐是那样的人吗？跟你说，俩孩子给夫人找大夫去了。”

嬷嬷嗔怪道：“就你是神仙通天眼，没有银子让她们去哪儿请大夫？要是夫人知道小姐一早出去了，你我都别想活了！”

高管家：“所以我没敢告诉你嘛。”

嬷嬷：“老高，原来你知道她们出去了！”

高管家：“嘘——夫人迷迷糊糊躺了两天了，你真不着急吗？”

3. 苏州郊外清水湾山路　日　外

董白和子修戴着斗笠冒着风雪在前面带路，一个中年郎中，背着药箱打着油纸伞跟在后面。

中年郎中："我说两位姑娘，这山路不好走，你们能不能慢一点。"

董白："家母等着大夫去救命，让大夫受累了！"

郎中："什么人家住那么偏远。"

4. 苏州郊外清水湾瓦舍篱笆门口　日　外

嬷嬷和高管家在篱笆门口向路口眺望，只见三人穿过风雪出现在眼前。

嬷嬷瞪了一眼高管家，赶紧迎过去："小姐，大冷的天……"

董白一秒也不曾停留，匆匆进了院子："大夫，快请吧，我娘就在里面。"

众人进了院子。

5. 苏州郊外清水湾瓦舍　日　内

郎中为董夫人把脉。

董夫人躺在炕上迷迷糊糊地叫了一声："董郎……"

郎中摇摇头起身，董白和嬷嬷赶紧跟了出去。

6. 苏州郊外清水湾瓦舍外草棚　日　外

高管家在草棚里生炉子，看见众人出来也站起身来。

郎中对董白道："肝火郁结太久，加上劳累过度，你母亲是否经历大悲大喜？"

董白："家中未曾有过大喜，父亲在半年前去世，母亲自然是悲伤的。但是也很少见她有哭哭啼啼的时候。"

郎中："这就是了，悲愤之情需疏导才能真正散去，她若越是外刚，内里便会受不住了。"

董白落下泪来："母亲是最要强的。"

郎中："她的病并非像她自己说的受了点风寒，而是肝脏上出了问题。"

董白着急地："那可要紧？"

郎中："目前暂无性命之忧，但是今后得长期服药，这可是一笔不小的开支啊，你们得有个心理准备。"

高管家默默地低下了头。

董白："只要母亲能安然无恙，其他的我来想办法！"

7. 南京客栈冒辟疆房间　日　内

方以智："真拿你没办法！这白天夜里颠倒的日子，你要过到什么时候？"

冒辟疆在榻上翻了个身，用被子捂住耳朵。

方以智："喂、喂、喂，你不如把自己别在那陈圆圆的裤腰带上好了嘛，那样每一个夜场的戏，你都能妥妥的赶去。夜里你精神抖擞，白天成个死猪，追星追到你那份上，也算是最高等级的。"

冒辟疆在被子里缩成了一只虾米状。

方以智："冒辟疆啊冒辟疆，今日我要走了，你果真不起来送送我？"

冒辟疆在被窝里嘟囔了一句："走好，不送。"

方以智："嗨——"

方以智正要转身离开，迟疑片刻又转回来："陈圆圆，陈姑娘，你怎么来了？"

冒辟疆听得陈姑娘来了，顿时从榻上秒起："谁来了？陈圆圆？"

方以智死死地盯着冒辟疆："陈圆圆果真是你的灵丹妙药啊！"

冒辟疆发现并无陈圆圆，有些不好意思地笑了："贤弟，怎么那么急着回家，再陪兄弟多待几天都不成？"

方以智："不成。该念的书也念了，该见的姑娘也没见着，回家。"

冒辟疆："年前陈圆圆还有大戏呢，你不想看看再回去嘛。"

方以智一脸嫌弃："那是你的戏，我凑什么热闹劲！"

冒辟疆："你这话我不爱听，咱们陈姑娘不辞辛苦，在这寒冬为苦读八股文的兄弟们送去温暖，唱的可不仅仅是戏，而是真情，你可别不领情！"

方以智："你若真领情，就别让她一辈子唱戏了，直接领回家，百般呵护岂不痛快！"

一句话把冒辟疆给噎住了喉咙，他不知如何作答。

方以智："好了好了，别相互调侃了，你我他兼是连着命的同林鸟。"

冒辟疆沉吟片刻："你这话倒是提醒了我。"

方以智："想什么呢？不想被你爹打死，就别动那个心思了，算我个大嘴巴嘴贱！"

冒辟疆："办法不是人想出来的，是要靠做出来的！"

8. 苏州城潘家桥药铺　日　内

高管家接过中药包："多谢大夫！"

郎中："老人家，您口中的夫人，可是原董氏绸庄的董夫人？"

高管家想了想回答道："大夫为何问这个？"

郎中："苏州城如今打掉了大老虎，说说无妨。我见过你，为你家老爷求医来过咱药铺。"

高管家："确有此事，被你拒之门外了。"

郎中："说来惭愧啊，那段时间每日收到密信，外出行诊者杀无赦。我生性胆小，哪敢再回应与你呢。如今能医治董夫人，定当尽心尽力，也好弥补之前，我拒不行医的罪过。"

高管家："怨不得你，老爷与万鼎的恩怨自有天道。"

郎中将银镯递给高管家："老人家，这个你拿回去还给董小姐吧，今日的出诊费全数免了。"

高管家接过银镯："替我家小姐谢过了！"

高管家拎着七帖中药包离开。

9. 苏州郊外清水湾瓦舍　夜　内

董白在给母亲喂药。

董夫人斜靠在枕头上咕噜咕噜将药喝下。

董白："这回的郎中可不是唬人的，几帖药下去，娘每日有见好呢。"

董夫人苦笑："娘这破罐子身体连累了莲儿。"

董白："娘病了一回难道病糊涂了吗？我在襁褓里哇哇哭着让娘抱时，是不是也得每每说连累了娘亲！"

董夫人摇摇头："那可不一样，娘得赶紧好起来，有一大堆事等着娘做呢。"

董白将叠好的小儿周岁服饰捧在手里："这个吗？已经做好了。"

董夫人开心地笑了："拿给我看看。"

董白将衣物一件件展开，董夫人一件件地端详。

董夫人点点头："手工活愈发精细了。"

董白："娘的高徒还能有差嘛！"

董夫人拉住董白的手高高举起："别说大话，指尖的针孔怎么来的？"

董白："呵呵，那个嘛……"

嬷嬷过来搭话："做小儿衣裳跟绣活可完全不是一码事，一件衣裳小姐拆了又缝，缝了又拆，一晚上来回四五遍才做成。"

董白从董夫人身边挣脱出来，下了炕："炉子里还炖着药呢，我去看看。"

嬷嬷看着董白离去的背影道："自从夫人病了，小姐好似突然长大了。"

董夫人含着泪花："她若是长大了，我为何还会觉得心疼呢？"

嬷嬷把弄好的暖壶递给董夫人："夫人疼小姐是一辈子呢。"

董夫人趁势拉住嬷嬷："嬷嬷，家里过冬的粮食都不够，哪来的银子请大夫抓药？"

嬷嬷："是……是小姐向宋先生借的。"

董夫人用力抹去眼泪："我得赶紧好起来，必须好起来！"

10. 苏州郊外山坡上　日　外

江南的山林霜雪过后依然透着绿色，董白背着一个小竹篓，站在那天被杨默生从万府救出来之后的那块岩石上。阳光照得岩石金灿灿的，董白闭上眼睛静静地享受着阳光的沐浴。松林在呼啸，鸟儿在歌唱……

董白慢慢睁开眼睛："默生，你若活着，一定也能感受到这阳光的温度吧。记得第一次站在这里时，心里装满了恐惧和陌生。可现在我站在这里，见着一草一木、每一寸阳光都是那么亲近和温暖。我要活下去，还有母亲、子修、嬷嬷、高管家，你也是，请一定好好活着！"

子修气喘吁吁地跑上来："小姐，你也不等等我，我刚才寻着了一颗草药，像极了柴胡，你帮我看看是不是呢？"

董白从岩石上下来："拿来我瞧瞧。"

子修兴奋地将一棵带着泥土的草根递给董白："那里有好大一片呢。"

董白摇摇头："柴胡的根是圆柱形的，根呈深棕色，茎呢是黄色的。"

子修从董白的竹篓里拿出一棵来做对比："果真对不上呢，害我白欢喜一场。"

董白："柴胡喜阳耐寒耐旱，我们去岩石朝阳面找找。"

子修跟着董白往前走："小姐，夫人的药眼看又要吃完了，除了柴胡还有好几味药呢？想着愁人！"

董白："办法不是想出来的，是靠人做出来的！走吧。"

11. 苏州城外十里亭瓦舍院子　日　外

董夫人使尽浑身力气摇曳水井轱辘，一桶水探出井口来，嬷嬷见着了，急忙上前抢过水桶。

嬷嬷一边将水倒入木桶里，一边嗔怪董夫人："夫人，你得注意自己的身子，才好点，怎么就闲不住呢！"

董夫人："今日里太阳好，积攒了十多天的衣物一并洗洗晒晒。"

嬷嬷撩起衣袖坐在小凳子上，麻利地搓洗衣物："这些活交给老奴来做。"

董夫人在嬷嬷身边坐下来，端端地看着嬷嬷洗衣服。

嬷嬷有些不自在："夫人，你……你不用陪着，去屋里歇息吧。"

董夫人："嬷嬷，你刚去了田头菜地了？"

嬷嬷："嗯，高管家还在那捯饬呢。"

董夫人："菜可都活着？"

嬷嬷含糊地："嗯！一畦芥菜都还活着，芥菜耐寒。"

董夫人："哦。"

嬷嬷故作轻松地说："高管家让我带回来几棵，清水里焯一下，香着呢。"

董夫人眼眶里噙着泪水："一亩地的菜，只剩一畦芥菜活着，高管家不知怎地在田头伤心呢。"

嬷嬷安慰道："没事，过了冬，等明春咱们可以再重新种的嘛。"

董夫人："嬷嬷，你的老家在嘉兴吧，记得……"

嬷嬷先是一愣，接着抢话道："嬷嬷没有老家！"

董夫人继续说："记得以前母亲说起嬷嬷的父母，其实家里殷实，在嘉兴有半条街的商铺，只因你八字与几个哥哥相冲，便给了人家做童养媳。"

嬷嬷："我不堪养母的辱骂、毒打便逃了出来，幸亏遇到你的母亲，不然横竖早已在阴间做了鬼。"

董夫人："嬷嬷，你真不想回嘉兴去看看吗？"

嬷嬷把衣服拧干，站起来去晒衣服："不想。"

董夫人跟过去："都快六十年了，父辈的恩怨也该了了，再说他们早已暮年或许已离世也未可知，何必再作计较。兄弟是手足，骨肉相连，嬷嬷为何不……"

嬷嬷拍打着衣衫的皱褶："不去。嬷嬷没有父母更没有兄弟！"

董夫人看嬷嬷态度坚决、言语里透出反感，也只好作罢，转身将地上的芥菜拾起："嬷嬷，我刚才说的话要是让你不高兴了，那我收回。我去煮菜了。"

嬷嬷从晾晒的衣服缝隙里看着董夫人进屋的背影，泪眼模糊（内心独白画外音）："夫人，除非老奴死了，不然绝不会离开你的！"

空镜头：太阳在屋顶上移动，阳光盘旋着……

12. 苏州郊外清水湾瓦舍外　黄昏　外

夕阳斜斜地挂在天边，光线变得慵懒、无力。晾晒在院子里的衣物已经干了，风一吹便此起彼伏地飘扬起来。院子一角的草棚下，炉子冒着烟，董夫人从屋子里出来。她惦着脚尖，将竹竿上的衣裳一件件取下来。

董白和子修从篱笆门外进来。

董白："娘！你不在屋里歇着，怎么出来了？"

董夫人："莲儿，你看看现在都什么辰光了，才知道回来啊，满山地跑也不怕野兽把你俩给吃咯。"

董白取下背上的竹篓："就在后山，爹还在山脚呢，有什么可怕的。你看我们给你带回来什么？"

董夫人去看："什么？"

子修："夫人的草药。小姐可厉害了，什么草药都认识呢。"

董白："子修瞎说，我就记下了母亲服用的几样草药。只是需要矾石作药引子，这矾石不好弄，需的去药店里配。"

董夫人心疼地责嗔："两个姑娘家不在家里待着，像俩小子似的满畈满陇地跑。唉！都是让娘的病给闹的。"

董白："娘，其实以前在董府时，我也爱往外跑，只是您不知道。"

董夫人："就知道你鬼得很。"

董白："娘，嬷嬷呢，我饿了。"

董夫人："嬷嬷和高管家去地里给菜铺稻草作防冻，锅里热着菜汤粥呢，你们去吃吧。"

董夫人说着抱着衣裳进了屋。

董白和子修来到草棚下，董白打开锅盖，上面热着五碗菜汤粥，有两碗里多是米粥少菜叶，有三碗多是菜叶寥寥几粒米粥。

子修指着碗道："这两个花碗是小姐和我的，三个青瓷碗是夫人、嬷嬷和高管家的。"

董白瞪一眼子修："吃你的，我的用不着你来指认。"

子修看一眼董白，拿了一碗走开了。董白将自己碗里的米粥匀到了其他三个碗里，又从三个碗里匀了一些菜叶到自己碗里。

子修皱着眉头狼吐虎咽着："小姐，这个菜怎么那么苦？不会是夫人的中药当菜煮了吧。"

董白扑哧笑出来："胡说！中药你还吃那么欢。"

子修傻笑："呵呵，饿了。"

董白："这是芥菜，会有一点苦味不假。"

子修："嗯嗯，还行，不比萝卜缨子难吃。"

13. 南京秦淮河边客栈　夜　内

冒辟疆殷勤地给陈圆圆、方以智倒酒："吃酒吃酒。"

陈圆圆低着头要从凳子上起来："我去给你们唱曲儿。"

冒辟疆拉住陈圆圆："不去！咱今天不唱曲。就聊天、吃酒为方贤弟送行。"

方以智看冒辟疆拉住陈圆圆的手不放的痴情样，禁不住叹道："哎！这到底是来牵手的，不是为我来送行的！"

陈圆圆不自在地将手挣脱，用帕子捂住嘴咳嗽起来。

冒辟疆不理会方以智，眼珠子一刻不曾离开陈圆圆的脸："怎么还咳呢？吃的什么药？要不改天咱换个大夫瞧瞧。"

陈圆圆摇摇头笑了："人说吃辣椒的嗓子好，我要上台唱戏恐怕这咳嗽好不了。"

冒辟疆懊恼了："上台唱戏重要还是人重要？那破戏咱不唱也罢！"

陈圆圆以为惹恼了冒辟疆，低低地道："公子说笑了，我一个戏子不唱戏又能做甚？你放心，公子听戏时我在台上断不会咳嗽半声。

冒辟疆急了："你，你，我……我说的不是这个……"

陈圆圆转过身去偷偷落下泪来："我在台上时，你们在台下叫好，我这下了台来，怕是让你失望了。"

冒辟疆看着陈圆圆不停地咳嗽心疼万分，却不知该怎么安慰才好。

方以智无奈地摇摇头，上前对陈圆圆道："姑娘，你可别误会了冒公子，他性子急心里是为你好呢。"

陈圆圆听罢道："怎么会呢，我原是逗人取乐的，这老是咳嗽，自己也厌烦的很。"

冒辟疆突然反应过来："对对，让姑娘不开心了，就是我的不对。我自罚一杯，自罚一杯。"

陈圆圆重新坐下来。

方以智举起酒杯："明天我就回桐城了，来，敬二位一杯！"

方以智仰头干了酒杯，陈圆圆也举起酒杯，不料冒辟疆赶紧夺过了她的酒杯，一口将酒干了。

陈圆圆一脸诧异，目瞪口呆。

冒辟疆傻愣愣地笑道："你……你喝梨汤便好，小二小二，来一盅梨汤！"

方以智："好藏莫叫令人见，恐有痴情在心间。陈姑娘，梨汤对嗓子好。"

陈圆圆才慢慢回过神来，不觉脸上有了羞涩之色。

冒辟疆不停朝方以智使眼色，方以智领会："噢，我去那边看会儿风景。"

冒辟疆将凳子靠近陈圆圆一点，热切道：“陈姑娘，其实我儿时也学过音律、乐器，只是没能坚持，但也算是个音乐爱好者。”

镜头淡出。

14. 苏州郊外清水湾瓦舍　日　内

董夫人躺在炕上脸色蜡黄、浮肿，昏睡着，众人围着她。

郎中搭完脉皱着眉道：“怎么会这样？你们是给断了药吗？”

嬷嬷连忙回话：“没有没有，夫人一直在按大夫的药方吃着药呢。”

郎中：“你们有一段时间没来铺子抓药了，不要瞒我。”

董白感觉自己做错了事：“都是我自己去山上采的药。”

郎中瞪一眼董白：“拿我看看。”

子修赶紧将小竹篓递给郎中查看。

郎中：“这些药材确是没错，那你们怎么用的剂量？”

高管家：“咱家嬷嬷估摸着配的。”

郎中：“荒唐！这药的剂量还能估摸着配吗？我说你家孩子，大雪天能跑来找我，这会子怎么懒得动腿了呢？”

董白支支吾吾道：“上……上次抓药的钱还、还是您给赊的。”

郎中：“钱重要还是你娘的命重要？”

董白：“娘的命重要。”

郎中：“唉——对咯！”

15. 苏州城外十里亭宋柏青家　日　外

董白立在门口，子修不停敲打宋柏青家的院门：“宋先生，宋先生在家吗？”

里面并无动静。

董白上前：“让我来。”

董白将子修推开，自己上前把门敲得震山响：“宋先生，我是董白，我有重要的事找你！”

有邻居赶过来：“喂——你这是要拆房揭瓦吗？”

董白作揖：“乡亲，不好意思打扰了，请问宋先生可在家？”

邻居：“不在，去南京卖字画了。”

董白有些失望地：“噢——”

邻居怪异地看一眼董白走开了。

子修怀抱着一堆未曾装裱过的字画："小姐，咱们又是来向先生借钱吗？"

董白感觉突然灵光闪现："宋先生去南京了，那我们也去南京！"

子修不小心弄掉了纸张："啊？追南京借钱去啊？"

董白将字画拾起："不是借钱，是去赚钱！"

16. 苏州郊外，清水湾董志墓前　日　外

高管家在屁股下垫一把稻草，坐在董志的墓前叨叨有词。

高管家："老爷，你说我怎么就那么没用呢，想当年跟着您闯荡江湖，那也是叱咤风云过的，现在在地里种个萝卜，还都给冻死了。夫人的病得长期服药，虽说遇到了个不错的大夫，愿意将药材赊于咱家，却也不是长久之计。老爷，你别嫌我啰唆，老奴心里憋得慌，只能与你念叨念叨。"

高管家又起身将墓前的枯黄杂草拔去。

远处传来一声"哎呀"！

高管家本能地跳起来，躲到一棵松柏树后面察看。

董白拉着子修上了台阶："嘘——小声点，嬷嬷在山上拾柴呢，别让她看见了。"

子修拍了拍包裹上的灰，扭扭捏捏地说："噢。"

董白在墓前跪了下来："爹，女儿是来跟您道别的。宋先生去南京卖字画了，女儿想着别人能的我也一定能。我要离开娘去南京，您不会怪我吧，等我赚了钱，娘的病就不怕没钱治了。我在这给您磕头道别！"

子修也跟着傻愣愣地磕头。

董白和子修起身准备离开，高管家从柏树后面站出来。

高管家喝道："站住！"

董白着实吓了一跳，半天不敢回头。

高管家："小姐，是我。"

董白迟疑着转过身来："高管家，你——怎么在这儿？"

高管家："对啊，每天这个时候都会来跟老爷说会儿话。"

董白："那——那刚才的话，你都听见了？"

高管家："听见了。"

董白："那你不会告诉我娘吧？"

高管家："会啊，一定会。"

董白尴尬地："不是，你……你能不能帮我保守一下秘密呢？"

高管家："小姐要离家出走，这个秘密恕老奴不能替你保守。"

董白拉着高管家走到一边低声道：“高管家，上一次我和子修去宋先生家借钱，您不是帮过忙的吗？这一次我要去赚钱，你为何不帮了呢？”

高管家：“太不同了，十里亭离清水湾十里地，南京离这儿多远？”

董白从高管家身边走开：“高管家，家里过冬的粮食不够吃了对吗？老实说还能撑多久？”

高管家：“个把月吧。”

董白：“好，如果少了我和子修两人份呢？”

高管家含着泪花：“可以撑两个月。”

董白：“你问我南京离这儿多远？那么坐等饿死离这儿又有多远？”

高管家扑通一声跪在董志墓碑前：“老爷！老奴对不住你，对不住董家啊！呜呜呜……”

董白和子修忍不住也落下泪来。

董白上前搀扶起高管家：“高管家，这不能怪你，我们是一家人。”

高管家：“小姐，真的要去南京吗？”

董白：“要去，必须去！”

17. 苏州郊外清水湾瓦舍　日　内

董夫人挣扎着从床上起身，忽觉一阵晕眩，只好将两手往枕头上稳住。

嬷嬷扶着董夫人瞪大眼睛对高管家道：“高管家你是不是老糊涂，你是疯了呢！小姐和子修去南京卖字画了，你也不拦着？”

董夫人使劲地直起身体，苍白的脸上冒着细汗：“高管家，她们走多久了？”

高管家自己也觉得此事说不过去，心里虚的很，无奈地回话道：“这会子应该快上山岗了。”

董夫人：“高管家，快，你收拾一下就走，追上她们务必亲自护送她们到南京。”

嬷嬷的眼睛瞪得更大了：“夫人，你同意小姐去南京吗？”

董夫人：“高管家你听好了，南京城北有一家大户叫斯宅，当地人称百柱屋的。我有一个表妹嫁与了斯宅长房，到了南京让莲儿先投靠斯宅住下，横竖有个遮风挡雨的落脚点。”

高管家连连点头：“好好好，那敢情好，我这就去追小姐。”

高管家急匆匆地离开。

嬷嬷急得快哭出来了：“夫人——小姐从小到大未曾离开过夫人一天，这……这么山高路远的，夫人真放心得下？不如让嬷嬷现在赶去把小姐找回来

吧。”

董夫人虚弱地摇摇头：“嬷嬷别去！莲儿的性子随我，她心里决定了的事情十头牛都拉不回来的。她想要去卖字画也好，说明她骨子里有董家经商的血脉。”

嬷嬷伤心地哭泣：“可她还是小姑娘，也没有傍身的银两，去一个人生地不熟的地方岂不是要吃尽苦头！呜呜呜……”

董夫人眼里虽有泪花却露出坚毅的笑容：“嬷嬷，心疼孩子却不可娇宠，再说咱们现在有条件娇宠孩子吗？她若不出去，我这边还想着支她出去呢，只是一直想不好让她去南京，还是去嬷嬷老家嘉兴走一趟。”

嬷嬷听到嘉兴俩字就转过脸去。

董夫人：“嬷嬷，我们要相信莲儿！我的病……”

嬷嬷连忙摇头：“夫人的病会好起来的！我只是舍不得小姐离开，更是心疼夫人与小姐分离。

董夫人：“嬷嬷之言差矣，人的情分即便是相隔千万里也是不可分的，莲儿若能在南京安生，我这心里的石头也可放下大半了。”

18. 苏州郊外山路上　日　外

董白和子修一前一后在山路上走着，董白走过一个山湾，发现前面山林高耸入云，四处寂静，连一只鸟雀也不曾见着，董白忽觉得背后有异样之感，莫名地胆怯起来。

董白忽地跳转身去：“子修！”

董白身后空无一人，山林里回荡着：“子修——子修——子修——”

董白缩了缩脖子感到有些害怕，她往回去寻找子修。董白发现来路上没有子修的身影，开始观察周围的环境，只见旁边的灌木丛有被人扒开过的痕迹，董白迅速往里追去。

董白：“子修——子修——子修——”

董白往里走一阵果然豁然开朗起来，好大一片空地。只见溪水潺潺，还有一些蓝莓树，董白好似明白了什么，突然笑了起来。

董白：“吃货！你可真能找呢。”

董白扒开蓝莓树往里看，只见子修背靠在一棵大树上，浑身发抖，又是摆手又是摇头。

董白：“子修，你怎么了？”

子修急得什么似的：“唔唔唔，小姐，快走开！”

董白不知道发生什么，直径往里面走去。刚走两步她也被吓住了，不敢再往前去。

一只条纹鬣狗从子修背后那棵树旁走过来，死死地盯着董白，在树荫下它的眼珠子泛着红光。

子修抖得厉害："它……它……它还在，是吗？"

条纹鬣狗咧开血盆大口发出"嘶嘶嘶"的声音示威。董白也死死盯着条纹鬣狗，她慢慢地蹲下身去，条纹鬣狗紧张地往后退了一步，发出更加凶残的低吼声。

董白蹲下身，两手撑着地面死盯着鬣狗，她的裙子底下发出窸窸碎碎的声响。

条纹鬣狗不停地抽动鼻翼，眼神渐渐缓和下来，呜呜叫了两声掉头就走。

子修一动不敢动地看着鬣狗跑远，董白慢慢从地上站起来。

子修惊喜万分："那野兽走了！小姐，你太厉害了！可我不明白为什么那鬣狗见了小姐就跑了呢？"

董白指指地上那湿湿的一摊道："喏！看明白了，关键时刻它能救命。"

子修凑上前去看："什么呀？没有东西啊。"

董白笑笑："仔细闻闻。"

子修俯身闻了闻："咦——有股尿骚味！"

董白拉起子修："走吧，活着就好，别总问为什么？"

子修："小姐，你什么时候学的旁门左道，还真挺管用。"

董白："杨默生告诉我的。小时候他最怕狗，他说人越怕的东西就越得观察它，所以他懂狗性。狗虽凶残却讲规则，它们都以尿尿来争夺地盘。"

子修："杨默生那人话那么少，他会跟小姐讲这个？"

董白："嗯，小时候他话特别多，尽讲些低级趣味的事儿。"

子修："噢，总之，小姐你今天又救了子修一命。"

前边传来高管家的叫喊声："小姐——子修——，你们等等我！小姐——子修——"

董白："不好，是高管家，一定是母亲让他追我们回去呢。先回去躲一躲！"

子修："啊？才逃过一命还躲回去啊！"

19. 苏州郊外山林溪边　日　外

子修蹲在溪边用冻得红萝卜似的小手捧水喝："哇哦！冰冻清凉！小姐，要是没有野兽出没，这个地方就是人间仙境哪！"

董白：“呵呵，无是无非即菩提，人间仙境也纳兽。”

子修：“啊？什么意思？”

董白：“慈悲，大自然就是慈悲。”

子修：“哦，那慈悲是什么？”

董白指指溪水：“喏，那溪水就是慈悲。”

子修：“哦，不懂。”

董白：“好好赶路，你跑这来干什么？”

子修走到一棵蓝莓树下：“小姐，你来看。”

董白走过去看子修将蓝莓树下的积雪扒开，露出一些浆果：“蓝莓？”

子修不好意思地看着董白道：“一早出来就喝了点菜汤粥，饿。”

董白拿起一粒蓝莓：“这果子看着已经干瘪，还能吃吗？”

子修赶紧往嘴里塞了一颗：“能吃啊，这果子秋天结的果，打霜之后更甜，到了冬天果子落了地，埋在雪里既不会坏还能保甜！”

董白也尝了一粒：“真的假的？嗯——还真甜！那多拾一些带着路上吃。”

子修笑呵呵地从怀里掏出一个鼓鼓囊囊的袋子：“小姐，你看多不多？”

董白：“吃货！真正的贪吃勿要命。走吧，这会子高管家该回去了。”

子修一边将袋子塞进怀里一边跟着董白走：“这是保命的好不好！”

子修忽又转头冲着那缓缓流淌的溪水说：“慈悲，再见！”

董白拉一把子修：“再什么见？慈悲就是你我，如影随形。”

子修：“啊？慈悲好善变，这会子一条溪变你我了？”

镜头淡出。

20. 苏州与常州交界处　黄昏　外

董白：“南京在苏州的西北方向，前面就是常州了吧。”

子修的脚步略显拖拉：“小姐，眼看天暗下来了，咱们是要在野外过夜吗？”

董白停下来望着周围荒原一片。

镜头快进，光影迅速地晃动，一轮橘色暗淡的太阳，挂在地平线上慢慢地往下沉……

远处传来不明动物的叫声，荒草随着风浪此起彼伏。

子修冻得瑟瑟发抖，不停地往手上哈着热气：“小姐，我害怕！”

董白有那么一刻被无助包围着，很快她镇静下来：“我想起来了！父亲说过，他们的商队时常也会在野外过夜。火！火不但能抵御野兽侵袭，还可以保暖。子修，快，赶快收集些干柴干草，我来生火。”

子修点点头："嗯嗯，好！"

21. 苏州与常州交界处火堆旁　夜　外

蓝黑色的夜幕笼罩四野，星星闪着冷光，董白和子修躺在火堆旁的干草上，子修身子卷的像只虾米，睡梦中将董白身上的斗篷全部拽进怀里抱着。董白小心翼翼地将斗篷盖在了子修身上，自己也禁不住冷得打了个喷嚏。董白将身体往火堆靠近一点，看着火光跳跃，眼皮越来越重，她觉得好困好困……

梦境：

董白穿着红色斗篷伫立在白茫茫的冰面上："好冷！"

子修拿着雪白的裘衣："小姐，穿上这个就不冷了。"

董白上前一步子修就不见了，她的脸上渐渐结满了冰霜："冷！"

董志："莲儿，你怎么出来了？快上马车暖一暖。"

董白见父亲身边的浓雾散去，出现了那辆熟悉的马车。

董白开心地笑了："父亲，真的是你吗？"

董志展开怀抱："莲儿，快过来。"

董白像一只飞蛾一般扑向她的父亲。不料父亲和马车瞬间就消失了，脚下出现一个深不见底的冰窟窿，董白感到四周冰冷，身体不断地往下沉、往下沉……

（梦境毕）。

火堆的火灭了大半，董白和子修背靠着背躺着，董白不停地呢喃："冷……冷……冷。"

子修醒来，她赶紧将斗篷裹住董白："小姐，你怎么了？"

子修往董白额头试试体温："呀！好烫！"

子修跪起身，将自己身上的衣裳全部盖在董白身上，董白依然迷迷糊糊喊着："冷！冷！"子修俯下身去将董白抱住："小姐这样好点没？"

她们的身后传来"吱嘎……吱嘎"踩踏积雪的脚步声，越来越近、越来越近。

子修吓得屏住呼吸不敢抬头。

高管家："子修！小姐！太好了，终于找到你们了！"

子修转过身来："高……高管家，是你，你怎么找过来的？"

高管家："火，这火苗在平原上十里地之外就能见着。"

子修这个时候看见高管家又欣喜又想哭："幸好您来了！"

高管家俯下身查看："小姐怎么了？"

子修："小姐烧得厉害，一直在喊冷。"

高管家："小姐，醒醒，醒醒，快醒醒。"

董白在睡梦中听到有人呼唤，迷迷糊糊睁开了眼，她仿佛看到方以智在叫她："姑娘，姑娘快醒醒。"

董白迷糊着："快，快救救我爹爹！"

高管家："小姐，你看清楚了，老奴是高管家。"

子修哭起来："小姐是烧糊涂了。"

董白分明看到冒辟疆举起了火枪朝天开了一枪"啪——"。

董白："这下好了！"

董白说完又晕了过去。

高管家跪下身去背董白："快扶小姐上来，得赶紧进城找大夫。"

22. 常州医馆　日　外

高管家背着董白被医馆的小学徒们哄了出来："快走，快走，没钱拿号子还想进医馆？出去出去，别挡着后面排队的病人。"

子修又挤上前去："让一让，让一让，求求你们帮帮我家小姐，她烧得厉害。"

小学徒："哪个病人不急着瞧病？别挡着道，后面排队拿号子去。"

子修大声嚷道："我们都来回排了两次了，你们怎么不给看病的呢！"

小学徒："咦——你是真听不懂还是装听不懂呢？十个铜板拿号子，你拿号子了吗？"

子修："我们现在没钱拿号子，你们医馆就不管人死活了吗？"

小学徒推搡着子修："走走走，别说那些没用的。"

子修又急又恼一屁股坐在台阶上大哭："这是什么世道哇——小姐救过我的命，还救济过许多吃不上饭穿不上衣服的人。如今她落难了，我不但帮不上忙只会连累她，怎么就没有人肯帮她一把呢！呜呜呜……什么常州医馆，只认钱不认人，还算是治病救人的医馆吗？呜呜呜……"

子修这一闹街头行人纷纷止步围观。

人群中方以智牵着马走过来。

董白躺在街边的稻草堆上不停地喊着："冷，冷，冷……"

高管家将包裹里的衣裳统统盖在董白身上，又将自己身上的外衣也脱下盖上。董白脸色煞白，嘴唇发黑。

围观的人纷纷议论：

"这人烧得厉害，恐怕快不行了。"

“看样子是外地来的，没钱怎么治病呢！”

“哎，怪可怜的。别是瘟疫会传染的吧？”

围观者听人说“瘟疫”两字一哄而散，只留下方以智立在那里。

方以智蹲下身去：“老人家，我懂一些医术，让我看看。”

高管家：“那敢情好，救救我家小——救救我家公子。”

方以智：“当务之急要赶快给他退烧。”

方以智说着抱起董白，子修在一旁看着急了：“喂——你要干什么？”

方以智：“进医馆。”

子修抬头瞧方以智，认出了他惊讶地张着嘴：“你是……”

方以智并不看子修，绕过她径直上了台阶。

高管家拉起子修跟上：“还傻愣着干嘛，救人要紧。”

子修匆匆跟上：“噢噢。”

23. 常州医馆廊下　日　内

方以智抱着董白往医馆里面走，两个小学徒上前阻拦。方以智也不辩解用剑柄一挡，那两人被推出两三米之外。

子修顿时觉得出了一口恶气：“哼！叫你们推我！”

24. 常州医馆房间　日　内

方以智将董白放到榻上，对高管家道：“老人家，快将你家小公子的衣领解开一些，必须给他快速散热退烧。”

高管家为难：“这……这个……”

方以智摇摇头自己上前去解：“请你们相信我好吗？”

子修一看那还了得，赶紧抢在方以智前面：“我来解，我来解，那个——大夫看病不是要挂帘子的嘛，你这人看病怎么那么粗暴。”

方以智一边从腰间解下一个小瓶子一边笑道：“粗暴？小子，看来你真是穷讲究。”

子修将董白的衣衫解开，露出雪白的脖颈，她拦着方以智左右为难。

方以智拉开子修，将瓶子的液体倒出一些，蘸着布条均匀涂抹在董白脸上：“你们放心，这只是普通的烧酒，但却是退烧的良药。”

董白脸上的污垢被擦拭干净，显示出原本精致、峻峭的面孔。方以智怔怔地看着眼前人，觉得自己呼吸困难：“他……他……她？”

房门被重重地推开："什么人敢那么放肆？"

小学徒指着方以智："他们自己闯进来的，没拿号也没预约。"

方以智起身递过去一锭银元："各位，急病急救，医者父母心。今日，我们便要借住医馆了。"

长者脸上顿时缓和下来："小徒见识浅薄还望公子见谅！我去安排医馆上好的大夫过来。"

方以智："不必了，一会儿烦请医馆按我的方子配药即可。"

长者："公子请便。"

方以智回到董白身边，眼眶里噙着泪水："你让我好找！"

高管家："公子说什么？"

方以智脸上有欣喜之色，对高管家说："老人家，这是你家小公子还是小姐？男女用药可容不得半点偏差。"

子修又恼又羞，上前将董白的衣领合上："小姐，是小姐怎样？"

子修的手碰及董白的肌肤："没那么烫了，你那烧什么酒还真的管用！"

方以智放下心来："你家小姐只是普通的风寒发烧，外加劳累、饥饿所致晕厥。假小子，你去厨房弄碗粥来，我去弄药。老人家，一会儿她醒了让她把桌上的水喝掉半壶。"

高管家："啊？能喝得下那么多吗？"

方以智："喝不下也得喝，那水便是头道药。"

高管家没见过那么不按常理的大夫，更不知眼前这好心人原是第二次救董白："噢。"

子修古灵精怪地盯着方以智："你，你为什么要救我家小姐？"

高管家："子修？"

子修："我们没钱还你的！"

方以智觉得说不清楚，辩解道："萍水相逢何足挂齿！换作你们，情急之下也会帮人一把，不是吗？"

子修支支吾吾："你，你不是那个……"

方以智："我不是。我是路过常州回家去。"

高管家看子修问个不停坏了礼仪，不好意思道："公子，世人看善者行善平常也不平常。"

方以智："老人家见过世面，你懂我。"

子修还想说些什么，高管家制止子修道："子修，不得无礼！"

方以智真诚地对子修道："假小子，请你相信我是好人便是了。"

子修嘟囔了一下："好吧，好人公子。"

第十二集　秦淮河边售卖字画　福王府里幽唱红娘

1. 常州医馆厨房外　日　外

子修端着董白用完的碗筷往厨房去，正要跨进厨房门槛却又犹豫了，她仰着稚嫩的面孔，左右瞧瞧，又盯着半碗粥道："夫人说过，浪费最可耻。"

子修端起碗咕噜咕噜将剩下的粥喝个精光，心满意足。

2. 常州医馆厨房　日　内

子修进门将碗放到灶头上，正要转身离开，只见方以智坐在炉子前煽火。

子修低下身仔细辨认："好公子？你怎么在这里煽炉子？"

方以智语气平平："给你家小姐熬药不就得煽炉子。"

子修："这……这，这不太好意思吧。"

方以智："这有什么不好意思的，治病救人极为平常。倒是你，喝人家喝剩的粥，确实有点不太好意思。"

子修羞红了脸："你，你，我……"

方以智："你家小姐的烧退了，又喝下了半碗粥应该无大碍了。"

子修："烧退了，就喉咙痛得厉害，迷迷糊糊又睡了。"

方以智："嗯，接下去还得咳嗽，我这熬的药就是治咳嗽的。晚上喝了这药，只要邪毒不往肺里去，明天她身上便轻松了。"

子修："好人公子，我见过你。"

方以智低头看炉子："我不曾记得。"

子修："那你一定记得我家小姐，在运河冰面上，我家小姐晕过去了，是你用药让她醒过来了。"

方以智支支吾吾："嗯——"

子修："就是你，不会有错！我不管你是谁，只要你救我家小姐，没有坏心、歹心只有好心便可，小姐救过我的命，她对我来说非常非常重要。"

方以智："你说的对，这一点上我跟你是一致的！以后我还得请你帮忙。"

子修："请我帮忙？帮你什么？"

方以智："请你，请你好好照顾你家小姐。"

子修"扑哧"笑出声来："好没由来的请求，这个还需要你一个外人说吗？"

方以智听到"外人"两字才觉自己唐突可笑，却又有几分心酸："听高管家说，你们往南京去，让我送你们一程，你得帮我说服你家小姐。"

子修点点头："这个不难，就说你顺道去南京便可。"

方以智："正是，正是。还有，还有你别总说见过我了。"

子修："这是为何？你救过小姐是好事，为何说不得？"

方以智："我不想做你家小姐的恩人。有缘千里来相会，做个有缘人便可。"

子修："恩人还是有缘人这有什么难的，行！我答应你。"

子修跨出门去，忽又转回来对着方以智道："好公子，你坐在炉子前为我家小姐熬药的样子，像极了一个人。"

方以智："谁？"

子修："那会子我家夫人为老爷熬药的样子。"

方以智愣在那里，子修已出门去。

方以智自言自语笑道："不是一家人，不进一家门。"

3. 常州医馆董白房间　夜　内

董白醒来，看见子修趴在桌上打盹儿，便轻声喊道："子修，子修。"

子修："小姐，你醒了。"

董白："怎么还不去睡，别着凉了。"

子修："好公子那里还炖着一服药，等你喝了药才好睡呢。"

董白："我已经没事了，药不是也喝过了嘛。"

子修："好公子说了，之前的是退烧药，之后的是治咳嗽的药。它不一样。"

对切：门外方以智端着药正要敲门，听得董白说话便住了手。

（画外音）

董白："你说的好公子便是恩人了吧，该怎么谢他才好。"

子修："人家说了，不想做小姐什么恩人，只想做个有缘人。"

董白笑道："丫头，人家客气，你还真当福气了！"

方以智敲响了门，随即将药放在了窗台上便离开了。

（镜头切回屋内）

子修听见敲门声，就赶到门把边儿：“一定是好公子送药来了。”

董白整理了一下衣衫：“快快请恩人进来。”

子修脑袋探出门外：“咦——人呢？药还搁在这儿呢，人不见了。”

董白：“还想着当面好好道谢呢。”

子修端着药碗回来：“道谢有的是机会。”

董白：“人家急着赶路走了也未可知。不然现在就过去一趟，这又治病又住店的，连个照面都不打，总是说不过去。咱身上没有现银，送些字画过去也算是一点心意。”

子修拉住董白：“用不着，用不着，好公子说了，跟咱们一道顺路，也正好去南京。”

董白：“是嘛，也是巧了！”

子修：“快把药喝了。”

董白端起药发呆：“子修，你说的好公子他是什么样的人？”

子修：“普通读书人呗！”

董白“噢”了一声把药喝下了。

子修服侍董白躺下，吹灭了油灯。

窗外的白月光透过窗格洒在董白白净的脸上。

董白梦境：董白站在定慧寺大院中央，金黄的银杏叶子铺满了地面，树下冒辟疆跨在白马上冲着她笑。董白的视线时而模糊时而清晰，她跑到树下辨认，白马低着头，马上并无一人。

董白大声问道：“公子，你是谁？”

整个院落响起了董白的声音：“你是谁？谁？谁？……”

4. 常州赁马处　日　外

方以智在马厩边晃悠，一个小厮赶来。

小厮：“公子，赁马吗？”

方以智：“怎么个租法？”

小厮：“160文一天。”

方以智：“那马车呢？”

小厮：“那得加倍。”

方以智摸摸袖口袋子：“那有点高了。”

小厮指着一头牛道：“犊车便宜。”

方以智见那头牛“哞哞”叫唤着：“好，那就它了。”

方以智牵着牛车出去，旁边停着一辆六骥马车：“好家伙，这样的豪车只有在京城才见过呢。”

小厮呵呵笑道：“平生第一次见着，外地来歇脚的，据说马车主人为去南京看大戏。”

方以智忍不住多看了几眼，心里纳闷（画外音）：“这年头兵荒马乱的，还有谁为看一出戏弄这样的排场？难道是……”

等在门口的高管家迎上去：“方公子，老奴说什么好呢？这赁车的钱……”

方以智阻止高管家道：“谁还没有个难处的，董氏绸庄也帮过人不是。我认识你们绸庄的杨默生，所以咱们相遇也算是半个故交。”

高管家惊讶：“默生？”

方以智：“是呀，杨默生是我见过最普通又极不普通的人，可惜他去了南洋，不然定能与他相交深厚。”

高管家：“默生……老奴也挂念他呀，好，好，咱们遇到公子真是幸运。”

5. 常州赶往南京的路上　日　外

方以智骑马在前面，后面跟着一辆牛车缓缓行着，寒风中高管家坐在车夫旁边，冻得瑟瑟发抖。

董白从车厢的窗口往外瞧：“一会儿半途歇息，我得上前与那恩公道谢。”

子修：“小姐，人家不特意照面也有道理。”

董白：“什么道理？”

子修：“他是个年轻公子，你是个花样小姐，这照面嘛总有些不便。”

董白：“什么歪理？那时与母亲在街头施粥时有不便吗？我就不信道个谢有那么难的。”

子修一脸正经的样子：“男女有别。”

董白：“哼！你当我是从未出过门的深闺女子吗？”

子修：“本来就是！”

后面传来急速的马蹄声，后人高喊：“路人回避！路人回避！”

六骥马车从他们身边飞驰而过，董白乘坐的牛车闪躲不及，差点翻了车厢。

方以智勒住马缰：“高管家，车厢可有磕碰？”

高管家转头：“子修，小姐没事吧？”

车厢里传来董白的咳嗽声，子修答道：“没事没事，就是吓了一跳。”

高管家：“好好，没事就好。”

方以智冲高管家点点头：“好，继续赶路。”

董白在车厢里道：“他这声音分明在哪儿听见过。”

闪回董白梦境：

方以智：“姑娘，醒醒，姑娘醒醒！”

闪回毕。

子修笑道：“我说见过好公子，但他一口否认。”

董白探出去看方以智的背影，她的脑子里闪过冒辟疆骑着白马朝天开枪的情景，忽觉得脸红心跳起来，喃喃道：“果真见过吗？”

子修想起方以智不说往事的约定，便嘟起嘴摇摇头道：“不知道。”

特写：路面凹凸不平，车轱辘颠簸。

6. 去南京路上街边面摊　日　外

方以智和高管家、车夫一张桌子上吃面，董白和子修坐在一起。

董白悄悄地抬眼观察方以智，方以智察觉后欣喜又紧张，不自觉地将身子背过去一点点。

董白对子修道：“子修，你说的没错，我也觉得那公子面善得很。”

子修大口吃着面：“我问过他了，说是不是那天在运河冰面上救过小姐？他说不是。”

董白：“那天的事像一场梦，确实不那么真切了。”

子修：“小姐，当然不是梦，当时你是晕过去了，我可是记得真真儿的呢。”

董白：“那你认得清，确实是他吗？”

子修满嘴的面条：“唔——他说不是，我也说不好。世上相像的人也总有的。”

董白忍不住站起来：“我去道谢。”

董白正要走，被一只小手拉住了衣服，一个蓬头垢面的男孩指指董白面前的那碗吃剩的面。

董白低头问道：“你饿？”

男孩未等董白说完端起碗呼噜呼噜将面汤喝下了大半碗。

董白：“你慢点，坐下吃吧，别光顾着喝汤。”

男孩将剩下的汤全数喝下，指指远处道：“面给我娘吃。”

男孩说完，端着面就跑了。

子修蒙了，张着嘴：“这……这吃货比我还猛呢！”

方以智发现董白的面被抢了：“喂——你跑什么？”

7. 去南京路上街边难民区　日　外

方以智追上小男孩，只见男孩将面递给一个浑身污垢、唇色发白的妇女。妇女见有人追赶她的孩子，面有惊恐之色，她将碗藏到身后。

小男孩喊道：“娘，快吃面，快吃呀！”

方以智气吁吁地指着男孩：“你可知人穷志不可短！”

小男孩瞪着眼睛不说一句话。

董白和子修也赶来，董白忙上前替男孩解释：“别为难他，面是我给他的！”

方以智：“不是穷人就是善者，救济也分场合、分寸。”

董白有不悦之色：“你如何看他有凶善之分了？什么场合让公子不适了，这碗面公子记着我的账便是。”

妇人听得董白如此说便将碗拿出来：“孩子，你吃面，你吃。”

男孩：“娘，你几天没吃东西了，你吃。”

董白看了一眼方以智，有些责怪之意。方以智本想教训一下男孩礼仪、廉耻之道，自知犯了读书人的迂腐，便也不再说什么。

妇人有气无力道：“娘吃不下。”

方以智上前道：“你吃得下才怪呢。”

男孩敌视地看着方以智，一边连忙护住面条。

方以智询问妇女：“你可曾吃过什么实肚不消化的食物？”

妇女胆怯地摇摇头。

男孩：“娘把剩下的食物都给我了，她吃了观音土。”

方以智在妇女后背上重重地拍打、点穴，妇女“嗷”地将腹中泥土吐了出来。

董白、子修一脸惊讶。

男孩的拳头小雨点似的落在方以智的肩上：“别打我娘，别打我娘！”

方以智反手捉住男孩的手：“这是救你娘呢！别再让你娘吃土了，穷会死人，愚昧也会死人的！

男孩不知是被弄疼了，还是因为羞愧，竟然大声哭起来：“你凭什么说我娘，你饿过肚子吗？她吃土全是因为我，因为我！呜呜呜……”

董白见情景也落下泪来，她心中也想起自己的娘亲来，悲愤难忍、转身离开。

子修在后面追：“小姐，小姐，等等我。”

8. 去南京路上　日　外

董白背着行囊独自行走在前面，子修一路追着：“小姐，小姐，怎么不跟高管家打声招呼就走啊。”

董白：“用不着，娘是担心我让他跟来，可知她病着，身边更需要有人照顾。最好高管家就此回去才好。”

子修急乎乎地：“那……那，好公子呢？也不跟人说一声，你不是说还要道谢的嘛。”

董白：“呵呵，两手空空道谢也是假的，不如两散，别再白吃白喝人家是正经。”

子修气恼了：“小姐——你是怎么了嘛，刚才还好好的，这会子要跟全世界作对似的。”

董白：“人穷志不可短！”

方以智赶来：“两位莫急，那牛和马也得进食、歇脚，你们为何如此性急？”

董白停下来郑重地欠身作揖：“公子救命之恩此生难忘，倘若今后有缘再见，定当全力以报！”

方以智心中懊恼万分：“小姐，我赶来可不是为了听你说报恩之词。”

董白：“公子有话请讲便是。”

方以智：“既在途中相见便是缘分，小姐为何突然又生分起来。”

董白：“公子见谅，我的病已无大碍，自然得自己赶路。”

方以智：“小姐忽然离开，是因为我刚才训斥那男孩吗？”

董白：“哪里，那碗面原是公子买单，却由我中途做了好人，岂不可笑？”

方以智：“不是……”

董白：“公子留步。”

方以智：“我。”

董白拉着子修绕过方以智匆匆离开。

方以智傻愣愣地自言自语道：“我训斥那男孩是因为他冒犯了小姐你呀！”

高管家牵着马和驾牛车的车夫从后面赶来。

高管家：“公子，你怎么不拦着她们呢。”

方以智沮丧地：“你家小姐说要自己走。”

高管家：“我家小姐的脾气随夫人，都要强的很，医馆出来时她就催着让我回苏州去，她是想她娘了。公子莫要见怪了！”

方以智脸上阴云立刻又消散了：“不会，不会，走走也好。”

9. 去南京路上　日　外

董白和子修自行赶路，几十米开外，高管家的牛车缓缓跟着，方以智牵着马也徒步行走。

子修：“小姐，高管家和那好公子都在后头跟着呢。咱们真不上那牛车了？”

董白：“他们要跟就让他们跟着吧，咱们有脚不会自己走吗？”

子修：“小姐，你不是一直想找运河冰面上救我们的那四人吗？不想再确认一下了？”

董白：“救人之事又不是见不得人的事，人说不便何必纠缠。”

子修傻笑：“也是，夫人还说奴婢跟小姐长得像呢，可见皮囊和声音也不是完全可信的。”

远处一颗香樟树下，忽然聚集了一大群人，有女人、儿童的哭喊声传来。

董白抬头望去：“前面发生什么了？”

10. 某村落香樟树下　日　外

女人抱着一个浑身湿透的七八岁女童哭天抢地：“囡囡醒醒啊——囡囡醒醒啊——老天爷求求你，让小女睁开眼看看我啊！呜呜呜——”

众人七嘴八舌：

“倪姆妈勿要哭嘞，孩子没气了，喊也没用的嘞。”

“自家贪玩落了井，怨勿得！怨勿得！”

方以智扒开人群查看，急问道：“落水多久了？”

女人：“我离开才一会儿功夫……”

方以智对女人道：“我懂些医术。”

方以智用双手按压小女孩的胸腔，小女孩“哇——”地哭出声来。

众人纷纷鼓掌叫好：“好！好！救活了！救活了！”

小女孩迷糊地念道：“马……马，大马车。”

方以智问道：“六马并骑的大马车？”

旁边的小男孩挂着鼻涕眼泪：“姐姐，姐姐是被高头大马上的盔甲人推下井的。”

众人惊讶。

方以智用斗篷裹住小女孩。

倒叙：

福王从马车上下来，慢悠悠地走到井边：“太祖当年在此歇脚、取水，本王也想尝尝此水，究竟如何甘洌了。”

侍从打水取了一瓢。

福王兴致勃勃地喝了一小口：“好水，好水哇！哈哈哈——”

福王随手扔了葫芦瓢，在侍从的搀扶下重新上了豪华如小楼阁的马车。

福王在车内发现马车夫不曾扬鞭，便撩开帘子往外瞧。

一小女孩立在马车前，两眼发光：“哇——好大好大的大马车，像庙里的房子一样漂亮！”

马车夫不停地使眼色让小女孩让开，小女孩非但不走，还走近车厢，用手抚摸豪华车厢的精致雕花。

福王盯着小女孩，见她的脏手将车厢一角抹上黑黑的印记，福王一脸厌恶。

福王对一旁的侍卫轻声道：“她既然说这像座庙，那就将她祭祀神灵吧。”

对切：躲在香樟树后小男孩看见一个侍卫将他姐姐扔进了井里。

倒叙毕。

方以智看着小男孩：“你可看的真切？”

小男孩点点头：“他们是坏人！”

方以智心中忧虑重重：“好了，没事了，把孩子抱回去，好好静养几天。”

女人哭诉：“什么人，也太横行霸道了！”

众人簇拥着小女孩家人离开：“捡了条命！捡了条命！”

留下董白、子修、高管家，他们看方以智救人过程，眼中满满的赞赏。

董白：“那六骥马车里坐着的到底是什么人物？为何要在此做停留？”

方以智：“你们过来看。”

四人在水井边看见一块石碑，上面刻着“御井甘洌”四个大字。

董白：“莫非是皇族中人？”

方以智：“我也是猜测，福王每年接近年末，便会前往金陵看大戏选美人。此人原是郑贵妃之子，在宫中好有势力，因争夺太子失利一蹶不振，常年过着好逸奢靡的生活。”

董白：“皇族中有此等败类，实属国之不幸。”

方以智：“如若果真是他，南京必有风波。我得先行一步，复社中还有兄弟在南京，兴许能为当地百姓做些准备。”

董白：“好，请公子先行吧。”

方以智看着董白还想说什么，却不知怎么说，只好对高管家道：“路上务必请小心行事，照顾好你家小姐。”

高管家：“公子放心。”

方以智上马：“到了南京我会去斯府找你们的。”

董白看着他离开："子修，他怎么知道我们去斯府？"
子修："嗯，我没说。"
高管家把牛车牵了过来："我告诉他的。"
董白念念有词："复社！他说复社了。难道他是复社中人？"
子修："小姐，复社是什么？"
高管家在牛车上喊道："小姐，快上车吧。"
董白迟疑了一下。
子修笑道："小姐，走吧，这牛车啊，咱们是坐定了。"
董白："得了便宜便卖乖！"
子修兴高采烈地："就是，就是。"

11. 南京客栈冒辟疆住处　夜　内

冒辟疆独自在室内沏茶，书童华安在对面的书桌上研墨。
冒辟疆："华安，今日的墨淡一些便可。"
华安："为何？"
冒辟疆："这你不必管了。"
华安："二爷，书院里的人差不多都回家了，唯独咱还赖着不走，每天去报到。"
冒辟疆："什么叫赖着不走？读书人在书院不贪早回家不好吗？"
华安："我看你是为陈姑娘才不肯走呢。"
冒辟疆："咦——小子，你当真管起主子的私事了。"
华安："二爷，你可别忘了，二奶奶也是华安的主子。"
冒辟疆："呦！敢情我身边安插了一个二奶奶的探子不成。"
华安讨饶："二爷，说真的，华安想回水绘园了。"
冒辟疆："为陈姑娘是一个原因，我还在等一个人的消息。"
华安："什么人？"
冒辟疆："此人若不来尚好，若来了南京，必有惊动！"
华安："二爷，你一直说要等陈姑娘演了大戏后回家。到底是谁家请的大戏？"
冒辟疆说话间已经将书信完成装入信封："阮府。"
华安摇摇头："好怪异的姓氏。"
冒辟疆："华安，将拜帖送去阮大人府邸。"
华安一愣一愣地："奴才想不明白了。"

冒辟疆："问。"

华安："这阮大人是谁？二爷为何要用淡墨书写拜帖？"

冒辟疆笑了："我的儿！你若是探子，主子该气吐血了。那阮大人就是臭名昭著的阮大铖是也，当年魏忠贤忠实的拥党。被贬后，明里隐居南京潜心戏曲，暗里勾结各方势力，从未打消复出的念头。这留都真正是龙蛇混杂潜藏之地！"

华安有些不情愿："阮大人就是阮大铖，往他府上拜帖？那淡墨又是什么缘故？"

冒辟疆："淡墨就是这个缘故，最好阮大铖能看得懂。"

华安吐了吐舌头："二爷，华安还是更喜欢打探你跟陈姑娘的消息。"

冒辟疆叹了一声："唉，你去吧。"

华安作揖离开。

12. 南京城门　夜　外

方以智策马进了南京城。

13. 南京书院旁客栈冒辟疆住处　夜　内

方以智急促的敲门声，隔壁房间纷纷有人推门出来："半夜三更的敲什么呢！还让不让人睡觉呢！"

方以智不知怎么解释，干脆一脚将房间门踢开。

方以智进屋在床上一通乱找，被窝里空空的："人呢？冒兄！冒兄！"

书桌上趴着一个人，方以智将他翻过来一看正是冒辟疆，流着口水睡得烂熟。

方以智："快醒醒！冒兄，大事不妙，那打年货的真的往南京来了！"

冒辟疆睡得稀里糊涂地："谁？谁打年货？"

方以智："还能有谁？"

冒辟疆方清醒，眼睛瞪得大大的："方贤弟，你、你怎么又回来了呢？"

方以智："哎呀，一言难尽。总之，于私于公我都得回来一趟。"

冒辟疆："你，你刚才说谁打年货来了？"

方以智也坐下来近距离看着冒辟疆："之前你一直担心的那位！"

冒辟疆："福王？"

方以智："我路过常州去租赁牛车，正巧一辆六骥马车停在那里。"

冒辟疆："你租牛车干嘛？马呢？"

方以智："唉！捡重点说。"

冒辟疆："再说六骥马车里面也未必是福王。"

方以智："之后那六骥马车在常州城外的御井旁稍做停留，一个小姑娘冲撞了车主被扔了井。"

冒辟疆："这……这什么人？"

方以智："我一路尾随，马车果然进了南京城停在了福王别院大门口。"

冒辟疆大惊失色："果真是他。"

方以智："快走，当务之急随我去找河东君。"

冒辟疆："河东君？"

方以智："柳如是是也！"

冒辟疆："她？这么大的事，得赶紧去旧院武定桥吧？"

方以智："不妥，南京教坊司只听南京礼部调遣，福王既是私下江南，没有礼部的调令，旧院岂会听任调遣，自然是多一事不如少一事罢了。"

冒辟疆："那你找一美人何用？"

方以智："冒兄此言差矣！河东君在南京可谓人脉广通，几年前正遇福王在秦淮河边选美，正是河东君的妈妈徐佛周旋，不愿参与选美者才得以幸免。"

冒辟疆："当真？"

方以智："随我走吧。"

方以智拉着冒辟疆出门，不小心将门甩的巨响。

隔壁传来骂声："小赤佬！半夜闹什么鬼！"

14. 南京梨园陈圆圆住处　晨　内

一缕晨光斜斜地照在铜镜上。

陈圆圆坐在梳妆台前，长发披肩，面容如白玉雕琢。

小丫头思琴匆匆进来："姑娘，大师傅传话，说今年在阮府的大戏，姑娘上头折戏。"

陈圆圆："向来都是小场子我上头折，年末大戏理应是姐姐们的头彩，我不稀罕。"

思琴："大师傅定了，谁敢说不呢。"

陈圆圆皱皱眉："加紧练习吧。"

15. 南京城斯府大门外 晨 外

牛车在门口停了下来。

高管家抬头望去，黑漆大门上写着“斯府”：“我们到了。”

董白连夜赶路咳嗽加重了：“咳咳咳……”

高管家：“小姐稍等，老奴去敲门。”

董白探着头看高管家敲开了大门，跟里面的人说了几句，门又关上了。

高管家回来道：“人说女眷一律走偏门哩。”

董白：“咳咳咳，原该谨慎些。”

子修：“什么了不起的，咱们原先董府的大门比这个还大呢，什么女眷就走不得了。”

董白笑笑：“到了南京，你这个野丫头，规矩得多学着点。”

16. 南京秦淮河怜影楼 晨 内

楼内四壁皆是书籍，堂中还挂着鸳鸯双剑，没有熏香，没有花里胡哨的装饰。第一次进去的，无人能信这是一位青楼女子的住处。

冒辟疆站在那，分辨不出自己身在何处：“这分明是一间超大的书房？”

柳如是一身男装，英气逼人出现在楼梯中央。

方以智拱手道：“河东君，打扰了。”

冒辟疆才恍悟：“我见青山多妩媚，料青山见我应如是。果然不同凡响！”

柳如是淡淡一笑，拱手还礼：“难得一见的江南大才子冒辟疆。”

冒辟疆惊讶：“我们并未谋面，河东君怎识我？”

柳如是笑意也冷：“冒兄可曾去过松江几社活动，远远地见过你。”

冒辟疆才恍悟：“噢——我想起来了，子龙兄！子龙兄有一美……”

柳如是话锋忽转：“密之，你找我何事？”

方以智深知河东君与陈子龙冷战之事，想为子龙说说情，便道：“嗯——子龙——子龙兄让带个话与河东君呢。”

柳如是不说话。

冒辟疆不知所以，愣头愣脑地提醒方以智说正事：“你……你忘了吗？”

方以智故意说：“子龙兄没有忘。”

柳如是背过身去，眼眶里竟忍不住溢满泪花。

方以智提高声音：“有诗作证！始知昨夜红楼梦，身在桃柳万树中。不知幽恨为何事？无奈东风满画楼。”

柳如是苦笑道："呵呵！一时竟信了你的谎话。又是纳妾又是登第，此时此刻他还能记得我？"

方以智："千真万确，我们复社的人都可作证，子龙兄有苦衷。陈氏五世一子，无奈他久无举子，他纳妾实为完成家族厚望。他心里一刻也未曾……"

柳如是摆摆手："梦中本是伤心路，芙蓉泪，樱桃语。满帘花片都受人心误！不必为此纠缠了。两位若为此事而来就请回吧！"

冒辟疆急了："方贤弟，咱是为子龙兄而来吗？福王此时恐怕进南京了吧？"

柳如是柳眉一挑："福王？"

方以智有点不好意思："此来还有一要事，求河东君协商破福王选美'打年货'，避免秦淮女子受苦难。"

柳如是："何不早说？侍女上茶。"

17. 南京斯府　晨　外

董白一行由一位年长的嬷嬷领着从偏门进了斯府，不知经过了几个台门几个游廊。房屋虽算不上豪华、阔绰，但看得出精致、讲究。白墙黛瓦、雕梁画栋间留着岁月的痕迹，隐约透着几代人的故事。董白感觉这姨娘家的百柱屋，跟自己原先居住的董府有些极其不同之处，就是它少见写意浪漫而是处处经济、处处实用。

嬷嬷带着董白一行走进一个较大的院落，院里没有其他花草只有两棵高大的桂花树。董白抬头看见一个偌大的厅，里面挂着"经商有道"和"乐善好施"的匾额。

嬷嬷径直往外廊左耳门而去，见董白驻足便转身道："董姑娘，往这边走。"

18. 南京斯府　内眷会客厅　日　内

厅堂不大，连中间放置的榻几也显得小一号，正中央挂着"旷心怡情"的匾额。

董白、子修、高管家等了片刻并不见有人招呼，斯府嬷嬷道："董姑娘，我家奶奶正在里间换衣裳，你就在这请安吧，她听得见。"

董白有点诧异："啊？噢——"

斯府嬷嬷面无表情冲董白点点头。

有个小丫头出来在地上放置了一块布垫子。

董白迟疑了一下并没有在垫子上行跪礼，微微地欠了欠身道："苏州来的董白给姨妈请安了！”

后屋的布帘子被掀起一个小角，帘子又放下来了，传来一阵尖刻刺耳的笑声：“啊哈哈哈哈——我的儿，果然有我姐姐的几分傲气！你们底下人都走吧，留下咱娘儿俩说说体己话。”

嬷嬷示意高管家和子修退出去：“是。”

董白眼睁睁地看子修和高管家离开了，留下她一人在厅内有些不自在。

好一会儿才见身穿毛茸茸的裘衣、头戴兔毛镶边抹额的妇人（斯府大奶奶王凤儿）从里面出来，一个小丫头扶着她坐到暖榻上就离开了。

王凤儿上下打量着董白，似笑非笑的丹凤眼。董白看不出她是喜欢还是嫌弃。

王凤儿：“来，过来坐。”

董白小心翼翼地过去：“是。”

王凤儿又近距离仔仔细细端详了一遍董白，她并不管董白浑身的不自在，好像在看一件久别重逢的画像。

董白忍不住咳嗽起来。

王凤儿舒了一口气：“好了。是我的表姐白羽的女儿不会有错！”

董白想缓解一下气氛：“听母亲说，她小时候跟姨妈一起学的刺绣，还……”

王凤儿：“不说那些，我没有学会百子图。所以你母亲有了你，而我膝下无一儿半女。”

董白张着嘴不知如何接话：“姨妈，不是，我……”

王凤儿：“没什么不可说的，你来投奔姨妈喜忧参半。喜的是或许你能亲近我帮到我，忧的是多双筷子多份负担。”

董白没想到这个笑声诡异，神情令人捉摸不透的姨妈说话却直接的令人瞠目。

董白也想直接说出自己的来意：“姨妈，我娘她……”

王凤儿：“你们董氏绸庄败落了，这个斯府也好景不长了。”

董白才刚合上的嘴又张得大大的不知如何应对。

王凤儿：“你要投奔我，不需要多说，只需听明白我要说的。斯府大小院子有六十多个，正厅后面东厢房第一间院子我住着，你就住这。别的台门不要随便进，特别是西厢第三个台门，它是斯家老二的住处。”

董白只是懵懵懂懂地点头，可她心里只惦记着正病着的母亲：“姨妈，我娘她……”

王凤儿摆摆手闭上了眼睛：“好了，我也困了，去收拾收拾住下再说。”

19. 南京斯府偏房董白临时住处　日　内

子修仔仔细细地擦拭着榻儿、桌子、凳子。

高管家领了被褥进来："放哪儿？"

子修努努嘴："铺上去就是了。"

董白神情恍惚地进来，不看屋子的格局，也不管子修和高管家在忙碌着，径直坐在凳子上低头想事。

子修："小姐，你看这屋子还挺敞亮的。"

董白低着头皱着眉自言自语："不成，高管家就得启程回苏州的，总不能空着手回去。"

子修："什么？小姐你说哪儿不成？"

董白又站起来去找行李："怎么也得凑出点医药费！子修，我的字画呢？"

高管家过去把字画放置到书桌上："小姐，字画在这儿。"

董白披上斗篷："我出去一趟。"

高管家："小姐，初来乍到你往哪儿走，让老奴跟着吧。"

董白把画卷给高管家："好，咱这就走。"

子修："小姐，忙了半天了，你还没吃点东西呢！"

没等子修说完，董白和高管家已经出门去了。

20. 南京秦淮河边文一书斋　日　内

书斋门楣旁挂着一幅字，上面写着："文要醒人亦为贵，论当济世始称真。"

董白看了字道："贡院旁的书斋倒是有趣，几时我的笔墨也可以不论价格论欢喜。"

董白身后突然出现一位举着放大镜的老人："姑娘，你卖字画？"

董白作揖，高管家将字画一字排开放在桌上，老人举着放大镜逐一过目。"

老人又盯着董白问道："彩蝶图我收。姑娘你出师何人？"

董白："从师宋柏青。"

老人："宋柏青？擅长画兰的哪一位吧，可惜他的字画各个书斋都卖不动哇。"

董白有些不服气："你是怀疑我老师的笔墨功力吗？"

老人摇摇头："姑娘你太年轻，民间卖字画卖的多讲究一个功名利禄，无位无名谁会买你的笔墨？"

董白嘟嘟嘴："闲情雅趣不也赏心悦目吗？"

老人笑笑："闲情雅趣你师父还不及这一位。"

老人从柜子里取出一幅画展开："马湘兰的一叶兰。"

董白看到画面极简、笔墨清淡的一幅兰花："马湘兰是谁？"

老人："早年秦淮河边的名伎。"

高管家："谁买伎女的画？"

老人："哼！外地来的吧？她可不是一般人，才艺全能，多少文人墨客曾为见她真容不惜一掷千金。卖艺不卖身比你一个仆人高贵多了！"

董白急切问道："那她的画可卖多少？"

老人："五十。"

董白："那我的呢？"

老人："五百。"

高管家开了笑颜："我家小姐的明显比她的好。"

老人不动声色道："马湘兰的五十银，你家小姐的五百文。"

高管家："啊？你、你这估的什么价？怎么差那么多！"

老人："差的是名气，说实话你这幅彩蝶图从构图、着色到画之意境都可称上等，但是你没有马湘兰的名气。"

董白："说的也没错，我没有名气。"

老人小心翼翼地将一叶兰卷起来："对啦，马湘兰的名气可不是一朝一夕谁人能成的，歌舞惊人！诗画动人！容颜悦人！自然可贵。"

董白："好！五百文成交。"

21. 南京秦淮河边怜影楼　日　内

怜影楼内挤满了人，各楼各房的负责人均已召集。

柳如是个头小，她站到楼梯台阶上对众人道："各位姐妹、各位妈妈，我杨爱十岁来到秦淮河边。自从徐妈妈去世之后更是承蒙大家照顾，谁说杨絮轻飘无以为家，对我来说秦淮河边十六楼就是家乡。早年到咱秦淮河边来'选美'的官宦权贵们不少，都是徐妈妈和各位妈妈们在设法周旋。据说福王昨儿个已经悄悄进城，妈妈们与姐妹们到时别乱了阵脚。"

一个打扮妖艳的妈妈站出来："难不成福王是个吃人的老虎，伺候男人有什么可慌张的？秦淮河边不就是个供人玩乐的地方？你杨爱是徐佛养大的，徐佛入了空门，你让咱们姐妹也随她吗？"

柳如是："妈妈此言差矣！姐姐、妹妹都是各楼妈妈们多年精心调教，玩乐自然欢喜，就怕强人所难、夺人所爱弄出人命来，妈妈们难道要让一生心血付之东流！”

众人纷纷议论：“就是，就是。通常‘选美’是假，抢人是真。福王可不是个善茬啊！”

妈妈：“杨爱说的没错，福王选美也要咱秦淮的姐妹愿意。各自准备，别到时谁家又来个美人投水！”

冒辟疆听到美人投水像是触了闪电似的从椅子上弹起来：“不好！圆圆。”

方以智：“冒兄？”

冒辟疆：“密之，我得去趟梨园。怕什么来什么，真是急糊涂了。”

方以智：“邀请陈圆圆的是阮大铖府上的，阮大铖迷的是戏。”

冒辟疆：“你也糊涂，福王来了，你觉得阮大铖会做什么？”

方以智：“投其所好？！”

冒辟疆匆忙离去。

方以智走到柳如是旁道：“河东君，若有姐妹要暂避风头，我可以提供一个方便。”

柳如是：“哪里？”

方以智：“书院。”

柳如是：“好。我替姐妹们谢过密之！”

22. 南京梨园陈圆圆住处　日　外

冒辟疆在园子里绕了一圈并不见陈圆圆身影，透过窗户他看到卧室桌上放置着的琵琶。

小厮远远的喊道：“冒公子，陈姑娘昨晚就去了阮府，得忙了这阵子才会回来。”

冒辟疆心里咯噔一下，转身就往外走。

23. 南京文一书斋门口　日　外

董白第一次卖了书画心里甚是欢喜，她把装钱的袋子交给高管家：“高管家你收好了，虽然我的画不能卖出高价，但总算开张了。”

高管家：“小姐，咱们买卖丝绸总要跟人讨价还价，你这画也不跟人抬抬价。”

董白：“书画跟丝绸不同，丝绸作为日常消耗品有实价，书画赏玩它是个虚价。待到讨人欢喜便是千金难买。”

高管家摇摇头：“那得等到何年何月。”

董白：“长则一生难遇，短则一瞬可得。”

说话间一辆马车停在了两人前面，高管家赶紧拉着董白退到路边。马车吱嘎停了下来，车厢顺着惯性晃荡了一下，车厢的窗帘突然被人打开，里面的人“哇——”一口鲜红的血吐在了路面上。跟随的仆人七手八脚地把那人抬进了文一书斋的大门，随即书斋的门关上了。

董白觉得蹊跷，她走到书斋对面的扇子店询问：“老板，你可知文一书斋的主人是何人？”

扇子店老板道：“大名鼎鼎的礼部侍郎钱谦益老先生的书斋，江南一带谁人不晓。”

董白：“我这是瞎猫撞上了金耗子。”

高管家跟过来：“小姐，你说什么？”

董白一边离开一边又频频回头：“不知那吐血的是何人？”

24. 南京阮府门厅　游廊　花园　日　内/外

阮府仆人：“请公子在此稍等。”

冒辟疆一心惦念着陈圆圆，哪里坐得住，起身在厅里踱了一回，穿过满月门洞往院里走。游廊靠着山体弯弯曲曲看不到尽头，内侧石壁上挂着一幅幅戏曲人物画像，形态各异，却个个鲜活生动、意趣盎然。冒辟疆走下最后一级台阶，眼前是偌大的水池，一眼望去，池子里像是开满了艳丽的花簇似的，仔细一瞧才知池子里聚集着上百条的锦鲤。

冒辟疆抬头见右边两层的双翼楼上写着“天开图画”，左边山顶上精美的八角亭上写着“御风亭”。冒辟疆忍不住感叹：“这阮大铖不仅仅是个十足的戏迷，还极其有钱、有审美！可惜现在是冬天，要是夏天乘凉、听戏，夜风徐来，美人在山顶亭子上一站，那就是仙子在九天。”

冒辟疆话音未落，一位身着白底镶金边斗篷的女子走到亭子栏杆边眺望。远远地可以分辨出女子形态优美、神情忧郁。

冒辟疆：“圆圆？”

冒辟疆三步并作两步地沿着石阶往山上走。

25. 南京阮府御风亭　日　内

冒辟疆气喘吁吁地上了亭子，那女子背对着往山下看，听见冒辟疆靠近也不回头。

冒辟疆知道自己认错人了："打扰了，不知这位小姐可知从梨园来的姑娘们住在哪里？"

女子像是一尊石雕，不转身也不回话。

冒辟疆开始觉得自己冒昧，此刻觉得此女有些异常。

冒辟疆又试探地喊她："小姐？小姐？"

冒辟疆正觉得无趣要掉头回去，一个稚嫩的小丫头匆匆跑来："二奶奶，二奶奶。"

冒辟疆听人唤二奶奶，心里不免咯噔了一下。脑子里神奇地冒出家中"妻子"的模样来。

那女子转身站起，眉眼间无处不透着灵动、妩媚。

冒辟疆莫名地舒了一口气："还好！"

女子幽幽道："他怎么说？"

小丫头稚声稚气地回答道："阮大人不在家。"

冒辟疆和那女子几乎同时："他不在家？！"

那女子才抬头去看冒辟疆："你是什么人？这阮府也任凭你游的？！"

冒辟疆一时不知如何回答："我，我是……"

那女子并不在意听冒辟疆说什么，已经清风拂柳似的远去了。

冒辟疆："不成，我必须找到圆圆。"

26. 南京斯府东西厢房之间的小径　日　外

董白左右张望不知该往哪条小巷走："高管家，咱们是不是迷路了？"

高管家："刚进来的是后院的一个小门，大致的方向应该没错。"

董白和高管家正要往右侧去，那边传来人声（王凤儿）："老太太您慢点儿。"

高管家拉着董白躲进左巷回避。

说话声更近了。

斯老太太道："就连她住的地儿我都嫌它脏，以后别往她跟前过。"

女声："哎呀老太太，看在她给你添了个宝贝孙子的份儿上，您得多担待！"

董白低声道："姨妈，那不是姨妈的声音吗？"

高管家示意董白别出声："嘘——"

斯老太太道："哼！还是个聋的，一个戏子还能给咱斯家留个全乎的吗？一大早又跑出去了，她就是阮府戏班里养出来的一个妖精！"

王凤儿："老太太量大福大，随她去吧，还能翻出天去不成？"

斯老太太："一早听说你那儿来了个远房亲戚，晚些时辰带来我瞧瞧。"

王凤儿："是，老太太。"

声音渐渐远去，董白和高管家正要现身，另一侧又来俩人，正是冒辟疆在阮府遇见的女子。

小的稚嫩的声音："二奶奶，她们说的妖精是谁？"

二奶奶尤姐："除了我还会有谁？"

小丫："凭什么总骂咱家二奶奶。"

尤姐冷冷道："让她们骂去，我也不是好欺负的！看老爷是听我的还是听她们的！"

董白和高管家好半天才探出脑袋。

董白："我的娘，怪不得姨妈说在斯府别乱走。"

高管家："老婆多就是麻烦，看来这斯府有些复杂。"

董白："要不是为了我娘，就算在家天天吃腌菜也不进她们家。"

高管家心酸地："要是天天有腌菜吃也是好的。"

董白无奈地撇撇嘴，一脸倔强："你放心，我绝不会让我娘饿肚子的！"

27. 南京福王行宫门口　傍晚　外

冒辟疆被侍卫拦下："闲杂人等不得入内！"

冒辟疆拿着名牌："我叫冒辟疆，江苏如皋人，有名有姓有身份，阮大人邀请我看他排演的大戏，他家戏班刚刚进的王府。"

王家侍卫面无表情："这里并没有你说的什么戏班，你要看戏到别处戏坊，若再要胡闹休怪刀剑无情。"

冒辟疆火急火燎就差纵身往墙上跳了。

方以智满头的汗赶来上前拉住他："冒兄，冒兄。"

冒辟疆："你拦我做甚？"

方以智也恼了："逞匹夫之勇做甚！"

28. 南京福王行宫戏班化妆间　傍晚　内

满头白发的大师傅正在发飙："戏大于天！你从小在梨园长大，从苏州跟着到南京，可曾见过唱头牌的忘了带自己的乐器的？你是小瞧你自己还是小瞧我这个当师傅的！"

陈圆圆穿着紧身衣裙小巧玲珑，上好了妆，站在一角快要哭出来了：“大师傅，琵琶忘在梨园了，我现在去取。”

大师傅：“不许哭！你第一个上场，让思琴去取来。”

站在门口的思琴赶紧进来，边给陈圆圆披上外衣边低声道：“很快的，这就去拿。”

29. 南京福王行宫门口　傍晚　外

方以智哪里拦得住冒辟疆，王家侍卫拔出剑来指着冒辟疆：“要硬闯，你也不看看这是什么地方！”

冒辟疆也要拔剑之势，方以智无奈之下一掌将他推倒在墙边。

冒辟疆：“你疯了？打我做甚？”

方以智：“我看你是疯了！圆圆未救出来先把自己给搭上了。”

冒辟疆：“阮大铖自己答应看他的大戏，为何我进不得，今日非进不可了！”

说话间思琴手持腰牌匆匆跑出来。

方以智：“等等，那不是陈圆圆的身边的思琴嘛。”

冒辟疆冷静下来：“正是她，没错。”

30. 南京福王行宫家庙后楼园子　夜　外

大冷的天福王披着裘衣站在园子中央的亭子里，亭子两侧蟠龙柱上有对联：“行云流水腾有时，二龙戏珠转乾坤。”福王走到亭子边，水池里簇拥着鲜红的锦鲤。福王在侍女的盘中抓了一些诱饵撒入池中，鱼儿们即刻欢跃起来。

福王：“阮大铖，南京算你最有心，我才到，你就送来锦鲤和戏班，你是有求于本王吧？”

阮大铖：“不敢不敢，卑职真心实意敬仰殿下贤德、宽厚，不仅于此，阮府上下内眷极其爱读《闺范图说》，将之奉为女中圣典。”

福王这才正眼端看阮大铖：“哦，此话当真？”

阮大铖：“绝无虚言。”

福王大悦：“果真如此，母妃之心血也算没有白费。”

阮大铖：“娘娘承天意尽人事！”

福王大笑：“哈哈哈哈哈，好个承天意尽人事，阮大铖你的马屁拍得本王甚是舒心哇！”

阮大铖：“殿下，好戏就要开场了，只要殿下一声令下。”

福王收敛了笑意："走，看戏去。"

31. 南京福王行宫家庙后楼　夜　内

阮大铖陪着福王坐在戏台前正中位置，台上布置停当，一阵锣鼓点后，陈圆圆踩着碎步迈上舞台。福王漫不经心地喝着碗茶，等陈圆圆一个亮相之后，他便再也不知茶之滋味了。

阮大铖发觉开场的歌赋直接换上了戏曲片段，心中甚不满："怎么回事？福王听戏向来是要歌赋暖场，谁敢坏这规矩。停，停，停。"

陈圆圆停下表演，尴尬地立在台上。

阮大铖："谁叫你直接唱戏的，开场的歌赋呢？"

陈圆圆怯怯地："忘……忘……忘了带琵琶。"

阮大铖："你还是梨园子弟吗？这就打出去！"

福王："慢着。"

阮大铖低头哈腰："殿下，是卑职疏忽了。排练了几个月的节目，这关键时刻……"

福王摇摇头："阮大铖，你这个戏迷也是个戏呆子。这样的美人儿你也舍得打？"

阮大铖："啊？"

福王："美人穿得太单薄了，这样冷的天，你让她今晚别在大堂唱了。"

福王向阮大铖招招手，两人耳语。

镜头淡出。

32. 南京福王府附近　夜　外

冒辟疆换了梨园的班服，手里抱着琵琶，走路有些不自在。

方以智："人帅无敌，穿什么都成。"

冒辟疆："什么时候了还开我玩笑。"

思琴："公子，你非得进去，倘若大师傅发现了我也要完了。"

冒辟疆："你放心，你家大师傅认得我。"

方以智："冒兄，记着我的锦囊，掐好时间。"

冒辟疆点点头拍拍胸膛："人命关天，仗着我赤诚的心和你这丸'美人落选'的神丹。"

方以智："毕竟是王府不要硬来。"

冒辟疆："他们若要乱来，我便要硬来。"

方以智摇摇头："好不省心！我在王府家庙外偏门等你，一个时辰不来，你会连累我硬闯王府的。"

冒辟疆："好，别闯！量力而为！"

方以智苦笑："算你眼里还有兄弟！"

33. 南京福王府　戏班化妆间　夜　内

大师傅的白胡子甩的老高："你……你……你把自己的前程给毁了！孩子，第一次登大戏，头角被人家撤下来，你以后还要不要在南京城唱了！"

陈圆圆低声抽泣着："不唱就不唱，大不了一死！"

大师傅懊恼叹气："动不动就死，师傅若跟你一样，可以死一百回了！为了你，梨园立下不唱小堂会的规矩，你可知师傅一片用心！"

陈圆圆："圆圆撑不了大角色，让师傅白白费了一番心血。"

大师傅痛心的样子："你呀，百年难遇的好角，就是自己太不把自己当回事儿了！"

一小弟子匆匆进来："大师傅，王大人传话，让陈姑娘去福王存心殿唱小堂会。"

大师傅一愣："怎么回事？不是不让唱了嘛，这会子功夫改唱小堂会了？不唱！"

小弟子："弟子说了咱梨园不接小堂会的，王大人说，他说，这小堂会不唱就别过年了。"

大师傅："这王大学士向来尊戏曲，今儿是要强拧瓜秧了！"

小弟子："王大人说这是福王的意思，他亲点的陈姑娘。"

大师傅张着嘴说不出话来。

陈圆圆擦了擦眼泪："大师傅，唱戏是咱的本分，我去便是。"

冒辟疆抱着琵琶和思琴进来，冒辟疆抢话道："我陪你一起去！"

小弟子上下瞧着这个穿着跟自己一模一样的人："他……他不是咱梨园的人。"

思琴胆怯地望着大师傅："他，他是冒……"

大师傅认出了冒辟疆，想了片刻道："好了，今晚他就是咱梨园的人了！"

小弟子不放心地上前想说什么，被大师傅拉住道："活着去活着回来！"

陈圆圆从冒辟疆手里接过琵琶，眼里闪着光。

冒辟疆："从这里到存心殿要多久？"

小弟子：“刚走了一趟，一刻钟左右。”

冒辟疆从怀里掏出锦囊，取出一粒丹药：“服了它。”

大师傅问道：“这是什么？”

冒辟疆：“活着去活着回来！”

陈圆圆二话不说吞下了药丸。

冒辟疆：“我还没说完呢。”

陈圆圆：“我信你。”

大师傅和小弟子也盯着冒辟疆：“我们信你一回！”

冒辟疆：“这个药丸只能维持一个时辰，可以让人变……”

陈圆圆：“你跟我走吧。”

冒辟疆：“噢，好。”

34. 南京福王府存心殿外　夜　外

冒辟疆被两个侍女推搡着出了门。

冒辟疆：“我是梨园的，是刚才进去的姑娘的跟班儿，一会儿她唱完曲儿得送她回去。”

侍女：“宫里有宫里的规矩，你别嚷嚷了。”

冒辟疆：“宫里规矩也得讲律法不是，我在此并无触犯律法吧。”

两个侍卫拔刀对准冒辟疆：“在此，福王便是律法！”

里面传来琵琶声，陈圆圆的歌声悠扬、委婉好似天籁之音。

冒辟疆突然安静下来：“好，听你们的，我去外面等着。”

35. 南京福王府存心殿　夜　内

陈圆圆身形单薄抱着琵琶坐在殿正中歌唱，殿内除了几个侍女并无其他人。

36. 南京福王府存心殿外　夜　外

冒辟疆靠着墙角听着歌声：

“清阴池馆水平桥，一番弄雨花梢。微寒著处不胜娇，此际魂销。忆昔青门堤外，粉香凌乱朝朝。玉颜寂寞淡红飘，无那今宵。”

冒辟疆听罢笑道：“圆圆你可真能挑，这是子龙兄的词。自己喜欢的人有天籁之音，可惜我不擅作词也是憾事一桩。”

37. 南京福王府存心殿　夜　内

陈圆圆唱完一曲略作调整，紧了紧琵琶琴弦，见王座上摆着酒席却空空无人。

旁边的侍女笑着提醒道：“殿下吩咐，姑娘尽管唱着，他在殿内哪儿都听的见。”

陈圆圆有些疑惑，也只好开口接着唱：“曾宴桃源深洞，一曲清风凤舞。”

突然陈圆圆身后传来鼓掌声打断了她的歌声。

福王看着陈圆圆的背影道：“好个曾宴桃源深洞，一曲清风凤舞。”

陈圆圆正要起身行礼。

福王边跨步往王座去边道：“不忙不忙，本王还是更喜欢听你的红娘。以后别唱陈子龙的词，他们复社的人没有一个是正经本事的，专门弄些酸不拉几的诗词跟朝廷唱反调。你就唱红娘，红娘好哇！南京也冷，你过来陪本王喝上几盅暖暖身子再唱吧。”

陈圆圆低着头并不上前，福王一副极其耐心的面孔又从王座边折回去请：“外面的姑娘比起宫里言听计从的确实更有趣不是？”

陈圆圆觉得脸上奇痒，就用水袖遮挡大部分脸挠痒痒。

福王喝了酒显然就几分醉意，他上前欲将陈圆圆的脸托起来细瞧：“害羞了吗？”

38. 南京福王府存心殿外　夜　外

冒辟疆有些焦急：“歌声停了，停了！”

39. 南京福王府存心殿　夜　内

陈圆圆已被推倒在地，福王气恼地将酒杯摔到地上：“什么东西！快快轰出去！晦气！今日阮大铖是要玩弄与我嘛！传阮大铖！”

陈圆圆被两个侍女架着出了存心殿。

40. 南京福王府存心殿外　夜　外

大门吱嘎一声打开了，冒辟疆喜出望外。

陈圆圆被哄了出来，冒辟疆即刻上前将斗篷披在陈圆圆身上，陈圆圆把脸裹得严严实实的。两人沿着宫墙快步离开。

身后传来侍卫和侍女的对话。

侍卫："怎么那么快就送回了？"

侍女："刚送来的声音倒是好听的很，谁知仔细一瞧是个麻脸婆。"

陈圆圆听得忍不住"扑哧"笑出声来。

冒辟疆："身处险境，姑娘还笑得出来！"

陈圆圆低声道："你那兄弟的药果然灵验。"

冒辟疆："那当然，这可是绝世秘方，当年他的姑姑方维仪，就是用此药逃过了宫中选秀。"

陈圆圆如获大赦般心情畅快，话也多了起来："他姑姑倒是个特别的人，一般人家的姑娘巴不得能选进宫去呢。"

冒辟疆："方维仪是当今有名的大才女。"

陈圆圆："难怪了！"

冒辟疆有些激动，停下脚步拉起陈圆圆的手道："可对我来说，你才是这世上最特别的人了。"

陈圆圆飞快地甩开冒辟疆的手："公子也轻薄我，是因为我只是个梨园戏子吗？"

冒辟疆懊悔自己冒昧却已来不及，连忙解释道："不是，不是，绝无此意。"

一阵风将陈圆圆斗篷的帽子吹落，陈圆圆赶紧用手捂住脸："不许你看我。"

冒辟疆只好背过身去："圆圆，我说你特别，可是心底里的真心话，别人怎么看你我不管，在我眼里你是天上烟霞，是我在这个世上见过的最美最……"

冒辟疆转身，陈圆圆已经走远了。

41. 南京福王行宫戏班化妆间　夜　内

小弟子急匆匆地对思琴："大师傅呢？"

大师傅从里面椅子上站起来："这儿呢？"

小弟子："不好了！"

大师傅："陈圆圆怎么了？"

小弟子："被轰出来了。"

大师傅点点头："嗯，轰出来就安全了。"

小弟子："不是，福王大发雷霆，阮大人说今晚非得给他送去一个红娘不可啊。"

大师傅：“这、这，这哪儿再去找一个唱红娘的？”

阮大铖火急火燎地进来：“大师傅，你害煞我也！你梨园的红娘怎么是个麻脸婆呢！”

大师傅：“谁也没规定麻脸婆不能唱红娘的吧。”

阮大铖：“嗨！赶紧地给福王寻一个光鲜亮洁的红娘送去。”

大师傅：“梨园红娘仅此一个，再无他人，阮大人家歌舞班多美人，何愁福王不喜？”

阮大铖急得团团转：“美人虽多，可这能唱红娘的……也罢！我去找她去。”

第十三集　钱谦益蒙冤受廷杖　秦淮河选美亡尤姐

1. 南京斯府老太太房　夜　内

斯老太太坐在太师椅上，众人坐在两侧喝茶、聊天，唯有二奶奶尤姐像一尊木雕似的发呆。

王凤儿将早早预备好的姜糖送到斯老太太跟前：“老太太，这是我自己熬的姜糖，冷天里吃几粒暖胃养血呢。”

斯老太太捡一粒放进嘴里：“嗯，甜辣！如你。”

王凤儿喜笑颜开：“老太太，吃人家的嘴短，您可不能说我坏话了。”

斯老太太：“斯府里就你嘴上最不把风，大家都怕你，我一把老骨头了还怕你不成，该说的还得说你！”

王凤儿：“哎呀呀！老太太就爱欺负我，老太太是府上的主心骨，您说大伙儿怕我，谁敢说不怕的，岂不要压死我嘛！”

斯老太太：“嘿嘿，压不跨你，府里上下事务，你不张罗谁张罗？倒叫那尊一动不动的泥菩萨去张罗吗？啊？哈哈哈……”

王凤儿忍不住拿眼角瞟向尤姐。

尤姐还在那神游太虚，她的贴身小丫慌忙推推尤姐：“二奶奶，别发呆呀！这是在暗指哪个的嘛！”

王凤儿在斯老太太耳边嘀咕了几句，斯老太太点点头：“让她进来我瞧瞧。”

王凤儿对身边一丫头道：“快叫董姑娘进来。”

董白进来，子修将她的斗篷取下来，露出里面简单、朴素的蓝布衣裙。众人安静下来。

董白欠身作揖道：“给老太太请安。”

斯老太太：“楚楚可怜的模样，看一眼就让人心疼得不行呢。来来，走近些，在这里用不着拘束。”

尤姐此时不再发呆，看着董白进来，竟不自觉地站起来：“这位女孩好生面善。”

董白也注意到了尤姐，两人对立着，竟然有几分相似，董白猜测：“这位姐姐是？”

王凤儿假装咳嗽：“她是二奶奶！”

董白不好意思起来：“二奶奶好。”

斯老太太脸上不悦了：“董姑娘一个大家闺秀你们何曾会见过！”

尤姐无趣地回到座位上去。

管家气喘吁吁地跑进来：“老太太，阮大人让人传话，接二奶奶去福王府一趟。”

斯老太太拉下脸来，重重地拍响了茶几：“愈发地不像话了！她是斯府的二奶奶，不是他阮府戏班的戏子尤姐！”

管家：“阮大人说了，戏班出了问题，除了二奶奶谁也救不了场。”

斯老太太：“她现在不是戏班的人了，她是咱斯府的二奶奶，这事传出去不成笑话嘛！”

管家满头的汗：“问过老爷了。”

王凤儿：“老爷怎么说？”

管家：“老爷说阮大人对咱有恩，这事就让二奶奶自己决定。”

尤姐从椅子上站起来：“我去！”

斯老太太气得直跺拐杖，离开：“罢、罢、罢，我这老脸也不要了！”

董白看着尤姐离开的背影神情担忧：“福王府？哪个福王？”

王凤儿赶紧拉走董白：“别看了，晦气！”

2. 南京梨园　陈沅住处小厅　日　内

冒辟疆来回在屋内踱步。

方以智：“你能不能安静下来。”

冒辟疆：“不能。”

方以智：“唉——这钟情的男子就像是中了邪！”

思琴出来：“姑娘已经服了方公子配的药，睡下了。”

冒辟疆：“她身上还痒吗？”

思琴：“嗯——嗯，好像不痒。”

冒辟疆：“脸上还起疙瘩吗？”

方以智：“唉，你不问问我这个配药的大夫？”

冒辟疆：“眼见为实嘛！”

方以智：“你的担心纯属多余！”

冒辟疆：“你家那神药也就你姑姑用过吧，怎能不担心有没有副作用呢。”

思琴：“冒公子尽管放心，脸上疙瘩已经不见了。”

冒辟疆：“那就好，那就好！”

方以智：“我说的嘛，这药只是让皮肤起了过敏反应，也就一个时辰的药效，并无大碍的。”

思琴：“今晚姑娘也累了，那，那两位公子请回吧。”

冒辟疆：“好、好，让圆圆好好休息。”

方以智摇摇头：“我看着你怪累的，回吧。”

华安跑进来：“公子，你让我好找！”

冒辟疆：“怎么了？”

华安：“牧斋先生遣人来说，他来南京了，急着见你。”

方以智：“钱大人？这个时候回南京？”

冒辟疆：“不好，一定是出事了！”

3. 南京钱谦益住处　夜　内

钱谦益侧卧在榻几上，双目微闭、面容憔悴。

钱谦益见有人进来赶紧招呼：“快、快，冒公子请坐。”

冒辟疆和方以智进屋见钱谦益躺在榻几上有些惊讶，一边作揖道：“钱大人！？”

钱谦益温和的笑容：“老朽身上不适，只能躺着见两位了。”

冒辟疆疑惑：“您老是——病了？”

钱谦益看着方以智生疏便问冒辟疆：“这位是？”

方以智回答道：“晚生方以智，安庆桐城县人，家父方孔炤。”

钱谦益：“方孔炤，大名鼎鼎的湖广巡抚，八战八胜张献忠可谓智勇双绝啊！可惜咱们的兵部尚书杨嗣昌纸上谈兵有一套，实战之际却畏首畏尾，害了大局，害了汝父亲。”

方以智：“如今家父在绍兴县任闲散之职，正好养养身体，并无大碍。”

钱谦益两眼冒着光，不自觉地往前挪动身体道：“你就是方以智？为父亲血书诉冤的方以智？”

方以智：“学生只是做了一件儿子应该为父亲做的事。”

钱谦益：“虎父无犬子，不简单哪！此事在京城轰动一时，连皇上都在王子们面前宣称方以智有胆有谋，一片孝心甚是可贵！”

方以智：“父亲大人赤胆忠心，却蒙不白之冤受牢狱之苦，换作任何一个人都会那么做的。”

冒辟疆：“钱大人，您这般光景是发生什么事了吗？”

钱谦益苦笑：“呵呵，皇上在华文殿亲自问责坐杖罚算不算个事？”

冒辟疆大惊失色：“如此严重？”

方以智：“难道是三年一期的京师会试出了问题？”

钱谦益：“有人指使一考生在卷末写上‘一朝平步上青云’，作为舞弊之记号。皇上亲自对质，那考生死死咬住是贿赂于我才写下记号。于是钱某一朝踏空落云端！”

冒辟疆：“皇上也不思量，果真是贿赂岂会用如此‘此地无银三百两’的低劣手段！”

方以智：“皇上要的结果不是真相而是‘杀一儆百’！”

钱谦益：“贤侄之智足可在皇上身边为官。你说的没错，不然皇上也不会单独在华文殿处理之事，悄悄地撤了我的职。”

冒辟疆：“谁人会用如此恶毒的手段陷害钱大人？”

钱谦益：“还会有谁？我想就连皇上心里也清楚此事定与温体仁有关。当年我带领东林党同仁极力反对温体仁入选内阁，多年来他一直视我为眼中钉。”

冒辟疆：“温体仁已是一人之下万人之上，一呼百应，为何还要屡屡治人于死地呢？”

钱谦益：“他还想要的更多，不过我此次挨揍之事十分值得。”

方以智：“此话怎讲？”

钱谦益：“朝中众臣多次进殿弹劾温体仁，皇上不为所动。但是千秋科考舞弊一案之后就不同了，如果坐实温体仁暗中操纵，皇上就清楚温体仁的危险了。我找你们复社来，也正是因为此事需要你们的帮助。”

冒辟疆：“钱大人尽管说来，铲除如此奸臣义不容辞！”

钱谦益：“此事与我亲近熟识之人均不好参与，想来想去，唯有曹化淳最可着力。一则曹化淳是皇上身边亲信之人，二则他刚入京与朝中众臣无结党营私之嫌。我没有猜错的话，他入京和苏州织造局暂停织造，都是复社的几位才子暗中帮了不少忙吧。”

冒辟疆惊愕：“钱大人如何知晓？”

钱谦益：“为此，温体仁几次下朝时，敲打你父亲，我是知晓的。特别是苏州织造局之事，皇上经过多方意见，反复斟酌才决定，并且涉及温体仁外戚无视地方行政官员，皇上脑袋里是打了问号的，显然不是一件小事情。”

方以智：“钱大人体察果然细致入微。”

钱谦益：“我与令尊同朝为官正三品，你家的事我哪能不知晓。”

冒辟疆听到提及父亲，不由得紧张起来：“我父亲不曾有什么不妥吧？”

钱谦益：“好在令尊外派山东，倒是清静许多，你父亲呀，老实忠厚，免不了处处受委屈。”

冒辟疆无奈笑道：“呵呵，他总说吃亏是福。”

钱谦益：“令尊习惯被排挤，永远是以德报怨，你冒辟疆锋芒毕露的性格倒不随你父亲。”

方以智：“钱大人此事若明查，必然无果，诬陷大人的考生是？”

钱谦益：“京城一富商阔少张汉儒，怎么进的会试也有蹊跷，贿赂的考官恐怕不止一两个，但关系网全在温氏集团内。”

方以智：“这个交给曹琴钟便可。”

钱谦益：“一旦查实，只要曹化淳向皇上禀明实情，事情会大白于天下！”

冒辟疆：“方贤弟，我们即刻回书院起草信件送往京城。对了，福王来南京了。”

钱谦益：“福王？什么时候到的？”

冒辟疆：“今日。”

钱谦益：“福王富甲天下，如今国库空缺，而他却是金银堆积如山。他在中原的矿产经营与温氏集团联盟。”

方以智：“等等，我总觉得哪儿不对？”

冒辟疆：“温体仁多次前往山西，途经河南受到福王款待，这个确有其事啊，皇上之所以不敢轻易动温体仁，也是考虑到他背后强大的势力。”

方以智：“钱大人也是今日刚到的南京？”

钱谦益：“今日午时到的文一书斋。”

方以智：“我有一种预感，福王与温体仁联盟的不仅仅是矿产。”

钱谦益：“不能够吧，他知道我被打回南京了吗？”

冒辟疆：“方贤弟，你是说福王对错失太子错失皇权从未真正死心？”

方以智：“死不死心不好说，东林人士被整的七零八落，朝堂各层人心涣散，皇室内更是互相猜忌。这个内因说复杂也简单，逃不过‘争权夺利’四个字。他福王来南京只为寻欢作乐而来也就罢了。”

冒辟疆：“翻江倒海作死了事！”

钱谦益：“不得不防，你们从后院小门走，之后我会按你们的习惯，在秦淮河畔找个地方见面。”

冒辟疆：“去秦淮河何时成我们的习惯了？”

钱谦益：“时常有秦淮河畔的姑娘女扮男装参加你们复社活动，我早有耳闻。”

冒辟疆脸上赤红：“我……我，我也才听说有女扮男装混进复社活动的姑娘，并且也只有一个吧。”

方以智只是笑：“嗯嗯，那些个姑娘个个才貌双绝，不在兄弟你我之下。”

钱谦益：“哦，看来我在京城是孤陋寡闻了。”

冒辟疆：“钱大人保重身体！”

钱谦益：“那我就不送了。”

冒辟疆、方以智作揖：“告辞！”

4. 南京小巷　夜　外

冒辟疆和方以智一前一后走着。

冒辟疆突然止步：“你把斗篷给我。”

方以智把斗篷给冒辟疆的同时问道：“你是冷吗？”

冒辟疆用斗篷把脸遮得严严实实的：“我回去看看。”

方以智：“什么？”

冒辟疆快步朝文一书斋折回去。

5. 南京文一书斋　大门口　夜　外

冒辟疆将斗篷裹紧，低着头快步经过文一书斋大门口。

方以智躲在书斋对面不远处的巷角，看着冒辟疆走过去。

街边的皂角树晃动了一下，一个黑影跟着冒辟疆走了一段又返回文一书斋门口。看四周并无动静，反身藏匿于皂角树下。

方以智取出一枚银针，朝皂角树飞掷过去。黑影条件反射蹲下身体，同时朝方以智的方向反击扔出一枚飞镖。

飞镖稳稳地落在方以智头顶的墙角，方以智拔了飞镖，快速离去。

6. 南京福王行宫寝宫前殿　晨　内

福王正用早点，周围十几个侍女伺候。

福王看着一桌工艺精湛的点心，心情愉悦：“南京人会过日子，这早点有个好听的名字叫什么来着？”

阮大铖跪在地上瑟瑟发抖：“回殿下，这些点心也叫‘春盘’。”

福王："一朝南京春盘上，万千红尘落粉妆。阮大铖，你也来评评这些春盘怎么样？"

阮大铖低着头："不敢不敢，殿下吃的自然用不着卑职来做评判。"

福王："那敢情好！昨晚的'红娘'歌喉一绝，身段嘛更是美艳动人。阮大铖你也算是尽心了。可惜了！此女子性子太刚烈，本王也是为她惋惜，厚葬了她吧。"

阮大铖趴在地上大滴的眼泪往下落："多谢殿下恩典！"

福王："你走吧。"

福王又对侍女们挥挥手："你们也都下去吧。"

阮大铖和侍女们退下。

南京守备太监韩赞周进来行礼："南京守备太监韩赞周见过殿下。"

福王："免礼了吧，老爷子可用过早餐？"

南京守备太监韩赞周："老奴一早接到殿下来南京的消息，便匆匆赶来拜见，不曾用餐。"

福王："来来，都是你们南京的特色，坐下来陪本王吃点儿。"

守备太监韩赞周看了看四周后答道："恭敬不如从命。"

韩赞周颤巍巍地坐下。

福王看着韩赞周坐下，双眼眯成了一条缝："老爷子身子骨还硬朗得很。"

韩赞周："托殿下的福，还能为皇家一族打点打点。"

福王："哈哈哈，本王看你耳聪目明，完全不逊那些个年轻人嘛！"

韩赞周："殿下，世子一向可好？"

福王："老爷子知道本王的心病哪！不好，不好哪。"

韩赞周："或许是殿下的银子太多了，有时财富也是烦恼。"

福王："寻花问柳没个够！开始不怎么在意，眼看他到了而立之年，这般光景着实叫人担忧了。本王觉着吧得有个治得住他的人。"

韩赞周将吃了一半的红粉酥饼放下："殿下要怎样的人？"

福王拿眼神瞟一眼韩赞周："昨晚上倒是寻见了一个。"

韩赞周："哦？"

福王："谁知一早碰了柱子寻了短见。"

韩赞周低着头努力地将嘴里的东西咽下。

福王："本王不想让人误解了我的心思。"

韩赞周："殿下，此事您完全可以不必告知老奴，何生误解呢？"

福王："世子的事比本王的更重要！"

韩赞周赶忙起身作揖道："只要老奴还活在南京，定当助世子一臂之力！"

福王："哈哈哈，说远了说远了！听说毕自严出狱了？"

韩赞周："那监狱里的下了重手，就算出来也不成事了吧。"

福王漫不经心地笑意："我那铁面无私的侄儿，又亲自从京城派了太医去医治。"

韩赞周低着头不出声。

福王："不成就不成吧，天下之大，何缺一个户部尚书。你可知钱谦益被遣回南京了？"

韩赞周瞪大眼睛："哦？此人——一向胆小怕事，一心只读圣贤书，两耳不闻窗外事的嘛。不知犯得什么事？"

福王笑笑："他送老爷子的《春秋》古籍，可是经世绝本啊。"

韩赞周吓得连连后退："殿下，那是多年前在他的书斋里淘的，纯属巧合之举！"

福王："咦，你不必紧张。钱谦益由皇上亲审撤了职，你一个南京守备竟然还不知晓。"

韩赞周："此事并无接到公函。"

福王："呵呵，虚虚实实，咱们的皇上愈发高明了。"

韩赞周额头冒出汗珠："殿下要老奴做什么？不如直说。"

福王："什么都不需要做就是了。"

韩赞周："殿下此话怎讲？"

福王："皇侄十年天下，换了朝中重臣几次血脉，此番折腾才是自伤元气之根本。本王替先皇守着财富，有朝一日，待我儿重返应天府来。"

韩赞周听罢大惊失色，再不敢回话。

福王："无论东林党、还是当今温氏集团，你都不靠近，你与本王的性情相投。"

韩赞周声音变得低沉："老奴在南京也是图个安逸，不想折腾。"

福王："对，咱们不折腾，就看着他们折腾吧。你回吧。"

韩赞周弓着背，颤颤巍巍地退了出去。

7. 南京福王行宫宫墙下　日　外

韩赞周神情凝重地行走在宫墙下，忽从一旁传来两人低声的争辩。

王家侍卫头领："慌慌张张地你走哪里去？"

侍卫："去……去殿下寝宫回话，一早被清理女优尸体的事给耽误了。"

王家侍卫头领："什么事？"

侍卫："殿下吩咐只能回禀他一人。"

王家侍卫头领呵斥："你长长脑子！"

侍卫支支吾吾："昨……昨晚在钱谦益书斋门口，有人向我投掷了一枚银针。"

王家侍卫头领："人找到了吗？"

侍卫："跑不见了。"

头领："猪脑子，就这？你还回话？不想活了吗？听着，昨晚什么事也不曾发生！睡觉去！"

韩赞周听着脚步声渐远，深深地舒了口气："说的对，我可不是猪脑子，命是自己的，其他的什么也没看见，什么也没听见。"

8. 南京书院书房　日　内

冒辟疆和方以智相对而坐，桌上摆着茶具。

冒辟疆："昨晚你用银针换回一枚福王府的飞镖，此事非同小可。"

方以智："到现在也没有动静就说明不会有事了。再说飞镖连同信件跟随河东君的船，一同北上赴扬州诗会去了，之后抵达京城，万无一失。"

冒辟疆："嗯，好在福王有银库无兵权，他也只能做些隔靴搔痒的事。"

方以智："骄奢淫逸之徒，除了扰乱民心再无别的作为。你以为钱真的能收买人心吗？我要出去一趟。"

外面院子里传来女孩嬉笑的声响。

冒辟疆："书院来了那么多姑娘怎么回事？"

方以智："等福王选美结束，她们自然会回去的。"

冒辟疆："你去哪里？"

方以智已经出了房门。

9. 南京斯府董白房间　日　内

董白将钱袋子放入包裹里，呆呆地一动不动。

子修将吃剩的碗碟放入食盒："小姐，你吃得太少了，这里比不得在家，领什么都要按时按点的，渴了、饿了只能等着到点。"

董白只是发呆不回话。

子修："小姐，小姐，你可听见子修说话了？"

董白："子修，昨日我有一幅画卖出去了，得了五百文，要是今日再能卖出去两幅的话，母亲和嬷嬷他们就能过冬了。”

子修：“小姐，我去厨房了，要是有糕点，给你留一点备着。”

董白：“子修，不要拿厨房的东西。”

子修出去了，董白站起来在书桌前整理彩蝶图，嘟着嘴朝宣纸上轻轻地吹气：“冬天的墨干得就是慢。”

高管家进来：“小姐，你叫我？”

子修：“彩蝶图画好了，咱们再出去一趟，等今天卖了画，您再回苏州吧。”

高管家：“小姐，你忘了昨天的事儿了吗？”

董白闪回：

董白和高管家悄悄地进了斯府东厢房的院子，正要往自己房间的走廊过去，身后忽然传来王凤儿的咳嗽声。

王凤儿怀里抱着一只温顺的小猫：“咳咳，抓着你了。你是我院里养着的，千万别跑东跑西的，再说了，你可是个女孩子。女孩子懂规矩才讨人喜欢，老太太最不喜欢住西厢的那位，就是因为呀，她脚下抹桐油似的呲溜呲溜往外跑。”

董白低着头听了半天才回身打招呼：“姨母！”

王凤儿也不瞧董白，自顾自给猫顺毛：“回来了。”

董白低低地：“嗯，回来了。”

王凤儿不再理会董白，抱着小猫回屋去：“咪咪要乖。”

闪回毕。

董白：“她说她的，咱们有咱们的事。”

高管家：“小姐，你要长久住着可不能由着性子，该收敛的尽量收敛些。让老奴去吧，万事不要强求。”

董白泪汪汪地：“我想我娘了。”

高管家也渐渐眼眶湿润：“为了你娘，为了你自己要忍耐。”

董白点点头不再说话。

高管家收拾了画卷出去。

一丫头进来传话：“董小姐，大奶奶叫你过去一趟。”

10. 南京斯府大门口　日　外

方以智跨马下来，走上斯府大门前的石阶。

方以智敲开了漆黑的大门：“请问府上是否住着一位姓董的小姐？”

小厮懒散地摸摸头：“不清楚。这里是斯府，并且府上只有一位少爷不曾有小姐。”

方以智递给小厮一些碎银："从苏州来的，前天才到的府上。麻烦小哥打听一下，行行方便传个话，就说前天一同从苏州来的大夫来问问小姐的病情。"

小厮边答边关上了门："大夫？那行，你等着。"

远处高管家匆匆走在街上，消失在人群中。

11. 南京斯府王凤儿住处　日　内

董白进屋看见她姨妈正在漱口、净手，就在一旁等候。她发现屋子的一侧放置着一个精致的佛龛，送子观音端坐其中。

王凤儿拿着一炷香，突然在董白身后说话："你也拜拜吧。"

董白："啊？"

王凤儿："这女人哪，要是没有个一儿半女，大富大贵也终究是个空。"

董白愣愣地看着她虔诚叩首。

一小丫头慌慌张张进来报："不好了，不好了，二……二……二奶奶没了。"

王凤儿起身厉声道："蠢东西，连个话也说不利索，二奶奶回了还是死了？"

小丫头惊恐的样子："前边管家传话说，说二奶奶一早在外边撞柱子死……死了！"

王凤儿一个趔趄差点没倒下，董白赶紧给扶着。

王凤儿："什么？她……她人死了？！那阮大铖请的人，这如今出了人命得问他的不是？"

小丫头："管家说，只问大奶奶，一会儿二奶奶怎么回府？"

王凤儿气呼呼地："人都死了怎么回府？还需要我来引路吗？他一个大管家不识得路吗？"

小丫头："是，大奶奶，奴婢这就去回他。"

王凤儿："等等，这事回禀老爷、老太太了吗？"

小丫头："管家说先回了大奶奶等二奶奶回了府再回禀老爷、老太太，这也是阮大人的意思。"

王凤儿："哟！这阮大人也真够贼的，出了那么大的事，让我一个女子替她扛着吗？不行。你这就去老太太那里回话。"

小丫头声音都发抖了："是，大奶奶。"

王凤儿："等等，还是咱们一起去。"

12. 南京斯府院内通道小径　日　外

管家在院内通道口焦急地等候，不时双手互搓。

小厮过来："大管家可见着您了。"

管家烦躁，心不在焉看着前方路口："你不在门口候差，来院里做甚？"

小厮："大门外来了一个书生模样的大夫，问府上有没有一个姓董的姑娘，看着像是有什么急事。"

管家瞪大眼睛："急事？究竟是一个书生还是一个大夫，无关紧要的，你不打发了还来问我？"

管家看到王凤儿、董白一行人匆匆往东院斯老太太住处过去了："咦，怎么往老太太那边去了，糟了！我得先禀明老爷！"

管家急急地跟上去。

小厮追问："大管家，府上到底有没有来了位姓董的姑娘？"

管家不耐烦地："有，就说不见！"

13. 南京斯府东院斯老太太屋　日　内

王凤儿一个劲儿地给斯老太太拍背顺气，管家和仆人们全数跪在地上。

斯老太太气急败坏："我说什么来着？她尤姐若念及自己还是斯府的二奶奶，昨儿个就不该去！今儿个人死了也甭往府里回！她不要做人，殃及斯府的人也不要做人了吗？"

小厮急匆匆进来回话："老太太，老爷那边传话请老太太示下，给二奶奶办了丧事再论。"

斯老太太将茶儿上的盆景推倒在地："这个晦气我不认！要办丧事让他在外面办了了事！"

管家不知如何进退，拿眼神向王凤儿求救。

王凤儿低声道："老太太您别生气，保重身体要紧。那尤姐好歹在斯府一场，人死为大不如……"

斯老太太口气厌烦："你糊涂！她为何而死？死在戏班！那是戏子所为，不是咱斯府二奶奶的行径。告诉老爷，斯府不办这场丧事！"

小厮为难地："老太太，老爷说阮大人在斯家生意上帮了不少忙，那也有二奶奶从中周旋的功劳。"

斯老太太："哼！这话传将出去更是让人笑话！告诉老爷，他若要办这个丧事，连我的一起给办了吧。"

董白在角落里不由地倒吸一口冷气。

14. 南京斯府大门口　日　外

方以智等的无聊，将马牵到斯府围墙下的一棵枣树下，他看到不远处，斯府车马的通道口，放置着一口偌大的红漆棺材，心生好奇。正要往前看个究竟，只见府里出来一行人，带着红漆棺材离开了。

方以智听到斯府大门“吱嘎”开启的声音，赶紧跑上前。

方以智：“府上是否有来了一位姓董的姑娘？”

小厮：“有。”

方以智放下心来：“那就好！可否容我一见？”

小厮：“公子，你与董小姐是何关系？”

方以智迟疑了一下：“我，我与小姐萍水相逢，曾在途中医治过她，不知她身上可否痊愈？小哥能否传话于董小姐吗？”

小厮：“斯府有六十多个院子，你让我往哪里传？你改日再来吧。”

方以智：“这——斯府里没有出什么事吧？”

小厮有些奇怪地看着方以智：“你到底是什么人？”

方以智指指旁边：“别误会，我方才看到有一口棺材放在车马通道口上。”

小厮：“府上并没有死人，走吧走吧，别管那么多闲事！”

漆黑的大门又重新关上了。

方以智：“这下可真好了！”

15. 南京斯府东厢房门口　日　外

王凤儿皱着眉走在前头，董白默默地跟着。

董白：“姨妈，我有一事不明白。”

王凤儿：“什么事？”

董白：“是人的命重要还是人的面子重要？”

王凤儿：“那得看谁的命谁的面子。”

董白：“那二奶奶的命是够薄的，姨妈一向不喜欢她吗？”

王凤儿左右看看：“你这孩子倒是真敢问。”

董白上前一步：“如今董白是姨妈的人不是吗？”

王凤儿：“这话不错。怎么说呢，尤姐人长得漂亮、孤傲又得老爷宠爱，她进府那会儿自然成了我的敌人。不过，她除此之外再无其他优势，尤其戏子的身份，她的存在倒是无形中成了我在老太太面前的隐形保护伞。如今这人真的一走，我这边反而空落落的。”

董白：“虽然我不曾看见斯府老爷如何宠爱二奶奶，但我倒觉得二奶奶更像是你们斯府的一枚棋子。姨娘，人与人之间就不能有真情实意吗？”

王凤儿：“亏得你还识文断字的，你母亲都教了你些什么稀奇古怪的想法。嫁与人妇，自然是三从四德最为首要，那是能讲情面的吗？老太太的规矩就是老祖宗立下的规矩，不光咱们，就算老爷也得听从。”

董白：“那老祖宗的规矩也太冰冷了！”

王凤儿紧张地提醒：“嘘——说话没个把门，你若冲撞了老祖宗，就算我也保不了你。”

董白撇撇嘴：“我知道，姨妈活着也是如履薄冰！”

王凤儿：“进屋去，再不许提及二奶奶之事！”

16. 南京斯府东厢房　院子　日　外

董白跟王凤儿刚进了院门，斯老太太房里掌事的嬷嬷拉着个脸挡在路中央。

嬷嬷欠了欠身：“问大奶奶好，老奴找董小姐有点事。”

董白：“什么事？”

嬷嬷：“小姐随老奴去厨房认领个人吧。”

王凤儿看了一眼董白，董白一脸懵状。

王凤儿：“哟，嬷嬷，老太太房里出了那么大的事儿，你不在那边伺候倒是关照起我房里的事了。”

嬷嬷：“大奶奶，老太太一向把府上行为不端的事看的甚重，有人在厨房私拿东西，这事不问个清楚老奴没法儿向老太太交代。”

王凤儿：“哦？厨房少了什么稀罕物？”

嬷嬷：“东西虽不是稀罕物，可偷东西总归是要管管的。”

董白心想：“不好，定是子修在厨房拿什么吃的了。”

王凤儿：“要管也轮不上她吧，嬷嬷带路。”

17. 南京斯府厨房　日　内

子修蹲在厨房角落，两个丫鬟看着她。

董白上前欲拉起子修：“好好的为何要蹲着？”

子修见董白进来差点要哭出来。

王凤儿推开董白，大眼瞪着子修："你拿了厨房什么东西？"

子修支吾着："我……我拿了一碟白米糕点。"

王凤儿二话不说，一个大耳刮子扇在子修的脸上。

众人惊愕，嬷嬷也被镇住了。

子修咬着牙愣是忍着不让两滴饱满的泪珠滚落下来。

董白一把抱住子修，心痛不已："一碟白米糕点怎么了？是我想吃，让她来拿的，姨妈要连我一起打吗？"

王凤儿恨恨地："一个奴婢不懂规矩，你也不懂吗？"

子修立即辩解："是我自己拿的，与小姐无关。"

嬷嬷尴尬地微笑："以后董小姐要想吃什么东西尽管传话，让老奴去安排便是。"

董白转过身去，眼泪忍不住往下落。

镜头淡出。

18. 南京福王行宫府私密书房　日　内

福王半躺在榻儿上，专心致志地吃着水果，吃得满嘴的果汁。阮大铖立在一旁神情沮丧。

福王瞟了一眼阮大铖，笑肌微微一抬："阮大铖，就一夜工夫，你就精气神儿全没了吗？昨儿个开戏前你可还是信心满满的咯。"

阮大铖："那是殿下信得过我。"

福王："来来，坐下来。你心里怨着本王的呢，那真红娘叫什么来着？"

阮大铖极不情愿地低声道："尤姐。"

福王："本王理解你的心情，你爱惜人才，她是个好角。"

阮大铖："殿下要为世子选美，可以事先跟卑职说明，那尤姐虽唱的一嗓子好曲儿，却已是嫁作人妇了。"

福王不悦了，将橘子扔在桌上道："本王挑个美人还需要同你商量不成？"

阮大铖："殿下勿恼，卑职也是为了世子着想，世子是何等尊贵，岂是谁人都能相配的。"

福王："你说的对，人死在福王府，总归不是什么好事，多拿些银两与她家人，将事情平息了事。世子的未来还长着呢！"

阮大铖："殿下有远虑。"

福王将橘子拨开递给阮大铖："本王最欣赏你的也是这点，识时务者为俊杰。"

阮大铖："殿下吩咐的事我都记下了。"

福王："南京多老臣，那北京城不看好的，本王看好。"

阮大铖："是，是，愿有朝一日，竭尽所能为福王所用。"

福王："还有，东林党的后人，未必都会跟他们的父辈殊途同归吧，听说复社的年轻人都喜欢逛秦淮河？"

阮大铖："有所耳闻。"

福王："这就对了，年轻人嘛，比那些个老学究们好说话，何不跟他们多搞好点关系。你原是东林党人，当初认魏忠贤干爹一事，闹得里外不是人吧。如今时过境迁，那些小孩又能记你什么仇，多走动走动。"

阮大铖："福王胸襟海阔，卑职自叹不如。"

福王："你擅弄风月，本王乐得寻欢，皇上也放心，皆大欢喜！"

阮大铖："殿下眼光长远，耐得住性子。"

福王："本王的少年时光，可谓刻骨精彩，谁将我赶出的皇宫由谁去承担吧。四十八路反王闹吧，大明的兵马给咱们挡着的呢。"

阮大铖："殿下回中原可要确保安全。"

福王："呵呵，本王的王家侍卫是中原排前十位的顶级高手，恐怕皇上身边也未必有。"

阮大铖低着头不再说话，心里多少有些惶恐。

福王若无其事地将一颗葡萄扔到嘴里："阮大铖，在南京城你只需做明面上的事，自有耳目会送来消息助你行事。"

阮大铖立刻低下头躬身行大礼："阮大铖领命！"

19. 南京书院书房外　日　外

姑娘们聚在一起往书房里瞧，叽叽喳喳的不好热闹。透过窗户可以看到冒辟疆在里面一会儿翻开书本，一会儿又将书合上。

紫衣姑娘："原来书院里的书生长这般模样。"

绿衣姑娘："他读书的样子可真好看。"

众人议论："两位是思春了吗？""人家是正人君子！""正眼都不会瞧咱一眼呢。"

紫衣姑娘："哼，本姑娘要是个男子也读书考功名。"

绿衣姑娘："然后也娶他十个八个老婆！"

众人哈哈大笑，互相打趣。

冒辟疆打开门帘想从一侧的门廊溜走。

一位姑娘在后面大喊："公子，哪里走？"

冒辟疆冷不防被叫住，只得停下脚步低着头答道："我出去一下。"

紫衣姑娘上前拦住冒辟疆："你出去了，留下我们怎么办？"

冒辟疆："我不会走远。"

院子水池边传来一个声音："你们太吵了，是我也得躲着你们。"

冒辟疆转身望去，一名袂衣飘飘的女子，手握书卷坐在太湖石上。

紫衣姑娘疑惑："红果儿是什么时候来的？"

红果儿从石头上跳下来，身材高挑，红扑扑的脸蛋儿稚气未脱，看上去十五六岁的样子。

冒辟疆："她——也是秦淮河边的姑娘吗？"

紫衣姑娘："对呀，红楼里的红人，陪客人喝酒聊天，探讨剑术。"

冒辟疆注意到红果儿腰间配着断肠剑："这倒是有趣！秦淮河边的姑娘能文能武，果然了得！"

红果儿大大方方地进了廊下，众人纷纷让开道，她直接走到冒辟疆面前问道："大叔，书院里可有叫陈贞慧的大伯？"

冒辟疆一时语塞："大……大叔大伯？你叫我声哥哥便是。"

红果儿："你们年长我许多，可不得尊敬你们。"

姑娘们哧哧地笑。

冒辟疆："你平时里见了人都是这么说话的吗？"

红果儿："自然不完全是，有本事说话，没本事哑巴。"

冒辟疆："那我倒要领教一下姑娘的本事。"

冒辟疆弯腰伸手去取红果儿腰间的配剑，红果儿一手挡开冒辟疆，同时一手拔剑，双脚轻点在空中跃起，划出一个漂亮的剑花，待她落地之时，剑头已经直指冒辟疆的脖颈。

冒辟疆始料未及，惊得一身冷汗，举着双手一动不敢再动："小姑娘好身手！"

红果儿眉头紧蹙有些恼怒："把那个'小'字去掉！"

冒辟疆没想到这姑娘火气那么大，看到那断肠剑柄上的胡桃坠子在左右摇晃："好吧，姑娘小心利器伤人。"

红果儿停顿片刻后，果断收了断肠剑："仗剑之人最忌讳夺其利器。"

冒辟疆拱手："领教了！姑娘如此身手，为何要在红楼？"

红果儿："大叔的问题倒是问的蹊跷，我自小随父母在街头卖艺为生，父母病逝了，我便进了红楼卖艺，有何不妥吗？"

冒辟疆："嗯，不用风吹雨打了，挺好的。"

红果儿小脸儿仰着："喂——问你呢，陈贞慧呢？"

冒辟疆指指红果儿剑柄上的胡桃坠子道："这个陈兄送的？"

红果儿不禁脸泛起一阵红晕："这上面写名字了？凭什么说是他送的？"

冒辟疆："姑娘有所不知，陈兄写有一篇散文《邱山胡桃》，说的就是你佩戴的这个胡桃坠子，雕刻精工，毫厘之间别有洞天。"

姑娘们纷纷探头观看此坠子。

红果儿用手捂住坠子，嘟嘟小嘴："那又怎样？他人呢？"

冒辟疆："陈兄忙着写散文出书，有什么问题吗？"

红果儿："嗯，陈大伯写书在行，剑术可不怎么样。不过他说让我多看点野外生存之道，或许有一天能用得上。我觉得他说的有道理，迟早有一天我会离开红楼，闲隐山林。"

冒辟疆指指她腰间别着的书卷："那你看的是……"

红果儿不好意思地笑笑："《神农物语》，有许多字不识，要是陈大伯在，兴许能教我。"

冒辟疆："原来如此，这有何难，我教你便是。"

姑娘们听说冒辟疆要教红果儿识字一个个嚷嚷道："我也要学，我也要学野外生存之道……"

冒辟疆被姑娘们团团围着，东拉西扯顿觉头大："喂！你们又闹起来了！"

方以智站在院子另一头，看着这情景直摇头："嗨，冒兄，你平日里一副不苟言笑、不入风尘的正经模样，今日里看你见了姑娘们，也是犹如老鼠进了米缸呀。"

冒辟疆极有耐心的样子："不急不急，我讲解此书，保证每位姑娘都能听得明白。"

方以智一边大步走来一边大声道："冒兄是要给姑娘们设课堂吗？"

众人回头："咦，又来一书生。"

冒辟疆尴尬道："方贤弟可回来了，这不是迫不得已打发时间嘛。"

方以智："这可好，没时间了，福王的车队已经离城了。"

姑娘们你看看我，我看看你："福王走了？"

红果儿笑了："嘻嘻，怎么？你们还舍不得吗？"

紫衣姑娘年长老道些："不会是虚打的幌子唬人的呢？"

冒辟疆也点点头："千里迢迢来南京住一晚又回了？"

方以智："华安跟着车队见他们出了城才返回，确定走人了。"

红果儿站起身："南边儿、西边儿到处闹反贼，兴许那福王慌了，也顾不得选美人了吧。"

方以智惊讶地看着红果儿问冒辟疆：“她？她是？”

红果儿拍拍袖筒自顾走起：“姐妹们回吧回吧，从哪儿来，回哪儿去。”

红果儿又转头朝冒辟疆道：“公子来红楼喝酒我请客。”

众人跟着她一哄而散。

冒辟疆：“福王那边是出了什么事吗？”

方以智看着冒辟疆一脸狐疑：“是有事。不是，我问那姑娘哪儿来的？”

冒辟疆：“不都是你请来避难的嘛。”

方以智还望红果儿离去的方向瞧：“咦，看着不像啊？此女子胸中有丘壑！”

冒辟疆：“我也觉得，像个仗剑走天涯的侠女。好像是陈兄的旧相识。”

方以智：“啊？陈贞慧藏的够深的。”

冒辟疆：“福王那边什么事？”

方以智：“进屋说。”

20. 南京斯府东厢房董白房间　日　内

董白小心翼翼地给子修涂抹跌打伤药，才刚上好的药，又被子修滚烫的泪水给冲掉了。

子修：“小姐，对不起！以后我再也不敢了。”

董白：“别哭了，好吗？都是我不好，以后我一定好好吃饭，不再让你担心。”

子修轻轻地抽泣：“嗯，我就怕小姐饿着渴着，我怕你再生病，路上你病倒的时候，子修怕得要命。我希望小姐永远永远都不要再有病灾。”

董白鼻子酸酸的，眼眶湿润：“我、我娘、子修、嬷嬷、高管家都会好好的，我们要相信自己。”

子修笑了，摸摸脸上红肿起来的手印道：“小姐你说的话比什么药都好使。”

董白站起来透过窗户看向外面：“不知为何，直觉告诉我，此地是住不长久的。”

子修：“小姐，你放心，子修以后一定会小心谨慎，不给你惹麻烦的。”

董白：“我说的不是这个意思……二奶奶眼见着就没了，看她的年纪比我大不了几岁的，豆蔻年华说没就没。府里人人传老爷宠爱她，而我所见的是，老爷一句让二奶奶看着办，她便二话不说起身前去赴约，谁料竟是有去无回。”

子修：“小姐的意思子修听不懂。”

董白：“我是说在这斯府，就算是男主人宠爱的二奶奶，她的命也不是自己能做主的，何况你我呢？”

21. 南京书院读书房　日　内

冒辟疆给方以智斟满茶水：“我猜你也是去摸福王府去了。”

方以智喝茶罢：“不是。我去城南斯府了。”

冒辟疆：“人称百柱屋的斯府？你去那做甚？”

方以智：“正巧被我瞧见一口考究的红漆棺材从斯府门口运走，我便悄悄地跟着，结果一行人悄无声息地将棺木运到东山脚下下葬了。”

冒辟疆：“既然棺木考究，送葬为何潦草？必有缘故吧？”

华安撩开门帘赶来：“原来方公子早到了。”

方以智：“可解开谜底的人来了。”

冒辟疆：“华安原是被你调遣了。”

方以智：“你我有何分别，少一个人知道，少一分危险。再说昨晚你身心只挂念着佳人安危，哪有心思想别的。华安现在向你汇报也不迟。”

华安进来：“昨日福王府可谓热闹，圆圆姑娘走后，阮大铖又送了一位‘红娘’给福王，此女正是斯府二奶奶，原阮府歌舞班的，那女子深夜随阮大铖进了福王府，今日清晨传出她撞柱而死的消息。”

冒辟疆拍案而起：“王子造孽，其罪祸国！”

方以智：“问题是死者家人并未因此鸣冤，连个像样的葬礼都没有，旁人更是无从谈起。”

华安：“福王多银子，买一条人命，何况是歌舞班出身的女子，岂有难的。”

方以智：“皇上眼里这个王叔，骄淫奢靡，生活作风烂透，却因不曾殃及他的帝皇位置，也就睁只眼闭只眼罢了。”

冒辟疆：“福王府暗中派人监视钱谦益书斋，恐怕这福王打算的不只是寻欢作乐。”

方以智：“王法可容，道法不会容他，他想要阮大铖做他南京的咽喉，协助温体仁推波助澜，殊不知温体仁又能汹涌到几时！”

冒辟疆：“只要京城获得可靠消息，钱大人回京指日可待。”

方以智：“温体仁此事做得并不高明，张汉儒为求功名涉险举报钱谦益，此等人物怎受得住真正的拷问？”

冒辟疆：“他不是不高明，是太自信、太傲慢了，这几年与他对立的，不是下狱就是贬官，当朝命官还有谁能与他抗争的？”

方以智：“可他忘了一个人。”

冒辟疆：“你是说皇上。”

方以智：“就如钱大人所说，皇上虽不会与温体仁对立，心中却有不可触碰的底线。”

冒辟疆：“没错，皇上一旦确认温氏集团与福王有瓜葛，温氏大厦将倾，只在片刻之间。”

方以智：“幸得福王府在文一书斋门口夜赠一镖，一无名小卒的无意之举，兴许能成撬动泰山之石。”

冒辟疆：“不到最后时刻，此话暂且收着。”

第十四集　寄人篱下受辱挨打　少爷寻母同病相怜

1. 南京斯府偏门口　日　外

高管家戴着斗笠斜挎着包裹，与董白、子修道别："小姐放心，老奴日夜兼程赶路，很快能回到清水湾的。"

董白心中不安："本想着多卖几幅画，也好让母亲安心养病。"

高管家："小姐不是说卖画也需要讲机缘，此事怎可强求。宋先生送来南京的字画，已经积压上百张了，也只能等着下家接手。"

董白："我懂。只是母亲那药也总不能常常赊着，有机会我会向姨妈开口接济。"

高管家："小姐，你只管安心住着，夫人由老奴和嬷嬷服侍，一定竭尽所能。"

子修抬头道："子修在此照看小姐，也一定会竭尽所能。"

高管家发现子修脸上红肿的印痕，便问道："子修脸上怎么红肿了？"

子修连忙摇摇头："没事没事，不小心自己弄的。"

高管家低下身去细看："看着怎么像是有一个手掌印呢？"

董白："子修在厨房给我拿白米糕点，被姨妈打了。"

高管家："这……这下手也太狠了吧？"

子修眼泪汪汪地："他们家规矩重，以后不敢了。"

高管家："唉——子修出门在外多注意点，要懂得保护好自己，还有，千万别给小姐惹麻烦。人在屋檐下，不得不低头哇！"

子修点点头。

董白："叫母亲别太挂念我，姨妈虽然性格火辣，总还算念及旧情，收留了我们。"

高管家苍老的脸，神情不像是个下人，更像是董白的长辈："小姐，只有你照顾好自己，才能让夫人安心养病。明年开春后，只要得空，老奴会再来看望你们。"

高管家欠了欠身："那走了。"

董白看着高管家离去没有再说话，她想忍住泪水，可眼泪像断了线的珠子，一滴滴滚落下来。

子修下意识地挽住董白的胳膊。

2. 南京城外路上　黄昏　外

日落西斜，天上的寒鸦指引着道路，高管家在风里披着余晖离开了南京城。高管家回头望了一眼南京城。

俯拍镜头：天边最后一丝光亮也渐渐退去，南京城万家灯火似夜空星辰。

3. 南京书院旁客栈门外　晨　外

华安在不远处拉着马缰等候，只见方以智和冒辟疆跨出客栈门槛来。

方以智转身对冒辟疆道："今天算是正经送我了，你不送我跑再远也得赶回来。"

冒辟疆："哈哈，我不送你便出不了南京城去。"

方以智："急着赶去绍兴见父亲大人，他的身体因战事操劳过度，加上去年的官司，现在歇下来便知病痛了，虽说请了好大夫医治，我还是放心不下。"

冒辟疆："赤胆忠心者，最怕受伤的是心，好生宽慰宽慰。历朝历代，山河稳稳，乾坤犹在，他一个杨嗣昌的偏见又怎能遮天蔽日。"

方以智："我倒不怕这个，就怕皇上还惦记着父亲出山为国效力，他的身体不允许了。多谢冒兄关心，你的话，我会捎给父亲的。"

冒辟疆拱手："这两年方贤弟因方世伯官司，错过上京会试，明年早些回书院做准备，等咱们过了会试，也是了了各自家人的心愿。对了，春节后钱大人所托之事，无论好坏都会有回音了。"

方以智点点头行礼："告辞！"

冒辟疆还礼："保重！"

4. 南京大药房门口　日　外

方以智在南京大药房门口下了马，匆匆进了药房门。

5. 南京斯府东厢房院子　日　外

阳光正好，山茶花开的红艳，树叶在微风吹拂下，泛着光亮。董白坐在藤架下看书，一会儿停下来喃喃自语道：“高管家该到常州了，不知母亲身体可有好转……”

子修抱着被褥在院里晒，董白好一阵咳嗽。子修将两个椅子架好，将被褥铺开。

子修：“小姐，你还在咳嗽，别在外面待太久了，回屋吧。”

董白：“子修，听说有一些人家晒家什，得挑日子，别又出岔子让人瞧见了说三道四。”

子修：“不碍事，早上各院传了话，今天太阳好，吩咐下来晒被褥、晒冬衣。”

董白：“那就好。”

正说着，一个七八岁光景的小男孩跑进了院子，东张西望地转了一圈。

子修问道：“喂，哪来的小孩？怎么到处跑呢？”

小男孩看了一眼子修也不理会。

董白站起来发现小男孩蹬着厚底靴子，一身锦衣外加镶兔毛的夹袄，衣着精致。

子修：“小孩，问你呢？”

小男孩也发现了董白，停下脚步呆呆地望着董白，他觉得董白跟他母亲十分相像，却也认得清并不是自己娘亲。

董白走过去蹲在小男孩面前询问：“你见过我吗？”

小男孩不说话。

董白：“你叫什么名字？”

小男孩还是不说话。

子修对董白一边说一边指指脑袋：“这个孩子是不是？”

董白：“你想在这个院子里玩就玩吧。”

董白笑笑站起来准备离开，不料小男孩拉住董白的衣袖，口齿含糊地喊道：“馕——馕——馕——”

董白听出来孩子说话有障碍，她脑子里即刻回响起老太太的话语：“还是个哑的！她还能给咱斯府生个全乎的吗？”

董白爱怜地看着孩子，想到他再也见不到娘亲了，心底一阵酸楚。便又蹲下身去，用夸张的口型一个字一个字问道：“你会写字吗？要什么写我手上。”

董白摊开了手掌心，小男孩眼泪汪汪地，他犹豫了一下在董白手心写了一个

“娘”字。

董白帮男孩擦掉眼泪道：“你在找你娘亲？”

小男孩点点头，董白为难地不知如何向他解释，转移话题：“你想画画吗？我屋里有笔墨。”

小男孩摇摇头。

董白又道：“你想玩什么？我陪你玩。”

小男孩拉着董白向外面走：“馕——馕——馕——馕——馕——”

子修有点懊恼：“咦？这孩子怎么回事？这闹得哪一出呀？”

董白转身对子修道：“子修，他应该就是二奶奶的小孩，我陪他出去走走。”

子修：“啊？小姐，这别人的孩子咱也管吗？让府里的人看见别又说你什么呢！”

董白：“他还是个孩子，陪他散散心能说什么的。”

子修：“哦，小姐别走远了。”

董白拉着小男孩的手出了院子。

6. 南京斯府大门口　日　外

方以智提着几帖药正和门口的小厮说着什么。

斯府门口小厮：“公子，不是在下不放你进去，这几天斯府确实出了不怎么顺心的事。不是老爷、老太太亲自点的，其他人等一律不准见客和外出。府上的规矩，咱做下人的只好听从。”

方以智：“行！不进去也好，董小姐在府上也算是安顿下来了。”

斯府门口小厮低声道：“替公子打听过了，董小姐住在大奶奶东厢房院里好着呢。”

方以智：“好就好，麻烦小哥将这几帖药送进去，就说一日一帖早晚各一汁，主要是平喘止咳补气养肺。另外，除了吃药还得注意饮食，谷物聚天地精华，人食之即成能量之源，日日三餐不可忽视。”

小斯听着听着便咧嘴乐道：“总觉着公子这大夫当得比亲爹娘还细心、体贴呢！”

方以智一脸严肃的模样：“没什么可笑的，董小姐保重好身体很重要，自然不是寻常事。”

小斯：“公子说的是，话和药一并会带到。”

方以智拱手施礼：“多谢！”

方以智转身下了台阶跨马离去。

7. 南京斯府东院老太太屋院子　日　外

小少爷拉着董白径直要往斯老太太屋里去，董白拉住他低声道："这儿可不能随处逛的，你要去别的地儿我定陪你去。"

小少爷似乎决心要进斯老太太的屋，正僵持着，小少爷的贴身丫头向芬急匆匆赶来。

丫头向芬："小少爷，总算找到你了！老太太吩咐，让少爷好生在书房读书习字，别没事往外面跑呢。"

小少爷拉着董白"啊——啊——啊"地叫唤，虽听不清他在说什么，董白心里却能感受到他的求救，他想找他娘，想见她娘呢。

丫头向芬过去拉他，想拉他回去，谁知小少爷死死地拽着董白的胳膊不放："馕——馕——馕——馕——"

向芬："小少爷，跟奴婢回屋去，今天你还没吃东西呢。"

小少爷还是一个劲地叫嚷着不走。

二楼走廊忽探出来一群人。

王凤儿搀扶着斯老太太："你们院里的人都是干什么吃的，那么多人还看不住一个孩子。"

小少爷看见王凤儿和斯老太太，便不再拉着董白往里去，只是冲着楼上更大声地喊着："馕！馕！馕！"

对切：

斯老太太："唉！虽说我不待见他娘，可他毕竟是斯家的根脉，这如今没了娘也是可怜得很呐！"

王凤儿："老太太的心最是仁慈的！"

回切：

董白蹲下去，耐心地劝解小少爷："你娘不在她们那里，她不喜欢跟她们一起玩呢。"

小少爷突然安静下来，在董白手心写道："娘在哪里？"

董白将小少爷的小手放置到他自己的胸前："你娘会一直住在里面，你要好好吃饭、睡觉，每天读书习字。你娘亲就会来找你的。"

小少爷将信将疑，在董白手心写道："真的吗？"

董白点点头："真的！现在你先回屋吃东西，然后好好睡一觉。"

小少爷迟疑了片刻，自己出了院门回去了。

董白望向楼上，姨娘和老太太正看着她。

董白欠身施礼转身离开。

对切：

王凤儿："董白还真有本事，几句话，竟然叫咱们这最难对付的小少爷，乖乖地回去了。"

斯老太太："这董姑娘看着倒叫人喜欢，斯儿当初要是有这么个母亲，也不至于闹到今天的地步了。董白这孩子知书达礼，原是大商户人家的千金，来咱们家可别委屈了她。"

王凤儿笑道："老太太宅心仁厚，是我们小辈的福气。"

斯老太太："对了，选个日子去寺庙拜佛请愿，既然事情都已定论，早日去晦气接洪福吧。"

王凤儿："是。"

8. 南京斯府东厢房董白房间　日　内

董白进了门看见桌上放着几帖中药，子修并不在屋里。董白坐下喝了口水，随手拿起一帖药本想着（画外音）："这是谁放桌上的呢？"脑子里却浮现出尤姐的模样来。

闪回一：

尤姐看着董白进来竟不自觉地站起来："这位女孩好生面善。"

董白也注意到了尤姐，两人对立着竟然有几分相似，董白猜测："这位姐姐是？"

王凤儿假装咳嗽："她是二奶奶！"

董白不好意思起来："二奶奶好。"

闪回二：

丫头向芬过去拉他，想拉他回去，谁知小少爷死死地拽着董白的胳膊不放："馕——馕——馕——馕——"

闪回毕。

子修跑进来："小姐，你可回来了。"

董白手里握着药："子修，这药哪来的？"

子修："方公子送来的，正为此事到处寻你呢。"

董白："他人呢？"

子修一脸的遗憾："这是斯府，方公子怎能进来见你？本想趁他未走远，小姐若赶出去，说不定还能当面道个谢。现在可好，找你好半天，怕是人家早已走远了。"

董白扑哧笑出来："我看你自己十分想见他呢。"

子修不高兴了赌气地坐下来："小姐取笑子修也罢了，若拿子修取笑方公子，就没意思了。小姐病得神志不清时，方公子在炉子前坐到半夜为小姐熬药。"

董白才收了笑意，挪到子修面前轻声询问："你是说我在常州时喝的药，都是方公子亲自煎的吗？"

子修嘟嘟嘴："子修又不会扯谎。"

董白："那你为何不告知我？"

子修："方公子不让说，小姐不是连他的牛车都不肯坐嘛，他是怕你不领情呗！"

董白："这是哪儿跟哪儿嘛，我自然懂得那是方公子的情义之举，只是不想麻烦人家，如今咱们两手空空，拿什么还人情。"

子修："今日方公子让人捎来药和话，药每日一帖早晚各一汁，已经送去厨房了。"

董白："那话呢？"

子修调皮地动动嘴角："小姐方才不是不在意方公子的嘛？"

董白眨眨眼："我何时不在意恩公了？我是觉得恩情……"

子修："好了好了，小姐你别恩公恩公地称呼方公子，别说是他，就连奴婢听着，也觉得别扭的很！"

董白忽然被子修的话语警示了，觉得自己竟然还没有一个小丫头来得实在："好吧，方公子说什么话了？"

子修眼睛瞪得大大地望着董白，神情变得柔软而温暖："他说让小姐好好吃饭，一日三餐不可忽视，能吃一大碗绝不吃一小碗，还有那些喜欢的不喜欢的菜都要统统吃完。"

董白又忍不住要笑出来："他，他真的是这么说的吗？"

子修的大眼睛忽然眼泪汪汪的："小姐还笑，真不知好歹！"

董白不解地："怎么了嘛？好好的还哭上了。"

子修："方公子吩咐小姐的话让子修想起姆妈了，好想好想姆妈……"

子修眼眶里的泪水再没忍住"哇！"地大哭起来。

董白过去抱住子修："那大奶奶打你一巴掌都不哭出声来，这一句话倒让你伤心了！"

子修边哭边说："不是伤心，是觉得感动呗。"

董白不禁又悲伤又想笑："傻孩子，方公子是世上难遇的好人，咱们遇到好人了，就不应该再哭哭啼啼的了。"

子修点点头擦去眼泪："嗯，小姐说的对，方公子对小姐好，就像小姐对我一样，应该感到开心才对！"

董白默默地看着桌上的药好久：“我原应该见他，他说他是复社的，我有许多话想问他呢……”

9. 南京东山脚下　黄昏　外

冒辟疆、华安陪着陈圆圆在尤姐的新坟前，忽然云层密布遮住大好的阳光，寒鸦在树梢上扑闪着翅膀。

陈圆圆恭敬地斟上酒水，镜头推近可以分辨酒杯上冒着淡淡的热气：“尤姐，天冷，我特意给你暖了酒，好歹捎去我心里的歉意。”

陈圆圆说着说着，泪花滚落在白玉般清冷、标致的脸上：“前天夜里，我若不离开福王行宫，今日下葬的就是我陈圆圆！或许尤姐还在斯府好端端地活着呢。是尤姐替了我的命去了……”

陈圆圆已伤心的不能自已，“呜呜”地哭出声来。

冒辟疆走上前劝慰：“圆圆，不可如此比对！福王造孽道法不容，岂是你离开的罪过！面临危险时走兽且懂得逃命，何况是人呢。”

陈圆圆：“我初来南京时，就听说唱红娘学尤姐，尤姐的身、眼、手、法功夫在南京无人可比。大师傅说尤姐嫁入豪门不会再上台了，这红娘的活就是我陈圆圆的活了。心想着有一天能见见真人多好，没料想初见你，便是这生死相隔。”

冒辟疆：“说来也奇，那天我去阮大铖那儿找你，竟遇见了她，远远地将她认作了你。”

陈圆圆抬起泪眼望着冒辟疆：“你有见过她？”

冒辟疆点点头：“一朝红颜尽，情仇赴烟云。你若为此伤心，恐怕尤姐也不愿意。”

陈圆圆：“虽然我不曾有缘见到她，心里却觉得很亲近。”

冒辟疆：“若尤姐在天有灵，会领你的这份情谊的。”

陈圆圆低下身再次斟了酒洒在地上。

天色渐暗，镜头淡出。

10. 南京斯府老太太房　夜　内

小丫头慌忙地进来回报：“老太太，小少爷那边又不好了，刚睡下便从床上闹起来，喊着找二奶奶，两三个人也拦不住。”

斯老太太：“活着不省心，死了还闹得府里不安宁！告诉他命里就没有这个娘，他往哪儿去了？”

小丫头：“向芬姐姐跟着好像往大奶奶院子的方向去了。”

斯老太太：“给我斗篷，走过去看看。”

小丫头：“是。”

11. 南京斯府东厢房董白房间　日　内

小少爷横冲直撞地进了董白的房间，外面的丫头向芬慌张地喊着也进了房间：“小少爷，小少爷你回来。”

董白正洗漱完毕，坐在镜前由子修疏理头发，不施粉黛长发及腰的董白，比平时更显优雅、庄重，小少爷一时看得发呆。丫头向芬站在门边，觉得自己失礼不知所措：“董小姐，不好意思，小少爷自己往这边跑的。”

董白看着小少爷淡淡一笑道：“小少爷自己的家，想去什么地方走走都是可以的。”

小少爷开始有些生怯，听董白这么说，便走上前拉起董白的手，在她的手掌心写道：“我想娘，睡不着，想听故事。”

董白点点头：“走吧，我这就陪你过去。”

小少爷拉起董白的手往门外走。

子修连忙拿衣服：“小姐，外面冷！”

丫头向芬好奇地问道：“小少爷怎么又好了？”

董白穿上外衣，边说边跨出门去：“他没什么的，只是想听故事，以后想听只管找我便是。”

12. 南京斯府东厢房外小径　夜　外

两个小丫头打着灯笼在前头，斯老太太由嬷嬷搀扶着在后面走。

丫头向芬赶来：“回老太太，小少爷这会子睡下了。”

斯老太太：“不是刚说往东厢房跑的吗？”

丫头向芬：“东厢房的董小姐几句话将小少爷哄回去了。”

斯老太太：“哦，她有什么妙法？”

丫头向芬：“给小少爷讲故事，小少爷就安静下来了。”

斯老太太点点头：“好生看着小少爷，若再生事拿你们是问！”

丫头向芬离开：“是。”

嬷嬷道：“老太太，看来咱家小少爷与新来府上的董小姐有缘分。”

斯老太太:“唉,这孩子倔强的很,有个人能拿得住他实在不易。咱们回吧。”

13. 南京港栖霞寺　晨　外

栖霞寺外一行人簇拥着三顶轿子停下来。头顶轿子里下来斯老太太，由两个丫头搀扶着，王凤儿和董白也从轿子里下来，后面跟着两个同族的奶奶、小姐。

董白沿着台阶抬头望去，门楼上写着“栖霞寺”三个字。进了寺门，大伙儿由一小僧领着进了偏房净手，下人们提着花篮、供品进了正殿。

14. 南京栖霞寺偏房外游廊　日　外

斯老太太边走边问身边小僧：“大师傅一向可好？”

小僧回答：“大师傅冬至日始便闭门静修了，吩咐小徒尽心接待来客烧香拜佛。”

斯老太太:“看来是来晚了,原想着见大师傅一面，一来斯府近来出了祟事，想着请大师傅做法去去晦气，二来求求我儿的姻缘。”

后面两三步外跟着王凤儿和董白，王凤儿显然听见了斯老太太说求姻缘一词，便不由地慢下了脚步。

董白疑惑地问道：“姨妈，你怎么了？”

王凤儿看了看董白：“没什么。”

15. 南京栖霞寺正殿　日　内

正殿中央毗卢舍那佛庄严端坐。

众人跟着斯老太太跪拜，行礼毕起身，管家与知客僧匆匆出来，伺立在一旁。

斯老太太转身，管家上前耳语，斯老太太表情惊讶不解。

知客僧上前解释：“老太太，寺内才定的规矩，不拿现银供养了。”

斯老太太看了一眼斯管家，斯管家点点头。

知客僧接着道：“我家师傅说老太太若有心，眼下用粮食、物品供养众生，福报更多。”

斯老太太急切地询问：“我要为我儿求得一桩好姻缘呢？”

知客僧回答：“姻缘也与大道同在，不可强求。顺应事理，自然可得！”

斯老太太：“没能见到你家住持终是心中不安。斯管家，你将银子换成粮食送来寺里。”

斯管家：“是。

知客僧陪着斯老太太出正殿去：“老太太，心诚则灵。”

斯老太太有些勉强地离开：“好好，菩萨保佑！”

16. 南京栖霞寺正殿外　日　外

大伙儿出了正殿的大门，陆续下了台阶，王凤儿将董白丢在一边追上斯老太太，想要挽住斯老太太的胳膊扶着她走，斯老太太却将王凤儿的手撩开自己往前去了。王凤儿并不气馁，又凑上前去道：“老太太，忙了一早上，别累着了身子。这会子去香客房喝盅茶再走不迟。”

斯老太太脸色凝重：“你倒有心清闲，我一把老骨头了，为了你们那点命根子的事儿操碎了心，怕是没福气享得清福。”

王凤儿心里咯噔一下，自从她嫁入斯府，处处小心谨慎，在斯老太太那儿更是殷勤周到。没想到这往常视作眼中钉的尤姐一走，斯老太太的态度大变，一股怨气往她头上撒。王凤儿自知没能为斯府怀个一儿半女，话儿说不响理儿说不直，又听得斯老太太说“求姻缘”，便心下明白了，斯老太太此次来栖霞寺祈愿的主要目的了。

董白走近正发呆的王凤儿身边：“姨妈，人都走光了，你一个人留着发什么呆？”

王凤儿端详了董白半天。

董白又催问：“姨妈，你想什么呢？”

王凤儿突然拉起董白的手道：“以后别叫我姨妈了，再说我跟你娘是表亲，也非正表亲。”

董白听得一头雾水：“姨妈，这拜佛别是拜糊涂了吧，我不叫你姨妈那叫你什么？”

王凤儿：“叫大奶奶呗，斯府的人怎么称呼我，你就怎么称呼。”

董白觉得姨妈变得怪怪的：“啊？”

王凤儿：“你想不想长长久久地住在斯府？”

董白被问得很为难，她心里从未有要长居在斯府的意思，只是家中窘迫无奈之举，但又不好说出口：“我，我不知道。”

王凤儿似有把握地笑道：“那就听我的。”

小丫头过来催促：“大奶奶，老太太催咱们上轿回府呢。”

王凤儿拉起董白就走：“好，这就上轿去！”

17. 苏州郊外清水湾瓦舍院子　日　外

高管家背着一小袋米和几帖药进了院子，院子里空荡荡的没有一点生气。晾晒衣服的竹竿被风吹翻在地上，高管家赶紧过去扶起竹竿，他一转身看见草棚下嬷嬷背对着，在吃力地用锉刀一下一下地擦萝卜丝。

高管家："嬷嬷？"

面黄肌瘦的嬷嬷听见熟悉的声音猛地回头，忽然看见风尘仆仆归来的高管家，她的泪水像是决堤的水坝："高管家，你可回来了！"

高管家过去看见一地的萝卜丝，揭开锅盖，里面还有吃剩的萝卜丝糊糊："我走的时候缸里不是有米的嘛？"

嬷嬷泪汪汪地："夫人不让动，每天念叨说等着你回来，说不定小姐也回来了也未可知。"

高管家也放低了音量："小姐在南京住下了，夫人呢？"

嬷嬷点点头擦了眼泪："屋里呢，昨天吃了最后一帖药，身上没啥气力，病情算稳定，今日正愁断了药怎么办，可巧你就回来了。"

高管家将米袋和药递给嬷嬷："刚去了药店，大夫说坚持吃药，问题不大。先给夫人熬点白米粥吧。"

18. 苏州郊外清水湾瓦舍　黄昏　内

董夫人脸色苍白，坐在床上正缝制一件棉袍，累了就靠着墙闭目养神。她并没有发现高管家站在门口，高管家压抑着情绪低声道："夫人，老奴回来了。"

董夫人睁开眼有点不敢相信："高管家，真是你回来了？"

高管家点点头："嗯。"

董夫人喜出望外："快进来吧。"

高管家："让夫人担心了。"

董夫人："莲儿，莲儿可好？"

高管家："小姐住进斯家了，跟大奶奶住一个院。"

董夫人忍不住泪儿滚落："她可住得惯？"

高管家一时不知如何作答："嗯——嗯，小姐她，她聪慧、能干，还有子修陪着，慢慢会习惯的。"

董夫人激动地一边擦眼泪一边点头："对，对，咱们应该相信她，能住下来就好。看来我这个表妹算是有情有义了，此恩白羽会铭记在心的。"

窗外的余晖拖着窗棂疲惫的影子慢慢地暗下去了。

19. 南京斯府东厢房王凤儿房间　夜　内

房间内油灯闪着光亮，王凤儿走近灯台，小心翼翼地剪去打结的灯花，屋内的光线顿时亮了许多。

王凤儿的丹凤眼犹如弯弯的月钩，看了一眼坐在凳上发呆的董白，有意无意地说道："人心好似这灯芯，该舍的舍，该留的留，这眼前啊，才能越来越亮堂起来。"

董白心里挂念母亲，并没在意她说的何意。

王凤儿看董白没反应，轻咳一声："董白，你来南京也有几天了。你觉得斯家人对你可好？我王凤儿对你如何？"

董白忽然听得问话，抬起头来看着王凤儿："姨娘对董白极好，斯家人自然也是好的。"

王凤儿满脸笑意："也是你乖巧、可人，招人喜欢的缘故不是？你既然来投奔我，今后咱俩的命就拴在一起了。"

董白点点头："董白听姨妈的。"

王凤儿："叫我大奶奶，习惯了就顺口了。"

董白有点莫名奇妙，但还是顺着她改了口："是，大奶奶。"

王凤儿笑了："好，好，你是个懂事儿的孩子。以后只要有王凤儿在，绝不会让你在斯府里受半点儿委屈的。"

董白低下头不再说话。

王凤儿："瞧你的模样总是忧心忡忡的，人若要喜气，脸上常挂三分笑，你得多笑笑。"

董白抬头喃喃地回答："我……我想我娘了。"

王凤儿："首先你自己得过好了，才能帮衬你娘不是？特别是女人家，落地生养投的是第一胎，关键还得看长大成人后投的那第二胎，董白你心里可明白？"

董白听得不甚清楚："啊？"

王凤儿："真不知我那表姐平日里都教了你些什么？"

董白对自己的心不在焉有些内疚："让大奶奶费心了。"

王凤儿柳眉高挑："开开心心的，好日子还在后头呢！"

董白起身做了万福。

王凤儿很有把握地点点头："去歇着吧。"

董白退了出去，窗外月色忽明忽暗。

20. 南京梨园　晨　外

陈圆圆在院子亭下晨练，咿咿呀呀地开了嗓子。

思琴端了汤水过来：“姑娘吃点儿东西再练也不迟。”

陈圆圆停下来：“我的红帕子呢？找半天没找见。”

思琴：“替姑娘送人了！”

陈圆圆有些恼：“什么？好不知羞的丫头！你倒是大方，凭什么拿我的东西送人？”

思琴并不觉得自己有错，反问道：“姑娘眼里、心里惦着念着的只有戏，可想没想过别的事别的人，还有你自己呢？”

陈圆圆：“这练曲儿、唱戏既是为观众的事，也是我心中最重要的事，怎么不想不念了！那红帕子是平日里练功用的，你给我弄丢了就该打！”

思琴将脸迎上去，与陈圆圆停在半空中的手对峙，看陈圆圆并不曾真的下手，索性撒开性子哭闹起来：“你打！你打啊！在姑娘心里，我还不如一块帕子呢。昨儿个那尤姐，也是满心满眼里的戏呀曲呀，如今呢？人死如灯灭，连一缕烟尘也不曾留下就走了。呜呜呜……姑娘还口口声声念着戏，戏是你心中最重要的事，呜呜呜……姑娘想没想过以后的路，以后的日子呢？”

思琴一闹，不知是把陈圆圆闹懵了还是闹醒了，她愣愣地半天接不上话来。从陈圆圆没了父母，又被姨夫姨母卖到了梨园，练曲儿唱好戏，是她唯一可以在苦难中得以见光明的途径，她从没敢想过别的。

陈圆圆喃喃地说道：“好不容易熬到可以上台唱角的。”

思琴：“姑娘能上台扛大角了，会不会有一天也会像尤姐一样嫁人呢？”

陈圆圆惊讶地：“丫头，你……你是咒我死吗？”

思琴“扑通”一声，双膝跪在陈圆圆面前：“姑娘，丫头从小也没了父母，要不是姑娘愿意留我，早就死在大街上了！姑娘便是我在世上最亲近的人，你若死了，小丫头又怎能活的成？”

陈圆圆也泪眼朦胧：“既然都是苦命人，又何必多问？”

思琴：“姑娘，尤姐嫁人原与死是无关的，而是她究竟嫁了怎样的人家。”

陈圆圆忽然像是听明白思琴说的意思了，过去拉起她，嘴上却说：“没想到你一个小姑竟想些结婚嫁人的事，也不觉得害臊！羞不羞？”

思琴努努嘴：“姑娘羞我就羞我，这事情确是顶要紧的。姑娘如今大了，总有一天也得嫁人吧？依我看，世上能配得上姑娘的，不是万里挑一也得是像冒公子那样的！”

陈圆圆听得冒公子三个字，忽然羞红了脸：“呸！好没脸的丫头片子！我的事与你何干？你这些话要是让师父知道了，准得将你打出院子去。你拿我的帕子做了好人，还不从实招来！”

思琴笑道：“昨天冒公子走的时候送一块玉佩与你，你不要，他又向你要一件可以随身带的物件，你不给。”

陈圆圆更恼了：“小东西你敢偷听我说话！看我不撕烂你的嘴！”

思琴：“姑娘饶了我吧！看在冒公子几次救了姑娘的分上，难道还不配送他一方小小的手帕吗？”

陈圆圆冷静下来，低声道：“你真的将帕子送给他了？”

思琴点点头：“我说是姑娘每天练功用的帕子有些旧了，冒公子却说‘美人旧香帕，千金也不换’。”

陈圆圆：“你们又拿我取笑。”

思琴：“姑——娘！你不在意我对你的一片心也罢了，冒公子是怎样的人？他的用心，姑娘怎会一点没有感受到呢！”

陈圆圆：“那又怎样，如今他去了，我还是我，他还是他。”

思琴认真道：“姑娘的想法定是偏差了，我看冒公子走得时候百般不舍，一再叮嘱我好好照顾姑娘，他说梨园的伙食随意，特意写了一份食谱送去厨房。”

陈圆圆笑道：“他一个大男人怎么那么婆婆妈妈。”

思琴：“冒公子说姑娘的旧帕子千金不换，我看冒公子的心千金也难买呢！”

陈圆圆看着亭边的池水，低下头不再说话。

思琴追问：“姑娘心里是明白冒公子的好的对吧？”

陈圆圆眼眶里充满了泪花：“我原是死了的人。”

思琴：“冒公子救活了姑娘，姑娘就应该好好地活着！不管姑娘会不会怪我嚼舌根，该说的这句话还得说与姑娘听。依我看，冒公子是值得姑娘托付终身的那一个！”

陈圆圆见她说得直白，面上觉得羞恼，心里却觉着有理，倘若终身托付于冒辟疆，那是最值得信赖的。可嘴上怎能说得出口，便对思琴道：“你不是我的小丫头，你是我的婆娘才是！”

思琴笑道：“只要姑娘点头，我一百个愿意当你们的媒婆呢。”

陈圆圆轻声道：“不害臊！快去给我取一块练功的帕子来。”

思琴：“姑娘等着，我这就去取来。”

陈圆圆看着思琴远去，慢慢坐下来，自言自语道：“冒公子，你心里可否有真意？”

21. 如皋地界旷野　日　外

冒辟疆从马上下来，华安递给他一个水壶。

冒辟疆喝完水又将水壶扔给华安："华安，到了如皋地界了，不用半日就可到家了。"

华安："嗯，二爷，快到家了，需不需要对一下口径？"

冒辟疆心不在焉："什么口径？"

华安："万一老爷回来盘问，别让说漏了嘴呗。"

冒辟疆："噢，我倒是忘了这茬，就说在神医的道馆住了半月才把伤养好了。"

华安："嗯，神医叮嘱说二爷的体质不经打，以后再打，恐怕就治不好了！"

冒辟疆白了一眼华安："你那狗屁神医的话蒙得了谁！记住，回去少说话，少出岔子。"

华安："是，二爷。"

冒辟疆不自觉地从袖口取出陈圆圆的红帕子，呆呆地看了一会儿。

华安："二爷，你怎么用女人的手帕？"

冒辟疆："对了，还有陈圆圆的事必须严格保密。"

华安做了一个杀头的手势："华安拿人头保证！"

冒辟疆点点头："这件事得从长计议。"

华安："还……还从长计议？二爷，你对她不会是动真情了吧？"

冒辟疆边说边上了马："不然呢？还是方贤弟说的对，若真心爱了，就得把她娶回家。"

华安："啊？二爷，太岁爷头上动土的事也就罢了，这……这不是……"

冒辟疆满不在乎："这不是什么？尽管说！"

华安低声道："这不是在太岁爷头上拉屎吗，老爷那能成吗？"

冒辟疆满脸通红，异常恼怒："华安！你将我对陈圆圆的情义比作什么？"

华安知道自己一时失了口："二爷，我错了，华安知道你们的情义可贵，我刚才比喻的不对。"

冒辟疆喝道："你知道什么！我是一个人——陈圆圆也是一个活生生的人！你也是！你记住了，以后再说不敬人之真情的话语，我定将你碾成粉末！"

华安嘟囔着："是。不是二爷自己让说的嘛！"

冒辟疆："你还嘟囔什么？"

华安："华安说的话是难听了点，可还不是实实在在为二爷着想的嘛。"

冒辟疆："这用不着你担心。走吧。"

华安牵着马缰往前赶路。

22. 京城皇宫养心殿外长廊　日　外

一小太监急匆匆往养心殿正门赶来，两边每隔五六米站立着一个侍女。

曹化淳走出来，对旁边的侍女们说道："你们回吧，今日皇上就在养心殿用餐了。"

侍女们行礼退去："是。"

小太监低着头来到曹化淳面前："曹公公。"

曹化淳："一天里你跑了几回了？"

小太监："回曹公公，奴才跑第三回了。"

曹化淳："还是温首辅吧？"

小太监："没……没法子，首辅大人愣是跪了一天也不肯走。"

曹化淳："哼，这闹得哪一出？他是跟自己的膝盖骨扛上了，还是想与皇上对着干呢？"

小太监才平复了喘息："曹公公，您给奴才出个主意也好将他打发了。"

曹化淳凑近小太监，用手指轻轻弹了一下他的脸："你想要滑头少跑腿不成？"

小太监吓得将身体躬成了一团："曹公公明鉴，奴才不敢偷懒，给皇上传话怎敢少跑腿。只是……只是那首辅大人与皇上来回打着转，主子们心里别闹出别扭来才好。"

曹化淳笑道："小孩子家家的也知道大人心里的别扭，你不用管这些，只管去回首辅大人，说皇上知道了便可，他若再问别的就说没了。"

小太监："是。"

23. 京城皇宫养心殿　日　内

朱由检坐在书桌前，低着头批阅奏章。曹化淳轻手轻脚进了殿，给放置在屏风前的铜制大暖炉添了清炭。

朱由检看了一眼曹化淳，曹化淳以为他要询问殿外跪着的温体仁，便道："皇上，温首辅还在殿外跪着呢。"

朱由检举起手上的奏本："你过来看看这个。"

曹化淳毕恭毕敬绕到朱由检身边，躬身双手接过奏本。朱由检起身一边伸腰活动筋骨，一边踱步移到暖炉前暖手。

曹化淳浏览了奏本后眼里冒出光来："皇上，孙将军这篇效仿戚继光组织千人精锐，抗击匪寇先锋部队的建议，令人眼前一亮啊！"

朱由检："每日里看似堆积成山的奏章，不乏有长篇大论者，能实实在在做出实效方案的文章，却如大海捞针。大明要是能多几个孙传庭该多好啊！"

曹化淳："非身经实战者不能，非多有谋略者不能，非躬擐甲胄、身先士卒者不能，非禀赋耿直、忠义之士者不能，普天下便就此一孙传庭了。"

朱由检忽又回到座位上："杨嗣昌与他不对付，此事朕准了！特批下去越快越好！李自成在四川蠢蠢欲动，容不得官僚彼此消磨精力。具体细节由你们内廷去办理落实。"

曹化淳领命后却站着没有离开："是。"

朱由检："你下去忙自己的吧。"

曹化淳："嗯——皇上，殿外那……"

朱由检："温体仁一会儿自然会回去，你让曹琴钟把从张汉儒那记录的口供送给他。"

曹化淳低着头不敢看朱由检，主要是他心下不明白，既然各方证据确凿，为何不趁机拿住温体仁。

朱由检笑道："朕并不想再用表面的刑罚拿他，如果酷刑真的管用，为何这几年的贪官只增不减？"

曹化淳一头雾水。

朱由检："该罚的自然得罚！温体仁奏本弹劾钱谦益时，朕心里已有料想。只是可惜啊，朕多么希望料想是多余的。"

曹化淳："皇上明里罚的是钱益谦，暗里考验的是温体仁？"

朱由检："你这个秉笔司礼不是白当的。朕不会轻易相信任何一个臣子说的，朕相信事实。"

曹化淳："皇上，贡考生张汉儒已经招了，虽并不直接涉及温体仁本人，但事实已明了。"

朱由检："哼，温体仁比谁都要面子，今日之后他何去何从，用不着朕费心了。"

曹化淳："是，皇上明鉴。"

朱由检挥挥手示意曹化淳退下，忽又叫住曹化淳："朕频繁更换朝廷命官可有不妥？"

曹化淳低头回道："皇上心里自有盘算，老奴不敢也不便做评价。"

朱由检疲惫地笑笑："你回来了，朕安心许多，曹公公可有别的忘了要说的没有？"

曹化淳纳闷："皇上，老奴不曾有忘了要说的事。"

朱由检点点头看着曹化淳退出去。

24. 京城皇宫养心殿外长廊　日　外

皇城巡逻的侍卫队经过高大雄伟的宫殿显得并不起眼，门外的宫女们端着午膳，排队低头行进。

曹化淳对掌事皇上膳食的太监道："皇上忙得差不多了，你们进去吧。"

宫女们跟着太监纷纷进了殿。

曹化淳看人走得差不多了，突然舒了口气："偌大的宫殿，清静的地儿却不多。"

离曹化淳两三丈处突然闪出曹琴钟："师父。"

曹化淳吓了一跳："噢哟！你在这做甚？"

曹琴钟："你进去后不久，我就跟来等在外面了，我怕你突然叫我。"

曹化淳："出什么鬼？叫你做甚？大晌午的，你跟来凑什么热闹？"

曹琴钟拿出一枚飞镖："这个。"

曹化淳紧张地拉起曹琴钟，急速走到廊外台阶下，低声道："你闹什么？拿这个劳什子来？这东西弄不好是个引发内乱的火引子！"

曹琴钟："温体仁使苦肉计，你不怕皇上变卦站在他这边吗？"

曹化淳："皇上站在哪一边不都是他的天下吗？你我若怕这个，那跟温体仁又有何分别呢？"

曹琴钟："不是，师父，温体仁弹劾钱谦益扰乱科举，此事又与福王有关，这难道不让皇上知晓吗？"

曹化淳："事情一分为二地看，皇上如今最忧心的是李自成潜伏西部的动向，和蛮清边境的骚扰。温体仁和福王除了扰乱科举，并不构成家国分裂不是吗？这枚飞镖因捕风捉影而起，非得以捕风捉影之法处理了结吗？"

曹琴钟："福王向来对兵权不敢想也不敢动。"

曹化淳："皇上对他这个皇叔比谁都了解，福王骨子里就是个贪图享乐的，他有野心但是并无坚毅的斗志和勇气。"

曹琴钟："就是觉得太便宜了他们。"

曹化淳："琴钟啊，你聪慧过人，有时还是脱不了孩子气，我们要做的是把事情办好了，而不是替谁出一口恶气。所以，你那飞镖的作用，就是促使你尽快寻找张汉儒下落，坐实钱谦益被冤枉的事实。仅止于此！"

不远处传来一人叫好声："说的好！姜还是老的辣呀！"

曹化淳、曹琴钟同时抬头望去，只见朱由检换了便装，倚着汉白玉栏杆吃手撕饼，两人吓了一跳，赶忙要下跪行礼："皇上……"

朱由检："哎，别别别，中午让我喘口气，别招来其他人！"

曹化淳赶过去，上前轻声询问："皇上不是在殿内用膳的嘛？"

朱由检看着手里的饼笑道："朕习惯了，趁中午独自用膳时，偷偷跑出来吃这个。"

曹化淳和曹琴钟两人面面相觑。

朱由检："嗯，真香！你们俩偷摸藏着什么？"

曹琴钟掩饰不住地紧张起来："皇上，我……我们并不曾要藏什么东西。"

朱由检一边吃饼一边笑道："你们说的朕都听见了，曹公公体恤朕也懂朕，福王的野心，果真有勾践的行动力和意志，那便是大明的福了，可惜他只配作跳梁小丑。曹琴钟手里的东西，朕那里有一堆呢，他底下那些用黄金买来的死士，始于金钱也止于金钱，又能派作什么用场呢！不过，这次孙传庭组织千人抗匪精锐，朕会让这个富得流油的皇叔出点血才是。朕要最好的武器和装备，这么一来落个把柄，他会给的心甘情愿。"

曹化淳笑道："皇上，您这是黄雀在后啊！"

朱由检把剩下的饼全部塞进了嘴里："没法子，在这皇宫里待久了，自然练就了躲猫猫的功夫。要不然朕也早就成了客氏手里的'皇家大餐'了！"

曹化淳朝殿内探看："皇上，您出来了，里面的人呢？"

朱由检活动完筋骨准备走开："跪着呢，差点忘了，进去让他们散了吧，以后每餐从简。"

曹化淳和曹琴钟躬身行礼送朱由检走远。

曹琴钟慢慢抬起头悄悄问曹化淳："师父，客氏的皇家大餐是什么意思？"

曹化淳："你不知道客氏？"

曹琴钟："知道，魏忠贤的对食，手段极其阴狠。"

曹化淳："那你还问？吃了上餐没有下顿的大餐，懂了吧。"

曹琴钟："宫里传皇上挑食，原来是为这个，皇上也怪可怜的。"

曹化淳摇摇头："这年月谁容易？里面那些个为讨好皇上，却不得法，被罚跪的怕也难。那大盘小盘的花样百出，这是要学福王的排场嘛！也不想想，皇上哪有心思咽得下美食。"

曹琴钟行礼退下："师父，我即刻将张汉儒的口供给温首辅送去。"

曹化淳点点头："正是了。"

镜头随着曹琴钟上摇，晴空万里，找不到一丝云的痕迹。

第十五集　朱由检秘查科考案　王凤儿献计纳二房

1. 南京斯府西厢院门口　日　外

子修正等在西厢院外，忽然看见天空上飘着一对纸鸢，碧蓝的空中纸鸢摇头晃脑的，似梦境般不真切。子修看得发呆。

向芬手里握着一梭子金线从院里出来，见子修没有发现便道：“子修，你会放纸鸢吗？”

子修笑着摇摇头：“挺好看的，我没有玩过呢。”

向芬将金线递给子修：“小少爷在院里放纸鸢，你喜欢，下次让他去你们院里放。”

子修点点头：“向芬姐姐，这年头金线可不好找，我替我家小姐谢谢你呢。”

向芬神情转为沮丧：“谢什么呢，你们可别嫌弃了，这是二奶奶留下来的。”

子修紧张地捏了捏梭子，坚决地摇摇头：“不会不会，只是主子们的东西……”

向芬眼里闪着泪花：“这府里现在没人会用它……”

子修摇摇头示意她别说了：“正好得之所用，小姐说小少爷喜欢她的彩蝶图，等绣好了送给他。”

向芬点点头：“你和你们家小姐人一样的好，也怪不得小少爷喜欢往你们那儿跑。”

子修有些不好意思了：“那回头见。”

向芬：“嗯，慢走。”

2. 南京斯府西厢院　日　外

向芬正跨进院里，发现小少爷放风筝的线圈扔在地上，她抬头看向天空，天上的纸鸢不见了。

向芬匆匆往屋里去。

3. 南京斯府西厢原尤姐房子　日　内

斯管家带着两个丫头，将尤姐紫红色的戏袍从木架子上取下来，小少爷抱着衣裳不放。

丫头们为难地看着管家："还拿走吗？"

斯管家蹲下来对小少爷道："小少爷，老太太怕小少爷睹物思人，咱们先把它搁老太太那里，等你想看的时候过去看就行。"

小少爷拼命摇头："唔唔唔——蝶！蝶！蝶！"

斯管家极有耐心："对对对，这也是你爹爹的意思。小少爷快放手吧！"

向芬进来，见状目瞪口呆："大管家这是要抢人还是抢东西呢？"

斯管家："向姑娘，你来得正好。这二奶奶的东西，老太太让撤了，你来劝劝小少爷。"

向芬看着小少爷的眼神便懂了："其他东西你们尽管搬走，这戏袍带着二奶奶的气息，好歹给小少爷留点念想。"

小少爷点点头指指袍子上绣的彩蝶："蝶，蝶，留，留。"

老太太身边的小丫头道："小少爷放的风筝是蝶，吃饭用的碗，平时盖得被子，都要有蝴蝶的图案，老太太怕小少爷这样下去更不好了。"

向芬过去拉住小少爷："你喜欢上面的蝴蝶是吗？"

小少爷点点头："嗯嗯。"

向芬："东厢房的董姑娘要变一个魔法，将这上面的蝴蝶统统放在一起，变成一幅画送过来，挂在小少爷的房间里，它们再也不会飞走了。"

小少爷天真的眼神，他在向芬手心写道："真的吗？"

向芬："真的，先让他们把衣服送过去，变成画了再送回来。"

小少爷慢慢地放开了一直拉着衣角的手。

4. 南京斯府东厢房董白房间　日　内

董白正在房中绣彩蝶图，看见子修拿着金线进来便道："哟，向芬那还真有金线。"

子修神秘兮兮道："小姐，你听听这金线的来历再用不迟。"

董白："还需要你来解释吗？有这东西的非这儿的主子莫属，向芬一个小丫头哪来的金线。"

子修嘟嘟嘴："那小姐为何还叫我去找她要呢？"

董白笑笑："这不正好得之所用嘛。"

子修也笑了："开始我还觉得尤二奶奶生前用过的东西别扭了，转念一想，反正是送小少爷的，可不正好？跟小姐想到一处了。"

董白将金线拿过去仔细瞧："嗯，上好的金线派上用场了。"

5. 南京斯府老太太房　黄昏　内

房内的熏香萦绕着门洞，小少爷正给老太太跪安。

斯老太太招招手："来，孩子，到奶奶这里来。"

小少爷显得有些胆怯，慢慢靠近斯老太太。

斯老太太看着眼前这个很少亲近的孙子，流露出忧虑的神色。她犹豫了片刻，还是将手举起来轻轻地抚摸了一下小少爷的额头："莫贪玩，好好念书。"

小少爷盯着斯老太太神色紧张，并显出少许的敌意。

斯老太太看着这张秀气、白皙的脸蛋，忽然脑子里闪过尤姐的样子，心底一阵反感："去吧，在椅子上坐着，我有话问你。"

小少爷乖乖地走到离老太太一丈远的椅子上，斯老太太在榻儿上调整了一下位置，叹息道："要不是你的小时候，你娘把你弄聋哑了，你还是个周正的孩子。"

小少爷突然用手悬空比划起来："唔唔唔，囔囔囔……"

斯老太太皱皱眉头问向芬："他又是怎么了？"

向芬上前一步一边看着小少爷比划，一边给老太太翻译道："回老太太，小少爷不会说但会比划，他说他不是娘给弄聋哑的，是小时候自己生病发烧才那样的。"

斯老太太纳闷地："他能听见我说的话？"

向芬："多半是凭别人说话的口型猜的，小少爷聪明着呢。"

王凤儿从外面笑呵呵地进来："老太太的小孙子能不聪明吗？平日里看书写字的认真劲儿，那就是正宗斯家的范儿。"

斯老太太："你这个做大娘的，平日里该多关心关心他，他不也是你的儿。"

王凤儿走到斯老太太身边，将一条绣工精致的抹额递上去："这不就过来为我儿的事嘛。"

斯老太太拿着抹额细瞧："哪儿来的？你个破落户是做不出这女红的。"

王凤儿："我房里的董小姐，专门为老太太绣的，这会子正为小少爷绣一幅彩蝶图呢。"

向芬朝小少爷使个眼色笑了。

斯老太太："好手艺！好手艺！好多年没见过那么好的绣工了。"

王凤儿靠近老太太放低音量道：“老太太，之前给您提的事儿可有考虑好？”

斯老太太示意丫头们下去，向芬只好也跟着离开了屋子。

王凤儿又道：“关键这孩子还跟董白有缘，比我这个破落户好百倍。”

斯老太太：“亏得你在这件事上没什么私心，你当真不吃你男人的醋？”

王凤儿的丹凤眼笑出一弯月牙：“老太太还把我当年轻小媳妇儿看嘛，在斯家那么多年，我的心早跟老太太处一块儿了，藏那些个小心眼儿，岂不小瞧了我王凤儿。”

斯老太太满意地点点头笑道：“比我亲生的还强些呢！我正要问问这孩子。”

王凤儿：“是，老太太您问吧，要不我出去回避会儿？”

斯老太太：“哎——用不着。”

王凤儿：“是。”

斯老太太向小少爷招招手：“来，奶奶问你个心里话，你可得好好说，说好了既帮了你自个儿，也帮了你老子爹，更是帮了咱斯家的大忙了！”

小少爷拿起桌子上事先放好的笔杆儿。

斯老太太示意王凤儿一起走到桌边：“奶奶知道这些日子你委屈，想你娘了吧？”

小少爷拿着笔眼神木讷地点点头。

王凤儿柔声细语道：“小少爷，大娘还让董小姐晚上过去给你讲故事好吗。”

小少爷照例还是点点头，他在纸上写下：“让我说什么？”

斯老太太笑着把笔拿开：“向芬这丫头想的过于周到，不用你写，我问你话你只管点头、摇头便是。”

小少爷低着头。

斯老太太停顿片刻，开门见山问道：“你愿意跟董小姐亲近，让她做你娘可好？”

小少爷瞪大眼睛说不出话来。

王凤儿接过话：“董小姐横竖是要嫁人的，你不想好，她可要离开斯府去别的地方了。”

小少爷心里一急，竟然破天荒地从牙缝里挤出两个字：“不——要！”

王凤儿和斯老太太都惊呆了！

王凤儿半天反应过来：“不得了，喜从天降！”

斯老太太一把搂住小少爷：“我的儿，你能说话了！这是我从你出世至今，第一次听你说出全乎的两个字。”

小少爷却面无表情，僵硬地直立着，口中重复念着：“不——要，不——要——”

斯老太太：“好，好，好，咱不让她离开，让你爹将她纳了房，她就跟你自己的娘亲一样，天天陪着你好吗。”

小少爷傻傻地看看王凤儿又看看斯老太太，不知如何作答。

王凤儿一脸喜气洋洋地：“好了，好了，孩子不好意思说就是答应了。”

斯老太太十分满意：“可巧来了个董姑娘，你这孩子竟能开口说话了，这是天意！你爹那里交给奶奶去说。”

小少爷傻傻地站着。

王凤儿笑道：“这孩子傻了，晚上叫董白去给你讲故事可好？”

小少爷这才点点头。

斯老太太：“嗯嗯，点头了就好！叫向丫头领他回去吧。”

王凤儿去门口叫向芬进来，向芬看着斯老太太和王凤儿春风拂面的样子有些不解，看小少爷安然无恙便放下心来。

向芬领着小少爷出去，王凤儿扶斯老太太在榻几上躺下来，斯老太太朝她摆摆手：“心里的石头总算放下了大半，这事儿亏你这个做大娘的贤惠。”

王凤儿：“老爷一直在墨砚斋住着，他的魂跟着尤姐去了大半似的。”

斯老太太：“我这一把老骨头了，可不是为着这个不孝子，这事趁早得了，他不疼他的聋哑儿嘛。没出息的老子不如七岁的儿！”

王凤儿将董白做的抹额给斯老太太戴上：“比量了尺寸的还合适！”

斯老太太：“别取下来了，给我戴着吧。你放心回去吧，我也困乏了。”

王凤儿边行万福礼边轻声道：“老祖宗好生歇着。”

6. 江苏如皋　水绘园　夜　外

冒辟疆独自一人在霞山桥朝桥头方向张望，天空中忽然飘起零星的雪花，他将双手靠近嘴边哈气取暖。另一边传来一阵急促的脚步声，冒辟疆赶紧掉头，躲到桥头的柳树下。

华安身着一袭黑衣、头戴斗笠站在桥上来回张望，冒辟疆认出他后走出来：“华安，你怎么从那头来？”

华安：“二爷，这大冷的天，我怕您冻着就直接去您房里找您了。”

冒辟疆：“哎呀！跟你说好的在霞山桥头等你，你这副打扮让府里人见了可不起疑心？”

华安："我说给二爷去城外取药有何不妥？"

冒辟疆皱皱眉："罢了罢了，南京来消息了？"

华安从怀里取出信件递给冒辟疆："回来才几天工夫就让我去探消息，这第三回可算有消息了，曹公公原旧宅里的书童遣人送来的。"

冒辟疆："太好了！有消息就对了！对了，我给陈姑娘带的口信可带到？"

华安冻得斯哈斯哈的："二爷，先回屋吧，天下雪了。"

华安拉起冒辟疆往回走，冒辟疆有些急："你倒是说呀。"

华安边走边说："二爷，那边倒是替咱传了口信，可陈姑娘回话说，她没有话要带的。我倒是觉得陈姑娘说的没错，两人才分开几天，该说的话早也交代了。"

冒辟疆失落的眼神："唉！她就这个性格，就算心里有什么也宁可憋着。我是怕她不放心，别又闷着闹病。"

华安丝丝哈哈笑道："有什么不放心的，二爷在冰天雪地里也可以冻上几个时辰不在话下。"

冒辟疆："贫嘴！赶紧回去换了你的夜行衣，小心老爷来问话。"

华安："不能够，老爷在会客。这衣服我觉得挺好，特别帅气！"

7. 江苏如皋冒辟疆书房　夜　内

冒辟疆进了房门，迫不及待来到书桌前，打开信件浏览，脸上紧张的神态慢慢松弛下来，露出一丝宽慰的微笑（旁白）："钱大人的事，找到真相了！果然是张汉儒受人指使做了假证。唔？为何不提及温体仁？"

苏元芳轻手轻脚进来："二爷刚从外面回来吧，喝杯热姜茶。"

冒辟疆吓了一跳，匆忙将信件藏到书籍下："出去走走透个气，谁知下雪了。"

苏元芳："嗯，天气越发冷了，小心着了凉让老太太担心。"

冒辟疆点点头，接过姜汤喝了一口。

苏元芳在一旁坐了会儿，好似有满腹的话，冒辟疆客气地朝苏元芳笑笑，假装翻书。苏元芳等着冒辟疆会跟她说点什么，房间里却静得出奇。许久，苏元芳站起来说了句："别太晚了，早点歇息。"

苏元芳悄悄出了房间，冒辟疆抬起头，看着还在晃动的门帘叹道："为何要这么辛苦。"

8. 南京斯府董白房间　夜　内

子修将一个炭盆端到董白床榻前，又添了些许清炭，自言自语地道：“今儿个总算给咱们房分了木炭，晚上再不用和衣睡觉了。”

门外传来向芬的说话声：“董小姐，没有别的事，奴婢就回转了。”

董白轻轻地咳嗽一声：“回吧。”

子修听着门外谈话，这边已经将被褥铺平整。

董白披着斗篷进门来，子修迎过去掸去斗篷上的积雪：“小姐，刮风下雪的，非得每晚过去吗？你自己的病还没好全呢！”

董白捧着热茶喝了一小口：“呀！今晚咱屋里生了炭火了？！”

子修扶着董白坐到床榻前，将毯子盖在她膝盖上：“嗯，你出去不久，大奶奶打发人送来的，还吩咐底下的，今后每晚跟她屋里的一样送一份过来。”

董白低着头不说话了。

子修笑道：“近来，大奶奶对咱们屋客气了呢！”

董白“嗯”了一声躺倒在床上。

子修关心地：“小姐，屋里暖和了，要不你把罗裙换下来吧。”

董白一动不动，脸朝着纱帐，子修过去伺候更衣，发现董白脸上挂着亮晶晶的泪珠：“小姐，好好的怎么了呢？小少爷那边……”

董白坐起来，将罗裙褪去又背过身去躺下了：“没事，我想娘了，还不知道她屋里怎么的冰寒侵肌呢！”

子修嘟囔了一下：“那好吧，咱们屋里也将炭火撤了！”

董白转过身来，擦去眼泪阻止道：“别！不但咱们屋里要炭火暖身，总有一天，我会让我娘不愁饥寒的！”

子修靠近董白坐下：“我经常梦见我娘在冰天雪地里寻找我，小姐，你说人死了，会怕冷吗？”

董白握住子修的手：“你娘不会，因为有你惦记着她。”

子修点点头。

董白：“子修，倘若一天，我离开斯府你愿意跟我走吗？”

子修瞪大眼睛看着董白：“小姐，咱们在斯府不才过的好点儿，为何这么说？”

董白摇摇头：“不知道，他们忽然对咱们客气起来，反而觉得有些不自在，我就是那么一问。”

子修：“那还用问吗？子修死活是要跟随小姐的。”

董白：“我怕你受苦。”

子修泪汪汪的："小姐，你就是我在这个世上唯一的亲人了，子修必须要跟小姐在一起的。"

董白："不许掉眼泪，我明了你的心便是。"

子修擦擦眼泪："嗯，小姐，那我也去睡了。"

董白浅浅地笑道："好，今天屋里暖和了，咱们可以美美地睡一觉。"

子修替董白放下纱帐，镜头淡出。

9. 江苏如皋冒起宗书房　日　内

冒辟疆垂手侍立在父亲跟前，大气不敢出。

冒起宗坐在暖炉前伸出双手烤火，面无表情，声音却明显温和："我又不会吃了你，走近点暖暖手。"

冒辟疆"哎"了一声，靠近父亲也照着父亲的样子伸手烤火。

冒起宗："身上的伤不疼了吧？"

冒辟疆连忙点头："嗯嗯，不疼了。"

冒起宗："你别怨我，对你严谨些，还不都是为了你好，遇事充好汉逞英雄，不是老实人家做人做事的道。迟早你也得考功名成为一方父母官，行事唯有前后左右思量方可长久。"

冒辟疆表情木讷地点点头。

冒起宗："温体仁当着百官向皇上提出辞官。"

冒辟疆掩不住地激动："真的？！"

冒起宗："你又按捺不住了！"

冒辟疆立刻又收敛起喜悦："哦，本以为有些事又会不了了之了呢。"

冒起宗："何事不会了了？你少起哄！"

冒辟疆："我，我没有。"

冒起宗低吟片刻，接着道："温体仁以为百官会挽留他，皇上也会为难，不料皇上顺水推舟答应了温体仁的请求。"

冒辟疆："好！早该辞退了这个贪官！"

冒起宗："造次！温体仁贪官，你可有真凭实据？"

冒辟疆："他自己不贪，变着法贪也是贪！"

冒起宗："什么事都像你想的那么单纯，便不是官场了！温体仁跟皇上之间一直有着博弈。"

冒辟疆："当下内乱不断，边境堪忧，温体仁稳扎稳打，集团庞大，总以为皇上少不了他。"

冒起宗：“皇上已经渡过那个点了，温体仁因小失大，与钱谦益的私人恩怨失了分寸。”

冒辟疆：“那么说来，钱大人有望再度上任？”

冒起宗：“迟早的事吧，朝廷不会亏待一个清白的官员。”

冒辟疆：“父亲，这下就用不着担心温体仁弹劾您了。”

冒起宗：“你太抬举我了，温大人看不上你父亲的位置。”

冒辟疆看气氛尚好，便道：“父亲，烤火口干，泡壶好茶吧，以茶代酒庆贺一下。”

冒起宗拉下脸来：“庆贺什么？！”

冒辟疆即刻收回了嬉笑：“哦。”

冒起宗意识到自己的严厉，转而道：“不早了，你回屋去歇息吧。”

冒辟疆起身行礼：“是。”

10. 苏州清水湾瓦舍　夜　内

屋内漆黑，床榻前的火盆一点零星的火光也慢慢熄灭了。被褥下董夫人转侧难眠，接着是一阵咳嗽。

嬷嬷从对面的榻上起身，点亮了星豆般的煤油灯：“夫人，火盆灭了，我去给你生火。”

董夫人：“我不冷，只是醒了，半夜睡不着呢。”

嬷嬷过去给董夫人紧了紧被子：“夫人醒夜最要不得，你要当心自己的身体。”

董夫人：“唉，我没事了。高管家回来说，莲儿去南京路上大病了一场，他来时莲儿的咳嗽还未痊愈，我是担心她呢，天愈发冰冻了，要是再受寒可怎么好！”

嬷嬷：“夫人，没有的事，小姐年轻，受了风寒好的也快。”

董夫人低泣着：“我这做母亲的是不是太狠心了，就不该让高管家把她留在南京的。”

嬷嬷：“高管家不是说了，斯家人接纳了小姐，那姨娘对她也还客气。”

董夫人：“总归是在人屋檐下，从小被她父亲捧在手心里，几时看过别人的眼色行事，这……这下老爷他该怪我了。”

嬷嬷：“夫人，快别胡思乱想了，小姐在斯府的条件总比咱这好些的。”

董夫人不再说话，煤油灯的微光下可以看见董夫人眼角滚落的泪珠。

嬷嬷吹灭了煤油灯，躺下了。

董夫人在黑暗中喃喃道："明天就是小节夜了，咱们煮豆米粥祭神灵保佑莲儿平平安安、健健康康！"

嬷嬷："神灵保佑！保佑咱们！保佑小姐！"

11. 南京斯府东厢房屋檐下　晨　外

院里一株常青的桂花树上积满了皑皑白雪，树上有觅食的小鸟，听得廊下有脚步声便"呼啦啦"扑腾翅膀飞了起来，顿时一树枝的积雪簌簌地往下落。

王凤儿吓了一跳："哎呦！闹得什么鬼？吓我一跳！大冷的天，小东西不躲窝里到处飞个什么劲。"

小丫头低头偷偷地抿嘴笑。

王凤儿："死丫头笑什么！把豆米粥端稳咯。"

小丫头小心地回答："是。"

王凤儿敲响了董白的卧房。

12. 南京斯府董白卧房　清晨　内

董白正坐在铜镜前梳妆，见王凤儿进来有些慌忙地起来行礼道："大奶奶早！"

王凤儿满脸笑容："我的美人儿！不忙不忙，你该干嘛干嘛，不用搭理我。"

董白有些不自在却也只好重新坐下梳妆。

王凤儿："你用不着好奇，今天是小节夜了，老太太给咱们屋送来豆米粥，保平安的。"

董白看着镜中的王凤儿："谢谢大奶奶。"

王凤儿："子修快别傻站着了，给你家小姐梳头吧。"

子修有些紧张，向王凤儿施了万福便上前给董白梳头。

王凤儿端坐着也不说话，细致瞧着子修将董白的头发一缕缕地拢起，直到董白白玉雕琢般的五官尽收眼底才道："美！真正的美人儿！"

董白被看得全身起鸡皮疙瘩，想侧过身去挡一挡，却被子修推回去："小姐别动呀，就快梳好了！"

董白："大奶奶，我和子修来斯府让您多操心了，我这心里一直……"

王凤儿打断了董白的话："别说见外话，你妥妥当当在府上住着，等过了大年更可以放一百个心了。如今有了老太太一句话，这事儿成了大半，你就是来斯府享福的命！"

董白脸憋得红红的：“享——福的命？大奶奶的话好生羞煞董白……”

王凤儿：“有什么可害臊的，大奶奶又不是外人！”

子修看董白尴尬，便搭话道：“大奶奶是小姐的亲姨妈，有亲姨妈疼着小姐可不就得享福！”

不料王凤儿脸色煞白，突然从椅子上站起呵斥道：“丫头！以后不许提亲姨妈的事，你若再提先把你打出去！”

子修吓得半死，将头埋在胸前欠身退后。王凤儿扭头就走，走到门口又转回来，缓了口气道：“董白，记住我刚才的话，到时你就知道我的一片苦心了。横竖你我是亲戚一场的！”

子修看王凤儿走远了，端起桌上的豆米粥递到董白跟前：“小姐，豆米粥趁热喝吧。”

董白接过粥又将它放回桌上：“子修你过来。”

子修整理了一下梳妆台：“哦。”

董白：“子修，以后除了我跟前，特别是在大奶奶跟前能不说话就别说话了。”

子修嘟嘴：“小姐，今天我也没说什么呀，大奶奶可不就是小姐的姨妈嘛。奇怪的很，她的反应那么大，这有什么可生气的嘛！末了，她又承认你跟她横竖是亲戚来着。”

董白：“我也是搞不懂，自从那天去了栖霞寺，未曾走出寺庙，大奶奶就嘱咐我，以后别管她叫姨妈了。”

子修：“说她要与小姐生分了，这嘘寒问暖的，可比咱刚来那会儿亲热多了。”

董白：“嗯，不想那么多，总之姨妈也好，大奶奶也好，她不比我娘亲。”

子修点点头：“小姐我懂了，亲不可攀，咱不攀就不攀。对了，不知为什么？总盼着过大年三十呢，就是听大人们常说的新年新兆头！”

董白转身走到窗前，心中升起莫名的不安：“大概是因为人人都有年关吧！”

13. 南京钱谦益书斋　日　内

钱谦益看完书信，满眼兴奋：“看来两位公子也已知晓，此刻在南京，我最想感谢一人。”

钱谦益匆匆将信件放入信封，高声喊道：“文一，你可认识柳如是的住处？”

文一老人进书房侍立一旁：“老爷，您问的可是秦淮河边怜影楼柳如是？”

钱谦益："怜影楼？大概便是她了。要不是她冒着风险送出信件，今日不会那么快从北京送回这大快人心的消息。"

文一老人眯缝着眼："老爷要怎么谢人家？"

钱谦益："唔，你领五十两白银送去，并带上老朽真诚的谢意。"

文一老人笑道："呵呵，老爷的谢意真够实惠。"

钱谦益："人家是身处名利场的可不就是白银实在，不过我这感谢也是真心实意的。"

文一老人："好，老爷，就按您的意思办。"

14. 南京秦淮河边怜影楼　日　内

镜头沿着秦淮河的水面摇进怜影楼二楼窗户，柳如是坐在一把古琴前闭目养神，琉璃做的五脚鼎炉内插着一支香却并不点燃。

丫头蘼儿端着一个大红礼盒进来："姑娘，前街的文一书斋送来一个礼盒，说是钱大人特意遣人来向姑娘致谢呢。"

柳如是："文一书斋？钱大人？难道是传说中的那位大文儒钱谦益？"

丫头蘼儿："这个不清楚。"

柳如是："打开看看。"

丫头蘼儿小心地打开盒子："姑娘，是五十两白银。"

柳如是笑道："呵呵，要说谢意，钱谦益是该对我说声谢谢，但要说这五十两银子，不该是大文儒钱谦益所为才是。"

丫头蘼儿："姑娘，那怎么回话？"

柳如是："一文不收退回去便是。"

丫头蘼儿："哦。"

柳如是："等等，搁些时日再退回去。"

丫头蘼儿："姑娘，这又是为何？"

柳如是："省得那边再来烦扰我们。"

丫头蘼儿："姑娘，汪公子今日又遣人来请你呢。"

柳如是："汪然明（汪然明：杭州大儒商，人称"黄衫侠客"，与柳如是兄弟相拜。）几时不做陈子龙的说客，几时我便赴他的约。"

丫头蘼儿："姑娘，你就那么恨陈公子吗？"

柳如是："不是恨，是绝望。"

15. 南京秦淮河边金银首饰铺　日　内

王凤儿拼命拉住正要往外走的董白："哎呀！你听我的便是，哪个姑娘家没有几样正式场合的首饰，还是大户人家出来的，金银首饰又不能吃了你！"

董白顶不过王凤儿，只好立在一旁不再作声，却也不肯往梳妆镜前坐下去。

子修小心翼翼地走上前，鼓足勇气还是开了口："大奶奶，我家小姐从未曾往头上戴步摇、花饰的，她是真的不习惯。"

王凤儿白了一眼子修，又堆着笑对董白道："眼看过大年了，老太太亲自点的名，除夕夜宴让你跟我一起陪同，吃、穿、用规格一律按我的份儿办，你可别不知好歹了。"

董白木木地被王凤儿按在凳子上，首饰店铺的几个嫂嫂们七手八脚地递上一堆花枝招展的金银头饰。

王凤儿挑了一支比董白脑袋还大的金凤步摇："这个好，戴你头上正合适！高贵、典雅！"

董白瞪着眼睛看镜子里比划在头顶的大步摇，觉得奇怪的很："大奶奶，非得挑一支吗？"

王凤儿："当然，两支也可以啊！"

董白看着眼前的一堆饰品，挑了样式最简洁的红宝石镶边的步摇："那就这一支吧。"

王凤儿放下大金凤，拿起红宝石步摇放在董白耳边比试："这支虽说单薄了点，戴在你头上却大放异彩！红色正好也喜庆！"

董白忽然转身几乎用央求的口吻对王凤儿道："大奶奶，挑好首饰我可以去河边逛逛吗？"

王凤儿僵住的表情停了几秒钟后，又恢复了夸张的笑容："那个嘛，可以是可以，不过天黑前必须得回府里。"

董白起身拉起子修就走："知道了，谢谢大奶奶。"

16. 南京秦淮河边一文书斋内堂　日　内

汪然明一袭素色布衣倒比那书生更书生，坐在堂内喝茶。

文一老人从外面匆匆进来："怠慢汪公子了，老朽这就去请钱老爷。"

汪然明起身作揖："老人家刚从外面回来吧，不忙不忙，在见钱大人前，晚辈想跟您打听一事。"

文一老人："哦？汪公子尽管说。"

汪然明："钱大人是江南第一大儒，毕生精力修编著作，他身边可有得力女史相助？"

文一老人："啊？汪公子为何突然问这个？"

屏风外有人问道："有人吗？"

文一老人："公子，您先坐着，我出去一下。"

汪然明有些扫兴："没事，您忙着。"

17. 南京秦淮河边一文书斋外展厅　日　内

文一老人从屏风后转出，只见董白和子修立在柜台前："原来是两位姑娘，买画吗？"

子修急吼吼地要拿字据："老翁，我家小姐在您这卖彩蝶图，您别是忘了吧。"

文一老人："哦——我想起来了——董姑娘，董白姑娘！"

子修递过去一张字据："喏，你想起来了？字据还在这呢。"

文一老人笑笑："不用看，不用看，画好好的存着呢。"

董白皱了皱眉，低声道："这么说画是没有卖出去了？"

文一老人："姑娘大概听老朽介绍过卖画的行情吧？这书画……"

董白低下头沮丧地接过话："画有价便上了名利场，无名无势多为冷落角。"

文一老人："唉，姑娘晓得了就好。"

子修真心焦急："这冷落角一般多久能卖出一幅呢？"

文一老人定睛看看子修又看看董白："两位不会想以卖画为生吧？不能够啊！"

子修傻了眼："啊？！你这店别是无人光顾的吧？"

文一老人："怎么会，早上才有客官收藏了马湘兰的'一叶兰'。"

汪然明也从屏风后转出来："哦？马湘兰的'一叶兰'难得难得。"

文一老人："汪公子也有收藏此类画作的喜好？"

汪然明："用'此类'两字粗鄙了，佳人雅作配君子自是美谈。"

子修以为汪然明是来买画的顾客，热巴巴上前推销董白的画："公子买画何不看看我家小姐的彩蝶图，那一叶兰就那么一撇都卖出去了。"

汪然明忍不住笑道："小丫头，笔墨不在多少，马湘兰那一撇胜却许多粗制滥造。"

董白："公子不曾看我的画怎知优劣？"

汪然明："我看你便能明了大半，你是秦淮河边哪一家的让我猜猜？"

子修脸上涨的通红，提高嗓门儿道："我家小姐就是我家的，不是秦淮河边哪家的！"

汪然明用清风明月般波澜不起的语气道："看看吧，这就急了，怎比那马湘兰的一叶兰呢！"

子修脸更红了："喂！我家小姐怎么比不了了！"

董白："没事，终究有一天能卖出去的。"

董白说完拉起子修离开了。

文一老人对汪然明道："公子你要不要看看这位姑娘的画？还真不赖。"

汪然明："卖画却又丢不了傲气，秦淮河边的姑娘也是鲜活真实的生命，何曾比你豪门贵族家的小姐低贱分毫！"

文一老人："如今这世道多得是落寞贵族。"

汪然明："恐怕落寞贵族也改不了那娇而不贵的习气吧，不看也罢！"

文一老人："那就请公子去老爷书房休息片刻。"

汪然明："请。"

18. 南京秦淮河边　日　外

董白沿着河岸独自一人在前面快速行走，子修在后面追的气喘吁吁，对面岸边小楼里，传出咿咿呀呀柔情万千的歌声。

子修喊道："小姐，你慢点走，这是要去哪儿呀！"

董白忽又停下脚步，回头冲子修大声道："你家小姐只是你家的，家呢？此地？南京吗？你心里的讲究是怎么来的？本小姐心里还空落落的，你怎么急了？！"

子修被问懵了："我……我只是觉得那公子挑三拣四的，对小姐太不礼貌了，就急了。"

董白扯下身上的披帛扔在树下的石头上，子修不知所措："小姐，你把它扔了干嘛呀！"

董白："我……我上吊！"

子修拉住董白呜呜哭起来："小姐，子修错了，子修又惹小姐伤心了！呜呜呜……"

董白推开子修一屁股坐在有披帛盖着的石头上也哭起来："买画在于个人，挑三拣四也没错，好好的，你跟人家比什么？！那公子说的没错，错的是我们活命的机会又少了。"

子修愈加伤心："可对子修来说，小姐就是最好最贵的，小姐就是子修的全部！呜呜呜——"

董白呆呆地不再说话，抱紧哭泣的子修。

歌声在河岸上蔓延……

19. 南京秦淮河边酒楼　日　内

钱谦益在室内仍然披着斗篷："汪老弟太热情了，在南京理应是在我书斋做东，你请我来此怕是……

汪然明："放心，并无甚事有求于钱大人，愚弟一不做官，二不求学问，做个散漫看客，遇见有难的帮一把，遇见不平的扶一扶。"

钱谦益身体还尚显虚弱，自斟了一杯热茶暖手："我如今也是无官一身轻，你若特意为我而来，有点不可信，黄衫侠客定然是为了什么人什么事？"

汪然明畅怀大笑："哈哈哈，钱大人猜对了一半，至少有一半，我可是专程冲你而来。"

钱谦益狡黠的眼神，迅速地看了一眼汪然明，又慢悠悠地放下茶杯："我来南京并无几人知晓，汪然明你有事瞒我。"

汪然明："钱谦益你也有事瞒我。"

钱谦益慢悠悠地脱下斗篷放在椅背上："跟你这样的江湖侠士称兄道弟，钱某甘拜下风了。"

汪然明："哈哈哈哈哈，但是钱大人有一点你清楚的很，汪某人不做害人的勾当！"

钱谦益："我猜猜……你最近见过江南四才子了？"

汪然明摇摇头："他们几个，如今要相聚可难了，各自家里都有一摊子焦心的事。"

钱谦益："你从京城而来？"

汪然明："非也！老兄你把最要紧的人给忘了。"

钱谦益云里雾里："猜不透你。"

汪然明："蘼芜山人世人遗弃谁人爱！"

钱谦益："蘼芜山人是谁？"

汪然明端起酒壶："河东君柳如是！"

20. 南京斯府西厢房小少爷屋外　日　外

几个小厮登梯子将两个白灯笼和两侧白纱换下来。

斯小少爷立在台阶下看着他们，向芬过去拉小少爷：“外面冷，进屋里去吧。”

小少爷却不走依旧立着，向芬又解释道：“过年了，老太太、老爷房里都换了红纱，老太太特意嘱咐咱们屋也一律换了。”

斯小少爷的表情突然变得愤怒起来，冲上前扯下一缕白纱就往院外跑。

向芬无奈，只好在后面追着：“又来了！小少爷你去哪儿？你别再乱跑了！”

21. 南京斯府东厢房外小径　日　外

小少爷低着头一路小跑着，一头撞在了也往东厢房去的丫鬟身上，瘦小的丫鬟，一个趔趄差点没摔倒，手上端着的东西，撒落在了小少爷的脚背上。

小少爷诧异地看着脚上精致、鲜红的罗裙，瘦小的丫鬟赶紧蹲下身，拾捡罗裙礼服。

向芬气喘吁吁地赶到：“小少爷，老太太说了，近些时日，暂时别再见董小姐了。”

两个丫鬟收拾好礼服，匆匆往东厢房院里去了。

小少爷拉起向芬的手在她手心写道：“为什么？”

向芬：“你没看见刚才的罗裙衣衫吗？那是新娘子才穿的礼服。”

小少爷又问：“谁穿的？”

向芬：“你忘了老太太问你的话了？董小姐很快就会成为你的娘亲了。”

小少爷紧紧地拽住手里的白纱，使劲地挤出三个字：“她——不——是！”

说完小少爷哭着疯似的跑开了，向芬一路喊着：“小少爷，小少爷，小少爷……”

22. 南京斯府东厢房王凤儿房间　黄昏　内

两个丫鬟将装有礼服的托盘放在桌上，退下了，王凤儿坐在榻上，抱着暖炉仔细瞧了瞧，子修并不知道大奶奶因何事找她，毕恭毕敬地立在一旁。

王凤儿开口道：“子修，一会儿你到后边嬷嬷那里，也去领一套新衣裳。”

子修：“是，奴婢替小姐谢过大奶奶。”

王凤儿笑眯眯地：“你甭替你小姐谢，那新衣是给你的。这桌上的才是你家小姐的！”

子修有点不敢相信：“啊？那是礼服吧。”

王凤儿将腿上的毯子拿开，一双三寸金莲轻轻踏在台阶上：“哈哈哈，也是，还没来得及给你们道喜。两天后，你家小姐可就成了名副其实的斯家人，是跟我平起平坐的真主子了。你还有点眼力见，喏，新娘礼服备好了！”

子修觉得一下子胸口像是被压了巨大的山石一般无法呼吸：“大……大奶奶，您不会开玩笑吧？给我家小姐的新娘礼服？”

王凤儿眼角一杨：“你觉得我有这个闲工夫，跟你一个小丫头来开玩笑吗？”

子修不知所措：“大奶奶，那……那新郎又是谁？”

王凤儿：“斯府的大主子。”

子修只觉得眼前一黑，差点倒下。

王凤儿：“好了，亏的你家小姐是个乖巧听话的孩子，我说过只要她能听我的，准有好日子过。你看，我说到做到。好好伺候着她，也亏不了你！”

子修像失了知觉似的，半天没有反应。

王凤儿下榻准备离开：“还愣着干什么，赶紧给你主子将新娘衣裳送过去。”

子修手脚已不听使唤，每挪一步都像踩在棉花上，捧着鲜红的新娘礼服，忍不住双手颤抖。

23. 南京斯府老太太房间　夜　内

斯老太太头上戴着董白绣的抹额端坐在椅子上，桌子上摊着未抄写完的经文，手上握着檀木念珠不停地拨动，斯府管家垂手立在一旁。

斯老太太：“就说了这些？”

管家：“回老太太，老爷说一切由老太太定夺。”

斯老太太：“不孝子！有关斯家子嗣根基的大事，他就那么淡漠，我让你转告他，切莫再对那前事有留恋之念，要彻底断了晦气，他怎么说？”

管家：“老爷说等忙过了年底，亲自过来听老太太的教诲。”

斯老太太：“嗯，我何尝是故意要与那尤姐过不去，暗地里遣人烧了多少经文祈祷，愿她能早日往生。我做的一切，都是为斯府的颜面，我儿的颜面罢了。”

管家：“老太太宅心仁厚，只是那二奶奶——哦不，只是那尤姐命薄怨不得老太太。”

斯老太太点点头："唉——就当她从没来过，叫府里上下再不提她，彼此干净。"

管家："是，旧的不去新的不来，老太太的好福气，还在后头呢。"

斯老太太下意识地摸了一下额头笑道："说的不错，平日里你们也要多劝解劝解你们老爷。"

一个嬷嬷进来："老太太，子孙桶里放的八样果子备好了。"

斯老太太赶紧从椅子上下来："走，我要亲自过目。"

24. 南京斯府西厢房巷子　夜　外

子修疯狂地往西厢房院子跑着。

第十六集　蒙在鼓里再遭婚配　掉包新娘活见死人

1. 南京斯府西厢房院子　夜　外

子修跑进西厢房院子，已上气不接下气。她趴在门框上环顾院子，院子里到处挂上了红绸，房门外两个大红灯笼格外显眼。

子修边往里走边喊着："小少爷，小少爷，小少爷在吗？"

向芬从屋里出来："子修，你怎么来了？"

子修噙着眼泪："向芬，我找小少爷有急事。"

向芬拉住子修："小少爷正习字呢，子修，你有什么事跟我说也一样的。"

子修落下泪来："我家小姐要嫁给斯府老爷了，这事怎么办？这事怎么办？"

向芬为难地："这事小少爷帮不上忙，你得去跟你家小姐商量。"

子修："不不不，请小少爷求求老太太缓一缓，婚姻大事总得双方长辈点头才好，万万不可那么仓促了事。"

向芬："子修，这个是主子们的事，我们做奴婢的要懂得分寸。"

子修："可……可小少爷他也是主子呀！"

向芬："小少爷他还是孩子，他能在斯府说上话吗？"

不知什么时候小少爷站在了门口。

子修看见小少爷禁不住哭喊着要过去："小少爷、小少爷，求求你……"

向芬一把拉住子修："子修，你小声点儿，这里人多口杂，别害了小少爷，害了你自己。"

斯小少爷十分吃力地冲着子修喊道："走——快走——"

子修不知是因为被小少爷突然开口说话的情景吓到了，还是被他冰冷的拒绝凉了心，怔怔地说不出话来。

向芬安慰道："子修，你家小姐有了归宿不好吗？"

子修绝望地看着向芬："好，好得很！向芬，那我问你，换作你，你愿意吗？"

向芬被问得哑口无言。

子修转身小跑着离去。

2. 南京斯府东厢房董白房间　夜　内

董白把蜡烛拨亮，小心翼翼地把彩蝶图的最后几针绣完，心满意足地瞧着。

子修失魂落魄的进门来。

董白听见响动就知道是子修，也不回头只是问道：“子修，去王嬷嬷那领了新衣裳了吗？怎么去那么久？”

董白见子修不回答便转过身去，只见子修默不作声站立在木椸后头，董白觉着有些反常：“子修，你躲后头在做甚呢？”

子修急忙用一块披肩盖住鲜红的新娘衣裳：“小姐，没……没什么？”

董白仔细瞧着：“不对，你身后藏着什么？给我看看。”

子修来不及掩饰，董白一把推开她揭开了木椸上的披肩：“这个是什么？”

子修快要哭出来了。

董白看的真切：“子修，这个是谁让你送来的？”

子修哭诉道：“小姐，不是子修有意瞒你，子修好……好害怕！小姐你……”

董白重重地将礼服抛向空中，礼服散开像巨大的红色的网慢慢飘落。董白一动不动地久久伫立着……

子修抽泣着：“小姐，是大奶奶叫我拿回来的，她说——老……老太太把你许给了斯老爷了。呜呜呜，这个也太荒唐了！子修去找了小少爷，求他帮忙退了这桩婚事，可……可小少爷叫我走，呜呜呜……”

董白听了不哭也不闹：“我明白了！”

子修：“小姐，那……那我们去求老太太。求求她把小姐的婚事给退了！”

董白脸色煞白，表面上冷静，说话时双唇却颤抖的厉害：“别去，没用的。”

董白觉得脚下像是被施了法术，迈不开步子，巨大的红色礼服裹住了她的双脚，她倒在了地上。

子修哭喊着抱住董白：“小姐，小姐，你怎么了啊！”

镜头渐渐淡出。

3. 南京斯府东厢房长廊　日　外

一群人簇拥着斯老太太和王凤儿等在外面，好一会儿，大夫从里面出来了。

王凤儿问道：“大夫，怎么样？”

大夫作揖道：“回太太、奶奶，病人晕倒是由于紧张、兴奋所致，并无大碍。

按药方抓药，养三五日便可恢复。”

王凤儿道：“三五日是不是太慢了。”

斯老太太扳扳手指：“隔四日就是除夕了，别误了办喜事才好。”

王凤儿问道：“大夫，有什么特效药可以让她好的快点？”

大夫笑道：“这位小姐本就体弱，急不得，让她静养或许好的快。”

斯老太太：“好事多磨，吩咐下去抓药、熬药，小心伺候着，别打搅了董小姐休养。屋外的人都散了吧，各处依旧按计划准备着。”

走廊里人群散去，子修探出脑袋左右瞅瞅：“天呐！总算是走了！”

4. 南京斯府东厢房董白房间　日　内

子修扶董白靠在枕上：“人都走了，小姐你真的没事吗？”

董白：“那大夫果真按你说的做了？”

子修：“把那支红宝石金簪都给了他，只求他说小姐需要多静养，又不是让他做什么坏事。小姐，咱们真的要逃走吗？”

董白：“不走，你嫁给那老头吗？”

子修：“不要，逃！哪怕天涯海角也得逃！”

董白：“嗯，小少爷说让你走的意思就是‘逃’。”

子修突然醒悟：“原来是这样，小少爷是个有情有义之人，是我太笨了。”

董白：“子修，快把我绣好的彩蝶图给小少爷送去，然后……”

董白在子修耳边低声嘱咐着，镜头淡出。

5. 南京斯府老太太院子　日　外

向芬跪在斯老太太面前哀求道：“小少爷向来是个孝子，眼看着春节将至，心里时时惦记着他的娘亲，恳请老太太开恩，准了小少爷去东山祭拜。”

斯老太太厌恶地：“平时你们就是那么挑唆的小少爷！好好的孩子，不钻研学问，不惦记着好事、喜事，弄得他恍恍惚惚、心神不定！”

向芬机警，连忙顺着老太太的话道：“奴婢见识浅，怎能比得老太太的境界，只是小少爷的脾气也只有老太太能安抚了。”

斯老太太：“别跪着了，怨不得你们。这孩子的倔强随他父亲，我去跟他说便是。外面冷的紧，这雪还得下，让他别去了。”

向芬：“奴婢是说，只有老太太开恩了，奴婢们里里外外只听主子们的安排。等小少爷成人了也定会明白的，老太太的恩典不比他娘亲少分毫。”

斯老太太正准备离开，听闻向芬如此一说便停下脚步，想了半晌道：“小丫头，这个府里上上下下属你聪明伶俐。我怎能输给一个死人！王嬷嬷，你先去回了老爷，就说我安排府里人，随小少爷去拜了东山。也好，一念之间我与她的仇算是放下了，就当是为了安抚他们爷俩的吧。”

向芬低着头只觉得心脏“砰、砰、砰”跳的厉害，听罢连忙磕头谢恩：“奴婢替小少爷谢老太太大恩大德！”

6. 南京斯府东厢房外小径　日　外

子修等在转角处冷得直跺脚，唏唏碎碎的，脚步声由远及近，是向芬低着头急匆匆地赶来。

子修一时激动地喊道：“向芬你可来了。”

向芬赶紧捂住子修的嘴：“嘘——好不容易这会儿人散了，我才得空出来，小声点儿说话，隔墙有耳。”

子修点点头，害怕地左右看看。

向芬低声道：“那边答应了。”

子修一脸愁云，豁然散开：“真的！？”

向芬：“这个事非同小可，你为了你家小姐卖命，我为了小少爷也是豁出去了。”

子修喜极而泣：“该怎么谢你才好，至少有了活命的希望。”

向芬：“快别这么说，要谢就谢小少爷吧，小少爷虽然说话不利嗦，心底却敞亮，他是真心想救你家小姐出去。”

子修点点头，向芬在子修耳边嘀咕了一阵。

子修：“好，我都记下了。”

向芬：“你快回吧，千万跟你家小姐说个明白。”

两个人匆匆分手各自回去。

7. 南京一文书斋钱谦益书房　日　内

汪然明：“钱兄，看来你在京城的事定然翻盘，如此我也就放心了。”

钱谦益：“万万没想到那封信，竟然是随你的船送过去的。早知道又何必央求他人。”

汪然明：“说明，你、我、河东君之间有必然的缘分。”

钱谦益：“还真是。”

汪然明：“钱兄，你果真没有一个得力的女史官，辅佐你著书写文章？”

钱谦益将一册精装《春秋》藏书拿了出来：“汪老弟，老朽当个小官还得女史伺候，你也太抬举我了吧。”

汪然明眼前一亮：“宋版《春秋》，钱兄你的书斋里尽是好东西。”

钱谦益：“我知道你杭州的不系园不缺好字画，藏书嘛你比不了我了。”

汪然明：“你可知世上有佳人好比经世藏书，你竟然用五十两纹银，打发一个满腹经纶的绝色美人，真是榆木疙瘩可笑之极！”

钱谦益：“确实俗不可耐，不过对方也将银两收下了。”

汪然明：“这次去扬州诗会，我和河东君同舟去同舟回，她着男装戴锦纶谈吐、气度全在多数纨绔男子之上。只是‘不惜歌者苦，但伤知音希’，她那般的女子，要找个归宿实在不易，一般男子，她如何瞧得上，世俗之人对她又存了偏见，这个世上唯有知音难觅是真苦啊。”

钱谦益：“听汪老弟一言，钱某可谓乡野村夫，与一红粉称兄道弟，还为她操心觅知音之苦？”

汪然明：“不然怎么说你当官当傻了，河东君的才情，唯有钱兄这样的大学问家才可匹配。”

钱谦益：“哈哈哈，汪老弟说是来看钱某的，实则是为你的红粉兄弟来做媒的。”

汪然明：“不错，河东君值得我这么做。”

钱谦益：“看来汪老弟对这个河东君用情至深至诚啊！”

汪然明：“这个醋你可吃不得，今日、今后都不可以！我对河东君的情义，可是超越了男女之情。”

钱谦益：“哈哈！好说，访河东君一事就定下了。”

8. 南京斯府东厢房院子　日　外

一小丫头匆匆来报：“大奶奶，老太太请您过去。”

王凤儿从屋里出来：“什么事？”

小丫头回道：“请大奶奶主持新房布置的事。”

王凤儿：“好了，我这就过去。”

小丫头：“是。”

王凤儿：“屋里的人都跟我过去帮忙。”

一群人簇拥着王凤儿出了东厢房院子。

随后两个穿着黑色家丁短装的人也出了院子。

一阵风，院子里秋海棠的叶子上的积雪，悄悄地抖落在了地上。

9. 斯府西厢房原尤姐卧室　日　内

房内焕然一新，添置了新的家具，三踏步的大床精雕奢华，铮亮的黑漆能照出人影来。

王凤儿喊着：“快快，明儿个就要办喜事了，连个红纱帐还没挂上，都是干什么吃的！”

屋子里里外外忙碌着，王嬷嬷拿着鸡毛掸子进来：“回大奶奶，这个红纱帐得最后挂，怕底下人笨手笨脚的刮花了。”

王凤儿：“哼！看你才老糊涂，铺床的事你亲自看着谁能弄坏了。”

王嬷嬷：“是是是，老奴细致看着，这就吩咐下去铺床。”

王凤儿：“还有这个宣德炉放书房去，老爷不喜欢熏香的。还有书房里文具匣、砚匣、笔格、笔洗、砚山一样少不得，记住了，新奶奶是个饱读诗书的才女。”

王嬷嬷：“是，样样待大奶奶过目满意才好。”

王凤儿边走边说：“回头老太太满意了才是真。”

王嬷嬷看着她走出了屋子才长长舒了口气：“老天爷， 您满意了才真算好。”

10. 南京斯府小少爷房间　日　内

床后有两个小厮背对着背绑在一起，面对着墙角的一个缓缓醒来，之见墙上写着：“莫喊莫叫等我回来。”落款“小少爷”。

小厮呜呜挣扎了几下，背后的那个并无动静，他索性也继续闭眼装睡。

11. 南京斯府通往正门的路　日　外

一辆马车经过停放在正门的油壁车时，那马车的轩窗撩开一角，露出小少爷的脑袋。他伸出手指指那架豪华的油壁车。

跟车的小厮正是董白和子修，董白看了一眼那挂红绸的油壁车便明白了。

子修低声嘀咕着：“他们对小姐可算是花了心思了。”

董白苦笑不得。

小少爷将腰牌递给门卫，门口侍从看了看车厢和跟随人数便放行了。董白和子修随着小少爷的马车出了斯府正门，远远地将那辆油壁车甩在了后面。

12. 南京秦淮河边怜影楼　黄昏　外

柳如是身着男装站在一辆马车旁，丫鬟、侍从大包小包地往车上装礼品。

汪然明："贤弟，如此见外，去杭州过个年，用得着这般礼遇吗？"

柳如是微笑不答，在那清点礼品："正好。"

汪然明："贤弟，我家里可什么都有，你何苦整那么多东西。"

柳如是："汪兄，我可以先去看看妈妈吗？"

汪然明："你是说寂照庵的徐佛吗？"（徐佛原秦淮河边名伎，工诗书、善画兰，才貌出众并教养了杨爱即童年柳如是。）

柳如是："她教养了我，而我何曾有报答她什么呢。"

汪然明："她既然选择出家，又怎会与你有计较。"

柳如是："正是如此，心里怎能不牵挂？她是我唯一的亲人了。"

汪然明："贤弟做的对，我陪你去看望一下她老人家吧。"

柳如是随汪然明上了马车。

13. 南京郊外　黄昏　外

董白和子修匆匆赶路，迎面来了一辆马车。

子修："小姐，咱们是要往哪儿走？"

董白："不管怎样，先得找个落脚点。"

子修："前面来人了，我去问问哪儿有客栈。"

董白："好，小心点。"

子修靠近马车问道："客官行行好，请问附近哪里有客栈？"

马车夫回答道："你们走的方向没错，到了市区有的是客栈。"

子修懵了："啊？我们又往回走了吗？"

柳如是撩开轩帘道："我们是去郊区的，前面一两里地就有个客栈。"

子修闻道道谢："谢谢官人。"

董白抱拳行礼，那辆马车缓缓通过。董白眼前忽然闪过初来南京时的情景。

闪回：

方以智骑马在前面，后面跟着一辆牛车缓缓行着，寒风中，高管家坐在车夫旁边，冻得瑟瑟发抖。

董白从车厢的窗口往外瞧。

闪回毕。

董白不自觉地喃喃念道："方公子在就好了。"

子修回头询问："小姐你说什么？方公子？车子里的是方公子吗？我这就去追问。"

董白拉住子修："你是魔障了？什么方公子在那车里，我是说咱们来南京时，幸亏方公子搭手相救。"

子修："那你当初还总是拒人以千里之外，依我看，咱当初不如随方公子走的好。"

子修话语一出才意识到自己说漏了嘴。

董白问道："子修，你说什么？"

子修支支吾吾："我、我是说方公子是、是个行侠仗义的好人。"

董白："我在想咱们还不能住客栈，住了客栈得用信卷，等于挑明了身份，他们找我们易如反掌。"

子修："啊？那可怎么办？"

董白："哎！所以说方公子在的话就好了。"

子修耷拉着脑袋。

14. 南京斯府　老太太院子　夜　外

院子里灯火通明，沿廊悬挂的红绸格外鲜红，斯老太太站在台阶上怒气冲天，家丁奴才们低着头排着队，跪在地上任风雪吹打不敢出声。

斯老太太重重地用拐杖敲打石板："找，快去找，挖地三尺也得把董小姐找回来，这么个大活人好端端地怎么给弄跑了！"

王凤儿战战兢兢地："老太太息怒，府里上上下下找遍了，没见着人影，这会子大概早是出了府。"

斯老太太："废物！废物！一群废物，办个喜事，你们先把新娘给弄跑了！"

王凤儿听出其中滋味来："老太太明鉴，今儿个一天都在忙着布置新房和宴席，谁曾料那董小姐装病，把大伙儿都给糊弄了。"

斯老太太："哼！糊弄，这个府上谁还敢糊弄？定饶不了谁！"

王凤儿吓得浑身颤抖。

斯老太太说完背过身去进了内厅，将王凤儿撂在了外头。

15. 南京斯府斯老太太房间　夜　内

斯老太太由小丫头搀扶着坐到太师椅上。

王凤儿急匆匆跟着进了内厅“噗嗵”跪在地上：“老太太明鉴，那死丫头偷摸跑了，妾实在是不知情，敢有半点隐瞒老太太的，就让那天上的雷劈死。”

斯老太太却更气恼了：“这原过年过节办喜事，是喜上加喜，你一口一个死是咒我不成？把我气死，你们可以一个个攀上高枝成凤成龙了！”

王凤儿哭将起来：“老太太是府里的主心骨，没了老太太咱们一个也不成了，要说我王凤儿的高枝，那就只有老太太您的恩德。”

斯老太太听罢冷静下来：“想来你也不敢糊弄我，管家呢？出了那么大的事，他去哪儿了？”

底下人一阵交头接耳纷纷说不知道。

王凤儿见老太太已转移了怀疑目标，就从地上起来，接斯老太太的话火上浇油：“说来今天一整天不曾见着他了，想必是去办大事了，不然今天这样的大日子，府里怎能少了他！”

斯老太太：“反了！反了！一个个不把主子放眼里，快去叫他来见我！”

正说着，斯管家踏进门槛行礼回答：“回老太太，奴才回来了。”

斯老太太：“你、你还知道回来，你可知……”

斯管家见这般情形，也不管不顾打断了老太太的话：“奴才随老爷的油壁车去接新娘了。”

斯老太太激动地站起来：“什么？新娘找到了？”

斯管家沉吟片刻，似有难言之隐：“确切说是……是……”

斯老太太喜笑颜开：“哎呀，新娘接回来了就好，人呢？”

斯管家：“就在院子外油壁车候着。”

斯老太太：“候外头车里多冷，快快接屋里来让我先瞧着新娘。”

斯管家支支吾吾：“这、这，这个……”

王凤儿也如获大赦：“这……这什么呀？快快领新娘见老太太。”

王嬷嬷带着两个小丫头出去了。

斯管家还想说什么：“老太太，老爷说那……那……”

王凤儿：“你少啰嗦，这里没你的事了，你出去。”

大伙儿扯着脖子等着看新娘子，斯管家低眉鼠眼地一溜烟儿走了。

王嬷嬷前面领路，新娘由两个小丫头搀扶着进了内厅。

斯老太太看着新娘婀娜的身姿，即使披着红盖头，都能感受到新娘妩媚的气息。

斯老太太喜不自胜："对的对的，新娘得由油壁车接来，是我老糊涂了。"

王凤儿会意："王嬷嬷，拿喜秤来。"

王嬷嬷："是。"

斯老太太："新娘接回来了就好，按理入了洞房方可揭红盖，你与凤丫头原就带亲，算不得外人，我既是娘家人也是婆家人了。"

说罢，斯老太太举着喜秤，挑开了新娘的红盖头。不料，出现在大伙儿面前的竟是活脱脱一个尤二奶奶。斯老太太如遭雷击"啊"地一声尖叫，当场晕了过去。

16. 南京街头　夜　外

南京街头上空烟花盛开，把街头巷尾照的通亮，人群熙熙攘攘、络绎不绝。

镜头慢慢摇近：

方以智出现在人群中，他站在街道中央仿佛时间倒流，周边的人群开始倒退着走路。

倒叙：斯府大门口　夜　外

斯府内传来喜宴的笙乐，方以智的书童卞儿向小厮打听着什么。

小厮回答卞儿的情形。

喜乐更响了。

倒叙毕。

方以智周边的人群，开始顺着走路且快速地移动，从人群密集到人群稀少直至人群散尽。留下方以智独自站在街道里，漫天的飞雪，洋洋洒洒舞蹈着。

方以智的书童卞儿牵着马走近："公子，咱们回吧，明天就是除夕夜了。"

方以智一副失魂落魄的样子："回哪儿去？"

卞儿端详了一下方以智："公子你怎么了？当然是回绍兴去呀。"

方以智："要找的人还没见着呢。"

卞儿："人家都说了，今晚正洞房花烛夜呢，怎会见咱们？"

方以智猛地拔出腰间佩剑，在飞雪间一阵狂舞："碛里征人三千万，一时回首月中看。欲将轻骑逐，大雪满弓刀。"

卞儿："公子，公子，雪下大了，你怎么还舞上了呢？"

方以智随剑身在半空中一个鹞子翻身落在卞儿跟前，卞儿看着方以智的剑头直指自己咽喉，吓得一动不敢动："公子，你……你是怎么了？"

方以智似笑非笑道："此情可问天！"

卞儿小心翼翼地将方以智的剑推开："公子该回绍兴了。"

方以智："回，回安庆桐城。"

卞儿："那老爷……"

方以智："正是老爷叫咱回桐城去陪祖母过年的。"

卞儿："哦，原来此处是路过。"

方以智苦笑："正是路过此处。呵呵，从此董小姐该有归宿了。"

17. 南京市郊一处凉亭　夜　外

子修将一盏小巧玲珑的琉璃灯挂在柱子上，雪花像失了方向的飞蛾，碰到琉璃灯壁就即刻化成了水珠。

董白仰着头看着它们笑道："没想到这盏灯还能留到如今，这是爹爹在我六岁庆生那天送我的礼物，有它在可真好。"

子修哆哆嗦嗦过去，紧挨着董白坐下："小姐，这天一下雪，气温又下降了许多，要在这凉亭过夜，恐怕不能够了。"

董白无奈："怎么着也得熬过这几天去。"

子修哆哆嗦嗦满是尴尬的表情："小姐，我……我内急。"

董白"扑哧"笑出声来："这个需要我帮你吗？"

子修跺跺脚："那……那我就去旁边方便了。"

董白："你提着灯去。"

子修："不用。"

董白听子修脚步声渐远，就哼起了童谣为子修壮胆："猫咪猫咪，明朝除夕。买条鳑鲏，挂在床里。鳑鲏跳一跳，猫咪笑一笑。"

不料子修叫嚷着回来："小姐！小姐！小姐！"

吓得董白赶紧起身迎过去："子修，你没事吧？"

子修灵机一动，拽下琉璃灯拉起董白道："小姐，你瞧我找到什么了？"

董白懵懵地："什么怎么了？"

子修拉着董白来到田埂边，是一个一人多高的草垛："你看，咱们冻不死了！哈哈！"

董白领会："太好了，子修你尿出了个大暖床哈。"

子修害臊："咦——不许说那个。"

子修上前将雪扒开露出金黄的草垛，她又将草垛掏出一个洞来，两人躲进了草垛。

董白帮子修哈手："手冻僵了吧。"

子修将手贴在自己脸上："没事，这里面就暖和了。"

董白也将自己的手掌贴在脸上："子修，有你在可真好！"

琉璃灯渐渐熄灭了，远处夜空中陆续有烟花燃放，照的两个女孩的面庞忽明忽暗。

18. 南京郊外草垛旁　日　外

一个肉嘟嘟的小胖墩男孩叉着腰，手持木棍带头站在前头，后面跟着一群大大小小的孩子。

男孩大吼着："快、快出来，你们可真肥胆儿，敢占咱们黄金山头！"

子修扒拉开草垛："哎呀妈呀，天大亮了。小姐，快醒醒。"

董白迷糊着睁开眼："雪停了。"

孩子们跟着小胖男孩："快，快滚出咱们的黄金山头。"

子修嘟囔着："你们是说我们吗？这……这哪儿有什么黄金山头？"

小胖男孩："就是，就是，你俩占着我的黄金山头了！"

子修扶着董白从草垛里钻出来，头上、身上全是横七竖八的稻草："这，不就是个草垛吗？"

孩儿们起哄："乞丐，乞丐，乞丐……"

董白觉得浑身不自在，尴尬地用手遮住脸，低声对子修道："子修，这些小孩可怎么办？"

子修胡乱地将头上的稻草扯掉，恼怒地吼道："什么怎么办，去去去，小屁孩儿！谁是乞丐？谁是乞丐？少给我起哄，走走走，还你们的黄金山头！"

孩儿们嬉笑着一个个跳进草垛玩耍："嗬——嗬——嗬——乞丐赶跑咯——乞丐赶跑咯——黄金山头归咱们咯！"

子修一手挽着包裹，一手拉着董白往大路上去，眼看离人群远了才停下来。"

董白："子修，等等，这还没想清楚往哪儿走呢。"

子修气喘吁吁地一屁股坐在雪地里："小姐，这还用想嘛，当然是回苏州家去啊。"

董白蹲下身看着子修一头乱稻草的模样，忍不住笑出声来，边帮她整理头发边道："这个鬼样子回去还不吓着我娘。"

子修也赶紧帮董白整理衣衫："换身衣裳的事，小姐还是闭月羞花、倾国倾城的小姐。"

董白："不行。"

子修："小姐，怎么不行了，这个鬼地方，我一天也不想待下去了。"

董白："你忘了当初咱们出来是为了什么？"

子修："当初，当初出来那会儿高管家跟着来了，然后进了斯府，以为可以暂住人家屋檐下，如今那破斯府铁定是住不了的，咱们赶紧回家吧。"

董白："当初出来就是想好了，不管是卖画还是什么，铁定是要设法自己谋生。不光要养活自己，还要赚了钱给母亲治病。不是吗？"

子修嘟嘟囔囔地："那……那也是小姐你……你自个儿一厢情愿。"

董白："子修，连你也不相信我吗？"

子修："不是，小姐，咱们是女儿身。当初杨默生离家出走时你还不担心人家安危来着，更何况你我。"

董白："说什么也不能就这么回去，我娘的病需要长年累月吃药，嬷嬷和高管家也年事已高。子修，你若害怕，我先送你回去。"

子修耷拉着脑袋："小姐，我的命是你给的，你若不回，子修怎可以弃你于不顾。"

董白："走，先去文一书斋看看，说不定有好运也未可知。"

子修："小姐，这南京城还去得吗？"

董白："怎么去不得？"

子修："咱们不是刚逃出来吗？"

董白："你别太高估了自己，斯府那样的大户，要的是脸面，不是谁的人情，他们既定了婚宴，那婚事铁定办了。他们可以不问你我是否愿意就定婚约，又怎会找不着一个不问出处的新娘替而代之呢。"

子修："他们不会报官？"

董白："不但不会报官，依我看大概就连赴宴的人也不会知晓其中出了什么差错。"

子修："小姐，你说的像是自己见着似的。"

董白："除了大奶奶面子上过不去，谁会在意你我真的在或者不在。"

子修："那老太太不是稀罕小姐来着嘛？"

董白："你还当真了，那老太太最不喜尤姐，她跟他儿子较着劲，我本只是她手里的一出好棋子，丢了虽可惜，却也抵不过她斯府的排场和颜面的万分之一。"

子修："小姐，你啥时懂得那些七拐八拐的事？"

董白："回头卖了画有钱了，给你买本鬼谷子的三十六计看看就什么都明了了。"

子修："什么鬼？不看不看，我不要看。"

两人说着已走近南京城门下，不远处城门两侧的卫兵在例行检查。

董白猛吸一口气道："南京城，我还是回来了。"

19. 南京秦淮河边一文书斋　日　内

文一老人拿着放大镜，上上下下打量董白和子修："你们俩真的就是前儿个来过的那两个姑娘家家？"

子修撸撸头发靠近老人家："那还有假？你看看我这屡长发，你看看。"

文一老人推让着："不用不用，你站那边，老朽看得见，看得见。"

子修嘟囔着嘴："你拿着个圆镜子照来照去的不是看不清吗？"

文一老人："这个是老花镜，哎呀跟你也说不清。别急，果真是你们，那也请过完年后再来，今天咱书斋不开张你们回吧。"

董白木讷地半晌不出声，子修摇摇她："小姐，小姐，你倒是说话呀，他……他叫我们回去呢。"

文一老人："请两位先回吧。"

董白："老人家，我的彩蝶图有人出价买吗？"

文一老人："不曾有人买画，这个时节，人们都忙着过年呐。"

董白"哦"了一声拉着子修出门去。

20. 南京秦淮河边一文书斋门外　日　外

子修："小姐，走那么久的路跑来问画，这就回了？"

董白："不是没有卖出画嘛。"

子修："那老头都不曾将小姐的画挂出来，自然卖不出去呀，至少得让他把咱们的彩蝶图挂上墙才是。"

董白："唉，他都要打烊了，还是算了。"

两个尚留着辫子的学生说说笑笑地进了书斋："文先生，还有福字和春联吗？"

文一老爷里面回话："有，有，你们进来取。"

子修："哼！才说不开张呢，转头就招揽客人了。"

董白："大过年的，你我的样子实在不雅，怪不得人家轰咱们走。"

子修："小姐，不是我说你，你又想卖画赚钱，又处处抹不开面子怕惹人笑话可怎么行？我进去跟那老头说。"

董白："唉——子修——"

没等董白说完子修独自进了书斋。

董白跟了几步却不想进去，转身在书斋门口转悠，只见一老婆婆拿着几块砚台摆在路边，董白上前询问：“老婆婆，这么冷的天，您是在此卖砚台吗？”

老婆婆：“没错，等有缘人买走就回家过年了。”

董白觉得这个婆婆恐怕跟自个儿一样，等着钱好过年。她不自觉地蹲下身拿起一块砚台看：“歙县宋砚，这可是方好砚台啊。”

老婆婆：“小伙儿识得好东西，不如你挑一个。”

董白：“好是好，只是价格也不菲吧，小生怕是不敢挑的。”

老婆婆：“哎——没事，好东西得有缘人才可得，你尽管开价。”

董白摇摇头：“婆婆，这样的砚台您为何不卖给书斋，也能给个好价钱，放在路边岂不贱卖了。就我刚才看的那一方，雨点金星的纹路，少说也得几十两纹银。”

老婆婆笑笑：“我刚才看见你们被文一先生请出来了，是为何？”

董白没料想这个老婆婆会问这个：“这……这个，我们刚……”

老婆婆：“不说也罢，买不起里面的东西吧？我的这方砚台一两银子卖与你了。”

董白：“不不不，老婆婆不是我要买你的砚台，我是给你个建议。”

老婆婆：“一两银子也没有？十个铜钱拿去吧。”

董白惊呆了，连连摆手：“不可，不可，婆婆。”

老婆婆伸出手去：“我就要你的十个铜板，这么冷的天我也好收摊回家了。”

董白不知为何忽地脸红心跳起来，取下包裹找银袋，摸索了半天才摸出十个铜钱：“婆婆，我原本没多少，不然应该多给一些于你才是。”

老婆婆笑呵呵地收了那十个铜钱：“正好。”

董白一边帮老婆婆收砚台一边道：“婆婆，我不要你的砚台，你收好了，来年定可买个好价钱呢。”

董白正说着，书斋那边传来吵闹声，老婆婆笑道：“其中一个是跟你一起的吧，快去看看吧。”

董白放下砚台走过去。

两个书生架着子修吵吵嚷嚷地从书斋里出来：“走走走，这可是大名鼎鼎的钱谦益大学士的书斋，几时轮得到你一个乳臭未干的小子来指手画脚了。”

子修：“他们收了我们的画，画当然得挂墙上卖啊！”

书生：“收你的画是给面子，你还真上墙了？”

子修：“什么强不强的？那老头还没说什么呢，你们急什么劲儿？”

书生：“我们是他的学生，你小子还用得着咱们老师跟你理论！名画大家才可上墙，你是哪一家？”

子修：“又来一个问哪一家的？我家小姐就是我家的！怎么啦！”

书生：“咦——这原是个疯子！”

子修：“呸——你们才是疯子呢，什么破书斋，破规矩！”

董白见状忙起身过去拉开子修：“子修，你闹什么？咱们是有求于人家书斋，你跟人闹翻了，今后怎么营生？”

子修听罢才安静下来：“那两个小子太欺负人！”

文一老人拿着春联、福字从里面出来：“怎么一会儿工夫，你们就吵上了呢？”

书生：“文先生，那小子恁要把徐渭的那幅画换成他的彩蝶图挂墙上去，他又不是什么名家，凭什么挂上去啊！”

文一老人：“好了，好了，回吧，都回家吧，平安万福！”

文一老人将春联、福字给了书生随即转身关上了书斋的大门。

两书生耸耸肩从子修、董白身边走过，子修吐舌头冲两人做鬼脸。

董白拉拉子修：“进去自找没趣了吧。”

子修：“要不是那两人捣乱，咱们的画现在就挂墙上了。”

董白：“唉，什么挂不挂的，原是什么就是什么。”

子修：“小姐，现在咱们去哪儿？”

董白沉吟：“嗯——咱们去看雪景过大年。”

子修缩着脖子嘟囔道：“冷得要命。”

董白才想起什么，转身去寻那老婆婆早已不见了踪影。

子修低头看见了什么：“小姐，这个是什么？”

董白看见地上放置着那块“夜空星辰”：“老婆婆人呢？”

子修过去拾捡起砚台：“老婆婆是谁？小姐，这是一方砚台呢。”

董白：“嗯，还是一方上好的歙县宋砚。”

子修：“小姐你怎么知道的？”

董白哭笑不得：“方才我用十个铜钱向一个婆婆买的。”

子修眼睛瞪得大大的：“小姐，我饿了。要不我把这方上好的砚台给吃了吧！”

董白：“对不起，子修，方才有个老婆婆她……她……”

子修快要哭了：“她也饿了呗！”

董白白点点头：“差不多是那样子。”

两人一个背着包裹一个端着砚台朝秦淮河边走去。

21. 南京秦淮河边纸砚铺　日　外

子修啃着一个大馒头，掰下一角："小姐，你真的不吃点嘛？"

董白摇摇头："不吃。"

子修犹豫了一下，满足地咽下了这一角馒头："小姐，那咱们进去把那方砚台卖了吧。"

董白迟疑着："真的要卖呀？"

子修："不然呢？卖了它既可以填饱肚子，说不准今晚还能住店呢。"

董白："可……可那老婆婆分明是将它故意贱卖于我，我这转手就高价卖出，岂不辜负了她老人家的一片心意。"

子修："小姐，我就那么一说，还指不定能不能卖出十个铜板呢。你眼里就是满大街的好人、善人，也就是你会饿着肚子倾囊相助。"

董白："好东西我还看不出来吗？"

子修："好东西她能那么扔大街上卖？"

董白："这个——定是有什么缘故吧。"

子修拉着董白往纸砚铺里走，董白愣是不肯往里走，两人僵持着。隔壁糕点铺的老头探头问纸砚铺老板娘："胖婶儿，还有春联卖吗？忙活了一上午，咱家的春联还不曾贴上呢！"

胖婶儿也探出头来回道："哎呦，不巧了，最后一幅刚买走。都年三十了，写春联的先生也早走了。"

过来两个扎着小辫儿的小姑娘："胖婶儿，我娘叫我来买春联。"

胖婶儿："咦——这可怎么好？"

董白灵机一动在子修的耳边嘀咕着。

22. 南京秦淮河边纸砚铺　日　内

纸砚铺的案头上铺开着红色春联，众人围着董白观看她书写，上联："一年好景随春到，"下联："四季财运顺意来。"横批："心想事成。"

董白才收了笔，那糕点铺的老板便叫好："好，好，我就要这一副春联了。"

胖婶："还好碰上了这位秀才，你得了这副对联来年定能发大财。"

糕点铺老板："一起，一起，恭喜发财恭喜发财！"

人群各自拿了春联散去。

胖婶从格子屉里取一串铜钱数着："一副对联一个铜钱总共十副对联十个铜钱，你们数数。"

董白笑道："正好。"

子修取了钱见董白转身准备离开，她即刻将砚台塞到胖婶手上："您看看这个值什么价？"

胖婶："呦！好个砚台，少说也值二十两银子的。"

董白见状上前从胖婶手里夺回砚台："这个不卖！"

子修边追边喊道："小姐，小姐，看来那个老婆婆还真没骗你呢。"

胖婶看着两人离去，纳闷地嘀咕："小姐，这两人到底是男是女？"

23. 南京秦淮河边　黄昏　外

天色渐渐暗将下来，不时传来爆竹、烟花的声音。董白坐在河边的石条凳子上，子修在一旁树底下垒了一个雪人，正使劲往上面添加眼睛、鼻子。

董白："子修，咱们也学着那个老婆婆一样在路边设摊卖字吧。"

子修将石子儿按在雪人嘴巴的位置，雪人咧着嘴笑了："这会子街上空荡荡的。"

董白哈哈手背："嗯，现在人们正是开吃年夜饭了。"

子修点点头："记得以前在湖州家里吃年夜饭，我娘都会蒸红粉肉团子，油油香香糯糯的，现在想起来都叫人直流口水呢。"

董白："我娘备置的年夜饭大概跟别家都不一样，全素食铺席，不过她若不说，你看着吃着也全是大荤的样式和滋味儿。"

子修："这是怎么说的？"

董白："素蟹黄、素海参、素排骨、素香肠、素肘子、素鱼、素鸡，哪一样看着不是荤菜呢？"

子修："真真是奇了，都是什么做成的？味道也跟荤菜一样吗？"

董白："差不了多少，靠的是各种各样的调料搭配。佛家说味觉是一场游戏，不说透，你准也觉得素食荤吃没什么差别。不过那耗费的时间，下佐料的成本并不比那真鱼、真肉便宜，甚至昂贵许多。"

子修："董夫人是我的偶像啊！"

董白眼眶渐渐湿润："不知今天母亲会准备怎样的年夜饭，身上的病是不是好一些了。"

子修脸上的笑容也渐渐冰化了似的，却努力地调节气氛："嗯——今天嘛，夫人和嬷嬷他们定然也会准备好吃的好喝的，热热闹闹、开开心心地过大年。特别是高管家腌制的糖醋萝卜，甜丝丝、酸溜溜比那新鲜果脯还脆口，每次路过那土窑坛子，我都忍不住要偷吃几根呢，还有那金黄的腌菜梗，在卤水里放久了亮晶晶的……”

董白听罢子修绘声绘色的描述，忍不住低声抽泣起来：“母亲的病并不适合吃那些重味的。”

子修：“好好好，不吃……不吃那些。是……是子修自己嘴馋了，尽说些自己爱吃的，夫人肯定做了好多素鱼、素肉什么的。”

董白：“如今家里哪有条件做那些，只求母亲能有口热汤热饭，夜里睡觉多加一床被子，别受寒受病才好。”

子修：“小姐，夫人有嬷嬷和高管家照看着，定错不了什么的。”

董白点点头打起精神来：“子修，咱们去亭子里写春联去。”

子修之前并不赞成董白花钱买纸去卖字的做法，经过一番忆甜思苦后，她似突然开窍变得异常积极：“好好，胖婶那一副对联卖五钱，咱们卖三钱笃定有人买。”

董白和子修整理包裹。

第十七集　除夕之夜流落街头　陌路相逢人鬼难辨

1. 南京秦淮河边街道　夜　外

夜灯初上，街道两边的小商铺，陆续有人开门招揽生意。有小孩、大人也有一大家子相伴出来热闹的，人们互相敬贺着："新年好！新年大喜！"

董白和子修蹲在街边，铺开五六副对联，有人上前买走了一幅，子修喜滋滋地收了钱："小姐，咱们开张了。"

董白浅浅一笑说道："嗯，晚上可以给你加餐了。"

子修指指对面的糖葫芦摊："那我要一串糖葫芦。"

董白："好。"

子修手里拿着一叠巴掌大小的红纸福字，派送给过往路人："新年大喜，新年大喜，买对联送大福！买对联送大福咯！"

人群聚集起来，众人指指点点欣赏对联，不一会儿，摆在街上的对联被领买一空。

人群散去。

子修的钱袋看起来沉甸甸的："小姐，你猜猜今晚上赚了多少？"

董白有点疲惫，小心地将多余的纸卷起来，脸上却挂着笑容："我猜不出。"

子修："三十一钱，去掉买纸墨的八钱，足足多了二十三钱。"

蹲在地上收拾包裹的董白仰着头看子修道："可惜，春联只能卖这一天。"

子修："小姐，明天咱们可以卖画。"

子修见董白忽然张着嘴变了脸色，便问道："怎么了？卖画说不准比卖春联更赚钱呢！"

几个满嘴酒气打着饱嗝的小混混站在子修的背后，其中最小个的小胡子推了一把子修："好大的胆儿！还卖画呢？你们也不瞧瞧这是谁的地界儿！"

子修一个趔趄差点儿摔倒："干嘛推我！"

小胡子紧接着又推了一下子修，恶狠狠地说道："推你做甚？我还打你呢！"

小胡子身后几人也围拢来。

董白站起来拦在子修面前："各位，有什么话好好说。"

小胡子指着子修的鼻子："好好说，他拿眼睛瞪谁呢？"

子修气呼呼地反驳："我犯着你了吗？你推我还想打我？"

小胡子一把揪起子修的衣领："在这街上摆摊儿问过我了吗？懂不懂规矩？"

董白示意子修忍耐，对小胡子劝道："你的规矩肯定不是伤人，你尽管说来便是。"

小胡子松开子修，对董白道："我的规矩是伤你还是护你，都由我说了算。"

董白："那你怎么说怎么算？"

小胡子一把夺过子修手里的钱袋："太不懂事！今天得今天算，明天就明天再说！"

子修怎肯罢休，上前要抢回袋子，用力一扯钱袋撒了一地："这个是我们的，凭什么抢我们的钱！"

小胡子一把推倒子修，后面的混混们一哄而上，拾钱的拾钱，打人的打人。

子修瘦小哪里挨得了拳头，高呼着"救命"，董白扑过去用身体挡住子修："钱给你们了，为何还打人！"

董白被小胡子踹了一脚重重地摔倒在地，却依然爬起来护住子修。

小胡子："你小子还算懂点道道，给钱买平安，明天我们还来。"

说着混混们摇头晃脑地走了。

董白见人走远，紧绷着的身子才松懈下来，随即一阵眩晕差点儿晕倒。

子修紧张地扶住董白："小姐，他们没有伤着你吧？"

董白定了定神："没有，你呢？"

子修委屈地："疼，尤其那个肥头大耳的，下手也忒狠了。"

董白撩起子修的胳膊查看伤情："让我看看。"

子修捂住衣袖："不用不用，小姐一说我又不疼了。"

董白掏出手帕擦去子修脸上的眼泪："好，我不看，疼就喊出来。"

子修摇摇头，眼泪却簌簌地滚落下来："真不疼了。"

街上的人依旧来来往往，像什么事也没发生过一样。天空的烟花像盛开的鲜花蔓延开来，人们驻足观看，小孩们叫嚷着、欢笑着……

2. 南京秦淮河边街道某店铺廊下　夜　外

夜空中飘起了雪花，在街道两旁灯笼的照映下可以清晰看到雪花不规则的外形，那么轻柔、优雅，神秘。

子修将斗篷给董白拢紧了，自己紧挨着廊柱坐下：“小姐，这个廊檐还能避避风，咱们先熬过了今晚，等明天天一亮就回苏州家去好吗？”

董白困得实在不行，两只眼皮半撑着：“嗯，再说。”

子修心疼董白，靠过去想用双手怀抱住她暖一暖：“小姐，能不睡着吗？子修怕你睡着了受寒。”

子修的手才碰上董白的胳膊，董白忍不住“哎呦”一声。

子修：“小姐，你的胳膊受伤了？”

董白有气无力地将头靠在子修身上：“没事，皮外伤。”

子修才看清董白那露出在袖口外手腕上紫黑色的淤青。

董白：“我想睡一会儿就一小会儿。”

子修索性让董白趴在自己腿上：“好，小姐，你趴我腿上睡吧，暖和点儿。”

董白在子修怀里倒头睡去，子修稚嫩的脸上泪如泉涌……

店铺的门“哐啷”一声被打开了，出来一个腰圆膀宽的娘子，立在廊下好似一座铁塔：“我说门口一团黑簇簇的是什么东西？要死嘞，大过年的，门口躺着两个要饭的。起开起开，你们给我赶快走，走远远地，别晦气了我们这人旺财旺的大铺子！”

董白眯缝着眼，晕乎乎地只看见一个大黑影子，气势汹汹地压过来：“赶快走！赶快走！”

子修：“你凶什么？我们可不是要饭的，都说和气生财，借你门口避避风，用得着那么小气嘛！”

董白作揖道：“这位大娘子，我们一时回不了家，想借你家廊下一宿，并不曾有意打搅于你。”

五大三粗的胖娘子见董白长得眉清目秀，煞气消了大半，眯缝着桃花眼凑到跟前：“原是位年轻的小哥哥，这大冷的天，是哪一家的舍得你到我门外受冻？”

此时廊外来了一辆马车在店铺前停下来，一身狐狸皮袄的红果儿扶着一个醉汉从马车里下来。

醉汉叫嚷着：“谁敢送我走就跟谁急！今日这喝花酒的钱是我家娘子允下的。”

红果儿将人送到那胖娘子跟前道：“人给你送回来了。”

胖娘子双眼瞪得铜铃大：“死鬼，这会子可还认得你家娘子？”

醉汉睁开眼笑道：“我家娘子不曾那么温柔。”

醉汉说着绕开他娘子走到董白跟前：“你……你也不是，瘦的像根麻线儿似的。我家娘子温润、丰满，捏一把沉甸甸的，嘿嘿嘿！”

子修上前拦住醉汉不让他靠近董白。

胖娘子听罢倒是满意，从衣袋里掏出一吊钱给红果儿："照例，这个是赏你的。"

红果儿："来红楼的人见多了，不曾见过有自家娘子主动送相公去的，今儿个还是除夕。"

胖娘子："只要我相公不纳妾，出去喝几盅花酒算什么。你个小狐狸精懂什么？"

红果儿："你不怕小狐狸迷了你家相公的眼。"

胖娘子举起她的粗胳膊："那你可以试试。"

红果儿不屑地瞟了一眼醉汉："下次让我做内应，这一吊钱太少了。"

胖娘子当作没听见，转身扶着醉汉往屋里去，顺手拧了一把董白低声道："细皮嫩肉的，你要愿意进来，老娘吃点亏就吃点亏。"

子修啐道："呸！变态！"

胖娘子重重地将醉汉推进屋里，把着门把道："哎呦呦！两个流浪汉还蹬鼻子上脸？走走走，大过年的别挡着我家门面招元宝招运气！"

董白："子修咱们走。"

胖娘子重重地将门关上了。

子修："可是小姐，我们要去哪里？"

董白："走了再说。"

红果儿看了一眼董白和子修便上了马车，董白和子修也随即冲进了街道的风雪里。

3. 南京秦淮河边街道　夜　外

董白和子修顶着风雪走在街上，不一会儿斗篷上积满了雪花。

子修左右顾盼着，两旁的铺子均是两层的楼房，再没有见着像刚才胖娘子家的铺子设有可避风雪的廊檐。

忽然刮起的大风，董白冻得浑身发抖，和子修抱作一团。加上困顿，董白的意识渐渐模糊，两条腿怎么也迈不开步伐了。

子修用力摇晃双眼紧闭的董白："小姐，小姐，你睁开眼睛看看我呀！"

董白疲软地靠着子修，喃喃道："子修，我好困我……我……"

说着董白像散了架似得摊到在大街上。

子修呼喊着："小姐，小姐，小姐，你醒醒，醒醒啊！"

子修无助地抱住董白，一边用斗篷替董白遮住风雪，一边高声求救："救命啊！救命啊！快来人啊，快来人啊！"

只见之前远去的那辆马车又返回来，红果儿从马车上下来。

子修哭喊着："小姐，你醒醒啊。"

红果儿："快，快扶他上车。"

子修也顾不得来人是谁，一起把董白送上了马车。

4. 南京秦淮河边红楼　夜　内

红果儿蹑手蹑脚地关上了杂货间的门，刚想转身，忽听得门外妈妈叫道："果儿？干嘛呢，开门。

红果儿慌张地将门开出一道缝："妈妈，这么晚了你还没去睡？"

红楼妈妈眼睛朝里面瞧了瞧："等你回来有事商量。"

红果儿故意用身体挡住门框："妈妈，我找一双木屐靴，下雪天可以穿。"

红楼妈妈推开红果儿往里走："我怎么见着进门来的不止你一人。"

红果儿顿时红了脸，紧张地试图拦住她："妈妈，定是你眼花了，客人都送走了怎么还会有人来。

红楼妈妈查看了一番，里面堆满了屏风、灯笼、旧家具："小姑娘家家的别做傻事，这秦淮河边每年都有个把人脑子坏了，做出吃里扒外的事。见了平常男子就丢了魂，特别是书院里上学回不了家的穷书生，别的本事没有，骗姑娘的本事却高明的很！"

红果儿："妈妈，这话我都听上百遍了。这哪里有什么穷书生？"

红楼妈妈："嗯，没有就好，靴子在哪儿？我替你找。"

红果儿："不用，不用，准是在去年换春装的那个柜子里，我自己才清楚。"

红楼妈妈："那行，今晚早点睡，明早订了两只花船，客人都是外地来的，不清楚习性，姐姐妹妹们还指着你去压阵呢。"

红果儿连忙爽快地回应道："我晓得。"

红楼妈妈打了个哈欠出了杂货间。

红果儿将耳朵贴在门上，听妈妈"噔噔噔"上楼并关上了房门。红果儿急忙转身推开屏风，里面并没有人。

子修头顶着一个大红灯笼在墙角站起来："红果姑娘，我们在这儿呢。"

董白被两人搀扶着靠着墙角躺下，红果儿拿了一床被子裹住董白："还冷吗？"

董白脸色煞白，牙齿打颤，红果儿在她额头上试体温："她这是发烧了。"

子修脸上挂着泪水："姑娘，求你救救我家小姐，她有咳疾，今天受了风寒还遭了惊吓。"

红果儿惊愕："小姐？"

子修点点头："我也是女的。"

红果儿下意识地舒了一口气："嗨！还好是女的。"

子修有些不好意思："我们不是有意要骗人……"

红果儿："你放心，我既然带你们回来就不会不管，我去拿药。"

说着红果儿出了杂货间。

董白迷迷瞪瞪地说："父亲，我们回家吧，母亲她病了。"

子修俯下身低声道："小姐，我是子修。"

董白额头冒着冷汗，微微睁开眼，子修的脸模糊不清，渐渐呈现出冒辟疆的轮廓："我知道是你，你救了我的命，你就一直跟着我，有一天我会把命还给你。"

子修哭泣着："小姐，你说什么胡话，是你救了子修的命，要还，也是将我的命还给你才是。"

5. 空镜头

窗外秦淮河水波妖娆，白雪包裹着红灯笼点点的红光若隐若现，深夜里依然有游船经过，歌声、笑声夹杂着喝酒的猜拳声……

6. 南京秦淮河边红楼　清晨　内

红果儿拿着断肠剑从楼梯上下来，两个小丫头也跟着下来。

红果儿挽了个剑花说道："今日舞剑需你们几个配合，就那儿套样式怕各地来的客人多有见过，咱们换个花样搬上一套你来我往、见招拆招的舞法才好。"

两个小丫头点点头："就按红果姑娘说的排练。"

红果儿惦记着昨晚救下的人："你们先去门口候着，我去拿点东西就出来。"

红果儿见两丫头出门去，随后就进了杂货间。

红果儿轻声呼唤："两位姑娘人呢？"

红果儿走到墙角，只见被褥叠放整齐却不见了人影，棉靠枕上放着一张字条："感念姑娘留宿之恩，董白、子修惜缘拜别。"

红果儿："呵呵，惜缘，你们是怕我不便，还是怕你们自己不便呢。同命相怜罢了，好自为之吧。"

7. 南京城隍庙牌楼下　日　外

镜头俯瞰着城隍庙牌楼前，人来人往熙熙攘攘。

董白被子修搀扶着立在城隍庙牌楼下：“听父亲说过南京的庙会从城隍庙排至刑部大街足有三里地，今日一见这气势果然了得。”

子修却没有心思看庙会：“小姐，昨儿个半夜才退的热，这一大早出来摆摊合适吗？”

董白硬撑着说道：“正月初一的庙会是南京城一年里最盛大的集会，凡是商贩没有不赶这一天的。”

子修看着董白煞白的脸，心里担忧：“我是说你病倒才多久的事儿，这么折腾再受风寒可怎么好？”

董白：“走，我们找个避风的拐角，在竹竿儿上挂个‘卖字’即可。”

子修指指董白手里握着的一根手提灯笼的提柄道：“原来小姐在红楼杂货间拿一根竹柄是派这个用场的。”

董白对子修笑笑：“一根废弃的竹柄，当拄杖嫌短当筷子又太长，用来撑地摊位正合适。”

子修：“小姐还能说笑看来是真的好了。”

董白：“你别再当我是董府的娇小姐才是正经。”

子修：“我家小姐不是娇弱是尊贵。”

董白用手指点点子修的额头：“走，挂个牌，自说自话去。”

8. 南京正月初一庙会一角　日　外

斯家人簇拥着老太太从庙会街角通过。

小少爷却停留在街角拐弯处不走了，王凤儿眼尖对贴身丫鬟嘀咕道：“你过去盯着点小少爷，别让他又出什么岔子。”

向芬见小少爷不走，便去规劝：“小少爷，太太、奶奶们前面走了，你看什么呢？”

小少爷指指街角那插在墙缝上的“卖字”两个大字，底下正是董白和子修在张罗着生意，周围还围了一些看客。

向芬这一看可了得，吓得赶紧捂住小少爷的嘴巴：“小少爷，快走，咱们什么也没看见。”

小少爷被向芬拉着往前走，他不住地回头：“蝶……蝶……蝶……”

王凤儿的贴身丫鬟也看得分明，随即急匆匆地赶上行进的队伍。

不一会儿工夫董白便完成了一幅彩蝶图，众人连声叫好。

有一书生模样的青衣后生道："你既是挂的卖字，如何又画上了？"

董白道："画上题字，字卖得，画免费送。"

青衣后生："你倒是会做生意，你画的是彩蝶，若以彩蝶两字为引子你如何题字？"

董白想了想便在画的右上侧空白处写道："彩云纷纷瑞天长，春蝶双双祥地久。取名天长地久图。"

青衣后生十分满意地点点头："好个天长地久！这幅我买下了！"

众人见了也赞赏不已，纷纷争抢预定字画。

镜头淡出。

9. 南京庙会　黄昏　外

到了傍晚，赶庙会的人有增无减，子修一边啃着馒头，一边欣赏着街边琳琅满目的商品，她忍不住在胭脂水粉铺前停留下来，拿着一款精美的水粉盒子看。

老板喊道："小伙子，上好的水粉送佳人正合适。"

子修抬头，恍惚间看到斯府的大奶奶在街对面正瞅着自己，可人流太多，待仔细辨认时人又不见了。

子修才意识到自己走神了，三步并两步地回到董白身边。

董白看看天色说道："今天差不多了。"

子修递给董白一个馒头小声道："小姐，刚才在街上好像看见斯府的大奶奶了。"

董白惊愕："什么？"

子修："感觉有个人盯着我看了一眼，一晃又不见了。"

董白："那大概是你自己心里想的，若果真是那斯府大奶奶还不大呼小叫地逮了你去？"

子修摇摇头："也是，是我想多了。小姐，照今日看，咱们要在南京城立脚也不是不可能呢。"

董白："我们得租一间屋子，能住下来方可。"

两人正说着，之前在一文书斋门外卖砚台的老婆婆出现在两人面前。

董白："老婆婆，能碰到你太好了。"

老婆婆（秦香莲）："正巧，我也在离这不远摆摊，看你这边一上午挤了不少人，不知是谁家那么好的生意？原来是你们两位小哥。"

子修笑道："半卖半送，薄利多销，老婆婆你那砚台不错，你不会来悔价的吧？”

董白拉拉子修的衣角：“子修，怎么说话呢！”

老婆婆：“哈哈哈，砚台用的好就好，卖出去的东西，婆婆我是不会来要回去的。听你们说要租房子？”

董白：“正是呢。”

老婆婆突然眯着眼问道：“在南京城卖字画不会是小哥真正的抱负吧？”

董白不知如何回答。

老婆婆：“平生见多了上京赶考，却凑不出路费、生活费中途被耽搁求生存的穷书生，你若果真是有抱负赶考的，婆婆我定会鼎力相助！”

子修：“婆婆，你是说我们是穷书生的话就可以帮忙解决住宿问题吗？”

老婆婆微笑着：“我有几间平房，容下你们俩不成问题的。”

子修连忙接过话：“那太好了，我们正愁着没地方住呢。”

董白拉过子修低声道：“我们并不是赶考的书生，何必欺瞒于人。”

子修：“哎呀，我们出钱租她的屋子又不会让她吃亏。”

董白还想说什么：“可是……”

子修对老婆婆道：“婆婆，我们不会白住你家房子，租金照出便是。”

婆婆：“这个好说，天要暗下来了，收了摊跟我回家吧。”

子修喜盈盈地道：“哎，这就收摊。”

董白有些茫然不知所措，见婆婆去收拾自己的摊位走远了，就对子修道：“子修，为何不给婆婆说明白，咱们其实是女孩家，并非赶考的书生呢。”

子修一边快速地收拾字画，一边对董白道：“小姐，你还看不清吗？这个老婆婆就是对求学赶考的书生有好感，当初廉价卖砚台与你，今日有意留宿与你也正因此。若说破了，婆婆未必愿意帮咱们了呢。”

董白有些不安：“不知为何总觉得还是不妥。”

子修：“露宿街头才不妥呢。”

董白叹了一声：“也罢，住下来再说。”

10. 南京市井小巷小院　夜　外

老婆婆耐心地将小院里的几盏灯笼点亮，院子虽小却错落有致，石子小径，井台边有一口大水缸，水缸旁边放置着一张练书法用的石儿。四周由小巧的沿廊包裹着，廊下有几盆兰草因天气寒冷干枯了大半了。

董白见了心中不免也有些疑惑：“婆婆，你这院落倒像是个小小的书院。”

老婆婆笑而不语，点完灯引着两人进了屋。

11. 南京市井小巷小院屋内　夜　内

子修将包裹放在案上，见上面还放着楠木笔挂和一方砚台。

老婆婆指指屋内左右相对的两张木床道："这屋子原是读书人住的，你们俩来了也是因缘巧合。"

老婆婆话音刚落，只听得屋外一阵急促的敲门声。

老婆婆："这个时辰怎么还有人来？我去看看。"说着便出了门。

子修走到木床边坐下："小姐，这个老婆婆定是神仙派来帮咱们的，我看着这屋子、床、桌椅没有一样是不可爱的。"

董白笑道："你忘了那个草垛和昨晚收留咱们的姑娘了？哪一个不是各种机缘巧合才能碰到的。"

子修："那就是说神灵无处不在咯。"

董白倒杯水喝下："每一滴水都不是随意而得的。"

董白正与子修闲聊"哐当"一声，一人冲进屋来。董白和子修惊得脸色煞白，子修使劲地搓搓眼睛道："小姐，这人是大奶奶吗？这回我不会又看错了吧。"

董白顿了一顿，缓缓神道："不是错觉，是大奶奶。"

老婆婆进来正要阻止王凤儿，见双方彼此相识，便不再言语。

王凤儿："正是老天有眼，若不是小少爷眼尖，你们这幅打扮不仔细看我还真不敢认！"

老婆婆上前问道："果真是位小姐？如何落得上街卖字呢？"

董白被这突如其来的变故弄懵了，子修辩道："你们不逼着我家小姐嫁给你家老爷，她能逃走吗？"

王凤儿："呦——好厉害的小丫头，该不会是你在背后嚼舌根挑唆的，好端端的一个大家闺秀，学着你穿男装在外面大街上野！董白，平时看你挺乖巧一个孩子，怎么会做出此等不通事理的事情？斯府上百人张罗婚事，大喜的日子新娘子不见了，让我在老太太面前怎么做人！"

子修愤愤不平地回道："小姐才不想嫁给斯老爷做填房呢！"

王凤儿气不打一处来，拍了桌子道："一个奴婢，几时轮得到你来说道，你的意思是她该做正房，你来做填房不成？啐！要脸皮不要了！"

董白拉开子修上前道："大奶奶息怒，原是好事喜事，可我董白命薄，怎能跟大奶奶平起平坐，求您开恩放了我，生死与斯府不相干。"

王凤儿："这话说的愈加连边都没了，年前是谁眼巴巴地求着我进的斯府？如今把我和老太太都敢哄骗了去，把你当个宝似的留在府上，谁料连个招呼都不打就走了。你们把我当什么看了！”

董白：“我视大奶奶是亲姨娘。”

王凤儿：“你还当我是个沾亲带故的，为何做出这没谱的事来？”

董白知道这理儿是说不过的，外面斯府带来的家丁大约有五六个，站在小院里满满当当。董白索性走到窗台下不再搭话，心底却是五味翻滚不知前路。

老婆婆看情形便上前劝说：“这位奶奶该是府上说话顶用的，进出府里当也做得了主，既然如此，只要你们两人调解的通，这事就完了，何必急在这一时呢？”

王凤儿看了一眼老婆婆，心正想着这档子接董白回去该如何跟老太太、老爷作交代，若能先安置在外面倒是个缓解的时机，便问：“这屋子是你家的？”

老婆婆：“老婆子一生的积攒就是这几间瓦房。”

王凤儿：“也好，让我家姑娘暂且住在你这里，日常吃住费用你记着账便是。”

老婆婆点点头：“请这位奶奶招呼大伙儿回去吧，我这小巷子小院的哪里见过这阵势，让邻居们见了岂不生事。”

王凤儿：“算你是个拎得清的，好歹心里有数，好生照顾着，改日接了人，少不了你的好处。”

说罢王凤儿带着一帮子人出了院子。

老婆婆关了门，转回屋里看着董白、子修不说话，便道：“怕我把你们卖了？”

董白：“莫非婆婆施的是暂缓之计？”

老婆婆点点头：“鸡蛋碰石头硬碰不得，你果真不愿意当他家的二奶奶，明日再作计议也不迟。”

董白含着泪赶忙施礼：“多谢婆婆相救之恩！”

子修被弄糊涂了：“你这个老婆婆，刚才明明是帮着那斯府大奶奶说话，怎么就得谢你了？你会放我们走吗？”

老婆婆：“会。”

子修张着嘴不知如何接话。

董白：“只是——那大奶奶可不是个善罢甘休之人，如此岂不会连累婆婆你？”

老婆婆：“不碍事的，我一把老骨头，她能奈我何？再说我自有法子对付她。”

子修显得有点不好意思：“婆婆你大人不计小人过，是子修误会你了，还有我家小姐不是上京赶考的书生，是我让她瞒着您的，不是我家小姐的意思。”

老婆婆笑道：“你这小姑娘机灵的很，对你家小姐更是忠心耿耿。我是有意支援没钱上京的考生，没料遇着你家小姐这般有品貌、有才华的女子，婆婆我岂有不帮之理！你们既是投奔斯府而来，原家住何处？”

董白：“原老家苏州。”

老婆婆道：“那么说要回去也是可能的。”

子修想要说什么，董白摇摇头示意她莫说。

老婆婆意会：“好，我不打听了，你们先歇着，何去何从，全由自己做主。”

说着老婆婆出了门。

子修蹑手蹑脚地：“小姐，不知为何总觉得这老婆婆哪里不对劲。”

董白：“好歹过了今晚再说，明早离开便是，横竖是逃过了斯府的人。”

子修：“好不容易今日摆摊获利有了盼头，这一来南京城我们还能待得住吗？”

董白低吟道：“不知道。”

12. 南京桃叶渡小楼暖居　日　外

老婆婆带着董白和子修来到一小楼前：“就是这儿了。”

董白抬头望着楼前的牌匾，上面写着：“小楼暖居。”

子修：“这个小楼是不是在哪儿见过？”

董白：“有点像母亲以前的绣楼吧。”

一个姑娘（巧妹）迎了出来，左右端详着董白：“到底是来了！”

13. 南京桃叶渡小楼暖居一楼大厅　日　内

一楼屋内放置着几样雅致的家具：一张圆桌、五个圆凳，两个博古架合并成一弯拱门。

董白仔细端详着屋内的摆设：“这个玉器如意虽然算不得价值连城，却也不是寻常人家能有的。”

子修：“婆婆，你到底是什么人？”

老婆婆指指那个姑娘：“她叫巧妹，你们叫我秦妈妈或者香莲妈妈也可以。”

董白和子修面面相觑：“秦妈妈？”

巧妹：“我也是秦妈妈从街上捡来的，你们也是的吧？”

子修鼓鼓嘴巴：“什么意思？”

巧妹笑道："秦妈妈，你说你要找一颗能照亮秦淮河的大明星，如今真的被你找到了。"

秦妈妈："你说秦妈妈我是星探，可人家未必领这份情。"

董白恍然大悟："婆婆，你是教坊司的人？"

秦妈妈笑而不语，好像等着对方主动落套。

子修完全听不懂她们在说什么："小姐，什么是教坊司？"

董白莫名地感到命运像流水般自然往东奔去而不可逆转，她转过博古架坐在圆凳上半晌："管理乐籍的，入了歌舞籍就是贱民了。"

子修一头雾水："贱民？"

董白："秦淮河边卖笑的可谓'贱民'。"

秦妈妈："虽然先前对入了册的人有此贬称，实质并非完全如此。入了教坊司的也有分三六九等，姑娘若要靠才艺为生，凭借女扮男装替人写字，恐怕不是长久之计。猜你原是大户人家的小姐，为何落得如此地步？"

董白任凭泪水哗哗地流淌："父亲去世了，母亲病重。"

子修："小姐，我说这个老太婆不像是什么好东西，凭她花言巧语咱们也不做'贱民'。"

秦妈妈："卖字是卖，卖艺、卖笑也是卖，有何贵贱之分？"

子修哭喊着："怎么没有？让小姐像秦淮河边的那些人一样去卖笑宁可去死！"

巧妹："死还不容易，活下去才是正经事，否则她母亲怎么办？"

秦妈妈："人活一世，不如意十有八九，不管多大的坎最后总能走过去的。你们看到的是灾难，而我看到的是机会和希望，你到底想不想为你母亲治病呢。"

董白站起来在屋子里转悠，每走一步如深陷泥潭，渐渐地只觉得周围的一切都变得模糊不清，恍惚间只听得子修在抽泣："小姐，咱们回苏州吧，咱们回苏州吧。"

董白毕竟少年不经事，如何面对这巨大的转变和打击，一颗心像沉入深海死穴般看不见一丝光亮，她努力地想把周围看清楚，没有光，没有一丝光，她缓缓地倒在了地上。

14. 南京小巷　日　外

秦妈妈正在向巧妹交代什么，两个人靠得很近。

巧妹的手抖得厉害，手里捧着什么要紧的东西。

秦妈妈呵斥："生怕别人看不出你干了坏事吗？"

巧妹："妈妈，如今这事也不像你干的呀？为何要强迫人家入籍？"

秦妈妈："当然是为了钱！"

巧妹因为害怕快要哭了："我怕自己会认错路。"

秦妈妈："谁要你去礼部官署了？武定桥你总认得？"

巧妹点点头。

秦妈妈："到了武定桥自然有人会跟你接应。

巧妹："妈妈，你去哪里？"

秦妈妈："我得回小院一趟，麻烦死了！"

两个人各自分头走了。

15. 南京市井小巷小院　日　外

王凤儿带着一群人在小院外面猛敲门，敲了半天不曾开门。不料，秦妈妈出现在了他们的后面。

秦妈妈厉声喝道："别敲了，人在秦淮河边小楼里。"

王凤儿："什么？怎么去秦淮河边的？婆婆，我交代你人就住你这小院的。"

秦妈妈笃定地样子："只要人在，住哪儿不一样。"

王凤儿可没把一个老婆子放在眼里："料你也不敢放人。"

秦妈妈撇一下嘴笑道："我带你们去便是了。"

16. 南京秦淮河边桃叶渡小楼暖居　日　内

董白用尽全身力气睁开眼睛，迷糊中看见子修躺在地上，她从床上下来摇摇晃晃地走过去，想要把子修扶起来："子修，醒醒，快醒醒啊！"

子修慢慢睁开了眼睛，感觉手脚酥麻无力："小姐，我怎么一点劲儿都没有，到底是怎么了？"

董白："有人给我们下药了，是我太轻信于人了。"

子修努力地站起来："小姐，咱们设法逃出去。"

突然房门被打开，斯府大奶奶带着仆人闯了进来："果然在这里，董儿你别想着逃跑的主意，那小丫头定是给你灌了什么迷魂汤，你一个黄花大闺女能去哪里？别是让她给卖了。"

秦妈妈不紧不慢地进来："还真是，你看看这个是什么？"

王凤儿仔细看了看秦妈妈手里那张敲着鲜红印章的纸："南京礼部教坊

司？”

王凤儿似受了惊吓般，捂着嘴连连后退：“这，不……不可能。”

秦妈妈说话句句拿捏有调：“人我给你留着了，但是白纸黑字写的清清楚楚，董姑娘已是南京礼部教坊司的人了，赎金千两，人你带走。”

斯管家在大奶奶耳边低声道：“大奶奶，这个秦妈妈奴才见过？她原是阮府戏班子的衣巾教师。”

王凤儿眼睛瞪得大大的，无法相信眼前的事实：“什么？！”

斯管家：“那个尤姐就是她带出来的。”

王凤儿差点没晕过去，靠着墙壁直喘气：“一定是弄错了。”

秦妈妈：“没错，你们原斯府二奶奶就是我给入的籍，也是我给她消的籍。如今董姑娘也是我给她入的籍，看来这是我与斯府的缘分。”

王凤儿不停地摇头：“一定是尤姐，是尤姐在闹鬼，斯管家快带我离开，快带我离开，我永远也不要见到这个人了，快走！快走啊！”

这个斯府大奶奶一心想攀着老太太的高枝排除异己从而掌握斯府的权力，没料，因为这个秦妈妈的一张并不生效的教坊司文书受了惊吓，从此落下了病症，再无能耐争权夺利。

17. 南京秦淮河边桃叶渡小楼暖居一楼　日　内

董白拉着子修冲下楼梯，秦妈妈在后头喊道：“是走是留没人拦你，但是走之前你跟我总得有个交代。

一楼有几个穿官衙制服的人等在那里，拦住了董白和子修两人的去路。

秦妈妈下楼后像变了个人似的柔和下来：“刚才是我救了你们俩不是吗？”

董白：“你在文一书斋门口就跟踪我们，一步步给我们下套，何谈相救？”

秦妈妈：“你们从斯府逃出来，是我给你们解了围，这个总算不得圈套吧？”

子修：“你让小姐入什么教坊司，比那逼婚的斯府狠太多！”

秦妈妈：“不是狠太多，是给你太多选择了，这里可不是秦淮河，这里是秦淮河边。”

子修：“恁你怎么说，你就是个坏老太婆，你让我们走。”

巧妹捧着一个盒子进来，秦妈妈给那几个教坊司的乐工使了个眼色，他们便出去了。

秦妈妈：“走，你们走哪儿去？要不要我叫人送你们回苏州呢？只要你母亲拿的出一千两赎金，咱们可以立刻启程。”

董白的心被猛地揪了一下，她忽然觉得眼前的人和事是那么的不真实，一切都是梦境似的，她用力咬住嘴唇想要自己清醒过来。

秦妈妈：“巧妹你扶董姑娘坐下来慢慢谈。”

子修推开巧妹，自己扶着董白坐下：“用不着你们假惺惺的。”

秦妈妈：“在我眼里董姑娘就是千金小姐，只要你进了这个门，我会视你如亲生女儿。”秦妈妈说到这儿眼里竟然闪着泪花。

子修：“哼！谁能信你的鬼话！”

秦妈妈：“信不信由你，我在教坊司还能说上几句话，这小楼你安心住着，只等着有缘人来便是，没人会强迫你的。”

董白：“我去敲登闻鼓告你们！”

秦妈妈冷静地：“教坊司的人几个月发不出饷银了，你去告吧，横竖活不成。”

董白突然想到了母亲和家中的老人便“哇——”地哭出声来。子修劝了几句根本不管用，也跟着哭起来。

秦妈妈示意巧妹两人悄悄退了出去，随后锁上了门。

18. 南京教坊司偏门　日　外

秦妈妈左顾右盼地在教坊司偏门外等人，一个小厮匆匆出来回话：“秦妈妈，大人在正厅会客，这会子不方便见你，有什么话就在这儿说。”

秦妈妈有些着急：“哎呀，就是问问那董姑娘，造籍入册的事到底落实没？”

小厮：“秦妈妈是催大人办事还是求大人办事？”

秦妈妈：“臭小子，咱们都是给大人办事的，你别给我瞎扣帽子。”

小厮：“大人的意思是你先拿着那张籍文，等那姑娘收了心愿意见客了再造籍上交礼部不迟。”

秦妈妈：“没有官文，我……我这也名不正言不顺呀。”

小厮：“秦妈妈几时也这么没眼力见了，这样的事难道你让大人给你担当吗？你带了那么多姑娘出来，还治不了这一个吗？”

秦妈妈心有疑虑：“这一个还真有点吃不准。”

小厮没有回话随即关了门走了。

秦妈妈想要再敲门又不敢。

19. 如皋水绘园冒辟疆书房　日　内

冒辟疆正在书房看书，华安敲门进来：“二爷，你看谁来了？”

方以智、侯方域前后进了书房。

冒辟疆随即丢了书起身迎接："好兄弟！何时来的如皋？华安，快快暖了好酒好茶来。"

侯方域笑道："我随史大人到了桐城，我父亲的事有眉目了，不料竟然在桐城遇上了方兄，他拜别了祖母，我们就直奔你来了。"

冒辟疆："侯贤弟父亲可安好了？"

侯方域："没事了，史大人与父亲两厢交往深厚，由他周旋，家父可安了。"

冒辟疆舒了口气："那就好，那就好！"

冒辟疆兴奋地招呼两位入座："听说史可法督军和左良玉合力在桐城击退了叛军，可喜可贺啊！"

方以智："伤敌一千，自损八百，何喜之有。"

冒辟疆："胜了就是胜了，这个史可法确实有勇有谋！密之为何如此沮丧？"

侯方域叹道："他失恋了，自然心里不痛快。"

冒辟疆："什么？"

方以智："侯方域你还有心思开我的玩笑。"

侯方域："冒兄可记得年前在运河救下一支商队，其中有一娇小柔弱的小姐晕倒了，正是密之兄妙手回春救醒了她。"

冒辟疆："噢——好像是姓董的！"

侯方域："正是！如今嫁人了。"

冒辟疆："嫁人？你们如何知晓？"

侯方域："这个说来话长，只能说密之兄与那董小姐命中注定有缘无份……"

方以智有些烦躁："哎呀，别八卦了，冒兄你的待客之道呢？"

冒辟疆看方以智的神情，便知他是真的为那董小姐动了情了，故意岔开话题："来来来，喝酒吃茶，今日正是元宵佳节，两位兄弟能来冒府，那是我冒辟疆的荣幸。"

方以智端酒一饮而尽："你说这样的客套话也不嫌寒碜。"

冒辟疆笑道："好好，我自罚一杯！"

侯方域也举起酒杯："也是我多嘴，方兄请见谅！"

方以智勉强笑道："你们俩一个比一个虚伪！"

冒辟疆和侯方域又是作揖又是敬酒。镜头淡出。

第十八集　侠女相救套中有套　母亲病重受迫入籍

1. 南京秦淮河红楼　日　内

十几个姑娘在大厅候着，个个婀娜多姿，有的在摆弄琵琶，有的在切磋舞技，有的在泼墨作画，秦妈妈穿梭其中，一个个地仔细端详着。

红楼妈妈领着红果儿过来了："秦妈妈，你要的人在这儿呢。"

秦妈妈几乎是奔跑着冲到红果儿跟前，前后左右将人看了个遍。

红果儿一脸嫌弃："我既没少胳膊也没缺腿的，你用得着那么看吗？"

秦妈妈眼里闪着光："红果儿本姓李单名一个丽，你就是李丽？"

红果儿顿时恼怒了："你有病啊？在秦淮河你提我本名几个意思？"

红楼妈妈尴尬地看看秦妈妈："果儿，秦妈妈是翻了教坊司的册子过来的，自然知道你的本名，你说话客气点行不行。"

红果儿："有事你们吩咐便是，哪来那么多的废话？我去换身衣裳。"

红果儿也不理会秦妈妈自己上了楼。

红楼妈妈拉住秦妈妈低声道："秦妈妈，这丫头犟得很，不好意思哈。"

秦妈妈眼睛一刻也不离红果儿，看着她上楼进了房间才回过神来："噢，没事没事，姑娘大了自然有自己的主见了。"

红楼妈妈听得恍惚："你说什么？"

秦妈妈用手帕掩着脸道："没什么，我在这儿等她便是。"

红楼妈妈喊道："小晴，拿些果子、茶来招待秦妈妈。"

秦妈妈在桌边坐了下来，双眼红红的。

红楼妈妈："秦妈妈，你没事吧？"

秦妈妈："亲眼见了红果儿姑娘很高兴。"

红楼妈妈："你满意就好，她来红楼才一年，性子野，您得多多担待。"

秦妈妈眼眶里噙着泪花，声音有些颤抖："我本该早点来，这一年多亏你照顾她。要不是这次秦淮河边的事我还不会知晓她在红楼呢。"

红楼妈妈似乎察觉到秦妈妈的反应有些异常："秦妈妈不会是以前就认识咱

楼里的红果儿吧？”

秦妈妈连忙解释：“不是不是，我自然是今日才见她，见了真人果然仙女一般，只是心里一时爱惜不过来了。”

红楼妈妈：“真还别说，她那性格叫人爱也不是恨也不是，据说她原来的父母是习武之人，她也会得一身武艺，调教她真真是费煞心思。”

秦妈妈：“现在可好，据说红楼大小事务，都由这个红果儿帮衬着你周旋呢。”

红楼妈妈：“这孩子晓得好坏，如今我也是把她当亲闺女般护着呢。”

说话间红果儿已经下了楼，肩膀上多了一个包裹：“什么人在秦淮河边宁死不从，我红果儿第一个该去救她的，走吧。”

红楼妈妈上前哄道：“没那么严重，是让你去劝慰劝慰她，把你当初怎么走过来的经历跟她讲讲，陪客人吃饭、喝酒、表演才艺又不会伤害她什么的，她心放宽了就没事了。”

红果儿：“哼！你们道人人都像我红果儿那么贱吗？”

秦妈妈像是被什么东西扎到了心似的，好不自在地站起来：“姑娘千万别那么说，那董姑娘几天几夜不曾正经吃东西了，我们只想她能想开了好好活下去。”

红果儿：“就是，死都不怕还怕活着吗？我去劝她便是。”

秦妈妈对红楼妈妈致谢：“红楼妈妈万福，那我们去了。”

红楼妈妈又道：“小晴，你跟果儿一道过去，那边姑娘好了就送果儿回来。”

红果儿：“用不着，我一个人过去就行了。”

红楼妈妈笑着摇摇头：“我儿真正是秦淮河边第一侠义之人。”

秦妈妈拉着红果儿的手一脸欢喜：“好好好。”

红果儿用力甩开：“怪肉麻的，走吧！”

2. 南京秦淮河边桃叶渡小楼暖居　日　内

半圆的窗户钉上了木条，光线昏暗，房间里也点着灯。董白躺在床榻上，双唇苍白，本就消瘦的脸上两个眼窝塌陷了许多。

董白微弱的声音：“子修，那个秦妈妈有来吗？”

子修抽泣着：“小姐，你好歹吃点东西吧，咱们逃又逃不出去，这么耗着真把命给耗没了，你让我怎么向夫人交代啊。”

董白：“我问你话呢。”

子修用力擦掉眼泪：“那个狠心的老太婆，她会管咱们死活吗？都三天了连个人影都见不着。那巧妹每次送吃的来也只说一句话：‘叫董姑娘好好养着，就当在自己家一样。’”

董白苦笑：“真是个老狐狸，明知道我以死相抗，她们却当什么事没有。子修，你给我倒杯水来。”

子修将董白扶起来，在她后背垫了一个靠垫才将水递过去：“小姐，慢着点。依我看这南京城就不是咱们待得，才逃出斯府又落入了贼窝。倘若在清水湾哪有这般恶遇？”

董白喝了水咳了一阵，子修帮着她抚背抹胸才缓过来些：“子修，我既是救你之人，如今又成了连累你的人了。”

子修连连否认：“不是不是，子修是心疼小姐，没有别的意思的。”

董白：“可我说的也是事实。子修，你放心，就算我要死也得救你出去后才能死，我那病中的母亲还得托你照料呢。”

董白拉着子修的手露出艰难的微笑，眼眶里的泪珠却似断了线的珍珠般滚落。

子修又是一阵抽泣：“小姐，子修求求你，再不要提死不死的了好吗？”

3. 如皋冒府水绘园　日　外

冒辟疆、方以智、侯方域三人在水绘园湖心亭吃酒、赏梅、叙话。

通向水绘园湖心亭的是不相连的石块，远远看去，仿佛是漂浮在水面上的薄云，湖水晕起淡淡的水雾，包裹着对面的山体，映衬着几株错落有致的梅花，好似九天仙子下凡来。

三人好似那画中人，却是入画不赏画。

冒辟疆边给脚下的火炉添上清炭，一边道：“这个温体仁逼不得已亲自呈了辞官奏本，同时还狠狠地打了皇上的脸呐！”

方以智：“堂堂正正的户部尚书，只因一两银子未曾入库被迫入狱，皇上维护了法律，却寒了身边勤勤恳恳为朝廷效劳的忠臣。”

侯方域：“倘若不判，岂不让那些贪赃枉法者，愈加得肆无忌惮，将律法视作玩笑？皇上怎么做都是挨了温体仁一拳了。毕大人（户部尚书毕自严）的处境好比我父亲的遭遇，只怕入狱后仍然不是个了结。”

冒辟疆：“温体仁这一本参得太狠了！皇上那么做算是与温体仁集团之间的平衡之法。”

方以智：“政治残酷，人情何在？毕大人正押往南京生死未卜。”

冒辟疆：“你们急着要赶回南京正与此事有关？”

方以智："那你呢？"

冒辟疆扔了酒杯道："华安，快去回了老夫人，就说书院开学了。"

4. 南京秦淮河边桃叶渡小楼暖居卧房　日　内

小楼房门"吱嘎"一声被打开了，红果儿出现在门口。董白和子修见状目瞪口呆，不知是惊还是喜。

红果儿仔细辨认了两人，忽然惊叫起来："天哪！怎么是你们俩？你们……你们不是……"

子修恍恍惚惚地："红果儿姑娘？"

巧妹跟了进来："你们——认识？"

红果儿立刻反应过来："没有，正自我介绍呢，你就是巧妹吧？"

巧妹："正是。"

红果儿转身倚着门框将巧妹拦在门外："你去吧，这里交给我来办。"

巧妹有些疑惑看看里面又看看红果儿。

红果儿："怎么？要不然你来试试？"

巧妹红了脸笑道："不不，秦妈妈特意请你来的呢，那我下去了。"

红果儿毫不客气地关上了房门。

董白试着要起床："恩人。"

红果儿："别别别，你躺着就好，到底怎么一回事？"

5. 南京秦淮河边桃叶渡小楼暖居一楼厅堂　日　内

秦妈妈和红果儿相对坐着，秦妈妈小心地斟上茶水又递果子，红果儿目无表情，都一律将东西推到一旁。

巧妹端着盘子兴匆匆地从楼上下来："吃了吃了，董姑娘正坐着吃粥呢。"

红果儿瞟了一眼秦妈妈："那姑娘有痨咳，秦妈妈不知晓吗？"

秦妈妈见红果儿跟她说话脸露喜色："听得她有几声咳嗽，未必是痨咳，大概是虚弱所致。"

红果儿："秦妈妈又不是郎中，如何断得清？依我看，不如请个大夫给瞧瞧才好放心。"

秦妈妈："这个……"

红果儿："怎么？秦妈妈舍不得银两可以拿果儿的月钱垫上便是。她既是秦妈妈的摇钱树，你也该舍得下本钱才行吧。"

秦妈妈："不是这个意思，她如今的状况，怕是不适合见外人。"

红果儿："人命关天的，你要藏她到什么时候？"

秦妈妈警觉地说："不是我藏着她，她现在是教坊司的人，我怎么藏得？我是觉得董姑娘不该是痨病。"

红果儿："哼！你让我来劝解她，人心是肉长的，你不爱惜她，她如何信任你？郎中请不请是你的事，该用心的地方我已经嘱咐你了，你看着办。"

秦妈妈低着头沉吟片刻道："好，郎中我去请。"

红果儿起身往外走，秦妈妈追过去："果儿姑娘，你不住几天再走吗？"

红果儿："你们这楼闷得很，我出去透透气就回来。"

秦妈妈："巧妹，你跟着，仔细照看着果儿姑娘。"

红果儿："你用不着派人盯着我，我可不是上面那位。你也不打听打听，我红果儿当初是自己把自己卖给红楼的。"

秦妈妈突然一阵干呕，呕得撕心裂肺地直冒眼泪。

巧妹上前给秦妈妈拍背，红果儿有些不知所措："她……她没事吧？"

秦妈妈慢慢平静下来："我没事，倒是觉得红果儿姑娘这样的样貌、人品，但凡世人做父母的大概爱惜还爱惜不过来，怎么舍得你卖了自己？"

红果儿本来已经走到门口，听得秦妈妈如此说道便又转身回来："人人都说你秦妈妈嗜财如命，没料想你还爱八卦闲事。不过你这个问题倒是个好问题，你问我，我还想问问那做父母的，是什么狠心让他们把出世几个月的小宝宝弃于荒野？我卖不卖自己也早已是贱命一条。"

秦妈妈头冒冷汗："你父母不是住在隐龙湾，人称干将莫邪再世的'燕双飞'？"

红果儿有些恼怒："你是哪儿听来的？打听我又有何目的？"

秦妈妈低着头喃喃道："我还知道燕双飞老来得女，非常宠爱你。"

红果儿脸上忽然柔软下来，眼泪夺眶而出，手里的断肠剑却直指秦妈妈脖子："知道别人太多隐私的人非奸即盗！"

秦妈妈眼眶里也含着泪，轻轻地将剑头推开一点："燕双飞侠义心肠，是我秦香莲这辈子最大的恩人，我这后半辈子的命都是他们给的，你说我关心一下你又算得什么。"

红果儿犹豫了一下还是收了剑身："他们一生仗义，若说有不足，第一，就是不该什么人都搭救，比如像秦妈妈这样依仗教坊司的关系敛财的人。第二，既然视我如亲生，又为何在临终时告知我弃婴的身世。"

秦妈妈转身偷偷抹了眼泪："原来姑娘不是燕双飞夫妇的亲生女儿，我也不是有意打听，只是心里惦记着他们的大恩大德，想着有朝一日能有机会报恩。"

红果儿："没有机会了，一年前他们去世了。"

秦妈妈不再掩饰她脸上的泪水："所以二老并不知晓你卖身安葬他们的事情。"

红果儿看着秦妈妈有一刹那的恍惚，情不自禁地去抚摸脖子上挂着的一颗玉石玲珑格吊坠，玲珑格里装着一颗艳丽的红豆："他们的恩情足够我以命相报。"

秦妈妈看着那颗红豆似有万千情绪，半晌："所以你改了名字叫红果儿。"

红果儿没有再看秦妈妈，嘴角轻蔑地微微一扬："燕双飞死了，李丽便死了，活在世上的是红果儿本来的贱命！"

秦妈妈哽咽地说："两位恩人既已仙逝，请果儿姑娘允许我照顾、关心你，以此宽慰报恩之心。"

红果儿："哼！你的心倒是宽慰了，那我的呢？秦妈妈，说实话，我不喜欢你这样的人，不想跟你有更多的交往。以后你别再提双飞燕，扰了他们原本的清静，便是你的罪过。我也不是李丽，我是红果儿！"

秦妈妈看了一眼红果儿头也不回夺门而去，在外面放声大哭起来。

巧妹有些莫名奇妙，追问道："秦妈妈，奴婢还要跟着红果儿姑娘吗？"

秦妈妈眼泪鼻涕地："不用了。"

6. 南京街头药店门口　日　外

红果儿在药店门口左右看了看，随即进了药店。

7. 南京斯府偏门外小巷　日　外

斯管家出了偏门匆匆进了小巷，小巷里转出一人正是秦妈妈。

斯管家将一封信件交于秦妈妈："秦妈妈咱们也算是有缘，不过这次我家老爷倒是愿意你把那姑娘稳稳地留在教坊司，别再让大奶奶、老太太为他纳妾的事分神、闹心。"

秦妈妈晃晃手中的信封笑道："有你们帮忙我这事十有八九可成。"

斯管家："应该的。"

秦妈妈："听说斯老爷纳了尤姐的妹妹尤小妹，也是个当红小花旦，长得跟尤姐一个模子，可见斯老爷对尤姐的念想还是不曾了断。你们老太太那边可好？"

斯管家："唉，斯家母子的事，咱们做下人的也只能看看而已，只怕有生之年也断不清了。”

秦妈妈：“情债冤孽，可惜了尤姐花容月貌落得这般下场。”

斯管家：“秦妈妈是尤二奶奶生前的衣巾教师，亏你念着她。”

秦妈妈：“我这衣巾教师多半是讨人厌的，多谢斯管家关照。”

斯管家做了一个请的姿势：“不敢不敢，秦妈妈慢走。”

秦妈妈往巷子深处走了几步又回头道：“斯管家，以后这信件，多半还少不了让你转交，打酒的钱之后会一并给你。”

斯管家笑笑：“好说好说，秦妈妈客气了。”

8. 南京秦淮河边桃叶渡小楼暖居卧房　夜　内

董白坐在梳妆台前看着镜子里的自己，才几天时间就消瘦了一圈，她木讷地自嘲道：“可见人离了五谷杂粮是不成的。子修，替我梳头吧。”

子修：“小姐，现在是夜里呢，你还是去歇着吧。”

董白：“都睡了几天几夜了，我得缓缓神找回原来的自己，就算在屋子里走动走动也好。”

卧房另一边，红果儿小心翼翼地将一块帕子放进木盒子锁上：“就是，打起精神来！有什么大不了的。明天的事我都预备好了，你俩就等着逃出囚笼，去寻找光明和自由吧。”

董白理好了头发，脸上有了光彩，她走过去挨着红果儿坐下：“果儿姑娘，你我虽年龄相仿，可我要是有你一半的胆魄就好了。”

红果儿从腰间取下一柄小巧的匕首：“依我看，你是有胆魄之人，只是少了些胆量。你要是也有那铸剑师的养父母带着你行走江湖，保你把胆量练得足足的。喏，这柄七星匕首送给你了，它是我养父母生前合力所铸，可吹毛断发。”

董白推却道：“不不，这个定是你的心爱之物，我不能要。”

红果儿：“放在平时，你想要我还不给呢，非常时期它可救你的命。好兵器志在救人不在伤人，如今你收着它就是对铸剑师最好的纪念。”

董白忽然眼圈红了，眼前闪过父亲生前的模样。

闪回：

董志：“今晚到不了苏州城了，去河对岸避一夜风雪明日再走。”

风雪又似更大了，河对岸的村庄淹没在风雪里。

董白突然说：“爹，我好想娘亲呢。”

董志把身上的短匕递给女儿：“爹知道，咱们熬过今晚，明天就可以回家了。”

董白："爹——"

闪回毕。

董白握着匕首喃喃道："原来我也有一把护身的匕首。"

红果儿："明天我会事先支开秦妈妈，有一辆门帘挂红绸的马车会带你们出城，从此隐姓埋名再别回头就是了。"

董白："我们走了之后你如何应对？"

红果儿："说来也巧，我那养父母生前救过这个秦妈妈，我赌她不敢为难我什么，再说她勾结教坊司，暗箱操作逼迫你们入籍总不敢昭告于天下吧。"

董白起身作揖："红果儿大侠受小女董白一拜！"

红果儿："哎呀，干什么呀！怪别扭的！快别拜了！你我既有缘相遇又年纪相仿，何不以姐妹相称呢？"

董白忽觉得脸红心跳："果儿姑娘真是我一生所见中最是性情豪爽之人。子修，把那案上的香炉端了来。"

子修将香炉放置在桌上，插上一支清香，董白和红果儿并排跪在地上叩拜。

董白对着香炉："董白癸亥年五月初五生辰。"

红果儿："巧了，我是癸亥年三月十五生辰。"

董白拉着红果儿的手："红果儿姐姐。"

红果儿笑道："董妹妹，太好了，我有妹妹了。"

子修站的远远的插不上话，低着头玩手指头，心里不免有些落寞。

董白一边扶红果儿起来一边向子修招招手："咱们还有一个小妹妹在那儿呢。"

子修紧张地："子修怎敢跟小姐以姊妹相称。"

董白拉住子修和红果儿的手道："咱们三人的患难交情堪比姊妹，以姊妹相称有何不可。"

红果儿："好了，彼此既是以心相交，以后也可省了客套话，挺好的。"

此时门外响起了敲门声："红果儿姑娘，过了二更了，秦妈妈说让你在二更前歇息睡觉。"

红果儿不情愿地道："知道了。"

董白笑道："看来这个秦妈妈对红果儿姐姐还真是关心呢，你安心去歇息吧。"

红果儿："被一个黑心老妖婆关心，是嫌恶心不死我吗？"

董白："但愿她说的救命故事是真的，别是要害了姐姐才好。"

红果儿："看她哭得那般伤心，她那样铁石心肠的人，装是装不成的，多半不会假。"

董白："那就好，她果真念恩可算是你我的一线生机。"

红果儿："退一步说，我还有红楼妈妈呢，不管怎么说，她现在不正需要我的嘛。"

董白的眼圈红了，却再说不出一句话，只默默地送红果儿到了门口。

红果儿转身低声道："睡个好觉，明天就是新的一天。"

董白点点头，两人相拥分别，将千言万语埋藏心底。

9. 南京秦淮河边桃叶渡小楼暖居　日　外

秦妈妈带着郎中一边喊着："巧妹开门。"一边正要敲门，门自己先打开了，站在他们面前的人竟是红果儿。

秦妈妈微笑着："果儿起来了啊。"

红果儿没好气地道："你不看见了嘛，还多此一问。"

秦妈妈："郎中请来了，董姑娘醒了吗？"

红果儿："楼上正等着呢。"

秦妈妈请郎中进门，自己却依然站在门外："那好，有劳了。"

红果儿把着门："秦妈妈你不进来吗？"

秦妈妈摇摇头："我出去办点事就不进去了，相信果儿姑娘能处理好的。"

红果儿眼睛瞪得大大的，心里一阵窃喜，态度一百八十度大转弯地好转："就是嘛，秦妈妈尽管出去忙吧，这里交给我。"

秦妈妈点点头，神情镇定自若。

红果儿正要关门突然又探出头来问道："秦妈妈，你大概多久回来？"

秦妈妈若无其事地道："我嘛，一时半会儿回不来，怎么了？郎中给董姑娘瞧完了你替我送送？"

红果儿热情地说："哦，行行行，秦妈妈走好。"

秦妈妈看着红果儿关上门并不立刻离开，低着头沉思片刻后，她冲着小楼暖居的门楼笑了笑，半晌才转身离开。

10. 南京教坊司偏门　日　外

一辆马车缓缓停下来，秦妈妈从上面下来随即进了教坊司的门。

11. 南京秦淮河边桃叶渡小楼暖居卧房　日　内

子修把着卧房的门，偷偷地从门缝里往外瞧。红果儿手忙脚乱地将纱帐放下来，看半条被子撒落在地上又重新打开纱帐将被子塞进床榻。

董白在铜镜前整理衣帽，宽大的郎中服装怎么穿怎么不合身，红果儿急得一头的汗，急匆匆地拉起董白："哎呀，你这……这穿的是什么呀？"

董白连忙捂住红果儿的嘴："嘘——"

红果儿低声道："你放心，给那郎中捂嘴的是蒙汗药，他一时半会儿不会醒了。"

董白也火急火燎地："这衣服太长了，穿着走不了路呀！这可怎么办，别一会儿秦妈妈该回来了。"

红果儿拔出断肠剑蹲在董白跟前："别动。"

董白吓了一跳："你要干吗？"

红果儿拉起衣角将多余的下摆裁了下来："现在你走走看。"

董白在地板上来回走了走，兴奋道："红果儿姐姐你简直是天才！"

红果儿对子修道："怎么样？巧妹不在楼梯那儿吧？"

子修："她好像去厨房烧水了，我听到她生炉子的动静。"

红果儿拉起董白："好，咱们走。"

12. 南京秦淮河边桃叶渡小楼暖居　日　内

红果儿三人蹑手蹑脚地迅速下了楼，子修"吱嘎"一声打开了大门。

就在此时巧妹迎了出来："红果儿姑娘，郎中这就走了吗？"

董白顿时双腿发颤，浑身僵硬在那儿。子修也是一副做贼心虚的模样，低着头不敢看巧妹。幸好红果儿反应快，一边转身挡住巧妹的视线，一边问话打岔："巧妹，水烧开了吗？"

巧妹："啊？噢，那个快了。"

红果儿："董姑娘渴了，你去厨房拿点水送上去。"

巧妹一个劲儿地要往董白身上瞅，只见那郎中半捂着脸好生怪异："那个郎中？"

红果儿："噢，那郎中自己也受了风寒，捂着脸给董姑娘把脉瞧病是他们的行规。"

巧妹懵懵地："哦，原来如此。"

红果儿推着巧妹往回走："快去拿水，给董姑娘送去。"

巧妹："噢。"

13. 南京秦淮河边桃叶渡小楼暖居外巷子　日　外

红果儿领着董白、子修出了小楼后径直朝巷子深处奔走，巷子两边有一些手工作坊，人们在忙碌着，董白低着头生怕别人看见她的脸。红果儿笑道："这街上有谁认识你，干脆摘了面纱还跑快些。"

红果儿话音刚落只听得背后"哐当"一声关门声，巧妹从小楼暖居狂奔而来："红果儿你给我站住！你们别走！快来人啊，截住那三人，别让她们跑了呀！"

红果儿左手一个董白右手一个子修，三步并作两步朝前冲："别看，别停，别理她，快走。"

巧妹疯了似的，可她的小脚怎么跑也不够快。住在小巷里的人纷纷跑出来看，有个一熟识巧妹的男人穿着皮围裙，一身的鱼鳞，他拦住巧妹问道："巧姑娘，怎么了？是遇上贼了吗？"

巧妹用力甩开对方的手："你个杀鱼佬拦我干嘛，快去追前面三人。"

杀鱼佬掉头去追红果儿和董白、子修，眼看快要追上了，突然从旁边巷子里窜出一辆马车挡在杀鱼佬面前，红果儿见马车在后面又拉着两人往回跑。

杀鱼佬有点看不明白，回头问巧妹："巧姑娘，她们自己跑回来了呢？"

巧妹气呼呼地道："笨不死的，你赶紧上去抓住那个扮郎中的那个人。"

杀鱼佬傻愣愣地道："啊？噢，好。"

杀鱼佬正抓住董白衣裳一角，红果儿一边跨上马车一边用力一拽，将董白、子修拽进了车厢，红果儿自己站在马车头上，用断肠剑柄重重地拍了一记马屁，马车飞驰而去。

巧妹这一跑三寸金莲硌得生疼，又气又恼，她干脆一屁股坐在地上哭起来："骗子！骗子！骗子！我就知道这个红果儿有问题，大白天的闹了鬼了！"

杀鱼佬一副心疼巧妹的表情："巧姑娘，脚疼吗？我给你揉揉。"

巧妹没好气道："快把你的脏手拿开，腥不腥你自己不知道吗？"

杀鱼佬："呵呵呵，我刚洗得干干净净的。"

黑脸鱼娘从铺子里出来，一把揪住杀鱼佬的耳朵往回拖："见了这小妖精你就腿软，你长没长记性啊，快滚进去杀鱼！"

巷子两边左邻右舍冲着巧妹哧哧地笑。

巧妹瘸着腿往回走："笑什么笑？杀鱼没见过吗！"

巧妹没走两步又哭将起来："这回秦妈妈真的要杀了我了，呜呜呜……"

14. 南京街头小巷　日　外

董白、子修坐着马车跑出了秦淮河边的小巷子。

红果儿将缰绳交给马车夫："师傅，现在交给你了，南京城里的路径你熟悉，最快的速度出城去。"

红果儿转身坐进了车厢。

对切：

董白脸红红的，额头的几缕头发还滴着汗。

红果儿笑道："别那么紧张，这不就出来了嘛。"

车厢特别小，子修往旁边让一让好让红果儿坐下，三人坐定等着马车飞驰，车厢却纹丝不动。

红果儿："师傅快马加鞭，别停下来啊！"

车厢还是一动不动。

对切完。

红果儿撩开车厢，车夫已不知去向："怎么回事？"

眼前的场景让三人目瞪口呆，四周已围拢着四五个穿教坊司制服的汉子，秦妈妈就站在一丈之外。

红果儿跳下马车，同时断肠剑直指秦妈妈的脖子，秦妈妈似早有预料，紧闭双眼不躲不退。教坊司的小厮们也拔剑抵着红果儿的脑袋。

红果儿冷笑道："呵呵，秦妈妈，你一早出去办事，原来是为了搬救兵吧。"

秦妈妈慢慢睁开眼："红果儿姑娘，咱们能不能不闹腾？我请你来劝解董姑娘，不是请你来把事情搅和大的。"

董白在车厢里喝道："你们要的人是我，放开红果儿姐姐便是。"

红果儿："哼！大不了跟这个老狐狸一同了结了。"

秦妈妈依然十分温和地样子，对教坊司的小厮们说道："几位小官爷，你们先收了武器吧，好歹都是自家屋里的人，让我劝劝她们。"

红果儿眼里冒着火光："谁跟你自家人？你也不害臊！你们凭什么强行扣人，逼着她入籍？"

秦妈妈："按理，这事跟你红果儿无关，你让我跟董姑娘说，今儿个她自己的事自己决定。她若决议要走，我们也不拦着，正如你所说，强拧的瓜不甜。但她今儿若自愿留籍教坊司，你们任何人不可以替换她今后的命运了。"

红果儿："你废什么话！董妹妹拼了命地要走，当然是不愿意了，你别假心假意了，放她们走，且饶了你的命。"

秦妈妈也不恼，依然是轻轻地推开剑锋："好了，你让我过去跟董姑娘好好说个话成吗？”

董白也从马车上下来：“红果儿姐姐，你让她说便是。”

秦妈妈从怀里掏出一封信递给董白：“董姑娘，我知道你是个懂事的孩子，你且看了这封信再作决定不迟。”

红果儿将信将疑地看看董白，董白此刻反而十分平静：“红果儿姐姐你收了剑退一旁去，今日之事是我跟秦妈妈之间的事，不殃及其他人。”

红果儿不信任秦妈妈，她还想说什么，董白摇摇头阻止了她。董白打开信封，仔细阅读信件，才看两行她便双眼湿润，等看到高管家工整的落款时她已泪如泉涌。

子修胆怯又担心地在一旁询问：“小姐，何事让你这般伤心？这是谁写的信？”

红果儿：“董妹妹你可别上了那老妖婆的当，她给你看那信，准没什么好事情。”

秦妈妈：“董姑娘，事在人为，没有过不去的坎。但你投奔那斯家显然是行不通的，俗话说的好，求人不如求己。”

红果儿推开秦妈妈：“董妹妹，信里写的什么？”

董白：“此事唯有我自己面对，红果儿姐姐你休要再管了。”

秦妈妈示意教坊司一小厮呈上银子：“这是一百两，日后每个月有月钱会按时发放，此后你母亲再无后忧了。”

红果儿：“母亲？董妹妹的母亲怎么了？”

秦妈妈：“红果儿，今日之事你犯了教坊司衙门的规矩，是挨板子还是蹲班房还不一定，你不担心一下自己吗？”

董白上前一步：“此事与红果儿无关，我答应入籍。”

红果儿紧紧地拽住董白肩膀：“你疯了吗？几天几夜不睡为了什么？她都说了，只要你不愿意就放你走，难道你贪图那一百两银子不成！”

董白任泪水在脸上肆意流淌：“没错。”

红果儿顿时觉得胸闷气短：“你……你是要我玩的吗？”

董白：“红果儿姐姐是乐籍之身，妹妹不曾嫌弃姐姐，日后妹妹入了籍，姐姐不会嫌弃吧？”

红果儿冷笑道：“好好，这倒打一耙，打得又准又狠。我只告诉你，日后别哭哭啼啼后悔无门！”

董白对秦妈妈道：“秦妈妈你们放过红果儿吧。”

秦妈妈示意周围的小厮们放下武器：“自家门里的事，说通了就好。”

众人以为红果儿正欲收剑走人，不料她一个转身将秦妈妈控制在了怀里：

“你们全都别动！董白你听好了，今天你必须得听我的。”

董白惊愕：“红果儿姐姐？”

红果儿的玄铁断肠剑在阳光下锋芒毕露，离秦妈妈的脖子只有一寸之距，原先根本不把几个姑娘放在眼里的众小厮，此刻也神经紧张起来，纷纷拔剑举刀。

红果儿侧身后退躲避之际，手上的剑锋划伤了秦妈妈的皮肤，顿时渗出一条鲜红的血痕，小厮们再不敢轻举妄动。

秦妈妈异常地冷静：“你们散开，让她们走。”

红果儿：“秦妈妈，那就麻烦你送我们出城。”

秦妈妈：“果儿你大可不必如此，只要董姑娘愿意，她自己就可出城去。”

红果儿控制着秦妈妈坐上了马车头：“你觉得我还会相信你这个老狐狸吗？董白、子修你们给我上马车。”

小厮们眼睁睁地看着马车驶出了小巷。

15. 南京街头巷角　日　外

马车在巷角慢了下来，刚过转角，车厢上方“噼啪噼啪”两记火炮筒似的爆破声，一阵浓密的烟雾迅速散开笼罩了整个车厢，红果儿仰头看的瞬间失去了知觉，秦妈妈顺势抱住了她。车厢里一阵强烈的咳嗽后再无动静。

16. 南京城门下　日　外

冒辟疆、方以智、侯方域和书童六人立马在南京城门下，忽然一阵狂风席卷而来，刮得人睁不开眼睛。

方以智带头下了马来，牵着缰绳勉强走了几步：“这刮得什么妖风？”

侯方域跟上前去：“气候比春节前还寒冷些呢。”

冒辟疆：“走吧，进城再说。”

六人前后进了南京城门。

17. 南京秦淮河边桃叶渡小楼暖居卧房　日　内

董白在迷糊中醒来，只觉脑袋又胀又疼：“我怎么又回到这间小屋了？子修、子修？”

子修斜斜地趴在桌子上一动不动，董白从榻上过去一个劲地摇晃子修的手臂："子修，快醒醒，子修子修，醒来，子修……子修……"

半晌，子修喃喃道："小姐，别喊了，我……我听见了，可我——真的还想睡。"

门被打开了，秦妈妈和巧妹从外面进来："董姑娘醒了？"

董白气恼了："秦妈妈，你到底下了什么药？红果儿姐姐现在何处？"

秦妈妈："是迷魂药加催眠药，过几个时辰，你们都会跟以前一样了。至于红果儿，她现在在教坊司衙门里关着呢，她可是正儿八经由教坊司管辖的人。"

董白："这件事因我而起，红果儿姐姐为人仗义，一时冲动要挟了秦妈妈，她并没有真心伤你之意，你为何不念及红果儿姐姐养父母的恩情将她送去了衙门？"

秦妈妈："一码归一码，我说了，她是教坊司的人。你不一样，没有亲自在入籍文书上画押，你出了这个门就是自由人。"

董白："她因我入狱，我若弃了她而去，那要这个自由人又有何用？"

秦妈妈给巧妹使了个眼色，巧妹将文书放在了桌子上："你可想明白了，画了押，我便可带你去见红果儿。"

子修迷迷糊糊地翻了个身："小姐，别……别听她的。"

秦妈妈面无表情，将董白那封家信一并也放在了桌子上："决定权在你自己，你好好想想吧。"

秦妈妈带着巧妹径自出了门去。

董白："等等。"

秦妈妈转身问道："怎么？"

董白冷笑道："秦妈妈从一文书斋门口一路盯了我那么多时日，关键时刻你倒是放我走了？"

秦妈妈轻柔地回答道："你我本是有缘，是我看准了你，不会有错。"

董白："纵然是恶鬼、夜叉，我也得走这一遭了是吗？"

秦妈妈笑道："我既不是恶鬼也不是夜叉。"

董白："恶鬼、夜叉无非'利益'两字变幻。"

秦妈妈："如今，你面前摆着生、死的两条路，无非也是'利益'变幻所趋。不仅你自己的生死，还有你母亲的生死，不是吗？"

董白："所以，我是没得想了。"

秦妈妈："你我都需要钱，你拿钱救你母亲的命，我需要钱去救我女儿的命。都得活下去。"

董白狠狠地咬破了自己的手指，鲜血滴在了入籍文书上，颤抖的手却怎么也无法按下手印。就在此时，窗外忽然传来一阵鸟雀凄婉的啼鸣声，并伴有鸟喙敲打窗框的“笃笃”声。

秦妈妈和巧妹都觉得奇，走过去听个分明，那动静似更大了些，吓得秦妈妈连连后退。

董白哽咽道：“时听莺啼宛转，几回蝶梦悠扬。鸟雀若有灵，请给我父亲捎个信：‘董白活至今年今月今日，此后唤作董小宛罢了’。”

秦妈妈看着董白按下了手印才缓过神来：“董——小——宛，果然好名字！”

董小宛只觉得胸口一股暖流上涌，“哇”地吐出一口鲜血。

秦妈妈慌忙扶住董小宛：“快，巧妹快去请郎中。”

巧妹：“啊？又请郎中啊？”

秦妈妈：“快去啊，这回是真的。”

18. 南京教坊司后庭廊内　日　内

秦妈妈对着门帘跪在后庭廊内：“大人，董小宛亲自按下手印，她的入籍文书可移交礼部了。”

帘内传来一声沉闷的回答：“嗯。”

秦妈妈微微抬眉，音量也响亮了些：“大人，红果儿人在教坊司，既然事情已落实，人可以带回去了吧。”

帘内半响不说话，秦妈妈又道：“红果儿来红楼一年，性子还得多调教，此事也是我考虑不周全，日后我和红楼妈妈会多加管教。大人不必担心。”

帘内回答：“红果儿一来，红楼的收入多了将近一半，但也不能惯了她的性子。人在刑部，我安排人带你去。”

秦妈妈惊愕：“啊？大人你是动了真格的了？”

帘内道：“事情既如此，就在秦淮河边弄点动静，杀一儆百。”

秦妈妈紧张地鼻尖冒出了汗：“大人，那我现在就去刑部。”

帘内回答：“让她知道个好歹。”

秦妈妈：“是，大人。”

帘内又道：“三月三花榜大赛，除了这个红果儿可有合适的新人？”

秦妈妈：“这个董小宛就是个好人选，原是大户人家的小姐，娇小美艳，琴棋书画，无一不通的。特别是她敢作敢当的个性，正是我几年来寻觅的好苗子。”

帘内道：“之前你们不都推选那个红果儿嘛，才几天工夫就改了口。”

秦妈妈掩饰道：“红果儿太任性，怕出岔子。”

帑内道：“你们别出岔子就好，留都几个部都盯着咱们的花榜经济呢。”

秦妈妈：“是，请大人放心。”

19. 南京刑部大牢通道　日　内

冒辟疆和方以智两人等在通道里，牢头提着一大串钥匙从通道深处走来。

冒辟疆迎过去：“怎么样？”

牢头摇摇头答道：“还是不愿意见人，两位公子请回吧。”

方以智拦住牢头：“大爷，我们都来了两回了，你可有跟毕大人说明？”

牢头：“想来见毕大人的人还真不少，可这位毕大人除了见他家中小儿一人，连其他亲戚都不见。他说他没什么可说的，不认识你们几位。”

冒辟疆叹息道：“唉！毕大人是咬紧了牙关不喊冤、不喊疼。”

方以智：“大爷，还得请您多多关照着，过几日我们还会来。”

牢头：“我一个看门的也说不上一句话，能关照什么？”

冒辟疆：“无妨，只需你多关注毕大人那边的动静，到时候及时告知我们消息便可。”

此时，通道另一边有人喊道：“我不走！我不走！我要报官，你们凭什么抓我又放我？我要你们给我一个说法！”

两个监狱衙役拖着红果儿往外走，后面跟着秦妈妈。

红果儿使劲地蹬腿：“秦妈妈，你跟他们说让我自己走。”

秦妈妈想了想：“好，只要你不吵不闹，咱们就自己走。”

衙役放下红果儿：“刚才你不是不走嘛。”

牢头过去问道：“怎么回事？”

秦妈妈笑道：“没事，说好今早赎了人出去的。”

牢头：“原来是你，既交了赎金走人便是。”

冒辟疆和方以智看了红果儿一眼，却不曾认出她来，红果儿蓬头垢面地一脸恼怒：“你们急什么，我还不想走了呢。”

秦妈妈低声道：“你那董妹妹在门口等着呢，你走不走？”

红果儿听罢两眼放出光来：“你把她怎样了？”

红果儿视秦妈妈有仇，可秦妈妈看红果儿的眼神总是万千柔情：“你自己去看了便知。”

红果儿急匆匆第一个出了通道：“我去便是。”

第十九集　花榜节上花开并蒂　南京城内暗流涌动

1. 南京刑部监牢门外　日　外

董小宛换了教坊司歌舞伎班的绿色裙装，立在南京刑部门外的拴马柱旁。子修等在石阶下，只见里面出来一行人。

华安牵着马走过来，挥着手喊道："二爷，二爷。"

冒辟疆和方以智才出了门听华安叫唤，便加快了脚步下了台阶，正好与子修擦肩而过。董小宛抬头看去，这一看好比两世的天地相交，当冒辟疆那皎白的面庞出现在她面前时，似有如晴天霹雳般的力量。她恍惚间似要倒下去，正好靠在了拴马柱上。

子修喊激动地喊道："红果儿姐姐来了。"

红果儿从石阶上奔将而来："董妹妹，董妹妹。"

方以智听得有人喊董妹妹下意识地看过去，董小宛死死地抱住拴马柱不曾将脸转过去。

冒辟疆上了马对方以智道："密之，牧斋先生怕是要等急了。"

方以智也上了马，两人离去。

董小宛听着马蹄声远去，才慢慢转过脸，"哇"地一声地上鲜红一片。此时秦妈妈也正赶到，红果儿一把将她衣领揪住："你个狠心的老巫婆，究竟对我妹妹下了什么恶毒的手段？"

董小宛用手绢擦掉嘴角的血迹："子修，红果儿姐姐既然没事了，咱们就回吧。"

子修扶着董小宛往回走，将红果儿和秦妈妈丢在了一边。

红果儿见董小宛自己走开了，才松开秦妈妈的衣领："唉——董妹妹，你去哪儿？"

董小宛停住脚步却不曾回头："回秦淮河边。"

红果儿急了："董妹妹应该回苏州，如何又要回那秦淮河边去？"

董小宛咳了几声，子修连忙将斗篷的帽子给她戴上："小姐，外面风大。"

董小宛摇摇头："倘若命硬，风又奈何得了什么？"

秦妈妈对红果儿道："董姑娘已经将那一百两身价银票送去苏州了，她母亲病得不轻。"

红果儿怔怔地看着董小宛远去，浑身动弹不得，眼眶里噙着倔强的泪滴缓缓滴落。

2. 南京秦淮河边桃叶渡小楼暖居卧房　日　内

房间的窗户已经打开，董小宛站在窗口向外望去，临水的桃、柳争相吐着嫩黄的叶芽，湖面泛着清波。巧妹和子修在房间整理书案，书案旁新放置了一架落霞式古琴。

巧妹将一张纸摊平在书案上："董姑娘，这个是你今天的功课清单。"

董小宛拿起纸张仔细看了看，只见上面写着诗文、音律、绘画、品酒。董小宛本以为她们会急着安排她去会客陪笑卖钱，却不料递来一纸功课清单，由不得生出好奇来："这品酒又是什么？"

巧妹："这人有性格，酒也有温烈、清醇、浓厚、香甜、苦涩，自然一番滋味，各有道理分别。"

董小宛点了点头，巧妹忽然腼腆起来："姑娘还是快别问了，到时候秦妈妈会请来老师专门调教姑娘呢。"

董小宛冷笑道："身为下贱才知门道高呢。"

巧妹："但凡秦淮河边有点名气的，哪一个不是勤练苦学、身经百炼出来的。"

子修将茶壶往巧妹手里一塞："你怎么不去勤练苦学呢？"

巧妹："我是秦妈妈路边捡来的，帮衬着她打杂干粗活的。"

子修没好气地道："你就是她的细作！没水了，快去添水吧。"

巧妹皱皱眉出门下楼去了。

董小宛在书案前坐下："子修，磨墨吧。"

子修："小姐，还真练啊？"

董小宛铺纸、提笔："叫我董姑娘。"

子修低着头拧着身："我不，凭什么小姐就把自己给卖了，不如把子修给卖了呢，让小姐回苏州去。"

董小宛放下笔拉起子修的手，让她握住墨棒研墨，自己又回到座上："草原上的狼也挑肥的羊吃呢，你那小身板，人未必瞧得上。"

子修机械地研墨，眼前的情景让她回想起在董府西厢书房陪读的场景。

倒叙：董府西厢董白书房　夜　内

董白被母亲罚抄女经，旁边高高地摞了一堆纸。

子修一边研墨，一边打着瞌睡。

董白伸伸懒腰站起身，子修继续打着瞌睡，董白恶作剧在子修嘴角画了一颗媒婆痣，子修突然睁大眼睛："小姐，你醒了？"

董白咯咯地笑："是你在做梦吧。"

子修也傻傻地笑，董白的笑声更大了。

倒叙毕。

子修大滴大滴的眼泪落在了砚台里，溅起的墨汁正好洒落在董小宛铺开的宣纸上，好似轻柔的雪花蔓延在天空。董小宛接着用笔墨轻轻地勾勒出山川、河流的模样，整幅画浑然一体。

董小宛低声道："子修，你看，你我的天地骤变，一切将从新开始。我是董小宛！"

子修擦去眼泪道："那我是谁？"

董小宛指指宣纸上墨色的雪花："紫雪。"

3. 南京秦淮河边红楼大厅　日　内

红果儿拖着疲惫的身体推开红楼的大门，里面各自练功、练曲、聊天、嬉闹的姐妹们瞬间安静下来。红果儿在门口将一双破鞋甩掉，顶着众人奇异的目光"噔噔噔"上楼去。小晴在后面一边拎了鞋子，一边迅速地跟上红果儿。

红楼妈妈出现在楼梯口对着众人道："你们看什么呢，该干嘛干嘛。"

有人小声嘀咕："哼！坐个牢回来还那么神气。"

4. 南京秦淮河边红楼红果儿房间门外　日　内

小晴拎着鞋子对红果儿道："红果儿姑娘，天那么冷，给你去拿一双干净的鞋子。"

红果儿正要推门进去又对小晴道："有热水吗？我想先洗个澡。"

红楼妈妈双手一拦挡在前面："里面有客人，去别的房间洗澡。"

红果儿蓬头垢面瞪大眼睛的样子有点滑稽："我还没死呢？房间倒是被人占了！"

红楼妈妈紧张地道："嘘——我的儿，没人占你的地儿，我在这天天盼着你回来呢。"

红果儿指指房间门：“那里面？”

红楼妈妈：“这留都满大街是从京城回来的大官，就算被贬被撤官的，指不定什么时候一道圣旨八抬大轿又接回去上任了。”

红果儿疑惑地问：“里面有大官？”

红楼妈妈：“翰林院的钱谦益大学士。”

红果儿摇摇头：“不晓得，官大吗？”

红楼妈妈：“哎呀！是个大学问家，以前是皇上跟前的官，人家指定点的你，你不在，他们一伙人就在你的空房间里喝酒聊天。”

红楼妈妈又喜滋滋地伸出五指：“你那空房间照样是五金一宴席呢！”

红果儿不屑地道：“喝个花酒还死讲究！妈妈，另找个房间我要洗澡。”

红楼妈妈拉着红果儿离开：“对对对，赶快先去洗个澡。”

5. 南京秦淮河边红楼红果儿房间　日　内

冒辟疆给钱谦益、侯方域、方以智斟酒道：“没想到去了两次刑部大牢，都不能见到毕大人，果真是毕大人不想见任何人吗？”

钱谦益站起来走到房间窗口处，面朝外探望：“谁能料想站在这往外看，竟有片刻繁华落尽的宁静心境。或许此刻毕大人何尝不是此等心境呢。”

冒辟疆、侯方域、方以智三人面面相觑不知如何作答。

钱谦益又道：“侯方域，汝父因马豆遭参入狱，朝臣均知汝父冤枉，前后又有十多人因替他上参而被罢官、入狱。如今毕自严因一两纹银下狱，此事也因温体仁推波助澜，毕大人并不是不愿意见人，而是怕连累他人罢了。”

方以智：“国事体大，谁人能置身事外？毕大人在户部八年，拆东墙补西墙，听说有一年连续在案头工作半个多月不曾休息，直至呕血倒地为止。在晚辈心目中，他就是忠心报国之榜样，谁料想如今连他也落得如此下场。”

冒辟疆一直低着头：“毕大人果真是因一两纹银下的狱吗？”

侯方域：“冒兄为何如此发问？这还有假的吗？”

钱谦益转过身来：“冒辟疆问的好！”

方以智：“牧斋先生的意思是毕大人与皇上有不合之谋？”

钱谦益神情凝重：“当下杨嗣昌的十网计划正合皇上之意，在全国范围内撒开剿灭贼寇的大网，皇上的勃勃雄心与杨嗣昌的意气风发一拍即合。”

冒辟疆：“可毕大人在户部，按理不干涉兵部的部署吧。”

钱谦益苦笑道：“真正是笨伯的儿子呀，想问题也是一根筋。你想，在全国撒网布阵，那还不得有户部的银两做后盾嘛，杨嗣昌提出饷银二百八十万两，全由户部加收百姓税款来完成。”

方以智：“毕大人必定提出官逼民反之后果，这就是与皇上不合之谋。”

钱谦益点点头：“在皇上眼里，十八路反贼民反的后果已经显现，并不是实施仁政可解决的了，而毕大人统筹经济之术苦苦经营多年，深知官民之间微妙的关系，过了分寸就会演化为敌我矛盾。”

冒辟疆：“如此说来，要救毕大人不可在他与皇上之间形成站队之说。毕竟毕大人为大明勤勤恳恳、劳苦功高，只求全身而退总不为过吧。”

钱谦益：“说的甚好，毕大人冒死谏述民间疾苦现状，控诉杨嗣昌全面剿贼过于激进，这是与皇上正面交锋。同僚切不可再一味为之喊冤，不但不可挽回，白白伤了性命更是大明之不幸。”

钱谦益坐下来端起酒杯一饮而尽：“朝廷之上唯有温体仁不仅深谙权谋之术，更懂得皇上心之所向，所以他几次参毕大人各种弊端，皇上深以为然。如此小人进而君子退，忠奸难辨，长此以往，人人解体、事事规卸，为祸端之源头。”

侯方域：“如今温体仁辞官归乡，总算扫除了朝廷的心头大患。”

钱谦益摇摇头叹道：“朝廷风气也并非一人所致，之前走了魏大珰，人人称快，却也好景不长。不过，你们年轻后生有理想有抱负，在大明是不灭之星火。”

方以智站出来：“晚辈曾为救父亲走过一趟京城，为救毕大人我可以再去一趟。”

冒辟疆应和道：“侯贤弟目前进京多有不便，我可同去。”

钱谦益想了想：“不妥，此事切不可闹出什么动静，唯有一人可以解救毕大人。”

冒辟疆、方以智、侯方域三人同声道：“谁？”

钱谦益：“上笔墨，待我书信与孙传庭（陕西巡抚）。”

房间书案上有现成的笔砚纸墨，钱谦益片刻写就书信。

侯方域在一旁道：“听我父亲说过，孙传庭的秦军精锐，在粮草奇缺的情况下，能结合地方实情设法自己征粮补给军队，同时还能安抚当地百姓。”

钱谦益：“孙传庭有奇才，他征粮实为反腐除地霸，所以能安抚百姓，恶霸被除，百姓安稳，反贼就无立锥之地。他若能说服皇上，杨嗣昌的十网计划或许有可能真正实施，此举不仅能救毕尚书，还能救大明于危难。”

就在此时，红果儿忽然推门进来拱手道：“抱歉，抱歉，让各位爷久等了！”

方以智和侯方域第一时间用身体挡住了桌案，冒辟疆迅速将信纸折叠藏进了袖筒。

房间内四人显得表情生硬、体态极不自然。

红果儿适才沐浴完毕，满脸红扑扑地，红袄箭袖，腰间系一条绿绸垂感丝带，脚蹬一双黑底镶金边的短靴，干净简洁灵气逼人，眉眼间透着世外仙侠般的超凡脱俗。

侯方域屏着呼吸道："姑娘是走错地方了吧？"

方以智看红果儿盯着冒辟疆忽闪忽闪着乌黑的大眼睛笑道："我第一次见她时也这么说。"

红果儿指着冒辟疆："书院公子，早知你来了，我便不在那刑部大牢耽误时间了。"

冒辟疆疑惑："刑部大牢？"

红楼妈妈带着小晴进来圆场："怠慢了怠慢了，红果儿姑娘平日里就爱开个玩笑，今日文曲星下凡，咱们红楼蓬荜生辉，小晴快给各位大才子斟酒。"

红果儿皱皱眉头："妈妈，你不必说些令人起鸡皮疙瘩的怪话来客套，今日来的是熟人，还是救过姐妹们的恩人，所以，这一餐我请了。"

红楼妈妈的笑容瞬间凝固了："啊？这……这……"

在窗台边的钱谦益这时转过身来："今天是老夫请客，就按这里的规矩办，你们年轻人之间的交情以后再说罢。"

红楼妈妈又重新展开了笑颜："对对对，钱大人说的对，那我就不打扰各位了。"

红楼妈妈给红果儿使眼色，利索地退了出去，红果儿却不接红楼妈妈的眼色，当作没看见只管在席间坐了下来。

红果儿自斟了满满一杯："红果儿迟来一步，自罚三杯。"说罢一饮而尽。

冒辟疆上前按住酒壶阻止："红果姑娘且慢，你不必罚酒。"

红果儿又噌地从凳子上起来道："我取铜箫来为各位公子、爷奏乐助兴可好。"

冒辟疆笑道："时下不用铜箫也可助兴。"

红果儿有些尴尬："我只擅长吹箫并不会别的乐器了。不过，我还可以舞剑。"

冒辟疆知道红果儿误会了，不知说甚。红果儿等着各位言语，只见钱谦益、侯方域几位眉头紧蹙，沉默寡语，愈加觉得是自己怠慢了。

钱谦益抬头对冒辟疆道："今日兴致已足，家中尚有些闲事等着回去处理，不知你们意下如何？"

侯方域心中挂念李香君也急着从座位上起来："那小弟也先行告辞了。"

方以智朝冒辟疆点点头，冒辟疆爽快道："那好，几日后再聚。"

红果儿云里雾里送客下楼，冒辟疆对红果儿道："你那房间有神力，就算你不出席作陪也能让人开怀畅饮，尽兴而归。”

红果儿嘟嘟嘴：“你别哄我了，几位公子看上去闷闷不乐的，怎见得开怀而归了？”

冒辟疆又道：“他们几位与别的不同，开心时便默不作声，不信，下次见面你便知晓了。”

红果儿乌黑的大眼睛闪着好奇的光：“是吗？有学问的人果真有些不同寻常。”

冒辟疆故作玄虚：“那是自然。”

两人拱手道别。

红楼妈妈一脸喜气地迎向红果儿：“我的儿，那位钱大人说了，下次还是点你的酒宴。你就是红楼的财神，你一回来红楼就满客，大伙等着你在大堂表演天外飞仙剑呢。”

红果儿一脸倦容，眼前忽然闪过董小宛的样子，心底十分沮丧：“妈妈，今天让小青、小倩表演好了，我累了。”

红果儿说完转身进了房间，将红楼妈妈关在了门外。

红楼妈妈无奈念叨道：“这几年是你硬气的时候，这个脾气你以后可怎么活！”

6. 南京秦淮河边桃叶渡小楼暖居　日　内

房间里秦妈妈带着三个教坊司的教师围着董小宛评头论足，董小宛在书案前手执小楷羊毫低头书写。

秦妈妈笑吟吟地：“三位可是南京教坊司的首席教师，也就是董姑娘在这里，别处就是请也是请不到的。”

年长的教师道：“董姑娘你只管按平时作画、写诗的风格就好，最好的花是经受天然的风霜雨露，董姑娘好比自然天成。”

另一个又道：“董姑娘三分之二侧脸示人最动人。”

年轻的教师道：“董姑娘脸色似月色偏白，不宜着深色衣饰，桃色、嫩黄色正好。”

秦妈妈频频点头称是：“记下了，记下了，多谢老师们的指点，辛苦你们专门跑一趟，吃了茶再走吧。”

年长的教师道：“秦妈妈客气，你自己也曾是教坊司的衣巾教师，你看中的人不会有错，这个考试也是走个过场。”

秦妈妈正要领着三位下楼，董小宛忽然站起来：“既然是考试，怎有不收卷的道理。我这里正也好了，各位何不阅卷再走？”

秦妈妈讨好道：“咱们董姑娘也真是有才，说话间书画即成。”

年轻的教师展开字画念道：“《小楼轻吟》，轻吟小楼绿荫染，听得黄鹂三五声。追忆荷池供月半，方醒香莲开夏炎。”

众人再看画面上的小楼依窗一角，边有一弯月牙形的池塘除了清波粼粼并无他物了。

年轻教师又道：“应景好诗，好诗。”

其他两位教师也应和，唯有秦妈妈见诗中有自己名字，隐约感到不适，脸色尴尬。

董小宛听得那三人称好就笑道：“听得黄鹂三五声，呵呵，我果然有耳福。”

年长的这才醒悟过来，董小宛不愿被人摆布，写诗嘲笑他们呢。他摇摇头笑了却也不恼：“哈哈哈，我说什么来着，自然天成，自然天成！有朝一日，为攀小楼绿荫枝，人人甘愿做黄鹂鸟罢了。”

年轻教师也明白了，轻声对秦妈妈道：“你家姑娘不是谁人吃得消的。”

年长的笑道：“往年花魁柳如是不正是才华与个性的完胜，我看秦妈妈以后有的事情忙了。”

一组镜头：

董小宛在池边亭下学舞。

董小宛柳下抚琴。

董小宛泼墨画蝶。

董小宛插菖蒲花艺盆景。

7. 南京秦淮河边红楼　日　内

红果儿趴在书案上练字，房间外传来红楼姑娘和客人的调笑声，红果儿紧皱眉头将湘竹笔重重扔下：“不就是卖笑的，何必练这劳什子！”

小晴拿着香蒲草进来：“红果儿姑娘，这是你的份子，各房都插上了。”

红果儿没好气地道：“拿走，我不要。”

小晴小心地把香蒲放进楠木几上的双耳瓶子里：“妈妈说了，端午灯会开花榜，其中一项技能就是花艺，香蒲是主材。”

红果儿一手托着腮帮，一手将练字的纸捏成一团对准花瓶扔过去，纸团丢进了瓶颈，红果儿乐了，笑道：“香蒲明明是水中青草，既然是花艺，怎么它就成了主材了！”

小晴想了想说道："大概是为了应端午节吧，有纪念之意。"

红果儿："呵呵，端午节纪念爱国诗人屈原人人皆知，为何又跟开花榜扯上关联？既为赏花又何须以草做主材？"

小晴挠挠头："红果儿姑娘，小晴想不了这些个问题。"

红果儿："我看啊，那些贡生个个怀揣家国情怀，却又沉浸在秦淮河的温柔乡里，不愿面对现实，就算个护花使者也是不合格的，逢场作戏者比比皆是，怜香惜玉者又几何？就算夺了花魁，也不如那一株草。"

小晴听不懂红果儿说的什么，又想起红楼妈妈吩咐的事，走到书案前问道："红果儿姑娘，妈妈问你几时去秦淮河边看董姑娘？"

红果儿听到董姑娘像是被什么东西触了心窝，她离开书案将双耳瓶里的纸团取出，又拿一根菖蒲草在手里："管我什么事！她要做花魁，尽管让她去，我宁可做一根水里的草。"

小晴又道："妈妈说花榜榜上有名也就几个名额，让你去探探，董姑娘你熟识，尽管探个底。"

红果儿："笑话！花榜本是妈妈们最稀罕，她们自己怎么不探探？我不去！何况去那桃叶渡的小楼，求我都不去了！"

小晴做个鬼脸："妈妈说红果儿姑娘是可以上花榜的，红楼里别的姑娘想争取怕也够不着呢，你若不去桃叶渡也好，加紧练习吧，晚上教坊司的老师来看姑娘。"

红果儿在榻儿上一躺，将手帕往脸上一盖："小丫头口气越发像老妈子了，别拿教坊司的老家伙们压我，我就不练。"

小晴摇摇头掩了房门出去，红果儿掀开帕子一角半睁着眼看窗外，初夏的树叶浓密青绿，秦淮河的水光在幽亮的叶面上泛着光影，一闪一闪甚是轻盈、梦幻。红果儿眼皮沉沉地恍恍惚惚进入了梦乡。

梦境：在水晶透亮的水底宫殿，波光闪闪、水草柔曼，红果儿看见董小宛身着绿纱盛装，站在岩石上恍若神女，她脚底轻点纵身飘至红果儿身边，微笑着不语，红果儿正要开口说话却不能言语，只是不断地朝外吐泡泡，红果儿慌了神，拉住董小宛想离开水面，不料两人越沉越深，四周巨大的黑暗劈头盖脸地罩了下来……

8. 南京秦淮河畔一角　夜　外

河面两旁各式花灯排列成行，夜来水汽弥漫，好似天街银河星光闪烁。长镜头慢慢推进至一个水上露台前停留。一群豆蔻少女粉色薄纱罗裙，踏歌而舞、衣袂飘飘。

忽听得有人喊道：““停停停，阮大人来了。” 众人齐刷刷地低头垂手而立。

阮大铖出现在露台上：“舞者并非单纯动作而舞之，须动、静结合方能体现动作妩媚可人。你们刚才左手上扬托腮时，可留一拍两拍作停顿，再踢腿下腰正合适。”

那人又嚷道：“阮大人说的你们可记住了！”

少女们齐声应道：“记住了。”

乐声响起，少女们转身列队，扬手托腮眼神凝视，前面略作停顿方踢腿下腰。

一个低沉的声音伴着一长串掌声：“妙哉！妙哉！软媚娇羞，似有还无处最是撩人。”

阮大铖听闻来者面露惊色，急忙从座椅上起来，举手示意众人停止歌舞奏乐。

黄忠良（原南京镇守太监，魏党忠实走卒，曾因自宫得以升迁）：“阮大人果然通歌舞、戏曲之精妙，懂得精雕细琢，赏得人间美色，非常人可及。”

阮大铖见黄忠良坐在木椅上由人推到露台上：“能寻我此处，黄公公真神人也！”

黄忠良忽然遮袍掩面而泣：“可怜真神再无生祠避风雨啊！”（万历年间大明曾遍地为魏忠贤建生祠以示敬仰、崇拜。）

阮大铖慌忙遣众人散去：“公公再不可伤感了，如此天色，不可再提往事了！”

黄忠良咬牙切齿地止住了哭泣：“叫他们杀了我罢，当初自断双腿退出南京苟活于世，不如跟着义父共赴黄泉去。”

阮大铖俯身低声道：“你义父自然知你忠诚，东林党人如今春风得意，连个温体仁都不放眼里，我辈何必气急败坏。斗狠以致压抑，不如放纵山水间舒缓心境，公公，该放下时且放下罢了。你得学一学当今的南京守备大人，浑然于世不知其真假处。”

黄忠良冷笑道：“哼！韩赞周这个老狐狸，当初就不该推他上去，办事不力，装死第一！”

十几艘花船缓缓驶入秦淮河，笙歌漫舞、灯光弥漫，晃如白昼。

阮大铖笑道：“端午秦淮花榜节，得月台前正值良辰美景，你我岂可视若旁观！”

9. 南京秦淮河得月台　夜　外

冒辟疆和方以智手执酒杯站在得月台倚栏观望，上百名应试书生艳丽盛装，在秦淮河画舫码头集结，等候上花船。

冒辟疆连饮了三杯，似无闲情看风景，方以智也独饮了数杯。

有一手执纸扇面容清秀的书生，在旁看着他俩微笑却不言语。陈贞慧带着一个身形瘦小的公子走近："这位书生为何偷偷发笑？没见过我家兄弟豪饮吧？"

冒辟疆和方以智听得身后说话声双双回头："定生！"

冒辟疆有几分醉意，先拥抱了陈贞慧，又和身边的方以智、陈贞慧带来的小公子抱作一团。

纸扇书生笑道："我猜四位定是江南四才子无疑。"

小公子一脸憋得通红，好不容易挣脱这个大团抱："我……我可不是他们什么四才子行列的。"

冒辟疆定睛看了看这位小公子，不料忍俊不及："哈哈哈，原来是你？你不是……"

红果儿见冒辟疆要认出自己，便急捉顿足道："你什么？不许说！不然叫你再尝尝我断肠剑的滋味。"

陈贞慧摆摆手："你们在书院的故事我刚刚听说了，省得彼此介绍也好，果儿今日在秦淮河玩了个金蝉脱壳，正好陪我们哥儿几个赏月品酒岂不痛快！"

冒辟疆点点头，指了指一艘艘缓缓驶出码头的花船道："本来你大概也是粉脂红妆正在船上。"

纸扇书生拍手称快："四公子原来是三男一女，妙哉！"

冒辟疆瞪着眼，舌头有些打结："你又是哪个？说三道四，如此多事！"

纸扇书生彬彬有礼作揖道："失礼失礼，永嘉杨文骢，曾在松江几社与几位有一面之缘，却每次都错过相识的机会。"

方以智拉了一下冒辟疆，上前拱手介绍道："桐城方以智，如皋冒辟疆，宜兴陈贞慧是也！兄台就是子龙时常提起的诗画大家杨文骢，久闻大名！"

杨文骢谦逊笑道："哪里哪里，不才正是山子。"

方以智："几社有一幅你的松鹤听泉图，松林层叠，不见其鹤，但闻其声，甚是精妙！"

杨文骢摇摇头："仅仅是闲淡水墨业余爱好罢了，不敢称道。"

冒辟疆又自饮了几杯，晕晕乎乎地："你们认识，好好，你们聊。"

冒辟疆说完便回到栏杆处眺望夜色，举起的酒杯却空空如也。红果儿也觉得无趣，拉起陈贞慧去栏杆旁，朝冒辟疆递过去一个玉色酒壶："喂！冒公子，你可知闷酒最伤人。”

冒辟疆不客气地接过酒壶，仰头就灌下一大口：“那你还如此怂恿我！”

红果儿笑而不语：“嘻嘻。”

冒辟疆砸吧嘴唇：“甜的？”

陈贞慧压低音量道：“那是灌得醒酒汤，冒兄竟这般烦闷？皇上下旨一个半月后释放毕尚书，事情办得很顺利不是？”

冒辟疆：“你闭关写书，几时知晓此事？”

陈贞慧：“我刚从书院听了牧斋先生的讲课出来的。”

冒辟疆：“你见了朝宗了？”

陈贞慧：“嗯，他还说你见不了那个陈圆圆，快要死了，叫我来救你。”

冒辟疆见杨文骢过来便不再说什么。

杨文骢：“刚才见两大才子各自喝闷酒，我猜定是为情事所困。”

陈贞慧看看冒辟疆，又看看方以智大笑道：“这位兄台好眼力！”

冒辟疆也笑道：“你猜对了一半，不过眼下你我都愿意那么猜。”

杨文骢摇摇头：“我们不一样，我不是复社人，今日在我眼里只有风月没有别的。”

冒辟疆反驳道：“你看那花船全一般模样，里面装的可不是一样人等，入过复社的，也保不全个个赤子之心，比如阮大铖之类的，杨兄你说呢？”

杨文骢不再接冒辟疆的话，岔开话题道：“今日江南名仕沈春泽、姚北若包花船立花榜，冒兄看中哪个，我倒是可以拉个媒人。”

冒辟疆没好气地道：“我心爱的人不需要谁来拉媒！”

冒辟疆说完扔了酒杯，扬长而去。

杨文骢一脸尴尬，方以智笑着打圆场道：“龙友兄多多包涵，冒兄今日酒多了。”

杨文骢：“无妨无妨，自家兄弟好说话，我住在夫子庙客栈，你们随时可以来坐坐。”

方以智和陈贞慧拱手道：“告辞！”

红果儿嘟囔道：“什么江南才子，怪怪的，毫无诗情画意的情趣。”

陈贞慧拉起红果儿边说边跟上方以智：“此地无情趣，换个地儿就有了！”

10. 南京秦淮河花榜一部　夜　外

临时搭建的丁字舞台延伸至水面上，两旁十二艘花船依次排列，河岸边乌压压挤满了人群。每船派出一名花童双手托盘，盘中有一卷花榜名单，十二艘船每船选出一位，共十二位，称十二金钗，花童将榜卷挂上榜杆儿上。人群各个踮脚探头，可灯光闪烁，哪里看得清名单，正是这雾里看花终隔一层的效果，衬托出选美的瘙痒人心。

贵宾席上出来一位教坊司的琴师，持卷宣布十二金钗名单：“十二金钗已成——”

众人一阵骚动，纷纷嚷道：“快说！快说！”

琴师高声道：“梅花——李雪衣，桂花——顾眉生，兰花——李香君，山茶——杜薇，水仙——陈圆圆，杜鹃——董小宛……”

众人欢闹着喊着自己喜欢的花名：“桃花、桃花、杏花、杏花……”

贵宾席后座人群挤出一人正是红楼妈妈，她等不及那教坊司琴师念完名单，直接窜到台前查看名单，她指着花榜道：“七船的红果儿呢？红果儿怎么不在榜上呢？！我家红果儿呢？”

念完名单的琴师，看着身边上蹿下跳的红楼妈妈，摇摇头道：“每年都有落榜疯癫的！”

红楼妈妈气得直跳脚：“你才疯癫呢！教坊司的师傅，哪个不夸我家红果儿才貌出众的！评选不公平！不公平！”

人群里发出一阵起哄的嘘声：“咦——撂挑子！撂挑子了！”

红楼妈妈被两个小厮架着拉下了台，贵宾席后面一角落，站穿着男装的红果儿，下意识地将帽子拉低一些。

11. 南京秦淮河得月台　夜　外

黄忠良举着长柄圆筒望远镜，搜寻对岸花榜一部。

望远镜中镜头：

冒辟疆、方以智、陈贞慧、红果儿四人穿过人群上了水边画舫，画舫正侧对着花榜舞台。

黄忠良放下望远镜：“复社的四大才子，除了姓侯的，其他三个都上了画舫了。”

阮大铖笑道：“他父亲还在狱中，自然避嫌。”

黄忠良冷笑道：“我去安排下一场。”

阮大铖：“黄公公不可做的太过了，彼此留一条道。”

黄忠良由两个打扮时髦红唇粉面的小生伺候着抬出得月台。

杨文骢看黄忠良离开，走到阮大铖身边道：“姑丈，你与魏党余孽来往，为何让我见着？”

阮大铖眯缝着眼睛道："有吗？"

杨文骢："你让我接近复社公子与其交好究竟为何？"

阮大铖："交朋友而已。"

杨文骢表示不满："怨不得在江南的读书人但凡有节之士都得咒骂于你。"

阮大铖喝道："龙友，你不得无礼于我！今天秦淮河边，读书人个个自称有节之士，只要开口骂我者便可称有节，此等可真实惠、便宜！就算寻欢作乐、赏曲观戏、醉生梦死也无妨。那有节之士爱评头论足，又有几人真材实料？他们自己养班子研习戏曲、歌舞吗？连爱个美人都不成，何谈爱国？都是些虚头巴脑、空谈嘘吹的登徒子！"

杨文骢："别个且不管，那黄忠良是什么人？魏忠贤走狗，心狠手辣，你与此等人为伍作何解！"

阮大铖笑道："谁说要与他为伍？你的见识不如你表妹的。你表妹说：'父亲最是个重利的，但离坏人还有一段距离。'"

杨文骢皱着眉头："你若要害那复社四才子，我定不依你！"

阮大铖哈哈大笑："啊哈哈，我的儿，我阮大铖几时动刀舞枪的，我料那黄公公断不敢在留都如此明目张胆，但是复社的那几人才高气傲，杀杀他们的傲气还是要的，要不然怎么跟他们交朋友？"

杨文骢："姑丈行事风格真假难辨，实为文骢不喜。但多年来亏得您还帮衬我，也希望不要伤害我的朋友。"

阮大铖看了一眼杨文骢："那么快称他们为朋友了？他们未必那么认你。"

杨文骢耿直道："朋友的朋友自然也是朋友。"

阮大铖："你只要知晓我行事必有利，利是最好的朋友。"

杨文骢摇摇头："非也，友人首当其冲义字也。"

阮大铖不屑地冷笑："姑丈过的桥比你走的路还远呢，吃多了亏你就懂了。"

杨文骢："我不想懂！"

12. 南京秦淮河花榜一部　夜　外

花榜舞台上挂起了彩色花灯，丁字形三个角安置了三个白纱黑框的大屏，首先左侧的屏亮了，李香君怀抱琵琶侧坐在圆凳上，随着屏后的灯一一点亮，她那低头含羞的倩影，被放大呈现在纱屏上。顿时，人群掀起一阵欢呼声，一曲《忆江南》委婉悠扬，如泣如诉。中间的屏也亮了，陈圆圆在琵琶曲中扭动腰肢，将水袖抛向夜空，舞姿在屏上渲染放大更显娇媚、神秘，犹如神女飞天。接着右侧屏也亮了，彩色粉墨在屏上魔幻似得晕开，董小宛执笔作画，画面百花盛开。欢呼声一浪高过一浪。

冒辟疆、方以智、陈贞慧和红果儿站在画舫栏边，眺望人群和舞台上的演出，尤其是冒辟疆生怕漏看了陈圆圆舞姿的每一个小细节。红果儿个子毕竟娇小些，纵然踮起脚尖看也看不真切，冒辟疆全神贯注哪里管的上她，一脚踩在她的脚背上。红果儿“哎呦”一声喊疼，冒辟疆却浑然不觉，陈贞慧连忙扶住红果儿：“哪一个看戏是这个看法的，倒像是把你俩的魂给勾上台去了！”冒辟疆头也不回只是搭话：“真的有勾魂的钩子，最好把我的魂拴在她腰间才好。”

红果儿有些委屈：“你要勾魂何故狠踩我的脚背？”

冒辟疆这才回头，看见红果儿正低着身子揉脚背：“罪过罪过，我实在不知儿时踩了你。你何故那么捉急上头地看，今日那台上的都与你不相干了。”

红果儿感觉疼的好些了，站起来道：“谁说不相干？你们可知那右边挥毫泼墨的佳人是谁？”

陈贞慧摇摇头：“秦淮河边不曾听说过有这样一位美人，密之，你可有见过？”

方以智早已不知身在何处，半举不举的酒杯歪在半空，酒水打湿了一截衣袖却不知觉，眼睛盯着那作画的董小宛出神。

陈贞慧又喊了一声：“密之，你的酒洒了！”

方以智：“这个董小宛像极了一个人……”

冒辟疆：“大概是你梦里见过的。”

方以智只觉那董小宛极像董白，心底愈加悲凉、绝望，想那董白早已是斯府的妻妾了，便喃喃道：“梦里梦外都见过，你们也见过。”

陈贞慧笑道：“密之没有醉倒是说上了梦话。”

方以智苦笑道：“你们说台上作画之人，像不像去年我们在运河边救下的董氏绸庄的董小姐。”

红果儿诧异地：“哪家董氏绸庄的？”

陈贞慧一旁接话：“我们与苏州董氏绸庄的董小姐有一面之缘，怎么？”

红果儿：“巧了，那台上的正是苏州董氏绸庄的董小姐。”

方以智惊得一把抓住红果儿的肩膀：“你说什么？”

红果儿挣扎了一下：“刚一个伤了我的脚，你又要伤我不成？”

方以智顾不得那么多了，又追问道：“果真是董氏绸庄的董白？”

红果儿还是憋着一股子怨气：“我与她拜了姐妹，不顾生死救她，她倒好，非但不领情如今却在那台上要夺花魁，休要再提那董白两字！你们既然认得她，横竖花了金银便可见，与我再不相干。”

方以智听罢，杵着像个蜡像似的全身僵硬，酒杯滚落不知去向，心底却是波涛翻滚，悲喜交加，喜的是所见梦中人竟是真的，终究也没嫁给斯家，悲的是如何又入了歌舞籍再无自由身，几个月前的董白转身成了董小宛，怎料她命运如此多舛。方以智想着胸口竟堵闷得紧，趴在画舫栏杆上哇哇大吐，一时恨不得将心、肝、肺全吐出来。

众人竟看不出方以智有什么异端，只认作他喝急了酒，醉了。

微醉的冒辟疆扶着方以智："密之今晚也喝急了，酒量竟不如我呢！依我看这个董氏绸庄的董小姐，跟咱们也是有缘的，就算成了董小宛也须得相聚。"

方以智咳了一阵稍稍平息了气喘："今晚我就得见她。"

此时水上舞台《忆江南》一曲终了，三位美人被一群彩蝶似的舞者，簇拥着消失了。那教坊司的琴师复又上台宣布："凌波仙子陈圆圆、花中西施董小宛并列榜首状元，榜眼是空谷佳人李香君，探花是山中珍品杜薇。

话音刚落人群沸腾，不时有人高呼："陈圆圆，董小宛。"

唯有画舫上四人脸上不但没有喜色，一个个忧心忡忡，冒辟疆叹息道："艳之者多盛，妒之者也将蜂拥。"

华安一袭黑衣短衫，不像个仆人，倒像是剑客，急匆匆而来，冒辟疆见了便问："你可打听清楚了？"

华安："先是游街，从西街过粉桥绕一圈便各散。"

冒辟疆："糊涂！你可知我问的是什么？"

华安也露出焦虑："窝了几个时辰也不曾见着大师傅，里面只派个小子传话，说陈姑娘几天的戏都压着亥时拍价，怕是有人要出天价。"

冒辟疆酒也醒了："走，去了再说！"

方以智接着说："我跟你一起去。"

13. 南京秦淮河得月台　夜　外

阮大铖将举着的望远镜放下来，对杨文骢道："今晚你哪儿也别去了，早些回客栈歇着吧。"

杨文骢阴郁的神色："姑丈还未答应我说的呢。"

阮大铖："人生戏场，一时的聚散你何必如此当真！"

杨文骢："姑丈到底要的什么结果？"

阮大铖又举了望远镜看去，镜头中的画舫突然被一群身着盔甲的官兵团团围住。

画舫对切镜头：

领头的喊道："还有两人呢？"

陈贞慧和红果儿被打了个猝不及防，两人被绑得动弹不得，陈贞慧只怕绑痛了红果儿，红果儿脸上却没有一丝惧色："呸！这留都的官兵专门平白无故绑好人、良民吗？这里几时还有别人！"

领头的一脸凶神恶煞："这两个带走再说。"

陈贞慧重重地撞开两个上来的士兵："等等！你们是哪一个部的？绑我们可有什么凭证没有？"

还没等陈贞慧说完，又上来五六个大汉，七手八脚将两人堵住嘴套进了袋子里。

镜头切回：

阮大铖道："啧啧啧，那黄公公办事的速度，人人都骂魏党，岂不知魏党赢在办事效率。"

杨文骢已憋得满脸通红："于你什么好处？！"

阮大铖："黄公公恨东林人，一时泄愤于我也没什么好处，不过压一压东林党人的气势，对朝廷只有益而无害。"

杨文骢转身欲走："哼！强词夺理！"

阮大铖："慢着，我们需要与复社搞好关系，此事对你我都是机会。"

杨文骢："姑丈如此损人利己，我若姑息依傍于你就妄为读书人！"

阮大铖冷笑道："呵呵，你未入复社却跟复社人一个口气！你可知阉党善于结网，如今其结的是暗网。而复社人善直谏，以后当朝为官，多是那一言不合不惜撞柱死谏者，不珍惜自己性命不说，叫那为君者为父母者如何面对局面！"

杨文骢哪里听得："哼！依你说的那直臣，倒不如结暗网的前途光明！"

阮大铖耐着性子："你得改一改看事情非白即黑的毛病，刚则折柔则生，趋利避害之道，为何要那么抵触？"

杨文骢："那黄公公为何寻你？"

阮大铖："愤怒、恐惧，还有那不死不灭的欲望！"

第二十集　复社学子无故失踪　痴男怨女一夜定情

1. 南京西街　夜　外

人群簇拥着一辆四轮花车缓缓前行，花车经过改装，比平常的车厢高大了四五倍，四周布满了各色鲜花，半透明的纱幔里，三位美人垂目端坐。陈圆圆坐在中间，却不停地偷偷地向街道两旁探看，董小宛虽不曾抬眼，只见陈圆圆的手背上有一滴滴的水珠，在各色花灯的照射下闪着晶莹的光，她立即会意到那是陈圆圆的眼泪。

董小宛将自己手上的香帕递给陈圆圆："姐姐，我是苏州董小宛。"

陈圆圆接了帕子并不去擦脸上的泪珠，只是慢慢止了哭泣："过了今夜，南京城谁人不知你董小宛，你那百花彩蝶图我这一辈子也不会忘了。"

董小宛："是我糊涂，这几个月来，我快记不得自己是谁了，特别是今晚，更像是在梦里行事。姐姐为何这般伤心？"

另一边的李香君也听见两个谈话，便搭腔："可见董小宛是个新人，圆圆与我原本熟识，圆圆伤心处何尝不是香君伤心处，你可知这花车原是一辆铜墙铁壁的囚车。"

董小宛低头不语，自她入籍以来每日里上课、练习直至今夜完成花榜比赛，不曾被别的琐事烦扰，也不曾见客，她也只能想象"囚车"两字背后的含义。

正想着，花车后面马蹄追来，引起人群一阵骚乱，只见白马上一位袖箭白袍的公子紧挨着花车再不肯离左右一尺。

有人抱怨道："别猴在马上不下来，挡着大伙儿看花榜美人啦！"

陈圆圆见状又惊又喜，连忙拿着董小宛给她的香帕忙着拭去脸上的泪痕。

冒辟疆隐隐约约看见陈圆圆擦拭眼泪，心底更是疼痛得不得了，便不管不顾地说道："圆圆，你放心，我一定想法子去见你，就算死了，也心甘了！"

董小宛忽听得纱帐外一束冠男子说出如此发誓赌咒的话，不由地浑身不自在，再不敢朝纱帐外瞧。陈圆圆原觉得冒辟疆是心底最亲近的那个，却又是隔山隔海的身份，既盼着见他又害怕见着他。虽然一路上人声嘈杂，冒辟疆贴着纱幔的那一句死了也心甘却听得分明，陈圆圆情不自抑“呜呜”地低声抽泣。

李香君拍了拍陈圆圆的手：“既死了也甘心，何必如此哭哭啼啼。那人定是传闻中的大才子冒辟疆了。”

镜头对切：

华安匆匆赶来，在冒辟疆耳边耳语，冒辟疆掉转马头对方以智道：“定生出事了。”

方以智好不容易靠近花车喊了一声：“董白。”

话音未落，华安牵住方以智的马调头跟上冒辟疆。

董小宛听闻忙转身去寻，那骑白马的人却往人群中去了，只看见一个背影，她不知为何心脏忽然跳动得厉害。花车过了粉桥，人群闹闹哄哄的依然不见散去，几个小厮在花车后设置了木栏路障，把人群拦在了粉桥另一头。花车缓缓停下，三辆轿子早已在此等候。

陈圆圆、李香君下了花车又各自上了轿子离开了，董小宛却迟迟不上花轿，往粉桥人群里张望，秦妈妈过去催促：“董姑娘，该上轿了。”

董小宛上了轿子又掀开轿帘对子修道：“刚才在桥的那头，我好像听见有人喊我的名字。”

子修一边小跑着追着轿子，一边道：“小姐，今日你得了花榜状元，喊你名字的人可多了。”

董小宛摇摇头像是自言自语：“不是喊董小宛是喊我……”她没有说出“董白”来，在轿子里发呆，想必是自己想家的幻觉罢了。

2. 南京西街口　夜　外

方以智随着冒辟疆、华安好不容易出了人群，冒辟疆神色焦急将马缰扔给华安，拉着方以智走到僻静的角落。

方以智询问道：“定生人呢?

冒辟疆：“他的书童说只见一群官兵进了画舫又走了，一会儿工夫定生和红果儿都不见了。”

方以智：“哪里的官兵？是刑部还是兵部？怎么没头没脑的出了怪事？”

大冷的天，冒辟疆额头冒出汗来：“一个十来岁的孩子哪里见过这阵势，能给华安传话就算能干了。”

正值众人无法可施之际，几个书院的同窗匆匆赶来。

书生一：“冒公子、方公子，可找着你们了！书院里几个刚入复社的学员全都不见了！”

书生二：“有人见着像是兵部的官兵在秦淮河一带出现，却也不知究竟发生了什么？”

冒辟疆涨红了脸：“明摆着是冲着复社来的！”

方以智：“只是南京兵部凭白无故做此行径太不合情理。”

冒辟疆：“华安，你先去探个究竟。”

华安：“二爷，换你的马给我。”

冒辟疆牵过华安的矮脚马看上去有些滑稽，其他书生有些不解，冒辟疆解释道：“我与他虽是主仆，可有时他说了算。”

华安附在冒辟疆耳边：“陈姑娘那怎么办？”

冒辟疆下意识地望望夜空中的皓月：“找到定生他们再说。”

方以智向众人拱手道：“大家分头行动，天亮前到书院会合。”

众人拱手道别。

3. 南京秦淮河边红楼　夜　内

红楼内莺歌燕舞，唯独红楼妈妈坐在角落气呼呼地训斥小晴：“小晴，侬脑子吊在屁股底下的吗？红果儿让你跟她换了衣衫坐船上等她，你就依了他去了！她要是今儿个不回，明儿个还不回，就是卖你十回也赔不回一个红果儿来，索性让我揭了你的皮熬成汤，让客人们分了吃了！”

小晴吓得瑟瑟发抖，又是眼泪又是鼻涕呜呜哭泣着。

红楼妈妈一脸不耐烦地起身：“你还哭上了，报官去！”

方以智的书童进来拦住红楼妈妈：“想必您就是红楼妈妈了。”

4. 南京秦淮河边画舫　夜　内

华丽的画舫大得像座花园，首尾平台各聚集着客人，陈圆圆在船首唱曲，李香君在船尾弹奏可以互不干扰。船腹内设置一个大圆桌，几十盏琉璃灯照得四壁通亮如白昼。黄忠良身着布衣，一副普通商人打扮，除他之外个个衣着光鲜亮丽却唯独对黄忠良毕恭毕敬。

黄忠良（此处化名钟良）：“鄙人为江南各商行做个联络打个下手，讲经商精妙不如各位，作诗学文更高攀不及，但是下里巴人的事总得有人去做。”

江南名仕沈春泽（字雨若）：“钟良大哥过谦了，您行事低调热心，最是我辈半桶水却沽名钓誉者不可比拟，今日花榜节若不是钟良大哥凑齐十大商行赞助，怎会有如此万人瞩目的效果。只是让我沈春泽白白落了个好名声。”

黄忠良一副谦虚恭敬的模样：“哪里的话，经得商弄得墨，江南名仕不是虚名，能在幕后推你们一把，也是看得起我钟某人了。”

沈春泽主持下得请帖大部分也是友人带友人，彼此之间并未见过，更是不识此钟良为何方神圣，只知这花榜节大部分的开销都是他那处来的银子，自然十分恭敬。沈春泽带众人给黄忠良敬酒：“多多指教，多多指教！”

外面仆人来报：“虞山先生还有复社的几位公子来了。”

沈春泽：“快请。”

黄忠良十分敏感，一眼看见船窗外的钱谦益和冒辟疆。

对切：

冒辟疆听见陈圆圆唱道：“花移月影玉人来……”只闻其声不见其人。

对切毕。

黄忠良即刻拱手施礼道：“抱歉，我喝不了几盅酒，独爱陈圆圆的红娘戏。”

沈春泽深知他不愿抛头露面便回礼道：“按钟大哥的意思备了两艘小船，那边戏台也是现成的。”

钱谦益、冒辟疆、方以智等几人进来，几个粉面后生抬着黄忠良的竹椅出去了。

沈春泽与众人见钱谦益进来争着往前施礼客套，一个个笑容满面：“虞山先生久仰、久仰！”

钱谦益却一脸严肃，神色凝重，开门见山道：“我的几个学生不见了，你们可有知晓下落的？”

对切：

黄忠良分明听见船舱内钱谦益的话，他脸上漾出满意的神色，由着众人抬下画舫坐着小船去了。

对切毕。

画舫内众人一脸尴尬：“啊？什么？”

沈春泽：“虞山先生莫急，今日花榜节满城尽欢，读书人一时贪杯醉倒在哪里也未可知的。”

钱谦益：“哼！必是最近刚入复社的学员个个醉倒且不知去向的！”

众人交头接耳：“这……这，怎会有这等事？”

冒辟疆在画舫内外寻了一遍不见陈圆圆，复又进来问道：“刚才唱《红娘》的姑娘呢？”

沈春泽一眼认出了冒辟疆：“冒公子。”

冒辟疆还礼：“沈前辈。”

沈春泽：“你问的可是今夜花榜状元陈圆圆？”

冒辟疆有些激动：“果真是她，人呢？”

沈春泽：“江南商行理事花百金请了今晚陈圆圆的《红娘》，刚转了场。”

冒辟疆心中五味杂陈却又不好外露。

钱谦益追问道：“那么说刚才坐着竹椅离开的就是那商行的理事？”

沈春泽笑道：“正是。虞山先生，今晚我们几个一直在画舫未曾离开半步，确实未见过复社的学生。”

钱谦益示意冒辟疆、方以智离开：“各位，多有打搅！告辞！”

5. 南京秦淮河边桃叶渡小楼暖居董小宛房间　夜　内

董小宛斜靠在榻上望着窗外的夜景发呆，远处的天空，零星的烟花映得窗棂红一阵蓝一阵。

子修打了一桶洗漱的水进来，舀一勺放在盆架的铜盆里，又扯了洗脸巾放进盆里。她动作麻利、那细柔的腰肢明显有些支撑不住。

子修一手撑着腰，一手扶着洗脸盆：“小姐……”

董小宛边转身边同子修开口道：“子修，今天累坏了吧？”

子修心疼地去扶董小宛洗漱：“小姐这几天累得饭食都咽不下了，倒是问起我来了。快些洗洗睡了吧。”

董小宛挣脱开子修：“子修，你在外面站了一天了，怕是脚都肿了，你先歇息。”

子修下意识地把脚往裙摆里藏一藏：“小姐你要去哪？”

董小宛半推开门：“我找秦妈妈说句话。”

子修：“那么晚了有什么话不能明天说吗？”

董小宛：“不问个明白，怕是睡不稳的。”

6. 南京秦淮河边书院　夜　内

室内十几张书桌挤满了人，只在先生的书架旁点了一盏灯，气氛黑沉沉的。钱谦益和冒辟疆、方以智进来，众人让出一条道。

冒辟疆问道：“可有什么消息？”

众人不语只是摇头。

冒辟疆：“对手无寸铁的学生下手，真是丧心病狂！”

钱谦益低头沉吟：“不知为何，刚才画舫上那个坐在竹椅上离开的背影让我想起一个人。”

有学生好奇地问道：“难道跟失踪的人有关吗？”

众人看着钱谦益等待下文，钱谦益有些犹豫：“此人离开世人的视线隐没在民间，跟十八年前的‘红丸案’有关。陈贞慧的父亲当年极力主张彻查‘红丸案’，郑贵妃有一个亲近的侍卫被迫离开后宫。事情几经反转，但‘红丸案’最后不了了之，定生的父亲因此被贬。在魏忠贤的支持下，‘红丸案’的主要嫌疑人，太医局的崔文升竟然还获得晋升。这个郑贵妃的贴身侍卫黄忠良摇身一变成了南京守备，此后为与魏忠贤撇开干系，自断双腿，从此退隐。”

方以智：“钱先生是说画舫上所见之人有可能就是此人？”

钱谦益：“兵部、刑部那边回了消息可作判断了。”

冒辟疆：“华安怎么还不回来？”

书院门外忽然传来马的嘶鸣声，冒辟疆警觉地站起来：“不好，我的白马。”

7. 南京秦淮河边书院门口　夜　外

众人跟着冒辟疆赶到书院门口，只见一匹白马立于石阶下，马鞍凌乱半耷拉着斜在一侧，马脖颈上有一道明显的血痕。

冒辟疆在白马四周饶了一圈：“华安华安，华安安在？”

白马用前蹄刨地发出“突突突”的声响好像在示意什么，冒辟疆查看马身，迅速打开马鞍下藏着的一个他与华安留言的竹筒，里面有一张纸条：“今夜兵部、刑部均无行动。”

方以智上前道：“白马是自己回的书院，华安会私自行动？”

冒辟疆用手抚摸白马脖颈的伤口：“不会，华安出事了。”

众人搞不清何人所为，露出惊恐的神色。

冒辟疆眼神坚定：“密之你去找定生他们的下落，我去找华安。不管对方是谁，他们真正要的人是我，就算把整个南京城翻过来，我也要找到他。”

钱谦益：“等等，既不是兵部也不是刑部，还有盔甲、兵器，这手段更像极了东厂调教出来的人。今年正是魏忠贤去世十周年，相传黄忠良视魏忠贤为神，在南京如此针对复社要挟东林后裔者唯有此人。”

冒辟疆：“甚是变态！可悲可恨！”

书生们愤愤不平：“报官！报官！”

8. 南京秦淮河边桃叶渡小楼暖居董小宛房间　夜　内

秦妈妈扶着董小宛在榻前坐下来：“董姑娘在外头站了半宿了，千万注意着身子，巧妹，快把燕窝汤给姑娘端来。”

董小宛呆呆地望着燕窝出神：“秦妈妈如此款待，小宛心有不安。”

秦妈妈笑道：“董姑娘有所不知，今晚花榜揭晓之时，杭州第一盐商的王府，竞价八百两拍下了姑娘的花榜第一宴。说王府有个公子刚束冠不久，未曾经商会客，姑娘也未曾试花，对姑娘十分心仪、仰慕。”

董小宛半响才回道：“呵呵，原来未曾出仕倒先有了卖身钱。”

秦妈妈：“王府老爷当即派了花轿来接，谁知随后他家公子又派了人来推迟宴期，说一则姑娘今夜定是劳累费神的，二则今日应的是端午，家人客人繁杂，怕怠慢了姑娘。”

董小宛稍稍抬起了脸：“这个王公子是有几分耐心的。”

秦妈妈：“谁说不是，未曾见面，心底觉着是个雅士。”

董小宛再无心力回应，背过身去自顾睡了。

秦妈妈见状轻声问道：“虽说人家客气，姑娘最好定下个日子我也好回话。”

董小宛语气平静眼角却有晶莹的泪珠滚落，她喃喃道：“秦妈妈定了就是。”

9. 南京秦淮河边书院　夜　内

一群书生七手八脚将身上的银子、银票堆在钱谦益手上，钱谦益将它们一一放到桌上：“各位齐心救人着实让人感动，这些你们一一领回去，拿我的五百银票去便可。说是赎金，确切说是一封和解信。”

有书生愤愤不平：“依先生之见，那勾结盗匪、窃贼的倒是一桩不错的买卖了，总有人双手奉上银两的。哼！太窝气！”

方以智仗剑道：“你们说的那匪是谁，现在何处？领了人即刻杀过去罢了。”

侯方域拉拉方以智的衣襟示意他坐下。

钱谦益：“对方在暗处，有太明显的挑衅之意，现在离秋试只有三个月时间，首要是把人找回来。”

侯方域：“但凡遇急难事第一需要冷静。”

冒辟疆：“钱先生说那黄忠良素日与阮大铖有交情，我去找阮大铖。”

钱谦益：“不妥，阮大铖怎会承认那样的实情？”

有书生嚷道：“这也不行那也不行，究竟连个交赎金的地方也没有！”

冒辟疆：“我倒想起一人，早些时辰在秦淮河边得月台上与密之谈话的那位，我只知此人与阮大铖有亲戚关系，所以懒得搭理。”

方以智：“你是说杨文骢？”

钱谦益：“妥了，只说端午之夜复社几个学员不见了，最好是虚惊一场，人自己回来了，若是有人绑架悄悄地将赎金送去，领了人回来就好。”

众人惊愕。

钱谦益：“人命关天，保全他们性命，比什么都重要。”

10. 南京秦淮河边客栈　夜　内

杨文骢从书桌上的信笺里掏出一张纸，他展开念道：“西城外土地庙。”

闪回：

阮大铖放下望远镜。

阮大铖：“黄忠良归隐民间十多年到哪里都捧着个千岁像，多少人为魏忠贤建生祠不是出于真心，唯有这个黄忠良对他义父的敬仰之心刻骨铭心，如今他的险恶之心也是真险恶。对于魏党黄忠良显然是忠诚，对于东林党那就是眼中钉肉中刺。”

杨文骢：“姑丈既然知晓此人险恶，为何听之任之？”

阮大铖：“世上险恶岂是扫除得净的？成事者唯有利用险要之势仍做自保。今日之事只做旁观，念我经者得当帮一把，日后前途宽一尺半寸何乐不为？”

杨文骢冷笑道：“姑丈唯利是图的经，果然是精妙得道了，你如何知道此事你帮得？”

阮大铖摇摇头：“不然我叫你来做甚？黄忠良一口气憋了十年，只想闹个存在感，真正撕破了脸，他散养的那支队伍怕也是不长久的。黄忠良寻我之意一为施展拳脚，二则嘛就是找个台阶从中周旋了事。对于他的拳脚如何施展，我不感兴趣，至于打压复社学子的心高气傲、目中无人倒是称得吾心。”

杨文骢：“无聊！”

阮大铖哈哈大笑：“小子愣头愣脑大有前途！哈哈哈哈哈！”

杨文骢沉着脸：“姑丈不做谋害性命之事便可，我走了。”

杨文骢才走两步又被阮大铖叫住：“回来，今晚你得出城一趟。”

闪回毕。

门外响起了急骤的敲门声。

11. 南京西城外土地庙　夜　内

破旧的庙堂殿宇大门“哐当”一声被大风吹开，断垣残壁下依稀可见高大的柱子，大圆柱下团团绑着十来个书生，正是复社的年轻学子齐刷刷地盯着大门，破烂不堪的门框“哗啦啦”倒塌下来，并无人进来。陈贞慧和红果儿两人在殿宇的最角落，被反绑在一个只有半身的石像上，红果儿腰肢柔软使劲将头后仰，陈贞慧也只好跟着她将身体向一侧倾斜。红果儿嘴上的一团麻布在石像的肩膀上来回磨蹭，嘴角渗出了鲜血，麻布终于吐了出来。

红果儿高喊：“救命啊！有绑匪啊！”

偌大的殿堂回荡着红果儿的叫喊声，紧接着白晃晃的三支飞镖从倒塌的屋顶飞下来，正好落在几个书生头顶的大圆柱上，被堵着嘴的书生们吓得“呜呜”叫唤，示意屋顶上面有人。

红果儿恨恨地：“有种你给我下来，乌龟王八蛋！”

骂声未落，齐刷刷的又是三支飞镖紧挨着书生的脑袋钉在了圆柱上，陈贞慧急忙摇头示意红果儿别再喊叫。红果儿使劲地挣扎，无奈石像太沉纹丝不动。陈贞慧也想学着红果儿将自己嘴上的麻布蹭掉，可他哪里能下得去半点腰肢，红果儿凑上前一口叼住陈贞慧的嘴上的麻布，陈贞慧虽说是复社四人中年龄最大的，可这般情景亲近一个女孩竟不知怎地红了脸。红果儿一心一意使出吃奶的劲儿将陈贞慧嘴上的麻布扯掉了。月光下她看见他的嘴上也有少许鲜血，便问道：“你嘴上怎么也出血了？”陈贞慧痴痴地有些不好意思：“大概是你的血吧。”两人四目相对半晌说不出话来。

正在此时从外面扔进来一个麻袋，麻袋里有个人形挣扎了几下，发出微弱的“呜呜”声。众人屏住呼吸等待劫匪的出现，四周却依然死一般的寂静。”

红果儿气得柳眉横竖：“我猜那一个也定是你们复社的！”

陈贞慧压低音量道：“果儿，是我连累你了。”

红果儿：“我要是个男的，不入复社也定是要与那帮奸贼拼个你死我活的！”

陈贞慧：“可你不是。”

红果儿像是被戳中了伤心之穴：“我……我只是个卖笑的对吧！”

陈贞慧不曾料到红果儿曲解了他的意思，又一时语塞：“不是，我……”

红果儿落下泪来：“对！不止卖笑，赶明儿还得卖了心、肝、肺去！”

陈贞慧看着红果儿如此说，更是急得不知怎么劝解了，红果儿见他也不吭声，更是伤心得呜呜抽泣。陈贞慧一时着急，从牙缝里挤出两字：“我买！”

红果儿听得不甚清楚，哭了一阵，突然意识到陈贞慧刚才说了什么“买”便停下来质问：“你说什么？”

陈贞慧愣愣地有些不好意思：“我说，我买了。”

红果儿这才明白一个卖一个买的原意，顿时羞红了脸啐道：“呸！好不要脸的！”

陈贞慧：“你都不要命了，我要那脸干嘛！”

两人正说着悄悄话，只听得外面一阵急促的马蹄声由远及近。紧接着屋顶上有混乱的脚步声。

12. 南京西城郊外土地庙正门口　夜　外

冒辟疆、方以智随杨文骢由几个南京街头混混带着来到土地庙门外。冒辟疆和方以智下马拔剑，深夜冷月下破败的土地庙显得格外阴森，一只野猫飞蹿上了屋檐，一根椽子骨碌碌滚落下来，方以智和冒辟疆双双拔剑，将那木条削成了几段。其中大胡子混混笑道：“哈哈哈，那大匪早走远了。”果真，隔着大庙，夜空中传来马的嘶鸣声。

13. 南京西城郊外土地庙　夜　内

众人七手八脚地给复社的书生松绑，冒辟疆认了一圈却不见陈贞慧。红果儿见前来搭救的人就在十几米之外却没有发现他们俩，红果儿用脑袋顶了顶陈贞慧的肩膀：“救咱们的人来了，你怎么不喊呀！”

陈贞慧盯着红果儿，忽然觉得这一夜被劫竟变得十分珍贵：“你不是也没喊，你的嘴唇还疼吗？”

红果儿见陈贞慧嘴角还沾着她的血迹，被问得两颊绯红说不出话来。

冒辟疆大声喊道：“定生——定生！”

陈贞慧这才转过脸去回话：“冒兄、密之，我们在这儿！”

14. 南京城南一处私家花园　晨　外

天边渐渐泛白，山脚下花园内花灯连成游龙，陈圆圆坐在水池边一个平台的纱幔里，唱了一夜。此刻停下来，她才知喉咙火辣辣的像是着了火，双眼红红的，她下意识地咳了两声，又连忙用手捂住嘴唇。纱幔外偌大的园子只坐着一人，正是黄忠良。正在此时，一小厮进来在他耳边嘀咕了几句，黄忠良点点头，小厮推着轮椅离开。不一会，一丫头进了纱幔对陈圆圆道：“姑娘，已是卯时了，外面车子等着送你回去。”

陈圆圆跟着小丫头出了纱幔，花园里空无一人，边走边低语道：“唱了一夜竟不知是给谁家唱的。”

15. 南京秦淮河边桃叶渡小楼暖居　晨　内

董小宛衣衫整洁略施淡妆面容素净，坐在书案前写信，最后写下叩拜母亲大人便搁笔。她将信纸小心地折叠好，又拿起书案上一张大明通行宝钞夹在信里塞进信封。

子修趺趺撞撞地从外榻起来：“小姐，你几时起的？我之前还看过你一回，怎么一时睡过去了，你为何不叫醒我呢。”

董小宛：“你尽管多睡会儿，还早呢。”

子修：“了不得，秦妈妈吩咐今天是咱们头一次跟游船，还是去杭州西湖呢，怎好拖了小姐的后退。”

董小宛：“不急，才刚过了卯时，不过咱们得先去一趟西街驿站。”

子修从木椸上取来一件色泽鲜艳的彩色妆花绉纱裙：“小姐怎么不穿新衣裳？”

董小宛：“那原是穿给别人看的，到了西湖再穿不迟。”

16. 南京西城郊外土地庙门口　晨　外

众人互相搀扶着走出庙门，陈贞慧这才发现红果儿的手腕肿了一片，方以智从怀里掏出一个药瓶：“敷上可以消肿散痛，还有谁受了伤的？我这里有药。”众人伸出手，个个手腕勒痕斑斑，侯方域帮着方以智将药分给大家。

冒辟疆握着药瓶将华安扶到一处岩石边坐下：“你别动，我看看有没有伤着你？”

华安：“真的没伤着，那匪徒只问我是不是冒辟疆，我说是又怎样？他们围上十来个人将我套进了麻袋，就这些。”

冒辟疆按住华安上上下下前前后后将他看了个遍：“你别唬我，白马脖子上还有剑伤呢。”

华安扯着脖子挣扎着离开岩石：“那是聪明的白马替我去送信时，用前蹄踢了匪徒才受的伤。

冒辟疆见华安自顾跑开：“你跑什么？这会子又去哪里？”

华安讪笑着：“内急。”

冒辟疆将药粉撒在白马脖子上：“快去。”

华安一边跑一边喊：“二爷，你把剩下的银子统统做了赎金，咱还怎么去见陈姑娘！”

冒辟疆愣愣地看着华安远去嘀咕道：“总有办法的。”

17. 南京西城外郊土地庙一破墙角　晨　外

华安正要小解，忽见那几个混混的领头大胡子将一个黑袋子塞进土地庙供桌下的香炉里。

小喽啰：“大哥，连个鬼都没有，这赎金咱们何不全带走？”

大胡子：“要不你小子把命留下？”

小喽啰：“这破土地庙果然供着大匪？有些不信。”

大胡子：“十年前西郊就有一支冒充官兵的大匪，三五年间出来活动一两次，那时你不就还吃奶的嘛。”

小喽啰歪歪脑袋：“哦。”

大胡子：“还没拜够么！快走！”

华安一时忘了小解，提了裤子就走。

18. 南京西街驿站　晨　外

董小宛带着子修从驿站里出来，驿站门口秦妈妈在一辆雕刻精美的马车边等着。

秦妈妈一边撩开马车车帘一边说道：“董姑娘上车吧，王府的马车来接了。”

董小宛冷眼看马车上已放着一个藤编箱子，知道那大概是她的行李了，便问道：“秦妈妈，夜间我须的穿自己的旧内搭，枕自己绣的锦枕才睡得稳。”

秦妈妈看了一眼王府派来跟车的随从，脸露尴尬：“姑娘的这个习惯之前怎么不曾听说。”

子修上前来：“秦妈妈几时关心过这个，我家小姐的包袱昨天就备下了你怎么不问问。”

秦妈妈原本就对她们一早私自出门的事不满，此刻更是一肚子窝气对子修发作道：“小丫头行事没个大小轻重，行礼备下了，人怎么又跑外面来了！”

董小宛绕开马车自己走了：“没什么大不了，我自己走回去取。”

秦妈妈傻了眼：“董姑娘……”

王府的随从对秦妈妈道：“马车送董姑娘回去一趟岂不方便。”

秦妈妈迎合道：“对对，有劳大兄弟再跑一趟。”

19. 南京西街当铺外　日　外

董小宛坐着马车行至西街当铺外，街边一匹白马突然嘶鸣起来，董小宛撩开车帘向外瞧。疲惫的冒辟疆匆匆走出当铺，用力拉住缰绳安抚白马，在白马的耳边嘀咕了几句，又即刻上马跟董小宛的马车擦肩而过。马车朝前走了一段停下来，董小宛从马车上下来，走回到当铺外冒辟疆上马的地方。董小宛发现自己脚下正踩着一张巴掌大小的纸，她蹲下去拾起来辨认，上面醒目地写着“当票”，落款人：“冒辟疆。”

子修从后面追过来：“小姐，刚才骑马走的人不正是去年在运河边救咱们的那个人嘛！”

董小宛痴痴地望着西街尽头，脸上不知觉地泛出红晕：“他叫冒辟疆。”

子修惊讶：“啊？”

董小宛随即转身进了当铺，一会儿又出来对子修道：“你去把车上的箱子取来。”

子修懵懂地应了去：“噢。”

董小宛看着子修取来箱子：“把它打开。”

子修嘴上辩着，手上还是打开了箱子：“小姐，你要干嘛？”

董小宛抱起箱子里的那件七彩妆花绉纱衣裳和一个首饰盒：“你在外面等我。”

子修傻站着盯着当铺两个字看了一阵，董小宛忽又抱着衣裳、首饰出来：“把你身上的七星宝剑取下来给我。”

子修下意识地用双手按住腰间佩戴的绣工精美的剑套：“这个是红果儿姑娘的传家宝，再说，我还得拿它保护小姐，可不能当了！”

董小宛央求道：“好妹妹，你先给我，下个月发了例钱再来取，我保证！”

子修万分不舍地解下剑套里的七星匕首递了过去。

20. 南京文一书斋钱谦益书房　日　内

桌子上备了些酒菜，钱谦益举杯道：“一夜虚惊，人一个不少，全找回来了！亏得龙友帮忙，你本不是复社学子，却是帮了大忙。”

杨文骢有些心虚，连忙掩饰道：“哪里哪里，倒是些市井的小道消息无意间帮了忙，能与盗匪结交的可不是那些街头流氓、混混。”

方以智冷笑道：“看来盗亦有道嘛。”

杨文骢又毫不掩饰地袒露自己的心迹：“盗贼固然险恶，自古到今，岂有杀绝除尽的，可道义友情更是绵绵不绝于世。我……我也只能帮到这里！”

侯方域举杯道：“敬龙友兄一杯，谢你倾力救我兄弟性命。”

杨文骢还礼道：“只要复社兄弟用得着龙友，义不容辞！”

方以智出于礼节也起身敬酒：“龙友兄，我喝完你随意！”

杨文骢也一饮而尽：“牧斋先生、各位兄弟，告辞！”

众人送走杨文骢重新坐下来，钱谦益道：“杨文骢纵然是好为仕途之士，也算是忠实的读书人，阮大铖却是个复杂之人。此事终究是否是黄忠良所为，有一人可追根溯源。”

方以智想了想道：“若在画舫上所见之人是黄忠良，那他就是现如今江南商行理事，牧斋先生说的可追根溯源之人，便是商界大亨汪然明了。”

钱谦益赞许地看着方以智不语。

21. 南京秦淮河边　日　外

汪然明带着男装的柳如是在河边准备坐船，汪然明绅士地伸出一只胳膊让柳如是扶着上踏板，柳如是拒绝道：“汪兄还是有扶弱之心，我腿脚俱全，何须你搀扶上船呢。”

汪然明笑道：“贤弟提醒得极是，从此后再不做虚伪的扶船人。”

两人才坐船离开，陈贞慧和红果儿骑马而至。

陈贞慧扶着红果儿下马，却不小心碰着了她手腕的伤，红果儿忍不住“哎呦”喊了一声。陈贞慧小心地用嘴给她的伤口吹气，红果儿见状咯咯咯地笑道：“这定然是你儿时留下的记忆，怎见得你吹气伤口就不疼了呢？”

陈贞慧想想不觉红了脸：“大概见了你让我想起我娘了，小时候我娘是这么给我吹伤口的。”

红果儿听罢便不再笑，两个已失去娘亲的人各自心底都酸酸的。

陈贞慧放开红果儿的手：“那我……”

红果儿抢过后半句：“你先走吧。”

陈贞慧却愣着不走：“我……我回去——”

红果儿点点头：“嗯，回去吧。”

陈贞慧又憋出两字：“筹钱。”

红果儿歪歪脑袋：“你说什么？”

陈贞慧："说好我赎你的。"

红果儿"扑哧"一声笑着用手去捂嘴，一时又是疼又是好笑："能用钱买的东西都不值钱，你何必当真了！"

陈贞慧听罢当即急了："等着别人买你，不如我买了！"

红果儿柳眉横竖，眼圈里涌上来晶莹的泪花，忍着不让掉落："横竖死活都是我自己！用不着你多管闲事！"说完就顾自己跑开了。

陈贞慧愣住，自言自语道："可我喜欢你。"

22. 南京某私家花园廊下　日　内

黄忠良松了袍子，半躺在榻儿上用茶点，左右是清一色的白面小生伺候着。一管事小厮进来，腰间别着马鞭，在一旁垂手侍立等话。

黄忠良："车马人等备齐整了？"

小厮低头回答道："全备齐了。"

黄忠良懒洋洋地伸出手去，左右侍从便上前伺候衣着："听了一夜的陈圆圆也乏了，随我去杭州西湖一睹董小宛的风采。"

那小厮想退出，似又有话说，支吾着："嗯——"

黄忠良瞥了一眼："有话利索点。"

那小厮道："刚才将陈姑娘送进梨园，可巧在门口碰见了复社的冒辟疆。"

黄忠良不屑地冷笑："哼！那又怎样？"

小厮："我认得他，他自然不认得咱们。可见昨晚那绑去的不是他本人，谁会骑他的马？"

黄忠良鼠眼犀利却扑的一脸的粉面，格外阴阳怪气："绑错了也未可，不过拿住他贴身的人跟拿他本人没什么区别的。呵呵，折腾了一夜，一早又赶去见心上人，这事儿更有趣了。东林后裔、复社学子个个自称忠心爱国，只怕是连个女人也是爱不成的！哈哈哈哈哈！依我的眼光，那陈圆圆迟早得送京城去！"

23. 南京秦淮河边梨园陈圆圆房间　日　内

冒辟疆在屏风后着急的来回走，口里不停念叨："唱了一夜可怎么了得！这听曲儿原是闲情雅致取乐的，何曾这么整宿整宿地唱，不管唱的听的岂不都是折磨！这边梨园只管收钱也没个限度的！"

思琴递了一个凳子到外边，低声道："公子昨夜不来，这会子事后说什么也没用了，不如让姑娘安静地睡一觉。"

冒辟疆接了凳子却没坐下来："是是是，我是愈发糊涂了，我先走。"

陈圆圆在里面咳了几声道："我睡不着，你进来说会儿话，困了再走。"

冒辟疆犹豫了一下，转到屏风前，只见陈圆圆卸了妆容，长发及腰，只穿了素色内搭上衣和裤子更显得瘦弱可人。冒辟疆怔怔地看着陈圆圆素净的装束，精致的面容，明明是一间普通的卧室平常的床榻，他竟有种误入仙境的幻觉。

思琴推了推冒辟疆："公子，你发什么呆呢？快去。"

冒辟疆在陈圆圆的床榻边坐下来，眼睛直直地看着说不上话。

陈圆圆看冒辟疆的眼睛红红的，发冠也有些凌乱，衣衫上竟还沾着泥："昨晚一夜没睡吗？究竟去了哪里？怎么倒像是从地上打滚回来的。"

冒辟疆赶紧用衣袖遮住袍子上的泥渍，厚着脸说道："我在地上打了一夜滚，你在台上唱了一夜戏，倒是凑成一对苦命的。"

陈圆圆一听他拿自己唱戏做比顿时恼了，随手拿了个枕头扔过去："好没脸的，你地上打滚也跟我台上唱戏比，我一个唱戏的，戏比天大，只要台下有一个观众，我自然得唱下去。"

冒辟疆接了枕头反驳道："那观众让你整夜地唱，可见不是什么好观众，戏怎么也比不得人命重要吧！"

陈圆圆见冒辟疆脸色蜡黄满脸倦容，心下又心疼又疑惑："可见你也是一夜没合眼，在那泥里打滚不会是酒喝多了跟人打架了吧？去那边歪着躺一躺。"

冒辟疆见屏风侧面放置着一张榻几，猜测是思琴的便道："人家姑娘的床你也做人情？我歪你脚边既领了你的情也不打搅他人岂不更好。"说着便将陈圆圆脚边的被子往里挤了挤就躺下了。

陈圆圆惊得从床上坐起来，一边将散开的长发往后拢了拢："愈发没脸没皮的了！小心大师傅进来揭你的皮！"

冒辟疆将枕头放到脑后舒服地靠着："大师傅还催着我来瞧瞧你呢。"

陈圆圆用脚轻轻地踢了一下冒辟疆："喂——你果真是夜里去打架了？可伤着没？"

冒辟疆半天不回应，陈圆圆趴过去一瞧，那人沾着枕头已睡熟了。陈圆圆索性从床上起来，将被子盖在冒辟疆身上，自己坐到梳妆台前对着镜头偷偷瞧着。暗暗思忖卧榻里冒出来一个如此亲近的人，心底真不知是愁是喜。

冒辟疆忽然在睡梦中翻了个身，喃喃道："我怎么也忘不了你落水的样子，心里想着比自己死了还惧怕，你只答应我，以后无论怎样断不可有轻生之念！"

冒辟疆梦中的话有些含糊，陈圆圆却听得分明，当即落下眼泪来，知道他是心底害怕她受人欺侮，在睡梦中还惶惶不得安稳。

24. 南京秦淮河边桃叶渡小楼暖居　日　外

方以智出了一文书斋，径自往秦淮河边去了。书童卞儿早早候在桃叶渡小楼暖居门口，方以智下了马牵着缰绳走了几步，卞儿跑上前接过缰绳，一边在拴马柱前拴马，一边说道："公子，董姑娘确实住在桃叶渡小楼暖居，只是一早就出城了。"

方以智没有停下脚步，依然跨上台阶敲响了小楼暖居的门框。卞儿以为方以智没听清他说的话，急忙跟着上台阶拦在他面前道："公子，别敲了，人都走了！"

方以智的焦心卞儿岂能知晓，只弄得他愈加烦闷地敲打门铁环："什么人都走了？能走哪儿去？"

卞儿尴尬地皱皱眉嘀咕了一句只好让开："敲开了，你便知，里面的人凶得很呢。"

里面半天没有回应，忽然听得二楼有门窗打开的响动，巧妹走到廊口喊道："敲敲敲，又来敲！敲你个大头鬼啊！你当这门是你娘的肚鼓不成！"

方以智连忙退到廊外半丈远，抬头见一个穿藕色缎面深紫色对襟包边背心的女孩，看得出是特意打扮了一番的样子。她插着腰正瞪着自己，方以智便作揖道："姑娘，打搅了，恳请姑娘开门说句话。"

巧妹不能随董小宛、子修去杭州西湖，本一肚子怨气，这会子正想找个撒气的。只见方以智风度翩翩、彬彬有礼，十分气倒去了八九分。

巧妹随即下楼开了门，水蛇腰倚着门框，懒洋洋地问道："公子找我说什么话？"

方以智低着头也不看巧妹，一脸严肃认真甚至带着点执拗的样子："我找苏州来的董小宛董姑娘。"

巧妹没好气地："不在，你来晚了。"

方以智："她什么时候回来，我可以等。"

巧妹见他瞧都不瞧自己一眼，更是恼了："不是一句话吗，怎么还有问的？你不拿正眼瞧人，是我脸上长了烂疔了还是怎的！"

秦妈妈在里面听见响动也过来了："死丫头！我在院子里就听见你像是吃了火药似的放炮，究竟什么人来了？你不会好好说话的嘛。"

秦妈妈看见门前立着一匹马，门槛外正是位作揖的年轻公子，便拿眼睛挤兑了巧妹让她走开，转而对方以智笑道："公子，我们这里不接待散客的，你有拜帖预约吗？"

方以智道："我来的匆忙，不知有此规矩。"

秦妈妈又见方以智带着随从，就将人往里边请："不妨，既然来了，你们进来坐坐吃口茶。"

25. 南京秦淮河边桃叶渡小楼暖居内厅　日　内

巧妹拿了茶果递到茶几上，立在一旁偷偷瞧方以智，见他正襟端坐、低眉垂眼只等着秦妈妈回话，巧妹甚是无趣地走开了。

秦妈妈只顾着自己的算计盘问："哥儿在南京上学？"

方以智点点头："正是。"

秦妈妈又问："公子这般尊贵，定是家中有在朝为官的大官人或者世袭爵位的。"

方以智听罢不很自在，问道："董姑娘几时能回来？她去了什么地方了？"

秦妈妈见他并不知趣，捡了果子自己吃着不回话。

方以智心里焦得很："不瞒您说，我与董姑娘年前才见过面的，不知怎地她就到这里落了籍？须得见她才好理论。"

秦妈妈警惕起来，丢了果子站起来："你若是董姑娘落籍前的旧相识，她断定不能见你的，既然到了这里便是落地再生，你休得再提前事！公子若并没有来此取乐的心思，你这样的尊贵人还是请出去的体面。别伤了彼此的颜面！巧妹，送客！"

方以智哪里晓得这个秦妈妈这样厉害，急得一时额头直冒汗，卞儿晓得自家公子心眼太实，情急之下，他突然开了窍似的机灵起来："我家公子祖上三代在朝为官，现在三个哥哥也兼有官职，这般的殷实家境岂能少了你的好处！"

原本准备离开的秦妈妈听罢又调头道："呦！我原说哥儿是个尊贵的，能进这门不是金菩萨就是银菩萨，谁也得罪不得。"

卞儿道："您就说，见董姑娘一面要多少银两？"

秦妈妈笑道："董姑娘是花魁，想要见他的人排到半月之后了，你们至少出一百两银子压底，兴许能帮着靠前挪一挪。"

卞儿傻了眼："啊？见一面要那么多？你那心也忒……"

方以智拉住卞儿的衣角起身道："好，一百两就一百两。"

秦妈妈这下开了心花："公子果真是识得好花赏得美人的！"

卞儿一脸尴尬，放低音量贴着方以智道："公子，我们总共带出来三十两银子，除却吃住日常用的所剩无几，怎么就应了她。"

方以智将手里的扇坠儿、腰间的佩玉一一解下递给秦妈妈："这两样，一样是祖母留给我的，一样是母亲的，从小携带从不离身。押在你这里，等见董姑娘时再以百银换回如何？”

秦妈妈眯缝着双眼仔细地查看玉件的成色，她那一生是看惯了类似的物件的，一摸便识货：“了不得，这个可不止百银的！好，此时董姑娘去杭州西湖应席，三日后你们再来。”

卞儿心疼方以智祖传的宝贝，方以智心疼变故落籍桃叶渡的董小宛。

两人齐齐作揖应道：“三日后定来。”

第二十一集　董小宛初赴宴被困　四才子入王府暗访

1. 杭州西湖画舫　夜　外

董小宛和子修由两个妈妈带着上了画舫，夜色下画舫在灯光里半隐半显，像是梦境里的幻像。画舫两侧站了八个十一二岁未留发的小丫头，一律小厮打扮，个个利索、俊俏。董小宛不是第一次来杭州，却是第一次在灯红酒绿之地应酬，不免有些紧张，心砰砰地跳。领头的那个妈妈拉着董小宛的手，细细端详了一番："董姑娘果然名不虚传，我们杭州女子二十四乐坊中，竟找不出你这般标致脱俗的呢。"

董小宛欠了欠身道："妈妈过奖，今天是我第一次献艺，况且歌舞本非我强能，怎能跟各位姐姐们相及。还望妈妈帮忙把我的曲目往后挪，只在末了略在台上坐一坐才好。"

领头的妈妈笑道："姑娘玩笑罢，今日船上多少人，是冲着你来的呢，怎好将你排在次位呢？你可别哄我了，南京花榜节那么大的场面你都上得，倒是怕了那一船的男人们了？"

董小宛低声嘀咕了一句，也不好争辩："那怎么能一样。"

领头的妈妈见董小宛有怯态，便劝慰道："董姑娘，你是王府请来应酬的，王公子又是个极温和的人，王家人满意就不干旁人的事，用不着怕那些腌臜混账醉酒了说浑话。"

董小宛点点头，跟在后头进了画舫。

2. 杭州西湖画舫　夜　内

画舫内极尽奢华，天花板上一排琉璃灯，照得室内通亮如白昼，正面照壁上大幅的钉金秀百鹤图金光刺眼，无法让人细看，照壁前二十四名女孩各执乐器，合奏《春江花月夜》。董小宛也是见过世面的，入内后不知是光线还是酒菜夹杂脂粉的浓烈气味，让她忽觉一阵眩晕，下意识地拉住子修的胳膊。她闭上眼片刻后稳住了脚步，才听到里面酒杯碰撞、嬉笑闲聊的嘈杂声。

领头的妈妈过去回了话，一个十七八岁的公子（王宓）喜出望外迎上前去：“南京的董姑娘来了，请各位入座吧。”

众人安静下来，看见门口站着两个衣着素净、打扮日常的女孩，根本没有在意，更不能将其中一位，跟秦淮河的花魁联系起来，于是纷纷入了座后，仍然各自说话的说话嬉闹的嬉闹。

王宓领着三人到照壁后面，小几上放着几样精致小菜：“妈妈，你们几个，在这里随意吃些填填肚子，一会儿董姑娘来了，休息的房间在上面。”

那妈妈指着子修后面那低着头的董小宛，笑道：“董姑娘不是在这里吗？”

王宓才仔细瞧去，才意识到身边这位素净打扮的董小宛。他心下一时惊讶，就脱口而出：“我以为董姑娘会是怎样的艳丽妩媚，原来是晴柔照水、不惊声色！”

董小宛略微欠身行礼：“我在这里歇一歇就可。”

王宓正要说话，一仆人过来回话：“少爷，老爷说有要紧的客人到了，叫你赶快过去。”

王宓听闻便匆匆去了。

妈妈对董小宛婉言提醒：“董姑娘一会儿得换身衣裳，不如去楼上房间。”

子修看董小宛不知如何作答便上前替她言语：“咱们原就穿了身上一件，不曾带有别的衣裳。”

妈妈瞪着眼：“这？”

从照壁另一边过来一人，像是乐队领队的，对着三人问：“谁是董小宛？客人都齐了就等她了。”

董小宛跟着她去了照壁那边。

子修手里拽着手绢，在角落偷偷地瞧着，董小宛穿过后排二十四乐坊女孩子们的阵列，移步到台中央的琴架前，乐师在董小宛耳旁说了一句，董小宛在柳琴上敲出一个音，后面的女孩们，随即合奏当下的流行歌曲《茉莉花》。董小宛瘦小的身影，在二十四个霓彩衣裳的女孩堆里几乎可以被忽略，前奏结束后她唱道：“好一朵鲜茉莉，好一朵鲜茉莉，有朝一日落在了我家，你若不开放，对着鲜花骂。”

对切：子修站在远处大气不敢出，鼻尖冒着细细的汗珠：“后面的奏乐那么嘈杂，哪里还听得见我家小姐的声音。”果然二十四个女孩的和声完全压住了董小宛的歌声。台下黑压压的酒客们原先满怀期待，不料这声称南京花魁的董小宛既不艳丽出众，更无一鸣惊人的歌喉，个个摇头叹息，称之徒有虚名。

一旁王府掌事的见此情形，走到王老爷身边低声问道：“老爷，这个南京请来的上台如此随意，倒像是咱们故意怠慢客人的，要不要换个人？”

王宓也站起来：“父亲，我去问问那管事的妈妈。”

王老爷黑着脸点点头。

王宓和那领头妈妈嘀咕了半晌，子修早已看出势态不妙，便悄悄凑上前一边欠身行礼，一边说道：“妈妈，快让后排的姑娘们停了奏乐吧。”

王宓：“都停了也不好，单单留一个笛子伴奏就好。”

那妈妈领了命即刻吩咐乐师，二十四乐坊只剩笛子吹出绵远的音乐。

董小宛细柔、清丽又带着点哀怨地唱出了声音：“好一朵茉莉花，好一朵茉莉花，满园的花开赛不过她，待要采一朵，又怕看花的人儿骂。”

王宓和子修都深深吐了一口气，台下的客人有的渐渐露出笑容的，也仍有摇头说还是平常了。

王宓忽然有了主意便问子修：“董姑娘在南京赛花榜主要拿的什么才艺？”

子修眼睛也闪亮了：“对呀，小姐是画百花图夺得花魁。”

王宓走到台上拍手示意大家静一静：“各位，我这里有一个比歌舞更雅趣的节目，且听我给大伙说说，你们若也觉得好，就试试。”

众人好奇：“快说来听听。”

王宓道：“董姑娘原擅长绘画，你们尽管出些题目由她画出来，你们各自带回家去，岂不比歌舞的趣味久远有意思。”

众人拍手叫好，那边子修和几个丫头、妈妈们张罗着桌案、纸墨笔砚，董小宛心底想着，这些人别是出一些古怪刁钻的题目才好。半个时辰下来，酒席上的人全撤到了台上，围着董小宛看她现场作画，桌上已有十几张铺开的各色花卉图，手上正泼墨勾出西湖十景之曲院风荷。

一旁王宓喜滋滋的，王老爷见此情形一颗悬着的心也放下来，这个董小宛总算没让王家倒了牌子。此时，他才想起什么来，忙在厅内搜寻一个人的身影。

王老爷问身边的老仆：“怎么少了一个人了？”

老仆：“老爷是说那个请他上主桌他却在外面露台坐着的人？”

王老爷：“才见他进来了，正巧桌上又没酒了，我就去里面倒了酒好敬他，转身的工夫人又不见了。”

老仆：“人已走了，他让我传话给老爷，说董姑娘是他送来的，咱家公子满意了，到时少不了扰喜酒喝，他还说要在西湖逛一阵子再走，董姑娘有什么不妥当，他随时可以过来。”

王老爷：“此人行事总是神神秘秘的，不过在中原的盐矿多是他介绍的业务，少爷刚束冠首次出来应酬，他又送那么个宝贝厚礼来，你们切不可怠慢了。”

王老爷转身看时，那边有举着董小宛的画陶醉的，有看她泼墨作画入迷的，无不称奇。王老爷点头称赞。

王宓便在一旁附和："善歌舞的杭州也多了去了，又能诗能画的却罕见了，更可贵的是没有妖媚、娇作的脂粉气，完全凭着个人的真性情献艺。"

王老爷道："开头还觉着这个董小宛平常了，终究是与别的俗脂艳粉不同。整个晚上我看你不像是欣赏献艺的，倒像是遇见了知己了，看来你是要留下她了。"

王宓红着脸低头不敢言语。

3. 南京秦淮河边书院　夜　内

书院内夜读的书生陆续散去，只剩下冒辟疆和方以智还端坐在书桌前。

方以智将油灯挑亮些："冒兄，今夜怎么这样耐性久坐？"

冒辟疆合上书本站起来，推开窗望着夜空发呆："可也并不曾看得进一字半句。"

方以智也合了书站起来："换一本天文星象书看看，换个脑袋就看进去了嘛。"

冒辟疆："你的西洋师父来了，怎么也不去陪陪，跟我这个天文盲说什么星象？"

方以智："他路过南京北上京城了，给我带了几本书，回头也给你看看？"

冒辟疆："免了，物理几何天文科学我一概看不懂。"

方以智："你有所不知，这个可是专治我发呆的好书呢。"

冒辟疆："它能治你发呆，却治不了我的相思病。"

方以智："我冠你一个情圣冒辟疆之名吧，这个相思病还得你自己治得好。"

冒辟疆："怎么治？"

方以智："陈圆圆是梨园的，冒辟疆是冒家的，梨园看来冒辟疆是客官，冒家人看来陈圆圆是戏子，你们之间隔着浩瀚银河。在我看来，你只需问你自己的心。"

冒辟疆抬头望着窗外的月色："我的心明月可鉴！"

方以智："不需要明月，你心里只需她是一个女人，一个普通女人，你的相思之病就好了。"

冒辟疆看着方以智半晌："我要给她一个归宿，我要娶她！"说出这句话冒辟疆满脸通红，两眼放着光，神情兴奋地推开方以智，自顾自冲进了夜色。

4. 杭州西子湖畔王府　夜　内

董小宛倚着梳妆台坐着，子修看着四五个丫鬟忙着熏香、搭帘挂帐、打水、上水果糕点，她只傻傻站着也插不上手。

董小宛半耷拉着眼皮，困顿得只想能快些睡觉，大户人家的招待都是格局排场，只好耐心在一旁等着。

子修顾不得自己疲惫："小姐，趁这会子给你捏捏肩背也好解解乏。"

董小宛摇摇头："咱们来此是人雇了来献艺应酬的，何故她们这么排场殷勤的？"

那一群衣着讲究的丫鬟从子修身旁经过出了房间，子修随后就扶着董小宛在榻上躺下了："好不容易人都走了，这一天的劳顿总算结了。"

子修话音刚落门外有人说话打帘进来："老太太，董姑娘就住这间。"

董小宛赶紧从榻上起来："子修，有人来了。"

进来一个白发鹤颜的老太太，左右跟着三五个妇人，最年轻的上来拉着董小宛问道："你就是董小宛吧？"

董小宛不知来者何人何意，在人屋檐下唯有处处谨慎应酬，小声回答道："正是。"

那妇人拉着董小宛到老人跟前："快拜见老太太。"

董小宛心想这大概是王府的正房老太太了，便恭敬行礼："老太太安康！"

老太太端详了董小宛半晌，脸上不喜不怒，只是微微点头道："多大了？"

董小宛："十五。"

老太太又点了点头："你画的彩蝶图送我房里了，看着喜欢，我先收着。"

董小宛不知如何作答，只又欠身行礼表示感谢。

老太太："明天就在家里应席吧，别出去跟那些男人们混在游船上了。"

众人簇拥了老太太出去了，董小宛才起身抬头长长地舒了一口气。

子修照旧将董小宛扶到榻上："不知道的还以为咱们是来走亲戚的，怎么就得见这家女眷里顶大的人物呢。"

董小宛边躺下边念叨："不知道也不想知道，我只知道自己真的困了。"

子修帮董小宛脱掉了绣鞋，董小宛随即闭上眼睛不想再说一句话了。子修将榻前放着一盆热汤水撤走，转身回来，房里多了两个人正瞪眼盯着床榻上的董小宛。

子修吓了一跳，连说话也结巴了："你们是……是，走……走错房间了吗？"

大的是个十七八岁的小妇人，盘着发髻，满头珠光宝气，身材小巧却长得珠润玉圆，小的丫头细腰溜肩，妩媚更胜半筹且伶牙俐齿："这王府里有我们奶奶走不得的地方吗？你一个外地来的小东西敢说奶奶走错了地儿？真是笑话！”

子修连忙欠身行礼：“原来是府上奶奶驾到，我家小姐已经睡下了，有什么事尽管吩咐小奴。”

那小妇人一半笑声从鼻孔里出来：“哼哼，还敢自称小姐，可见脸皮有几层厚的。”

小丫头故意提高音量道：“奶奶见识，不然她哪里称得上秦淮河边的头名花魁呢！”

董小宛突然被惊醒，两个模糊的影子在眼前慢慢清晰起来，她坐起身，一缕头发散落下来。子修过去给她重新穿好了鞋子，董小宛下了床站着。那两人见董小宛举止行动体态风流，即便病恹恹地困倦却也是掩不住她清丽的姣姣样，一时间将那两人震慑住了。

董小宛礼貌地行礼：“小宛实在是困倦了，请二位见谅！”

小妇人见董小宛谦卑行礼顿时又趾高气昂了三分，仰着下巴只斜眼白了董小宛一眼，连个客套的还礼也不给。

小丫头更来了劲：“我家奶奶是嘉兴丝绸之家的千金，是王府三媒六聘正娶的奶奶，一根头发丝都比你尊贵。”

小妇人接过话道：“要我跟一个歌舞伎互称姐妹，下辈子、下下辈子也不可能，我劝你趁早死了进王府的心思。”

小丫头干脆两手叉腰：“你若妖狐魅惑我家爷，别说我家奶奶不好惹，就是各房太太、姨太太们也准能盯死了你！”

说完那小妇人拉起小丫头扭头就走了。

董小宛恍惚在梦中，看着两人一唱一和的表演如置身事外。

子修张大着嘴傻愣愣地瞧了半天，以为那两人准是认错了人：“无冤无仇的，王府的人都那么奇怪吗？前面来了一拨人不冷不热的还好些，这两人可称得上凶狠了。”

董小宛笑笑：“她们的爷本要拿我取乐的，殊不知后头的女眷们要拿我取恨了。横竖熬过三天！”

子修边说边给董小宛盖上被子：“大后天回南京，早早离开这个是非之地。”

5. 南京秦淮河边书院　夜　外

天文望远镜中出现了碧海星空，冷艳、寂静，镜头缓慢移动，冒辟疆画外音：“美极了，伽利略确实了不起！”

镜头一晃，方以智夺过天文望远镜："好了，别妨碍我写观察日记。"

冒辟疆："从前说你崇洋媚外是我错怪你了，是我愚钝，不能领略科学之美。"

方以智摇摇头："我说科考类目要有所革新才是强国之策，你还说换汤不换药吗？"

冒辟疆："不说了，科学之道也该在读书人中普及，不然定将无法与世界毗邻。"

方以智点点头笑道："嗯，果然是天文望远镜的魅力，今夜你这仰天一望，眼界已然出了国界。"

冒辟疆："密之博学，在时下纷纷扰扰的权利斗争中能生出清净心，潜心研究学问，真是千万人中难得。要是多几个你这样的读书人，就连我也会学得上进了。"

方以智一边把弄望远镜一边道："可见你平日里活奔乱跳从家里跑出来，口口声声称上书院读书，多半是假的。"

冒辟疆："在这秦淮河边温柔乡的书生，不求功名利禄也多半有避世之嫌吧。"

方以智叹了一声，放下望远镜："唉！你我皆如此消极，又何谈世人之心？改变世界就得从改变自己开始，不是吗？"

冒辟疆："国家内忧外患，朝廷腐败成风，密之依然不失一颗天真赤诚的上进心，令我羞愧啊！"

方以智："匹夫之勇，犹如砂石入海不惊波澜，众人齐心才可扭转乾坤。"

冒辟疆和方以智久久望着星空，是希翼，是迷茫，是感叹！

6. 杭州王府董小宛临时居住的小院　日　外

天已大亮，树影在院中小桥上来回晃动，几只麻雀蹦蹦跳跳地上了桥，子修神色略显焦虑，急匆匆地走下台阶，呼啦啦地惊飞了一群麻雀。子修穿过小桥去推院门，黑漆漆的大门纹丝不动，她又在空无一人的院里转悠，一边喊道："有人吗？有人吗？有人吗？"并无人回应。她站到石条门槛上，从门缝里向外瞧，正巧有一个穿红着绿的小丫头路过，子修忙叫住她："小姐姐，小姐姐，你好心帮我个忙吧。"

门缝外小丫头迟疑了一下，看左右无人，才敢靠近些："你又是哪一个？叫我帮什么忙？"

子修贴着门缝道："小姐姐，我是随南京的董小宛一起过来的，她一早被府上的人接走了，说随后来叫我过去，可是快一上午了，连个人影也没来。”

小丫头道：“府上几百号人，谁还记得一个从外面跟来的，多半是忘了，你再等等吧，他们想到了自然会来叫你。”

子修急了：“别……别走，小姐姐好歹替我传个话，见了王公子就说董姑娘的贴身奴婢被困在院子里了，出去才好与董姑娘有个照应。”

小丫头摇摇头：“我只在外面待命的，来了半年了也没见过什么王公子、王老爷的。”

子修见那小丫头只顾自己走了，急的直跺脚，不慎脚下失了平衡，在门槛石条上摔了个“大屁蹲”。

7. 杭州王府临湖花园　日　外

花园由内外两个部分组成，隔着一座小小的石桥和一个拱门，内园一般供女眷们活动，外园有戏台和大片的荷池一直延伸至西湖，男宾客们兼在外园接待。

黄忠良坐在靠围墙石砌花窗下的石桌旁，面朝西湖吃茶，忽闻窗内女眷们的嬉闹声。黄忠良放下手中茶盏，对身后两个面敷白粉面相娇嫩的随从道：“扶我起来。”

黄忠良隔着石砌窗棂往里看去。

对切：众人围着一位白发老太太展示各自做的端午香囊。老太太乐呵呵地看看这个又看看那个，体态从容神情温和。老太太不时地打量斜对角的一棵桂花树，那树下正独自坐着董小宛，董小宛望着桂花树，像是在发呆，昨晚的那个绿衣小丫头远远地躲在一旁，说是伺候，倒不如说在一旁嫌弃。

一年轻媳妇道：“老太太就是仁慈，那不是老爷新买来的歌舞伎嘛，怎么就带进园子里来逛了呢。”

老太太道：“什么歌舞伎的，她也就是个黄花大闺女，放在园子我瞧着好不好最要紧，好的自然可留得，不好送回去也不迟。”

众人道：“老太太英明。”

老太太：“看皮相最是上乘的，关键是骨子里心眼实不实，出最高的价也未必能买到好的。”

众人又迎合道：“是是是。”

此时桂花树上掉落下来一只幼鸟，董小宛打开手中的叠扇正巧接住了它，那小鸟的爪子锋利，将纸扇上的牡丹抓成了两半。那绿衣小丫头忙过来跺脚道：“这纸扇是我家公子亲自糊的扇面，你也敢毁！”

董小宛道：“这纸扇上的牡丹还是我昨天画的呢，不打紧，小鸟不曾受伤能活下来就好。”

另一边老太太点点头：“我看她还不错。”

对切完。

王老爷带着王宓已站在黄忠良身后：“黄爷久等了。”

黄忠良扭头笑了笑，扔了拐杖又重新回座上：“我看这个南京来的董小宛很是称你家老太太的心嘛。”

王老爷瞪了一眼儿子：“托黄爷的福，这……这人情有些太重了。”

黄忠良：“哪里的话，公子喜欢、老太太喜欢就好，董小宛再珍贵也只是南京教司坊的人，这点小事我还搞得定。”

王宓喜上眉梢：“多谢黄爷成全。”

黄忠良毫不客气话锋急转：“那山西盐矿的事呢？”

王老爷立刻接话道：“山西盐矿的事再不敢打扰黄爷，您只需坐享三成利银便可。”

黄忠良拿起桌上的一个苹果，狠狠地咬了一口道：“什么三成四成的我不会算，你我各人一半岂不利索！”

王老爷听罢额头直冒冷汗：“这个，这个……”

黄忠良脸转向王宓：“王公子，董小宛就要成为你的新人了，怎么还在园子里闲逛？”

王宓不好意思地低下头，又看看父亲不知怎么作答。

王老爷接过话：“小畜生，你既想着纳妾怎么还不快去安排！”

王宓连忙领命离开：“是，父亲。”

黄忠良挥挥手道：“好了，事情都已商量妥当了，我去湖上走走。”

王老爷这才发现不知什么时候湖边已经停了一艘游船，他一边目送黄忠良上船，一边道：“黄爷好好玩。”

黄忠良在船上探出头：“王老爷来呀，你不陪我还有什么玩头！”

王老爷只好硬着头皮跟着上了船。

对切花园另一边：

一个嬷嬷过去跟老太太耳语，老太太点点头，随即王府嬷嬷带走了董小宛。

8. 杭州王府侧门　日　外

王府嬷嬷带着董小宛上了轿子，董小宛打开帘子往门里瞧。

王府嬷嬷问道：“董姑娘还有什么事要吩咐？”

董小宛回答道：“随我来的还有一个小姑娘，她还在我们昨晚住的地方呢。”

王府嬷嬷笑道：“不打紧，从府上去那院也不远，回头带她过去就是了。”

董小宛心里忐忑：“那边不急的话，我等一等她，一起过去岂不方便。”

王府嬷嬷在轿凳上作端坐状，略放慢了语速：“哪里有让姑娘等的理儿，这轿子也挤不了三人呐。”

董小宛再不好坚持，只好放下轿帘由着他们抬走了。

9. 杭州王府老太太房间　日　内

王老太太拉着孙儿的手道：“儿啊，一则你屋里的甜甜来了一年了，也未见她身上有动静，二则董姑娘是你父亲的生意伙伴牵的线，多半对咱家今后的营生有益，我就悄悄地给你办了。

王宓低语道：“为何到外面院落办，就在府上还热闹些呢。”

王老太太：“你还是太年轻，也不想想那甜甜能依你？”

王宓道：“老太太都同意了，她有什么不依的。”

王老太太：“董姑娘虽说原是大户人家的女子，毕竟是入了籍的人，就算从未梳拢，毕竟低了人家一等。好了，等你们日子过起来了，有了一儿半女，以后的事就好办了。”

10. 杭州王府别院　日　内

院内张灯结彩，屋内挂着大红纱帐，窗棂上贴着醒目的喜字，董小宛由王府嬷嬷领着进了房间，董小宛诧异地询问：“这一家是要办喜事了，嬷嬷带我来此做甚？”

王府嬷嬷笑道：“姑娘先在屋里坐坐，我去去就来，到了申时，姑娘自然什么都知道了。”

说着嬷嬷打发小丫头们上茶上点心。

董小宛想拉住一个问个清楚，每一个都低头微笑却不理会，她只眼看着众人周旋，过后，一阵风似的跟着王府嬷嬷全走了。

11. 杭州王府董小宛临时居住小院　黄昏　外

子修在小院里用桌椅搭了一个梯子，她将裙摆撩起塞进腰带，顺着桌椅爬到一棵树上，又延着树杈一步步挪到高高的围墙上，她蹲在围墙上双脚颤抖着，一片琉璃瓦“哗啦”摔碎在墙外弄堂里。

子修脸色铁青，喘着粗气：“这……这也太高了点。”

12. 杭州王府别院房间　黄昏　内

董小宛在屋里待着坐立不安，一会儿站着一会儿坐着，好不容易等到申时，只见那王府嬷嬷领着一群丫头进来。

董小宛急忙迎过去问道：“嬷嬷，我是王府的人请来应席的，这会子不应该是在席上或是游船上才是吗？”

嬷嬷笑而不答，将董小宛扶到榻上坐定，忽然下跪磕头道：“恭喜奶奶，今日是奶奶大喜的日子，哪有让奶奶操劳的理儿。”众人跟着嬷嬷下跪行大礼，董小宛一时受了惊吓，张着嘴竟然失声哑语了，喉咙里发不出一丁点儿的声音，只是眼泪“啪嗒啪嗒”地往外冒。

嬷嬷等着董小宛说赏，抬头一看，那头竟是梨花带雨的凄惨模样，便又劝慰道：“哪个姑娘不是要找婆家的，这王府在杭州是头一等的富贵，这边是老太太点头收的房，以后跟着奶奶的都有好日子过呢！”

董小宛才慢慢从云雾里醒悟过来，心里惦记着子修的生死存亡，便硬压着悲腔道：“子修呢？我要见到她，从南京来时，秦妈妈不曾说要卖了我们，来杭才一天怎么就全变了？”

嬷嬷老道的很，见董小宛有不情愿之意便主动起来，示意丫头们拉她去里面换衣裳。董小宛使出浑身力气转身甩开众人：“你们都给我出去，我只要子修，你们不把她送来，我就是死也不能答应你们。”

四五个丫头冷不防董小宛如此大力，一个个被推到在地，嬷嬷也没料到，表面柔弱的董小宛有那么大的气性，连忙安慰道：“好好好，董姑娘你别着急，那子修小姑娘就在府上，叫来实在容易的很。”

嬷嬷说完带众人出门，重新又上了锁。董小宛冲上去狠狠地撞了一下门栓，眼泪似决堤的水流。只听得门外王府嬷嬷道：“这个董小宛真不知好歹，亏得老太太把她当个人物稀罕，她自己竟那么不惜得福气，咱们原不相干的人，白白讨好她不得，倒受了一肚子的气！”

13. 杭州西子湖畔　夜　外

冒辟疆、钱谦益、方以智、侯方域同坐在西子湖畔的观荷台上，汪然明带着侍从匆匆赶来。

汪然明拱手道：“牧斋先生、各位贤弟，抱歉得很！今晚汪某人被硬拉着去应了一桩酒席，商会王盐矿家的小儿买了一个小妾，尽是些鸡毛蒜皮的事。”

钱谦益站起来，冒辟疆、方以智、侯方域也跟着起身相迎。

钱谦益：“汪老弟咱们又见面了。”

汪然明向来热情好客：“牧斋先生从南京赶来与我相会实在难得，咱们换个地方喝酒去，何必在这外面吹风。”

钱谦益指着刚抽出嫩芽的荷叶笑道：“小荷浅浅实可怜，醉翁之意不在酒嘛！”

汪然明才意识到那沿湖的一片浅绿：“哈哈，老弟身在西湖，却时常忘了那浓妆淡抹的西子，愚钝愚钝。”

钱谦益：“实也非赏荷而来，我长话短说。”

（镜头虚化）钱谦益将南京书院复社新学子被劫之事一一叙述明了，又将当夜在画舫遇见商会理事之疑细细告知。

汪然明听了之后久久不说话。

冒辟疆上前道：“此人从郑贵妃侍卫到魏忠贤义子，到现在流落民间为商，可见手段非常，若不弄个水落石出终是后患。”

汪然明停了半晌才“啊”出声响：“啊呀！汪家行商少说也有两百年了，从来守着经商不参政的底线，没想到江南商会里竟然出了这号子人物！危险！危险！”

钱谦益道：“首先你帮助确认此人要紧。”

汪然明：“也是我大意，此人为商会外联理事，多次为一些不打紧的商事牵线搭桥，行事低调从不邀功请赏，商会大多数人都未曾见过他，想来一个身有残疾之人，虽有商业头脑不愿意抛头露面也是常情。可经你们这么一描绘，此人打小在京城长大，又是半男不女的做派，头脑精明，行事神秘，在江南周旋十年之久，这么说来真是一点不差。”

方以智：“岂不知他借着你们的外躯，正好行他见不得人的行当呢！”

汪然明顿足道：“要死的，他日他若成个反王，我不第一个做那替死鬼了！”

冒辟疆：“现今怎样可以找到他？”

汪然明：“今晚在王府喝喜酒，我还远远见过他身影，总以为他处着下手的位置，对我这个商会会长敬而远之，谁知好一头猛虎。”

方以智笑道：“算不得猛虎，顶多算一准太监吧。”

汪然明对身边侍卫道：“去把咱家镖号里的高手都请了来。”

钱谦益：“那好，咱们随汪老弟也去那王府讨杯喜酒喝。”

冒辟疆：“先生在此等候岂不省心，冤有头债有主，我们去了便可。”

钱谦益："无妨，这众人里，只有我在宫里时就见过他本来面目，眼见为实，耳听为虚。"

众人随着汪然明离开了赏荷台。

14. 杭州王府别院正房外　夜　外

两个小丫头跌跌撞撞地从房间里跑出来，一边大喊道："了不得了，新奶奶撞墙了！新奶奶撞墙了！"

王府嬷嬷匆忙赶到，截住两人道："两个没用的东西！慌张什么了！人死了没有？"

其中一丫头哆哆嗦嗦回答道："见着了，人还喘着气呢，血……血流了一大片。"

王府嬷嬷："这里的事，一律先回了老爷，别往老太太那头吐露一字半句。"说着丢下两人往屋里走。

15. 杭州王府别院正房　夜　内

王府嬷嬷进了房间，见董小宛穿着歪歪扭扭的新娘礼服，挣扎着从地上起来，一手捂着额头还有鲜血渗出，语气却异常冷静："别过来，此时我并不要寻死，只是向你们要一个人，明明说好容易得很，却迟迟不见人来是什么道理！"

王府嬷嬷顿足道："哎呀！好好的怎么弄成这样了，我这不是火急火燎地去寻人的嘛，实话跟你说了吧，原想着你那边带来的人不可靠，故意支开了她，谁料等我办完这边的事过去，那边院子早已空空的，那小丫头竟然用桌椅搭了梯子翻墙出去了。"

董小宛听罢冷笑道："老天垂怜！子修是好样的！今日哪怕我死了也安心了。"晕血的董小宛，此时才意识到手上鲜红的血，她身子一软又晕倒在地。

嬷嬷大喊："快来人呐！快来人呐！"

立即进来两小厮和嬷嬷一起将董小宛扶到榻儿上，随后大夫背着药箱也进了房间。

16. 杭州王府别院喜宴厅　夜　内

王老爷领着汪然明、钱谦益、冒辟疆、方以智、侯方域进了喜宴厅。王府管家匆忙在王老爷耳边说了几句，王老爷招呼王宓，王宓随管家出了门。

王老爷照例招呼客人，汪然明也不客套，直接往喜宴最里面的角落赶去，王老爷傻傻地不知其为何出了宴席又折回来，心里不免紧张起来。

汪然明绕了一圈，又回来问道："那个坐轮椅的神秘客呢？"

王老爷巴巴地一边拿眼神寻找一边道："会长，您是说那京城来的黄爷吗？刚刚还在的呢。"

汪然明有些不耐烦："什么黄爷、黑爷的，就是那个断了腿的商会理事黄忠良。"

冒辟疆和方以智也四处打量着，突然发现不见了钱谦益的身影："牧斋先生呢？"

17. 杭州王府别院后花园　夜　外

钱谦益和方以智的书童卞儿一同来到一个僻静的花园。

钱谦益在一个半圆门洞旁的桂花树下站定："看来这个门出去是连着外巷子的，咱们在假山后躲一躲。"

卞儿有些懵却也跟着钱谦益照做。不一会儿，那边四人抬着椅轿往门洞来了，个个走路带风，脚底儿不发出一点儿的响动，飘然而至。借着门洞两旁红灯笼的微弱光线，钱谦益看清了椅轿上黄忠良煞白的脸，那阴郁的眉眼正冒着绿色的荧光。卞儿也探出头去观看，只见四人脚下轻点园中山石，纵身越墙而去。

卞儿张大着嘴："会……会……会飞！"

18. 杭州王府别院正房　夜　内

王宓俯身坐在董小宛床榻边，董小宛额头上用白色棉布包扎了伤口，仍隐隐可见淡淡的血迹，急得王宓口中喃喃重复着两个字："疼吧，疼吧！"

董小宛缓缓睁眼又合上了眼睑，紧闭着双唇不说一句话。

王宓从府上嬷嬷处打听了些经过，便小心劝慰道："我原不知你是个这么要强的，那些小事总以为不打紧，没料伤着了姑娘的心，若有十个不是，九个都算是我的疏忽。现在正满城找子修呢，回头我一定让那些人挨个儿地向你和子修道歉。"

嬷嬷端了一碗桂圆蛋羹过来："新奶奶还没吃东西呢，厨房特意做了鸽子蛋羹对伤口好。"

王府王宓接过来："我来吧。"王宓舀了一勺，仔细地吹冷蛋羹放到董小宛的嘴边，董小宛愣是一动不动，不肯张嘴。王宓也不肯将勺子拿开，两人正僵持着，嬷嬷特意拿话调和气氛："这洞房还没入，小两口倒是不相上下地较量起来了呢。"

董小宛极不自在，欠了欠身子道："你放着吧，我自己会吃。"

王宓只好乖乖地听董小宛的，将碗放在了床边的小几上。董小宛原抱着一颗想死的心，没料这个王宓竟有些傻气，守着董小宛不肯离去，董小宛有十成火气也撒不出一两成来，只扭着脑袋不理人。王宓左右看看嬷嬷、丫鬟、医馆一堆的人也不自在，便吩咐道："董姑娘需要静养，你们都出去吧，只留听门的守着就好。"众人排了长队逐个出去了。

19. 杭州王府后花园廊下　夜　外

王老爷带着汪然明、冒辟疆、方以智、侯方域一行人寻来，正好与钱谦益和卞儿在后花园廊下相遇。

汪然明喊道："哎呀，牧斋先生你原来在这里，我们正找那黄忠良呢。"

钱谦益："不用找了，我已经见着人了。"

冒辟疆急切问道："那人呢？"

卞儿瞪大眼睛道："那四人扛着一个瘸的从围墙上飞出去了。"

王老爷大惊失色："啊？"

众人面面相觑。

钱谦益："那人果真是当年郑贵妃的贴身侍卫。"

王老爷一脸歉意："汪会长，这……这果真是朝廷要捉拿的人，我也是不知者无罪呀！"

钱谦益："他若是朝廷钦犯便不止于此了。"

王老爷："那……那是——几位与黄忠良有什么私仇吗？"

汪然明："越说越离谱了，他原是郑贵妃的贴身侍卫又是魏忠贤的义子，这两宗还够不够狠的？"

王老爷脸色铁青："汪会长，那我与他在山西那边跟进了半年的生意算是要黄了。"

钱谦益道："生意归生意，你照例做，只是……"

冒辟疆性急："他若私营军队，有了你这条线不怕他不露出破绽。"

王老爷闻所未闻，瞪大了眼睛。

汪然明："你不要紧张，咱们怀疑在南京有一支潜藏在民间冒充官兵的匪军正与这个黄忠良有关，你还是做你的生意。"

远处阁楼上飘来箜篌空灵悠扬的音乐，花园对面房间里有女子呜咽的低泣声。

汪然明问王老爷：“怎么回事？”

王老爷倾听片刻，叹息道：“音乐正是吾妹弹奏，哭……哭声大概是犬子刚买来的小妾不适新环境吧。”王老爷怕累及自己，隐瞒了董小宛由黄忠良牵线送来王府的事实。

汪然明对钱谦益道：“好了，事情的来龙去脉已大白于心，多谢牧斋先生和各位贤弟特来相告，这十来年都被蒙在鼓里了。”

王老爷领着众人离开，冒辟疆却落在后头迟迟不走。

方以智折回来，看到冒辟疆正对着花园那灯光盈盈的房间发愣：“发什么愣呢，走吧。”

冒辟疆：“哎！这买卖的婚姻何时是个头呢。”

方以智也上前一步，倾听了片刻：“这不，没有哭泣声了嘛，走吧，有多少操心的事，还是留在后头慢慢去做吧。”

冒辟疆跟着方以智边走边说道：“但愿这个王公子是个怜香惜玉的。”

20. 杭州王府别院正房　夜　内

董小宛头上盖着红绣巾，坐在红纱帐里低声呜咽，王宓拿着大红绸花的秤杆，正为难地在房间里来回踱步：“你若真正不愿意，这酒席也不该办的，我何曾要强迫于你呢。”

忽听得窗外有人敲击窗框。

董小宛止住了哭泣，再细听果真又敲了两下。王宓也明显听到了，正要向门外喊人，董小宛机警地扯下红绣巾阻止道：“快别喊人，王公子。”

王宓不知窗外何人心里难免紧张：“什么人？”

董小宛忙从纱帐里出来，贴着后窗问道：“来人可是子修？”

窗外回答道：“小姐，快开门哪。”

董小宛从头上取下金钗对准自己的喉咙，“扑通”一声跪在王宓面前：“王公子，子修与我情同姐妹，生死是一起的……”

王宓大惊失色连连摆手道：“董姑娘不必如此，我什么都依你便是。你……你这哭了一晚，我就是有一百个想亲近你的心也早凉了，我对你的心自然不急于一时，你们不要声张，我去园子里走一走。”

王宓说着推门出去，门口两个看门的丫头迎上前去：“公子，你要什么吩咐告诉我们就好，怎么自己出来了？”

王宓装出若无其事的样子：“我在园子里走走，你们去给我沏一壶碧螺春，再把我书房的琴拿来，放在花园亭子底下。”

两个丫头匆匆地去了，子修随后悄悄地进了房间。董小宛一把将子修搂在怀里，子修捂着嘴巴不让自己哭出声来，王宓在外面轻手轻脚掩上了房门。

子修双手捧住董小宛的额头：“小姐，你的头怎么回事？”

董小宛拉着子修到里面榻上坐下来：“我若不较这个劲，怕再也见不着你哩！我先问你，你跑哪儿去了？”

子修低声哭诉道：“我在那小院里等了一整天也不见有人来，心里又怕你出事，就自己翻墙跑出来，可那府上到处是人，只好躲在后厨柜子里，一直蹲到天黑，听人说要去给外面别墅新奶奶房送点心，就悄悄跟着……”

倒叙：王府别院偏门外　夜　外

院外月高风黑，一会儿有乐声，一会儿有女人哭声。

胖厨缩头缩脑敲门道：“里面有人吗？王公子特意让府里大厨给新奶奶做的西湖龙井糕送来了，快快开门。”

门里并无人回应。胖厨有些不耐烦地正要再次敲门，只见一个瘦小的无头鬼从墙角跳出来：“拿命来还是拿吃的来——”

胖厨冷不防遇见对面来的小鬼，吓得浑身颤抖：“哎呀！这不还没进院子的嘛，怎么就让我给碰上了呢！”

那无头鬼冷幽幽地道：“你……怎么知道是我……”

胖厨听那无头鬼回话更是被唬得动弹不得，语速异常地快速撒珠豆子似的回答道：“听人说王府别院住着一个常年不下阁楼的老小姐，她着了鬼魅，时常在半夜奏乐，听此乐声的人也会着魔。刚才我也听见乐声了，你要找的人定是在那阁楼上，点心你统统拿去。”暗地里早寒破了胆又不敢细看的胖厨，扭着头将点心盒子往地上一扔。那无头鬼伸出手去抓胖厨的衣裳，胖厨挣扎着脱了外面的套衫，掉头就跑。

无头鬼撩开斗篷，里面竟是子修。

倒叙毕。

董小宛看着子修套着胖厨穿过的宽大粗布外衣，想哭又想笑：“亏得你机灵，咱们得想办法逃出去。”

外面响起了古琴声，和着远处阁楼上的箜篌异常地凄美、神秘。

子修：“小姐，那王公子竟然没有为难你，还故意把我放进来是怎么回事？”

董小宛：“他若有意要买我进门，自然也不会太为难于你。”

子修想了想道：“原想着悄悄地将小姐你换出去，要卖也是把子修卖了才是。可王公子对你的情景是认定小姐了。”

董小宛：“你想什么呢？就算买卖也要有个公平之说吧，你我谁也不能留下，至少你可以先出去。”董小宛说着将那块冒辟疆的玉佩解下来。

子修皱着眉：“我方才进来是冒充送糕点的厨娘进来的，里里外外看房守门的卡点，少说也有十来处呢！要出去，难于上青天。”

董小宛：“我来想办法，大不了让王公子亲自送你出去。”

子修不解：“什么？”

董小宛坚定的眼神：“一切皆有可能！”

第二十二集　深阁箜篌情思难寄　柳陌花街母女反目

1. 杭州王府别院花园　夜　外

皎洁的月光下花园的景致，斜角阁楼上风铃摇曳，箜篌的乐声缓慢、悠扬，久久回荡……

2. 杭州王府别院阁楼　夜　内

阁楼内空旷简洁，摆设家具完全不是明朝的式样，大圆月的窗洞前方，摆着几丈宽的矮榻，榻上流线条的箜篌银弦泛着寒光，一双纤细的手轻柔地拨弄琴弦。

王宓站在阁楼中央，呆呆地望着眼前情景，仿佛见一仙子在月宫弹奏仙乐：“姑姑，你叫我来是有什么要紧的事吗？”

那坐在矮榻上的女子缓缓转过侧脸，只见一位年纪约三四十岁的女子，五官生的异常精致、洁净，发间无一金银饰品，也不梳髻，及腰的长发低低地绑着细细的丝带，一袭纯白的拖地长袍，显然是汉朝的礼服。此女子正是王府老小姐王婷，她用银针将矮榻上的五头油灯挑亮：“今夜月色那么好，白白点着油灯倒是可惜了。”

王宓一脸的郁闷：“姑姑叫我来定不是为了赏月吧。”

王婷道：“你在花园弹琴可是为了赏月吗？”

王宓不知如何作答：“我——”

王婷道：“我在阁楼一待好像过了几千年了，若不是今夜听见你屋里有哭声，我都快忘了自己还在人间呢。”

王宓：“姑姑不是不让人进出阁楼嘛，下面办酒席闹哄哄的，更不敢惊扰姑姑了。”

王婷突然笑了：“我儿能耐，转眼都办了两轮酒席了，不过，别以为不告诉我，就不知道你们在做些什么了！你可知强扭的瓜不甜！”

倒叙：杭州王府别院花园亭下　夜　外

王老爷：“这董小宛留不得，还是趁早送回去。汪然明带着复社的人来查黄忠良了！”

王宓道：“爹，这……这喜酒也办了，再说应席的八百两银子也是咱家出的，就差去南京教司坊买断户籍，这与那黄忠良并无实质的关系。”

王老爷喝道：“黄忠良正是看准了你贪图美色的死穴。”

王宓：“再说他们来查的是黄忠良，又不是我，我与那复社更无半点瓜葛。”

王老爷：“嗨——你懂什么！那边生意还没做成，倒是惹了一身的麻烦。那会长还叫我照常把山西的盐矿接着，一夜之间，我竟成了夹缝中的石头。”

王宓：“富贵险中求不是吗？父亲与那黄忠良，向来只是生意上的交往，他若有别的，也与咱家没有一丝瓜葛。咱们这大办宴席，就因今夜汪会长一番话，又巴巴地将人送回去，倒是越发让人疑了。”

王老爷：“与这个黄忠良确实只在生意面上交往，只是——怕扯出你大舅多年前照顾的生意上去，复社向来爱刨根问底管闲事。”

王宓：“当今皇上都管不了的事，我不信他们管得了？且这与我纳妾可并无牵连吧。”

王老爷在亭子里来回地走，半晌：“那烟花女子你可信得？你去南京把事情的来龙去脉弄清楚了再说，这个董小宛暂时留在这里，保持距离，今晚你还是回府里去住。”

王宓还欲辩解：“我……我……”

王老爷：“别说了，按我说的办。”

倒叙毕。

王宓：“我不会强拧，我有时间可以等。”

王婷：“好个等——果然是王府里的根基一代一代地传。哈哈哈哈……”

王宓听着笑声渗人，不觉双手抱住前胸后退了一步：“姑姑，你何故发笑，怪不得人人都不敢接近你，现在的你愈发令人不解了。”

王婷：“我令人不解？你和你父亲才令我不解呢！”说完她便笑个不停，镜头随着笑声穿过阁楼的梁柱，一直往外延伸到整个院落。

镜头对切至杭州王府别院正房。

董小宛和子修抬头向窗外望去，同时听见了外面传来渗人的笑声。

子修紧张地瞪大双眼：“这个王府古怪的很，不会真的有鬼吧！”

董小宛此刻看到了子修回来心下踏实了许多，便笑道：“有鬼才好呢，若不是扮鬼你还进不来呢。”

子修：“啊？小姐，你还有心思开我玩笑。”

董小宛："大难不死，明天又是新的一天。"

子修摸摸脑袋道："还真是！从苏州到南京，现在又到杭州，像是过了几辈子似的。"

又传来一阵幽幽的笑声，董小宛听了会儿道："鬼也未必比人坏的，你听她笑得还挺优雅的嘛！我倒觉得有她在，咱们夜里还安全些。"

此刻子修也跟着董小宛慢慢放松下来："小姐说的对，吉人自有天相。"

两人对视着笑了……

镜头切回：王婷在大圆月窗洞前弹奏箜篌如天外仙人。

镜头淡出。

3. 南京秦淮河边桃叶渡小楼暖居一楼厅堂　晨　内

方以智早早到了秦淮河边，巧妹领着他进了厅堂，又是上茶又是让座将那身上佩戴弄得叮当作响想引起方以智的注意。不料，方以智眉眼也不曾抬一下，一心等着董小宛回来。秦妈妈吃了早饭进来后简单地问候了一声，叫巧妹拿了食盒要出门去。

方以智起身施礼道："秦妈妈，多有打搅，不知董姑娘几时能从杭州回转？"

秦妈妈随意地撇了一眼方以智，跨过门槛道："公子急什么？到了晌晚准能知道了。"说完秦妈妈头也不回走了。

4. 杭州王府别院正房　晨　内

王府嬷嬷领着四五个丫头进来，伺候洗漱的，也有安排上早点的。子修躲在壁橱一侧用纱幔挡住自己的身体，董小宛坐在梳妆镜前，对着镜中子修半露的脑袋摆手示意，让她藏好了。王府嬷嬷一边将热湿的毛巾递给董小宛，一边笑道："出来吧别躲了，少爷都跟奴才们说了，这屋里多了一个丫头陪着董姑娘。"子修这才从纱幔后头出来，众小丫头们拿眼睛偷偷地瞧着，一边暗地里发笑。董小宛起身将擦拭完的湿巾递回给嬷嬷，事情没有按她预料的那样发展，王宓离开洞房也并非她想象的，是出于他的善良和懦弱。

董小宛听得王府嬷嬷又称呼她为董姑娘，心下踏实了许多，可想到昨晚那敲锣打鼓的劲，又不免生疑，便试探地问道："嬷嬷，王公子不在这里用早餐吗？"

王府嬷嬷："小爷让董姑娘安心住着，等他忙过了这阵子自然会过这边来。"

董小宛和子修对视了一下："哦，王公子是出去做事了吧？"

王府嬷嬷道："那边奶奶说晚点让打理小爷的行李，说是要去南京一趟。"

子修听说南京，拿渴求的眼神望着董小宛。

董小宛定了定神坐下喝粥，正想着有什么主意，外面来了一个小道姑般打扮的丫头，站在门口传话道："大小姐请董姑娘去阁楼一叙。"

嬷嬷和众丫头们个个张着嘴，表情夸张地作惊讶状。董小宛不知是谁人来请，正要起身看个究竟，门外那人说罢便离开了。

董小宛问道："大小姐是谁？"

子修古灵精怪地猜测道："看看她们的表情，大小姐大概就是昨晚奏乐的那位吧？"

王府嬷嬷点点头。

5. 杭州王府别院花园阁楼　日　内

董小宛根据王府嬷嬷的描述找到了花园阁楼，小心翼翼地上了阁楼，阁楼四处静悄悄地，却异常的洁净，锃亮的地板和扶栏一尘不染。那个青衣小姑娘出现在门口，她向董小宛招了招手，又走向室内消失了，董小宛迟疑片刻，鼓起勇气跨进了门槛。

董小宛抬眼望去，对面墙壁上，挂着一件宽大的男式长袍，宽大的袖子和长长的裙拖，明显不是明朝该有的款式。谁会在自家墙上挂一件汉朝的衣裳做装饰呢？董小宛正疑惑，一袭汉朝打扮的王婷，已悄然来到她的身边："那是我男人的衣裳，在这世上仅此一件。"

董小宛闪回嬷嬷的话：

嬷嬷嘱咐董小宛道："大小姐终身未嫁，独居阁楼，她说什么你千万别当真，千万别惹恼了她。"

闪回毕。

董小宛猛然看见一个从汉朝穿越来的人，一时心跳加速，再不敢正眼看王婷的模样，低着头欠身行礼。王婷领着董小宛到了内厅矮榻前，她发现室内所有的布置都是汉时样式，一架高大的箜篌映入眼帘，这是她第一次真正见识这种乐器，呆呆地望着它出神。

王婷问道："你认得它？"

董小宛小声答道："箜篌，世上最高贵的乐器。"

王婷点点似有赞赏之意："亏你能认出它，依我看说它高贵未必，说它是世上最孤独的乐器最恰当。"

董小宛靠近箜篌，仔细地端详着弓形木质那苍劲有力的线条和纹理，经过岁月的打磨，显露出它坚硬、暗沉的光泽：“它真美！”

王婷脸上闪过不易察觉的笑意：“你可以摸摸它。”

董小宛靠近箜篌在矮榻上坐下来，一手环抱乐器，另一只手轻轻地在琴弦上拨出了宫、商、角、徵、羽。

王婷也饶有兴致地坐下：“你会弹奏？”

董小宛摇摇头：“学过古琴，略懂五音。”董小宛对这个乐器一半怀有好感，一半出于好奇，便试着在琴弦上拨弄出了《深闺怨》的旋律。

镜头对切子修：

子修仰着头听着阁楼上飘来箜篌空灵、忧伤的乐声，想起昨晚胖厨的话，心里愈加焦虑不安，自言自语道：“小姐，你不会听了那音乐也着魔吧？”

对切回。

王婷半靠在榻上，看着董小宛弹奏完《深闺怨》：“我弹了半辈子箜篌，却是第一次听别人弹奏，这感觉好奇怪。”

董小宛这才从音乐中回过神来：“是小宛造次了。”

王婷：“昨晚你为何哭泣？”

董小宛没料到她会突然这么问，想了想说道：“随我一道来杭州的贴身丫鬟不见了，心中焦急，后来找到了。”

王婷：“你是他们从南京买来做小妾的？你果真愿意？”

董小宛心下疑惑，只怕对方是特意试探，就算想说有一百个不愿意此刻也只能沉默。

王婷等了片刻不见有回答，便甩开她的大袖子起身，“啪嗒”一下拉下了大圆洞窗户的竹帘，顿时室内一片漆黑。

王婷：“你若无话可说，就到此回吧，弹箜篌有的是时间了。”

董小宛在黑暗中定了定神，咽了咽口水试探道：“我有一事求王小姐，王公子要去南京，能不能将我的贴身丫鬟子修带回去？”

王婷显得有些许烦躁：“你自己呢？”

董小宛又是一阵沉默。

王婷将竹帘又打开了一丝缝隙：“你比我想象的更坚强，这事我帮你。”

一缕光线打在董小宛身上，董小宛下意识地吐了一口气，低头深深地欠身行礼以示感谢。

王婷快速往自己的卧房方向走了，半途又停下说道：“你有心事就该像刚才弹箜篌一样直抒心意，小心翼翼地防备于我？真是错看了你！”

董小宛傻傻地站在一缕光线里，心想：这王家老小姐果然有些古怪，我一个被拐卖来的人心无防备才怪呢，不过，看得出她至少不是个坏人吧。

6. 南京书院庭院　日　外

冒辟疆、侯方域和书院的一拨书生，个个身着崭新的蓝青色礼服，毕恭毕敬地站在庭院里，低声讨论着什么。陈贞慧从庭院廊下探头探脑，一脸的焦躁不安，忽又躲在廊柱后面呼气定神。

冒辟疆直觉身后有人，转身看见廊柱后头露出衣袍的一角："老陈，你搞什么呀！"

众人跟着起哄道："陈贞慧，快出来，陈贞慧快出来！"

众人簇拥着陈贞慧，把他拉到冒辟疆、侯方域跟前。

冒辟疆打量着陈贞慧依然一身书院的院服："真正该打，都什么时候了你还这身打扮！快叫老陈书童过来！"

陈贞慧见有人正要去找："快别去找了，他替我回宜兴老家报喜去了。"

侯方域忙问道："定生兄是有什么疑虑吗？"

冒辟疆："怕家里人不同意？"

陈贞慧有些不自在地："自然不是这个。"

冒辟疆："那你扭扭捏捏怕个什么？"

陈贞慧不自觉地脸上有羞涩之态："我……我是怕红果儿……她……"

冒辟疆忍不住哈哈笑出声来："老陈，我说你遇见了红果儿怎么就一股子酸溜溜的醋味，怎么那么怂了呢？"

众书生跟着笑起来："哈哈哈，酸溜溜老陈醋，这个称谓好得很！老陈醋！"

陈贞慧正色道："你们都别笑了！果儿与我都是苦命人，父母双亡。我还有哥哥、嫂嫂可以商量，她孤身一人，什么事只自己知晓，我当首先尊重她，她若不愿意我便不好强求。"

冒辟疆等收了笑声："定生，你与红果儿生死相交，她心里绝不可能对你有怀疑，要怪只能怪你说话笨拙，连个像样的求婚都不会！再说你一个官宦子弟，她心有怯意也属正常，你再不勇敢些，就真该让天下读书人笑话了。"

不知什么时侯方域跑去陈贞慧的宿舍取来了新郎衣裳，这会子气喘喘地回来了："定生，快换上衣裳，误了时辰新娘子真的该生气了。"

众人七手八脚地帮陈贞慧套上了准九品官服的青绿色新郎衣裳。

7. 南京秦淮河边红楼红果儿房间　日　内

红果儿穿着平时穿的水红色箭袖短装，趴在窗台上看着外面的绿叶发呆。

小晴在一旁催促道："红果姑娘，你的心可真大，这样的日子要是换了别人，早早就打扮得花枝招展地等上花轿了，你可好，照例一脸无事闲散的样子。”

红果儿：“你急什么？就那么想嫁男人吗？秦淮河边有几个姑娘往外嫁了有好结果的？前儿个还说什么来着，那怜影楼里曾经几度夺得花魁的柳如是，被松江才子陈子龙收拢了，不到两年什么大房不容、家人不和，弄得凄凄惨惨、缠缠绵绵，最后一拍两散。”

小晴不服气地：“她是个舞文弄墨的，怎能跟红果姑娘舞刀弄剑的比！”

门外红楼妈妈冲着小晴招招手，小晴会意便悄悄地出去了。

红果儿没有察觉，冷笑道：“你当我有三头六臂吗？有朝一日真能出去，我也只期望能像我的养父母燕双飞那样浪迹天涯。”

陈贞慧穿着青绿色九品官服出现在门口，深深作揖道：“红果儿姑娘我来接你了。”

红果儿吓了一跳，回头见陈贞慧一身青绿色正装，愣愣地认了半天，忍俊不禁：“陈公子，你扮青蛙吓人吗？”

陈贞慧尴尬地脸上青一阵白一阵，外面的红楼妈妈急了，推着陈贞慧往屋里走：“陈公子今日是咱红楼的贵人，你千万别拘谨。红果儿，陈公子一掷千金赎你出阁，你可别不知好歹，竟然还调侃起自己的恩人来了！”

红果儿站起身果断地将桌上的凤冠霞帔塞进红楼妈妈手里：“我红果儿不稀罕！我是个人，不是件东西，凭什么让你们卖来卖去！当初进红楼是我自己愿意的，就算要赎，也是我自己的事，凭什么让他一掷千金！”

红楼妈妈巴巴地看着陈贞慧，希望他能说出深情款款的情话，或者惊天动地的誓言来，谁知陈贞慧低着头，脸憋得通红，愣是一句话也说不出。

红果儿见状转身进了屏风：“你回去吧，我在这呆着挺好。”

红楼妈妈急得直跺脚，楼下有书院的书生带着四川口音喊道：“老陈雄起！”接着传来一帮书生的叫喊声：“老陈雄起！老陈雄起！”

陈贞慧深吸一口气，鼓起勇气也跟进了屏风，只见一道剑光定格在他头上。

红果儿提着玄铁断肠剑喝道：“你一掷千金买个小妾，你可问过我愿不愿意呢！”

陈贞慧也有股倔强劲：“我就知道你会这么说，我说买你，可并没有一定让你做小妾的意思。”

红果儿冷笑道：“那你身上披着什么？让人送来凤冠霞帔又做甚？”

陈贞慧：“还不是因为……（陈贞慧本来想说自己心里已认定要跟红果儿白头偕老之类的话，到了嘴边却改口了。）因——为这里的老规矩，我就说不该穿这劳什子绿衣裳！”说着陈贞慧也不顾眼前锋利的剑锋，执意脱了新郎官的外袍子。不知为何红果儿听了觉得更加气恼，剑头往前一送，抵住了陈贞慧的咽喉，逼得他愣是动弹不得。

红果儿喝道：“干什么？在我卧房脱衣裳、耍流氓啊？”

陈贞慧：“不是你说的嘛。”

红果儿：“你花一千两银子为我赎身，从此以后，我就欠你一千两银子，而我又不能卖艺为生，也就是说我今生今世，下辈子下下辈子也还不清这笔债了。若红楼囚我十年，你却要囚我三生三世，你说我为何依你！”

陈贞慧听罢满脸通红，眼眶里饱满的眼泪在打转：“我若有意囚你，那跟囚禁我自己又有什么区别！”

红果儿与陈贞慧对视着，两人的情绪都到了一触即发的地步，红果儿的剑始终没有放下。

冒辟疆赶来，见状大吃一惊：“老天，这是要谋杀亲夫吗？”

红果儿使出移影剑法，眨眼间将剑头对准了冒辟疆：“登徒子听着，我红果儿就是红果儿，谁也休想买卖于我！”

见红果儿冷不防来这么一出，冒辟疆不由地举起双臂后退道：“误会误会，老陈所为一切兼是情之所至，红果姑娘千万要冷静，老陈嘴笨不会说话是真，他对红果姑娘绝无歹意，而且完完全全是抱着一颗真诚、笃定、热诚之心啊。”

红果儿依然憋着一股子气：“哼！他诚意？他自己说不该穿劳什子的绿衣裳，就这诚意吗？”

冒辟疆也冒火了：“老陈，这个就是你的不对了，你为了这劳什子绿衣裳，满城找了最好的裁缝亲自督工连夜赶制，怎么能说不穿就不穿呢，定是他以为你不让他穿成那样。”

红果儿嘟嘟嘴：“你说的可是真的。”

冒辟疆：“千真万确的，老陈你自己说。”

陈贞慧点点头。

红果儿这才收起了断肠剑。

冒辟疆讨好地笑道：“我就说嘛，红果姑娘是最爽快，最讲道理的人呢，定生他嘴笨，连求个婚都不会，不如我来替他向你说吧。”

红果儿姑娘不知怎地，忽然红了脸躲到幔帘后头道：“什么乱七八糟的，有话好好说便是。”

陈贞慧一幅灰头土脸的样子，冒辟疆觉得事情有转机，便冲着陈贞慧挤挤眼睛：“定生，打起精神来！”

冒辟疆整理了一下衣领，对着红果儿深深作揖：“小生这厢有礼了！红果儿姑娘听我细细道来，陈贞慧，江苏宜兴人氏，于三年前中乡试副榜第二人，不久……”冒辟疆突然又卡住了喉咙不知如何往下说。

红果儿："不久如何？"

冒辟疆："定生之贤妻汤氏——"

红果儿接话道："陈大叔这般年龄，我料他家中定有娶亲，哼！既然是称贤妻，如今怕是起了喜新厌旧之念吧。"

冒辟疆看了一眼陈贞慧，只见他耷拉着脑袋愈加沮丧。冒辟疆尴尬地清了清嗓子接着说道："三年前，定生之贤妻汤氏因——病仙逝了。"

红果儿听后十分吃惊，从纱幔后转身出来："你说什么？"

红果儿与陈贞慧四目相望，陈贞慧早已是热泪满盈："此前在羡阳山中避世，一半是因为写书，一半是因为夫人，夫人的善良、贤德、聪慧只会在我陈贞慧之上，是我福分浅薄。"

红果儿听罢心中不由有些酸楚，却也对陈贞慧丧妻之痛充满了怜悯之心。

冒辟疆咳了一声道："定生一度悲伤厌世， 自从见了红果儿姑娘后他才……"

陈贞慧怕冒辟疆说出什么过火的话又要冒犯了红果儿，于是紧接着道："有缘遇见红果儿姑娘是老天垂怜，今日赎你出去，仅凭着我个人对红果儿姑娘在花榜节上超凡脱俗之举的赞赏和对你的豪爽、侠义心肠的敬佩，并无其他非分之想，更不会让姑娘背上三生三世的债来尝还与我，我陈贞慧绝不是此等龌蹉之辈！今日出去之后，红果儿姑娘完全可以当作与我没有任何交往一样。你若厌烦见到我，我便从此消失。"

红果儿低着头抿着嘴，呼吸急促，胸口不停地上下起伏着，眼中的泪水再也没有忍住"簌簌"地往下落。

冒辟疆摇头叹气地："这是何苦！这是何苦！明明是喜事、好事，为何弄得这般决绝和悲伤？你们俩定是前世的冤家对头了！"

陈贞慧："我说要赎你出去就要说到做到，红果儿姑娘若执意不给机会，我陈贞慧怕是要落人笑话，从此再无脸立足于世了。"

门外忽有一妈妈高声说道："两位公子请你们出来吧，让我跟红果儿姑娘说说。"

8. 杭州王府别院花园门口　日　外

子修紧紧地拽着董小宛的手不肯放，董小宛似乎在用眼神鼓励子修要勇敢。

王宓见情形便劝慰道："既然彼此不舍，你也可以留下无妨。"

子修即刻撒了手："走，我跟你走。"

王宓又看看董小宛，心底实有万分不舍之意："董姑娘，我知道你落籍桃叶渡身不由己，你安心在这住着，等我从南京回来，保证今后再无人会为难于你，我只等你定下心来。”

董小宛低着头平静地回答道：“何出此言，我只求子修平安回到南京，别无他想。”

两顶轿子落在府道上，小厮撩开轿帘，董小宛看着子修上了轿子，跟着王宓的轿子一起离开了。

嬷嬷低声说道：“董姑娘该回房了。”

董小宛忽然觉得浑身无力，迈不开步子。

9. 南京秦淮河边红楼红果儿房间　日　内

秦妈妈热切地神情：“果儿，你不愿意跟那个男人走，我可以帮你。”

红果儿背对着秦妈妈：“你来做甚？你害我蹲牢房，害我的义妹董白成了你的摇钱树董小宛，这些你还不够满意吗？”

秦妈妈压抑着心底的感情：“孩子，不全是你想的那样。”

红果儿：“那是哪样？你就是个黑心老鸨！”

秦妈妈差点没哭出来：“我……我这几个月以来，没有一天安安稳稳睡过整觉，心里总是惦记着一件让我异常害怕的事。”

红果儿冷笑道：“你是坏事做多了吧！”

秦妈妈：“我心里总是惦记着红果儿姑娘别是受了什么委屈。”

红果儿姑娘哈哈大笑道：“哈哈哈，你劝我别应了那一千两银子的买主，大概是替我找好了下家，等着卖出更高的价格从中牟利吧！你不如缓缓地一块一块地割了我去卖，说不准还能卖个更好的价钱呢！”

秦妈妈呜咽着，低声抽泣起来：“别这么说我好吗？你那么说，不如拿刀子来割我的心痛快些。”

红果儿：“你这个人好生奇怪，你做都做的出来，还怕我说几句吗？你的心狠手辣是我造成的吗？今日之事横竖轮不到你来这儿做好人。”

秦妈妈突然冷静下来，从怀里掏出一块叠得整整齐齐的手绢，然后认真地一点点打开，摊在手心中央：“你看这是什么？”

红果儿看见里面是一颗色泽红艳的南国红豆，她下意识地摸了一下自己随身佩戴在脖子上的那颗红豆：“你怎么也有这个？”

秦妈妈的声音变得异常柔和：“我知道你也一颗，并且那颗红豆上还刻着一个美丽的丽字。”

红果儿有些温怒：“你怎么知道的那么清楚？你之前说还认识燕双飞，你到底是谁？”

秦妈妈哽咽地继续说道：“我这颗红豆上面刻着一个忠贞的贞字，跟你红豆上的字原组成贞丽两字，孩子，这是你父亲离开前给你取下的名字，贞丽才是你的真名，是他亲手在红豆上刻下的，我是你的亲生母亲。”秦妈妈说完号啕大哭。

红果儿顿时觉得整个房间全在“嗡嗡嗡”作响，到处回荡着“我是你的亲生母亲”这句话。红果儿努力让自己镇静下来，倒退了几步，用双手扶住屋柱子才没让自己完全摊倒在地，她那满眶的泪水歪歪扭扭在脸上散开，身体却努力地慢慢站直、站正：“这不可能，我红果儿就是红果儿，别拿一颗哪里捡来的破豆子来忽悠！我绝不可能会有一个像你这样的母亲，绝——对不可能！”

秦妈妈哭得像个泪人似的，满脸满衣襟湿漉漉的：“你看我这个样子像是要来骗你的吗？就算我要骗过全世界去，也不能去欺骗你啊。当初生下你后，为了供你父亲上京赶考，不得不将你送走。每年花榜节秦淮河边最热闹的时候，都会有一对夫妇前来沿街卖艺，听人说他们曾经有一个聪明、可爱的孩子，行走江湖途中走失了，夫妇俩从此到处流浪，一边卖艺一边寻子，他们就是燕双飞。你父亲说他们那样的人最需要一个孩子，我便将你放在燕双飞途经的路上，他们果真将你收养了，还视若珍宝。从此他们也不再到处流浪，在离南京城几十里之外的隐龙湾定居下来。”

红果儿用尽全身力气挥动断肠剑，身旁的纱幔顿时变作两截缓缓飘落。红果儿似乎连呼吸都变得十分困难，声嘶力竭地打断了秦妈妈的诉说：“别说啦！我不想听你那些烂事！凭你怎么说，我红果儿跟你没有关系！”

秦妈妈抽泣着继续说道：“我偷偷去看过你几次，盼着你父亲能从京城回来再将你领回去，谁知一去便杳无音讯，一等就是十六年，更令我意想不到的是，命运会让你以这样的方式与我重逢。”

红果儿背对着她，不知是辱是伤，任那泪水不听使唤地流淌下来：“我本有一对侠义心肠的养父母，有一个平静、欢乐的童年。你们狠心不负责任也就罢了，十六年后突然告诉我有一个黑心生母和一个负心生父？”

此时秦妈妈渐渐冷静下来：“一入秦淮深似海，你要恨我也是情理之中，我欠你太多，你说什么我都依你，但有一件事你得依我的行吗？”

红果儿坚决地：“你别做梦了，让我认你万万做不到！”

秦妈妈用力抹掉脸上的泪水：“你不用认我，只要过了今晚，我就有钱赎你出去了，就算你恨我，也要给我这次机会，在我的心里，你是我活在这个世上唯一的希望，我要你自由地活着。”

红果儿说着就要往屋外走：“不需要。”

秦妈妈上前阻拦："果儿，别走。"

红果儿推开她："既如此何必当初！现在我不需要你给我自由！小晴，收拾行李。"

10. 南京秦淮河边红楼大厅　日　内

厅内挤满了人，姑娘们都闲散着，她们对着站在大厅中央的十几个书生指指点点，讪笑着谈论着。

冒辟疆推了推陈贞慧："那妈妈是来劝红果儿姑娘嫁给你的吗？"

陈贞慧微仰着脑袋，眼睛一刻也没有离开过红果儿姑娘的房门，他傻傻地回答道："不知道她们在里面说什么？"

冒辟疆皱皱眉无奈道："那傻站在这里干什么？是你娶新娘，你倒是让出来了。"

陈贞慧还是站着不动。

冒辟疆推着他往前走了几步："快去呀，快去呀！"

红楼妈妈走过来笑道："不急不急，人家母女俩说完话自然会出来的。"

陈贞慧惊讶道："你说什么？"

冒辟疆恍悟道："这可全了，丈母娘也到了。"

陈贞慧更是不知所措，忽听得楼上房门突然打开，红果儿从里面冲出来，屋里秦妈妈哭喊道："果儿别走，果儿别走！"

红果儿站在二楼走廊栏杆前红肿着双眼，声音异常坚定："陈贞慧，带我离开这里！"

众人看着突然出现的红果儿不知发生了什么，顿时一片鸦雀无声，陈贞慧愣愣地与红果儿对视着，红果儿见他没有反应又重复了一句："带我走。"

有书生道："老陈，成了。"

书生们纷纷响应："成了，成了，成了。"

冒辟疆看陈贞慧一脸傻样便开口道："好呀！老陈他就等着红果儿姑娘说这句话呢！"

红果儿"噔噔噔"地下楼来，看陈贞慧只傻傻地看着她便道："怎么？反悔了？"

陈贞慧还在寻思刚才房里发生了什么，不敢确定红果儿的话有几分真："跟你母亲吵架了？"

红果儿剑眉一挑："她不是我母亲，我母亲早死了。"

秦妈妈哭着从楼上追下来："你不认我，我也认了，你本姓李叫李贞丽，你的亲生父亲在京城。”

众人看着这一幕惊愕不已，陈贞慧觉着气氛尴尬，拉拉红果儿衣袖示意她回应。红果儿不耐烦地甩开他，头也不回地边说边跨出门去：“我没有亲生父母，我是从石头缝里蹦出来的。”

11. 南京秦淮河边红楼正门口　日　外

众人簇拥着红果儿上了花轿，花轿往前走了几步又停下来，红果儿打开轿帘探出头道：“怎么没有人吹吹打打的？”

陈贞慧从马上下来，询问随轿嬷嬷：“原委托你们打理的，怎么连这个都给忘了？”

嬷嬷为难道：“公子，这秦淮河送亲一般都在夜里亥时甚至子时，别说是吹吹打打了，就连抬轿也是静悄悄的呢。”

红果儿听罢甚是不悦：“也罢，这买亲怎么能跟人家娶亲的相比较呢。”

陈贞慧询问随从：“这红楼应该有过年过节多余的烟花吧，取一些来放响了至少也热闹些。”

那人随即就去取了，陈贞慧重新上了马才走出五六步远，背后便响起了鞭炮、烟花的爆破声。秦妈妈哭喊着夹杂在人群的笑闹声中追将出来，虽然她是那么声嘶力竭，哭喊声却完全被人声、车马声、鞭炮声给淹没了。不知为何，红果儿还是忍不住打开轿帘往回看，她看见了被人群推搡着、哭喊着的那个女人，忽然心底一酸，落下泪来。这是她第一次仔细看她，她使劲地向前伸开的双臂想要抓住什么，那样子是那么苍老而无助，眼前这个女人让她无法跟之前的秦妈妈做联想，她竟然是自己的母亲，而自己却要决绝地离开，永远不想再见到这个女人。

秦妈妈拼了命往前挤，大声哭喊着：“丽贞，丽贞啊，你父亲是个读书人，他姓李，叫李涟明，他在京城。”

周围闹哄哄的嘈杂声那么凌乱，红果儿却听清楚了这句话，可她宁可自己什么都没听见，真希望永远也听不清楚，她觉得自己像抛弃一只流浪狗似的抛弃了她，连她自己也说不清，这是出于报复还是出于逃避。

12. 南京守备府书房　黄昏　内

王宓一副坐立不安的样子，一会儿翻开书，一会儿又合上。他在书架上随手翻看着，突然翻到一册《内陆矿藏全录》，正要从书架上抽出来探究一番，只听的门外有人传唤："老爷回来了。"王宓匆忙中瞥见书籍的封页内侧有福王府专供几个字样，直觉告诉他这并非一般普通的书籍，来不及多想，急忙将书恢复原位。

韩赞周进门便喊："小子，叫你来家帮衬些事你不肯来，为了美女你跑的比谁都快。"

王宓恭敬地行礼："拜见舅舅！"

韩赞周一边换下官服一边笑道："你母亲与你姑姑还掐架吗？"

王宓支吾着："嗯，母亲再不管姑姑的事了。"

韩赞周坐下喝了口茶道："不是我背后说道她，你姑姑的脾气实在是太古怪，为了一个强盗头子六亲不认，也怪不得你母亲与她不睦。"

王宓："如今姑姑和善许多了。"

韩赞周挥挥手叫小厮出去："那就好！你父亲的信我看了，他如今小心翼翼的心情我完全能理解，不过，做大事者太忸怩、懦弱可不是什么好事。当初还是他到处打理，花了大把银子让我当上这个南京守备，叫我钱壮怂人胆把个位置给占稳了。现在一个从宫里逃出来的落魄太监就让他吓破胆了？"

王宓："您是说黄忠良吗？他……他可不是什么落魄太监。"

韩赞周冷笑了几声："哼哼！要我说如今的他什么都不是！"

王宓："据说他私底下招兵买马暗结军队。"

韩赞周："我天天在南京城巡视，哪天见过一兵一卒的匪军？"

王宓："千真万确，前儿个他的人冒充兵部的官兵，私下绑了复社十来个书生呢。"

韩赞周阴阳怪气地："复社的人也好生事端，依我看他们就是狗咬狗，能弄出个什么名堂呢！"

王宓："不过，最后据说也将人给放了，现在那帮人还想查他呢。"

韩赞周："无伤无亡的，南京城天天都是太平盛世，他们能弄出什么事来，这南京城闹匪可不得先问问我？几个书生顶多也是打嘴架的事儿。"

王宓看看窗外，天已完全暗下来："舅舅，我要去一趟南京教司坊。"

韩赞周从袖口里取出一张纸："你要的是这个吧。"

王宓接过来一看："歌舞籍文书，舅舅真是神通！"

韩赞周："这样的事怎么好让你自己出面去办，在外面叫个张三李四去办，恁谁也查不到你头上。"

王宓喜不自禁："多谢舅舅大恩！"

王宓喜滋滋地正要跨出书房的门，忽然又想起了什么，转身问道："舅舅？您跟福王交情可深？"

韩赞周脸上表情突然变得十分严肃，呵斥道："你问这做甚？"

王宓吓了一跳，下意识地往屋里书架上瞟了一眼，再不敢多问。

韩赞周随即又用微笑掩饰道："福王是皇家千岁谁人不识？我等小官只可恭敬他老人家，怎敢跟他谈交情，他每年来南京，需要迎驾接待的事总是有的。"

王宓狐疑地点点头便出去了。

13. 南京城某处高档客栈陈贞慧红果儿房间　夜　内

空镜头：

红烛幽暗的房间。

屏风内外两处卧榻，陈贞慧与红果儿一个里间一个外间各自躺着。

一夜无话。

14. 杭州王府别院　大阁楼　晨　内

晨起，阳光懒懒地躺在窗前。

董小宛侧面坐在大圆窗洞前榻上，轻抚箜篌琴弦，《高山流水》的旋律缓缓流淌。王婷依旧披长发、着长袍，手执团扇正欣赏音乐。渐渐地，她眼前弹奏箜篌的董小宛的身形变得模糊，转而出现的是一位俊朗公子，熟练地操奏《高山流水》。

音乐奏毕，王婷已泪流满面："公子，你既善音律又出落得这般帅气，怎又在此占山落草为寇？"

董小宛浑然不觉不知对方问的什么："王小姐说的公子是？"

王婷回过神来，也不管自己的失态，只淡淡地说道："我说的是我夫君，偏你也能弹《高山流水》。"

董小宛知她是为自己夫君伤心，只回答："这箜篌我才识得，怎能跟王小姐相比呢。"

王婷巴不得想找个人倾吐多年的思念之情："你怎不问问我为何哭泣？"

董小宛小心翼翼地说："但凡用眼泪流淌的情感都是不可言说的。"

王婷哭得更伤心了，点点头道："若能说的明白，我那亲娘、亲哥大概就能听进去我说的了，可是二十多年了，我越说别人越觉得我是个疯女人。"

董小宛直觉眼前这个外表看似不正常的女子，却是个极其重情重义的人，她将自己贴身用的手绢递过去："最深的情是私有的，不必说与他人明白。"

王婷接过手绢擦掉眼泪，看着董小宛半响："这么说你能懂得我，不觉得我是个不正常的人了？”

董小宛微笑道：“王小姐守着空阁，守着一份真情二十多年，确实不太正常，可谓是举世珍贵了！”

王婷激动得热泪盈眶，上前抱住董小宛说道：“二十多年来，我第一次听到有人说我的感情珍贵！你是我的知音啊！不，不，你是上天派来的救星！”

董小宛被她着过度的热情弄得不知所措：“王小姐，你只是太久没跟外界接触了，人世界还是有许多美好的事物的。王小姐锁住的不是这个世界，封锁的恰恰是你自己。”

王婷：“你说的对，我太蠢了，我的情感并没有罪。”

董小宛：“非但一个阁楼锁不住你，整个世界也不能，你的心可以是自由的。”

王婷猛地站起来：“对，我要跟你下阁楼去，去外面游花园、逛街市！”

董小宛心想这能出去是求之不得了：“只是王小姐这身打扮难免太招人注目了，你想，既然情是私有的，心是自由的，那么何必拘泥穿不穿汉服那样的形式呢。”

王婷想了想笑了，冲外面呼唤：“来人！”

青衣小丫头即刻应和：“在。”

王婷：“我要更衣，你去把墙上汉服也收进箱子里。”

董小宛没料想自己一句话竟让这个坚守了二十多年忧思的人豁然开朗起来，可谁又知此时此刻她心底挂念着母亲和子修呢。她喃喃默念：“活着就有希望。”

王婷从她的卧房门口转向董小宛，露出有些古怪又神秘的微笑：“你说的对，最深的情只能是私有的，你应该早些来告诉我的。”

董小宛看着她进了卧房便转出屏风，青衣丫头已从墙上取下汉服，将汉服整齐地放进一只朱漆雕花的木箱子里。

董小宛悄悄问道：“姑娘，王小姐的夫君为何是——一件汉袍？”

青衣丫头有些紧张：“嘘——小姐她从来也没有过夫君，都是她自己想象出来的。”

董小宛一边思量一边重复着对方的那句话：“她从来没有过夫君，都是她自己想象出来的？”

青衣丫头点点：“我家小姐十八岁那年被海盗劫持去了一个月，回来就穿汉服弹箜篌，嘴里时时念着夫君。太太、老太太们怎么安慰劝说都没用，说是被吓坏了，吃了多少药也不管用。”

董小宛叹息道：“她没有病的，你们可知那海盗的下落。”

青衣丫头：“自然是报了官将那海盗打跑了，不然小姐也不能救回的。据说那海盗去了北边，再不敢回来了。”

董小宛点点头：“原来如此。”

青衣丫头：“我看小姐倒是跟董姑娘能说上话，奴婢来阁楼三年，还是头一遭见着她与一个人说那么多话，姑娘不妨多劝劝她，让她想开些。”

青衣丫头收了箱子出去了，不知几时王婷已经站在董小宛身后：“这丫头倒是个特别的，我那嬷嬷过世后，再没有一个人能在我身边待上一个月的，就她留下来了，她说喜欢我穿汉服的样子。”

董小宛转身看见王婷已经换上了日常服饰，只是衣裳显得过于小巧、娇嫩了：“王小姐果真要游花园去吗？”

王婷轻快地转了一圈：“去，为何不去！我突然觉得自己又回到了小时候那种才有的感觉，今日你若跟我去玩木马转风车我也玩得！走！”

判若两人的王婷拉起董小宛的手就往外走。

第二十三集　助她自助逃出囚笼　以命换命召回亲情

1. 杭州王府别院正大门　日　外

王老爷带着众家仆，将一辆马车团团围住："你给我下来！二十多年了，你愣待在阁楼上不肯下楼，今日你一出来就要往外跑。就算你要记恨我一辈子，我也不能放你出去！"

马车里王婷回话道："我能活到今日可以再叫你一声哥哥，二十多年来，你要的王家的颜面，要的金银满仓、荣华富贵都有了，断送妹妹的终身又算什么！"

王老爷气急败坏地："胡闹！到底是谁断送了你的终身？是那帮海盗，是那个不知死活的贼！"

王婷猛地撩开车帘："你们收了他们族人的晒盐场，断了他们的活路，你们贩卖官盐的才是贼！"

王老爷气的瑟瑟发抖："造反！造反！这二十年来你就是这么反省的吗？那小子究竟给你灌了什么迷魂汤！当初是谁冒死救你出来的！"

王婷积愤已久还欲辩解："不需要！并没有人加害于我，凭什么是你救的我……"

董小宛拽住王婷的胳膊，将她拉回座位上，低语道："王小姐你可想清楚了，你是要与他吵架，还是要找回那个身心自由的王婷？"

王婷愣了片刻："当然是——自由！"

董小宛："好，那就听我一句，别针锋相对了。"

王老爷毫不相让，痛心疾首地吼叫道："二十多年了，总以为你会收心，没想到你还想着离家出走！你要出去，除非我死了！"

一辆马车匆匆而至，王老太太人未至声先到："谁要离家出走？谁要离家出走？"

王老爷连忙行礼迎接："母亲！怎么就惊动了您老人家。"

王老太太从马车上下来，也不看王老爷径自朝那辆马车而去："车上何人？

是我的婷儿吗？”

王婷听见母亲的声音，心底一阵酸楚，泪水涌上眼眶：“怎么办？我已多年不见她，我……”

董小宛轻声劝慰：“不要逃避，你心上的那个人与你母亲，应作两人两处看待，心上的人留在你的心里，没有人会将他夺走。”

王婷眼中的泪水一直在打转，却始终不让它滑落：“或许你说的是对的。”

王老太太小心翼翼地呼唤着：“婷儿？婷儿？真的是你下楼来了？”

王老爷补充道：“是王婷，她刚想往外去，正好被我截住了。”

王老太太：“住嘴！都被你关了二十多年了，还不够吗？她今日能下楼来就是好的。”

王老太太眼圈红红的，想要向前走却又迟疑着。

董小宛推推王婷：“王小姐，除了你自己没有人能真正关得住你。”

王婷高举着车帘子咬咬牙下了马车，忽然觉得阳光异常刺眼，眼前所有的景象都在旋转。等她定睛细看，才看清眼前那个白发苍苍的老人紧闭着双眼满脸的泪水。她试探着喊道：“母亲？”

王老太太似乎也需要勇气才敢睁开双眼，她看见了眼前人并没有着奇装异服，依然是穿着二十多年前的衣衫的王婷，上前一把抱住她，不禁失声痛哭：“婷儿啊！我的婷儿回来啦！”

身后那些跟随的女眷们，纷纷议论起来：

“她不穿汉服了！”

“她穿的衣裳正是二十年前的老样式呢。”

“看来她的病好了！”

王婷本有些麻木、冷漠的表情，冰融一般渐渐苏醒，终于在王老太太的呼唤声中，她那泪水夺眶而出：“母亲。”

王老太太激动地直点头：“哎！婷儿，我的婷儿终于又肯叫我了。”

王老爷有些狐疑地上前拉开王婷问道：“王婷，你果真忘了那贼小子？还是为了糊弄母亲？”

王婷的情绪突然又回到了原点，大喊道：“我为什么要糊弄母亲？为什么要忘了他？不！我永远都不会忘掉！”

王老太太脸上欢腾的表情瞬间凝固，众人一片哑然。

董小宛怕王婷再受刺激，不得已从马车上下来道：“有些事情永远忘不掉，但是可以永远不再提起！”

王老太太没等儿子回话便训斥道：“你再不许提！你要再敢胡扯我定揭了你的皮！”

王婷拉起董小宛的手道："母亲，若不是董姑娘，今日我断不能下楼来。从今往后我与她姐妹相称，您也要视她为己出啊。"

王老爷听罢尴尬地咳嗽起来："咳咳咳，母亲，我先送您回家吧。"

王老太太见女儿正常了，宝贝女儿失而复得，哪里还在意其他的："用不着你管我们，婷儿随我一同回家去，你走你的去吧。"

王婷看着母亲满头白发心里不是滋味："母亲的头发原来是乌黑的……"

王老太太摩挲着王婷的手，满脸欢喜："我的婷儿还是我的婷儿，你穿这二十年前的纱裙，还是那么好看。"

王婷不知是羞愧还是歉疚，低头抽泣起来。

王老太太搂住王婷："好了，都过去了，咱们回家。"

董小宛看了一眼那高高的阁楼，随王婷一同进了王老太太的车辇，阁楼上的铜铃在风的招摇下传来送别的叮当声。

2. 南京城门口　日　外

红果儿和陈贞慧一前一后，各自骑着马出了南京城门，陈贞慧勒住缰绳停了马蹄。

红果儿往前走了几步，忽然从马上下来，转身喊道："老陈，你是名副其实的美髯公！"

陈贞慧一脸无奈，坐在马上一动不动，像一尊泥神。

红果儿又道："你果真肯放我这行走的一千两银子？等我离开了南京，你可别后悔！"

陈贞慧愣了片刻，慢慢举起右臂，轻轻地摆了摆以示告别。

红果儿笑道："等我从京城赚了钱回来，就还你那一千两银子，那时候你若愿意娶我，我就嫁给你！"

陈贞慧还是没有说话。

红果儿有些恼："别以为你长得帅，就可以不说话！"

一辆破旧的马车，一个轱辘高一个轱辘低，吱吱扭扭地冲出来，陈贞慧纵身从马上下来，想要拦腰抱起红果儿，红果儿早已蜻蜓点水式地跳离马车几丈远。破马车好不容易停下了，从车上下来一个丫头正是小楼暖居的巧妹。

巧妹一脸慌张，哭哭啼啼地冲着红果儿跑去："红果儿姑娘，总算找到你了！"

陈贞慧喝道："何事这般慌张！"

巧妹哭诉道："秦妈妈跳秦淮河自尽了！"

红果儿不敢相信自己的耳朵：“你说什么？”

巧妹的哭诉由悲伤演变成了恐惧：“昨夜秦妈妈在房里哭了一整夜，早起交给我一封信说务必交给红果儿姑娘。之后，她说要去一趟红楼，谁知她竟跳入秦淮河中自尽了！呜呜呜呜呜！”

红果儿忽觉胸口剧痛，想喊想哭却无法发声，额头青筋暴涨，眼前顿时漆黑一片。

3. 南京秦淮河边书院大门外　日　外

方以智一脸疲惫从马上下来，卞儿从门里迎出来：“公子可回来了！见着董姑娘了吗？”

方以智沮丧地摇摇头。

卞儿劝慰道：“毕竟去的是杭州，路上多耽搁一晚也是有的。”

方以智将马缰扔给门口侍童就进门去。

书院大门转角处传来“嘤嘤”的低声哭泣，卞儿探头去看却不见人。方以智又从门里出来：“卞儿？”

卞儿愣了片刻，方以智也听见了哭声，两人异口同声道：“谁人在哭？”

门口侍童回话道：“是个小丫头，蹲了一宿了，说是要进书院找冒公子。没有文书介绍信，就拿了一块玉佩谁人能信她真假，再说冒公子也不在呀！”

方以智皱皱眉急忙道：“人呢？”

侍童走到拐角处喊道：“喂！叫你呢！”

子修蓬头垢面地走将出来：“让我进书院去吧。”

方以智好半天认出了她：“子修？”

子修用力擦擦眼：“方公子？真是方公子！”

4. 杭州王府董小宛临时居住小院　日　内

众人簇拥着王婷、董小宛和王老太太进了小院房间，王老太太环顾房间：“婷儿，这原是住过的，只是陈设有些旧了，特别是窗纱，一会儿叫人来换上新的。”

身后媳妇应着就去了：“是，这就去库上领新的来。”

甜甜看王婷与董小宛从头到尾手拉着手，王老太太又这般待遇，不由地鼻孔出气满腹醋味。

王府嬷嬷道：“正是巧了，前儿个董姑娘刚到府上正是在这屋里歇息，所以刚清扫、整理过了。这也是跟咱家大小姐的缘分呢！”

甜甜忍不住话冲嬷嬷道：“既是大小姐的屋子，你做什么好人！也没个分寸！”

王婷常年幽闭，这下子见着那么多人团团围住实不自在：“母亲，我的卧榻还是我自己打理，留下董姑娘在这里便可，回头再去母亲那请安。”

王老太太：“好好，晚上弄些上好茶果、酒菜，咱们娘俩亲近亲近的才好。这会子大家散了，你们听着，别大惊小怪的给我儿编排胡诌故事，她一向健康、正常得很。在这里她要清静、要热闹我都依她。”

众人点头称是。

王老太太走到董小宛面前：“董姑娘，你开导婷儿有功，要什么尽管说，我必满足你。”

董小宛觉着心脏快要跳出胸口去了：“我……我……”

王婷笑道：“母亲说话算话，等董姑娘想到了就跟母亲说去。”

王老太太点点头：“嗯，想好了就告诉我。”

董小宛跟随王婷行万福恭送王老太太等人离开。

空镜头：京城的城墙蔓延几十里，落日余晖像柔软的丝带斜斜地搭在大地上，高贵而凄婉。

5. 京城某客栈　夜　内

华安掌灯后悄悄出了门，冒辟疆对面坐着的正是曹琴钟。

曹琴钟：“皇上看到有关毕大人狱刑的联名上书，开始甚是不满。”

冒辟疆：“皇上认为大明律法不可丝毫怠慢，但是皇上不仅是皇上，总还是个有情义的人，所以最后下了密诏。”

曹琴钟点点头：“毕大人性命无忧了。”

冒辟疆：“此事也多亏了曹大人，密诏到了南京刑部，便提前将毕大人送出去治病了。”

曹琴钟：“此间你父亲还为另一个被温体仁迫害受杖刑的滋阳县令成大人周旋，你可知晓？”

冒辟疆：“父亲不让掺和官僚之争，此事自然无从知晓，大人说的可是在戍所服役七年的成德？”

曹琴钟：“忍辱负重服役七年，连皇上都敬佩他的坚毅和忠贞，现下已归复原职，去公子家乡如皋任县令去了。”

冒辟疆："就在如皋！太好了！家乡就该有这般心底耿直、良善者为官！"

曹琴钟："公子来京不会就来听些小道消息的吧？"

冒辟疆正色道："来京正是有要事相告。"

曹琴钟："你来的正好，皇上也正好有一奇案要在下在民间私密查访。"

冒辟疆："哦？"

曹琴钟拱手道："公子但告无妨。"

烛光下冒辟疆靠近曹琴钟低声道："就在……"

镜头淡出。

6. 南京王府王婷、董小宛住所　夜　内

房间里放满了各种大大小小的箱子、盒子，王婷一件件地翻弄着，那都是她少女时代用过、玩过的物件。王婷翻到一串彩虹石项链，乐滋滋地走到镜子前戴起来。

王婷眼里冒着少女般纯粹、快乐的光芒："哇！这个竟然还在呢，它是我哥哥从南洋带回来给我的礼物，那时候他骗我说这个彩虹石有神力，可以辟邪纳福、保我平安。"

一会儿王婷眼中的光突然又消失了："若没有那个宫里当差的亲戚，哥哥一直会去南洋做丝绸生意，现在想来恍若隔世。"

董小宛喃喃念道："南洋？"

王婷点点头："嗯，就是在王家做官盐生意之前。"

提到南洋二字，董小宛忽然想起了当初独自下南洋的杨默生，像是在自言自语："说起南洋，我也有一个下南洋的亲人，恍——若——隔世。默生，但愿你在他处——安好。"

王婷将彩虹石从脖子上重新取下来："石头还是当初的石头，哥哥却早已不是那当初的哥哥了！"

董小宛随口问道："王小姐为何如此说？"

王婷将董小宛拉到榻前坐下，看看左右无人便道："我幽闭二十多年多半也是因此缘由，你可替我保密？"

董小宛真挚地回答："王小姐能对我敞开心扉，小宛岂能月下沟渠出卖人心呢！"

王婷回想起悲愤往事，双泪长流："哥哥口口声声称旁人为海盗，实质他才是真正的贼！"

董小宛这才意识到王婷的遭遇比她想象的要更加糟糕："没想到早上我对众

人说有些事永远忘不掉，但是可以永远不再提起，对你哥哥正是歪打正着了！”

王婷无法控制内心积压太久太久的伤痛：“这里藏着天大的冤情，就算嘴上不提，可良心何安！”

董小宛起身将门窗都掩实了。

王婷继续道：“毛文平原是普普通通的盐民，被所谓的盐官、盐商各种威逼利诱下走上贩卖私盐之路，再被冠以海盗之名夺其私盐，而我的哥哥凭着官商勾结，堂而皇之地以官商的名义做起了高额利润的私盐生意。”

董小宛：“早年听父亲说起过矿税之祸，但并不知其中内情。”

王婷擦掉了眼泪：“毛文平族人有习文练武的传统，他带领一帮人奋起反抗，在哥哥运盐途中劫持了私盐还有我。毛文平以娶我为妻之虚名，让哥哥还他清白的身份，此生才有了与他朝夕相处的一个月。”

倒叙：杭州湾山洞口　日　外

高耸入云的山峰顶，巨石，松鹤间瀑布倾斜而下，疑似天上银河。镜头慢慢推进，出现在眼前的是一处幽静的山洞口，遍布深绿色的野蓝莓草和星星点点的小野花，上面坐着一位着汉服的翩翩少年，神态娴静轻抚箜篌。

音乐声中少女王婷慢慢走出山洞来，刺眼的阳光让她睁不开眼，面前的景象更是令她产生幻觉：“这是什么地方？请问你是天上的神仙吗？”

少年毛文平回答道：“不是。”

少女王婷又问道：“那你为何穿成这样？”

少年毛文平转过头来，面若明月似天人下凡：“祖先制服，为何穿不得？”

少女王婷痴痴地：“那——我也想穿上一件。”

少年毛文平站起身与她四目相对：“当真？”

少女王婷点点头，脸上泛着羞涩：“当真。”

倒叙毕。

王婷泪眼朦胧：“说是将我挟持而去，在我记忆中，像在睡梦中到了一处仙境，作了一番游历。毛文平从不曾为难与我，他懂音律、礼仪，风度翩翩，若不是命运捉弄，他哪一处不强我哥哥百倍，偏偏要替他背一个‘贼’的名义，这太不公平！”

董小宛点头道：“真是奇遇！他替你哥哥背一个‘海盗’之虚名，二十多年来你为他背一个‘夫君’之虚名。”

王婷双手掩面叹息道：“于情于理，我都是自愿的！”

董小宛也叹了一声：“哎！不知为何，我倒觉得挺佩服你，甚至有些羡慕你。”

王婷放下手看着董小宛：“何从羡慕？”

董小宛：“至少你跟你的梦中人，实实在在朝夕相处了三十天不是吗？而我……”

王婷：“你用不着骗我，买卖来的姻缘你是不愿意的是吗？”

董小宛点点头：“我想回南京。”

王婷拉起董小宛的手：“可你有没有想过，回南京就是低人一等的歌舞伎？”

董小宛：“被人买来在王府做个二奶奶就高人一等了吗？我不要！卖艺谋生，至少我还是我自己。”

王婷笑道：“你佩服我，不如说我佩服你是真的！果真没有看错你，在我眼里你比那些卑躬屈膝，不仅卖笑甚至还卖良心的男人更强些！”

董小宛提醒王婷道：“王老太太那里我还留着一个愿望！”

王婷拉着董小宛往外走：“走，找老太太去！”

7. 京城某客栈　夜　内

冒辟疆：“逼着我们装糊涂、凑赎金才免遭一劫。”

曹琴钟拍案而起：“哼！真是岂有此理！无法无天！”

外面华安听得动静“吱嘎”一声推门进来：“公子有事吗？”冒辟疆挥挥手示意他出去。

曹琴钟很快让自己平静下来，若有所思：“你可知浙江泰顺银矿上也出了一桩怪事？”

冒辟疆：“怪事？”

曹琴钟：“万历年间矿税之祸后，泰顺的银矿一直是禁止开采的，可近半年来当地农民多次发现矿山上几千人聚众采矿，待到官兵赶到时，矿山上的采矿贼却又不知去向。泰顺县令便暗中派了人去守株待兔，果真逮住了那带头盗矿的叫张守清的人。”

冒辟疆：“这事便明了了。”

曹琴钟：“不然。这张守清是当地人，他所盗银矿必需得有人转移销赃，可这销赃的过程，连张守清都不甚清楚，他只说买家是个北方人，来去都坐椅轿只见过一个背影。之后浙江平阳的银矿、青田的石矿也出现了盗矿。”

冒辟疆沉吟片刻：“曹大人是说盗矿背后怕是有团伙组织？”

曹琴钟：“如此大规模的盗矿实属罕见，必然是谋划已久。”

冒辟疆一边思索一边念叨：“这事蹊跷……买家是北方人，来去坐椅轿……”

曹琴钟忽然明白了什么：“南京再现黄忠良也是北方人！也坐椅轿！”

冒辟疆：“黄忠良潜伏浙江十年，这大概率不会是个巧合。”

曹琴钟：“若能坐实，此人可谓胆大包天！”

冒辟疆：“这个好办，我们已经摸清他的行踪，接下来他准备前往山西。”

曹琴钟：“看来我得走一趟山西了。”

8. 杭州王府偏门　夜　外

王婷将董小宛送到门外，门外早已有马车等候。

王婷：“这二十多年来，我好似就在你来的几天里才活过来，真不想让你走。”

虽是初夏，可小冰河期的夜风还是让人不寒而栗，董小宛紧了紧斗篷，低着头笑而不语。

王婷笑道：“放心去吧，有我和老太太挡着，老爷、少爷不能将你怎么着，我可不想让你跟我似的困在王府里一辈子，趁府上两个男人都不在，赶紧走吧。”

董小宛：“南京秦淮河边小楼暖居，只要你愿意，随时可以来找我的。”

王婷眼泪汪汪地：“等我来弹箜篌？”

董小宛：“不弹箜篌，谈心又有何妨。”

王婷此刻复杂的心情难以言表，沉默片刻，转身问道：“车驾呢？”

车夫上前应道：“大小姐，马车备好了。”

王婷：“一路上小心行事，务必将董姑娘安全送回南京。”

车夫应诺道：“是。”

董小宛上了马车，从车窗出探出头来，眼神里充满了感激：“那晚听见王小姐独自弹奏箜篌，心想那是怎样一位女子呢，虽相识才五天，终究不枉相识一场。”

王婷苦笑道：“我也是，没有看错了你。”

董小宛满含热泪：“王小姐保重！”

王婷更有不舍之意：“董姑娘保重！”

9. 杭州王府正门　夜　外

王宓跨马下来，有一小厮快速上前在他耳边低语，王宓重重地将他推倒在地：“姑姑送走的可是南京来的董小宛？尔等看得真切？”

小厮忍着疼痛起来回话：“小爷，你让我们每天盯紧她，怎会看错！走得正是南京的董小宛董姑娘。”

王宓懊恼万分：“废物！你们不能拦着！老爷呢？”

小厮：“老爷也出去了，老太太下的令，由大小姐亲自将人送到外面，府上没有人敢过问。”

王宓转身上马：“带两个人跟我去追。”

小厮招呼人连忙跟上：“是。”

10. 南京阮大铖府上密室　夜　内

阮大铖、黄忠良、韩赞周三人共处密室。

韩赞周：“黄公公，做事不可太过火了，若不是你与福王有矿上的生意往来，这事我也断不能这般睁一只眼闭一只眼，我还要自己的饭碗呢。”

黄忠良将手中的茶盏扔了：“你从我这儿拿的好处还少吗？不就教训了一下复社几个乳臭未干的毛头小子，你就叽歪个没完！说你胆小怕事是轻的，你就是个贪得无厌的缩头乌龟！”

韩赞周拿人钱财嘴短，即使黄忠良早已在朝中没了势力，却也不敢当面得罪于他。

阮大铖笑嘻嘻地做和事佬：“这十年都忍下了，还急于一时吗？黄公公做此事完全是出于对他义父的忠诚，为父出气罢了。他也知道此事对他也并无任何益处，我看黄公公还是要多为自己以后的出路考虑才是，来日方长嘛。”

黄忠良听阮大铖这番说辞，心中怨气才平息了许多：“还是阮大人懂我。”

阮大铖：“黄公公有所不知，这个钱谦益原来深受当今皇上器重，如今在南京替复社撑腰的多半与他有关，咱们还是小心行事，黄公公近来不宜在南京久留了。”

黄忠良：“哼！受了廷杖的罪臣还能有啥气焰，顶多在书院糊弄那些书呆子们。”

韩赞周：“阮大人说的是，钱谦益在朝堂还是有千丝万缕的关系，黄公公做大事的人犯不着为一口气惊动了大局。”

黄忠良：“也好，此去山西正好避一避风头。到了中原拜见福王自然也少不了，我替你们二位也问个好。”

阮大铖：“那辛苦黄公公了。”

黄忠良拍拍手掌随即进来两个小厮将他推出了密室大门。

韩赞周哆哆嗦嗦地将阮大铖拉到一边：“钱老头带着复社的人找到我妹夫家

去了，一旦把黄忠良暗地里私营盐矿、银矿的事捅开了，我这里保不了要被牵连其中。”

阮大铖想了想道：“还是银钱在作祟啊，黄忠良毕竟是舞刀动枪的出身，如今他腰包鼓了，就有些坐不住了，到时你我都按不住他的。不如书信一封于福王，咱们也得有做好丢车保帅的打算。”

韩赞周点点头：“如此甚好！阮大人考虑的周全。”

11. 山路　夜　外

方以智和卞儿策马越过山湾，只见前方一片开阔，灯火密集。

方以智：“果然走山路快许多，前面就是广德县了。”

卞儿：“正担心走了岔路，这下可放心了。”

方以智快马加鞭：“走，越快越好！”

12. 广德地界马车路上　夜　外

董小宛借着马车上微弱的灯光，看到路边立着广德地界的石碑，她心想：“到了广德县路程就过半了，马儿快些走吧。”

不料身后传来急速的马蹄声。三匹高头大马拦在了董小宛马车的前头。马车一个急刹，车厢猛烈地晃动了一下停住了。董小宛以为又遇贼了，她从箱子里取出那柄父亲送她的匕首紧紧握在手里。只听得车外马夫喊：“公子，你怎么来了！”

董小宛定了定神打开车帘往外看，只见前面高头大马上王家公子正直直地盯着她。

王宓：“董姑娘，让我追的好苦！怎么也不招呼一声就回南京了呢？”

董小宛正欲从马车上下来，王宓快人一步从马上下来，拦在车厢前：“董姑娘，用不着下车来了，黑灯瞎火的，还是早早随我回杭州再说。”

董小宛一看这情景是要把她挟持回杭州去了，便责问道：“你可问过我要去哪里？”

王宓毫不退让：“你是我府上的人，当然是随我回府！”

董小宛：“当初我去杭州是接了宴请的帖子，我是南京礼部管辖的歌舞籍人员怎么就成了你府上的人了？”

王宓：“我去那南京一趟为的就是办你的身份户籍，我说你是我的人就定然是了。车夫，即刻掉头回杭州！”

董小宛："慢着！"董小宛从马车上跳下来，不慎崴了脚摔在地上，王宓急忙上前想要去搀扶她。

董小宛举起匕首喝道："别碰我！"

王宓苦笑着后退："好好，我对你一片真情，你却如此绝情，拒我于千里！"

董小宛顾不得泥泞，自己从地上爬起来："公子可懂得你情我愿？我既不情愿，你何必强求！"

王宓："你别忘了，入了歌舞籍便身不由己。"

董小宛："身不由己，我的心依然是自己的。"

王宓步步紧逼："你同我回杭州，你要什么我都遂你的心。"

董小宛眼圈一红将匕首靠近自己的脖子："你要一具尸体同你回杭州吗？"

王宓咬咬牙道："我对你足够仁道了吧？到底是什么让你宁为贱籍也不愿做我王府的奶奶！今日你就算死也该是我的人！"说着王宓一挥手，两个小厮早已悄悄靠近董小宛，从她身后夺走了董小宛手里的匕首。

董小宛大喊道："放开我！放开我！放开我！"

正在此时，方以智和卞儿的快马已至广德县界碑前，王宓拔剑防守。

方以智喝道："放开那女子！"

王宓回答道："此女乃家中内人，处理家事，路人不必过问，你走你的便是！"

方以智从马上下来："公子贵人多忘事，几天工夫客人就成路人了？"

董小宛先认出了方以智："方公子？"

方以智并不回应，却用笃定、平静的眼神安抚董小宛。

王宓见董小宛叫方公子很诧异："你，你认识他？"

方以智手持仗剑却并不打开："世上的事就是那么巧，我也是今日才知晓，前儿个赶去杭州王府喝的喜酒竟然是一桩强买强娶令世人不耻的闹剧！"

王宓："休要胡说！你既去我府上赴宴，我怎会不识得你！"

方以智："你不识得我，你老子定然识的我，不过你总认识杭州的汪然明吧，我就是他带去贵府赴宴的。"

王宓皱紧了眉头，回想起宴会当晚父亲的话："这董小宛留不得，还是趁早送回去。汪然明带着复社的人来查黄忠良了！"

王宓很机敏："你是复社的？"

方以智："正是复社方以智。"

王宓心想这黄忠良搞得什么鬼？董小宛竟然与复社的人有瓜葛！便知此事不可硬来："方公子与董姑娘是旧相识？"

方以智笑答道："不仅我与董姑娘是旧相识，复社的四公子与董姑娘都是旧相识。”

王宓内心醋意翻滚：“原来如此！”

方以智：“这般光景对一位柔弱女子，王公子胜之不武吧。”

王宓想了想，克制着自己的内心，勉强挤出笑容道：“误会，都是误会，快放开董姑娘。”

董小宛从两个小厮的臂膀中挣脱：“王公子不会忘了邀小宛赴王府宴会的三天期限吧，已经是第六天了，该放我回南京了吧。”

方以智：“我今日就是来接董姑娘回南京的。”

王宓内心早已是恼羞成怒，不料半路杀出个方以智，只能极力压制愤怒：“董姑娘好记性，这么快咱俩拜堂成亲，已是三天前的往事了。”

董小宛满腔的屈辱：“你逼我成亲这与那强盗有何分别！”

王宓看看方以智又看看董小宛，忽然浮夸地笑起来：“哈哈哈，我当你是个清水芙蓉般的纯洁女子，自然巴不得你留府里当个宝贝，这么看来你是该回南京去！”

方以智厉声喝道：“王公子你本也是个读书人，该懂得礼义廉耻！”

王宓也不理会，翻身上马：“方公子，宝贝就交给你了，本公子不送了！哈哈哈！”

三匹马一阵风似的消失在黑夜里。

方以智走进董小宛询问道：“董姑娘，没伤到你吧？”

董小宛本是强忍着委屈，被方以智一问戳中了泪穴，转身趴在路边的一棵树干上呜呜哭出声来。

方以智眼前闪回三天前的情景：

杭州王府花园

远处阁楼上飘来箜篌空灵悠扬的音乐， 花园对面房间里有女子呜咽的底声音。

汪然明问王老爷：“怎么回事？”

王老爷倾听片刻叹息道：“音乐正是吾妹弹奏，哭……哭声大概是犬子刚买来小妾不适新环境吧。”王老爷怕累及自己隐瞒了董小宛由黄忠良牵线送来王府的事实。

汪然明对钱谦益道：“好了，事情的来龙去脉已大白于心，多谢钱先生和各位贤弟特来相告，这十来年都被蒙在鼓里了。”

王老爷领着众人离开，冒辟疆却落在后头迟迟不走。

方以智折回来看冒辟疆正对着花园那灯光盈盈的房间发愣：“发什么愣呢，走吧。”

冒辟疆："哎！这买卖的婚姻何时是个头呢。"

闪回毕。

董小宛已经渐渐停止了哭泣，方以智摸了摸袖笼里面露出的半截丝绸裙带，正是半年前在运河冰面上遇见董白时留下的，他一直随身带着。此刻纵有千言万语却一个字也说不出口。

董小宛出于礼貌整理了一下凌乱的头发，转身作揖行礼："小宛失礼了！"

方以智想要上前搀扶却迈不开腿，只见董白变成了董小宛后举止行为也谦卑了许多，不免心痛伤感："董白，你我之间无须繁文缛节，平等相待就可。"

董小宛抬头回以感激的目光："方公子几度救命之恩，小宛没齿难忘。"

方以智："就怕你提恩情两字。"

董小宛："所以你只字不提运河边出手相救之事？在南京我还见到了你们四人中的另一个。"

方以智有些不解："谁？"

董小宛："冒辟疆。"

方以智惊愕，禁不住脱口而出："你见过冒兄？"说完又意识到自己穿了帮。

董小宛点点头："嗯，在南京当铺外擦肩而过，正巧拾到他留下的当票，上面有他的名字。"

方以智知隐瞒也无甚意义了，只好默认。

董小宛："方公子理应受小宛感恩，你们复社四才子曾解救董府几十人，这一年半载以来，我一刻也不曾忘怀。"

方以智不知为何觉得不好意思起来："我……我还是习惯叫你董白。"

董小宛避开方以智的话题，再次施礼："小宛再次拜谢方公子。"

方以智有些尴尬，也只好接受这般生出距离的礼拜："董……董姑娘请起。"

13. 广德县郊外荒野　夜　外

王宓一路狂奔，忽地拽住马缰下马拔剑狠狠地砍杀野外的荒草："董小宛负我！董小宛负我！"

小厮紧跟追随而来："小爷既然已经买下了董小宛，又何必违心拱手让人？"

王宓砍杀得气喘吁吁，直至单膝跪地将利剑插入泥中，双眼冒着红光，从牙缝里吐出几个字："去南京，将董小宛重归贱籍！"

空镜头：昏暗的天空中云层快速翻滚、逐渐消散，透出柔和的鱼肚白似的淡淡光线。

14. 南京东山坟地　日　外

红果儿一身白麻披挂跪在新坟前，洁白的灵幡在风中翻腾，并没显示出丧葬时应有的悲凉，不停地拍打到红果儿的脸上。送葬的有教司坊的人也有秦淮河边有名头的妈妈们，人群陆续散去，只剩下陈贞慧、红楼妈妈、巧妹陪着红果儿。

红楼妈妈走到红果儿身旁说了一句，也离开了："尘归尘，土归土，事到如今她也该安息了。"

红果儿脸色煞白，被风吹起的灵幡打在她脸上，她那淤积的悲哀似随时喷薄而出，却不曾留下一滴眼泪，像个木头人一动不动地跪着，陈贞慧想要过去挡开灵幡，红果儿突然扬起手臂大喊道："别管它！让它打，打得正好！"

巧妹呜呜地哭起来："人人都骂秦妈妈是个贪财黑心的，可要不是她在路边捡了巧妹回来，巧妹早就饿死在外面了，巧妹除了打杂看门也不曾报答她什么。如今秦妈妈一念之间就去了，留下几大箱子的银子给姑娘，可见她也不是只要钱财的人吧！"

红果儿："该骂的人是我，一个逃避现实，一味将遭遇归罪命运不公和自己亲生母亲的人才不配活着！"

陈贞慧过去挡着灵幡不让它再打着红果儿："红果姑娘跪了半天了，现下不是自责的时候，好好活着才是她老人家最愿意看到的。"

红果儿冰冷的表情下慢慢地淌下眼泪："那负心汉在京城奔赴好前程弃你而去，漫长的等待之后，等来的是自己亲生女儿不肯相认，甚至恶语相向，又弃你而去，在你用情之处，回应你的全是冰冷、绝情……"

陈贞慧："姑娘，不肯相认并非绝情，此前准备去京城，若没有猜错的话，该是为秦妈妈的一句话而去。你要去找她等了一辈子的那个人吧？"

红果儿泪流满面，抬起头看着陈贞慧，她没想到陈贞慧完全摸透了她的心思："我不该对她有那么大的怨气，更不该把所有的罪责推到那个从未见过面的人身上。"

陈贞慧："你能哭出来这很好，你就得好好哭一场。"

红果儿忽然像洪水决堤一样，号啕大哭起来："娘——！是你把我带到这个世界，我不该妄自菲薄，唾弃自己唾弃你，你活着时不能叫你一声娘，只能来世偿还了！贞丽不孝！"

15. 南京秦淮河边书院　讲堂　日　内

书生们集齐满堂，甚至门口、窗外也站满了人，堂内书案前牧斋先生正讲着课。

钱谦益："会试首考八股文，八股文首要破题，你们那么多人围着我讨要科考技巧，在老夫看来，文章全在四书五经、孔孟之道，基础打好了便是最好的技巧。"

书生们哪里肯放过这个大好机会，开始起哄："咦——又不是让先生透露考题，先生是不是太小气了！"

"对呀对呀，牧斋先生透露点嘛！"

此时汪然明带着着男装的柳如是来到堂外廊内。

汪然明笑道："河东君你若要科考，大概也会挤在这里吧。"

柳如是："若是我科考绝不投机取巧。"

堂内钱谦益道："各位，投机取巧要不得呀！"

汪然明："没想到河东君跟牧斋先生心有灵犀呢。"

钱谦益道："若说有技巧，那就是思中有文，想中有情，心中有家国！这是文章固定格式之外见众人长短之精要。有了此三精要，好似文章有了活泉，论断有了灵魂，学识眼界才有可能胸怀天下。"

柳如是听闻后，忽然对那堂前的半小老先生肃然起敬，点点头道："君子所见略同。"

汪然明拉拉柳如是："你当真挤在这里听课吗？"

柳如是："好学还分场合的吗，汪兄自便。"说着柳如是挤进人群去窗前听讲。

汪然明耸耸肩自嘲："这便没我汪某人什么事儿了。"

16. 南京秦淮河边桃叶渡小楼暖居　日　内

小楼厅内依然挂着白绸，桌上木龛里放着秦氏牌位，木龛两旁燃着香烛。巧妹抱着一叠账本来到红果儿面前："红果姑娘，这是小楼几年来的开支账本，请姑娘过目。"

红果儿指指榻上的小几，示意把账本放在上面，一边问道："小楼里就你一人，董姑娘也是才来几个月，哪来那么一摞账本？"

巧妹将账本放到红果儿面前的小几上："董姑娘之前至少有三四个姑娘从小楼送出阁了。"

红果儿一边翻阅账本一边苦笑道：“秦妈妈的生意做得倒是既有声色，又是从容。”

巧妹突然露出为难的神色：“秦妈妈之前还收留了三个孤儿，在粉桥歌舞班拜师学艺有两年多，眼下学期也快到了，秦妈妈一走，小楼的事没个做主的，是留是散也请姑娘拿个主意。”

红果儿点点头：“或许我对她的世界有偏见。巧妹，你去一趟粉桥，仔细打听清楚了学期，还得问问她们学得怎样？关于去留，她们自己有何意愿？”

17. 南京秦淮河边桃叶渡小楼暖居外巷子　日　外

方以智将董小宛的马车送至巷口，看着马车到了小楼暖居门前才转身离开。

18. 南京秦淮河边桃叶渡小楼暖居门外　日　外

董小宛看着门口挂着的白绸心生疑惑，定了定神，敲响了门环：“子修，子修开门，秦妈妈，秦妈妈开门哪。”

门“吱嘎”一声打开了，里面站着的，既不是子修也非秦妈妈，而是红果儿。董小宛怔怔地一时反应不过来，红果儿顿时眼圈红了，上前一把拥抱住了董小宛，呜呜咽咽地哭起来。

子修“噔噔噔”地跑出屋外，看见董小宛回来了，好似喜从天降：“太好了！小姐回来了！”

董小宛被红果儿紧紧地抱着动弹不得，脖子勒得生疼，只用眼神跟子修交流。子修控制住了内心的喜悦，尴尬地退后一步道：“小姐总算回来了，只是、只是秦妈妈她……她一时想不开就跳河自尽了。”

董小宛惊愕，瞪着眼睛，脑路顿塞：“什么？秦妈妈她……她？”

子修只一个劲儿地点点头。

董小宛使劲拉开红果儿，捧着她的脸问道：“果儿姐姐，不会是你为了小宛又跟秦妈妈起了争执吧？”

红果儿摇摇头，又“哇”地一声哭得更凶了，董小宛不知所措：“子修，到底发生了什么事？”

子修脸露难色，低声道：“秦妈妈正是红果姑娘的亲娘呢。”

董小宛更是大为惊愕：“此事可不敢胡说的。”

红果儿一脸眼泪鼻涕，无力地靠在董小宛的肩头，闭着双眼点了点头。

第二十四集　复社募捐支援边境　雅集献艺悲壮浪漫

1. 南京秦淮河边书院门口　日　外

众书生簇拥着钱谦益在书院门口。

钱谦益对着众人拱手道："各位就此别过吧。"

书生们人手握着小册子或是书信，几个年长点的挤到最前面："牧斋先生，请收下我们几个作门生吧，请您择优选拔，我等绝无怨言。"

后面的书生们，也举着手中的自荐信或文章纷纷热情响应："对对，请牧斋先生择优而待。"

钱谦益慈眉善目地笑答道："牧斋退隐之心已决，既为朝堂之闲外人，又怎能有收受门生之念呢。再说，朝廷设秋季统一会考，各位只要真诚以待，考场上才是择优选拔最为恰当之处。"

一书生上前道："求学也并非一味功名利禄，就算不求功名，我等也甘愿追随牧斋先生研习学问。"

书生们："是呀是呀，我等愿追随牧斋先生。"

钱谦益连连摆手退步："不可不可，各位，万万不可呀！当今天下并非闭门研习学问之佳时，而是需要各位年轻学子充盈朝堂，为国家出谋划策，贡献热情和智慧之时，大明庙堂正值需要你们这样真诚、无私而非只为追求功名利禄的官宦达人。"

那书生又道："可朝廷对牧斋先生不公啊，书院里谁人不知，牧斋先生枉受廷杖，我们替先生感到不值！"

书生们纷纷议论："就是就是，先生受辱，我等愤愤不平！"

钱谦益脸涨得通红，大声喝道："休要言说此事了！大局当前，人人为个人荣辱计较、争吵不休，又何谈忠臣良将？各位身处留都静享安乐，忘乎十三省匪患扫略，辽民苦虐于北了吗？"

众生面面相觑、无言以对。

钱谦益眼中饱含热泪："学子当单纯学学问赤诚报国家，以平息党争之风气为要领，此乃大明之福也！”

挤在人群中的柳如是也是感慨万千，钱谦益宽广的胸怀和对党争之利害的公正评价，深深地打动了她。

钱谦益再次拱手道别：“各位的才学当为我大明庙堂做栋梁！告辞！”

众人行礼送别牧斋先生的马车，无不遗憾地纷纷离开了，只有柳如是独自站在路中央神思忘我。

柳如是叹道：“牧斋可谓真丈夫也！”

汪然明拿着柳如是的手稿气喘喘赶来：“怎么就走了呢？”

柳如是摇摇头：“先生高风亮节，不愿门生追随形成又一波的党争势力，才匆匆离开。”

汪然明：“嗨，什么党争？仅仅欣赏佳人美文，有什么不妥的？”

柳如是笑道：“不急于一时，来日方长。”

空镜头：秦淮河的水泛着淡绿色的柔光，黄昏的游船，悠悠地沿河静候停泊着。两岸不时传来温婉的琵琶、筝乐，天色渐渐暗淡，各家跳台上陆续开始上灯，红盈盈的光线倒映在水波里，像一缕缕绵长的丝带……

2. 南京秦淮河画舫　夜　内

画舫内丫鬟、侍童有几十人，各就各位默不作声低头侍立，酒席上山珍海味、琼浆玉液均已备足，两个小厮推着轮椅上的黄忠良出现在画舫屏风前。

黄忠良环顾了宴席的布置后点点头：“今日来的可是都个大的官人，伺候不好了，小心你们的项上脑袋！”

众人齐刷刷地应道：“是。”

阮大铖和韩赞周一前一后也从屏风后转出来。

阮大铖眯缝着眼道：“黄公公果真不吃了宴席就辞行？”

黄忠良蔑视地笑道：“大学士就是婆婆妈妈得很，这不都已经安排妥当，接下去可就要看你们施展法术了吧？”

阮大铖摸摸大肚腩：“哈哈哈，好说好说，黄公公对我可以没有信心，总得对大美人陈圆圆的魅力有信心吧！”

黄忠良点点头：“嗯，要不然选什么花魁呢。”

韩赞周：“等黄公公山西归来定将是好事连连。”

阮大铖：“黄公公一路顺利！”

黄忠良：“告辞。”

3. 南京秦淮河边桃叶渡小楼暖居　房间　夜　内

董小宛坐在榻边椅子上喝茶，此时巧妹正给红果儿回话。

红果儿：“那边几个丫头既然都愿意回小楼，明日便把后院一排练功房清理出来，各自一间也够住下了。”

巧妹低着头咬咬嘴唇：“红果姑娘，原先她们都是半工半读受雇于那边班主，秦妈妈照料时也还轻便，如今回来吃的用的都得从这里出，可不是个小数呢。还有……”

红果儿：“还有什么？有什么便说，用不着吞吞吐吐的。”

董小宛想起身回避一下。

红果儿看了一眼董小宛，董小宛只好又坐下了：“这里又没什么外人，以后都是一家人。”

巧妹：“是，姑娘，姑娘当真要把秦妈妈留给你的一千两银子送去给陈公子？”

红果儿：“陈公子替我出了赎金，岂有不还之理。”

巧妹放低着音量嘀咕道：“姑娘放着富贵人家的奶奶不当，还补回那么一大笔银子。”

红果儿拍了一下巧妹的胳膊：“没出息的奴才！你就那么想攀附？当富贵人家的奶奶那么容易吗？”

巧妹心底不服却欠下身作揖道：“姑娘说笑了，巧妹哪敢攀附，也没那般福气！”

红果儿：“什么福气不福气的，在桃叶渡小楼暖居有我坐阵，定当饿不着你们便是。”

巧妹默不作声退了出去。

董小宛站起来坐到红果儿对面：“姐姐果真还要留下来？”

红果儿笑道：“傻妹妹，我是这个小楼的继承人，我不留下打理谁打理？”

董小宛还欲劝说：“可是……”

红果儿：“妹妹当初不愿嫁给斯府当奶奶宁可卖身秦淮河边是为何？”

董小宛低吟道：“你在南京既有两处地产，完全可以全身而退的，别说巧妹想不通，连我也不明白了，何苦呢？”

红果儿摇摇头阻止董小宛往下说：“别劝了，我意已决。”

董小宛早已领略红果儿的性子，便站起来疲惫地往外走，忽然停下，想了想又回身道：“姐姐当初是怎么劝说我的？轮到自己身上怎么也糊涂了呢？”

红果儿眼圈红红地望着董小宛，半晌才回答：“当初那般强势于妹妹全是我自己的偏见，这样的偏见才会落得如今失去自己亲生母亲的下场。”

董小宛眼圈也红了，同样是命运所迫飘零于世，怎能不感同身受心心相惜呢：“只要姐姐决定之事，小宛定当无条件地支持。只怕是我又要依傍着姐姐了！”

红果儿一边擦去眼泪一边苦笑道：“妹妹智慧过人，凭着胆魄和智慧让杭州的王大小姐亲自派人将你送回来，所以在这小楼究竟谁依傍谁还不一定呢。”

董小宛笑中带哭道：“你当我不知道你心里那股子倔强劲吗？”

红果儿上前拉起董小宛的手，两人深知从今以后是要相依为命的了，情之所至相拥而泣。

4. 南京秦淮河画舫　夜　外

画舫内歌舞宴乐不断，不时传出酒醉者大呼“美人”的浪笑声。

阮大铖急匆匆地从画舫内出来在跳台上吩咐两个小厮：“国丈喝得差不多了，你们速速将陈姑娘送回梨园去。”

小厮为难道：“大人，不好办呀！那老国丈死拉着陈姑娘不放。”

阮大铖喝道：“死脑筋！换个身形打扮差不多的姑娘塞进那老国丈怀里，他还能分辨吗？”

两小厮领命去了。

韩赞周也是几分醉意地从画舫内出来：“阮大人何故自己跑出来了，老国丈那酒量我可顶不住了。”

阮大铖拍拍韩赞周：“喝得这般稀烂，还能谈个什么事？这可不是你我想要的。”

韩赞周舌头打结：“我是不行了，那老国丈酒量高，还能喝下三海斗。”

阮大铖瞧见画舫一侧两个小厮带着陈圆圆下了画舫满意地点点头，将韩赞周拉到一边道：“陈圆圆可不能让那老东西不清不楚地糟蹋了。”

韩赞周有些不明白：“那你和黄公公合意何为？”

阮大铖：“当然是大买卖。”

两人正说着，一肥头大耳年过半百的官人从画舫里出来，酒气冲天摇摇晃晃地弄得腰间的佩饰叮当作响。

阮大铖慌忙迎上前：“哎呀国丈大人，下官出来吩咐点事，没在席上陪您喝着，怠慢怠慢了。”

田弘遇双眼迷离，砸吧着嘴道：“美人……我的美人呢？刚刚我还抱着的呢，一转眼就被调……调包了。”

阮大铖上前扶住田弘遇："国丈大人，您说的美人就是梨园的陈圆圆吧？"

田弘遇回忆了片刻："对对，就是唱戏的那个大美人。"

阮大铖："国丈，下官正要跟您汇报此事呢，您想，陈圆圆国色天香，国丈您要是将她送到宫中，当今皇上是喜，还是不喜？"

田弘遇听说当今皇上顿时酒也醒了一半，包子似的大脸庞上镶嵌着的两粒小眼珠不停转动着："当今皇上——见了如此美人定当欢喜！"

阮大铖看了一眼韩赞周，韩赞周微微点头后又假装酒醉。阮大铖扶着田弘遇换了个更加亲密的站姿跟他耳语。

田弘遇听闻后喜不自胜。

5. 南京秦淮河边桃叶渡小楼暖居后院　清晨　外

小楼沿湖的后院有一排白墙黑瓦的矮房，巧妹、子修带着三个小丫头忙着清理。红果儿将三个洗脸盆放在长石凳上，指着旁边一桶冒着热气的水说道："姑娘们，今天是你们第一天住进小楼，洗头、沐浴有个仪式感，预示着利利索索一切从头开始。"

三个十一二岁的小姑娘有些害羞，彼此推搡对方往前站，巧妹和子修一旁看着痴痴地笑。

红果儿将干活时挽起的袖子放下来："我叫李贞丽，以后你们就叫我贞娘吧。"

三个小丫头低声唤道："贞娘。"

贞娘："嗯，洗好了就去屋里吃东西，完了再整理你们的行李，小楼没有营生时，你们照例练功、学习，有我在，定饿不着你们。"

镜头上摇二楼的一个小窗开着，

董小宛正看着院子里的情形，她心想着（画外音）："人的命运转变有时就在一夜之间，那个叛逆、洒脱生性自由的红果儿从今以后就要成为贞娘了。"

贞娘将皂豆分给小丫头们一边问道："你们实话实说，果真都是秦妈妈从路边捡回来的吗？"

巧妹和子修帮她们解散头发。

一小丫头说："我是从北边逃难过来的，父母在途中都死了。"

另一个说："我老家在安徽，村子里来了盗匪，跟官兵打了几天几夜整个村子都起了火……"

贞娘心底一酸眼眶里涌上了泪花："好了好了，不说也罢，我不该问的。你们只需知道你们跟贞娘一样也是秦妈妈从路边捡回来的。"

小丫头们面面相觑，与贞娘不同的是她们并不太清楚苦难，除了过去曾经历过的担惊受怕、受冻挨饿还意味着什么，但是她们能感受到眼前这个比她们大几岁的姐姐应该是个好人。

6. 南京秦淮河边梨园　日　内

陈圆圆坐在梳妆台前发呆。

思琴带着冒辟疆进来："姑娘，冒公子来了。"

陈圆圆冷不防地从凳子上站起来，眼眶里的泪水不争气地滚落下来，她连忙用手帕掩面转头离开了窗前。

冒辟疆照例见了陈圆圆总是一副手足无措的老样子，花魁节之后的见面一直推延至今，他心里也是愧疚得很。

陈圆圆背对着冒辟疆轻声道："你还来做什么？"

冒辟疆身后背着包裹的华安站出来替主人说话："我家公子有急事去了趟京城，才到的南京，还没去书院就赶这边来了。"

陈圆圆冷笑道："呵，你既花百两银子点了我的戏，怎么不看了我的好戏再去。"

冒辟疆知道陈圆圆心里怨他失约，却也无言以对。

华安看自己主人一腔热情被浇了冷水，心里不是滋味："陈姑娘，我家公子为了点你的戏可是豁出真格了，把老夫人给他的祖传玉佩都典当了出去。"

冒辟疆瞪大眼睛："华安！你竟敢跟踪我？"

华安从怀里掏出玉佩："喏，幸亏玉佩又回来了，不然华安也不会知道的。"

冒辟疆惊讶道："玉佩怎么回来了！"

陈圆圆看看华安手里的玉佩又看了眼冒辟疆，以为两人唱双簧糊弄她："既然你已经失约，今天又何苦编个谎话来唬我！"说着边哭边夺门而去。

冒辟疆没好气地一把夺过华安手里的玉佩喝道："你既然要多嘴何必又拿出它来！回来再审你！"说着也追出门去。

华安怔怔地："唉！我这里一片好心又掉进了沟里。"

思琴拉了一下华安的衣袖："让他们自己闹去！不来时天天念着、盼着，来了又摆出极不好的样子，横竖让他们自己闹腾。"

7. 南京秦淮河边一酒家　日　内

厅内挤满了人议论纷纷，陈贞慧、方以智、侯方域也在人群中。

陈贞慧举起双手安抚道："各位静一静，边境军饷告急，我等身处留都坐享安宁，保家卫国的将士们却在忍饥挨饿抵抗入侵大明的蛮族，我等能熟视无睹吗？"

众人又是一阵交头接耳，其中有一名士人道："公子急人所急，可咱们身在江南，边境之事可谓鞭长莫及啊。"

方以智道："义捐。"

陈贞慧："对，我们在留都何不发起一场义捐，南京多豪杰义士，何愁无人响应！"

众人议论纷纷，大多数表示点头赞同之意。

卞儿跑进来在方以智、陈贞慧身边道："陈公子外面有人找，说是贞娘那边的人。"

方以智疑惑道："贞娘？谁是贞娘？"

陈贞慧笑道："贞娘就是红果儿姑娘，我去一下。"

8. 南京秦淮河边酒家门口　日　外

巧妹见了陈贞慧满脸通红，酒店大厅不停传来绅士们爽朗的谈话声，巧妹忍不住探着脖子往里瞧。

陈贞慧纳闷地提醒着巧妹："巧妹、巧妹，红果姑娘叫你来有什么事吗？"

巧妹这才回过神来："噢，红果儿姑娘让大家今后称她贞娘呢，她说要在小楼暖居做雅集，所以派我来观摩一下各位公子是怎么聚会的。"巧妹边说边还不停地往里看。

陈贞慧脸上多少有些失落："她叫你来就是为了告知这个吗？"

巧妹兴致勃勃忽然又显得有些沮丧地递过去一个盒子："哎呀，当然不是啦！喏，这个大宝贝给公子。"

陈贞慧打开盒子惊呆了，诧异道："一千两银票。"

9. 南京礼部高墙外小巷　日　外

王宓从礼部偏门出来，煞气腾腾。他身后的两个侍者匆匆地赶上前带他进入高墙外的小巷子，小巷子停着一辆黑簇簇的马车。

王宓停顿片刻怒喝道："马车停那么远做甚？我来这儿办事又不是来做贼！"

韩赞周幽幽地从马车的小窗口探出头来："王宓，当真放弃董小宛了？这礼部的门可不总是那么好走的。”

王宓吓了一跳：“舅舅？”

韩赞周眯缝着眼试探地：“那可是多少人梦寐以求的花魁。”

王宓：“我当她是个宝，原是一贱人！如此负我，日后定当加倍偿还！”

韩赞周从胸腔里挤出一阵干笑：“呵呵呵，无毒不丈夫，我家宓儿长大了！如此看来，老夫还得感谢那董小宛成全。”

韩赞周招招手，王宓随即进了马车。

10. 南京秦淮河边桃叶渡小楼暖居　日　内

巧妹端着打开的木盒子侍立在贞娘一旁，董小宛隔着圆桌坐在椅子上搬弄着一盆兰花。

贞娘咬咬嘴唇，忽然快速地将手里的银票放回木盒子，随着木盒子“啪”地合上，贞娘道：“这么说陈公子他们正忙着集资义捐。”

巧妹皱皱眉：“有些话也听不太明白，说北边打仗的地方缺这缺那的，看上去公子们都十分着急。贞娘，巧妹看着他们的聚会一点儿也不好玩呢。”

贞娘用手指重重地点了一下巧妹的脑袋：“就知道好玩好玩！人家保家卫国，那是玩命呢！”

董小宛从椅子上起来：“一会儿子修从当铺赎了断肠剑回来，还有多余的全数捐出去。今儿个正好绣完一幅百蝶图，可惜一时换不成现银。”

贞娘怔怔地望着董小宛半天不说话。

董小宛过去摇摇贞娘笑道：“姐姐犯什么傻样？陈公子不要那一千两银子，你是要全数捐出去了吗？”

贞娘当即也笑了起来：“捐！全数捐了！知我者小宛也！我要办一场秦淮河上第一风流称颂的雅集。”

这次轮到巧妹发愣了，呆呆地：“疯了！疯了！姑娘们是疯了吗？”

11. 南京守备府韩赞周书房　日　内

短短几日王宓两度进此书房，前后心境却是千差万别，好似一个青涩的少年郎忽然褪去了稚嫩的外壳，露出他天性带来的野心和邪气来。他低着头双眼却不住地搜寻着每一个书架格子，书架上再无那本《内陆矿藏全录》。

韩赞周换了便衣，正松开腰间厚重的腰带坐下来：“别垂头丧气地，你给我记住了，秦淮河的女人就是供人把玩的。弃之如敝履！”

王宓咬咬牙："舅舅，我定要发达！"

韩赞周哈哈大笑起来："啊哈哈，我的外甥儿，如今你家还不够发达的吗？"

王宓双眼死死地盯着他舅舅："舅舅当然知道我说的不是这般的意思。"

韩赞周轻描淡写地："那你是哪般意思？"

王宓顿了顿坚定地："我——也——要成为福王的人！"

韩赞周瞬间收敛了笑容："小畜牲！何出此言？你当自己几斤几两！"

王宓："舅舅，我不想做个像父亲那样窝囊的商人，一个汪然明就能吓得他夜不能寐。"

韩赞周故意背过身去："放肆！你父亲是个老实本分的生意人，只管出货收账从不问来路出处。你小子未经受一笔生意，就把你老子不看在眼里了！"

王宓："舅舅前几天还说父亲胆子太小呢，有些事他若不担着，便是舅舅在帮衬担着，不是吗？舅舅的书房，据我所知不是谁人能进来的，您既然领我进门，我才敢斗胆说出心中真意啊。"

韩赞周忽又转过身来看着王宓半晌："天下之大，莫非皇土。"

王宓："可现下的皇上忙着攘外安内，关闭了各省的矿产、织造府，所以最大的商家不在京城而是中原的福王。

韩赞周干咳了几声："你动过书架上的书了吧。"

王宓："舅舅何必绕着弯子说话，就算没见着那本《内陆矿藏全录》，有些事也该猜得出来，皇土再大也需有银子才行。"

韩赞周笑道："呵呵呵，确实比你父亲多了些胆识！你果然想要发达？"

王宓急切道："舅舅，我要让董小宛知道，什么江南四大才子，那都是花里胡哨不求实际的酸臭文人罢了！宓儿愿随舅舅成就一番大事业！"

韩赞周招招手让王宓靠近自己："这就对了！宓儿……"

王宓频频点头，镜头淡出。

12. 南京秦淮河边桃叶渡小楼暖居后院荷塘　夜　外

半月荷塘间搭建了一个竹排平台，几个小丫头正踩着梯子，好不容易挂好了花灯，董小宛仰着头左看右看，总觉得有什么不妥当。

贞娘一边招呼着沿池塘边摆上桌椅、果盘、酒具，一边也走了过来："小宛，这竹排的主意甚合我意，恐怕整个秦淮河上，没人再能有你这创意了。"

董小宛摇摇头："不妥。"

贞娘不解："啊？差不多就行了，酒桌从室内换到室外，竹排平台从固定的做成活动的，大伙儿也都累坏了，两个花灯嘛就别再折腾了。"

董小宛走到竹排上喊道："子修，你们把花灯撤了。"

子修道："小姐，这平台因比酒桌要亮些才行吧，撤了就黑漆漆一片了。"

贞娘也点头表示赞同。

董小宛："我自有道理。"

贞娘无奈："平日里待人温婉如水，干起活来强势得很，你就该做个董氏绸庄的老板娘才是。"

董小宛也不理会，愣是叫丫头们撤了那竹排平台上，两个做主要照明的大花灯。

巧妹来报："贞娘，陈姑娘和李姑娘都已经到了。"

贞娘："太好了，人呢？"

巧妹："按您的吩咐，暂先请到楼上吃茶呢。"

贞娘匆匆离开。

13. 南京守备府韩赞周书房　夜　内

阮大铖在书桌上摆了文房四宝正提笔写字。

韩赞周："哎呀我的阮大人，到了书房你就舞文弄墨，倒是说说我家宓儿到底如何？"

阮大铖写下了"燕子笺"三个字："王宓比我家友龙能干，那是一定的。"

韩赞周："你就那么有把握？此去会面福王可不是一般的事。"

阮大铖甚有把握地搁了笔："受此考验后你便后继有人了！"

韩赞周皱皱眉头："弄不好这个魏党余孽还得落头上。"

阮大铖大笑起来："哈哈哈，怕什么？你看这三个字怎样？"

韩赞周丈二和尚摸不着头脑："燕子笺？"

阮大铖："别总想着同东林党人做对，喏，这《燕子笺》就是专门为与东林党人作和解的。"

韩赞周："这出戏就叫《燕子笺》？"

阮大铖："没错，燕子笺引发一场误会，成就两段姻缘。"

韩赞周云里雾里："阮大人这般闲情逸致，老夫看不明白了。"

阮大铖："论安抚人心莫非艺术审美也！今晚还有一个重要宴会，必需得会一会。"

14. 南京秦淮河边桃叶渡小楼暖居后院荷塘　夜　外

陈贞慧、方以智和书院几位书生已在黑簇簇的荷塘桌边入座，大伙儿东张西望却不见东家出来招待。

有人道："这黑灯瞎火的，也不像是雅集的做派吧？"

陈贞慧笑道："各位，说来这次雅集还是我提议的，想必仓促了，再者贞娘是首次在桃叶渡举办雅集，有不周之处还望海涵。"

大伙儿起哄道："老陈，这老板娘是你自家人，你当然好说咯！大家说对不对？"

方以智拉陈贞慧让坐下："红果儿姑娘向来鬼主意多，你就放心坐着便是。"

说话间，荷塘边已是宾客满座，也有不满主场者嚷嚷的："什么破雅集，连个端茶倒水的丫头都没有。"

不知冒辟疆从哪儿冒出来，端了茶水，一一敬了茶，众人再不好发作。方以智见状，穿过吵杂的人群来到冒辟疆身边。

方以智："冒兄几时回来的？昨夜才收到你从京城来的信呢，怎么今日你人就到了？"

冒辟疆连忙放下手中茶壶："幸得日夜兼程，赶上了这好时辰。"

话音刚落，荷塘上开始浓烟蔓延，战鼓喧天，惊得众人瞬间肃静。荷塘上方影影绰绰配上铁器相碰的音效，着实烘托出战场上刀光剑影的逼人气氛。

陈贞慧紧张地离席观望，见四周并无一人，寻得音效处，抬头望去，只见二楼廊下，董小宛领着一帮人举烛打灯，一帮人举鸡毛掸子、扫把柄、锅碗瓢盆，舞作一团。

陈贞慧再转身看荷塘上那壮观景象不由地暗暗赞叹："原来如此！"再看荷叶下躲着子修、巧妹悄悄地点燃两根导火索后划着木桶离开，"嗖"地一声，荷塘中央竹排搭建的舞台上，两个大大的火把熊熊燃烧起来，贞娘一身戎装，手执断肠剑从天而降，她用剑头挑起的火苗将荷叶间各处火把也逐个点燃，顿时园内亮如白昼，战鼓和刀光剑影在贞娘的飒爽英姿中消退。岸上的每一个观众，都被这突发奇想的开场惊艳得目瞪口呆。

冒辟疆带头鼓掌道："妙哉！妙哉！"

贞娘站在竹排上，并无大风，可她的大红披风却舞动得像一面旗帜。

对切二楼廊下：

董小宛近景："这暮云纱微风起舞，效果果然好得很。"

子修："小姐，你说什么？"

董小宛笑道："贞娘威风凛凛啊！"

子修不住地点头："嗯嗯，像个女将军呢。小姐也得下去了！"

董小宛转身离开。

对切完。

贞娘："各位赏脸聚集在我这小楼园内，谁都看得出，这不是一场普通的雅集。适才你们所见若有所悟，便是与贞娘心有相通。"

席中有人道："莫非与北方战事有关？"

贞娘拱手道："果然在座有知音，不瞒各位，贞娘本一介女流，不懂得何为家国兴衰，有幸认识复社学子，正值为北方战事粮草短缺操劳募捐，贞娘借着这小楼为此事做个媒介，愿更多的有志之士参与到募捐中来。"

话音刚落，荷塘左侧飘来一竹排，首尾坐着陈圆圆和李香君，她俩各抱一把琵琶和声唱李白的《关山月》："明月出天山，苍茫云海间。长风几万里，吹度玉门关。汗下白登道，胡窥青海湾。由来征战地，不见有人还。戍客望边邑，思归多苦颜。高楼当此夜，叹息应未闲。"

此时荷塘右侧也缓缓飘来一竹排，上面摆着书桌，桌旁子修侍墨，桌前董小宛正挥笔书写。

贞娘退居荷塘后侧舞动长剑，动作轻缓、优美。此情此景浪漫又悲情，坐客们无一不为之赞叹、动容。三处竹排逐渐靠拢稳稳地合成一个大舞台，歌声毕，贞娘也收了剑，董小宛正好书写完成。巧妹带着两个小丫头点燃了孔明灯，写好的诗句在空中徐徐展开。贞娘大声念道："美人琵琶征战拟，刀光剑影壮怀祭。居安思危狼烟起，匹夫报国与君齐。"

董小宛、陈圆圆、李香君、贞娘四人齐刷刷地拱手行礼道："盼君援助！"

席中有士人高喊道："我愿捐纹银一百两。"

又有人喊道："家国兴亡，匹夫有责。如此香楼美人都懂的道理，我等须眉汉子怎能无动于衷呢！我出二百两！"

士人们纷纷响应："三百两。""五十两。""六十两。""八十两。""一百两。"……

一旁的陈贞慧看见了席中站着的方以智和冒辟疆，冒辟疆也正回头看见了他，两人会意地含笑点头。

15. 南京秦淮河边桃叶渡小楼暖居门口　夜　外

门口华安和卞儿正忙着为离席的士子们调离马车，就在此时，一辆黑漆豪华马车横停在甬道中央。

阮大铖被人扶着下了车，他那珠光宝气的宝石腰带明晃晃地格外耀眼。

卞儿皱皱眉道："此人是谁？乱停车还让不让别人走了。"

华安一眼认出了来者："阮大铖？"

不等别人开口，阮大铖满脸堆笑道："快将马车挪到巷子外头吧。"

等那豪华马车离开甬道，阮大铖周围已经被围的水泄不通。

阮大铖的声音："好说，好说，各位都是咱们东林士子吧？听说今晚，大伙在此处为边境战事筹集粮草、物资而募捐，此乃壮举！阮某特来赴会，助以微薄之力。"

有书生气吼吼地道："阮大铖，你好厚的脸皮！你也配说'东林'二字吗？怕是现下你已无魏党可以攀附了吧？这里不欢迎你！"

阮大铖被众人灼灼的目光盯得脸上红一阵青一阵的："大家都是读书人，说话何必如此咄咄逼人呢。阮某本也是东林人士嘛，只是个别人……"

那书生听了气得更甚："那一年我父亲被贬惠州，祖父一气之下卧病不起，你敢说与你没有干系吗？"

阮大铖虽不知对方是谁，心下深知自己以往亲近魏忠贤与东林党敌对得罪了太多人，便心虚解释道："误会误会，我阮大铖乃一介书生，性格上懦弱些是有的，可……可……"

此时有一书生冲上前去，二话不说往阮大铖胸口抡了一拳："这一拳是替我叔父捶的，问你良心疼不疼？"

不一时阮大铖的侍从跟众人扭作了一团。

华安见状不妙，推推卞儿道："快，快去叫公子们出来。"

华安冲进人群去劝架，一会儿工夫就被挤了出来，华安随即低下头又往里冲，一会儿工夫又被挤了出来，几次三番，怎么也进不了那推搡扭打的群体。

华安被推搡得胳膊生疼，懊恼异常："你们这群架打的倒是团结得很，怎么就将我排除在外呢！"

华安锲而不舍正要再次往人群里钻却被喝住了。

冒辟疆："华安，你冷静点！"

华安回头一看，冒辟疆、方以智、陈贞慧、侯方域四人已经站在了小楼正门口。

侯方域高声道："各位，别闹了！此时此刻外敌正虎视眈眈，可别忘了今晚所作所为是因何而起啊！"

听闻后嘈杂的人群忽然静了下来，一个被阮大铖侍从压在身下的书生趁机重重地踹了对方一脚，翻身起来道："今晚外敌尚未至此，侯兄说的对，万事万物都有个因果！今晚先将这奸贼阮大铖给轰走了！"

众人怒气正盛，怎能一句话就此消解，一会儿双方又扭打起来：“对，对，今晚打的就是阮大铖！”

鼻青脸肿的阮大铖还不忘一副真诚姿态：“误会啊！真正是误会太深了！”

侯方域有不忍之色：“如此雅集倒是头一遭。”

方以智对卞儿道：“去董姑娘那弄些火药来。”

台阶底下，众人依然兢兢业业、十分卖力地拉扯、扭打着。

卞儿转身拿来火药桶，方以智离开人群几步将火药桶点燃了，改装过的火药桶只冒烟不出火星子，不一会儿整个门口甬道内浓烟滚滚。顿时，众人咳嗽不止，终于停止了打斗。

冒辟疆问华安：“阮大铖怎么会在这里？”

华安讪讪道：“说是来捐款的。”

冒辟疆对着人群大声喊道：“各位，这模拟战场的浓烟尚如此呛人，可想而知，浴血征战的艰辛和悲壮！快先请里面躲一躲吧。”

众人边咳边蜂拥进了小楼大厅。

16. 南京秦淮河边桃叶渡小楼暖居大厅　夜　内

众人进了大厅，华安和卞儿快速地关上了大门，终于将门外的浓烟隔离了。冒辟疆见愤怒的人群此时已经转移了注意力，他便站上楼梯台阶搜寻着一个人，那人正被侍从搀扶着，准备在人群后面的榻上休憩、清理伤口。

冒辟疆踮脚抬头高高举着手道：“后面那位就是阮大人吧？”

阮大铖屁股刚沾着榻沿，被冒辟疆一声“阮大人”只好又站起来。众人齐齐转身朝冒辟疆指的方向看去，只见阮大铖的侍从正擦拭干净了他脸上的泥，露出两只乌青乌青的眼窝，顿时哄堂大笑。阮大铖恨不得地上有洞能立刻钻进去。

冒辟疆极力掩饰对阮大铖的嘲笑之意，一脸正经道：“今日是这贞娘的小楼暖居首次举行雅集，场面撼人心魄，不仅形式出人意料，其意义更是不凡，但愿它能像燎原之火遍及大江南北，救大明于危难之际。”

众人纷纷鼓掌叫好，唯阮大铖几人垂头丧气不作声，大家的眼光忽又齐齐对向他们四人。

阮大铖猛推了一旁的侍从叫道：“好！甚好嘛！”

侍从原一脸凶猛相，此时却是一肚子憋屈懊丧：“老爷，何必热脸贴他们冷屁股，咱们回府吧。”

冒辟疆笑道：“咦——这是哪儿的话，阮大人不是说了这是误会。”

陈贞慧拨开人群走到阮大铖面前：“天下多的是误会之事，要不然我和复社的学子也不会被绑到城外土地庙去！”

阮大铖低着头不予回应，人群中几个书生又攥紧了拳头。方以智见状拦在他们前头对阮大铖道：“万事总要讲个有据有理，没有抓到证据，便不该说到阮大人头上是吧？”

阮大铖连连点头：“对对对，误会，误会，我阮某心中是十分欣赏复社几位公子的，达士者，达乎生死之分。你们几位就可称得上江南之典范了！”

方以智笑笑：“阮大人过奖了！既然大家都是通达事理之人，那么阮大人准备捐助多少呢？”

阮大铖好话说尽，发现对方微波不起，他被这阵势唬得额头一阵阵冒冷汗：“对对对，我是来募捐的。天地良心，跟大伙一样！”

此时贞娘带着董小宛、李香君、陈圆圆也来到了前厅。

贞娘俨然是一副老板娘的势态道：“不知阮大人大驾光临，失礼了！秦淮河边谁人不知阮大人善于谋财，今日你准备捐多少银子呢？”

阮大铖怎奈一帮年轻后生，那般横冲直撞、话无余地，连个天仙般的女子也是舌尖生刺：“无论多少都是阮某的一片赤诚之心，那个谁，快把银子拿上来。”

在打群架中吃了亏的侍从咬牙切齿地捧出一大盘银元宝吼道：“我家老爷捐赠纹银二百两！”

“咦——”厅内一片嘘声。

李香君笑道：“阮大人来秦淮河边听一出戏也少则百两吧！”

贞娘接话道：“今晚复社陈公子慷慨捐赠一千两！”

众人齐齐看向陈贞慧：“哇！陈公子壮举啊！敬佩！敬佩！”

阮大铖已是汗如雨下：“阮某并非大款，回头再派人送来二百两便是。就此告辞！”

阮大铖大大小小的场面也见得不少，却不料这些读书人如此软硬不吃，竟然还当着美人的面给其难堪，落得个彻头彻尾的狼狈、窘迫，重重打击了他一向运筹帷幄把玩江南士人于股掌的心态，从此也埋下了仇恨复社、报复江南士子的祸根。

阮大铖在一阵嘲笑声中灰溜溜地离开了小楼暖居。

17. 南京秦淮河边桃叶渡小楼暖居后院　夜　外

后院人群散去，空气中还剩着几缕未来得及消散的烟雾盈盈绕绕着，荷塘边几个小丫头坐在太湖石上扔石子玩。那一派初夏的安详和宁静与之前那惊天动地的热闹情景判若两地。

荷塘竹排上依然摆放着古琴、筝和琵琶等乐器，董小宛换了日常轻便的薄衫在荷塘月色下喝茶休憩。

子修走过去对几个玩耍的丫头说道：“就知道贪玩，还不把这些个乐器搬回屋里。”

董小宛见几人嘟嘟囔囔的，便知今日她临时起意模拟战场场景的活，着实累着她们了，便对着满天的星亮道：“罢了罢了，夜里晴朗，东西放在室外又有何妨碍的。”说着，董小宛靠着古琴坐下来，拨弄了几下琴弦。荷塘正起微风，娇嫩的荷尖荷叶随风而舞，不知何时陈圆圆和李香君也各自挑了件乐器随兴合奏起来。月亮慢慢走到了夜空当中，一时间天上人间共享美好。

不远处亭子里方以智正提壶斟酒，见如此美人、美乐、美景忘情陶醉其中，洒了酒。

冒辟疆提醒道：“密之，衣衫打湿了！”

陈贞慧扶弄着自己的长须也正欣赏美景，他并未看方以智，嘴上却说道：“这酒洒了第二回了。”

侯方域点点头叹道：“这一荷塘的美好怕是要溢出来了！”

冒辟疆吟唱道：“秦淮河边依娇影，纤纤弄琴音。安知千里外，铁蹄踏边境。”

李香君的琵琶突然转到揪心的升降半音上，好似要哭将出来。

亭子下四君子满脸愁容陷入深深的沉默，哀愁的音乐在荷塘上空蔓延。

贞娘打开了阁楼上的窗户，镜头上摇对切远景：与小楼遥遥相对的高楼飞檐，一群黑鸦“扑啦啦”飞散开去。

近景对切高楼飞檐下。

厅内辉煌的灯火照映得阮大铖的熊猫眼分外地滑稽可笑，他目不转睛地眺望远处小楼暖居方向的阁楼，辨不清他脸上的表情是喜是怒，一仆人弓背低腰小声询问道：“老爷，《燕子笺》还要排练吗？”

阮大铖一生极少失态，此时此刻的他却免不了愤怒高吼：“一帮书生算个屁！《燕子笺》照排不误！此仇不报就不姓阮！”

阮大铖表情太过用力牵动了脸上肌肉“哎呦哎呦”喊叫起来。

仆人连忙过去劝慰：“老爷，您还是好好歇息歇息吧。”

镜头淡出。

18. 南京秦淮河边桃叶渡小楼暖居二楼厢房　夜　内

酒过三巡董小宛两颊绯红，额头上微微冒着不易察觉的细汗，她正靠着窗台，她那颀长的脖子朝窗外探出去，好像可以够着夜空中全部的清凉了。

方以智悄悄地来到董小宛身后，随着她的视线向楼下半月塘望去，只见冒辟疆扶着陈圆圆上了荷塘的竹排，用一根长长的竹竿轻轻一点便将竹排划到了荷塘中央，月色之下好似仙侣下凡。

董小宛见方以智便笑道：“适才方公子说有话与小宛说，但说无妨嘛。”

方以智自然有千言万语想对她说，此时忽然拘谨的很，随即挑个最无关痛痒的话题道：“董姑娘有才，今晚活动的创意别出心裁，募捐也水到渠成，令人钦佩！”

董小宛摇头道：“哪儿的话，没有贞娘、圆圆和香君，再好的创意也是不起作用的。”

方以智知道自己在说恭维的废话，背着董小宛恨不得要打自己嘴巴，可心头的话好像长在了骨头里，有千万斤重的东西压着。

楼下秦淮河边竹排上，陈圆圆靠着冒辟疆的肩膀，万千柔情百媚生。此时，董小宛哪有什么心境跟方以智谈心，她眺望着楼下一对璧人不自觉地心头酸楚，两汪泪水齐齐滚落：“才子佳人，良宵难挨。”

房内红烛摇曳，方以智的心“砰砰砰”跳得厉害，听董小宛如此说，只当作是自己与她之间说破又说不破的暧昧之情。良宵难挨正说中了他此刻坐立不安骚动的心，便不好意思地咕哝着回了一声：“嗯——”

董小宛自觉自己这醋吃得毫无道理可争辩，偷偷拾了眼泪，长吁短叹道：“呵——这五月天才立夏就这般闷热起来了。”

方以智立刻递上自己衣袖里的折扇：“你若不嫌弃就用我的。”

董小宛没有回话，神游一般默默发着呆，方以智索性打开折扇替董小宛扇着。

楼下冒辟疆和陈圆圆的竹排不知不觉飘入了荷叶深处，两人不见了踪影。

董小宛苦笑道：“罢了，这样也好。”

方以智以为董小宛夸自己那折扇凉风的好处，便放松了许多，话也多了起来：“一般姑娘家是怕热的，我最是不怕热了。记得那年参加省内学政巡回考正值天气炎热，我徒步走了几百里路去考场，书童和脚夫都被远远抛在了后头，鞋子磨破了脚跟也不知觉。后来家里人都笑我最能扛热忍耐。”

董小宛看着池中的荷叶在风中似躲闪似亲昵地晃动，弄得她心口七上八下若有所失。

方以智见董小宛没有回话，便又继续说道：“我姑姑说我幸得那年乡试得第一，不然桐城人都得说方家四公子读书读傻了脑子。”

董小宛全然没听见方以智在说些什么，忽觉得身上凉爽了许多，这才意识到方以智正为自己打扇，忙用手挡住对方："方公子使不得。"

董小宛转身斟了两杯酒，一杯递给方以智："小宛敬公子。"董小宛一连喝了三杯。

方以智见董小宛喝的爽快，也只好跟了三杯酒，方以智的酒量着实不及董小宛，三杯下肚，眼前便恍恍惚惚起来，模糊中见董小宛扶他上了榻又盖上毯子。他拉住对方咕哝着说了一阵话，再撑不住瞌睡，沉沉地倒在枕头上安静了。镜头淡出。

19. 南京书院后院亭子　日　外

已是盛夏，园子里知了叫个热闹。

陈贞慧和侯方域两人在亭子里下棋，一连几盘都是平局。

陈贞慧举棋笑道："又是一盘平局。"

侯方域摇摇头："罢了罢了，少了密之观棋，你我这般来来回回也甚是无趣。"

冒辟疆摇着扇子进来："观棋不语，他若说了，横竖哪个输哪个赢你们谁也不服，今日他不在，你们胜负不分怎么又无趣了。"

陈贞慧习惯地抚摸着胡子："谁说他不在，在那假山背后做文章呢。"

柳树下假山一侧，方以智手里握着一本唐宋诗词并不翻阅，双眼直直地望着湖面发愣。

冒辟疆喊道："方公子，方公子，有陨石落池中了！"

方以智"啊"了一声差点从假山上跌落下来，引得众人一阵哄笑。

华安匆匆来报："牧斋先生请四位公子到书斋一叙。"

冒辟疆："牧斋先生回南京了。"

第二十五集　秦淮情种共渡情劫　名利场里杀戮灭口

1. 南京秦淮河边桃叶渡小楼暖居董小宛房间　日　内

董小宛脸上红扑扑地，低头正绣着一幅盎金绣六月荷。

子修端了一碗消暑的莲子汤进来："小姐，看你热得一头的汗，为绣这六月荷，可别把我家小姐给蒸熟了！"

董小宛抬起头来，子修放下莲子汤，上前给她擦拭额头的汗珠。

董小宛接过手帕问道："驿站可有苏州来的信件？"

子修转身又端来莲子汤："小姐别把这当作绣工房了，这楼里三天一小集五天一大聚，夜里头你要担主角应酬，白天再忙着手工活，把身子骨熬出个好歹来可怎么办？"

董小宛象征性地喝了两口莲子汤，又低头继续刺绣："有子修这么用心照料着怕什么？贞娘的雅集也就是闲散地唱曲作画，再闹腾也是喝两盅酒。倒是这刺绣的活，万万是丢不得的，总有一天，我们得从这里出去，做不了绸庄做个绣工坊也好啊。"

子修乖乖走到后自己的绣架前坐下，拿了针线干活了。

两人静静地走了几回线，董小宛忽然站起来，走到子修面前，郑重其事地问道："驿站可有苏州来的信件？"

子修嘟嘟嘴："小姐，你连续让我去了七天了，天天问天天问，别说那邮驿里的人，就连我都有些……"

董小宛忽闪着大眼睛："有些什么？小东西，过上几天安顿日子，就把自家夫人给忘了！"

子修一脸无辜："小姐，你没听说过吗，没有消息就是最好的消息。子修是觉得，小姐挂念夫人没有错，只是别太过了，原来没钱时那样，现在咱们赚钱了，夫人也有钱抓药治病了，小姐还那样寝食不安的就不好了。"

董小宛："我是怕信件到了斯家，别让咱在小楼暖居的事给穿帮了。入贱籍做花魁，此事对母亲来说是万万不能接受的，绝不能让母亲无辜受累。"

子修眼里闪着泪花，默默地点头。

董小宛自我安慰似的笑道："子修说的没错，或许没有消息就是最好的消息。"

董小宛又回到绣架前，继续刺绣："如今的我，不是寝食不安，而是心念强盛如月之恒如日之升。"

子修傻傻地："什么意思啊？"

董小宛接了金线，将多余的线头剪平整："总之——我要身心自由地活着。"

子修听得"活着"两字，忽然想起那天方以智酒醉后，拉着她说的几句话来。

倒叙：南京秦淮河边桃叶渡小楼暖居董小宛房间　夜　内

子修将酒醉的方以智扶到榻上，替他盖上被子正要离开，忽然被死死地拉住："董姑娘，活着，只要我活着就断然不能让你受委屈。"

子修被吓了一跳赶紧挣脱了手臂，谁料方以智又拉住了她的裙边："董姑娘你别走，请……请你听我把话说完。"

子修擦了一把汗："哎呀！方公子你撒手，我是子修又不是董姑娘嘛。"

方以智迷迷瞪瞪向榻边挪动了一下设法靠近子修，脑袋却无能为力地挂在榻沿上，声音低的好似自言自语："董姑娘——你是我见过的最勇敢、最有主张的姑娘，以前我顶佩服我的姑姑，女子也该活出像男子甚至比男人更有尊严的人生。现在……现在我更佩服你！"

倒叙毕。

子修愣了片刻，傻傻地问道："小姐，你是最勇敢、最有主张的人对吗？"

董小宛纳闷地："傻丫头，没头没脑地怎么这么问？死都不怕的人总是能勇敢地活着吧，这个最字嘛就不好说了，至于这个主张，如今的董小宛除了自作主张，还能有别的商量吗？"

子修："那么说方公子是说对了，那他算不算是小姐的知己了呢？"

董小宛："方公子？"

子修："唔——那天他喝多了糊里糊涂地把我当作了小姐你，他硬拉着我说话，说你是他见过的最勇敢、最有主张的人，还说他很佩服你的。"

董小宛咯咯地笑道："那是他喝醉了，他说的醉话你也当真。"

子修认真地："我看不像，他说的挺认真的。那还有人说酒后吐真言呢！"

董小宛照例不停手中的针线："我看那天不光他喝醉了，还把你也熏醉了呢。"

子修嘟嘟嘴："我就知道，小姐喜欢冒公子呢！"

董小宛一恍惚被针头刺中指尖："哎呦！"

子修慌了神，赶紧起身取了干净的帕子给董小宛捂住流血的指头。两人默默地收拾了一会儿，再没有说话。

镜头淡出。

2. 南京秦淮河边一文书斋钱谦益书房　夜　内

钱谦益满面春风，着一袭青色纱袍，头上系了一顶年轻书生流行的四方平定巾帽，将那半头的白发遮挡了，乍看一眼足足年轻了一代。

冒辟疆、方以智、陈贞慧、侯方域进了书房纷纷作揖行礼，冒辟疆开口道："牧斋先生今日看上去有些不一般。"

钱谦益笑呵呵地招呼道："今日有喜，来来来，取了酒杯各自斟饮。"

方以智一向少年老成喜怒不形于色，他率先走到桌旁举了酒杯一本正经问道："牧斋先生在书房奉酒不奉茶也是从未有的吧？"

钱谦益："那魏九千岁的义子黄忠良在洛阳落网了。"

陈贞慧："哈哈！果然可喜可贺！"

冒辟疆："曹公公办事雷厉风行，真是个大快人心！"

钱谦益收敛了些许笑容："抓到黄忠良时他身受重伤，怕是有人暗中所为。"

侯方域："洛阳是福王的地盘，据说福王别的本事没有，查办刺客那是一流高手。"

冒辟疆："这个骄奢淫逸的王自然是事不关己高高挂起。"

方以智："最好他是事不关己，怕只怕他就是那个盗矿销赃最大的贼。"

钱谦益："一个是骄奢贪财，一个是逞凶杀人，拿了黄忠良去其力臂，再也不能冒充官兵到秦淮河边无端抓人了。"

陈贞慧举起酒杯："真的好消息！我这个劫后余生的先干了！"

冒辟疆慢悠悠地端详着钱谦益道："以学生看，牧斋先生今日之喜必不是为黄忠良落网而喜。"

钱谦益低了头，脸上竟然有少年的羞涩之态："老夫大半辈子求学、研学、入朝为官，多为外道之荣辱，内观己心却也是孑然飘零，犹如孤岛求存者罢了。"

倒叙：常熟钱谦益住处　日　内

柳如是着男装随汪然明进了钱谦益常熟住处，钱谦益捧着汪然明推荐给他的诗集《湖上草》，翻阅后合上书页低声念道："最是西泠寒食路，桃花得气美人中。桃花得气美人中，此句甚妙！汪兄，河东君此人现在何处？”

汪然明笑弯了双眼道：“此人远在天边近在眼前呐。”

钱谦益没料到眼前这个瘦弱书生，竟然就是传闻中才华横溢的美人柳如是，讶异地张着嘴说不出话来，只见柳如是正背着两人欣赏墙上一幅字：“残生天与慰途穷，是处云霞媚此翁。”

柳如是转身拱手作揖顾盼有神：“声名真似汉扶风，妙理玄规更不同。小弟仰慕牧斋先生诗文才情，今日终得相见，幸会了！”

钱谦益愣愣地，汪然明用手肘轻轻地碰他的臂膀，钱谦益自觉有些失态：“真没想到眼前这位书生竟然是……是个美人。”

柳如是见状洒脱地取下头上戴的儒巾，黑黝黝的长发瀑布似的撒落了一肩：“书生是我，美人也是我。”

钱谦益自觉在京城皇家也见过了大世面，柳如是这般不似脂粉似书生的洒脱、妩媚着实惊艳了他，心脏“砰砰砰”地跳得厉害。

倒叙毕。

钱谦益眼中闪着泪光：“人活一世，谁人不渴慕知己相伴相依。我……我……”

汪然明从屏风后面转出来，单刀直入道：“牧斋先生于今晚子时前往怜影楼迎娶河东君，各位公子捧场做个媒证如何？”

冒辟疆、方以智等四人面面相觑，异口同声道：“义不容辞，我们支持牧斋先生！”

此时屏风后头又转出两位老先生，看似牧斋先生的旧友老友，两人将手中酒杯重重放置到桌上：“牧斋——你何等人？那柳如是何等人也？此酒非正经人能喝得下。告辞！”

钱谦益脸上红一阵白一阵。

冒辟疆举起酒杯大声道：“知音难觅，可喜可贺，牧斋先生此喜酒学生先讨了喝了。”

众人共举杯贺喜。

背后传来一声重重的关门声，试图要将他们认为的败类婚姻关进牧斋先生的书房。

3. 南京秦淮河边怜影楼盒子会　夜　内

董小宛第一次参加秦淮河边的盒子会，一般都在正月十五或中秋节日聚会，可今日并非什么节日，大概逢着秦淮河边要紧的妈妈、姐妹生辰也未可知。董小宛小心翼翼地将盒子摆在桌子一角并不打开，仔细地瞧着别家打开的盒子里都藏着什么样式的美食。只见红似朱砂绿似翠，形态各异的菜肴、糕饼琳琅满目，董小宛暗暗赞叹。

贞娘、陈圆圆、李香君带着柳如是进屋来。

柳如是见董小宛遇生人拘谨，便主动上前拉住她的手道："想必这就是董小宛董妹妹了，几分邻家妹妹的模样，几分世外仙姝的骨格，就算我这个女人家见了也要动心了。"

董小宛见柳如是一身青衣宽袍，半头长发挽起一个简单的发髻，没有一件金银首饰，只随意地插一根木簪，眼神宁静、坚定好似能看穿人心。她一时无法相信这般清雅脱俗的女子，竟是在秦淮河边灯红酒绿、繁杂热闹的环境下长成的。据说在生养她的徐佛妈妈一朝洗尽铅华入了空门，有道是物极必反竟是这个道理。

柳如是见董小宛要欠身施礼，便微微浅笑道："我是柳如是，妹妹在此不必拘礼。"

百闻不如一见，见了生动的真人又觉得不真切，董小宛半晌才回过神来。满怀欣赏，报以微笑："小宛久仰姐姐大名，只是姐姐诗书学问那般渊博深邃，一时心里好奇的很，不知该怎么跟你开口说话了。"

柳如是摇摇头，坦诚道："多少笔墨附风月，无非青楼话荒唐。别真格把那些虚名放心上了，几分为求生几分为倔强，诗书学问都是空的。倒可惜了妹妹一个苏州城里的大家闺秀也流落秦淮与我相遇，宁可你不要对我的一番好奇也罢了。"

贞娘爽朗地格格直笑："百闻不如一见，这俩人私底下不知怎么猜度对方，这见了面倒是像佳人见了才子，惺惺相惜起来。"

董小宛偷偷瞪了贞娘一眼。

柳如是坦然地拍拍董小宛的手，爱怜地说道："可惜我这个河东君是个女子，若是个男子，怕是要对董姑娘一见钟情了。"

屋外又涌进来五六个花花绿绿、浓妆淡抹的姑娘和妈妈，有人道："盒子会盒子会果真是盒子开会，把个大活人都晾在外边儿了吗？"

柳如是连忙招呼大家入座："今日这盒子会，头邀便是请各位来喝当年徐妈妈留给我的女儿红，以后——以后怕是难聚了。"

贞娘笑道："这有什么难的？下次盒子会上小楼暖居，轮流做东岂不细水长流。"

有位妈妈突然高声喝道："等等！刚才河东君说喝的什么酒来着？不能是我耳朵不好使吧，听得真真儿的可是女儿红？"

柳如是耷拉着眼皮有几分羞态，嘴上却爽快的很："妈妈耳朵好使的很，正是女儿红。"

李香君不再拨弄她那把随身携带的琵琶，将它往茶几上一放，脸儿红扑扑地挤到柳如是跟前："不得了，姐姐是要出嫁了！"

室内顿时炸开了锅，贞娘问道："什么时候定下的婚事？这般悄悄地秦淮河边怎么没一人知晓？"

妈妈说："新郎是谁？咱可不能便宜了那小子！"

一小丫头匆匆进来报："姑娘，钱大人派来迎亲的轿子到了。"

陈圆圆推推柳如是："这可怎么好，姐姐还没有梳妆呢。"

柳如是不慌不忙在屋内来回踱步，众人齐齐地看着她，等着她的反应，只有董小宛独自一人为桌上的空酒杯一一斟上浓稠的女儿红。

柳如是突然笑了："你们看，还是董妹妹知晓我此刻的心意，这酒还没喝呢。"

妈妈眼珠子滴溜溜地转："哪个钱大人？若称平常的官爷，咱们杨姑娘定也不看在眼里的，我猜这个钱大人——哎呦喂！我的老天爷！他不会是当年的头名状元、翰林院的编修，钱谦益钱大人吧？听说他回江南来了，我看准没错，咱家的姑娘也只有状元大老爷才够配得上！"

众人又是一阵交头接耳。

柳如是淡然地入座，自己饮下一杯："我与他年龄相差悬殊，若不是精神上能心灵相通，断不能走到一起的。我仰慕他的博学多才，他怜惜我红颜飘零，今日他敢打破旧规娶我，我就敢挣脱枷锁嫁给他！哪怕前头刀山火海，今生今世随他走这一遭了。"

李香君忍不住抹泪，低低抽泣起来："不知为何，香君觉得今日所闻震撼心魄，我支持姐姐勇敢追寻自己的幸福！"

柳如是："生在秦淮河边的姐妹没有一个敢说自己是幸运的，我杨爱更是来来回回被变卖多次，可老天既然让我出世做人，我便要努力做个人样，做一个身心自由敢爱敢恨的女人。我愿你们一个个都能挣脱个人样来，好好活着！"

众人反观自身处境无不愁容忧伤的，只得好一阵沉默。

那妈妈习惯了风月场上的逢场作戏，见气氛低沉下去便即刻关了自己的心门，转而一脸欢喜道："人各有志，妈妈我就是只为斗米不要脸了大半辈子了，哄人开心没了自己也是个活法不是。盒子会盒子会不是眼泪开会，今日是杨姑娘的大好日子，快看看你们都有什么绝活？"

贞娘啪地坐下来，用手轻轻敲击写着"小楼暖居"字样的食盒道："巧得很，这好日子里正好有一道董妹妹最新研制的佳肴，大家不妨尝个鲜。"

众目睽睽之下，贞娘小心地打开了食盒，只见盘里放着几大块黑魆魆的东西，在周围朱红翠绿、花哨多姿菜肴的对比之下可谓是“丑食”相见，大伙儿着实被“丑”得吓了一跳，齐齐地“啊”出声来。

贞娘尴尬地看看董小宛，董小宛面对这“丑态毕露”虽有羞涩却一脸真诚地望着柳如是。

柳如是拿起筷子挑了一小块，上面油滋滋地滴下一滴猪油来。

妈妈掩了鼻子叫起来：“哎呀妈呀！董姑娘拿的什么做食材啊！竟然是块猪肉！这南京城里就算下里巴人也不吃它呀！”

柳如是却照样将猪肉放进嘴里细细品起来：“细腻柔糯，火肉久者无油，奇得很，回味竟有松柏之香。”

贞娘得意地砸吧了一下红唇：“小楼暖居有了小宛，我就高枕无忧了，取材件件实惠，菜品样样精道。”

众人跃跃欲试：“不能够吧？怎么做的？”

董小宛娓娓道来：“别看只是猪肉和雪菜，却要经过烤、泡、煮、炸、煨、蒸六道工序，河东君说的松柏之香便是烹者细心、耐心所致。软糯醇香，纹似虎皮，其实早在宋代，东坡先生就有‘虎皮肉’的发明了，小宛只不过在此基础上做了些创新罢了。”

妈妈笑道：“贞娘，你家小楼多少名士一掷千金，何苦这般精打细算。”

贞娘多少有些争强好胜的江湖气，此话让她咽了喉。

董小宛微笑道：“金钱这东西，舍得时好似刀刃之锋，快刀乱麻间讲个值得，可在日常生活中节俭又不失品质，何乐而不为呢？”

李香君点点头：“对呀，贞娘办雅集搞义捐，悄悄地捐了上千两银子也不在话下呢。”

柳如是：“我懂小宛妹妹的意思，现在各地战乱、灾荒不断，贵族们照样吃得牛肉、羊肉、鹿肉的，可普通百姓能有猪肉吃就是过节了。这秦淮河边历来是酒肉奢靡之地，一句商女不知亡国恨就是此意。徐妈妈出家前总问我们，那贵族的酒肉果真是极美的滋味吗？人若在深山活得清静、自在，只怕那一口甘洌山泉也是人间珍品。”

姑娘们瞪着妈妈看，那妈妈自觉无趣不敢再笑话董小宛菜品。

柳如是将梳妆台上的首饰盒交给贞娘：“这些金银首饰我也用不着它们了，记着帮我捐了，让它们物有所值。”

贞娘点点头。

小丫头又匆匆进来报话：“姑娘，钱大人说迎亲的还有江南四大才子，他等久了无妨，别冷落了迎亲的好友。”

姑娘们骚动起来，拉住陈圆圆："陈姑娘，你的冒公子也来了！"

又拉起李香君："香君，你的侯公子也来了！"

妈妈对贞娘招招手："贞娘，出去迎迎吧，陈公子也在的。"

小丫头转身呈上来凤冠霞帔。

贞娘举杯敬柳如是："贞娘敬姐姐，愿姐姐此去称心如意！"

柳如是摆摆手："不急。跟外头说，我河东君不会在半夜偷偷地离开，我也不坐花轿，明日辰时乘船来接人吧。"

众人安静下来，一个个露出惊讶的表情。

妈妈道："让钱大人大白天坐船迎娶你，你可知后果？"

柳如是："两年前在松江有一场爱情死于众人之口，明日看牧斋先生能否承受得住那霹雳雷霆般千夫所指的谩骂和偏见。若这一关过不去，那何谈今后漫长的一生呢！"

董小宛站起来："如是姐姐说的极是。"

贞娘笑道："河东君就是河东君，想得比咱们远几千里去了。"

李香君圆扑扑的脸蛋总脱不了几分稚气："支持姐姐，明日辰时香君以一曲琵琶相送。"

极少开口说话的陈圆圆也与李香君站到一处："明日圆圆也送姐姐一程。"

柳如是眼眶里噙着泪水："梦去梦留皆为真情！"

董小宛举起酒杯敬道："为梦干杯！"

众人纷纷为柳如是举杯祝贺。

4. 南京秦淮河边怜影楼门口　夜　外

冒辟疆、方以智、陈贞慧、侯方域四人端庄地站在门口石阶下等候，不远处马车上的钱谦益更是焦虑不安。

陈贞慧自嘲地笑道："这大半夜的咱们这么一动不动站那么久，远远瞧着以为门口立着四尊雕像。"

冒辟疆活动活动脖子："你也可以做一尊会移动的雕像。"

忽然大门打开了，两个丫头打着灯从里面出来。

侯方域兴奋地喊道："出来了，出来了。"

钱谦益赶紧下了马车来到台阶前。

丫头道："姑娘说她不坐半夜的轿子走，明日辰时乘船来接人便是。"

冒辟疆走上台阶恳切道："我们等了半夜了，怎么说不走就不走了呢，能不能让我进去跟人商量商量。"

两个丫头张开手臂拦住冒辟疆道："里头姑娘们正闹盒子会，现在进去不方便。公子们既诚心来接姑娘走，也不差这几个时辰的。"

钱谦益上前道："说的正是！多谢姑娘提醒，明日辰时牧斋定将乘船来接新娘。"

两个丫头点头微笑转身离开。

冒辟疆不解："牧斋先生，咱们人都来了，怎么就恁她说的打退堂鼓了呢。"

陈贞慧饶有体会地："姑娘家太有主意的，多半心思也难猜呀。"

钱谦益此时倒是淡定下来了："不难猜，这事原是我想的不周，河东君不愿半夜偷偷摸摸地嫁与我罢了！咱们回吧。"

冒辟疆傻愣愣地："啊？真就回去了。"

钱谦益："嗯，这下我也好放心了，河东君是让吃定心丸呢。"

方以智迟疑片刻，冷静道："牧斋先生可有准备，明日定将成为秦淮河上的众矢之的。"

钱谦益低头沉吟道："嗯，河东君这决定甚好，明日我将与她同舟渡劫。"

冒辟疆嚷嚷道："我这肚子等不了明日了，密之，咱们进去讨杯酒喝。"

5. 南京秦淮河边怜影楼盒子会　夜　内

冒辟疆和方以智进了盒子会，只见姑娘们唱的唱、舞的舞、弹奏的弹奏，个个都半是憨醉半似仙，根本没人理会他们。

方以智寻找董小宛的身影，只见她面若桃花歪在榻儿上俨然做了睡美人。

冒辟疆自嘲地笑道："密之与我大概是中了隐身法，她们完全看不见咱们嘛。"

方以智大大方方地在厅内无人坐席的圆桌上坐了下来："冒兄，不如自己动手。"

冒辟疆也坐下来，夹了一块虎皮肉尝了一口："好吃！这肉竟有松柏之香。"

适才在门口掌灯的两个丫头过来了："两位公子，今日姑娘们不会客人的。"

冒辟疆只顾大口吃肉："好滋味！究竟是什么肉做的？"

两位丫头皱皱眉，子修见了赶紧过来劝道："两位姐姐，别忙，都是自己人，这两位公子也用不着姑娘们招待的。全当只有姑娘们聚会一般便是。"

两位丫头搬走了桌上女儿红酒坛子便离开了。

子修见冒辟疆吃了一嘴的油不禁笑道："冒公子，我家小姐做的虎皮肉称得上苏州一绝了吧？"

冒辟疆点点头：“在南京城也称得上，好妹妹，明日替我向董姑娘讨一盒吃吧？”

子修爽快地答应了：“好，明日就给你带来。”

方以智拿着茶壶自斟自饮半晌，慢悠悠问道：“怎么没见着陈圆圆呢？”

冒辟疆这才想起什么，在“敦煌飞仙”般的画面里搜寻陈圆圆的身影。

子修笑道：“陈姑娘刚走一会儿。”

睡梦中的董小宛在榻上忽然笑起来：“姐姐莫走，谁说借酒消愁愁更愁，我喝着这酒正好呢！嘻嘻，再喝一杯吧！”

镜头淡出。

6. 南京秦淮河　日　外

清晨，秦淮河边有开窗晾晒的，也有打水洗菜、淘米的，这个时辰河面静好，尽显人间烟火的温情。孤零零飘来一只高篷船，上面简单挂着红绸，船公在船尾笑盈盈地划出清脆的哗啦声，水上立刻延绵出长长的波光丝带。钱谦益独自站在船头，穿绿色新郎服，胸前少了平常新郎服饰那九品官制的绣花图案，直接绑着红艳艳的大红花，头上戴的也不是官帽，而是普通的布巾书生帽。没有奏乐更没有接亲的排场，篷船在一座石桥前的小码头旁停了下来。

一会儿妈妈和丫头扶着凤冠霞帔的柳如是来到码头前，妈妈整理了一下新娘的衣装低声道：“杨姑娘，钱大人的船靠岸了，上船吧。”

红盖头下的柳如是却迟迟不迈开步子下船，忽听得桥上有人说道：“快看，篷船上有个新郎官！天哪，搞了半天这个小老头要娶青楼女子回家！”

桥上传来脚步声、吵闹声，有人骂道：“丢人现眼！伤风败俗！”

秦淮河两岸迅速聚集起了人群，岸边石阶上的柳如是猛地掀开了红盖头，恍惚间河面上刮起了一阵旋风，迷得众人睁不开眼。

柳如是面若粉桃，神气晴朗：“我不需要遮遮掩掩！”

钱谦益恭恭敬敬地对着柳如是作揖行礼道：“夫人，请上船吧。”

钱谦益将柳如是请入篷船内，转身对桥上和河两岸的人群拱手道：“今日是我钱谦益迎娶河东君的大喜之日，多谢乡亲们的祝福！”

两人不顾身后此起彼伏的谩骂声，大大方方地在篷船内牵手而坐，深情相望。

船驶出桥洞后，各种菜叶、鸡蛋甚至淘洗过的米，撒花似的纷纷落满了篷顶和甲板，可怜无辜船夫受此惊吓却始终不忘划桨掌舵，婚船在河中稳稳前行。

早早候在岸边的李香君奏乐相送，并将《花好月圆》的曲目换成了《金蛇狂舞》，琵琶声跟两岸的市民那扔菜叶、丢鸡蛋之场景互为相映。

钱谦益假装轻松道：“香君是个音乐天才，此乐正合时宜。”

柳如是眼眶里溢满了晶莹的泪花：“牧斋，如是此时是满足了，可你此后背负的骂名也像这一船的碎蛋烂叶，你会后悔吗？”

钱谦益笑道：“河东君何出此言？要我说今后逢人大婚就该聚集人群扔鸡蛋、菜叶、米粒，最好再加上些调料，人间烟火无非柴、米、油、盐、酱、醋、茶，如此甚有仪式感啊！再美的仙女嫁与郎君后也得过这般繁杂、琐碎的生活了。”

脸上挂着泪水的柳如是“扑哧”一声被逗笑了：“没想到堂堂翰林院编修，不但没官架还有小老百姓般的自嘲式幽默。”

钱谦益一边替柳如是擦去眼泪，一边笑道：“官架子是专门给有官瘾的人备的，我不愿意有。人间在世得一知己足矣！”

篷船驶出了一段，河面宽了许多，两岸的人群也渐渐疏散开来，篷船上方再也没有鸡蛋、菜叶飞来。远远地陈圆圆在一处空地上抱着琵琶弹奏《琵琶行》，音乐舒缓、优美，从容中又带着淡淡的忧伤。

钱谦益欲将柳如是揽入怀中，柳如是迟疑了一下，取下头顶的凤冠抱在膝头，随即安心地靠在他的胸膛前：“舍得世间的繁文缛节才得身心的轻松自在。”

篷船又驶出一段，出了秦淮河生活区，两岸杨柳依依，鸟雀也出双入对，董小宛和贞娘在柳荫下用琴、箫合奏《高山流水》，两人裙袂飘飘似天女相随。

钱谦益和柳如是两人经历秦淮河短短水路，仿佛前后隔了几重天，此时钱谦益叹道：“此情、此景、此音，人间何处觅，只应天上有！”

柳如是现下心获幸福，不如说她此刻理解了天地万物融会贯通的深情，可言表的却只寥寥，她幽幽说道：“能与牧斋同舟共渡，仿佛入得三界出得三界，在人间获这般厚爱，如是不枉此生了！”

7. 南京城门口空地　日　外

冒辟疆、方以智、陈贞慧、侯方域四人牵马而立恭送钱谦益和柳如是回江苏常熟。

冒辟疆对华安道：“叫你备了酒、酒杯，快取出来吧。”

华安麻利地从褡裢里取出酒壶、托盘和一套小酒杯。

钱谦益、柳如是下了马车。

钱谦益看四人正举了酒杯相迎，深感歉意：“看看，没请四位公子喝杯喜酒就离开，实在过意不去。”

冒辟疆笑道：“牧斋先生与河东君的喜酒由我们自备也是万分乐意的。”

柳如是：“如是身份低微，让牧斋和各位公子有诸多不便了，该过意不去的是我。”

钱谦益忙道：“夫人如此言语，是要打老夫的脸的。从今往后，你我之间切莫说身份高低咯！”

方以智微微一笑道：“河东君向来崇尚精神之自由，看来是钱夫人这个身份妨碍了心境。”

柳如是低了头，笑而不语，正是被说中了她此刻酸酸甜甜的心情。

钱谦益护着柳如是：“河东君不是矫情之人，实在是南京城的乡亲激情过度，伤害了谁都不好，走为上上之策。”

冒辟疆带头举杯：“来来来，我们敬牧斋先生、河东君天长地久、相知相惜。”

众人纷纷干杯敬贺。

钱谦益和柳如是上了马车拱手告别，四位公子目送马车远去。

一直默默不语的陈贞慧心想，自己对贞娘的情义始终抹不开脸，却也学不了牧斋先生的开阔和洒脱，只能暗暗敬佩羡慕。忍不住有感而发道：“若无声名作羁绊，自由方可展双翼。”

冒辟疆点点头：“人，应该为自己的心而活着！”

镜头拉开，不远处一行商队正好到了城墙根下。

8. 南京城门下　日　外

王宓下了马正看着五十丈开外冒辟疆等四人送钱谦益的马车远去。

南京城门守卫把总迎了过来：“果真是王公子，守备大人叫小人在此候了几天了。”

王宓指指那四人道：“那边正在送客的可是号称江南四大才子的那几个小子？”

守卫把总点点头：“正是，据说南京城里闹了一上午的把戏。”说着又在王宓耳边嘀咕了一阵。

王宓一脸唾弃地笑骂道：“呸！什么风流才子？都是一帮龌龊、下流的嫖客而已！钱谦益这个老不死的，还什么江南文学领袖，就是个为老不尊的下贱之徒。”

守卫把总本只是跟着南京百姓八卦八卦，调侃一下往日在皇帝老儿身边的状元红人，顺便讨好一下旅途劳顿的王公子，给他抖个趣闻。没料到王宓涨红了脸咒骂，倒像是有八辈子冤仇似的。

守卫把总感觉抖错了笑话，百般讨好道：“王公子不必生那过气老人的闲气，在南京那就是守备大人和公子的地盘。”

把总的话让王宓想到董小宛之事，涨红的脸又煞白，仅挂着的一点蔑视的笑意也不见了。王宓怒吼道：“我是气那站着的四个人！你懂不懂！”

守卫把总不管三七二十一其中什么原因，连连称是：“是是是，虽然在下不知道那四人为何可气，但公子说他们可气就一定可气！”

王宓“哼！”地一把推开把总，对后头的队伍道：“进城。”

倒叙1：洛阳福王府内殿　夜　内

肥硕的福王正躺在歌姬的怀里饮酒作乐，几个舞女玩双肩顶苹果跳舞，谁滚落了水果就上前亲福王一口，一会儿工夫福王脸上横七竖八地布满了唇印。

那歌姬忽然咳嗽了一声，对福王小声道：“殿下，不如让那个跪着的小子走了吧，咱们姐妹们和殿下也好自在些。”

福王迷迷瞪瞪地睁开眼往阶下望去，跪着的正是王宓。

福王有些不耐烦：“本王已经吩咐人让那黄忠良去西街交易了。你还在此做甚？”

王宓头也不敢抬，只管回禀：“福王殿下，韩守备和阮大人一再嘱咐小人转告，那黄忠良此次实难保全，万万不可连累了福王殿下。”

福王随手将桌上的水果扔一个滚到王宓跟前：“你紧张什么？会连累你吗？”

王宓磕头似捣葱：“小的不敢，小的唯福王殿下马首是瞻。”

福王哈哈笑道：“这天下最紧张的应数当今官家，就算他派人追查此事也只有一时，哪有时时周旋的工夫。韩赞周和阮大铖也是用心了，此番心意本王甚慰！黄忠良也是自食其果，西街有人会处理停当，你尽管放心回南京去吧。”

倒叙2：洛阳西街　夜　外

曹琴钟带着黑衣锦衣卫将黄忠良数十人团团围住，一番刀光剑影激烈地打斗，黄忠良正欲撤出西街，忽然屋顶上暗箭齐发，黄忠良应声倒地，他的众多手下也一哄而散。

锦衣卫朝各个方向追去，曹琴钟喝道：“莫追。”

特写：

黄忠良因疼痛变得狰狞的脸，从牙缝里挤出几个字：“阮大铖、韩赞周害我，十年的隐忍仅仅养肥了你们，哈哈哈哈……义父，我去寻你了。”

曹琴钟奔将过去，一把抓起黄忠良的衣领问道：“你说什么？”

黄忠良奄奄一息，他使尽浑身力气往自己的腹部刺下了一刀。

倒叙毕。

9. 南京秦淮河边桃叶渡小楼暖居门口巷子　日　外

王宓下了马对侍从道："把马牵走，我转转就来。"

侍从为难地道："公子，守备大人一直催公子速回呢。"

王宓极不耐烦地道："去巷子外面等着，快去呀！"

侍从刚走，方以智骑着马护送董小宛的轿子往小楼暖居过来。王宓转身拐入另一个巷角，目睹这一幕，醋味翻滚。

董小宛和子修下了轿子，方以智下了马相互告别。

董小宛走了几步又回头问道："今日送如是姐姐怎么没见着冒公子？"

方以智虽称不上貌美男子，但他那灿烂、纯净的笑容始终保持着阳光大男孩的明媚本色，足以让整条街道亮堂起来："我们去城外送的牧斋先生与河东君，冒兄这会儿送陈圆圆回梨园了吧。"

董小宛忽然意识到自己问得有些多余，不再说话。

子修手上提着一个食盒："冒公子说昨天盒子会最喜欢我家小姐做的菜，说让带一盒给他，多半是他贵人多忘事，早记不得此事了。"

方以智笑道："这有什么难的，由我带回书院给他就是。"

董小宛拉过子修阻止道："用不着。"

子修尴尬地对方以智道："方公子算了吧，我看有些人总把好心当作驴肝肺呢。"

方以智大方地："没事，我和冒公子恭候下次盒子会。"

镜头对切：王宓因嫉妒、仇恨显得脸部表情扭曲："贱奴！不当富家少奶奶，宁可留在青楼，为的就是跟这些浪荡男人鬼混吧！"

10. 南京秦淮河边桃叶渡小楼暖居　日　内

董小宛进了楼正要跨步上台阶，只听得后院传来贞娘的怒吼声："绞个剑花都学不会，还配握剑吗？早上我出去了一会儿，你们就在这儿偷懒了！还真以为靠卖笑能活命吗？"

董小宛将跨上楼梯的腿迈了下来。

11. 南京秦淮河边桃叶渡小楼暖居后院　日　外

董小宛来到后院，三五个小女孩，小胳膊小腿的果真连个剑柄都握不拢，心里一阵酸楚。再看贞娘换了短装，挽了衣袖手握断肠剑气喘吁吁、大汗淋漓，一副恨不得将全部力气都使到孩子们身上的模样，更是说不出的滋味。

董小宛取出手帕递给贞娘："擦擦汗。"

贞娘热腾腾地还沉浸其中："我就说不放心她们自行练习，果真在偷懒，根本不肯下功夫练！"

董小宛也不回她的话，走下台阶俯下身问女孩们："说实话，你们喜欢剑术吗？"

女孩们怯懦地低敛着眼皮，下意识地摇摇头。

贞娘感觉胸腔内有一股火将要喷发出来，极力压制着："嗬——"

女孩们畏惧贞娘，立即改了口回答道："喜欢剑术。"

董小宛对着贞娘摇摇头："她们是因为害怕贞娘而喜欢剑术。"

贞娘饶有成就感地道："这有什么不对吗？"

董小宛："当然可以，她们也可以因为贞娘这座小楼而活着。"

贞娘："喂喂喂，这不对噢，我可不是黑心老鸨拿她们的命去挣黑心钱。我是真心实意为她们今后打算，我贞娘保不准能养她们一辈子，可真本事能跟着她们一辈子的。"

董小宛："为她们好也得因材施教，不是每个女孩都适合剑术的，我就不行啊。"

贞娘擦擦汗，盯着女孩看了半晌，忽然觉得董小宛说的在理，不然恁她使出浑身解数，她们也领会不了剑身合一是个什么意思呢。她想了想说道："也好，趁着这个机会，你们凭心而论愿意学剑术的站我这一边，愿意学琴、棋、书、画的站董姑娘一边。"

刚开始没人敢挪步的。

董小宛笑道："贞娘给你们机会自己选择兴趣爱好，过后就不得反悔了哦。"

胆大的姑娘将步子移到了董小宛身边，渐渐地又跟过去几个，贞娘身边只剩下一个个子还没有剑身高的小女孩。

贞娘叹了口气道："哎——你也过去吧，我贞娘说话算话，今日之后绝不强迫你们练剑了。不过不要以为你们个个都能成为今日的柳如是！"说着扔了手中的剑离开了。

董小宛捡起地上的剑道："贞娘是严厉了点，为了你们好也是真的。不用那么快决定是否放弃，对一样事情感兴趣很容易，但是把兴趣爱好坚持练习成为一项本领，那没有一样是容易的。”

女孩们像是逃过了一劫，似懂非懂地点点头。

对切：巧妹倚着门框远远看着嘟囔道：“哼！有什么区别，还不都是一个笼子里的！”

12. 南京守备府内厅　日　内

阮大铖一边斟茶，一边陶醉地念着自己写的《燕子笺》唱白道：“忽一飞燕衔画去，堕入华家霍所得。妙哉！钱老头买了柳如是做妾，也算是他在官场上受了廷杖后的自我慰藉了。”

韩赞周有些不解：“阮大人这么好的心情替他人喝彩？”

阮大铖：“当然，他得了美人犯不着咱们替他乐，只是此后在江南遭罪的是他，受益的是你我。”

韩赞周：“此话怎讲？”

阮大铖小眼眯缝着：“你想，他得了柳如是，必遭江南才俊们的嫉恨，他得了美人中了温柔乡，便无有心思与你我做对了嘛。”

韩赞周点点头觉得有几分道理。

一直躲在博古架后面的王宓忽然接话道：“哼！遭什么嫉恨？那复社四个淫贼一路恭送他们到城外，将那老头众星捧月似的。”

阮大铖摇摇头：“你为何如此形容复社的公子？”

王宓：“阮大人就是太心慈手软，一会儿工夫就忘了在那小楼暖居门口被那帮假模假样的东林士人辱骂、痛揍了！”

韩赞周连忙呵斥道：“放肆！王宓，你可知自己几斤几两！”

王宓：“我只知道自己有仇必报！”

韩赞周：“你！”

阮大铖不动声色地对韩赞周摆摆手，韩赞周脸上好是一阵难堪。

阮大铖却笑道：“比我家杨文骢倒是更有血性，不过仇恨可不是什么好东西。你这‘淫贼’两字虽说有些过激倒是个很好的舆论导向，哈哈哈哈哈！”

13. 南京秦淮河边书院后院亭子　日　外

已经过了盛夏，后院的树木泛着浓郁的青绿。

照例是陈贞慧对弈侯方域，侯方域神情严肃举棋不定，额头冒着汗珠。

观棋者方以智帮衬着扇扇子：“不如……”

陈贞慧立刻打断他：“上一盘你多言了，这一盘禁言！”

冒辟疆兴匆匆而至：“不是在藏书楼就是在亭下对弈，你们还有没有点别的追求！”

侯方域终于落了棋子：“当下便好。”

冒辟疆见无人理会他，从袖筒里取出一张请柬：“喏喏，阮大铖诚邀各位到府上观看他撰写的戏剧大作《燕子笺》。”

方以智反应了一秒钟随即下了亭子：“我的观棋时间到了，我去读书了。”

陈贞慧起身道：“一心只读圣贤书，两耳不闻窗外事。”

方以智：“不是这么说，定生端午之夜无端被绑，虽说匪徒已经落案，阮大铖有无干系不得而知，至少保持距离谨慎对待。”

冒辟疆：“我也极不喜欢阮大铖啊，不过《燕子笺》的剧本写得还真不赖。”

侯方域趁势抹了棋局，如获大赦：“阮大铖就是个投机好利之人，我说你们别提防过度，这帖子明显是向大伙示好求和罢了。”

陈贞慧看着棋盘目瞪口呆，抹了的棋子也无法复原。

冒辟疆看方以智要走，便提高音量道：“关键是，他还请了董小宛、陈圆圆、李香君和贞娘。”

方以智走到半途折了回来道：“虽说要保持距离，那我也得去！”

其他三人也齐声点头道：“得去！”

冒辟疆乐不可支。

镜头淡出。

第二十六集　阮大铖奸计惑人心　李香君气节拒聘礼

1. 南京阮大铖府邸花园戏台　夜　外

戏台搭在水上，池子后方，有一个机械大水车形成一个自动的水循环，水雾在风中弥漫开了整个后院，格外清凉。

仆人带着贞娘、董小宛、陈圆圆、李香君一行人来到临水的双翼楼平台前落座。

贞娘转头向后看，只见两层的楼阁在灯光下金碧辉煌，把“开天图画”四个字照的铮亮，楼上满满的客人，有人认出了李香君、陈圆圆，朝楼下指指点点的。

贞娘笑道：“看来，阮大人把最好的位置留给了我们。”

仆人客气道：“姑娘们随意吃茶，人齐了就开戏。”

贞娘问仆人道：“阮府的家眷呢，这花园本是阮府内眷们的场地吧？”

仆人：“阮府的家眷夏天都是去乡下山庄避暑的。”

贞娘悄悄对董小宛道：“阮胡子是戏剧玩家也是生活玩家，这个大水车是调控降温的，咱们院子水塘里也搭一个。”

董小宛只对着满园的景色发愣，两眼空荡荡的。

贞娘问子修：“她怎么了？”

子修：“我猜小姐是想家了。”

董小宛眼前闪过董家花园的景象，迷迷瞪瞪地听见父亲在唤她：“莲儿，莲儿。”

贞娘推了一下董小宛：“小宛，小宛。”

董小宛站起来身来，见游廊尽头冒辟疆、方以智、侯方域、陈贞慧正朝这边过来了。

随即戏台上的锣鼓点敲了起来，好戏开场了。

镜头对切二楼廊下：

阮大铖看着楼下四位公子与四大美人成双成对入座看戏，脸上表情甚是得意，一旁的王宓气得脸色铁青。

杨文骢挨近阮大铖道："姑丈，你能请来复社的四大才子来观看你的《燕子笺》，倒是足见诚意。"

阮大铖笑道："等看完了戏，你就能知道我的诚意更浓烈了！"

杨文骢："不见得，依我看是你请来了四大美人此举甚妙吧！"

阮大铖愣了一下问道："龙友啊，那四人里哪一个比较容易接近些？"

杨文骢想也没想就说道："侯方域虽也孤傲，相比之下他的性格较为温和吧。"

阮大铖招杨文骢凑近些，在他耳边嘀咕了半天。

杨文骢有些疑虑："倒是一桩好事，你别又是捣什么鬼才好？"

阮大铖："好事就是好事，哪有什么鬼。"

镜头切回一楼。

董小宛哪有什么心思看戏，总是忍不住低头悄悄瞧着冒辟疆和陈圆圆，只见冒辟疆对陈圆圆百般小心照顾，一会儿递茶水，一会儿送水果。看得董小宛心里一阵热一阵冷，脸上竟是红扑扑地难以消散。

方以智生性痴迟，开始时总想着跟董小宛说什么话，见董小宛一心在那台上，他便也渐渐对那《燕子笺》起了兴趣，认真地看戏。直到戏散了，演员谢幕，众人连连叫好。方以智才想起身边的董小宛，站起身寻了一阵，董小宛早已不见了身影，子修也急了。

2. 南京阮大铖府邸游廊　夜　外

董小宛一人在廊下喘息，一边拿着团扇扇着，摸摸脖子、脸才觉着没那么滚烫了。

王宓一夜盯着董小宛，此时他觉着逮着了好机会，像个鬼影似的出现在廊下，吓得董小宛连连向后躲闪。

王宓拦在董小宛面前道："怎么？董姑娘那么快就把我忘了？"

董小宛在昏暗的灯光下辨认出了王宓："怎么你也在这里？"

王宓看着董小宛那张完美又惊恐的脸，仇恨中加了得意，更显他的表情扭曲、夸张，他故意装出一副满不在乎的腔调："怎么？就许你们做歌舞伎的可以出没灯红酒绿之处吗？"

董小宛："我只是来看戏的，王公子何必恶言恶语？"

王宓："哼！看戏？这戏也有你的份？"

董小宛："我不懂你在说什么？"

王宓：“才子佳人戏，你会不懂？那是你的最爱，不是吗？”

董小宛被王宓一步步逼到了角落，动弹不得：“王公子请自重，不然，我可要喊人了！”

王宓咬牙切齿地道：“你是个什么东西？也配跟我说自重？”

董小宛身子向后倾倒，正好瞧见远处为寻她而来的方以智，便大喊道：“方公子，小宛在此。”

王宓咬牙切齿，放开了董小宛：“算你走运！”说完转身离开。

方以智赶上前来：“董姑娘，你怎么没看完戏就走开了？适才是不是还有个人在这里？”

董小宛摇摇头，尴尬地笑笑：“没事，就觉着人多太热了，一个人出来透透气的。”

方以智看看周围静悄悄的并无他人了，放心地点点头道：“没事就好，这会子人都散了，我送你回去吧。”

子修气喘吁吁地赶来：“小姐，小姐。”

3. 南京阮大铖府邸门口　夜　外

李香君上了轿子，侯方域跟着走了一段，依依不舍。

侯方域看着轿子远去不禁叹息：“哎！注定分离，何必相识。”

杨文骢：“朝宗兄弟此言差矣，三分缘分七分天意，主要还得靠自己哦。何不为佳人梳拢，红颜知己相伴相守，既应了天意也遂了兄弟自己的心意。”

侯方域囊中羞涩万般无奈：“龙友兄说笑，我来此求学，哪有余力作那非分之想？”

杨文骢：“李香君不是一般人，要做她的新郎，确实也不是一般人可受得起的。不过侯兄的风流文采配香君的才貌可是天生的一对，你若不嫌弃，兄弟愿促成一对美眷。”

侯方域嘴上说着不合适，心底却神往了：“这个——不合适吧。”

杨文骢兴致勃勃：“有什么不合适的，等兄弟日后发达了，记着我这个人情就好了！别是因子龙兄有前车之鉴让贤弟也没有了追求爱情的勇气吧。”

侯方域恨不得将心捧与人看：“友龙兄怎么这么看我，若平生能得香君，我定当与子偕老相伴一生。”

杨文骢点点头觉得时机正好：“那就好，贤弟就待择良辰吉日吧。”

4. 南京秦淮河边桃叶渡小楼暖居　董小宛房间　日　内

董小宛趴在她卧房那圆形的窗户前，外面树荫茂密，知了阵阵。

子修端了消暑的绿豆汤进来："小姐，瞧你这几日吃的少了，我熬了绿豆汤可以消暑，你多少喝两口。"

董小宛看着窗外问道："子修，咱们有多久没收到苏州来的信了？"

子修："两个来月了吧，小姐咱们每个月都有寄银票、信件，而且你都在信里说请勿回信，一切安好。"

董小宛："时间长了母亲总会有察觉的，若能回苏州一趟该多好。"

贞娘一脚跨进门槛来："这有什么难的，明日就回苏州去探望她老人家。"

董小宛听得贞娘进来便转过身来让座："贞娘，你不是去艳香楼了吗？"

子修为贞娘上了一盅凉茶，贞娘仰头就喝了大半："正有两桩好事与你说呢，先准了你回苏州探亲。"

董小宛不好意思地笑笑："这开张才两个月，大大小小的家宴、堂会排了长队等着应酬，怎么走得了。"

贞娘："这你别管，总有办法应付的。"

董小宛："你已经够累的了，不好再给你添乱的。快说说到底是哪两桩好事呢？"

贞娘："这第一桩好事呢，是香君要嫁与她的如意郎君侯公子了！"

董小宛惊喜地点点头："那么快？香君与侯公子——果然是天大的好事美事呢！"

贞娘又喝完了茶盅里剩下的茶水："没想到这好事还引出了另一段公案。"

董小宛："不是说有两桩好事吗？"

子修给贞娘添上了茶水自径退出了门。

贞娘："此公案正是落到我贞娘头上的好事。"

董小宛调皮地道："难道贞娘也应了一桩美满姻缘？"

贞娘："我没那姻缘倒是有财运。艳香楼原来也是秦妈妈与教坊司悄悄经营的，若不是香君出嫁，此事不知还要瞒我几时呢。"

董小宛："这是什么缘故？"

贞娘："秦妈妈一走，艳香楼几个主事妈妈谁也不想把经营的权利交出去，她们自然知道我的，大概以为我年少不经事好糊弄吧。谁知我在秦淮河边做雅集搞得风生水起，教坊司的人倒是愿意把艳香楼交于我来打理，特别是香君一走，艳香楼更是少了经营的本钱。"

董小宛："果然是双喜临门！贞娘的生意也要越来越大了。"

贞娘忽然眼圈红红的："这好事也像是秦妈妈对我的讽刺，在她生前我极力想逃脱跟她的关联，在她死后我却风风火火成为她最好的继业者。"

董小宛："她留下这些的本意是想让你永远离开秦淮河，不想你成为她。"

贞娘："她那么厌恶自己以至于不惜一死，全是因为我……"

董小宛挨着贞娘坐下来："她是因为害怕失去你才离开，她那么决绝面对曾经犯下的错里有对你全部的爱，正因此她才有勇气为此孤注一掷吧。所以你要原谅自己也要原谅她，而不是用挖苦、惩罚自己的方式去纪念她。"

贞娘怔怔地看着董小宛说不出话来。

董小宛坚定地会看贞娘道："为自己的真心而活好吗？"

楼下传来姑娘们练习丝竹、稚嫩的弹唱声，贞娘从椅子上起来，倚着窗户听了一段。

贞娘幽幽地叹道："哎——大概是倔强出卖了我，跟自己较劲谁说不是呢。不过，你听……"

董小宛也静静地听了一段音乐，浅浅地笑道："还有你的侠义之心叫你当了贞娘。"

贞娘："小宛，只要有机会，我定当为你脱籍。"

董小宛摇摇头："贞娘，你不需要背负那么多，你也是我心里的果儿姐姐。"

贞娘与董小宛对视着："不是背负，我是为我的真心。"

董小宛眼眶里闪着泪花。

子修为贞娘也端来了一碗绿豆汤，进门看两人情绪不高，心中纳闷低声问道："不是说两桩好事吗？这是怎么了？"

贞娘"噗"地一声笑道："子修提醒的好，心态若不好了，顶好的事也能说出三千愁来，小宛，来来来，喝完绿豆汤咱们去喝香君的喜酒去。"

子修点点头，满意地笑了。

5. 南京秦淮河边艳香楼厅堂　夜　内

贞娘带着董小宛进了艳香楼，厅堂不大却古朴、简洁，董小宛被门口两侧的盆兰吸引，凑近了细细观赏着。贞娘进门就放眼将整个厅堂巡视了一遍，只见靠近厅堂一侧的楼梯口有两个妈妈正唏唏嗦嗦地凑在一处咬耳说话，见人进来也不搭理。

贞娘中气十足问道："香君可在楼上。"

两个妈妈吓了一跳，凑上前敷衍地回话："呦——姑娘来了，香君在楼上梳妆呢。"

贞娘："这两位妈妈不是在哪个盒子会上见过吗？怎么那么健忘！我叫贞娘。"

两个妈妈互使眼色，一个阴阳怪气地说："怎么不识得，秦淮河边顶能干的红果儿姑娘便是。"

董小宛见状怕贞娘压不住火气，连忙拦在前面说道："你们叫贞娘便是，贞娘两个字不难说吧。"

两个妈妈挨个地说话："还真有点难，我俩的年纪可当姑娘们的娘了，一把年纪还真有点撩不开那个口。"

贞娘气得脸色铁青，顾不得董小宛阻止，愣是抽出了断肠剑直指那老妈妈的脸："好的很！要不要我来替你撩开那张脸皮？"

那两妈妈吓得连连后退，嘴上却还强硬道："姑娘这般水灵，举止却着实粗鲁。"

贞娘略震手腕将剑头直抵一个妈妈的耳根："别以为我年轻就好欺负！秦妈妈把我送进监牢那会儿，我也不曾有丝毫惧怕过，不信你们可以试试！"

那个妈妈吓得嘴角打颤："相信相信，贞娘……贞娘，以后老奴记下便是了。"

二楼廊下探出一头凤凰金钗的李香君，本就粉嫩的脸蛋施了红妆后像是牡丹一般盛大、艳丽绽放，只是她那小巧玲珑的身躯瞧着叫人心疼，真怕轻轻一碰就会折了那样浓郁的美。

李香君喊道："小宛，贞娘，你们来了！"

董小宛赶紧用身体挡住贞娘的断肠剑："香君，今夜你真美！"

李香君掩不住地羞怯，转身进了房间。

贞娘对那两妈妈喝道："看在香君的分上，先饶了你们这一遭。"

两位妈妈松了一口气，乖乖地应承着："是，是。"

贞娘和董小宛挪步上楼。

6. 南京秦淮河边艳香楼李香君房间　日　内

董小宛端详着一只做工精致的金项圈上的宝石坠子，又看看项圈内侧工匠留下的标记道："我说这个金项圈这么眼熟，正是'金记'，原来我也有一个，一年前进了典当行。"

贞娘："这个侯公子倒是出手阔绰，据说'金记'出自江南最有名气的饰品工匠的手艺，一个金项圈工费也得上百金呢。"

李香君瞪大了眼睛，查看手上的镯子和头上的簪子的标记，陷入了沉思："金记，金记……”

董小宛：“这全套饰品价格不菲。”

李香君摇摇头：“这不对！侯公子跟我说他如今家道窘迫，连书院的学费还是陈公子垫上的呢，怎么突然那么有钱买办这些首饰？”

董小宛：“或许是他看重香君呢。”

贞娘若有所思：“倒是听说过他父亲侯恂被陷害入狱的事，为了保全其父，侯公子和他家族人已不惜倾其所有。”

李香君将手上的镯子和一头的凤钗逐个取下来：“这些东西是从何而来？我不能不明不白地嫁给他。”

楼下妈妈喊道：“香君，侯公子来了！”

贞娘：“香君，你别急，我们去问个究竟。”

7. 南京秦淮河边艳香楼一楼正厅　日　内

侯方域和杨文骢见贞娘和董小宛从楼上下来，互相行礼作揖，两个妈妈慌忙退了出去。

侯方域先跟董小宛打了招呼，转而对贞娘道：“董姑娘也在呢，刚才妈妈们说如今艳香楼是贞娘打理，我有一不情之请还望贞娘成全。”

贞娘与董小宛下意识地对视了一眼：“侯公子不妨直说。”

侯方域面有为难之色，正要述说却支支吾吾起来：“香君她……她，我……”

贞娘见状嘴角微微一挑，故意用言语激他：“侯公子这是要悔婚吗？”

侯方域一向清高、镇静，此时却急的额头冒汗：“不不不，朝宗绝无此意。”

杨文骢挺身而出：“贞娘，是这样，侯贤弟现下回不了家府，这艳香楼是贞娘管理就方便多了。”

董小宛看侯方域站立不安，极不自在便知趣地回避了。后厅放置着两个绣架，她自顾去一旁穿针走线。

贞娘更觉事情有蹊跷，少不得要考验一番：“合着我这艳香楼是与人捡便宜的地儿？”

侯方域自觉惭愧：“既然贞娘是自己人，不妨跟你说实话，家父尚在狱中，现下我也居无定所。所以全仗着贞娘的地儿办事，给香君和朝宗一个安身之所。”

李香君双手捧着嫁衣和头饰出现在廊下：“天涯海角香君并不在意，你既如此境地可这般奢华、昂贵的行头是从何而来？”

四目相对，一阵尴尬的沉默。

贞娘盯着杨文骢，杨文骢被灼热的眼神弄得难以招架：“好……好吧，我杨文骢一个九品的小职员也是拿不出这些的，是我姨夫阮大铖。他与侯贤弟父亲曾同出东林结为世交，后因为一些误会彼此淡漠了，阮大铖是诚心诚意促成侯贤弟和香君，日后也好解开过去那一段不愉快的误会。”

董小宛听罢停了手中的针线站起来，只见李香君满脸通红，捧着嫁衣的双手止不住地颤抖起来，董小宛担心地喊道：“香君千万冷静。”

李香君天女散花似的将嫁衣和饰品抛向空中：“好个误会！阮大铖结交魏党残害忠良，南京城人尽皆知！哪来的什么误会？他阮大铖置办的嫁妆，我李香君绝不要！”

华丽的纱罗、饰品撒了一地，侯方域脸色煞白，连说话的声音都是颤抖的：“香……香君，你别把我也往歪处想了！”

李香君泪如断了线的珍珠簌簌落下：“侯公子，你让我怎么想？今夜香君断然不能嫁给你，凭他阮大铖财大势大，香君一小女子也懂得‘羞耻’两字。”说完转身抹泪而去。

董小宛拍拍贞娘的胳膊：“我去劝劝香君，你先替她退了婚也好。”董小宛看了一眼侯方域和杨文骢也转身上楼离开。

杨文骢急了：“这……这……这是怎么说的，好好的事儿因‘阮大铖’三字就天翻地覆了！侯贤弟你快去解释解释，此事阮大铖并无恶意，千真万确啊！”

侯方域郁闷至极，望着楼梯身体不由自主地向前倾斜，却怎么也迈不开步伐，喃喃道：“是我对不住香君，是我无能，这阮大铖的银子实不该使！我……我无言可辩，友龙兄请你——回吧。”

杨文骢长吁短叹道：“唉！侯贤弟你这意思是在怪我咯！我杨友龙一生不结党群也正因为此，必须要申明此事，我既不为阮大铖也不为东林党，纯粹只想成就一桩好姻缘。”

贞娘见杨文骢这般迂腐，便也不依不饶起来：“这位九品大人何必纠结，你若不是阮大铖的亲戚也牵不了这个线，你若不是侯公子好友也无闲情成就咱香君的好姻缘吧。”

杨文骢一边示意随从收拾地上的纱罗、饰品，一边反驳道：“横竖我是多事了！一个是风流才子一个是天仙下凡，你们眼里哪有我等凡夫俗子。”

侯方域左右为难正欲跟杨文骢解释，怎奈杨文骢也书生意气极爱面子，拿了东西带人一阵风似的走了。

伤心人经不住劝慰，董小宛上楼不久就传来李香君悲愤的呜咽声。

侯方域变得浑身无力，瘫坐在椅子上，像个忽然中了箭伤的神兽，刚进门时那一身的奕奕光彩顿时消散得了无踪影。

侯方域的失魂落魄让一向铁石心肠的贞娘也有了恻隐之心："侯公子既然对香君一片真心，那就不必急于一时。"

贞娘话音刚落，又一个失魂落魄的人匆匆跑进厅堂。

子修气喘吁吁，一头的汗水，边跑边喊道："小姐、小姐、小姐……"

子修慌乱的眼神触碰到贞娘镇定有力的眼神，像遇着一道闪电她差点要哭出来，贞娘连忙压低声音喝道："子修，慌什么？什么事好好说。"

子修咽了咽口水调整了呼吸，尽量让自己平静下来，她看到失魂落魄的侯方域不知发生了什么，也压低了音量说道："小姐……小姐得赶紧回小楼暖居去。"

8. 南京秦淮河边桃叶渡小楼暖居后院　日　外

盛夏的荷塘疯狂地生长，荷叶盖起的大厦将岸边的假山遮得严严实实。高管家就站在这阴凉下，被汗水几度浸湿后的薄短衫皱皱巴巴，让这个老人显出他前半生从未有过的褴褛。他盯着前面那一排矮房里的动静，打开的窗户里面并未传来他心中预想的那些可怕不堪的景象，而是传来三五个小姑娘散漫地练曲声、打闹声。

巧妹："小蹄子，贞娘不在你们就偷懒，吃饭你们怎么不偷懒呢。这么个三脚猫的功夫猴年马月也撑不了台面，招揽不了生意。"

穿绿短衫的丫头回道："开雅集、开宴会有巧姐姐就好，脸抹得红红的那么好看，保管客人们都满意。嘻嘻嘻……"

其他几个小丫头也跟着起哄："嘻嘻嘻……巧姐姐是想在雅集里找一个如意郎君好早早嫁人呢！"

巧妹被小丫头们说中了心思，又羞又燥："呸！没脸没皮的贱婢！也不瞧瞧自己什么身份，供人吃喝玩乐还嫌咸淡呢！如意郎君？头牌姑娘们都不敢奢想的事，轮得到你们惦记呢！死了那份花花心思，把曲练好歌儿唱好，横竖混个温饱，不至于到外边儿流浪、饿死！"巧妹有些激动，说着说着哭了起来。

小丫头们不再说话，各自拉的拉，唱的唱练起来。

高管家看得真切，听得真切，七上八下的心稍稍安定了几分，至少这官伎是有规范管理的，可一想到自家的千金小姐落到如此地步，心酸、愧疚又让他老泪纵横。

巧妹哭了一阵，绕过窗户从屋子里出来，看见这个哭泣的老人好生奇怪，她没有家人的概念，对陌生人有本能的防备和敷衍，冷冷道："你是来找董姑娘的吧，这里不接待外客的，你去前厅等着便是。"

高管家这才发现自己的双腿一直在微微地颤抖，他努力地将双脚并拢，身子稍稍前倾，恭敬地回答道：“哎。”

9. 南楼京秦淮河边桃叶渡小暖居前厅　日　内

巧妹带着高管家来到前厅，门口屏风后头，一个丫头带着教坊司的司乐女吏官进来，高管家极不自在地站到博古架后。

女吏官用异样的眼光看看高管家，巧妹机灵的很，连忙解释：“司乐大人来了，他是来给伙房送柴火的。”

女吏官收腹、挺胸抬着下巴假装看不见高管家：“贞娘呢？下个月皇陵祭祀，你们这里挑几个扮仙童奏乐，准备妥了没？”

巧妹恭敬地作揖回答：“贞娘去艳香楼了，姑娘们正按司乐大人的吩咐，每日勤加练习不敢耽误。”

女吏官听到后院传来丝乐声，微微点头道：“嗯，我还会来巡查。”说着转身离开了。

巧妹长长地吐了口气，小声对高管家道：“你这样跑来见董姑娘是不可以的，我带你去她的房间等着，再让人瞧见了说不清楚的。”

10. 南京秦淮河边桃叶渡小楼暖居门口　日　外

董小宛还没等马车停稳便从车上滑落了下来，一个趔趄差点没摔倒，子修随即下车过去扶住她。

董小宛满头汗涔涔的：“快，快些走。”

11. 南京秦淮河边桃叶渡小楼暖居董小宛房间　日　内

高管家看到墙上董小宛画的彩蝶图感慨万千，突然房门猛地被推开，门口站着一身绿纱的董小宛。

高管家一时神情恍惚，觉得好不生疏：“记得小姐从前最爱素色衣衫，这一身的绿，倒叫老奴认不真切了。”说着眼眶中打转的泪花纷纷滚落。

董小宛冲进房间拉着高管家急切地问道：“我娘怎么了？我娘可好？我娘可好？”

子修像犯了什么错，心虚地低着头跟在董小宛身旁。

高管家“扑通”一声跪在董小宛面前：“小姐，跟我回苏州吧，老奴求你了！”

董小宛吓得连连往后退，一股热流涌上眼眶，她连忙捂住脸背过身去。她努力控制住自己的情绪，低声呜咽着：“我只问你，我娘她怎么了！”

高管家：“夫人现在好着呢，只日夜担心、挂念小姐，才叫老奴赶来南京一趟，不曾想小姐真的不在斯府了，更没想到的是——”

董小宛听说母亲没事便停止了哭泣。思吟片刻后，她将头上的簪子取下来，一头乌黑靓丽的长发瀑布一样散落在肩上：“在此处在别处，无论是董白还是董小宛，我还是我！子修快扶高管家起来。”

董小宛脱了外罩绿纱，亲自为高管家斟了一盅凉茶：“高管家快请坐，赶了几天的路辛苦您了！”

高管家有些不请愿地被子修扶起身，他颤抖着双手接过茶水，死活不肯坐下：“老奴没脸称辛苦两字，老奴对不起夫人……”

董小宛没有理会，转身从柜子里取出两套早早为母亲准备的夏季水绸内衣。

子修看董小宛镇静下来，一颗不安的心才落了地。她拿肘关节撞了一下高管家小声道：“快喝茶吧，少说些没用的，你这个样子吓得我和小姐够呛。”

高管家：“为什么让小姐落到烟花柳巷里，你让我怎么回去跟夫人交代，更对不起老爷的在天之灵！”

子修气呼呼地：“这里不是什么柳巷，这里是小楼暖居！”

高管家老泪纵横：“还不一样！小姐是千金尊贵之人，怎能卖弄风尘做卑贱女子！”

子修鼓着嘴不服气，却也回不上话来。

董小宛幽幽地说道：“卑贱女子也有价，自从花魁节夺了花魁，我的出场费就在百金以上，够咱们一家老小保个安稳了，这个风尘女子是我自愿做的！”

高管家双膝颤得厉害，眼看又要跪倒在地，董小宛和子修将他扶到椅子上。

高管家呜呜咽咽地：“老奴没用，让一个千金小姐抛头露面养家糊口，就是死了也无颜面对老爷，更是对不住董家的列祖列宗啊！呜呜呜呜呜！”

董小宛对子修使了个眼色：“去给高管家拿条干净的洗脸巾。”

董小宛边说话边将水绸内衣一一打入包裹：“我这入了籍，虽没了自由却再也不用担心嫁给斯府做二奶奶了。母亲的两件换洗衣裳请带回去，高管家还得为此替我保密。”

高管家如梦初醒：“什么？他们逼小姐嫁给斯老爷？”

董小宛一脸镇静：“斯府没有理由平白无故养着一个外姓人吧。”

高管家脸上的悲伤转化成了愤怒：“这个笑脸虎大奶奶，就知道她不是个好东西！咱家夫人是太信任她了，她就是想把小姐当做她手掌中的筹码！”

董小宛："怨不得别人，她在斯府也是个可怜人罢了。"

高管家接过子修手上的洗脸巾擦了擦泪水、汗水，看上去人整洁多了："怪不得这次去斯家，底下人说大奶奶得了失心疯，真是报应！"

董小宛："我在桃叶渡落籍的事万万不可让母亲知晓，我和子修现下在这里遇到了个贵人，日后等攒够了钱再脱籍回家也不是不可能的。这次你回去记得购买一架普通的织布机，以后再添织锦大机子，总有一天我还会拿起咱们董家老本行！"

子修听得连连点头，激动得两眼放光："太好了！原来小姐心里早有打算。高管家，你不要哭了，不是早跟你说了嘛，我和小姐在这里有贞娘罩着，并没有你想象的那么糟糕，你就是不信。"

高管家鼻子一酸又要落泪了，边擦眼泪边点头道："人老了眼泪就多咯！我信！我信！我家小姐要是个公子准能扭转乾坤！可是……可是她是个女孩子又落了籍，叫人怎么放心的下！"

子修又取来了几盒子的药材交给董小宛打入包裹。

董小宛："高管家，去年寒冬大饥荒那会儿我偷偷去父亲坟前告别来南京，你替我保密了，如今我们至少战胜了饥荒，母亲的病情也好转了。所以，接下去你也必须再一次替我保密。"

高管家："老奴……老奴真不知这么做究竟是对的，还是一错再错了。"

董小宛将几大锭银子塞进包裹给高管家背上，又推着他往门外走："错不了，你来的正好，我在这挣月钱少不得丢了自由，你来了我便不用时时挂念去苏州一趟了，也不用让贞娘左右为难。这里不能留你太久，悄悄地回去，以后寄信就寄给贞娘，让她转交于我。"

高管家迟疑着不肯迈出门槛："小姐，你就答应老奴，一定想办法早早里离开南京回苏州去。"

子修在一旁嘟哝着小嘴："说得倒容易。"

董小宛点点头："好，我答应你。"

高管家跟着子修出了门，又转身恳求道："小姐，刚才有个小姑娘对别人说我是来伙房送柴火的，你们这里不需要个打杂的吗？"

董小宛眼圈一红忍着没让泪水落下来："高管家，母亲念着你早早回去，路上一定注意安全。"

子修拉着高管家往外走："快走吧，这会儿可以从偏门出去，别节外生枝了。"

高管家看上去苍老了许多，背也更驼了，像个做错了事的孩子乖乖地点头离开。董小宛没有出门相送，转身躲到屏风后低声抽泣起来。

12. 南京秦淮河边桃叶渡小楼暖居外小巷　夜　外

华灯初上，小巷的石板地面油光滑亮，天空中飘起了雨，巧妹拿着纸伞等在巷口。一辆马车远远地赶来了，巧妹认得那正是秦妈妈当年从城外将她捡来时坐的马车，她冥冥中觉得那是天上的父母派来的，她没有亲人却以这样的方式感受人间亲情。

贞娘从马车上探出头来："黑灯瞎火的，你站在外头做甚？"

巧妹笑逐颜开，跟着马车快走："听说南京城里有三等勾栏站街拉客，我也试试能不能遇着个大款。"

马车在小楼暖居门口停下，贞娘下了车来，巧妹连忙撑开纸伞。

贞娘用手帕拭去巧妹头发上的雨水："净胡说！没脸没皮的小奴才，淋得湿漉漉的，小心让饿狼叼了当落汤鸡吃。"

巧妹："有贞娘在我不怕！"

贞娘边说边进了大门："小宛呢？她的事情可妥当？"

13. 南京秦淮河边桃叶渡小楼暖居前厅　夜　内

贞娘和巧妹推门进来，只见董小宛带着四个女孩练习司乐。

董小宛："一年中小型祭祀共八次，下个月的祭祀正是这八次中的一次，我们负责的奏乐是祭祀山神时用的，虽然只有短短的半柱香时间，却是放在祭祀的开头，所以至关重要。"

贞娘拿起桌上的凉茶喝了两口，发现董小宛并未察觉她进来，便走上前去道："小宛，以后祭祀的事你别管了。"

董小宛回头看着贞娘，诧异地问道："怎么？我有什么地方做的不对吗？"

贞娘对女孩们挥挥手示意她们退下，贞娘转身对董小宛解释："不是。以后大小祭祀都由李香君负责。"

董小宛更是糊涂了："香君负责？她都要出阁的人了？香君与侯公子可是情投意合，我以为你是要敲打敲打侯公子的立场，还当真给她退了这门亲事？"

贞娘放下茶杯："情投意合是另一回事，侯公子还没有准备好，这事急不得！"

董小宛过去拦在贞娘前面："不是，你得问问香君自己的意思吧？"

贞娘："这也是香君的意思，祭祀的事你不用管，明天你跟那老管家回苏州去。"

董小宛坐到椅子上不悦地回答："他早走了，我不回苏州。"

贞娘拍拍自己的脑袋坐到董小宛的对面："哎！祖宗！当初是秦妈妈连哄带骗将你落了籍，也算是我贞娘欠你的，为你出银子脱籍你不要，让你抽空回趟家我总可以做得到的吧。"

董小宛："不是我不想。贞娘，你也要量力而行。现下你还要料理艳香楼，她们把账面做成亏空让你接手，你也并非三头六臂吧。"

贞娘揉揉太阳穴："呵呵，一时热血豪气冲天，把秦妈妈留下的银子全捐了军饷，现在想想确实冲动了点。不过旧的不去新的不来嘛，贞娘一掷千银捐款，也为咱们赚来了秦淮河边第一雅集的称号，这可是个日进斗金的称号。再说，艳香楼亏空是假的，我倒是更没什么好怕的了。只是——别委屈了你。"

董小宛："你想多了！你不争花魁做老板娘是对的。"

贞娘："对什么？人不都是逼出来的。"

董小宛："只要有机会我是要走的，现在让我留下来帮帮你。"

贞娘盯着董小宛看了几秒钟："你家里真的没事？"

董小宛点点头："我娘的病有好转了。"

贞娘轻轻地拍了一下桌子："好！没事就好！现下缺人手，有的是忙的事。你要相信我，香君暂时留在艳香楼不会有事的，我答应她了，从今以后除了礼部派下来的祭祀活动，其他的应酬一律谢绝。只等着她的侯公子堂堂正正地娶她！"

董小宛抿着嘴点点头什么话也不说，做了个双手合十的动作。

贞娘浅浅一笑问道："小宛，你可知方公子对你很上心，你觉得他人怎么样？"

董小宛连忙转头回避："我累了。"说着起身上楼去了。

贞娘摇摇头叹道："哎！该上心的事你不上心，迟早也得面对。"

14. 南京秦淮河边柳敬亭说书坊　夜　内

方以智进了说书坊，一边掸去身上的雨滴，一边环视室内，里面放置着一排排雅致的桌椅，桌面上均有一盏茶杯，中央有一个半圆形的舞台，上面也是一桌一椅并立着一位说书人，浓眉方口留着飘逸的长须，左脸上有一块小麻点的疤痕却依然不失几分俊朗。

那说书人拍响了镇尺："预知后事如何，请听下回分解！"

角落里站起来一人拍手吟诵道："游侠髯麻柳敬亭，诙谐笑骂不曾停。重逢快说隋家事，又向河亭一日听。"

方以智："冒兄？"

冒辟疆上前拉住说书人介绍道："江南评书第一人柳敬亭，这位是我的同窗兄弟方以智。"

方以智见柳敬亭四五十岁上下，衣着不拘一格，脸色红润，双眼炯炯有神。方以智拱手道："久仰大名！叱咤一声震云霄，明珠万斛错落摇——"

柳敬亭接了方以智的下半句，声若铜铃般圆润、清亮："哈哈哈，柳麻子是也！"

方以智瞪大眼睛有些不敢相信，眼前这俊朗的男子就是传说中的柳麻子。

冒辟疆笑道："你道他是个怎样凶神恶煞的模样？"

方以智有些不好意思："这般英俊、潇洒的柳麻子，确实不曾想象。"

柳敬亭："游走江湖掩人耳目罢了，不过脸上这烫伤的疤痕是真的。"

方以智："了不得，三天后就要乡试了，冒兄还往说书坊转，可见柳大侠的魅力。"

柳敬亭："非也，非也，要我说他三年前就得中举人，此后冒公子的科考之路怕是难上加难了喽！"

方以智看看冒辟疆又看看柳敬亭："此话怎讲？"

冒辟疆对柳敬亭做了个请的动作，柳敬亭领会便点头笑道："你们猜测阮大铖跟端午花魁节劫人案有关，我可以确切地讲，他不仅跟那个九千岁义子黄忠良关系密切，南京三年一届的科考，他也完全只手掌控。方公子若不是少年中举，尚未进他法眼，进了他法眼的都得被刷下去。"

方以智张着嘴目瞪口呆："这……这也太离谱了吧！我说凭定生、朝宗和冒兄的才识，怎么考了两届的乡试都没能中！不过，虽说我对乡试一直有所疑惑，可咱们在南京那么多年也未曾听说有这操作的，柳大侠又如何能得知呢？"

冒辟疆笑道："密之，柳师傅在山东时与父亲是旧交，许多朝廷内无法探实真假的消息，都是柳师傅通过民间渠道获得。"

方以智没想到冒家还有这一手："柳师傅？"

冒辟疆俏皮地眨眨眼："你有姑姑教你施银针学医术，我有柳师傅教我旁门左道。"

柳敬亭笑道："实不敢当。"

冒辟疆："使火铳就是柳师傅教会我的，怎会有假？"

方以智点点头，没有立刻回话。沉默片刻后道："这么说，关于阮大铖在南京城'朝言夕闻'遍地有耳目、处处有门路的说法是真的？可他在众人面前总是一副讨好、献媚的怂样。"

柳敬亭："方公子真书生也！"

冒辟疆："密之是觉得阮大铖八面玲珑就自保、贪财，并没政治野心。"

柳敬亭：“哼，有人还认为阮大铖是真文艺呢，弄剧本排戏文的，殊不知他在京城和留都的势力悄悄壮大，连皇上也不放在眼里。”

冒辟疆：“乡试之后便是金陵大会，复社上千成员会集南京，阮大铖的嘴脸也将大白于天下了！”

柳敬亭沉默片刻道：“乡试后阅卷到张榜将近三个月，你若想要进首榜，最好还是别那么急着得罪阮大铖，此人并非你们想的那么好对付。”

冒辟疆爽朗地笑道：“哈哈，我若如此畏手畏脚、贪生怕死，就算进了首榜也是无益于民无利于国。不管怎么样，声讨阮大铖是刻不容缓的，乡试也是要参加的。没事，屡考屡败，屡败屡考。”

方以智：“原来冒兄来柳师傅处一探前程，冒兄的勇气和心态令人佩服。”

冒辟疆在旁边一张椅子上坐了下来：“你找我一天了吧？什么事？”

方以智发现柳敬亭忽然没了人影：“你怎么知道我找你一天了？柳大侠人哪儿去了？”

冒辟疆神秘地笑道：“你要去京城了，我替你向大侠要了一样礼物。”

方以智皱皱眉：“冒兄，别作妖了好吗？”

冒辟疆：“快说，找我甚事？”

方以智忽然又不知怎么说了，脸上莫名泛起红晕：“那个……我是有个事……同你商量……”

冒辟疆：“怎么又不说了？”

方以智正想着怎么说，见柳敬亭从里间出来了，便把话咽了回去。

冒辟疆看了一眼方以智道：“柳师傅又不是外人。”

方以智轻咳了一下：“呃——记得贞娘说小楼暖居每月逢十五会举行一次盒子会？”

冒辟疆托着下巴，歪着头看着方以智一副心不在焉的样子：“我觉得我太不关心你了。”

柳敬亭已经来到一旁递给冒辟疆一个锦囊：“公子，这个锦囊可以弥补一下你对方公子的心意。”

方以智眨巴着眼：“你们搞甚呢？怪怪的。”

冒辟疆“扑哧”一声笑出来：“只要你上京会试顺利，殿试就成了！你对那小楼暖居的一片心意也就差不离了！”

方以智夺过锦囊想要拆看：“什么会试、殿试又小楼暖居的，说的十万八千里远了！”

柳敬亭忙阻止道：“不能拆，拆了就用不了了。”

方以智用眼神询问着冒辟疆：“神秘兮兮的。”

冒辟疆：“柳师傅与我有个约定，一年中我可得一个锦囊，打从我十一岁开始到现在，年年都是如此，今年把这个锦囊让给你了。”

方以智懵懵地问：“给我做甚？”

冒辟疆把锦囊塞进方以智的袖筒里：“到了京城以防万一，柳师傅的说书坊遍布大江南北，共有十几处，多有各地义士往来，时间久了便比他人多了方便。”

柳敬亭：“记住，在京城十字巷尾有一个说书坊，倘若方公子遇到急难之事，可以递锦囊到说书坊，小可救急，大可救命。”

这次轮到方以智笑了：“我又不是你，从小到大遇刺客无数。”

冒辟疆突然站起来跟柳敬亭拱手告别。

方以智有点跟不上冒辟疆的节奏，忙不迭也起身行礼：“柳大侠多有打搅了！”

15. 南京秦淮河边柳敬亭说书坊外巷子　晨　外

冒辟疆出了说书坊门口，大步流星一阵急走。

在后头的方以智只好小跑着跟上去：“等等，别有一出没一出的，整日散漫之人忽然又火急火燎的。”

冒辟疆止住了脚步，指着东边天空泛白的微光道：“你看，清晨之光波已然蠢蠢欲动。”

方以智也抬头观察了半晌，不知冒辟疆何意，迎合他说道：“天亮了，一夜无眠。”

冒辟疆：“你上京会试的事我一直放在心上的。”

方以智拉住冒辟疆：“喂！你误会我了。”

冒辟疆：“我觉得没有就好了。”

方以智突然加快了语速：“临走前我想参加小楼暖居的盒子会。”

冒辟疆被方以智一百八十度的转向搞懵了片刻后，“扑哧”笑出来：“你……你这书呆子，果真动了风月之情？有趣、有趣！”

方以智被笑的浑身不舒服：“你严肃点，什么风月之情！我是觉得人生在世，总有那么几个萍水相逢却十分投缘的人吧，让你觉得对她有着某种牵挂和责任。”

冒辟疆听罢才止住了笑：“你说的在理。对了，朝宗和香君的事我也听说了，香君做的对，朝宗很多时候也真是稀里糊涂的。”

方以智：“这么一来，这些个女君子们愈发不容易约见了。”

冒辟疆想了想，狡黠地笑道：“盒子会，陈圆圆一定是去的，这个就交给我吧。不过，密之啊，我怎么觉得你对那些姐妹的用心胜过对兄弟们呢！”

方以智跟着冒辟疆边走边说道：“为寻你一夜未眠，你还有理了？别神出鬼没的，这几天你就老老实实在书院待着。”

冒辟疆不屑地回答道：“切！我都好几届的老考生了，那八股文章早已烂熟于心，还怕什么考试吗？”

两人说笑着，消失在晨光里。

第二十七集　操纵科考扰乱留都　一纸公揭轰动全城

1．南京秦淮河边桃叶渡小楼暖居半月荷塘　日　外

荷塘里荷花已渐渐落尽，小丫头们站在岸边正打着竹竿勾莲蓬，嬉笑声和琴房的乐声混成了一片。

2．南京秦淮河边桃叶渡小楼暖居董小宛房间　日　内

董小宛刚洗了头，挽了个简单的发髻，大部分长发披散及腰，亮泽如黑色的瀑布。她坐在梳妆台前喃喃念叨："娘，清水湾的桂花香了吧，你做的薄荷桂花糕，那沁人心脾的香味嫦娥也得赞三分。"贞娘从屏风后转进来，董小宛连忙用手绢拭擦了眼泪。

贞娘："怎么样，头痛脑热好一些没？"

董小宛浅笑道："用薄荷水泡澡果然灵验，清爽许多，喉咙也不怎么疼了。"

贞娘摸摸董小宛的额头："连续三天的寿宴都点你唱曲儿，喉咙哪有不疼的？你就是太老实，去的都是王公侯门，他们自家戏班养那么多唱的，非得让你一人唱。"

董小宛清清嗓子道："南京城里多王族，哪一个是惹得起的？多一事不如少一事，咱们要赚银子就别计较唱的多少了，再说，我唱一场普通姑娘们得唱一年半载的了，不亏！"

贞娘调皮地眨眨眼："钱自然是要挣的，喏，三年一期的会试之后复社要举行金陵大会了。"

董小宛："金陵大会？"

贞娘："嗯，那可是个千人的大聚会，到时候咱们在食谱上再做些创新，不怕客人不慕名而来。"

董小宛若有所思："现下正是赏桂之际，做些新颖、可口的茶点是不可少的。"

贞娘点点头："到底是你细心，自己做的果脯、糕点新鲜可口又干净。"

董小宛："桃、梅、杏、李各色果脯腌制了十几样足够了，糕点嘛，我这里正想到一个现成又别具风格的。"

贞娘："你是说月饼吗？"

董小宛摇摇头："月饼家家都有，记得我娘做的桂花糕最是与众不同，凭着印象我可以试试。"

贞娘："哦？桂花糕倒是也应季节，不过也是个平常的糕点呀。"

董小宛："什么东西做极致了都不平常，桂花糕可有十多种花样，其中最惊艳的使是水晶桂花糕了。"

贞娘好奇地问："何为水晶桂花糕？"

董小宛："用木莲粉做主料，佐以桂花蜜、桂花、玫瑰露、薄荷汁，不用高火蒸煮而是用冷开水凝结之法，将食料放入各种形状的碟子中成形，快捷、方便又美观，观之晶莹粉嫩，朵朵桂花像在水中盛开，尝之香甜绵软入口即化。不仅如此，它还有去秋燥、补肝肺的养生功效。"

贞娘拍手叫好："太好了！桂花糕竟然还有这么个做法，小宛你可真是个大宝贝！我敢说，就凭这道——桂花冻，对，我觉得叫它"桂花冻"更贴切，一定可以惊艳南京城的赏桂之夜！"

董小宛自嘲道："母亲大概也没想到她的独家秘方会让我这个不孝女在这里派上用场。"

贞娘做了个阻止的手势："我若是你母亲，定会为你传承她的手艺而感到高兴。"

董小宛在案头坐下，提笔道："这就给厨房写个食材的单子，对了，明日盒子会上让众姐妹们都出出主意，创意共享，不怕出不了精品。"

贞娘："好主意。"

3. 南京乡试点贡院门口　日　外

贡院外围墙下，方以智牵马而立，只听得墙内知了声声不绝。忽听得大门"吱嘎"一声，有人从里面出来了。

冒辟疆一头的汗，衣衫不整地走出来："累人啊，早写完了，也非得到点才出的来。"

华安跟在后头一边打扇一边递水："二爷第一个出来必定高中。"

冒辟疆抬头看见了围墙下的方以智，不好意思地整了整衣领："我猜，这三天里，外面的人比里面的还要紧张。"

方以智："那么快出来了，大概文章也差不了。"

冒辟疆擦擦汗，伸展一下胳膊道："在格子间三天三夜啊！还不够漫长吗？"

华安汗淋淋地还举着水壶："二爷渴了吧？"

冒辟疆才注意到华安："看你那怂样，三天不见邋遢成什么了？"

方以智看看两人不禁笑道："哈哈，现下二位的尊容都不怎么样。"

冒辟疆忽然想到了什么："华安，叫你租的马车可备好了？"

华安不解道："二爷，马车一早备好了，现在就扶你去车上歇息。"

华安的小心伺候，冒辟疆弄得极不自在，方以智在一旁偷着乐。

冒辟疆："我这般身强力壮的需要你来搀扶？"

华安疑惑："那马车是——"

冒辟疆："有贵客你不知吗？"

华安一头雾水："贵客在哪里？"

方以智笑道："贵客不都在贡院里吗？"

华安这才明白了，收拾了东西转身去马车边候着了。

冒辟疆："我见吴兄和子龙都交卷了，不如等他们出来，一起去柳师傅的说书坊暂作商量。"

方以智问道："你是说池州的吴应箕吗？"

冒辟疆："不论才学还是在复社的论资排辈，当首推吴兄做复社的首领了。"

方以智点点头："吴——应——箕，由他当先锋冒兄做后盾，金陵大会定当功德圆满！"

冒辟疆："复社士子相聚，代表的是大明千千万万个读书人，你我就是个牵线搭桥的，谈不上功德。"

方以智牵了马跟着冒辟疆走到马车旁，一边笑道："夸你也不行。"

冒辟疆郑重其事地拍拍方以智的胸膛："咱们不愿参与朋党之争，做些行侠仗义的事又何妨。你夸我做甚？我这般闲散之士，又不像贤弟那样有大才能，当辅佐真龙。"

方以智推开冒辟疆的手掌："你又扯！我明日就得启程了，今晚还有另一桩要紧事你可别忘了。"

空镜头：南京城上皓月当空，云层淡淡，星宿闪烁。

4. 南京秦淮河边桃叶渡小楼暖居后院　夜　外

几个小丫头七手八脚地在荷塘边放荷花灯，董小宛也猫在一旁观看。子修却一动不动地盯着不远处的亭子看。

董小宛看子修看得这般出神便问道：“子修，你看什么呢？”

子修惊叹道：“天呐，我以为这世界上就数咱家小姐长得美呢！据说天上王母娘娘有七个会织彩霞的仙女，个个长得极美，今晚贞娘把天上的仙女们都招来了吗？”

董小宛也站起来朝亭子里看，只见亭内衣袂飘飘，个个姿态婀娜，神情优雅，或坐或站或凝神或眺望，若不是众仙下凡还能用什么词形容呢。

董小宛呆呆地看了半晌，惊叹道：“飘飖兮若风流之回雪，远而望之，皎若太阳升朝霞，灼若芙蓉出绿波。”

子修：“小姐，你说的什么意思？”

董小宛笑笑：“跟你刚才说的一个意思，不过赞美女子的好诗句多半是男子写的。”

5. 南京秦淮河边柳敬亭说书坊　夜　内

吴应箕正在柳敬亭说书的桌案上执笔书写，陈贞慧亲自研墨。上千字的小楷洋洋洒洒，长长的宣纸一直拖到了地板上，冒辟疆和方以智在一旁细细地观看。

吴应箕书写完后握着笔稍作休憩，陈贞慧搁下墨条道：“《留都防乱公揭》成了。”

冒辟疆看着檄文，心情有些激动：“爱国之情激昂，讨贼之恨入骨！此檄文一旦在南京城公开，定当掀起轩然大波！”

方以智点点头却异常冷静：“阮大铖一向睚眦必报，如此大动静，他必然不会善罢甘休。”

忽然屏风外大喝一声：“君子报国何惧杀身之祸！”

柳敬亭带着两个年轻书生进来，说话的正是清瘦、白净的顾杲，他向前一步说道：“列位兄长，苏州一别已有半载，十分想念！”

冒辟疆笑道：“甚好！复社的两位少年才俊到了！”

吴应箕离开桌案也拱手道：“我来认认，这位是无锡的少年豪杰顾杲。”

顾杲不行拱手礼，直接上前拥抱了吴应箕、冒辟疆、方以智，陈贞慧连连躬身行礼躲过了他的热切拥抱：“小顾真是热情似火呀！

站在顾杲后头的余怀却有些腼腆：“我就是端午前才入复社的余怀。”

陈贞慧上前拍拍余怀："患难兄弟，端午夜被阮大铖党羽所劫，咱们一起度过了一个难忘的夜晚。"

余怀："劫后余生，兄弟情义定当铭记。"

吴应箕："余怀？"

方以智点点头："咱们南京国子监的尖子生。"

吴应箕："就是与湖广杜溶、江宁白梦鼐齐名，人称余杜白（鱼肚白）之余怀？"

余怀身袭湖水蓝单薄衣衫，气质如兰："正是小弟。"

吴应箕连连点头赞赏："人如其名，果然翩翩风流少年。"

可谁又能料到五十年后，此时的豪情万丈会怎样地烟消云散，终究是无可奈何。余怀在暮年写下《板桥杂记》，将多少的踌躇满志、深情悲悯，隐入到小桥流水，红牙碧串、妙舞清歌的秦淮故事里了。

冒辟疆玩笑道："与你们两人相比，我等将是被淘汰的老人了！"

说话间，顾杲已经速速将书桌上的公揭浏览了一遍："此文虽好，却漏了两桩重要的公案，必须声讨阮大铖。"说着毫不迟疑地拿起笔来往下续写。

余怀："我知道是哪两桩公案，一桩庐江之变，一桩在建德。"

柳敬亭："庐江之变杀生数十万，阮大铖从中得银六千两，而在建德索银两千两不得，迫使当时建德的何县令褫职。"

冒辟疆："阮大铖如此财大气粗招纳亡命、增设爪牙、挥金如土。原来在四处敛黑心钱！柳师傅，之前你也不曾听说这两桩公案吗？"

柳敬亭下意识地咳了一下，低声道："不是怕你冲动嘛。"

方以智看着顾杲的书写，眉梢渐渐被怒火燃烧起来："表面上赋诗词写《燕子笺》，暗地里却是贪赃枉法、恶贯满盈，此大贼也！"

陈贞慧默默地研墨："此贼必讨，署我一人名字便是，阮大铖对我的敌意从我父辈那就开始了，结仇之事不如来个痛快。"

顾杲笑道："你们晚了，我已在文中写明。"

吴应箕看着顾杲的笔墨念道："杲亦请以一身当之，以存此一段公论，以寒天下乱臣贼子之胆！"

冒辟疆："小弟果真是豪杰！只是你一人当之，我们几个岂有退缩之意呢。"

吴应箕："不如趁着金陵大会请复社各地上百名领袖联名上书，并将公揭撒布整个南京城，一夜之间阮大铖将成为全城百姓之公敌。只有将他的恶行大白于天下，他收买的党伙和爪牙也将统统受到威慑，复社此举才能真正为民除害。"

冒辟疆："事不宜迟，今晚就召集百名复社成员到媚楼，明朝即可见分晓。"

众人纷纷点头。

吴应箕问道：“媚楼是什么地方？”

6. 南京阮大铖府邸书房外廊下　夜　外

宽敞的游廊下灯火辉煌、亮如白昼，沿着屋檐外延挂着一排豪华、精致的鸟笼，里面并无鸟雀。

阮大铖逐个逐个地观赏，指着其中一只鸟笼道：“我最喜欢这个，是安南沉香木的，你们仔细闻闻，有一股淡淡的幽香，沁人心肺啊！”

跟在后头的南京守备韩赞周道：“你不养鸟却见了鸟笼就收藏，此爱好也是桩怪癖。”

阮大铖痴迷地抚摸着鸟笼：“哎，见了鸟笼就走不动路咯，你看，多精美！”

王宓一脸不屑：“再精美它也只是只鸟笼。”

阮大铖回头看一眼王宓：“年轻人，那你就不懂喽！这几天秋闱科考那也是热闹的很呐！三天三夜关在不能转身的格子间里。呵呵，王宓啊，你也曾读书识字，怎么不去试试运气？”

王宓：“晚辈更稀罕进阮大人的府邸，识时务者不在科考。什么江南四才子，上不了您阮大人的榜单，还不照样是瞎子摸象不全乎。”

阮大铖哈哈大笑：“哈哈哈哈哈，后生心大，别把阮某说神喽。不过复社的几个小子是嫩了点，陈贞慧、冒辟疆至少考了三次了吧，这般地不识时务，今日之考也是瞎忙乎了！”

韩赞周：“那可不？我这个南京守备还得依仗着阮大人。”

阮大铖扶着韩赞周的衣袖往前走：“韩大人您走好，咱家的戏班早早为您等候着了，只要您每日家来看我的戏，便是阮某最光鲜的门楣！”

王宓闷闷不乐地跟在后头。

在游廊尽头，阮大铖回转身对王宓道：“对了，你说的那个董小宛去了皇族朱统锐的府邸唱寿宴，整整唱了三天，可怜见的，嗓子都快唱废了。”

王宓这才嘴角微露笑意：“她活该！宁可好了朱统锐，也绝不能让复社那几个小子得手。”

阮大铖摇摇头：“小孩记仇！小霸王朱统锐倒是有些势力，不如让董小宛的美色，给做了人情各不吃亏。”

韩赞周：“朱统锐身边美女如云，再说一个呆霸王也不识得才艺，把董小宛送给他？这人情未必有什么胜算。”

阮大铖笑嘿嘿地，眼睛眯成了一条缝：“嘿嘿，美不在声色在于意境，造境之术我是在行的。”

王宓：“只要搅了那装腔作势的四才子的好事，怎么都是爽快！”

阮大铖：“就是喜欢小孩的直抒心意，我也不喜欢那四人。特别是那个叫侯方域的，跟那歌伎李香君眉来眼去，老子好心出钱让他们成好事，那几个倒打一耙，把我骂个狗血淋头。你给我记着，你那个董小宛还有这个不识好歹的李香君，我一定会让她们有更好的去处！”

王宓这下开怀地笑了：“原来阮大人也记仇啊！”

阮大铖喘着气笑道：“哈哈哈，有仇不报非君子！”

韩赞周对才子佳人的事不甚感兴趣，他挥挥袖子道：“复社多是好事者，在他们眼里，你阮大铖的台子搭得比这南京城当官的台子还大呢！我看戏去。”

阮大铖指着韩赞周的背影笑道：“我就喜欢你舅舅那样的戏迷，识趣！”

王宓低着头，斜眼瞧着阮大铖：“您是编剧，识不识趣还不是您一句话。”

阮大铖拉起王宓往前穿过了门洞：“哈哈哈，王宓，我越来越喜欢你了！哈哈哈！”

他们身后的鸟笼在风中互相撞击着。

7. 南京秦淮河边桃叶渡小楼暖居后院亭子　夜　外

贞娘拉着董小宛的手踏上了八角亭的台阶：“姑娘们都到齐了，就缺妹妹一人了。”

董小宛上了亭子，众姐妹眼神齐刷刷看向她，董小宛露出温和礼貌的笑容。此时桌上的盒子尽已打开，一盘晶莹透亮的木莲桂花糕上插着一支七彩羽毛，她知道今晚这盘冷品糕点被选为桂冠了，脸上莫名起了红晕。

贞娘见董小宛不言不语便上前道：“我来介绍一下。”

贞娘话音刚落一串清亮、优扬的笛声缓缓奏来，一袭藕色纱裙、身材修长的高冷姐姐靠着亭柱吹了一连串音符，贞娘只好也听了一阵，那姐姐也不抬眼只浅浅说道：“今年的花魁董小宛与陈圆圆并列胜出，不仅糕点做得绝色甜美，本人更是出水芙蓉般清丽可人！”

董小宛低了头微微欠身行礼。

贞娘爽朗笑道：“姑娘们个个这般的高品位，我岂不要多此一举了。”

那姐姐收了笛子，也稍稍欠身还礼：“金陵寇白门是也。”

董小宛有些羞怯：“寇姐姐过赞了。”

顾横波身着水墨色罩衫坐在石桌旁，双手托着腮仔细瞅着董小宛看，她眨眨那双水汪汪的大眼睛笑道：“我却不想谦虚呢，董妹妹你别害羞，我正是水是眼波横的顾横波。”

董小宛照例行礼："顾姐姐侠骨芳心，久仰大名了！"

手抱琵琶的陈圆圆低头弹奏出一串优美的琶音，李香君也跟着合奏了几个乐句像是被自己逗乐了，痴痴地笑道："咱俩与你同乘一辆花车来着就不用自报家门了吧！"

董小宛俏皮地推了一下李香君的肩膀："那夜的花车确切地说该叫泪花车。"

李香君不知董小宛所指，反驳道："什么泪花车？与我不相干，确切的说我是蹭了你和圆圆的泪花车。"

陈圆圆知董小宛暗指她们几个初次相识时，她在花车上为冒辟疆哭泣的事，忽地脸上羞红的什么似的，只低了头不接一句话。董小宛若知晓陈圆圆究竟为谁落的泪，只怕是怎么也开不了这个玩笑了。

李香君见陈圆圆这般光景，才记起那晚陈圆圆流泪之事，赶忙改了口转移话题："还有一位姐姐和妹妹就由我来介绍吧。"

坐在古琴前的姐姐站了起来，眉眼间带着几分的忧愁，妹妹身形更修长，两人都着素色裹胸长裙，外面罩衣是宽大垂感的薄棉布衫，脚上随意搭着桃红绣花麻布鞋面的木屐，这副半俗半仙的打扮就算在秦淮河边也算前卫另类了，两人不施粉黛不戴首饰，肌如凝脂长发及腰，不争光艳照人却另有一番迷人的风姿。

李香君继续介绍道："姐姐卞玉京，妹妹卞敏，人称卞家双姝。"

姐姐卞玉京道："初次见面怠慢了。"

妹妹补充道："姐姐喜欢修道，每月必有几日上道馆闭关的，今日正巧下山来就往这边赶了，也没回家换身衣裳打扮打扮。"

贞娘笑道："照我说你们这身打扮才叫有特色呢，看惯了花花绿绿锦缎纱罗的，这样的朴素本色倒叫人眼前一亮了！"

董小宛欠身行礼。

贞娘拉着董小宛和卞家姐妹入座："好了好了，过了今晚大家便不生疏了，盒子都打开了，各位请入座开席吧。"

8. 南京秦淮河边桃叶渡小楼暖居大门外　夜　外

两辆马车一前一后在小楼暖居门前停下，冒辟疆拉着吴应箕下了马车。

吴应箕扭扭捏捏不肯前行，冒辟疆笑道："吴兄怕什么？你一个男子汉倒怕了大美女了！"

吴应箕："非也，非也！我一个书呆子真是没见识过又舞又唱的。"

余怀、方以智和顾杲也先后下了马车。

余怀道：“吴兄有所不知，秦淮河边的美人多有满腹诗文的。”

方以智上前来将吴应箕拉到一边：“冒兄将金陵大会放置在秦淮河边，正是要用这里的“香艳”之气掩饰了复社人的“傲气”。”

陈贞慧也上前来对吴应箕轻声道：“前不久我可才被绑过一回，百人联名此事甚大，在此喝酒、听曲儿悄悄儿联名相比别处最是安全。”

吴应箕看看冒辟疆一脸坚定，他无奈摇摇头叹道：“这金陵大会倒真是别具一格哇。”

冒辟疆：“之前我也想不通，现在想来是自己心思小了！”

冒辟疆拉着吴应箕上了小楼暖居的台阶，两个小丫头匆匆地从里面出来，拦在前面道：“公子莫进，今晚姑娘们盒子会，早早关了门。”

冒辟疆礼貌地绕过她俩坚持往里走：“我跟贞娘打过招呼了。”

冒辟疆正要推门，巧妹从里面出来，不小心撞了冒辟疆一头：“哎呀！哪来的莽汉倒是没了规矩了！是谁跟贞娘打过招呼？里面怎么没一个知晓的？”

方以智忙上前作揖道：“巧妹，多有冒昧，还请行个方便。”

巧妹一看是方以智即刻腰肢也软了半截：“哟，原来是方公子，今晚真有盒子会。”

方以智微笑着细语慢言道：“我知道巧妹为姑娘们把着门呢，可明早我就要上京了，特来道别的。”

巧妹听着受用，声调都绵柔了：“这样，为了方公子，我去通报一声。”巧妹转身离开。

吴应箕有些不耐烦：“这地方也有那么多名堂！”

冒辟疆笑道：“吴兄，对美人要像对研究学问一样有耐心，万不能存了粗陋之心。”

陈贞慧摸摸颌下美髯：“冒兄何必逞能，进小楼暖居不是定生与贞娘一句话的事。”

冒辟疆一脸尴尬。

方以智踮着脚朝里瞧：“定生，那你早说嘛。”

陈贞慧调侃道：“急什么，急的又不是我。”

余怀和顾杲不曾上台阶，在马车边的空地上仰望星空，余怀赞叹道：“众星列布，体生于地，精成于天，列举错行，各有所属。”

9. 南京秦淮河边桃叶渡小楼暖居后院小亭　夜　外

巧妹来到亭内见姑娘们正开宴品尝美食，便悄悄到贞娘身旁耳语了几句，贞娘站起来："姑娘们，小楼暖居的大门口候着几位复社的大才子，按理说……"

没等贞娘说完，寇白门便道："按理说，咱秦淮河边众姐妹的规矩不能破了，不然断定这盒子会也长久不了的。"

贞娘不知怎么接话，向巧妹使眼色表示无奈。

陈圆圆暗暗应了冒辟疆的嘱托，见势不妙鼓起勇气站起来："姐妹们的盒子会每个月必然得聚，今日事当有别，据说就在这几天复社要举办金陵大会了，贞娘的小楼暖居和顾姐姐的媚楼少不得有些经营，倒是别跟他们闹僵了才好。"

陈圆圆向来一心只唱台上戏，贞娘和顾横波没料到她会说出这番话来，寇白门不再说话，低头摆弄着手上的笛子。

董小宛感到不解，传说中为家国、社稷筹谋的复社大会为何要设在男人寻欢作乐之地，冷冷道："秋高气爽倒是个取乐的时节。"

贞娘笑道："不过也不能随随便便让他们加入咱们的盒子会，先让他们在外厅歇着，姑娘们出了考题他们过了关才让进的。"

顾横波笑着点头："这个使得。"

10. 南京秦淮河边桃叶渡小楼暖居外厅　夜　内

众人进了厅，纷纷在茶几旁落座，巧妹托了茶盘上茶水。吴应箕见室内陈设雅致，一时书生的傲气、成见减了一半。

余怀在一架古琴前驻足，拨弄琴弦："琴弦有情谁做伴，正待秋桂飘香时。可真是一架好琴呐！"

冒辟疆对巧妹道："姑娘们尽管出题来，今日大小才子济济一堂还能让难住不成？"

巧妹低着头只管笑："难不难的一会儿就见分晓。"

11. 南京秦淮河边桃叶渡小楼暖居后院小亭　夜　外

姑娘们屏息静听着李香的琵琶曲《十面埋伏》，巧妹见亭子里一派肃然的氛围就立在台阶边没再上前。

李香君弹奏完最后一串音符，用尽了所有的力气深深地吐了一口气："山河无恙，琴可传音。"

亭子里各有所思，久久地沉默。好一会儿，贞娘道："听得香君一曲《十面埋伏》倒是出了一身的冷汗。哈哈哈，弹得真好啊！"

顾横波笑道："香君的琵琶果真不是给人取乐的，倒像是这温柔乡里突然出现了个铁骨铮铮的汉子，叫人听得直竖汗毛。”

陈圆圆也点头称赞：“这乐器也似有人物、角儿的，香君的弹奏像极了说书人柳敬亭的风格，十指间可千变万化又能声声入骨。”

李香君被说得有些不好意思起来：“你们一个个糊涂地夸赞，我这几根琴弦连个纸上谈兵也算不上，倒跟那江湖豪杰顶顶有名的柳师傅相提并论起来。”

董小宛走到香君身旁抱起她的琵琶细看：“长这么大第一次看清了一把琵琶，香君，你若投胎个男子，这把琵琶可能换成了一块盾牌也未可知呢。”

贞娘开玩笑道：“那么说，那我的断肠剑定能投胎变个大板斧！”说的众人都笑了。

巧妹上前在贞娘耳边嘀咕了几句，贞娘笑道：“不过投胎为男子，也未必能比咱现世的姑娘们聪明的，外厅正有一帮才子等着考题呢。”

寇白门自饮了一杯道：“依我说，今晚断不能对诗，先收了他们的锋芒才是。”

卞玉京起身整理了一下她的白色道袍，在亭子里来回踱了一回：“今日穿成这样倒不像个令官，让我来出个雅俗共赏、细细揣摩又不失禅意的题。”

董小宛说道：“我看你最适合，像个道观仙人通晓人间世事。快说，有什么好令题？”

卞玉京点点头想了想笑道：“什么东西最肥？什么东西最瘦？”

话音刚落一旁的巧妹“咯咯咯”地笑起来，董小宛也笑道：“咱家巧妹是有答案了。”

贞娘看着巧妹：“呦！快别笑了，说来听听。”

巧妹有些不好意思地说道：“真的让说啊？”

贞娘嚼着一块水晶桂花糕提高音量：“说呀，有答案别偷着乐。”

巧妹“扑哧”一声笑道：“吃撑了胀气的肚子最肥，吃坏了拉稀的肠子最瘦。”

贞娘听罢吃了一半的桂花糕统统呕了出来：“巧妹，你对的还挺形象！”众人也跟着笑作一团。

静静坐在一旁的董小宛轻轻拉了拉满脸通红的巧妹，浅笑道：“巧妹说的虽粗鄙了一些，细想想在咱们这灯红酒绿地儿倒是常见的，这个题答案看似多而简单，但要答出禅意来却也难。”

贞娘止住了笑，擦干净嘴巴拍了一下巧妹：“巧妹率先开了个头，快去问问那些才子们，听听他们怎么答？”

12. 南京秦淮河边桃叶渡小楼暖居外厅　夜　内

方以智冥思苦想在厅内不停地来回踱步，巧妹在一边偷偷地笑道：“公子们想不出来，巧妹这里倒有一个现成的答案。”

正在此时柳敬亭大步流星地进来：“呦！看样子是被美人们晾在这里了。”

冒辟疆将他拉到一边：“柳师傅别打岔，正对问题呢？”

柳敬亭笑道：“噢，什么问题我也听听。”

巧妹连忙搭话道：“问的是什么东西最肥？什么东西最瘦？”

柳敬亭笑而不答。

一直像个榆木疙瘩的吴应箕突然道：“平常的问题平常答不就是了，何必那么费事。”

方以智上前问道：“吴兄是有答案了？”

吴应箕：“这样的问题来一打也不怕。”

子修穿过门帘从院门进来：“咱们姑娘推选了一位跟你们比试，你们也请一位到门前对话吧。”

方以智急着想见到董小宛，便拉起吴应箕道：“我们也有了人选。”

吴应箕被众人推搡着来到门帘前，只见门帘对面，婷婷袅袅站着一袭藕色纱裙的寇白门，一向心高气傲的他，却也是第一次以这样的仗势见一位陌生姑娘，回头想拉方以智，众目睽睽指望着他，他便只好硬着头皮上前，轻轻咳了一下作揖道：“姑娘请说。”

寇白门哼笑了一声：“哼，考的是公子，自然是公子先答了。”

吴应箕转身看了一眼“亲友团”，方以智和冒辟疆做出为他鼓劲的手势，吴应箕信心满满地回答道：“问的是常识有何难，肥不过羊尾，瘦不过螃蟹的腿。”

寇白门道：“还有问你的，一道答来吧。什么东西最高？什么东西最深？”

吴应箕想了想笑答道：“高不过泰山，深不过东海。”

寇白门又问道：“什么东西最贵？什么东西最贱？”

吴应箕：“贵不过黄金，贱不过粪土。”

寇白门问道：“什么东西最甜？什么东西最苦？”

吴应箕对答如流：“甜不过蜜糖，苦不过黄连。”

亲友团连声叫好。

贞娘急了上前催寇白门：“白门，该咱们对啦！”

寇白门不紧不慢道：“好，那你们听听我的。肥不过春雨，瘦不过秋霜。高不过人心，深不过学问。贵不过光阴，贱不过误人子弟。甜不过夫唱妇随，苦不过痴男怨女。”

姑娘们一边鼓掌一边跟着贞娘挤进了客厅，吴应箕和身后的亲友团连连后退。

贞娘显得甚是得意："怎么样？各位才子们你们评评谁更胜一筹呢？"

吴应箕第一没料到的是，寇白门张口就把他的对答重重地压了一头，第二没料到的是，忽然进来一大群天仙下凡般的姑娘。一张傲气的脸庞，忽然双眉掩饰不住地紧张起来，额头渗出了细汗。站在后面的柳敬亭似早有预料，笑着只顾点头。

巧妹七手八脚地招呼着，将亭子里的盒子宴搬至了厅内，在排成长席的矮几四周铺上了蒲团垫子。

卞玉京笑道："原本这题出得平常，答平常了便没意思，重在参其禅味罢了。"

吴应箕红了脸："我甘愿受罚便是。"

贞娘一手拎着酒壶，一手托着一只广口劝杯问道："公子受罚前可否告知尊姓大名？"

吴应箕早已收了初来时的傲慢，下意识地看了一眼寇白门，寇白门落落大方，善意地将手中的长笛转到身后准备洗耳恭听，吴应箕眼神似有神游之状，半晌才回答道："在下复社吴应箕。"

巧妹招呼着姑娘们入席，笑着对吴应箕道："公子是复社的，才进的咱们姑娘们的盒子会呢，秦淮河边有传说一句话叫——嫁人就嫁复社郎，复社公子不但才华横溢，更是有保家卫国的英雄气概！"

贞娘瞪大了眼睛："巧——妹，你一个小姑娘家口无遮拦知不知羞！"

冒辟疆喜气洋洋地挨着陈圆圆坐下："我觉得巧妹说的很好，不过，今晚咱们最好不讲英雄气概。"

方以智拍拍吴应箕："兄弟，辛苦你。"随后也挨着董小宛坐下了。

董小宛客气地对方以智点点头："据说方公子就要上京会试了，什么时候动身？"

方以智直勾勾地看了董小宛半天，真觉得自己有千言万语对董小宛讲，却只吐出了两个字："明天。"

此刻吴应箕端着海碗一口气喝下了全部的酒。

贞娘举着大拇指："果然了得，我断言今年吴公子定然高中！"

吴应箕看了一眼寇白门，擦掉嘴边的酒，回贞娘道："借您吉言，不过今晚我输得心服口服。"

柳敬亭早已在席上自斟自饮："吴公子能如此谦卑，与我等艺人为伍并无分别之心，可谓人中真君子。"

冒辟疆道：“柳师傅，我不赞同你将自己和美人通论为‘艺人’，美人就是美人，美人在世上稀有珍贵，岂能是‘艺人’可比拟？罚酒罚酒！”

柳敬亭横眉一竖，无可奈何地举起酒杯：“冒公子这张利嘴，真正打了柳麻子的丑脸。我喝了这一盅便是。”

陈圆圆瞪了一眼冒辟疆道：“艺人陈圆圆也愿陪柳师傅喝了这一杯。”说完仰头将酒一饮而尽。

柳敬亭笑眯眯地甚是满足：“真好，冒儿当初学剑术要有圆圆学戏的劲头必然成高手。”

陈圆圆喝完了杯中酒道：“若不是柳师傅指点红娘的身、眼、手法，我家师父说：‘圆圆你最少也得在台下多磨十年功。’”

柳敬亭：“哎呀，要不得，梨园大师父是谦虚之词，我一说书人不知在你们的戏曲中偷学了多少好东西，怎敢说指点。”

冒辟疆恭敬、端正地给陈圆圆续上酒。

另一边董小宛悄悄地对巧妹道：“给我也拿一只广口海碗。”

方以智不知董小宛用意：“董姑娘是要劝酒吗？”

董小宛将广口海碗注满了酒，纤纤玉手摇摇晃晃地端起偌大的酒碗：“小宛才艺浅薄，久仰柳师傅大名，今日定要干了这海碗酒敬您。”没等方以智劝解，她便仰头咕噜咕噜喝下一大海碗。

众人被董小宛的举动震慑住了，贞娘刚将微醉的吴应箕扶到榻边歪着，见此情景一阵风似的飞旋到董小宛身边：“小宛做甚？这又不是在朱统锐王府应酬，没人逼你这个喝法！”贞娘几乎要抢下董小宛的酒碗，可是酒碗已经见底。

董小宛脸上起了红晕，一笑百媚生：“就为柳师傅一句‘我等艺人’，这酒就值得喝！”

冒辟疆带头鼓掌喝道：“好！董姑娘好酒量！好胆魄！”众人跟着鼓掌叫好。

喝酒叫好声一直传到窗外巷子的深处。

13. 南京秦淮河边桃叶渡小楼暖居外巷子深处　夜　外

小楼暖居里的叫好声、鼓掌声一直传到巷子的尽头，夜空晴朗却莫名飘起了雨滴，黑魆魆的石板地面上散发出油油的黑光。

巷子深处静静地立着几匹马。

领头的黑衣人轻轻地拉了拉缰绳，马儿会意地朝前迈了几步又立住了，他朝着小楼暖居的方向死死地盯了片刻。

后面马背上的黑衣人轻声道：“王公子，兄弟们随时听候您的吩咐。”

领头的正是王宓，他冷笑道："九千岁的义子，十年都等得，却按捺不住一个端午。我不会！一帮喝酒嫖娼的浪子能有什么作为！就让他们醉生梦死是最好的。董小宛，你在我面前还装什么烈女？想想都叫人恶心！"王宓调转马头离开，马匹随后也跟着消失在巷子里。

14. 南京秦淮河边桃叶渡小楼暖居二楼廊下　夜　外

一个短装武士打扮的人拱手对冒辟疆道："公子，他们六人在巷子外站了有一刻钟就走了。"

冒辟疆朝巷子远处眺望："如柳师傅所料，阮大铖的朝言夕闻也就这个伎俩。"

武士咳了一下："公子，你身后是谁？"

冒辟疆转身道："谁？"

方以智从门后出来："柳师傅教你剑术却没教你轻功。"

冒辟疆挡住武士："这楼里都是自己人。"

方以智："怪不得董姑娘那般喝酒你却大呼叫好，原来隔巷有耳，敢情是特地叫给他听的。"

冒辟疆："爱情诚可贵，嫉妒太可怕！杭州的王公子追求董姑娘不得，如今实实在在做了阮大铖的走狗。"

方以智："此举了得，你可想好跟阮大铖抗衡？"

冒辟疆从怀里掏出《留都防乱公揭》交给武士："安排人手抄写，子时到媚楼，自有复社成员联名。连夜全城张贴！越多越好！"

武士接了公揭离开。

方以智拍拍冒辟疆肩头："事情做到大白于天下，明面上阮大铖断不敢轻举妄动，暗地里是否会善罢甘休？"

冒辟疆："你只管安心去会试，天下之事哪顾得一己之私！你此去京城也代表整个江南复社。"

方以智点点头："风雨飘摇之际，唯有同舟共济。留都是后援也是大明的退路……"

冒辟疆："除却奸佞留得生机就在今夜之举，密之只管等着好消息吧！"

方以智："嗯。"

巧妹提着灯笼从游廊另一端走来："冒公子，方公子果然躲楼上来了！你们堂堂男子汉的倒不如咱们董姑娘的酒量呢！"

方以智将冒辟疆推到前面，冒辟疆笑脸相迎："可巧我酒也醒了，我猜是贞娘让你来寻的。”

巧妹摇摇头娇喘着道：“贞娘才不管你呢，陈姑娘要回去了，问你走不走？”

冒辟疆连忙作揖道谢：“多谢巧妹告知，我这就走。”

巧妹媚眼抛向方以智：“方公子，那请你随我走吧。”

15. 南京秦淮河边桃叶渡小楼暖居外厅　夜　内

冒辟疆下了楼，只见贞娘正向柳敬亭、陈贞慧等人展示自己的断肠剑，陈圆圆远远地立在一旁看见冒辟疆进来，就将手里的斗篷塞给思琴要往外走。

冒辟疆赶忙拦在陈圆圆面前道：“说好今晚要陪你看明朝日出的。”

陈圆圆瞪着一双水汪汪的大眼睛：“骗谁？”

大厅另一边陈贞慧、余怀和贞娘三人正对决上了剑术，冒辟疆夺过思琴手里的斗篷，将陈圆圆拉到后厅榻边坐下，好言相劝：“端午花魁节那天是真的出了点岔子，今晚绝不会往事重演！”

陈圆圆对视着冒辟疆：“你有事瞒着我？”

16. 南京秦淮河边桃叶渡小楼暖居后院小厅　夜　外

董小宛酒后显得有些慵懒，半个身子趴在栏杆上，看着秦淮河边里星星点点的荷花灯发呆：“满池花繁叶茂莲，不知水深根长藕。”

方以智轻轻悄悄地坐到董小宛的身后搭话道：“莲与藕又非身首异处，岂有互不相知之理。”

董小宛轻声笑道：“也真是，看来人远不如莲藕。”

此时，子修端了醒酒汤过来，方以智起身接过碟子，亲自送到董小宛手里。

方以智：“董姑娘是有心事？”

董小宛喝下了醒酒汤：“让方公子笑话，董小宛这样的身世是不是不配有心事？既不上京赶考也不曾拥有一颗忧国忧民的心。”

方以智：“你若忧便是大明子民之忧，你我怎么有分别？”

董小宛：“呵呵，你姑姑（方以智的姑姑是明末有名的大才女方维仪）那样有学问、有才识的女先生最有感触了，有无分别并不在于你对我的同情有多少。”

方以智明白董小宛说的深意，别说是一个落籍的女子，就算他的姑姑一生被祖父宠爱着，那也是仅限于大家族的院墙之内。他没有再反驳董小宛。

董小宛转身斟酒：“你们为何给我醒酒汤，今晚的酒远没有喝够呢！”

董小宛喝了一杯又给方以智斟了一杯，方以智虽接了董小宛的酒杯，嘴上却劝道："董姑娘，酒多伤身。"

董小宛赌气似的又喝下一杯："到了南京我的酒量算是练出来了，就算再来海碗也醉不倒的。"

方以智坐下来想跟董小宛好好地聊聊，谁知董小宛忽地起身要走。

方以智问道："你去哪里？"

董小宛慢悠悠地回笑道："我想知道自己究竟称得上美人还是艺人？找他理论理论。"

方以智愕然："董姑娘，冒兄只说了句玩笑话何必当真呢？"

董小宛没听方以智把话说完就飘飘然地离开了亭子。

17. 南京秦淮河边桃叶渡小楼暖居外厅　夜　内

董小宛进了外厅，只见酒桌上的人已走空。冒辟疆忙着给陈圆圆披上斗篷，贞娘和巧妹也穿着外出的罩衣，打着灯从楼梯上下来。

董小宛定了定神，歪歪扭扭地上前去："冒公子，你且慢。"

冒辟疆和陈圆圆转过身来，陈圆圆扶住董小宛关切道："小宛，你喝多了，不如早早歇了。"

董小宛推开陈圆圆："我不！我找冒公子说话。"

冒辟疆笑道："哦？董姑娘找我说什么？"

董小宛："我且问你，我董小宛可算得美人还是艺人？"

陈圆圆："小宛，你还介意他说那句话呢，他是丑人多作怪，你别理会便是了。"

董小宛有些咄咄逼人的意思："我问的是冒公子，我想听他是怎么说的。"

冒辟疆弄得一头雾水，尴尬地回答："嗯——董姑娘当然是——才艺了得的美人！"

董小宛点点头，泪水在眼眶里打转："好！好！好得很！多谢冒公子夸赞。"

贞娘抱住董小宛，轻声道："小宛，你喝多了，巧妹快叫子修来照顾董姑娘。"

方以智进来道："我来吧。"

董小宛似乎用尽了全部力气眼看要倒下去，方以智连忙上前扶住她。

贞娘示意冒辟疆和陈圆圆先走，她对董小宛道："小宛，后半场转媚楼了，你就留在小楼暖居，好生歇着再别闹酒了。"

董小宛甩开方以智，站稳了说道："我怎么就闹酒了？那吴公子喝得，怎么我就喝不得呢？”

贞娘见方以智一脸尴尬，她也觉得董小宛今天有些莫名奇妙：“吴公子喝酒可没有闹腾。”

冒辟疆扶着陈圆圆跨出门槛后回头看了一眼董小宛。

董小宛看着冒辟疆离开，忽然落下泪来对贞娘道：“你是说方才吗？就因为我问了冒公子一个问题，也算得闹腾？”

贞娘上前搂住董小宛，拍拍她的后背：“我知道你心里有苦衷，你若想你娘了，可随时回苏州去。”

董小宛却冷冰冰地推开贞娘：“我不需要谁来同情！”说完转身离开，方以智紧随其后也出了厅堂。

贞娘怔怔地楞在大厅中央，喃喃道：“哎——秦妈妈欠你的如今算我欠你的。”

第二十八集　过街老鼠逃离城门　情深义重珍藏心底

1．南京秦淮河边桃叶渡小楼暖居后院荷塘边　夜　外

后院静悄悄的，只有方以智陪伴着董小宛，两人坐在荷花灯旁的石凳上，董小宛默默地垂泪，方以智也不说话。

许久，方以智看董小宛不再抽泣，便开口道："董姑娘，秋夜凉，回屋去吧。"

董小宛也不回他话，问道："今夜，你们都说我喝多了是吗？"

方以智："喝多也不一定喝醉。"

董小宛转身点点头看着方以智："今夜真想醉一回，却没得这个机会，你怎么不去媚楼？"

方以智："嗯——陪你看花灯。"

董小宛冷笑道："今夜媚楼莺歌燕舞，小楼这孤冷的花灯有什么可看？"

方以智："哪怕是繁花似锦的盛宴，今夜的媚楼，人人心中都有一盏孤冷的花灯。"

董小宛："这话怎么讲？哼，我看那冒公子自有那美人怀抱春风得意！不见得有'孤冷'二字。"

方以智摇摇头叹道："别看他表面上春风得意，内心里有多少无奈。"

董小宛将擦过眼泪的手绢藏入袖内："倒是听说，复社人多有争当国家栋梁的远大抱负，最是恨那谄媚魏党的阮大铖。可那冒公子流连风花雪月，将金陵大会设在烟花柳巷不说，还……还满嘴虚言浮夸……"

方以智笑道："连董姑娘都这么看，冒兄组织这次金陵大会定能无碍了！"

董小宛抿抿嘴甚是不解。

外面传来敲更人巡街的声音，方以智听得分明，有些激动地说道："确切地说过了子时，金陵大会已经完成最重要的任务了！"

董小宛眨巴着大眼睛："依你说的，倒是我误解冒公子了？"

方以智："你可别小看了你们小楼和媚楼了，你忘了小楼开张时，贞娘是怎

么拿得‘第一雅集’的称号的？”

董小宛心里自知，今晚实在是吃了冒辟疆和陈圆圆的无名醋，却又找不到任何可责怪他们的理由，只好憋着一肚子委屈：“大概是我错怪冒公子了，是我想的狭隘了。”

方以智憨憨地整整衣领笑道：“你那么想也正常。”

董小宛有些倦意：“方公子明早要赶路，早些歇息才好。”

方以智没有离开的意思：“我……我还有话要对董姑娘说。”

方以智守着，从袖筒里掏出半截破旧的丝带。

董小宛开始并不明白方以智此举何意，等方以智将丝带完全展开在她面前时，她的眼前闪现出当年在运河边遇难时场景：

闪回：

董白扯下身上的丝带给子修：“照顾好老爷。”

子修用丝带捂住董志的伤口。

董白止住哭泣缓缓站起身：“别打了，只要你们放了我爹，放了我的家人，我就答应跟你们走。”

闪回毕。

方以智：“没错，这是董姑娘的丝带。”

董小宛觉得呼吸变得急促起来：“过去那么久，方公子还留着它？”

方以智心里眼里都是深情：“两年，也并不是很久……”

董小宛想到往事，眼眶湿润了：“它可以证明方公子、冒公子、陈公子、侯公子你们四人救过我的命。”

方以智心砰砰地跳：“我……我留着它不是为了证明这个。”

董小宛顿时各种滋味陈杂：“而如今——我却并不想证明董小宛就是——董白。”

方以智鼻尖冒着细微的汗，他几乎不曾留意，董小宛正在自己的情绪中伤感，一心只想对她表白：“董姑娘，我喜欢你。”

董小宛已忘了脸上还挂着的泪珠，怔怔地看着方以智，像是被时间凝固住了。

方以智又重复了一遍：“董姑娘，我喜欢你。从我见到你的那一刻起！”

董小宛和方以智一直像是在平行空间里的两个人，而此刻却不得不碰撞、交织在一个焦点上了。

董小宛从上一秒的悲伤中拉了回来，取而代之的是另一种潮水般的羞怯和惊慌的情绪。

闪回：

子修愣了片刻傻傻地问道："小姐，你是最勇敢、最有主张的人对吗？"

董小宛纳闷地说："傻丫头，没头没脑地怎么这么问？死都不怕的人，总是能勇敢地活着吧，这个最字嘛就不好说了，至于这个主张，如今的董小宛除了自作主张，还能有别的商量吗？"

子修点点头："那么说方公子是说对了，那他算不算是小姐的知己了呢？"

董小宛："方公子？"

子修："唔——对啊，那天他喝多了，糊里糊涂地把我当作了小姐你，他硬拉着我说话，说你是他见过的最勇敢、最有主张的人，还说他很佩服你的。"

董小宛浅浅地笑道："那是他喝醉了说的醉话，你也当真。"

子修一脸认真地说道："我看不像，他说的挺认真的。那还有人说酒后吐真言呢！"

董小宛照例不停手中的针线："我看那天不光他喝醉了，还把你也熏醉了呢。"

子修嘟嘟嘴摇摇头："嗨！我就知道，小姐喜欢冒公子呢！"

董小宛一恍惚被针头刺中指尖："哎呦！"

闪回毕。

董小宛慌乱中起身想离开，方以智勇敢地拦在她前面，等待她的回应，两人对视着，董小宛感到方以智灼热的眼神快要燃烧起来。

董小宛躲闪着："方公子，不可以。"

方以智急切地："为什么？我才不在意是董小宛还是董白呢。"

董小宛低下头，内心说不出的苦楚："不是因为这个。"

方以智："那是什么？"

董小宛觉得有一种熟悉的悲哀又在她身上涌现，不管是杨默生还是方以智，都给了她无奈和不可挽回的悲哀感。

方以智："你是觉得我要去京城了吗？"

董小宛摇摇头，几乎是哭泣地诉说道："若是两情相悦，千里也共婵娟。我不能接纳你——是因为——我早有了心上人！"

方以智忽然感到气血上涌，眼前的董小宛分身成了两个、三个，他不敢再看，连连后退跌坐在石凳上。

董小宛充满歉意地询问道："方公子你怎么了？"

方以智努力让自己冷静下来，自嘲地苦笑道："深秋的石凳子，果然是凉透了！"

董小宛悄悄地抹去了眼泪："对不起！"

方以智礼貌地："不不，你不该对我有歉意，这不是你的错，要说错也是我错了。”

董小宛：“不，我也错了，我的心里与你一样都是苦涩的。”

方以智：“为何？”

董小宛委屈的泪水再次涌出了眼眶：“因为他是冒辟疆。”

方以智闭上眼，沉默良久后问道：“他知道吗？”

董小宛摇摇头：“不可能的，不是吗？”

方以智努力地让自己露出笑容，断断续续地说道：“我多么希望你能幸福……那好，我走了……明天就离开南京……”

不管怎样，董小宛对方以智这个挚友多有不舍：“我去送送你。”

方以智连连推辞：“不不，不用送了，不用送了！”

子修拿着斗篷从屋里小跑出来：“小姐，夜深了，该歇息了。”

方以智连忙拱手道别，董小宛在后面跟着走了一段，到了转角处，不见了方以智的身影才停住了脚步。

董小宛问子修道：“过子时了吗？”

子修：“过子时了。”

方以智忽然又出现在门口：“董姑娘，谢谢你！”

董小宛诧异地：“你谢我让我情何以堪？你是我的恩人。”

方以智眼眶湿润，嘴角却笑着：“我知道，可我还是想谢谢你。”

董小宛想要再说些什么，门口的人已经离开了。

空镜头：南京城上空的烟雨蒙蒙逐渐消散，星辰露出她们微弱而倔强的光芒。

2. 南京城朝阳门　日　外

城门前布告栏周围挤满了人群，一辆小巧的马车从一旁经过。

董小宛撩起马车窗帘的一角往外探看。

轿内子修好奇地问道：“小姐，外面那么吵，发生什么事了？”

人群中有人高喊：“此贼长年重金招揽门客，日后看谁还敢为了钱财助纣为虐！”

董小宛：“看来南京城不乏有义之士，只是……”

子修：“只是什么？”

董小宛放下帘子对马车夫道：“快些去北边观音门。”

子修坚持着自己的话题：“小姐，只是什么？”

董小宛笑道："等方公子去了京城，或许会带来好的消息。"

子修嘟嘟嘴："小姐你并没有回答我的问题，我问的是外面为何那么吵闹？"

董小宛调皮地眨眨眼："我也没有看到布告。"

子修不死心地撩开车帘，马车已经穿过了内城门。

3. 南京阮大铖府邸书房外廊下　日　外

廊内散落了一地的精致鸟笼，阮大铖还不停地用脚踢翻近旁的几个笼子。

王宓低着头立在他身后大气不敢出，阮府管家战战兢兢地上前捡拾鸟笼子。

阮大铖吼叫道："滚！滚！叫他们统统滚出去！今日出了我阮府大门，他日休想再踏入半步！"

阮府管家为了"保护"鸟笼，被阮大铖狠狠踹了一脚，忍痛劝解着他的主人："老爷，这个可都是您千里迢迢从安南淘来的宝贝，坏了您的闲趣就是老奴的罪过。"

阮大铖这才收了脚："哎！园子里还剩多少门客？"

王宓轻声道："一个——没剩。"

阮大铖气喘吁吁地一屁股坐在太师椅上，端详着桌上的《留都防乱公揭》，像一尊泥塑。

王宓皱皱眉不解："阮大人，为何不撕了它？"

阮大铖小眼珠左右转个不停："复社才子，果然写得好文章！撕了可惜！"

4. 南京城观音门　日　外

董小宛的马车缓缓到了南京最北边的外城门——观音门，城墙脚儿也里三层外三层地围了许多人。

董小宛撩开马车帘子，子修双眼瞪得大大的，半个身体已经探出了车外："小姐，怎么每个城门口都围了那么多人，横竖是出了什么惊人的事。"

董小宛看着一身小子打扮的子修有些无奈："嗯，下车去看看。"

子修迫不及待地跳下了马车，又回头沮丧地回到了车箱里："小姐，我大字不识几个。"

董小宛："嗯，别错过了方公子的行程。"

5. 南京阮府书房外廊下　日　外

韩赞周气急败坏地穿过花园来到廊下："哎呀——哎呀——阮大人啊——你怎么还这么气定神闲呢？南京城都沸腾了呀！"

阮大铖此时倒是慢悠悠地吃着茶点："骂我的人多了去了，都得生气的话早就气死了。"

韩赞周："这次非同小可呀！整个南京城，内十三外十八个城门，每个城门口张贴了骂你阮大铖的公揭，围观人群挤的水泄不通，城内各行各业稍有经营的小商贩、小店主，不知是被何人怂恿，全都打到我这个守备衙门前讨要说法。"

阮大铖从太师椅上坐直了身体："什么？我阮大铖不是得罪了那些个书呆子吗？小商贩们何时又打上门来了？"

韩赞周："你自己做的事情能不有点数吗？你搞市场垄断，控制南京城内菜价、肉价、油、盐、酱、醋、茶，哪一个落下过？"

王宓上前行礼打招呼："舅舅。"

韩赞周嫌弃地一把推开他："你怎么还在这里？"

阮大铖小眼珠子盯得牢牢地："他现在是我府上唯一的门客了！"

韩赞周眉头打八结："哎呀！阮大人赶紧收拾东西离开南京出去避避风头吧！"

6. 南京城观音门外树林　云松亭　日　外

子修将食盒里的茶点整齐地摆放在石桌上。

董小宛抬头望着亭子外高耸入云的松林，阳光幽幻地落在她的肩头，松香味暖暖的，鸟儿在枝头飞跃、叫唤。

董小宛做了个深呼吸："这松林竟有个亭子倒是极妙的。"

子修从包裹里取出一个脸盆大小的鼓来，心中正疑惑，只听得马蹄声"笃笃笃"地近了。

镜头对切：方以智的坐骑和卞儿的矮脚马一前一后风尘仆仆而来。

方以智看到前面一辆黑色的马车，勒住了缰绳，卞儿的矮脚马走到了方以智前头。

卞儿欣喜道："公子，那定是董姑娘的马车，昨天子修来书院问我走哪一条路……"

方以智没等卞儿说完："赶路要紧。"

卞儿挠挠头："公子？"

对切回亭子下。

子修："小姐，定是方公子。"

董小宛想要去路边迎接，转念又回到了亭子里坐下了。

子修一路小跑出了亭子。

方以智并没有停下的意思，策马经过子修身旁一路朝前而去。

子修跟着卞儿的矮脚马跑了会儿，实在跟不上了，气喘吁吁地尖叫道："卞儿，你眼瞎了吗？看不见我是子修吗？"

卞儿不好意思地慢下来，转头做出无奈的表情，继续跟着方以智前行。

子修："喂——卞儿，卞儿——你快停下呀！"子修着急地看看董小宛，只见董小宛独自爬上了铺满松针的岩石，在上面盘腿而坐，抱着一个盆大的鼓。

董小宛冲着方以智远去的方向为他击鼓送行。

方以智听到鼓声从马上下来："卞儿，前头有条河，去灌些水来路上好用。"

卞儿点点头领命而去。

在董小宛的鼓声中，方以智牵着马走了一段，慢慢停下脚步，他在心底告诫自己：莫回头，莫悲伤，莫心怯！这不正是董小宛击鼓之意嘛。他重新跨上了马背，耳旁的风声呜咽后退，两颊的泪水像飞散的珍珠打落在空中。

方以智的身影早已远去，董小宛却依然挺直腰背，一下一下敲击着鼓面，有一种决绝而悲壮的柔情。四十年后在赣江惶恐滩，暮年的方以智心底依然为那日的鼓声拳拳服膺、至死不渝！

子修匆匆跑至岩石下，仰着头喊道："小姐，别敲了！人都走远了！"

松林下斑驳的光线映衬着董小宛汉白玉似的肤色更加清丽、洁白，她面颊流淌的泪水透明清亮不留痕迹，打湿了的领口显出不规则的水渍来，并且深色的水渍还在蔓延……

7. 南京秦淮河边书院门口　日　外

冒辟疆揉揉太阳穴，努力让自己打起精神来。

华安洋洋得意地将马拴在木桩前，并将冒辟疆的随身褡裢也取了下来。

冒辟疆惊讶地看着华安的举动："干嘛？"

华安神秘地在冒辟疆耳边低语道："二爷，你真神人！内十三外十八个城门信息大爆炸，全城无死角！工会正向守备府请命认责阮大铖。"

冒辟疆睡眼惺忪地："你……你把褡裢还我，当下有要紧的事。"

华安兴致未减："二爷，阮大铖三天之内，定然被赶出南京城。"

冒辟疆拍拍华安的脸，低声道："小孩，慎言！慎言！"

华安看冒辟疆上了马才喊道："二爷，方公子早早出了城，这会子该出了观音门了。"

冒辟疆："啊？你怎么不叫醒我？"

华安："卞儿说了，方公子不想打搅大伙，静悄悄地走了，自在。"

冒辟疆又下了马来，将缰绳重新抛给华安："呵呵！好个自在！兄弟我昨晚花天酒地的戏做过了头。"

冒辟疆正待进书院门，陈贞慧和侯方域骑马而至。

冒辟疆问道："定生从小楼暖居而来？侯贤弟从艳香楼而来？"

陈贞慧一脸严肃，侯方域将马缰扔给华安，拍拍冒辟疆肩膀笑道："人家姑娘昨夜都送回了，没你想的香艳风流。"

冒辟疆笑弯了双眼："草率！我和陈圆圆便如人想的那般香暖甜蜜，花前月下、海誓山盟到天明。"

陈贞慧没有停留片刻，直接跨进门槛去："进门说话。"

8. 南京城秦淮河边书院后院　日　外

书院后院挤满了人，众人议论纷纷。

冒辟疆对吴应箕拱手道："吴兄好早！"

大家纷纷拱手行礼。

冒辟疆："各位辛苦，不过成效显著。阮府的门客们已退避三舍，此后阮大铖再想以复社前辈自居，在南京城做掩人耳目之事，怕是不能了。"

众人纷纷点头称是。

吴应箕笑道："这次阮大贼猝不及防，冒兄快人一步的计划果然极妙。"

冒辟疆也笑道："吴兄与寇姑娘才子佳人对课之事才称得上极妙！"

余怀从人群中走上前："此举甚妙，对付了奸贼又博得了佳人，可谓一举两得！"

陈贞慧道："我看不止两得，当下礼部正阅卷，怕是再不敢由着阮大铖做过分之举。然，又是一得。"

吴应箕："师父走后，复社被压得喘不过气来，时下算是扳回一局！"

众人也称赞。

冒辟疆点点头："甚是。不过复社不该热衷于党争。金陵三日秦淮河边荡舟饮酒、美人相伴，我冒辟疆一言既出岂能食言，今晚、明晚还是媚楼设宴，各位诗词歌赋尽显其才吧。余怀，荡舟游秦淮之事就交予你了。"

大家行礼致谢，余怀带着众人离开。

冒辟疆对陈贞慧、侯方域道：“密之一早走了，没赶上送行。”

陈贞慧：“知道，密之与我在艳香楼喝酒到拂晓，他执意独行离开。”

冒辟疆看看侯方域：“定生和密之在艳香楼？”

侯方域有些不好意思：“我没和他俩喝酒，我……”

冒辟疆拍拍侯方域：“我懂，你欠香君一个婚礼。”

陈贞慧：“密之做事一向谨慎，悄悄地离开也好。”

冒辟疆点点头：“嗯，这次行动多亏了柳师傅帮忙，才能这般神速高效。其实昨夜阮大铖派了人在秦淮河边盯到半夜，断定我们沉浸酒色无疑后才撤离。”

陈贞慧少有笑容，此时却笑得坦然：“再召集南京工会给韩守备施压，阮大铖的保护伞怕是再也撑不住了。”

华安带着昨晚那个短装武士来到后院。

武士对冒辟疆道：“公子，阮大铖带着家眷往钟埠门去了，要不要再叫人手在城外截住他？”

冒辟疆摇摇头笑道：“定生料得没错，阮大铖是跑了，既然跑了何必赶尽杀绝，愿他余生做个好人吧。”

武士还想说什么，冒辟疆阻止道：“告诉柳师傅，余下的事不必多问了。”

武士拱手离开。

冒辟疆、陈贞慧、侯方域相视而笑，冒辟疆高声道：“走，去钟山顶送送阮大铖！”

9. 南京城钟埠门　日　外

钟埠门是南京唯一一处平时关闭的城门，沿着护城河地势呈内凹形，这个单孔城门已久被人们遗忘。一队人马正在悄然通过城门，路面上厚厚的树叶在车轮后面翻滚着。

其中一辆马车的窗帘子被掀开，阮大铖探出脑袋朝外看了一眼又迅速地缩了回去。

10. 南京钟山顶一处观景台　日　外

冒辟疆、陈贞慧和侯方域站在观景台上往城外观望，山下蚂蚁似的车队缓缓移动。

冒辟疆：“哼，也是天意，内十三外十八个城门竟有一处钟埠门是被人遗忘的。”

侯方域：“今日的阮大铖千夫所指，在别处他是插翅也难飞出城了。”

陈贞慧：“想起他往日的恶行，真不知冒兄放他一马是福是祸？”

冒辟疆：“相信慈悲之力量，万事万物不可做绝，阮大铖已近耄耋之年，今日之惩罚也足够他余生反省了！”

11. 南京秦淮河边桃叶渡小楼暖居董小宛房间　日　内

董小宛已换了衣衫，将包裹里的鼓放到鼓架上再用绸布盖好，又恭敬地在观音画像前点了柱香，合十祈祷。

贞娘一脸倦容，云鬓散乱地进来，一把拉过董小宛到榻边，自己却钻进被子躺下了：“累趴了，小宛陪我说说话。”

董小宛嘟嘟嘴：“一夜未合眼吧？我不说话，不吵着你休息。”

贞娘：“不不不，你不陪我说说话，我再不能合眼的。”

董小宛宛然一笑：“要不要我唱催眠曲呀。”

贞娘又睁大眼睛兴致勃勃地说道：“不要！小宛，你知道一夜之间发生了什么吗？”

董小宛点点头：“送完方公子回城时，听到城门口有人说全城都贴了声讨阮大铖的公揭，可惜没有办法凑到跟前看个究竟。”

贞娘：“是复社百名有志之士的联名声讨书，昨夜又是喝酒又是唱曲，真不知他们是在什么时候写成的。”

董小宛眼中闪着光芒：“原来是冒……复社公子……怪不得昨夜要在秦淮河边大造声势。”

贞娘：“你是说给阮大铖打了个马虎眼。”

董小宛也有些兴奋：“怪不得方公子说昨夜子时金陵大会的任务就已经完成了。”

贞娘：“这么说来，声讨奸贼阮大铖也有咱们的一份功劳了。”

董小宛：“你怎么不安排我去游船呢。”

贞娘：“冒公子安排了余公子和陈圆圆负责游船。”

董小宛有些落寂地低下了头。

贞娘：“晚宴上自然要你这个并列花魁略微坐一坐的，也好让各地的才子们一睹董小宛的芳容。”

董小宛拍了一下贞娘：“我不是这个意思。”

贞娘情思绵绵：“若来生托个自由之身，我极愿意嫁给定生的。我与他有患难之交，如今他又与冒辟疆、复社一行人赶走了阮大铖，真是令人钦佩！”

董小宛："此番就赶走了阮大铖？"

贞娘："那还有假？我还知道他是从钟埠门溜走的呢。从此南京城可以清明许多了吧！"

董小宛："了不起！贞娘，我觉得你在今生也可以嫁给陈公子的，那样，不仅是南京城而是你整个人生都可以清明呢。"

贞娘转移了话题："昨晚方公子跟你谈的如何？"

子修拿了热毛巾给贞娘敷脸，一边笑道："我知道咱小姐心里喜欢的是谁？"

贞娘："哦？丫头说与我听。"

董小宛赶紧推走了子修："好不知羞的东西。"

贞娘看着两人嬉闹离开，将敷过脸的毛巾搭在一旁，心满意足地闭上了眼。

12. 南京秦淮河边画舫小厅　夜　内

董小宛跟着子修穿梭流水席边的外廊，公子们谈笑风声，并未注意窗外有人经过。

董小宛边走边观察宴席，疑惑宴席上竟是清一色的男子。

子修："小姐，冒公子说晚宴不需要谁人陪酒，客人们都是自斟自饮、自娱自乐。"

董小宛笑道："那是怪了，让我们来做甚？"

子修："冒公子说，今晚姑娘们也做一回宾客，在小厅摆了宴席。高兴了吟诗作对，唱曲舞蹈都行，也可以出题拿公子们取乐。"

董小宛："这倒是新鲜得很。"

13. 南京秦淮河边画舫小厅　夜　内

厅内正击鼓传花，董小宛刚跨进门来，一朵菊花刚好抛至她怀里。众人笑作一团拍手叫好！

顾横波站起来道："正叫好巧！今儿个你说不出笑话来，就得罚酒！"

董小宛将菊花拿在鼻前闻了闻："何故糟践这花中君子，子修，快去找盆清水将它供案上。"顺手将自己发髻的一朵素色绢花取下来丢给顾横波。

顾横波接了绢花显得有些难堪，卞玉京笑道："小宛说的极是，想必咱们媚楼的老板娘一时慷慨忘了情，她园子里养了有几十种菊，恨不得今夜都摘了献给姑娘们呢。"

董小宛："她既是花主，千辛万苦护养了它们，一夜之间尽摘了用于耍玩，岂不是知错犯错？”

董小宛一句话，席上本嬉闹的气氛全无。

顾横波亲自拾了花瓶将那金丝冠菊放入水中：“原以为自己是世上少有的爱花者，今见了董小宛才知，我顾媚徒爱了花的虚荣，却倒像个屠夫一般粗鄙、蛮横。”

贞娘在外面听见了两人的谈话，忙进了门来调和。

贞娘携了顾横波的手回到席上：“顾姐姐言重了，你可不知咱家小宛爱花忘情的嗜好，小楼园中四季的花都不许采摘的，做胭脂花粉也得等花瓣自落了才拾，有剩下的全都装了香囊埋入土里。”

顾横波看着董小宛点点头：“见识了，姑娘们不妨也学一学才好。”

寇白门笑道：“何苦这般严肃起来，今夜咱当一回宾客，自然要开心、有趣，快些上酒要紧！”

姑娘们举杯推让了一阵，也就将击鼓传花的游戏丢开了。

酒过三巡，姑娘们唱的唱，舞的舞，自娱自乐玩开了，无奈空间狭小，跌跌撞撞拥挤成一团。

董小宛有些微醺，她被挤到窗台边透气，朝河面望去，见挨着画舫又停泊着一艘偌大的画舫，灯火通明却空无一人。

董小宛：“你们快看，对面的画舫那么宽敞，组个歌舞班都行，大伙何不上那边去，随你们玩闹。”

众人纷纷响应：“真是！咱们去对面船上岂不有趣！”

14. 南京秦淮河边画舫大厅　夜　外

冒辟疆带着钱谦益、汪然明和男装打扮的柳如是到了流水席间。

冒辟疆举着酒杯道：“各位复社兄弟，特别是外省来的每每念及牧斋先生又叹息无缘见得真容者，今夜可谓机缘巧合得以幸会了，牧斋先生特地从常熟赶来与各位相聚。”

众人纷纷离席行礼：“牧斋先生，牧斋先生来了。”

有人道：“牧斋先生果然神采奕奕！”

一旁的汪然明怕有人错认，忙拱手自我介绍：“在下，杭州汪然明。”

柳如是也顺着道：“在下是牧斋先生的学生。”

钱谦益浅浅一笑，将柳如是请到自己前面：“隆重介绍一下，这位自谦为老朽学生的，是吾挚爱的夫人河东君是也！”

众人一时分不清“东南”，其中也有人不明白这样男人聚会的场合，为何将自己夫人带出来示众的。柳如是心底最清楚，自己的男人是在向世俗挑战，更是向她表白无须遮掩、无须卑微的爱情。

柳如是眼神里饱含着敬佩、感激之情：“牧斋先生才高八斗，做您的学生我不亏。”

钱谦益：“河东君才貌双全，作为丈夫我赚了。”

冒辟疆笑道：“君子之道，譬如登高必自卑；妻子好合，如鼓琴瑟必和乐。牧斋先生与河东君之佳话，定将流传百世。”

席间有点头称赞的，也有冷眼失望的。

钱谦益笑道：“今日老夫特将夫人公布于众，也想借私情说说公案。做学问者自然真爱知识，授学传统旧制也不可固步自封，没了探究真理之勇气，学问浩瀚，前途布满荆棘，褒贬议论，更是家常便饭，真爱者首要自我牺牲之精神！”

余怀在人群中起立鼓掌：“先生勇敢追求真爱，不惜遭众口诽谤，实在令后生敬佩！”

复社多为求学的年轻人，虽多为思想进步者，却也不乏传统守旧者，室内气氛一度静默尴尬。

忽听得船舱外传来甜美、悠扬的歌声：

“北方有佳人，绝世而独立。一顾倾人城，再顾倾人国。宁不知倾城与倾国，佳人再难得。”

歌声好似天籁之音，众人纷纷出船舱，走到甲板上看个究竟。

冒辟疆疑惑：“分明是圆圆的歌声，怎么会上了别家的船？”

对切对面游船的二楼平台。

陈圆圆手抱琵琶随兴而歌，寇白门、顾横波、卞玉京等重姐妹各式乐器伴奏。董小宛也上了二楼，见此情景好似仙境，心情大好走路却不太稳妥，飘飘然将挂在廊下的纱绸扯了下来，正好披在身上。

子修担心道：“姑娘，你醉了。”

董小宛随风起舞，身上的彩色纱绸飘飘袅袅：“今日不醉更待何时！为自己歌舞，为自己乐（悦）。”

子修看姑娘们个个兴致勃勃也就退到一边不再劝说，喃喃自语道：“自从离家后，第一次看到小姐那么开心。”

对切回画舫甲板。

贞娘急匆匆来到冒辟疆面前：“冒公子，贞娘来晚了。不是说今晚姑娘们只做宾客不献艺吗？”

半空中仙乐戛然而止，传来姑娘们欢乐的嬉闹声。

冒辟疆恍然有所悟：“姑娘们是为自己歌唱为自己欢乐呢。”

侯方域反复辨认后道："不妙，我认得那游船是朱统锐朱王府家的。"

贞娘胸口一紧："了不得了！快叫她们下船来！"

华安看了冒辟疆一眼，飞也一般消失在人群中。

15. 南京朱王府游船停靠的岸边　夜　外

华安安排姑娘们一一下了船，他回望空荡荡的游船心下疑惑：这船究竟几时停靠在这里的。

这边人才下了船，那游船便开始慢慢移动向河中心去。

岸上的人抬眼望去，只见那游船二层平台上施了法术似的变出来黑压压一群人来。

华安警觉地护住冒辟疆："就觉得船上不对劲，原来里面藏了那么一帮人。"

柳敬亭将冒辟疆拉到一边道："冒儿，此地不宜久留。"

冒辟疆点点头对陈贞慧道："坐了半天游船了，请大伙移步至媚楼吧。"

陈贞慧会意，转身去请画舫上的客人了。

16. 南京朱王府家游船二层平台　夜　外

秋风飒爽，吹得游船上贵族们腰间的佩戴叮当作响，朱统锐五短身材裹着锦衣绸缎、珠光宝气。他虽刚过了五十寿辰，却依然脸庞圆润、稚气，手里捏着董小宛舞蹈过的彩色绸纱陶醉地嗅闻着。

王宓也在随从人群中，双手垂立、低头不语。

朱统锐看着岸上的佳人们都上了马车离开，他忽然着急了："美人，美人，美人走了，快快备车。"

奶妈连忙拦在朱统锐跟前："小王爷，小王爷，夫人吩咐，今夜坐了游船就回府，你若上了岸，老妈子们就得挨打了。"

朱统锐"哧呼哧呼"急得直喘气："我的董美人呢？我要去找董美人啊。那个叫什么宓的，人呢？"

王宓赶紧上前候命："王爷，小的在此恭候。"

王宓见朱统锐没反应又叫了一声："王爷。"

那奶妈眼疾手快，悄悄踢了身后的王宓一脚，轻声道："不懂规矩，叫小王爷。"

几个年轻侍女忍不住掩着嘴笑。

王宓连忙点头改正称呼："小王爷，小王爷，今夜咱们只跟董美人躲个猫猫，以后有的是机会见到董美人。"

果然朱统锐转过了身指着王宓道："你不许说话不算话。"

王宓有些诧异，偷偷看看旁人，周围一圈人若无其事、表情祥和。

朱统锐伸出手道："什么宓，你给我拉勾勾。"

王宓尴尬地伸出手跟朱统锐肉嘟嘟的小手拉了勾勾。

17. 南京城胭脂巷马车里　夜　内

董小宛微醺地闭着眼，她靠在贞娘肩膀上嘟嘟囔囔道："我要喝……喝酒……给、给圆圆伴舞，只能我……我给圆圆伴舞。"

贞娘用帕子给董小宛弄出些凉风："让你逞能吧，你可知你们刚上了谁家船？"

董小宛笑道："管……管他谁家的船。"

贞娘拍了一下董小宛的脑袋，压低音量道："朱统锐朱王府的船！你们是不要命了吗？没头没脑地往那火坑里跳。"

董小宛看着贞娘，眼神足足停留了十来秒钟："那又怎样？反正船上空无一人。"

贞娘皱皱眉："端午节那天真应该让你也历经一次麻袋打劫，你就长记性了！"

董小宛双眼迷离倒在贞娘怀里瞬间睡着了。

贞娘将董小宛抱紧些，摇摇头自言自语道："小宛，我只希望你平平安安的。"

18. 南京守备府　内厅　夜　内

韩赞周着急地来回踱步。

家仆来报："大人，王少爷回来了。"

没等家仆说完，王宓前脚已经进了厅来："舅舅，你找我。"

韩赞周急转过身来，指着王宓道："你还知道有我这个舅舅吗？"

王宓低着头传述道："阮大人让我将南京大街十几个铺面的票据和地契送往朱王府。另外，黄忠良去了之后，江南最靠得住的镖号就是朱王府家的，以后咱们免不了得依仗他们家做买卖了。"

韩赞周声音低的像蚊子嗡嗡叫："你还不嫌事多吗？他阮大铖拍拍屁股走人

了，转手还去朱王府做了好人，被工人队伍堵在门口的人是我韩赞周呀。”

王宓冷静地看着韩赞周，嘴角露出不屑的样子：“让他们去闹好了，那公揭也并非圣旨，过不了几天就消停了。”

韩赞周：“那么大的动静，你们就不怕惊动了京城？”

王宓：“北边应付着闹清兵的事，哪管得了这里？”

韩赞周：“好了，你把财神送去了朱王府，也算是物归原主。”

王宓忽然笑起来：“呵呵，南京城一向传闻朱统锐有手段、精明，今日见了竟是这么个头称！像个十来岁的稚儿！”

韩赞周：“听听你的口气！不知天高地厚，那小王爷个小鬼大还能有假？”

王宓点点自己的脑袋道：“并不是个小，是这里真的是个稚儿。”

倒叙：朱王府内厅　夜　内

厅内陈设富丽堂皇，黄花梨雕刻的榻有平常人家两个那么宽大，墙上镶砌着南洋海贝、砗磲、珊瑚、珍珠组成的工艺装饰画，榻前平铺着波斯工艺地毯。两盏巨大的落地琉璃灯像两间小型的西式城堡、宫殿，中间点一颗灯芯正好将琉璃折射出千万道光芒。

王宓在室内所见物件多为第一次见识，不禁暗暗感叹：“我王宓也算是出身富贵之家，没想到世上竟有如此精美的房间。”

一位身着中西式裹袍的贵妇人缓缓踏入厅内，在榻上慵懒地半卧着，眼神似乎长了钩子，从眼皮底下拐了弯打量王宓。

王宓莫名地感到羞怯和压抑，连忙跪地下拜道：“奴才不知眼前贵人如何称呼，想必是府上顶级尊贵之人。”

那妇人见王宓这一拜倒是很受用，“咯咯咯”地笑道：“谁说商家子弟粗野，我看你倒是懂得礼貌、规矩。说吧，找小王爷什么事？”

王宓小心地抬起头来寻看小王爷的身影。

贵妇人一旁的侍女喝道：“看什么？夫人在此你还不快回话。”

王宓一听，当下明白贵妇人竟是朱统锐的正房大夫人，吓得连忙点头将面前的木盒子举过头顶奉上：“是是，小的有眼不识泰山。受托人万千叮咛，将盒子亲手交给朱王府掌管人手上。”

那侍女身材高挑，眉眼高冷，利索地接过盒子道：“这话说对了，夫人就是朱王府的掌管人。”

王宓不由地额头上渗出冷汗，暗暗庆幸自己的谨慎。

贵妇人慢悠悠地打开盒子：“呦！真是不可小瞧了！这礼物厚实的很呐！”

王宓补充道：“南京大街十里铺最核心、最繁华的铺面全齐了，唯有交给夫人这样尊贵的人手里才不至于荒废了。”

不料贵妇人听了又不舒服起来，身子往椅背上倾倒，水葱似的指尖“笃笃笃”敲打桌面。

侍女见状质问王宓：“不识趣的奴才，你倒是把咱夫人当做小小的掌柜了！”

王宓吓得磕头解释道：“夫人明鉴，就算给奴才十个胆也不敢那么造次啊！铺子确实是南京城最好的，可再好的东西也不及夫人您一个小指尊贵啊！”

贵妇人听罢忽然笑道：“起来吧，别磕破了皮，小商贩家的子弟也细皮嫩肉的。咱们王府虽然没那么些个商铺，可是几千顷的良田，那一年的租子至少可买下南京城几条街了。”

王宓连忙应和：“是是是，别说几个铺子，整个南京城还有比夫人更尊贵的吗？只要能被夫人瞧上的那是顶幸运的事。”

贵妇人被逗乐了：“倒是个机灵的，府上若有你这么个懂事的人帮衬着办事，能解我多少烦心事呢。”

王宓眉梢一动，觉得有戏，连忙接话道：“夫人要看得上我王宓，在下定当赴汤蹈火在所不惜！”

贵妇人盯着王宓半晌，对他招招手道：“过来，有件顶要紧又顶私密的事让你去办。”

王宓躬着上身凑到贵妇人面前，镜头虚化。

倒叙毕。

韩赞周神情不再那么焦虑，语气也平缓了许多：“都说朱统锐神秘得很，几十年不曾接待宾客，原来是这个缘故。”

王宓点点头道：“他这个夫人了得，掌得了家业还把朱统锐哄得高兴、服帖。”

韩赞周：“以你所见，朱统锐就是个十来岁小童的智商，哄他还不简单。”

王宓：“朱统锐别的不会却好女色，见了心仪的女子便非要到手不可，他夫人便要各种手段既安抚得了他的小王爷，也要能保全自己的位置实为不易。”

韩赞周点点头笑道：“这么看来，你小子仅凭一面之缘便深得朱夫人的信任，后生可畏！”

王宓狡黠地瞟了一眼韩赞周：“还不是托了舅舅平时的教诲。”

韩赞周眯缝起双眼拍拍王宓的肩膀道：“看来是错怪阮大铖了，这后腿伸得好哇！”

王宓：“今晚按朱夫人的意思将秦淮八艳统统引上了船，谁知那个呆子一眼认出董小宛，只对董小宛念念不忘。”

韩赞周：“怎么？董小宛与你何干？你有何不舍？”

王宓挑挑眉毛似笑非笑道："是朱王府的大夫人不想她的小王爷迷恋上董小宛，我看她董小宛身在秦淮终难逃劫数！"

韩赞周："别酸溜溜地说些没用的，说不定她还是那只能送你上岸的船。"

第二十九集　陈圆圆被掳献京城　董小宛劫中又遭劫

1. 南京秦淮河边媚楼会客厅　夜　内

秦淮河边的媚楼不敢说“尽其奢华”，那一定是称得上排场最大的楼之一了。会客厅相当于平常人家客厅的十几倍之大，中间有两排朱红的圆木柱子，依次摆开两排长长的宴席，公子和姑娘们面对面挨个坐在两侧。董小宛坐在最末的席位上，对面的座位正是空着的，从画舫上转来时已是微醺状，此时便更是力不从心了。她努力半开着双眼，抬头向长长的宴席望去，有一种一眼望不到头的错觉，有个人影忽左忽右地来回穿梭着。

正是冒辟疆在宴席间，兴致高昂：“今日心头之畅快尽在杯酒中，复社兄弟在金陵三年一聚，当得如此开怀，不醉不归！”

冒辟疆一个趔趄差点倒下，就在一旁的陈圆圆顺势扶住了他，低声道：“冒公子，别再逞能了，你当自己是江湖豪客不成。”

席间有人高喊道：“了不得！冒公子在美人面前故意‘撒娇’了吧？”

冒辟疆听到“撒娇”二字来了劲，假装往陈圆圆身上靠，陈圆圆干脆撒了手，冒辟疆冷不防结结实实地跌倒在地板上，他也不恼，乐呵呵地喊疼道：“哎呦，哎呦，白白落了个‘撒娇派’的名头，人家姑娘是个铁石心肠。”

大厅内一时哄堂大笑。

董小宛在喧闹声中忽觉得胸闷气短，她扶着墙悄悄出了大厅门。隔着柱子在另一排酒席上的柳如是瞧见了董小宛出门去，她在钱谦益耳边嘀咕了一句也跟着董小宛出了大厅。

2. 南京秦淮河边媚楼会客厅外天井小院　夜　外

洁白的月光洒在天井内，婀娜的太湖石旁竹影稀疏有致在秋风中沙沙作响。室内户外完全是两个世界。

董小宛觉得这里的孤寂、清凉正适意她内心的情绪，舒缓了一会儿她靠着廊柱叹道："清竹怎奈秋意凉，来也沙沙去也沙沙。"

柳如是提了灯放到天井的石头上，顿时小院有了温暖的气氛。

董小宛定睛看清后小声喊道："河东君？"

柳如是笑道："天地轮回似磐石，春夏自然，秋冬也自然。"

董小宛听罢，心头为之一震："姐姐一开口就是个女汉子气魄。"

柳如是："我可听说你在苏州家时也是女公子呢，如今怎么悲悲戚戚。"

董小宛幽幽地叹息道："唉，往事如烟云消逝，前世今生怎能混为一谈？"

柳如是摇摇头："妹妹说的醉话，杨爱、柳隐、柳如是，可真的是三生三世不成？回不去必将遇见更好的自己，也或许是我从小没了父母才有此硬心肠。"

董小宛听见"父母"两字更是泪眼模糊不能言语了。

柳如是拉着董小宛靠着围栏坐下，指向十丈开外灯火辉煌的客厅窗户道："我知妹妹不喜热闹，不过那室内的读书人倒算不得世上太过讨厌之人。"

董小宛忙拾了眼泪："不不，小宛并无此意，公子们这般高兴，也是因为一纸公揭赶走了奸贼阮大铖，就算——就算闹些，也不至于令人生厌之说。"

柳如是笑道："我猜小宛妹妹是有别的心事？"

董小宛转过头去低声道："没有，想家了也是平常。"

柳如是双手放在董小宛肩上，让董小宛面与她面面相对："说及心事，你为何面露羞涩？"

董小宛内心一波动，酒劲上头更是羞红了双颊，不知觉地用双手捂住了脸。

柳如是不禁笑出声来："嘻嘻嘻，果真灵验，一试便知。让我猜猜，能进得小宛妹妹的心坎上，会是个怎样的才貌绝世之人？"

董小宛又羞又恼，急的上手去捂柳如是的嘴："怪不得说女孩嫁作人妇会变得没脸没皮的。才过多久，你就染了那毛病来。"

柳如是轻易就躲开了微醺的董小宛："你刚刚说什么来着？就算闹些也不至于令人生厌？今晚上媚楼里谁最闹腾呢？"

董小宛一急竟说漏了嘴，带着幽怨口吻说道："人家早已出入成双与我何干！"

柳如是脸上的笑容凝固了，她是何等聪慧灵敏之人，片刻便领会了："原来是他！"

董小宛见状更是羞恼，恨得顿足道："躲个清静都不能，姐姐何苦追来这欺负人！"

柳如是知是冒辟疆便不好多言语，她拦住要离开的董小宛："妹妹莫急，我若要欺负你不必提个灯来。"

董小宛细看了那盏琉璃灯正是自己送给柳如是的灯，暖暖的光线仿佛能安抚人心：“这是我中秋节送姐姐的，没想你随身带着。”

柳如是：“活在秦淮河边的姑娘个个练就百般武艺，而你，自从第一次见你便令我难以解怀。知你身世后才知一个深闺小姐如何应付得了红粉场内讨生活？”

董小宛苦笑道：“短短半年我和贞娘都经历了几回‘死里逃生’也算学得本领吧？”

柳如是若有所思：“我说的不是这个，我说的是要活出自己的个性，活成自己想要的生活。”

董小宛似懂非懂地摇摇头。

柳如是坚定的眼神鼓励董小宛：“有心爱的人要敢于说出来，更要敢于去追求。这个世界不管别的有多男尊女卑，情义面前你、我、他者平等。”

董小宛内心觉得她说的真是“天外奇谈”，却也并不反驳。两人彼此靠着静静地看着小院里景致，仿佛竹子、石头都是有生命的，也在倾听她们的心事。天上的月亮也格外活跃起来，飞快地在云层里穿梭，不一会又没了身影。

董小宛看着天上的月亮自嘲地叹道：“你瞧，听罢心事月老去。”

柳如是忽然笑了，指指董小宛的额头道：“去什么去？小小年纪哪来的暮气沉沉，月老是忙着给你追红绳去了呢！”

董小宛头一歪倒在柳如是肩上喃喃道：“我是真的醉了。”

天井上空的云层渐渐散去，露出半张月亮高冷的脸。

3. 南京秦淮河边书院门口　晨　外

书院门口书生云集，冒辟疆、侯方域、陈贞慧与他们纷纷拱手行礼告别。

4. 南京秦淮河边柳敬亭说书坊　日　内

柳敬亭换了一身利索的短装装扮，将桌上收拾好的包裹斜肩背好，转身正要取下墙上的佩剑，只听外边徒弟喊道：“师父，冒公子来了。”

柳敬亭将手上的佩剑掂了掂又放在了桌上。

冒辟疆跨步进门来：“柳师傅，是要先我一步跑路？”

柳敬亭瞪眼道：“臭小子，你爹吩咐过等你安全了我才好跑路。金陵大会算是圆满完结了，害得老头我几天几夜不敢睡个囫囵觉。”

冒辟疆笑道：“多谢柳师傅尽心相助。”

柳敬亭：“以后还是多听听你爹的，先把功课做好了，考了功名才真有实力办事。”

冒辟疆当做没听见随手拿起桌上的佩剑道："好重，新打的？"

柳敬亭无奈摇摇头："你也长大了，该换把重点的佩剑了吧。"

冒辟疆拍拍腰间的佩剑道："不换，这把轻巧挺好。"

柳敬亭拿起剑摆了一个白鹤亮翅："这可是顶好的玄铁铸就，不要，以后别后悔了。"

冒辟疆坐下来笑道："柳师傅，你若能再给弄把火枪来才是顶好的。"

柳敬亭收了剑也坐下来："去年弄丢了一把火枪的事，让你爹知道了可了得？还让我再给你弄一把是不能够了。"

冒辟疆嬉皮笑脸地求道："柳师傅神通广大，下回我一定拿命护枪。"

柳敬亭重新打开包裹，从里面拿出一本书来："给，要枪没有，关于枪的书倒是有一本。"

冒辟疆急忙打开翻阅起来，一边连连叫好："真是好东西，奇才！奇才！简直是赵士桢再世！只是，这个注解怎么有那么多错别字。"

柳敬亭拉住激动的冒辟疆道："你也知道赵士桢？"

冒辟疆："大明造火枪第一人谁人不知？可惜在我出生那年他就去世了，朝廷不够重视他是真。"

柳敬亭点点头："赵士桢用尽毕生精力散尽家产研究火器，最后神机营却让魏忠贤之辈给糟蹋了！"

冒辟疆急切地问道："柳师傅，我看过赵士桢的火器图谱，这个明显改进了许多，这绝非平常人所为。"

柳敬亭压低声音道："此人正是老夫在民间说书时认识的一个看客。"

冒辟疆一脸怀疑："一个看客？"

柳敬亭补充道："当年魏忠贤搞刺杀活动大肆扫清异己时，此人不得已从神机营偷逃出来后到处流浪，天天蹲墙根底下听我说《隋唐演义》。"

冒辟疆："神机营？那必能懂得使用火器，可是……"

柳敬亭抢过话题道："他是赵士桢的族弟，名叫高士民，正是赵士桢引荐他入得神机营。"

冒辟疆有了几分信任："如此说来，此人能设计火器确实可信。"

柳敬亭："图都在你手里还能有假？"

冒辟疆笑道："我是觉得您职业习惯，这东西的来龙去脉太像是您编的故事了。"

柳敬亭做了个吹胡子瞪眼的表情："我是演员不假，可从来不瞎编故事。"

冒辟疆："此人身在何处？"

柳敬亭叹息道："哎！英才生不逢时，魏忠贤下了追杀令，高士民四处躲藏被迫之下上山当了寇。”

冒辟疆诧异：“上山当寇？岂不白白浪费了一个天才！你怎么不阻止他？”

柳敬亭：“萍水相逢，以后的事我怎么能左右得了？”

冒辟疆：“他能把火器图纸给你说明十分信任你，你的话他定能听。”

柳敬亭：“我看过他的火器图纸不假，但他并没有拱手送我，这个图是我凭着记忆记下来的。”

冒辟疆瞪大了眼：“说书人的记忆力果然惊人，搞不懂为何有那么多错别字！”

柳敬亭笑道：“呵呵，没上过学识字不多。这个东西留我这，只是个包袱，若能为朝廷所用抵御外敌倒是一桩功德。”

冒辟疆：“你是想让我此去把它带往京都？”

柳敬亭：“我此次来南京一是为和你会合，二来是受你父亲之托给已经退隐多年的尚书大人孙承宗送一封要紧的信。”

冒辟疆：“孙承宗？孙阁老就是当年布防山海关最得力的功臣啊。”

柳敬亭点点头：“杨嗣昌的十面张网针对平定内乱，可后金对大明更是虎视眈眈，皇上怕是对此多有患得患失之感。”

冒辟疆若有所思：“袁崇焕正是老爷子的得意门生，可惜太过耿直失了皮岛后就多有不利了，皇上与他正是中了金人的离间之计。”

柳敬亭：“不愧是笨伯的儿子，大智若愚分析精准。”

冒辟疆：“我猜父亲让你带信，必是皇上要重新启用孙阁老之事。”

柳敬亭不枉下论断，转而道：“公子上京可将此图带进宫去，强国重器须得皇上重视。而那山上的贼寇也会因‘不负拳拳之心’而回心转意、效死输忠。”

冒辟疆：“一举两得。”

柳敬亭点点头：“若七十六岁的孙承宗果真能再次胜任大明的兵部尚书，可谓好事三连。”

窗外忽然刮起了大风，刮得门窗“噼啪”响，蹊跷的穿堂风发出“呜咽”悲壮的声音。

柳敬亭背上包袱，拿上佩剑道：“回家吧。”

5. 南京秦淮河边桃叶渡小楼暖居门外　日　外

贞娘将董小宛送到门口。

董小宛转身对贞娘道：“外面风大，留步。”

贞娘将身上的披巾取下给董小宛披上：“天凉了，照顾好自己。此去苏州，代我问候老人家。”

董小宛点点头：“回吧，无须多语，你要说的我都明白。”

董小宛随子修上了马车，她撩开马车帘子，马车在街道中间缓缓退去，贞娘身后的大门在风中“哐当”打开又合上，打开又合上。

董小宛对贞娘喊道：“快回去，把门窗关好了。”

贞娘挥挥手悄悄擦了眼泪转身回去。

董小宛在马车上由慢变快向后退去。

画外音：董小宛忽然觉得回苏州去见母亲，像是个遥不可及又太不真实的梦，怎么就踏上回家的路了，真是不可思议！离开苏州不到一年时间，却是山高路远几经磨难恍然隔世。

6. 南京城南胡同　日　外

王宓在前面带路进了胡同，一抬四人小轿紧挨着两边的胡同高墙跟在后头，高墙上横七竖八的藤蔓撩开了小轿的门帘要往里面伸展。

轿子里有人喊道：“停停停，这是什么野路子？要戳瞎老子的眼睛不成吗？”

王宓连忙上前用剑砍断两边的藤蔓解释道：“国丈大人，这地方是隐秘了些，过了胡同前面就到了。”

田弘遇有些不太适应王宓粗鲁的动作，却也不好发作，慢悠悠地将门帘放下道：“也对，如今的南京城被那帮复社的小子们弄得咋咋呼呼的，避着点风头走吧。”

王宓：“国丈好气量，大人有大福。”

一会儿工夫轿子进了高墙大院。

7. 南京秦淮河边梨园道具服装间　夜　内

梨园大师傅端详着一件件精致的戏服，时而赞叹时而又显露出哀伤的神情。

陈圆圆和思琴一人抱着琵琶，一人抱着一摞厚厚的琴谱进来。

陈圆圆将琴谱放置到架子上问道：“大师傅，您叫我？”

大师傅：“来，你们俩都过来吧。”

陈圆圆粉脸红扑扑地，自金陵大会以来她的心一直是畅快的，觉得整个南京城都散发着平等、正义的气息。

大师傅却阴沉沉地，比往常还严肃些，三人围着圆桌坐下来。

大师傅开口道：“圆圆，眼看又要接近年底了，要不你和思琴两人回苏州

吧。”

陈圆圆和思琴一头雾水，搞不懂大师傅是什么意思？

思琴：“大师傅，您是觉得思琴这两天偷懒吗？以后不管是坐游船还是参加堂会，思琴绝不敢再偷偷睡懒觉了。”

陈圆圆小声辩护道：“大师傅，也是因为复社的公子与别家不同，根本没点平时的堂会戏，就唱了几首小曲儿，思琴更是没什么可忙的。”

大师傅像是没听见两人的说话，只顾自己说道：“今晚就让你大师兄送你出城，到了苏州后别再张扬行事，守得功夫、手艺能糊口度日便是上上等的事。”

陈圆圆快要哭出来了，在大师傅面前跪下道：“大师傅，是圆圆做了让您特别生气的事吗？”

大师傅连忙扶起陈圆圆：“快起来，是大师傅对不住你，大师傅没有本事，你就听师傅的快快离开南京回苏州去。”

陈圆圆倔强道：“我不回去，大师傅就是圆圆的再生父亲，您在哪，我就在哪。”

一小戏童神色慌张，匆匆跑进门来道：“大师傅，教司坊的人又来传陈姑娘了。”

大师傅喝道：“不是已经回了他们，就说人不在！”

小戏童怯声道：“这……这次他们来……来了有十来人。”

大师傅怒骂道：“一帮无赖！这是要抢人吗？”

话音刚落一帮黑衣人闯了进来，其中一人举起令牌道：“这是礼部的令牌，违令者斩。”

陈圆圆才明白大师傅轰她走是为了什么，她抢上前道：“大师傅，礼部向梨园要人也是正常，我去便是。”

大师傅看这阵势也无奈了，眼圈红红的：“圆圆，有句俗话说，人怕出名猪怕壮。”

一向柔弱的陈圆圆此刻却没有一点惧怕，她笑道：“大师傅什么时候怕梨园的徒儿们名气太大了呢？您时常说就算台下十年功，上台无人喝彩无人识得那也永远成不了角。现在可好虽名气不算大，邀请的阵势却越来越大了，大师傅应该替圆圆高兴才是。”

大师傅有些哽咽地说：“好孩子……”

陈圆圆跟着黑衣人出了梨园。

8. 南京城南一处私家花园　夜　外

私家花园正是之前魏忠贤义子黄忠良隐居的宅院，后由阮大铖接管。

陈圆圆跟着黑衣人进了私家花园，穿过水池她看见那个围着纱幔的平台，两边挂着昏暗的灯笼在风中幽灵似的晃动着。

陈圆圆缩了缩身子将琵琶抱的更紧些，她放慢脚步认出了这个曾经唱了整整一宿的古怪花园，她轻声问带路人道："这不是礼部，你们叫我来这里究竟给谁家唱戏？"

带路的阴阳怪气地回答道："这宅子里的人，看门的只管看门，带人的只管带人，别的一概不知。"

陈圆圆："偌大一个园子连个名目都没有吗？"

王宓现身在池边："陈姑娘来了便是最好的名目，以后叫什么宫什么殿的也可能。"

陈圆圆先吓了一跳，很快又镇静下来："何来什么宫什么殿的？我是一个唱戏的，来了顶多搭个戏台便是。"

王宓恭恭敬敬地弯腰行礼："在下愿意为陈姑娘搭好台唱好戏。"

陈圆圆越发觉得宅子气氛怪异，壮着胆子道："快带路吧，唱完戏才好早些离开。"

9. 南京城南一处私家花园西厅　夜　内

陈圆圆被带到了厅里，里面站了两排穿着讲究的丫头。

陈圆圆抱着琵琶站了一会儿，并没有人上前搭理，她走到其中一个丫头面前问道："今晚给什么人唱戏？"

小丫头摇摇头。

这时外面有人喊道："尚仪大人到。"

进来一个穿着蓝色官服的中年女子，气质非凡。陈圆圆第一次见到这样衣着的人不禁心底有几分畏惧起来，也排在丫头们的队伍中跟着行礼。

尚仪走到厅中央打量了一下，一眼看到了抱着琵琶的陈圆圆，对她招招手道："你过来。"

陈圆圆走上前去，只见那尚仪盯着她上下打量半天也不说话。

陈圆圆鼓起勇气问道："您要听什么戏？我唱便是。"

那尚仪听了便笑，笑得也极不平常，既不露齿也不抬眼始终保持面部肌肉不动声色。

陈圆圆又道："我最擅长唱《红娘》。"

尚仪淡淡地说道："今晚你不用唱。"

陈圆圆："不用唱就让我回梨园去。"

尚仪挑了一下眉毛道："那是不能的。"

陈圆圆焦虑起来："你们叫我来不用唱戏也不让我回去，到底想做甚？"

尚仪扯了帕子捂住鼻子道："这南边都是怎么调教的人？言语都是那么粗野没规矩！"

尚仪说完抬腿就要往外走，陈圆圆急的忙拉住那尚仪请求道："您是这里的大人，您说句话放我回去吧。"

尚仪显得大惊失色，完全丢了刚进来时的淡定、高雅，咋咋呼呼地高喊道："侍卫，侍卫呢？快来人按住这个野丫头，别让她给跑了。"

立即进来两个大汉轻而易举地拖了陈圆圆往里面去。

尚仪恢复了优雅的姿态，假模假式地整理官帽，完全听不见身后陈圆圆撕心裂肺的喊叫声："放我回去，放我回去。"

10. 苏州郊外清水湾田野路边　日　外

董小宛撩开马车帘子，看见田野上三三两两的农民正在忙碌着，她闭上双眼感受着这片代表董家劫后余生的土地的味道。

子修探着脑袋浑身上下每个细胞都散发着兴奋和开心，她忽然高喊道："小姐，快看，那不是高管家吗？"

董小宛见子修就要蹦下马车去，连忙喊道："快停车。"

子修没等马车停稳就跳下车去，像撒欢的兔子般跑向田埂："高管家、高管家，你往菜篮子里装什么呢？"

高管家吓了一跳，眼前这个头顶包着头巾，身着男童短衣的外乡人怎么那么眼熟呢。

子修抢过高管家手里的篮子，手指着远处马车边的董小宛笑道："你看谁回来了？嘻嘻嘻，是咱们董家的小姐回来了！"

高管家张着嘴努力平息胸口此起彼伏的情绪，不受控制地双腿发颤，摇摇晃晃地朝路边走："小姐……小姐回来了。"

正在此时远处飞来一串疾驰的马蹄声和滚滚的烟尘，高管家边往路边走边喊着："小姐，小姐。"

董小宛微笑着向高管家挥手回应。没等高管家爬上路面，电闪雷鸣似的马蹄声和烟尘将董小宛和马车淹没了。

高管家顾不得烟尘呛喉，惊慌地喊道：“小姐，小姐你看得见我吗？”

田埂里的子修丢下一篮子的土豆，疯了似的朝路边跑：“躲开，躲开，小姐快躲开！”

转眼路上的烟尘随着马队像天空划过的流星一样快速地朝高坡追逐而去。

被绑在车轱辘上的马车夫用力蹭掉嘴上的抹布，歇斯底里地喊叫起来：“马贼，马贼，有马贼啊！”

高管家这才从惊吓中清醒过来，追喊着：“小姐，小姐，小姐。”

瘦小的子修一路奔跑着追到坡顶上，马队和烟尘早已消失不见了。她一屁股坐倒在路上哭起来：“呜呜呜呜呜，小姐，小姐不见了子修也不活了哇！呜呜呜呜呜呜呜……”

高管家来到子修面前已是上气不接下气，他看着子修哭了好一会儿才慢慢平息了呼吸：“起来，子修你站起来，找到小姐你才不活行吗？”

子修瞬间停止了哭泣，拉线木偶似的站了起来，并用力地擦掉眼泪，用坚定的语气回答道：“对，必须把小姐找回来！”

11．南京城南一处私家别墅门口　日　外

宅子门口的空间并不大，狭长的弄堂只容的下一辆马车的宽度，门口五辆马车列队等候着。昏迷的陈圆圆被两个黑衣大汉抬进了最后面一辆马车。

一会儿尚仪被一群侍卫、侍女簇拥着出来。尚仪走近车头挂有琉璃灯的豪华马车，略低一下她的天鹅颈对着车内道：“国丈，一切准备就绪了。”

马车旁两名侍卫撩开车帘，里面坐着的正是田弘遇。

田弘遇双手搭扶着靠椅一副困倦、疲软的模样，百无聊赖地应了一声：“嗯。”

尚仪等着下文，却迟迟不见田弘遇发号施令，故意咳嗽了一声以示提醒。田弘遇的眼神似乎会转弯，他绕过尚仪醒目的官帽不停地瞟向宅院花园。果不其然，里面有了动静。一名异常美艳的娇娥娘，身着戏子平时的练功服跌跌撞撞地从宅子里跑了出来，软趴趴地靠在田弘遇的马车前头：“老爷，老爷，您带娇娇一起离开吧，老爷，您去哪儿娇娇也去哪儿？”

田弘遇瞬间像击中了要害似的挺直了腰背，双手不由自主地向外伸展，嘴上却说道：“娇娇，娇娇，快回去，快回屋去。”

尚仪见此情景忙不迭地挪开脚步，尽力保持着优雅的姿态，脸上却翻着白眼表情扭曲，掩饰不住地对下等人的嫌弃和鄙夷，她习惯性地用手帕掩着鼻子瓮声瓮气道：“南边就是这么调教的人吗？行为举止粗野、无礼！”

那娇女子恨不得能立刻钻进田弘遇的马车里去，哪里顾得了旁人的情绪，娇柔的哀求声要将在场的每一个男子的骨头都酥化成粉末了：“老爷，老爷，带奴婢一起离开好吗？娇娇求求您，求求您了。”

尚仪听了愈发恨地牙痒痒地：“谁是你的老爷？你面前的可是当今皇上的国丈，无端拦官轿者斩！

女子吓得“扑通”跪倒在地：“奴婢无知，奴婢该死！请求老、老，不，请求国丈开恩。”

田弘遇一副死皮赖脸酥麻的无耻状道：“尚仪，咱们这次是秘密出行，你何苦那么吓唬她呢，我确实有事要交代于她的。”

尚仪哪里信得田弘遇，不客气地道：“交代了一晚上吧？还有什么可交代的？”

田弘遇装腔作势地道：“娇娇，你起来，告诉王宓尽快送董小宛进京，不得有误！”

尚仪夸张地掩嘴笑道：“哈哈哈哈，为了掩人耳目分头行动，皇家什么时候要那么偷偷摸摸召女子进宫了？你接着装，接着装……”

田弘遇再也坐不住了，从马车上气急败坏地下来，一把捂住尚仪的嘴巴压低音量道：“祖奶奶，你是不想活了吗？不管什么法子，只要哄得皇上开心才是你我的活路。”

尚仪推开田弘遇，抬起她的天鹅颈：“还好你还记得皇上，那个戏子把国丈迷得五迷三道找不到北了。”

田弘遇见娇娇还留恋在马车旁，无奈上前道：“快回去，我会来看你的。”

那女子咬咬嘴唇迟疑片刻后终究“哇”地一声哭着转身跑进了宅子。

尚仪用她修长的红指甲整了整官帽下压住的一缕头发，盯着发愣的田弘遇道：“这情景是可以走了吧？”

田弘遇对尚仪招招手，等她靠近了，轻声道：“你别总看不起戏子，后头马车里坐着的也是个戏子，说不定能成为你我新的高枝呢。”

尚仪习惯性地用她的香帕掩住鼻子不屑地翻翻白眼道：“哼！要不是看在贵妃娘娘往年的情分上，我才不跟你走这一遭呢。”

田弘遇恬不知耻地笑道：“你我是栓在一根绳上的蚂蚱。”

尚仪不再理会，仰头、挺胸、收腹迈开她的三寸金莲高喊道：“准备起轿！”

侍女、侍卫们迅速在巷子两侧列队候命。

12. 南京朱统锐王府王妃寝宫　夜　内

董小宛在昏昏沉沉中醒来，看见玫红色的纱帐外一盏红烛在闪耀，显得格外刺眼。她使出浑身力气向卧榻边缘挪动，无奈手上脚上绑着结实的绳索。

屋外传来一男一女的谈话声：

女的说道："你竟还把人往府里送？"

男的小心翼翼地回道："她可是董小宛，在下是怕小王爷那儿不好交代，让王妃您亲自定夺。"

女的提高了音量微怒道："呸！脱裤子放屁多此一举！"

男的低声下气地却充满了挑逗之意："王妃您这样的女神也会说下里巴人的话呢。"

王妃假装委屈，娇滴滴地道："女神，阳春白雪又如何？嫁给一个好色又无趣的傻帽儿，不如下里巴人过得甜蜜。"

男的立刻回应："哪里？王妃这样的女神值得万千宠爱。"

王妃道："王宓，我就喜欢你这张嘴，全府上下就属你最甜。"

王宓："只要王妃喜欢，王宓万死不辞。"

王妃被逗笑了："嘻嘻嘻嘻，我也困了，早些把屋里的人送走，早去早回。"

董小宛的手腕上、脚踝上都被勒出了深深的血痕，每挣扎一下都会钻心得疼。她从屋外两人的谈话中判断出此地正是朱统锐王府，那男的正是三番几次要置她于死地的王宓。求生不能或许求死未必是一件坏事，她用尽全身力气撞向桌脚，桌面上的红烛"啪嗒"一声跌落在她的裙摆上，火苗同时也窜上了玫红色的纱帐。

王宓一脚踹开了房门，大喊道："董小宛，你是想纵火吗？"

王宓随即端了洗漱架上的水盆破灭了董小宛身上的火苗。

屋内一片漆黑。

13. 南京秦淮河边桃叶渡小楼暖居董小宛房间　日　内

窗外一枝树桠横卧，秋风呼啦啦将青黄参半的叶子掀了起来，像受惊的蝴蝶闪躲着。

贞娘坐在榻上敲打着腿脚不时地往窗外看。

巧妹一边端了茶水给贞娘一边念叨："皇家祭祀最考验人的站功，一动不动站几个时辰，不是一般小娘子吃的消的，看把我们贞娘累的！"

贞娘接了茶水喝了，又把杯子还给巧妹："一年八大祭十二小祭，不光靠站功还特别烧银子！北边儿打仗巴巴地没了银子，个个把钱袋子捂得紧紧的了。”

巧妹嘟嘟嘴：“有钱的贵族们不肯出钱，倒是让咱们贞娘倾囊相助，不值！”

贞娘摆着手指数了数问道：“对了，小宛走了有几天了？”

巧妹想了想答道：“有五天了。”

一小丫头跑进来传话：“贞娘，外面来了两个乞丐模样的人。”

贞娘：“这还用问的，老规矩，热菜热饭弄些好吃的送人。”

小丫头：“人家不要吃的，要见你。”

贞娘从榻上起来往外走：“几辈子都没有穷亲戚打上门来了，看看去。”

巧妹一把拉住贞娘的衣袖：“怎么见得一定是亲戚？碰上恶徒怎么好。”

14. 滁州城外山林小路　日　外

王宓高头大马在商队的最前面，幽深的山林层层叠叠一眼望不到头。一侍从急匆匆地一路小跑着跟上王宓的马说了几句，王宓随即掉过马头在一辆马车前停下来。侍从跑得满头大汗，赶紧撩起马车的帘子，绑在里面的正是董小宛。

董小宛干裂、苍白的嘴唇微微动了一下：“水。”

王宓冷酷的脸上泛起一丝傲慢的笑意：“想活？一定叫你满意。”

王宓挥挥手，侍从随即想解下马车上的水壶。

王宓扯下马背上的酒袋子扔给侍从，侍从不解：“公子，您……您这个是酒水。”

王宓：“哼，这个就叫敬酒不吃吃罚酒。”

15. 南京秦淮河边桃叶渡小楼暖居二楼廊下　日　外

贞娘和巧妹谨慎地趴在二楼阳台廊下的栏杆前往下看，只见门口果真有两个衣衫褴褛、蓬头垢面的人，年老的拉着小的往门前拽，那小的忸忸怩怩不肯上前，转身又下了门口的石阶。

巧妹眯缝着眼细瞧了会儿说道：“总觉得那年轻小子看上去有点儿眼熟呢？看那一身泥，像是在泥潭里打过滚似的。”

贞娘也仔细辨认着：“赶路赶的吧，昨夜里下大雨来着！看那老人家我指定不认识。”

正说着话，楼下的小子抬头与楼上的贞娘对了个正眼，贞娘顿时傻了眼。

巧妹惊讶地喊道：“子修！”

两人“飞”也似的离开阳台下楼去。

16. 滁州城外山林小路　夜　外

行走在深山坳的商队举着火把，好似游龙进入了深谭，深不见底的黝黑，好像倾刻间就要将一串星星点点的火苗给吞没了似的。猫头鹰凄惨的哀嚎在山谷间回荡，人们低着头小心翼翼地举步前行，踩在路面上树叶发出的稀碎声都会让人觉得胆战心惊。

黑漆漆的车厢里董小宛昏昏沉沉地醒来，车厢外有人在对话。

侍从建议王宓："王公子，前面一带就是地形最险要的山谷了，不如今晚就此扎营休息吧。"

王宓一向刚愎自用，哪里肯听："那就连夜走出前面的山谷，前几天下雨耽误的路程正好赶一赶。"

董小宛在车厢里弱弱地喊道："我要小解。"或许是声音太小，外面无人回应，车轱辘和马蹄声比之前更急促了。

行了一阵，忽然马车戛然而止，董小宛整个身子重重地撞在了马车框上。之后外面杀声四起，刀剑相碰的"叮当"声都能让人听出火光四射来。董小宛倒吸一口冷气，想要探出车窗外看个究竟，无奈手脚被绑的严严实实的。马车厢被厮杀的人们拳打脚踢，董小宛在暗黑狭小的空间里，以独特的方式参与了这场从天而降的战斗。突然马车好似被一股强大的气流推了一掌，几乎要飞起来，飞速退了几十米后，重重地卡在了一颗歪脖子树上。

有人高喊着："有鬼怪啊！过鬼怪！"

接着喊声四散开去："有鬼怪，快跑啊！有鬼怪快跑啊！"

董小宛黑洞洞的大眼睛睁的大大地，外面不再有厮杀声，一阵寂静，忽然听到树枝断裂的声音，车马严重后仰。

董小宛尖叫起来："啊——"

一把匕首划开马车的门帘，同时匕首实实地扎在树干上卡住了车厢，董小宛感到车厢不再后仰，她稳住了身体往车厢外看，正面站着一个举着大刀，披着虎皮，打扮奇异的男人，男人的眼神如受惊的猛兽，充满了防备和敌意。董小宛明白了适才逃跑的是王宓一拨的人，奇装异服的人群向她慢慢围拢、靠近，马车前的那个男人额头上流下一注鲜红的血，一直滴到他的嘴唇上。

有人喊道："老大，马车里有个女的！"

从小晕血的董小宛感觉眼前天旋地转起来。

镜头一片漆黑。

17. 南京秦淮河边桃叶渡小楼暖居贞娘房间　夜　内

李香君哭得梨花带雨，原本一副好歌喉也沙哑了许多："梨园的大师傅说，教司坊的人一口咬定圆圆姐已是脱了籍的自由人，她想去哪里都可以，没得好说没得好问的。分明是强盗之词！好端端的被传唤了去，凭空就在南京城消失了，你们说谁能信他们那'自由人'的说辞啊？"

贞娘生性泼辣，此时此刻却紧绷着嘴不说话，一双木屐不停地在房间里走来走去，走的地板的"笃笃"声随时就要爆炸似的。

站在高管家身旁的子修情绪已经到了崩溃的边缘，终于"哇"地一声也哭了出来："我家小姐也被强盗抢走了，都怪我没照顾好她。呜呜呜呜呜……"

子修的哭声简直就是十个香君在哭泣，贞娘的眉头完全结在了一起，瞬间老了十岁。

高管家知道怎样才能刹住子修的哭声，他喝道："别哭了，哭能把人哭回来吗？你们仔细想想，在南京这些天，究竟得罪了什么大奸大恶之人？"

贞娘听罢像是被击中了要害止住了脚步："阮大铖！"

李香君："金陵大会不是把阮大铖赶出南京了吗？"

贞娘恍然了悟："阮大铖睚眦必报！"

18. 滁州城外仙瀑洞　日　内

洞窟顶上有个圆形的大天窗，一缕缕银丝般细柔的水流和着亮白的光线飞泄而下，直达几十米深的窟底，发出"嗡嗡嗡"沉闷而雄厚的声音。

洞窟上端的岩壁外凸，形成一个天然的岩石卧榻，董小宛躺在上面，眼睛瞪得大大地倾听着脚下飞瀑的动静。进来一个戴着动物骨头饰品的奇装女孩，面无表情，手里捧着崭新的衣服，立在董小宛石榻前："你醒了？"

董小宛坐起来盯着女孩看了半天问道："这么小的女孩也当山贼？"

女孩冷酷地表情下声音却温和的很："把这个换上。"

董小宛拨拉了一下那件厚重的衣裳说道："这个——是什么朝代的古装？我不冷。"

女孩显得严肃起来，指着衣裳道："不冷也换上。另外，我不是山贼，我们老大和山寨里的人都不是山贼。"

董小宛："不是山贼你们抢东西还抢人？"

女孩提高了嗓门："并没有。老大说那些东西是取之于民还之于民。抢人就更没有了，你当时被绑在马车上晕倒了，是我们老大救下了你。"

董小宛心下觉得她说的至少有一半是没有疑问的："依你说的，你……你们老大就是好人了？"

女孩瞟了一眼董小宛道："当然，我是山下的孤儿，是老大收留了我。"

董小宛点点头："嗯，你说话的声音不像山贼，可你的衣着打扮就是……"

女孩二话不说上前拉起董小宛："别啰嗦，换上衣服出来。"

董小宛近距离接触女孩，手臂碰上了女孩腰间的狐狸尾巴，不禁有些恍惚起来："你、你叫什么名字？"

女孩拍拍腰间的狐狸皮围裙冷冷地回答道："胡仙儿。"

19. 南京城外阮大铖未名山庄附近山路　日　外

一辆马车跟着一匹瘦黑的马在山路上前行。

马车里的贞娘和李香君意识到马车停了下来，贞娘一边扶着李香君下了车一边问道："李公子，怎么不走了？"

李公子牵着瘦黑马往回走："我不走了，前面就是未名山庄了。"

贞娘有些惊讶："李公子，你不跟我们一起去？"

腰圆臂壮的李公子一头的热汗："哎，你们也知道的，阮大铖一向手段毒辣又记仇的。冒辟疆把金陵大会设在秦淮河边，姑娘们也都向着他一边，这个阮大铖能对你们有个好吗？"

袖珍小巧的李香君站到岩石上才能跟李公子平肩而论："阮大铖非法敛财、欺压平民甚至围猎刚上任的大明官员，就因为此人手段毒辣就人人袖手旁观吗？"

李公子哆哆嗦嗦地："哎呀，陈圆圆和董小宛失踪，你们这么送上门去岂不更是拿鸡蛋往石头上碰。"

李香君："李公子你害怕了可以不去，也别浪费口舌劝说我们。"

贞娘拉了拉李香君的衣袖，示意她冷静："李公子，小宛和圆圆与咱们情同手足，换了她们也会一样做的。"

李公子叹了口气垂头丧气地牵了马走了，又忍不住回头道："贞娘，我……我知道你们看不上我这般胆小怕事的，更比不得复社公子一腔热血胸怀天下，可我真……"

贞娘笑着阻止了他继续往下说："谢谢你李公子，帮我们找到阮大铖的住处。"

李香君从岩石上下来："贞娘咱们走。"

第三十集　仙瀑洞秘藏惊天案　李香君血溅桃花扇

1. 滁州城外山林仙瀑洞外　日　外

仙瀑洞外好大一片黄绿相间的四叶草地，一位身着汉服的男子手持托盘正在喂仙鹤。董小宛也身穿厚重的汉服被胡仙儿、高士民等人簇拥着出了洞口，董小宛见此情景心生疑惑，一把推开胡仙儿，就往回走。

胡仙儿狠狠地拉住董小宛道："走哪儿去？做老大的压寨夫人那是看得起你！"

高士民兴致勃勃地从腰间抽出一支火铳，朝天放了一枪"啪"地一声，五彩的烟火像伞盖一样罩住了仙瀑洞外的那片天空，那一对仙鹤受了惊吓，猛地扇动翅膀飞向了对面的山崖。

董小宛本以为自己会尖叫却始终紧紧地咬着嘴唇，她撩起长长的礼服，对准布料的经纬用力一扯便轻而易举地把华丽的纱绸撕成了两片。

身着汉服的男子回过头来，终于看清了他雕塑般冷峻的脸，一头飘逸的青丝两鬓却已雪白。他喝道："谁让你放的铳！"话音刚落，那男子施展轻功鬼影飘移，瞬间移到董小宛面前一把抱起了她，他死死地盯着被撕成两半的汉服，眼眶里充盈着仇恨的泪水："毁了我的汉服，你只有以命补偿。"

董小宛眼看着那人慢慢举起了亮晃晃的利剑。

闪回：

杭州湾山洞口，高耸入云的山峰顶，巨石、松鹤间瀑布倾斜而下，疑似天上银河，镜头慢慢推进，出现在眼前的是一处幽静的山洞口，遍布深绿色的四叶草和星星点点的小野花，上面坐着一位着汉服的翩翩少年，神态娴静轻抚箜篌。（王婷的画外音："毛文平族人有习文练武的传统，他带领一帮人奋起反抗，在哥哥运盐途中劫持了私盐还有我。"）

闪回毕。

就在这生死关头，董小宛闭上双眼，下赌注似的大声喊道："毛文平住手！"

在场众人个个惊愕。

利剑果然停在了半空中，毛文平冰冻般的面部表情里燃起一丝痛苦的气息，喃喃地问道：“你怎么知道我的名字。”

董小宛知道自己压中了，心尖上提着的一口气才缓下来：“王婷，我是王婷的结拜义妹。”

毛文平万万没想到深藏在心底二十年沉甸甸的名字，让一个陌生人那么轻易地说出了口。他极其缓慢地重复了一遍：“王——婷？”一柄亮剑轻飘飘地落在了四叶草上。

董小宛一个劲儿地点头：“对，千真万确，杭州王府的王婷。所以你……你先放我下来，我可不能做你们的压寨夫人。”

毛文平乖乖地放下了董小宛：“你放心，是他们误解了我的意思，你姓甚名谁？”

董小宛：“我叫董小宛，不好意思哈，弄坏了你和王婷的汉服。”

高士民惊讶道：“你，你——是花魁董小宛？”

毛文平恢复了往日冰冷、平静的表情：“送董姑娘去换衣裳。”

高士民不解：“不是，我连夜将火铳改成了礼花，竟然说是个误会。”

毛文平拍拍高士民的肩膀：“兄弟，你花了整整十年研究的火铳，就是为了改成今天的礼花吗？”

董小宛随胡仙儿离开。

高士民木讷地念叨：“一晃进山已过十年了！我倒是宁愿自己那么想。”

毛文平冷冷地看着高士民：“可你不能，你还是想下山，不然你也不会那么快知道南京城里新一届的花魁。”

长相喜庆的高士民此刻的表情也变得严峻、沉重起来。

毛文平一跃飞上洞顶的山崖，向远处绵延的山脉眺望。

镜头淡出。

2. 南京城外未名山庄花园　日　外

虽已入秋，花园里大朵的月季和品种繁多的长寿花开的热热闹闹、花团锦簇。阮大铖翘着二郎腿坐在湖边听一个十来岁的小姑娘唱戏，他不断地点着头显得十分满意。

阮府管家在他耳边耳语了几句。

阮大铖笑着拍手道：“丫头唱的甚好，下去好好练习。”等左右人都退下了，阮大铖端起茶杯慢悠悠地品起茶来。

阮府管家又俯身说道：“老爷，人在门口等着。”

阮大铖眯缝着眼，有种说不出的得意：“有趣，贞娘，李香君自己找上门来了，有趣得很！走，那就让她喊会儿，哈哈哈……”

3. 南京城外未名山庄门外　日　外

贞娘不时地往门里看：“老半天了，也不见个人传话。”

看门的凶神恶煞地将贞娘挡出门外：“外面候着，什么地方你也敢往里闯？”

贞娘在门外顿足高喊：“告诉阮大铖，叫门的是秦淮河边的贞娘，让他别做缩头乌龟，躲得了初一躲不了十五！”

门里面有人回道：“贞娘，你都喊了半个时辰，省着点儿嗓门，未庄方圆几十里，从西头到东头来回就得一天。”

贞娘无奈地坐到了门外的石阶上，马车旁的李香君一脚的泥泞，她站在树叶上想把鞋子上的泥巴给蹭掉。

贞娘道：“香君，你别在外面站着了，去马车里坐会儿。”

李香君嘟嘟囔囔道：“我不要，一会儿我去叫门。”

正说着门打开了，先出来几个侍从，后面浩浩荡荡的人拥护着大摇大摆的阮大铖跨出门槛来。

阮大铖笑眯眯地：“哎呦！稀客稀客，贞娘啊，石阶上多凉呀！把这么个大美人冷落在门外也不是我阮大铖的做派。”

阮大铖身边跟着一个热爱戏曲的的贴身侍从阮强，扯着公鸭嗓带着娘娘腔道：“这很公平，当初这娘们不让大人您进小楼暖居的雅集，今日让她坐坐咱家门口的冷石板儿也应该！”

贞娘眼冒火光，断肠剑直指阮大铖，围墙上一时跳下十来个黑衣刺客护住阮大铖，将贞娘团团围住。

贞娘喝道：“阮大铖，小宛和圆圆现在何处？要杀要剐冲我贞娘来，当初雅集是我办，金陵大会的饮食住宿更是我贞娘操持，你们别拿小宛和圆圆报复，有本事冲我贞娘来！”

阮大铖先是一惊，很快就平复了他的包子脸，依然笑容可掬地说道：“我一大老爷们报复秦淮河边的美人们做甚？你们快把刀剑撤了。”

黑衣人逼着贞娘退到马车旁，才撤退到大门两侧。

贞娘看到一旁受惊吓的李香君在微微颤抖，便强压怒火收了断肠剑。冷冷道：“阮大人的阵势明摆着做贼心虚吧？”

阮大铖定睛看看李香君，装出一副怜香惜玉的模样：“哎呀呀，这不是香君嘛，香君啊你骂也骂得我阮大铖，可我依然是欣赏你，当初为你和侯公子牵线搭桥也是真心实意的。”

李香君只怕贞娘受黑衣人伤害，见阮大铖注意力转到自己身上倒是不再惧怕了，向前一步道：“阮大铖，你这个假把式！人在做天在看！明人不说暗话，今天我们是来向你要人的，你到底拿小宛和圆圆怎么了？”

阮大铖摇摇头：“啧啧啧，你说的圆圆是复社才子冒辟疆的相好吧？你们说说，这个复社的公子哥们，花前月下海誓山盟倒会来事，姑娘们正儿八经的前程未来却不管不顾了，秋闱完了个个拍拍屁股走人。香君、贞娘，听我一句劝吧，你们都知道我阮大铖怎么讨好复社来着，结果呢？你俩也别跟我似的‘我本将心向明月，奈何明月照渠沟’，不值当啊！”

李香君怒目圆瞪：“呸！阮大铖，你唱的是什么离间计？冒公子深明大义、光明磊落，不像有些背后捅刀子使坏的小人！”

阮大铖摸着肚皮一副势在必得的样子：“简单了，不经世道的小姑娘就是简单。”

阮强打着兰花指对香君、贞娘道：“死犟！脑子让驴给踢了！大人您宽宏大量，不跟目光短浅的小丫头计较，如此不识时务！今后有的是她们吃苦头的时候！”

贞娘喝道：“阮大铖，我只问你小宛和圆圆的下落？”

阮大铖仰天大笑：“哈哈哈哈哈哈哈哈哈哈！”

李香君恨得直跺脚：“贞娘，我跟这老贼拼了！”

贞娘一把拉住了李香君，李香君与贞娘四目相对眼眶里注满了泪花，贞娘到底还是摇了摇头：“香——君，回来！”

贞娘这一声喊让香君的泪水再也无法忍住，她背过身去。不管多少压抑和委屈，也绝不能让奸贼阮大铖看见！

贞娘：“人来世上乃父母、天地所赐，身份虽有高低贵贱，性命却众生平等！朗朗乾坤，小宛、圆圆的事，总有一天会大白于天下。”

阮大铖：“哈哈哈哈哈，世上的事真的都如你说的就好了！哈哈哈哈哈，香君、贞娘，不如进我这深山老宅再深入畅谈一番？”

贞娘自知不宜久留，扶李香君上了马车，马车夫却不知什么时候早已逃之夭夭了。贞娘纵身一跃驾起了缰绳，像是给自己起誓一样说道：“找到不小宛妹妹，我不会就此罢休！”

阮强用香帕替阮大铖赶走蚊蝇，一边说道：“这个贞娘咋咋呼呼哪里像个女人！不过，李香君果然是个袖珍美人，嘻嘻，咱们大人一口吞了也不在话下。”

阮大铖若有所思，不紧不慢地道：“不感兴趣，再有姿色也就是粉头，脾气还臭得很！给有钱的老头做个拉郎配倒是可以，或许能让咱赚个大发。哈哈哈哈哈！”

就在那时，一匹黑骑与贞娘驾的马车擦肩而过，朝未庄大门飞奔而来。

来者一副失魂落魄的模样，见了阮大铖就下拜道：“阮大人，王公子的商队在滁州城外遭了山贼，货……货物没……没能保住。”

阮大铖大惊失色：“董小宛呢？”

黑衣人额头冒着冷汗：“山贼不但人数众多还会……会巫术，董姑娘的马车飞出几十丈远……”

阮大铖喝道：“我只问你董小宛人呢？”

黑衣来者支支吾吾答道：“人……人没能带回来。”

阮大铖异常恼怒：“无能！无能！王宓他死了吗？”

黑衣来者：“王公子受了重伤，人还在滁州。”

阮大铖怒喝道：“滚！”

黑衣人连滚带爬地退去。

阮大铖刚想转身又喝道：“回来！王宓这小子靠不住！你带上几个人去一趟京城，悄悄地跟上国丈、尚仪的队伍，确保陈圆圆顺利进宫再回来复命。事成有重赏！”

黑衣人即刻领命：“是。”

4. 滁州城外山林仙瀑洞　夜　内

黝黑的山洞空荡荡的只有董小宛一人，她举着火把喊了声：“胡仙儿，你在哪儿？”山洞深处传来一声久久的回声：“胡仙儿——你在哪儿——”董小宛小心翼翼地往山洞深处探去。

山洞变得越来越宽广，石壁上布满了火把把整个石壁照的油光滑亮，董小宛把手上的火把也插进石壁洞里，往里走了一段，看见前面是一扇墨绿色双开木门，她轻轻推开一条门缝，只听得《高山流水》的乐声缓缓入耳。

石洞门内是个可容纳百人的天然洞中洞，石壁四周堆满了大大小小的木箱，俨然是个密室。人们披着兽皮，脖子上挂着跟胡仙儿一样的骨笛，只有毛文平着宽大、厚重的汉朝礼服，他正在一架高大的箜篌前倾情演奏乐曲，众人围着他默首而立，像是在举行一个盛大的仪式。

毛文平弹奏完毕，众人久久地沉默，只有洞穴中滴答的水声在回应。

胡仙儿第一个开口道：“咱们真的要下山去吗？”

高士民说道：“那当然，不为下山，咱白白吃那么多苦做甚？”

胡仙儿嘟囔着："咱跟着老大在山上安稳过日子不香吗？就您爱折腾那些打打杀杀的炮呀枪呀的。"

毛文平走到几个年长的老人家面前，想了想说道："山上的食物还充足，你们可以先留下不走。"

胡仙儿哭起来："都怪高士民，要不是你研究火器要买火药、买机械花大钱，咱老大从来不偷不抢，咱们也能好好的在山上做活神仙。现在倒好，还要跟你下山造反去！"

高士民："小丫头你胡说什么？咱们那叫抢吗？都是拿的贪官污吏挥霍玩乐的东西，老百姓的东西咱有去碰过一根手指头吗？"

胡仙儿不依不饶地："董姑娘不就是平民百姓吗？还不差点被你误杀了！"

毛文平喝道："好了！从杭州湾到滁州来，不是为看这里的风景，是逃难！我们族人不可能世世代代躲在深山里不去外面的世界！"

胡仙儿对山里平静的生活真是无限留恋，总想说服大家："可老大您不是说，等青天大老爷给咱族人伸冤平反了，咱们才下山嘛！"

高士民苦笑道："呵呵，等哪位青天大老爷给咱伸冤啊？那比登天还难！二十年来，你们老大的案子越查越深，越查越绝望！本以为魏忠贤一死天下该太平了，谁知一个黄忠良潜伏江南把他义父的事业壮大不说，地方官员更无人敢查。"

毛文平冷漠的脸上挑起两道剑眉："那就反！先端了杭州王府救出王婷。"

在门口的董小宛忍不住喊道："不可！万万不可！"

毛文平扬手一挥，飞镖从袖口飞出正中岩石上的机关，一张大网将董小宛严严实实地罩住，悬挂到半空中摇晃着。

胡仙儿也顾不得哭泣第一时间冲到了网下："董小宛，你擅闯禁地不想活了吗？"

董小宛挣扎着："放我下来，放我下来！王婷救过我的命，就算为了王婷，闯一回你们的禁地也值了。"

胡仙儿："你……"

毛文平转过身去看了眼胡仙儿，胡仙儿上前替董小宛解开了网绳。

董小宛顾不得身上的疼痛，走到毛文平跟前道："你要杀我也等我把话说完了再动手不迟。"

高士民正要发作，毛文平用佩剑挡住他："让她说。"

董小宛："胡仙儿哭得那么伤心，为何你不问问她的感受？你带着他们大大小小老老少少一群人闯进王府，有可能是报了私仇，可之后呢？就算不伤一人不死一人，你们往哪儿跑？所以你根本不敢问，因为你心里比谁都明白。"

高士民：“一介小女子你懂什么？老大，咱们洞中的家伙也不是吃素的，我坚决支持你造反。”

董小宛柳眉紧蹙：“尔等是要做张献忠还是李自成？”

毛文平推开了董小宛边说边直径出了洞门：“等了二十年了，不试试怎知我与他们有何不同！”

董小宛急得几乎要哭出来：“就算为了王婷，你也不能轻举妄动啊！”

胡仙儿拉住了董小宛：“董姑娘，你随我来。”

5. 如皋水绘园一默斋　夜　内

冒起宗坐在书桌前端着茶盅低头喝茶，冒辟疆一旁垂手而立。

冒起宗看了一眼冒辟疆：“魏忠贤有一义子叫黄忠良，此人在江南一带贩卖私盐、私矿藏匿十年，终在山西落网了。这事很快在朝廷传开了，大快人心。”

冒辟疆点头赞同不敢多言。

冒起宗又道：“连锁反应，两天前杭州的矿业大亨也自首了，销赃私盐、私矿所得财务一并充了公。”

冒辟疆瞪大了眼睛：“杭州王府？”

冒起宗点点头，又端起茶盅喝了一口慢悠悠地说道：“另外，你的事柳师傅都跟我说了。”

冒辟疆立刻想到了金陵大会，吓得“扑通”一声跪倒在地：“孩儿知罪！父亲吩咐过读书人应该专心研学，不可拉帮结社，更不可江湖义气聚众起哄……”

冒起宗摆摆手：“起来吧，你也长大了，男儿膝下有黄金。”

冒辟疆万万没有想到父亲对他的态度与之前竟截然不同，父亲看着窗外灯光下被风雨打湿的芭蕉叶，他看着父亲的背影，突然发现父亲白发多了，身形也比以前消瘦了，不由地从心底涌上来一阵酸楚。

冒起宗神情凝重：“风雨来时，更要把书读好、读精、读深了，只有把所学所获刻进骨子里，任凭风雨飘摇、时过境迁谁也掠夺不了。”

冒辟疆应道：“父亲教诲冒儿铭记在心。”

冒起宗看着冒辟疆好一会儿却不说话，冒辟疆觉得身上的每个毛孔都快要竖起来了，低着头不敢看父亲的眼睛。

冒起宗：“听柳师傅说，你喜欢上了一个叫陈圆圆的姑娘，戏唱的好，人也长得极美是吗？”

冒辟疆不争气的膝盖又快要弯曲下跪了，他努力地让自己站稳了：“嗯。”

冒起宗点点头：“我若此时打你，你还敢吗？”

冒辟疆下意识地往后躲："孩儿不敢。"

冒起宗嘴唇有些颤抖："招惹红尘中人，你可担得起责任？"

冒辟疆低声回答："圆圆她不是轻浮之人，我……"

冒起宗："与权贵抗争跳河，是你救了她？"

冒辟疆点点头："嗯。"

冒起宗："你若真情实义我留你面子，若是寻花问柳、荒淫胡闹，我定将你赶出冒家！"

冒辟疆磕了头，慌忙退出了一默斋。

6. 南京城外荒野　夜　外

高士民指挥众人在野外支起了帐篷。

胡仙儿端着包子，撩开董小宛乘坐的马车门帘问道："董姑娘，饿了吧？"

董小宛从马车里出来，推开胡仙儿递过来的包子："我不吃，我要找毛文平。"

胡仙儿在董小宛耳边嘀咕了几句。

董小宛冷笑道："连夜密谈造反策略，简直荒谬之极！"

胡仙儿一边狼吞虎咽一边低语道："董姑娘，你最懂我，高士民造反的计划就是不靠谱，老大报仇心切，被他忽悠得云里雾里的。"

董小宛拉住胡仙儿："胡仙儿，高士民造反不仅不靠谱，而且后果非常严重。你们老大会送死，你和他的族人也不会例外。"

胡仙儿瞪着眼睛将剩下的包子狠狠地咽了下去，咽的眼眶里全是眼泪："我不想老大死，就算我死了也不想他死。"

董小宛："好，不想死，那你听我的。"

胡仙儿愣了片刻后点点头。

7. 南京城外荒野　夜　外

昏暗的烛光下，帐篷里两个背影在对话。

高士民："平日里他们是一支看不见的队伍，据我所知，他们的武器装备比南京的守备武装都好，我有信心说服他们起义！"

毛文平："没有见过他们的首领，光凭着向你购买火器时的零碎信息是吃不准的，你去了再说，咱们没有时间久等，速去速回。"

高士民："是。"

帐篷外一个人影闪过。

8. 南京秦淮河边柳敬亭说书坊门外　夜　外

胡仙儿划亮火石，她看清了门楣匾额上写着“说书坊”三个字。胡仙儿在山里待久了，也不懂得敲门。双手扒拉着门缝往里瞧。突然，身后一柄硬邦邦的剑鞘顶住了她的后腰，胡仙儿反手握住剑柄猛地发力向外推开，动作快似闪电。胡仙儿的招式粗野不按常规，几个来回就将来者逼下了台阶。

胡仙儿怒道：“背后袭人非奸则盗！”

柳敬亭取下斗笠露出笑脸道：“好厉害的丫头，你扒拉我家门缝倒是成了有理的了。”

胡仙儿犹疑了一下：“你家？正好我找你家柳敬亭。”

柳敬亭盯着胡仙儿的胸口靠上前去，胡仙儿下意识地后退一步用手捂住胸口，正好遮住了那颗象牙白的骨笛：“干嘛？流氓！”

柳敬亭大笑，高大的身躯小心翼翼地绕过胡仙儿，一边拿钥匙开门道：“哈哈哈哈哈，我看到你胸前的骨笛了，你是从滁州仙瀑洞来的吧？”

门吱嘎一声打开，胡仙儿半是疑惑地停留在门槛前：“你莫不是先知？怎会知道我从滁州来？”

柳敬亭点了灯又折回门槛前：“高士民与我有生死之交，仙瀑洞的人都跟你一样，胸口挂一个骨笛。”

胡仙儿终于看清了柳敬亭慈眉善目的样子，眨巴着大眼睛道：“还……还真是。”

柳敬亭点点头：“无事不登三宝殿吧？高士民叫你来定有急事。”

胡仙儿脸上的敌意全消，她觉得柳敬亭有一种让人无条件地信任和敬重的力量：“您说对了一半，但不是高士民叫我来的。”

轮到柳敬亭疑惑了：“哦？进屋里说。”

柳敬亭关上了门。

9. 南京陌巷　夜　外

几个黑衣人在陌巷穿梭。

巷子转角处，柳敬亭低声询问胡仙儿道：“你确定高士民说的火器交接地点是在陌巷？”

胡仙儿点点头：“高士民亲口对老大说的。”

柳敬亭思索片刻道："陌巷人口密集，或许高士民觉得看似最危险的地方就是最安全的吧。"

胡仙儿跟着柳敬亭钻进黑洞洞的巷子。

10. 南京陌巷某院落　夜　内

屋内一片漆黑，胡仙儿用火石点燃了地上的干草，只见屋内一片狼藉。

胡仙儿皱皱眉："天呐，这么慌乱，这屋里的人是逃难去了吗？"

柳敬亭："那就对了，他们领头的在山西落网，树倒猢狲散。"

胡仙儿完全听不明白："啊？"

柳敬亭低下身观察地面："不好，人刚来过了，这会儿怕是早过了两条街了。"

没等柳敬亭反应过来，胡仙儿已机灵地顺着木柱子爬上了屋顶，月光穿过掀开的琉璃瓦屋顶洒在柳敬亭饱满的额头上，他听见屋顶上清脆空灵的骨笛声传向远处。

11. 南京陌巷尽头　夜　外

悠扬的骨笛声延伸至巷子尽头，飞跃在夜色中的黑衣人停住了脚步。

高士民听见了："骨笛声。"

毛文平族人甲："我们总共来了三人，全在这里了。"

高士民也一脸疑惑："回去看看。"

12. 南京陌巷某院落　夜　内

高士民第一个冲了进来，同时胡仙儿猴子似的从屋顶顺着柱子滑落在地上。

高士民杀气腾腾地："死丫头你是要做甚？"

柱子后头的柳敬亭拱着手笑嘻嘻地走出来，看着高士民说道："高贤弟别来无恙，足有半年未谋面了吧？"

高士民惊讶道："柳师傅？怎……怎么是你？"

柳敬亭不慌不忙地问道："高贤弟深夜来此又为何事？"

高士民一把揪过胡仙儿："死丫头你跟踪我？你又如何认识柳师傅？"

胡仙儿挣扎着甩开高士民："我不想你们去送死！"

高士民明白了半分，狠狠地瞪着胡仙儿点点头："好哇！柳师傅是救过我，可此事还请不要插手相扰。”

柳敬亭：“你不要怪罪胡仙儿，今夜我找你，是因为董小宛，此事纯属巧合。”

高士民毫不客气地道：“那就更不相干了，你若要报官也请自便。告辞！”

柳敬亭抢上一步快言道：“我帮你查证了，与你交易火器的组织是……”

高士民冷冷地：“不必了，我自会找到他们。”

柳敬亭：“呵呵，早已人去楼空了。”

高士民恼怒了：“柳师傅，我可一直信任你敬重你，你到底对他们做了什么？”

柳敬亭眼神笃定，不温不火道：“什么也没做，你口中声称的义士——他们的首领是魏忠贤第九义子——黄忠良。”

高士民脸色煞白气的浑身颤抖，狠狠地踢翻了一旁的木箱：“你是在跟我说书吗？两年来我一直在给自己的仇人输送火器？”

柳敬亭：“与你接头购买火器的人从来没有见过他本人，他之所以可以在江南隐藏十年，就是因为像你们这样的人，以讹传讹将他传为了神话。”

高士民像泄了气的球，蹲在地上将头深深地埋在两肘中间，肩膀微微地颤抖着。

柳敬亭上前想要劝慰却找不到合适的言辞，只好将双手搭在高士民的肩膀上轻轻地拍了几下。

高士民慢慢平静下来，紧咬着牙关道：“十年前魏党害我失去妻儿，流落街头，要不是柳师傅，我大概早已死于那个被魏党追杀的冬夜。对不起！柳师傅，刚才得罪了！”高士民起身就要走。

柳敬亭死死拽住高士民：“你去哪里？”

高士民推开柳敬亭：“火器流落到贼人手里怎么得了？我去杀了黄忠良以除后患。”

柳敬亭大喊道：“黄忠良十天前死了！”

高士民握紧的拳头“哐啲”一声砸在门框上。

挡在门槛前的胡仙儿天真地撅着嘴：“坏人死了还不好吗？”

高士民转过身看着柳敬亭，积压的情绪此刻就要喷发而出，他上前抱住柳敬亭，激动地又哭又笑：“柳师傅，我差点犯下滔天罪行。”

柳敬亭理智而又礼貌地后退一步道：“可怕的不是你卖火器给贼人，而是不明就里差点参与他所为的义士团伙去造反，白白送死不说还祸害百姓。”

高士民抹了一把鼻涕，尴尬地看一眼胡仙儿，对柳敬亭低声道：“我承认此事鲁莽了。”

柳敬亭："好，不说了，我要见到董小宛。"

外面传来高士民特制的烟花信号弹："啾——啪——"

高士民："不好，毛老大进守备府了！"

13. 南京守备府后院空地　夜　外

守备府几十号人双手抱头，安静地蹲在后院的空地上。毛文平穿着紧身箭袖黑袍，两鬓洁白的长发在夜色里发着蓝光，给人幽灵般阴冷的感觉。

蹲在中央的韩赞周膝盖一颤"扑通"一声跪在冰冷的石板地上，双手高举银库钥匙："大侠，韩某就是个平庸小官，平日里缩衣节食攒下一些家产，比不得富贵人家的满仓金银，还请大侠笑纳，只求您放过韩某一家老小妇孺。

毛文平用剑头挑了韩赞周手里的钥匙："听起来，我像是个恶人。"

毛家族人领了钥匙匆匆跑开了。

韩赞周磕头似捣蒜："不不不，大侠您大慈大悲。"

毛文平一脸厌恶，用剑抵住韩赞周的下巴："起来，给我起来！看看我是谁？"

韩赞周哆哆嗦嗦地好不容易站直了身子，一接触到毛文平闪电般犀利的眼神即刻又耷拉下了脑袋："大侠，韩某真的不认识你。"

毛文平冷笑道："也是，当年我只是个十多岁的少年，你如何还记得？当年杭州盐课的提举大人。"

韩赞周听到"盐课"两字像是击中了命根子一样警觉，若不是冒险做了这个盐课副提举，他笃定还是个完整的人，或许是因为太痛苦了，他几乎真的要忘了二十年之前的事了。

韩赞周额头冒出了冷汗："你……你们是毛家盐村人？"

毛文平："要不是看在王婷的面上，我可以立刻讨了你的性命。"

韩赞周："不不，韩某向来胆小怕事，你们盐村的事可不是我干的呀。"

毛文平："魏忠贤义子黄忠良勾结你家妹夫，堂而皇之地将民盐偷换成了私盐，杀了我父亲赶走了我家族人，你身为盐课提举不但不查实情，还掩护奸贼顺利运走私盐，你敢说与你无关？"

韩赞周吓得瑟瑟发抖，忽然想到了什么大喊道："王婷，王婷救我！"

毛家族人押了一位身穿布衣头上裹着白头巾嘴巴被捂得严严实实的女子过来。

毛家族人甲："老大，在柴房发现了一个女的。"

韩赞周半跪着往前爬："王婷，王婷救我！"

毛文平一脚踢开了韩赞周，上前给女子送了绑。王婷的脸露了出来，没等毛文平仔细辨认，王婷一头扎进了他的怀里呜咽着：“是你，真的是你，我知道总有一天你会来找我的。”

毛文平也忍不住热泪盈眶：“王婷，我以为自己再也见不到你了。”

正当众人沉浸在这对久别重逢的恋人的传奇情感中，韩赞周爬到王婷脚下十分悲苦地哀求道：“王婷，亲大姑子啊，看在你嫂嫂的面上放过我吧，你和毛大侠的事黄忠良是主谋，当时我一个小小的提举也是被逼无奈呀！”

毛文平一脚将韩赞周踢出几丈远。

王婷看着飞出去的韩赞周紧皱眉头：“此次来南京本就想了结此事，劝你主动交代私矿开采的幕后指使人，可你……”

韩赞周不顾疼痛又迅速爬了回来：“王婷，亲大姑子，千不该万不该把你关进柴房里，我韩赞周有眼不识泰山，只要饶我性命，我什么都可以听你们的！”

毛文平拔剑抵在韩赞周胸前：“猪狗不如的东西，王婷二十年来吃的苦，岂是你几句求饶的话可以抵消的！”

王婷颤抖着把住毛文平的剑柄：“文平，二十年的苦我王婷甘愿吃得，只为替我那不争气的哥哥赎罪。”

听了王婷的话毛文平的握剑的手慢慢松了下去，可怒火转瞬又点燃了剑身直抵韩赞周脖颈：“王婷，为什么？你让我饶了这个于家于国都是祸害的贼吗？”

韩赞周脖子上渗出细细的血流：“毛大侠，饶命啊！”

随着一声烟火信号弹，高士民、胡仙儿和柳敬亭越墙而入。

高士民冲上前：“老大莫要冲动！”

韩赞周趁机滚到一边，在地上瑟瑟发抖。

毛文平两鬓斑白，愤怒让他显得疲惫、苍老了许多：“你找到你那义士团了吗？”

高士民尴尬地看看柳敬亭：“私盐贩子黄忠良——死了。”

韩赞周：“黄忠良才是盐村私盐案的主谋，我也是胆小怕事被逼无奈。”

毛文平久久没有回话，一把玄铁剑晃晃悠悠地摔落在了青石板上。

毛家族人纷纷涌上前：“老大，咱们可以回盐村了？咱们可以回家了吗？”

高士民忽然跪在毛文平面前：“我高士民对不起大家！老大，求你处罚我吧？”

毛文平：“你何罪之有？”

高士民想到被蒙骗的屈辱，哭将起来：“我更是对不起为我死去的老婆、孩子，我竟把自己辛苦研制的火器卖给了奸贼黄忠良……”

胡仙儿此时心情豁亮，帮着高士民说话：“现在奸贼都死了，也用不着你内疚了。再说，你并不知道买火器的幕后老板就是黄忠良，他在杭州、南京、温州一带大量招募死士，大多人并没有见过其真面目，所以……”

毛文平此刻倒是平静了下来：“所以，很多人到死都认为这个出手大方行事神秘的江湖义士，是个与大明官员作对，为穷苦百姓伸张正义的好人！”

柳敬亭：“造反不是目的，为乡亲们讨回公道安居乐业，才是大伙儿想要的。”

胡仙儿：“对，抢咱们盐村的黑心商人也投案自首了，私盐案已经重新审判为大伙儿平反了！”

盐村的族人纷纷响应：“我们可以回家了！我们可以回家了！”

有人竟忍不住泪流满面：“老天有眼！终于等到老天开眼了！”

族里年纪最大的站出来说道：“文平啊！没想到我还能活着盼到这一天，孩子，回家吧！你爹娘在天之灵也安息了！”

王婷在一边也悄悄地用衣袖抹泪。

毛文平走到王婷面前：“你哥自首了？”

王婷“哇”地哭出声来，她心里的苦终于可以倾泻出来了，哥哥、母亲还是因为毛文平都成了她生命的不可承受之重：“是我举报了我哥……对不起！文平，我希望这么做能为我哥和家人减轻点罪孽。”

毛文平举起的双手停在半空中，最后还是落在了王婷的肩上，紧紧将她搂在了怀里。他觉得这二十年来的仇恨、痛苦在一夜之间遁形消失，快得像一个不真实的梦。

14. 南京秦淮河边艳香楼　夜　内

阮强将两个银袋子扔给艳香楼的妈妈，在一楼大厅大呼小叫起来：“都让等了一个时辰了，快叫李香君下楼！你们知道那边等的是什么人物吗？那可是光禄寺的主簿大人！”

两个拿了银子的妈妈急的团团转：“大人，您莫要气恼，香君就是个磨性子，我们再去催催。”

两个嬷嬷异常积极，“噔噔噔”地上楼去。

15. 南京秦淮河边艳香楼李香君房间　夜　内

李香君披头散发趴在榻上，手里紧紧地捏着侯方域送的香扇呜咽着。

小晴在一旁劝着：“姑娘，别哭了好吗？贞娘去教司坊一天也不见回来，眼下只好咱们自己想法子应对了。”

李香君忽地起来，还有着几分孩子气的稚嫩的脸上挂满了泪水：“什么法子？他们要是硬来，我唯有一死！”

两个妈妈正好跨进门槛听见了李香君的话。

妈妈甲说道：“哎呦！香君姑娘啊，你何苦又要死要活的呢？侯公子为你梳拢说是银子不够，今日来的官爷有的是大把的银子，你怎么也不依呢？”

妈妈乙：“好主不好遇，别再任性错过良机了，赶紧地起来洗漱打扮打扮，再美的美人也经不起风吹雨打的。”

妈妈甲见李香君不搭话只一个劲儿地哭，便又补充道：“说实在点儿，就算过不了一辈子可那银子是实当当沉甸甸的吧。”

李香君气恼地快要眩晕过去，她拼了命地抓起枕头重重地扔了过去：“呸！银子银子，你们眼里除了银子还有什么？我是个人！不是被你们卖来卖去的东西！”

两个妈妈到角落里拉扯，一阵挤眉弄眼地嘀咕后又下楼去了。

小晴看着李香君瘦弱的肩膀颤抖不已，不由地也是一阵心酸，曾经风光无限的李香君都是这般光景，她不知自己今后的命运会飘零何处？想着也跟李香君一起呜呜咽咽地抽泣。

不一会儿，从楼梯上来两个面无表情的壮汉，手里握着明晃晃的刀，毫不客气地闯进门来道：“谁是香君姑娘？限你两刻钟时间，不然我们兄弟俩扛也得将你扛走。”

小晴见两人说完话出了房间站在门口再不离开，她气呼呼地上前将门帘掩上了。

李香君摇摇晃晃到书桌前，提起笔来泪流如注，写的正是：昔日欢喜，来日记取。香君洒泪与君别。

纸上墨渍在泪水中慢慢淡开，李香君长长地叹了口气，觉得自己一生的喜爱全落在了纸上。

小晴正要拿起纸条看个究竟，不料李香君猛地转身一头撞向了木柱，额头喷溅出的血滴正好落在了她手里的香扇上，她将扇子贴近胸口的位置，身体缓缓地倒在了地上。

小晴惊的几乎发不出声来，一口气卡在喉咙好一阵子，终于歇斯底里地叫哭喊出一声：“救命啊——”

16. 南京秦淮河边桃叶渡小楼暖居一楼正厅　夜　内

董小宛依然穿着污渍斑斑的衣裳和柳敬亭一起进入正厅。

巧妹听见外面有动静，打着灯披着衣裳过来："贞娘，你总算回来了，等得我心焦，根本不曾合眼。"

董小宛借着光端起桌上的茶杯仰头倒入口中："贞娘去艳香楼了吗？"

巧妹走进，看清面前的正是董小宛，顿时喜出望外："老天爷！这是咱家的董姑娘吗？"

董小宛擦去嘴唇上的水滴，笑道："怎么？几天时间不认得了？"

巧妹上去一把抱住董小宛："回来就好回来就好，你再不回贞娘都快要疯了！"

董小宛感到一阵莫名的愧疚："真的？我不在，她去找香君作伴聊天了吧。"

巧妹泪渍斑斑地笑着："她哪有心事聊天？听说你被马匪劫走了，这几天到处打听寻你呢。"

董小宛大惊失色："她怎么知道这事？子修回来了？"

巧妹："子修回来了，和高管家又回苏州去了。"

董小宛点点头："是了，回苏州去的好。"

柳敬亭走上前来："那么晚了，贞娘或许在艳香楼，不如我陪你走一趟，彼此见着面也好放心了。"

巧妹也是心里没个底，正好巴不得去找贞娘，便道："贞娘白天去的教司坊，这会子若在艳香楼就好，我随你们一起过去。"

巧妹穿上衣服随董小宛和柳敬亭出了客厅。

17. 南京秦淮河边艳香楼李香君房间外游廊　夜　内

二楼狭小的楼道游廊乱作一团，听得见房间里面小晴在又哭又骂："贞娘不在，谁规定了让您老人家可以做得主？呜呜呜呜呜，今日姑娘若死了，咱们横竖一起，全跟了她去阎王那里评评理，问问明白！究竟是谁把人往死里逼！呜呜呜……"

阮强哪有耐心，推推搡搡地要往房间里闯，妈妈们拦着哀求道："大人，你都听见了，我们老婆子实有难处，贞娘不在，里面那姑娘又死倔得很，那一头撞在柱子上，血流了一地，万一弄出个人命那边更不好交代了。"

阮强正要强闯，贞娘急急上楼来一把推开了他："住手！这是要闹翻天了吗？"

阮强用他的兰花手扶住墙壁："哎呀妈呀！又是你这个野蛮娘们！"

妈妈心虚，上前解释："贞娘，他们是……"

贞娘听见小晴的哭声心急如焚："我自己听得见！"

18. 南京秦淮河边艳香楼李香君房间　夜　内

李香君的额头包扎了白布，脸色苍白闭眼侧卧在榻上，任小晴一边哭泣一边跪在地上清理她衣襟上的血迹。

贞娘撩开门帘进来，见此情景也惊得泪眼涌了出来："香君这是怎么了？"

李香君听见了贞娘的声音挣扎着要起来，无奈头上一阵天旋地转又倒下了："贞——娘——"

小晴连忙扶着李香君躺下，哭泣着说道："姑娘，快别动了。贞娘您可算回来了，今天白天你不在，谁知妈妈们领着狼群来抢人，姑娘气恼之下撞了柱子了。"

贞娘安抚着李香君躺下，忍住悲痛与愤怒问道："外面的娘娘腔分明是阮大铖身边的戏子。"

小晴回道："说那边来的人是什么光禄寺的官老爷。"

贞娘点点头，悄悄用手绢抹去自己眼角的泪水，用坚定的语气说道："小晴别哭了，放心吧，我来想办法。"

董小宛忽然出现在房门口："贞娘！"

贞娘见是董小宛悲喜交集，起身猛地冲过去紧紧地握住她的手："小宛，你是从天上掉下来的吗？"

董小宛："柳师傅送我回来的，一言难尽！贞娘，楼下一群人吵吵闹闹的究竟为了何事？"

李香君好似感应到了什么，哼哼唧唧迷迷瞪瞪地想说话。贞娘拉着董小宛来到李香君的榻前："光禄寺的官老爷逼的。"

小晴见到董小宛也顾不得招呼，只说了句："董姑娘来了。"

董小宛见情形也是人未语来泪先流。

李香君迷糊中说出几个清晰的字来："侯——侯——公子——折扇——我的——扇……"

贞娘和董小宛听不明白，小晴一听就明白了，连忙从枕头边拿起那把血迹斑斑的折扇。

李香君颤抖的双手摸到折扇，好似灵丹妙药，她果真微微睁开了眼睛："我……我怎么把侯公子送的扇子弄脏了！"说完两颗晶莹的泪珠滚落，即刻又闭上了双眼昏迷不醒。

小晴又哭出声来："姑娘，姑娘你宽宽心，侯公子怎会怪你？命都可以不要，还要保全一把扇子做甚呢……呜呜……"

董小宛将扇子拿过来打开，只见雪白的扇面上，星星点点地沾上鲜红的血滴。

董小宛对小晴道："你去取些琥珀来，两个拇指盖般的量，搅成泥状用纱布裹了敷在神阙穴，可镇静、宁神止痛。"

小晴止住眼泪点点头匆匆去了。

董小宛起身走到书桌前将扇子铺开，提笔沾了墨，寥寥几笔就将扇面上的血滴勾勒成一支桃花。凝神看了一会儿，顿时泪眼模糊，脑海里莫名闪现出家乡清水湾，那片阳春艳丽、桃花灼灼的桃林……

贞娘惊叹道："小宛你这幅桃花图可以化解香君的心头结了，关键时刻，才华可以化腐朽为神奇啊！"

董小宛放下笔，端详着扇子："这桃花扇分明是香君用鲜血画成的。"

那边小晴已为李香君敷好了琥珀。

19. 如皋地界野外　晨　外

冒辟疆、侯方域、陈贞慧三人跨马而行，远处水天一色，飞雁成群结队往南飞。

镜头拉近：侯方域忧郁的眼神。

飞雁声响彻天际，三人立马而观。

华安在后头拍着他的矮脚马急急赶上冒辟疆："二爷，终于不用编故事出门了，有老爷的口头允诺，并且去的还是京城。二爷，你掐我一下，不会是在做梦吧！"

冒辟疆也不理会安华，转头对陈贞慧道："受密之嘱托，先去桐城看姑姑吗？"

陈贞慧叹了一声说道："去不成了，安庆刚闹了匪，桐城还封城呢。"

冒辟疆："躲过了秦淮河的风雨，竟忘了天外还有天。"

侯方域忧郁的脸上更是愁云密布："赶路吧。"

三人不再说话，华安跟着上路，他听不懂公子们说些什么，却也变得心事重重的样子。

20. 南京秦淮河边艳香楼李香君房间　晨　内

董小宛趴在榻前醒来，她下意识地摸了一下李香君的手，见她体温正常还在熟睡，就蹑手蹑脚地起身：“小晴，小晴，贞娘？”

房间里静悄悄地无人应答，她吹灭了桌上燃了一夜的红烛。

过了好一会儿，小晴眼圈红红的进屋来，眼神闪躲着董小宛也不说话，背身坐到角落里。

董小宛走过去拍拍小晴：“你是不是太累了？这里有我，你去歇着。我叫你是想问问贞娘去哪儿了？”

小晴不回答也不抬头。

董小宛：“怎么了？一大早跟谁闹别扭了吗？”

小晴的肩膀开始抖动，呜呜地哭出声来。

21. 南京城门口　晨　外

一辆马车缓缓通过了城门。

镜头近切：贞娘着红妆坐在马车里，默默地为自己盖上了红盖头。

滚动的车轱辘，镜头淡化。

第三十一集　因爱生恨命丧黄泉　美人无情即是有情

1. 南京秦淮河边艳香楼门口　日　外

董小宛换了素淡的粗布衣裳，裹了头巾像个平常人家的女孩。小晴和巧妹送她到门口台阶下。

董小宛："小晴，别在香君面前提起贞娘的事，她要问起，就说贞娘忙着桃叶渡那边一摊子事，让她安心养伤。"

巧妹没了贞娘心里慌得很："董姑娘，你几时回？"

董小宛回身答道："巧妹，你先回桃叶渡，让姑娘们照常练习。"

巧妹满眼的焦虑："金陵大会之后，那边一直闲着，就等着贞娘张罗雅集，可如今……"

董小宛："不要着急，眼下的事是活命，别的事暂且搁下。"

小晴和巧妹点点头，眼眶里充盈着泪水。

董小宛转身离开。

远处巷子的另一头，一个黑影闪过。

2. 南京城外竹林茅屋　日　外

一辆牛车吱吱呀呀走在乡野小路上，前面出现一片竹林，里面隐约可见两间矮小的茅屋。

董小宛从牛车上下来，递上一些碎银："有劳老伯，要不是你的牛车，今日还到不了这里。"

董小宛穿过木桥沿着小溪进入竹林，竹林里不时发出"沙沙，沙沙"风吹竹叶的声音，董小宛感到一阵莫名的寒意。

王婷挎着篮子从屋里出来，见董小宛来了，将篮子随手往地上一扔便迎上前去："妹妹——你果真来了！"

董小宛也拉住王婷的手："姐姐是不是想说小宛来得好快？"

王婷：“妹妹之前受了惊吓，原本该好好休息几天，我这里随时可来得。”

董小宛径直走到茅屋前向屋内张望，只见屋里除了一架偌大的箜篌外，别无他物。门口放着一个两人位的竹制桌椅，上面有茶壶、杯子。

王婷斟了茶水在桌上：“简陋得很，可这里的一切都让我感到安心。另外，我还有人间最好的音乐可以招待你。”

董小宛一夜未眠，满脸憔悴，她转身看着王婷：“不，今日无心弹箜篌。”

王婷讶异：“妹妹是有心事，发生了什么？”

董小宛不知从何说起，想了想问道：“毛文平呢？”

王婷：“啊？他……”

忽然从屋顶下来一黑衣人，一柄白晃晃的利剑直抵董小宛脖颈。

王婷大喊道：“什么人？”

黑衣人转过脸冲着王婷苦笑道：“姑姑，你六亲不认又怎会记得我呢？”

王婷：“王宓？你快把剑放下！”

王宓逼着董小宛连连后退：“姑姑，你是被这个姓董的妖精迷惑了吧？二十年不曾下楼，谁劝你也不听，偏偏她几句话你就下楼了！如今你连自己的哥哥、自己的家都不要了，还跑到南京搅了我舅舅的仕途，这一切都是因为这个妖精在你耳边作怪吧？”

王婷上去拦在董小宛前面：“王宓，你休要再造孽！你要杀就先杀了我！”

王宓眼圈血红，冒着凶恶的光，咬牙切齿道：“你以为我不敢！跟一个下贱之人互称姐妹，为一个乡野村夫误了终身，你众叛亲离，根本不配为王家大小姐！”

王婷：“宓儿，你可还是曾经天真无邪的宓儿？你是人妖不分，助纣为虐！仇恨、嫉妒和金钱、权利的迷惑让你着了魔障。你爹爹富甲杭州，可是二十年来，他真正安心、开心过一天吗？不义之财造就的王府能称为家吗？我去官府告的你爹爹，劝你舅舅摘了乌纱帽，只是想让我至亲的人不再造孽，真心悔过，做个正常的人罢了！”

王宓咬牙切齿道：“王府被抄了，父亲锒铛入狱，九族遭难，姑姑你活着天地难容！”

王宓闭上眼狠狠地将剑朝前刺去，董小宛猛地推开王婷，剑头正中她的胸口。就在此时，毛文平赶到，一脚踢飞了王宓，两人交战，王宓哪里是毛文平的对手，连连败退。

董小宛倒在血泊中，王婷哭喊着：“小宛，小宛，我王家造的罪孽不能由你替了去啊！”

王宓吃了亏，举着剑失心疯似的横冲直撞往竹林逃窜。

毛文平无心追赶，转身问王婷：“董姑娘伤得如何？”

王婷已将董小宛作了包扎，泪汪汪地回答道：“还好，伤的没有太深。”

董小宛见了毛文平像见到了救星：“毛大侠，你来的正好，小宛有要事相求。”

毛文平和王婷对视了一眼，异口同声道：“进屋再说。”

3. 运河埠头客栈　夜　内

阮大铖醉醺醺地由阮强扶着走到两个大箱子前，使劲地将自己的醉眼睁大：“打开。”

阮强打开箱子盖：“大人请过目，黄金五百白银一千。”

阮大铖点点头：“嗯，这个数抵得过李香君那张臭嘴不？”

阮强笑道：“上万两的银子您也见多了，这个李香君能值这点价，也就是大人您的抬举罢了。”

阮大铖打了个饱嗝：“喜酒容易喝多，今日喝高了。”

阮强嗲嗲地道：“大人，王宓回来了，说寻到了董小宛的下落，我按您的吩咐没让他来见你，让他去客船上候命。”

阮大铖：“成事不足败事有余，跟他舅舅一样扶不上墙！董小宛就是个备选！谁在乎？随他去，咱带上东西回府。”

阮强低声应和：“是。”

4. 运河埠头客船房间　夜　内

红盖头下的贞娘看见一双蹒跚踉跄的“官靴”向她走来，她的呼吸变得急促。

官靴好不容易站定了：“姑娘，让你久等了。”

两只肥大、皱巴巴的手搭在了贞娘肩膀上，一股冲天的酒气逼近她的脸，隔着红巾就要亲热。

贞娘一脚踢开了“官靴”，正中那人的下胯，疼得那人“嗷嗷”大叫。

王宓冲进房间道：“李香君，你敢对鸿胪寺的大人动手，是不想活命了吗？”

“官靴”忍着痛邪恶地笑道：“听说香君姑娘性子烈，这一下得劲，把本官的酒性消下去了，色性给提起来了，哈哈哈正好，正好！”

“官靴”当着下人的面上前去搂抱贞娘，贞娘胳膊肘一顶，官靴被掀翻在地，王宓急着将功补过，上前帮忙想要擒住贞娘，贞娘先发制人，一个猴子掏月抽出了官靴腰间的佩剑，王宓扑上前去的速度太快，稳稳刺中了胸膛，顿时鲜血喷溅。

贞娘头顶的红盖缓缓落地，眼前的情景让她始料未及，吓得浑身颤抖。

王宓盯着贞娘想要说话，却只吐出了几个字便永远地闭嘴了：“你……你不是……”

“官靴”惊得目瞪口呆，半天才反应过来高喊道：“杀人啦！杀人啦！快……快来人啊！”

毛文平和胡仙儿从船舱顶一跃而下，没等贞娘看清楚，两人架着她已飞跃到舱外。只听得重重的一声“扑通”的入水声。

外面的官兵冲进来舱内：“大人？发生了什么？”

那鸿胪寺的主簿惊魂未定，更不知如何描述此事，支支吾吾道：“有……有刺客。”

官兵就要掉头出舱找刺客：“追。”

鸿胪寺主簿脑子也清醒过来：“回来！莫要声张，把尸体悄悄弄走，即刻回京。”

5. 运河埠头客栈外　夜　外

从运河埠头船舱外传来闹哄哄的声响，火把把运河水映得通红。

刚上了马车的阮大铖从马车里探出头来问道：“那边出了甚事？”

阮强气喘吁吁跑上前回话：“不知怎么弄的，王宓被刺死了，李香君跳河了。”

阮大铖嘴角透出不经意的蔑视：“几个女人都搞不定，死了也活该！李香君嘛，性子所使跳河也正常。”

阮强又低声道：“鸿胪寺的大人不想声张，悄悄走了了事。”

阮大铖说着放下了帘子：“好得很，各归各路。”

阮大铖的马车匆匆离去，运河岸边的火把也渐渐远了，客船已离开埠头老远。此时的运河水黝黑发亮，静得可怕，好像什么也没有发生过一样。

6. 南京城外竹林茅屋里　夜　内

夜深了，董小宛和王婷两人却没有睡意，两人在竹席上席地而坐，中间放着烧茶的火炉，不知是因为焦虑还是秋夜的寒冷，王婷不停地添炭，将火拨得通红。

门“吱嘎”一声打开了，三个人裹着夜色的气息猛地将这个空荡的房间挤的满满当当。

董小宛见到贞娘真是又喜又惊，顾不得胸前的伤口把披在自己身上的毛毯给她裹住：“怎么身上全湿了？”

贞娘却问：“小宛，你受伤了？”

董小宛笑道：“血流了不少，伤口却不深，不碍事。你回来了，我就好了。”

王婷递上热茶：“你就是传说中的贞娘，果然是侠义心肠。”

贞娘已得知救命恩人与王宓的关系，低着头咕噜咕噜将茶水喝了下去。她意识到自己无意中犯下的杀人罪过，颤抖着问道：“你是——姑姑？”

王婷笑道：“那个不孝子王宓叫我姑姑，你叫我王婷就行。”

毛文平咳了一声，打断了她们的谈话：“我去换身衣服。”

胡仙儿也跟着说道：“我也去换衣服。”

毛文平：“外面冷，你在这里换。”

王婷一脸满足地笑，贞娘却觉得她笑得毛骨悚然。胡仙儿在竹席上把衣服脱个精光，只剩下肚兜和裤衩，她也不再穿衣服一咕噜滚进被窝里，背对着大家睡了。

贞娘打了一个喷嚏：“阿嚏！”

董小宛：“不如把我的衣服给你换上。”

贞娘：“不用，火边烤烤就行。”董小宛将火炉移近一点。

王婷拿来了自己的衣裳：“换上我的衣裳吧。”

贞娘推却道：“不用，不用，真的不用，我不习惯穿别人的衣裳。”

王婷热心地把衣服往贞娘怀里塞，贞娘用手一挡，竟将人推倒在地，王婷“哎呦”一声倒地撞翻了一把竹凳。

胡仙儿不耐烦地翻身起来吼道：“还让不让人睡觉了？她不想穿你的衣裳，她杀人了！”

胡仙儿说完又躺下，拉起被头没过脑袋顾自己睡了。

董小宛和王婷怔怔地一动不动，半天说不出一句话。

贞娘背过身去抱着膝盖哭泣起来：“我刚拔出剑他就自己往上撞的……”

董小宛也惊得声音有些颤抖：“那……那……那是误……误伤？”

毛文平换好衣裳推门进来：“王婷，你出来，我有话对你说。”

王婷出去后，董小宛过去抱住贞娘：“贞娘，你是受了惊吓了，睡一觉明天就好了。”

火炉将贞娘的脸照的通红，脸颊上泪珠一颗颗地滚落到竹席上。董小宛从未见过贞娘这般无助的模样，想到了初次见红果儿（少女贞娘）的情景。

闪回红果儿特写：

红果儿一身红衣衫，满脸洋溢着青春的朝气和自信，笑起来露出两排洁白的牙齿。

闪回毕。

董小宛看着眼前这个失魂落魄的贞娘，不由地心底泛起阵阵酸楚，眼泪簌簌地往下落。

7. 京城皇宫附近贤良寺中庭　日　外

冒辟疆、陈贞慧、侯方域三人在庭院的池子前等人，陈贞慧和侯方域走到池边观赏池中鲜红的锦鲤，头尾相连结队成行，甚是壮观。

冒辟疆看着庭院中两颗高大的香樟树出神，树下立着一块石碑，上面刻着："风吹草语"四个字。

闪回：

定慧寺前院的银杏树高耸入云，金色的叶子铺满了地面。一匹白色骏马立在拴马桩边，马尾扫出寂静的声响。

银杏树下仿佛出现一个模糊的少女的身影。

闪回毕。

冒辟疆恍惚地喊了一声："圆圆？"

香樟树下迷糊的身影渐渐清晰，方以智笑容可掬地站在哪里："认错人了吧？冒兄糊涂，把我称作美人我倒是美得很呢。"

冒辟疆好似做了白日梦不知失神："哎呀！错了，了，密之贤弟多多包涵，多日不见甚是想念。"

方以智笑道："心口不一，念的明明是美人。"

冒辟疆只管笑，不再回应。

四人相聚，相互作揖亲切问候一番。

镜头上摇，透过香樟树沙沙作响的叶缝，渐渐呈现贤良寺的全貌，隔着中庭可见僧人们正在正殿念经文做法事。

8. 皇城墙外　日　外

一辆墨绿色的马车从皇宫城墙临时开启的偏门出去，马儿似乎也跑的欢快起来。

9. 京城贤良寺禅房　日　内

冒辟疆、方以智、陈贞慧、侯方域四人换了干净布衣长衫毕恭毕敬地坐在禅房垫子上。屋外的阳光直直地透过窗户洒在他们的肩上、脸上。

冒辟疆抬头朝外望去，刺眼的光线使他无法睁开眼睛。一个清瘦的身影出现在禅房门口却不进来，忽然曹琴钟提着拂尘先进了禅房，不说话，低头躬身恭候外面的人进来。

冒辟疆四人连忙起身跪拜在地，一双旧布鞋轻悄悄地进门来。

曹琴钟连忙道："皇上吩咐，今日在此一切礼节从简。"

那个清瘦的身影正是朱由检，他身子前倾，对跪拜的众人道："快快请起，我也很想轻松一天。"

冒辟疆首先站了起来，有些生怯地与朱由检对视，面见堂堂大明皇帝，少不得内心澎湃，不料却是这般亲民、朴实的方式。朱由检身后的侍从虽然也是便衣却穿着正襟一丝不苟，他自己却穿着洗的退了颜色也没有熨烫过的衣裳，冒辟疆不由地感到莫名的心酸。朱由检似乎也感受到了什么，他有一种想把心掏出来给天下人检验的欲望，但那显然是不能实现的。

朱由检："我猜你是冒辟疆？"

冒辟疆："正是草民。"

朱由检又看看旁边的陈贞慧，陈贞慧立刻报上名号："草民陈贞慧。"

侯方域也报名道："草民侯方域。"

唯有方以智道："贡生方以智。"

朱由检微笑着点点头。

此时曹琴钟已小心地用拂尘在禅房的坐垫上清扫了一遍，对其他侍从低声道："去外面静候着。"

曹琴钟最后一个离开禅房，并轻轻地掩上了房门。

朱由检："从小到大，没有过接近陌生人的体会，说实话，这种感觉我比你们还紧张，论年纪，我做你们的大哥正好。"

朱由检话音落下，房间里的气氛立刻变得温暖起来。

冒辟疆让出左手："您请上坐吧。"

朱由检："好，好，大家坐着说话。"

五人依次入座，场景好似平常好友聚会，桌上摆着清茶、笔、墨、砚、纸，窗外照进来的阳光并不因此多一寸，也没少一寸。

朱由检道："曹化淳帮了我大忙，而你们几个正是把他送到我身边的人。"

四人面面相觑，冒辟疆道："原来您知道？请恕冒失之罪啊！"

朱由检："年纪轻轻有此眼光和见识实属不简单！也正是你们身在朝廷之外，让我在朝堂的迷雾中看清了方向，何罪之有呢。"

朱由检像个平实的大哥一样给四人斟上茶水："来，畅所欲言。"

镜头淡出。

10. 京城贤良寺后院　日　外

曹琴钟拦着田弘遇不让他往里闯。

田弘遇死乞白赖道："哎呀，曹公公，我也是受太后之命办事，人都到了，你就让我见皇上一面吧。"

曹琴钟："皇上微服外出本不想被人打搅，国丈您怎么还顶风而上呢？"

田弘遇："我又不是外人，太后也是为了皇上好，这事办成了皇上就安心了，也不会总想着南迁之事了！"

曹琴钟额头沁出汗来："南迁之事？国丈何出此言？"

田弘遇故意半掩着嘴低声道："太后——说的。太后说皇上身边缺少个贴心的人，皇宫里待久了的人惯得一身毛病，不可靠，才许我去江南寻找可心的人，太后都看过了，觉得妥当。曹公公，此事办成了也有你的实惠哦。"

曹琴钟心底极厌恶田弘遇，听了这番话才知事情比他想得要严重，也不敢再作执拗："请国丈在这里等着，我去回话。"

曹琴钟走后，田弘遇窃喜地朝院门招招手，两名宫女带着手抱琵琶的陈圆圆缓缓走进来。

陈圆圆人虽进了院子，始终低着头，眼睛一刻也不离开她手上琵琶。

田弘遇："陈圆圆，抬头瞧瞧，都见过太后了，你该放开些了。接下来做甚你心里可清楚？多少人几辈子也梦不着的事，你可一步登天了！"

陈圆圆抬起眉眼，泪盈盈的眼圈里就要要喷出火光来："不清楚！几时送我回南京？"

田弘遇皱皱眉："快别惦记你那奴才的命了，你碰上我就是祖上三代冒了青烟。"

陈圆圆半似恳求半似威胁地回答道："圆圆是命贱，不想沾田大人的福，只想回梨园家去。"

田弘遇毫不在意："等你见了真正的贵人，怕是百台大轿来请你也不想回那憋屈的梨园了。"

说话间，曹琴钟过来了："国丈，请随我来。"

12. 京城贤良寺禅房　日　内

朱由检手里握着冒辟疆带来的那册火器图解，神情凝重，在禅房内来回走动。冒辟疆、方以智、陈贞慧和侯方域四人垂手而立，不知这位自称大哥的皇上究竟想些什么？

朱由检："赵士桢，儿时似有听说过一个火器狂人，没想到真有此等人才。朝堂内他们斗学问斗权利什么都可以拿来斗，唯独不斗格物致知的实际行动！忽视了大造化的能人，说小了是损失，说大了是后患无穷。赵士桢的后人现在南方居无定所，务必找到此人。"

冒辟疆："这个不难，柳敬亭既然能把图册拿出来，也定能找到此人。"

朱由检点点头面向窗外叹了一声，自嘲道："哎！此图册好是好，要实现却是耗财又耗时间啊，我们该早出生五十年。"

门外响起了敲门声："皇上，国丈到了。"

朱由检即刻板起了面孔："让他进来。"

冒辟疆、方以智、陈贞慧、侯方域听说就要退出。

朱由检摆手道："就不回避了。"

冒辟疆四人面面相觑，甚是诧异。

田弘遇随曹琴钟进门来就要行跪拜礼："吾皇万……"

朱由检不耐烦地打断了他："罢了罢了，太后有何指示快快说来！"

田弘遇低着头半跪不跪，只好又站了起来，用余光瞄见室内还有其他人，便十分谨慎起来，额头冒出了汗珠："皇上，这……这……"

朱由检："太后也是朕的母亲，自然是最亲的人。"

田弘遇："是是是，太后心心念念想着皇上，太后说皇上日夜操劳国事却草草对自己的饮食起居，只有皇上好了才有大明和天下百姓。"

朱由检直截了当道："大道理用不着国丈再来讲一遍，你不是要给朕送美女吗？人呢？"

田弘遇被朱由检的话呛住了，一时对不上话。

曹琴钟向朱由检使了个眼色："就在外面候着呢。"

朱由检："叫她进来。"

冒辟疆发觉皇上似乎很厌烦美女，他也好奇，极想看看送给皇上的美女究竟长什么样？

两个宫女推着陈圆圆进了禅房，宫女见了皇帝立刻行跪拜礼，陈圆圆照例抱着她的琵琶低着头僵僵地站立着。

冒辟疆见那姑娘酷似陈圆圆，忍不住上前了两步细细辨认。

田弘遇急着了，提示陈圆圆："啊呀，快拜见当今大明圣上啊！"

陈圆圆这才抬起头来看了一眼，或许是感应，正好遇上冒辟疆急切的眼神，两人顿觉山崩地裂，陈圆圆两膝一软"扑通"跪倒在地，人已坠入云层烟雾之中。

朱由检倒不甚在意："宫里的这些个规矩很多，倒并不能代表比外面不懂礼节的平民百姓更敬重朕。"

田弘遇马上附和："是是是，太后与皇上说的一个意思，这个陈圆圆虽憨笨些却也朴实。"

冒辟疆只觉得耳膜嗡嗡作响，他们说些什么完全听不见了。方以智上前小心地搀扶住险些要瘫倒的冒辟疆，在他耳边轻声道："千万冷静。"

冒辟疆觉得呼吸困难，眼前的人事全虚化成模糊的一片。他感到四肢已经不长在自己身上，完全由着别人摆布，跟着方以智拜别了大明皇帝。等他清醒过来，室内又只剩下他们四个人了。

冒辟疆推开方以智在陈圆圆下跪过的地方不停转圈，满腔的热血在沸腾了："这儿，她就在这儿，我清楚地看见她在这儿。"

陈贞慧同方以智对视了一下道："是的，陈圆圆，应该就是她。"

冒辟疆说话也变得结结巴巴地："这、这么说你们也、也确定看到了？可、可她人在南京，在梨园一、一方小小天地，怎么可能？怎么可能来京城？"

方以智不得不坦言："带她来的是国丈田弘遇，此人一向与阮大铖交好，送陈圆圆进京不是不可能。"

冒辟疆一个踉跄冲向门口："我糊涂，刚才就该拦住他们，我现在就去找他们去。"

侯方域急忙上前拦住了冒辟疆："人一旦进了皇宫，就是皇上的人，你若这般硬闯是要掉脑袋的！"

冒辟疆哪里肯听，重重地推开了侯方域，三人齐上阵才拽住了为爱情丧失理智的冒辟疆。

镜头虚化。

13. 南京城外竹林茅屋　黄昏　外

茅屋外有一方木地板铺成的平台，贞娘和柳敬亭相对而坐。

贞娘为柳敬亭斟上茶水："柳师傅，此事就拜托您了！贞娘以茶代酒敬您一杯。"

柳敬亭一干而尽："你能处处为小宛着想实在难得，小宛也叫我一声柳师傅，帮她一把也应该。倒是你自己的处境不乐观啊！”

贞娘自嘲道：“要不是因为我或许不会有个花魁董小宛，她与我不同，我出了事大不了一逃了之。她呢？家里有个生病的老娘亲，这既是她的铠甲也是软肋啊！如今我身上有的全是铠甲了，天涯海角走哪儿都不怕的。”贞娘说着说着眼眶又潮湿了。

柳敬亭拍拍贞娘的手臂点点头：“小宛知道吗？”

贞娘想到一年多来相依为命的好姐妹就要分离了，再也忍不住落下了眼泪：“还没有，不知道怎么跟她说。”

柳敬亭会意：“觉得难就不说吧，不管怎么说，要是那鸿胪寺的官真要追究起来，那是人命关天的。不说倒是省得人担心受怕，悄悄走了于你自己也安全。”

两人正说着，王婷和董小宛拎着祭祀的物件回来了。

王婷将一篮子的祭品放在了木地板上：“这番过了五七，世上和地下的灵魂都该安顿了。”

董小宛也将手里的烛台放下：“你是一点儿不肯马虎，但愿他能体会得到你的真情实意，来世不再糊涂。”

王婷一边笑着一边悄悄擦了眼泪：“也算对得起他了。”

对切贞娘近景，贞娘看见王婷祭了王宓回来，就有意回避了。她向柳敬亭施了个万福说道：“柳师傅，我就不送您了。”

柳敬亭笑笑：“王婷是王婷，王宓是王宓，你不该混淆了。年少时我的故事比你的离奇，勇敢面对。”

贞娘低垂眉眼点了点头。

柳敬亭起身走到王婷和董小宛身边道：“你们来了，我也该走了。”

董小宛：“柳师傅那么急？吃了饭再走。”

王婷忙招呼：“胡仙儿弄了山珍回来呢，一会儿就好的。”

柳敬亭和蔼地冲王婷点点头，又看看站得远远的贞娘，对董小宛道：“饭就不吃了，刚跟贞娘聊了不少，她心里还是不得劲，你劝劝。”

王婷听罢苦笑道：“贞娘本也是自我防卫，再说天作有雨，人作有祸，王宓他自己的选择又怪得了谁呢。”

柳敬亭：“哎！王家若个个像王小姐这般高风亮节，断不会落得这般悲凉的下场了。”

王婷也顾不得体面，早已泪水横飞：“我还等着我哥出狱来呢，我等着他，让他知道，即使他身无分文也依然是我亲哥哥，有亲人在，家就在的。”

董小宛上前搂住了王婷瘦弱的肩膀。

柳敬亭看王婷这般痛苦也不知如何安慰，又看看远处的贞娘道：“你们几个都是好姑娘，可命运总是颠沛流离啊！保重！”

董小宛目送柳敬亭飘然离去，泪眼朦胧。

贞娘下了平台的台阶，追着竹林里西落的夕阳走了一段，直到柳敬亭的身影在竹林消失。

胡仙儿从茅屋里出来，站在门口喊道：“山珍菌菇汤好了！”

14. 京城贤良寺寮房　夜　内

冒辟疆额头上盖着白色湿巾，高烧导致两颊红得油亮，闭着双眼嘴里还哼哼唧唧念叨着：“嗯——我自己……自己知晓，嗯，我是让噩梦掩着了，浑身乏力使不出劲，嗯——缓缓就好了。”

华安神情凝重，小心地将冒辟疆伸出被子外的手臂放进被窝里，看冒辟疆慢慢地安静睡稳了，就悄悄地出了寮房。

15. 京城贤良寺外　夜　外

拴马桩前陈贞慧和侯方域解开了马匹的缰绳，方以智举着一盏琉璃灯为两人照明。深秋的夜晚飘起了雨丝，密密织织地在人眼前蒙上了一层浓浓的雾气。

陈贞慧对方以智道：“冒襄现下是走不了了，密之，你看着他，别让他出什么乱子。”

方以智点点头：“人世间最甜的是情，最苦的也是情，只要不酿出毒的都是渡。”

陈贞慧的美髯上沾满了雨滴：“是啊，每一场爱情都是渡劫，只是方式不同罢了。”

侯方域也说道：“冒兄性子刚烈，不宜在京久留，只要身体好转就是撵也得撵他回家。”

方以智：“你俩放心回吧，定然让他全身而退。”陈贞慧和侯方域跨马拱手告别。

16. 京城皇宫乾清宫观文阁（御书房）　夜　内

陈圆圆双手端着托盘，托盘里有一只雕工精美的汤盅，不知站了多久，身体僵直虚晃起来，她干脆跪在了地板上。不知为何，她觉得地面像是被人焐热过似的，一股热气直往身上窜，不一会儿额头就沁出汗来。或许是好奇战胜了恐惧，她腾出一只手小心地在地板上摸了摸，果真全是热乎乎的。

忽然身后一个声音说道："那是地暖，地板下有热水。"

陈圆圆吓了一跳，转身见来者身穿青色龙袍便知是皇帝了，连忙低了头大气不敢出。

朱由检笑道："有人时你不知道下跪，刚才空无一人你倒是乖乖跪着。"

陈圆圆照例低头不说话，朱由检目不斜视，从陈圆圆身边走过，径直坐到书桌前拿了书看起来。

曹琴钟进来后接了陈圆圆的托盘，放在了一旁。

朱由检对曹琴钟道："你带她出去，让她别再来乾清宫了。"

曹琴钟："是。"

曹琴钟走到陈圆圆面前轻声道："走吧。"

两人正要跨出门槛去，朱由检忽然又说道："等等，太后给她封的什么？"

曹琴钟答道："御前舞使。"

朱由检苦笑道："呵呵，太后真幽默！"

朱由检合上了书又问道："后宫教坊的宫女都几岁入的宫？"

曹琴钟略想了想道："八岁，都是千里挑一。"

朱由检："教坊的宫女挤破脑袋才能挣个御前舞使吧，她这一来，怕是会招人嫉恨了。带她去宫外景山北边普通宫女居住的地方吧，房间是小了点，清静，那边有个小院子里有一座莲池，据说母亲还在那儿住过呢，就让她住那里吧。"

曹琴钟："是。"

陈圆圆不甚清楚皇帝的安排，但直觉他人并不坏。

17. 南京秦淮河边桃叶渡小楼暖居原贞娘房间　日　内

董小宛打开房间的窗户，在窗台上的香炉里点上一支清香，房间里的摆设一如往常。她盼望着时间的流逝能洗刷掉贞娘内心的恐惧，人们也永远不会再提及那天运河埠头发生过什么。

董小宛将床榻上贞娘平时穿过的衣裳掸去灰尘再铺平整，一边喃喃自语道："贞娘过些日子就能回来了。"

忽然楼下传来一阵吵闹声："让我进去，让我进去，我认得你家董小宛的。"

董小宛起身往外走。

18. 南京秦淮河边桃叶渡小楼暖居一楼大厅　日　内

王婷头裹布巾完全成了农妇打扮，急哄哄地推搡着巧妹等人。小楼多久没有来人了，此刻来了个人，小姑娘们都从后院赶来看热闹。

董小宛下了楼梯，责怪巧妹道："巧妹，为何不先告诉我一声，她是我杭州认下的姐姐。"

王婷看了董小宛一眼，显得很窝火，也不打招呼，气乎乎地往客厅的椅子上坐下了。

巧妹委屈的眼泪汪汪地："贞娘走了那么久不回来，咱们楼里谁也不想再让董姑娘有什么三长两短的事。"说着哭着跑开了。

董小宛再不好发作，对其他小丫头们说道："你们也快散了吧，没什么事，每天的功课照做便是。"

王婷斜着眼看着董小宛半天："活脱脱像个儿童幼稚园，还弄出个那么多破规矩。"

董小宛叹气道："哎，你是农妇打扮小姐的派头，哪里比得咱们小店，奴才的营生。贞娘的事也没告诉她们呢，一遭遇蛇咬十年怕井绳，见到个生人就害怕也是常情，丫头们一天天的都担心以后的日子怎么活呢。"

王婷："算了，跟小丫头们置气我还气不过来呢。"

董小宛："找我找的那么急什么事？"

王婷脸露难色："贞娘失踪了。"

董小宛如遭雷击："什么？"

19. 南京城门外　日　外

贞娘一袭箭袖绛红短衣，外披玄黑斗篷，跨马在城门外逗了两圈。

特写贞娘近景：贞娘眼眶湿润，头上随意挽了个松垮的发髻，瀑布似的黑发垂到胸前，风一吹又像柳条般地百转回肠地飘动起来。天上的云朵千变万化。

20. 南京秦淮河边柳敬亭说书坊客厅　黄昏　内

天空渐渐暗淡下来。

董小宛站在窗前背对着柳敬亭，独自望着外面天空的云。

顾横波、柳敬亭和王婷围坐在圆桌边。

柳敬亭慢悠悠地说道："月有阴晴圆缺，人有悲欢离合，世间没有不散的宴席啊。”

董小宛泪汪汪地转过身来：“患难之交、相依为命，如今不告而别连句话都没有。”

柳敬亭：“说什么好呢？她以为你是最懂她的吧。”

一句话说的董小宛的眼泪决堤而出。

顾横波站起来走到董小宛面前：“贞娘都交代好了，小楼我来接管，保证姑娘们冻不着饿不着，你就听柳师傅的回苏州去。”

柳敬亭：“贞娘可跟我说了，小宛她心心念念想着回苏州去呢。”

董小宛听罢索性“哇”地一声哭出声来。

王婷有些搞不明白，从袖袋里掏出手帕替董小宛擦拭眼泪，一边道：“我不了解贞娘，可我了解你，像你这样一个人，无论是谁，处久了断不会亏待你的，不然天理也难容。”

董小宛连连摇头：“我哭的是贞娘她从来先考虑别人不顾自己的——她那一副侠义心肠！哎！”

柳敬亭笑道：“女孩子的心思不好猜，头一回听说还有人哭那侠义心肠的！真怕自己好心办了伤心事。”

顾横波：“嗨，心不是伤着了，是感动到了！”

王婷半懵半醒地道：“搞不明白你们说什么？你们秦淮河边的卖艺人都怪得很，一个个都跟平常人相差甚远。”

顾横波：“秦淮河边的人不是怪而是惨，那惨比平常人的惨还相差甚远。”

董小宛忽然又带泪笑道：“是，贞娘又可以做回她的红果儿了，应该为她高兴才是。”

董小宛走到柳敬亭跟前兴匆匆道：“好，我要回苏州。”

就在此时门口一前一后进来两人。

王婷和柳敬亭几乎同时喊出声来：“高士民？”

高士民身后露出毛文平的脑袋，尴尬地对王婷道：“他非逼着我追到这里来。”

21. 京城宫墙外　夜　外

冒辟疆和华安穿着宫廷太医制服等外城门外。

秋冬交接的北京已是寒风凛冽，华安背着药箱哆嗦着上下嘴唇：“二爷，你才退了烧就往外跑，别又添病了。”

冒辟疆望眼欲穿地望着宫门：“谁往外跑了，不就等着进宫去嘛。”

华安嘟嘟囔囔地："听人说冒充假身份进宫是要杀头的。"

冒辟疆笑道："你现在回去还来得及。"

华安："不要，你若死了，我也回不了如皋，好不容易求曹公公弄出两套衣裳来的。"

冒辟疆："那你念叨个甚？"

两人正说着宫门打开了。

22. 皇城景山北宫女住所　夜　内

曹琴钟、冒辟疆、华安三人由两名小太监领着，在小巷子里七拐八拐后进了一间小小旧旧的四合院，曹琴钟下意识地转头瞟了一眼，中间有两个水缸那么大的，由鹅卵石镶嵌而成的"莲池"，池中果然立着干巴巴的枯黄的荷叶。冒辟疆进院后早已累的气喘、冒汗了。

曹琴钟见小太监关门退出了，便笑道："我也是头一次来，没想到那么不好走。"

院旁一间小厢房门口，立着一位挽双髻穿紫衣的瘦小宫女正是陈圆圆。冒辟疆看了半天，不敢相信更有点不敢相认。

曹琴钟笑道："长话短说，只有半个时辰的时间。"

23. 皇城景山北宫女住所　夜　内

冒辟疆迷迷瞪瞪随陈圆圆进了房间，房间里除了一张方桌和一张床便没有别的陈设了。

两人两对坐着一时说不上话来，陈圆圆喊一声："冒公子……"便哽咽了。

冒辟疆拉住陈圆圆的手，努力控制住自己颤抖的音量："我……我来晚了一步。"

两人几乎同步说道："对不起！"

两人又几乎同时站起来，冒辟疆上前搂住了陈圆圆："这不能怪你。"

陈圆圆再不像先前那么矜持，在冒辟疆怀里"呜呜"哭泣起来。

冒辟疆感到心底在淌血却不能无能地哭泣啊，这个时候他也体会到了什么是热血冲昏了头脑，此时他只有一个念头，只想带走陈圆圆："我带你出去吧。"

陈圆圆一把推开了冒辟疆："不，从今往后你就当我死了，休提往事。"

冒辟疆痛苦万分："不带你走我大概也会死的。"

陈圆圆急的真的要往门框上撞去："那我立刻死在你面前。"

冒辟疆牢牢抓住陈圆圆的手臂："曹公公跟你说了什么？"

陈圆圆泪如泉涌，重重地推开了冒辟疆："你想听太后对我说了什么吗？"

陈圆圆的举动让冒辟疆的热血冷却下来，无力地点点头道："我还能清楚地记得在冰冷的河水中拉住你的手的感觉。"

陈圆圆也点点头："你能救我一次可不能救我一世吧，这是命！你若真为我好就离开皇城回家去，再也不要提陈圆圆三个字，不然，我现在就得死。"

冒辟疆的眼角泪珠滚落下来："不要！圆圆，你一定要活着，无论何时何都要活下去！"

两人深情相拥。

24. 南京秦淮河边柳敬亭说书坊客厅　夜　内

高士民从圆桌边站起来拱手道："柳师傅是本人的恩人，没想到柳师傅、董姑娘、弟妹又是好友，真是无巧不成书啊！向柳师傅叨扰了一晚上，该是告别的时候了。"

毛文平也跟着站起身来，王婷白了他一眼道："有你什么事？"

高士民笑道："弟妹，咱们是一道走的。"

王婷冷冷道："走？走去哪儿？你要走也是你自己走！"

董小宛感觉到王婷情绪的异常，凑近她低声道："王婷，怎么了？你心里是有什么事？"

毛文平有些尴尬："王婷，有事咱们走了再说吧。"

王婷忽然情绪失控，哭泣起来："高士民忽悠你入川，要去你跟他去，我不去！"

柳敬亭警觉地拉过高士民："士民，你要入川？"

高士民支支吾吾想要掩饰："没……没有，没有的事。"

柳敬亭看看毛文平，又看看哭泣的王婷："不像是空穴来风吧？"

高士民绕过柳敬亭，拉起毛文平就要离开："文平，咱们先离开这里，别的好说。"

毛文平无奈低着头跟着高士民要离开，王婷喊道："毛文平，你要跟他走了，就永远别来见我！"

柳敬亭拦住了两人："且慢！既然进了我的说书坊，不说清楚就不可轻易离开吧。"

高士民右手摸住了腰间的佩剑："柳师傅，你对我有恩，但也不要逼我。"

柳敬亭拉响了门口的铃声，立刻从外面聚拢十来个酒保打扮的壮汉。

柳敬亭摸着胡须笑道：“我倒是不怕跟你刀剑相向，就怕打不过毛文平。”

毛文平：“柳师傅，我一向敬重您，无冤无仇没这个必要吧？”

柳敬亭：“小了说为王婷，大了说为大明百姓，今日咱们得好好说个清清楚楚、明明白白才能放行。”

董小宛见几个男人就要剑拔弩张起来，故意云淡风轻地对柳敬亭说道：“柳师傅，我猜两位大哥也不会有什么见不得人的事吧，晚上喝了热酒，别稀里糊涂地动了酒气倒真伤和气了。毛大哥，不如再坐坐，一会儿王婷消了气，咱们高高兴兴地，好聚好散，岂不十全十美？”

毛文平原本就不十分情愿离开，正好有个台阶：“好，就听董姑娘的。”

高士民拉着脸还想坚持：“嗨！堂堂男子汉被一妇人所累。”

柳敬亭对高士民做了个请的手势，高士民无奈地在客厅里一个角落里坐下了，对毛文平说道：“你快些劝好了你家婆娘才好行事。”

董小宛对柳敬亭使使眼色，柳敬亭点头微笑，对酒保们道：“再上些好酒来。”

一会儿功夫桌上又摆满了美酒、果品、菜肴。

柳敬亭对高士民招招手：“士民，你自称堂堂男子汉，怎么要起扭捏小性子来呢。”

高士民立即蹦起来：“谁要小性子，喝酒，喝酒。”

柳敬亭使出十八般手艺将毛文平先灌倒了，见他躺在王婷怀里呼呼大睡，自己也歪在椅子上不省人事了。董小宛真是喝酒奇才，跟高士民对饮面不改色心不跳，高士民已拿不稳筷子，几次想夹起盘中的鹌鹑蛋几次掉落。

董小宛觉得时机已到，便试探高士民道：“看高大哥的面相可是干一番大事业的人。”

高士民来了兴趣：“哦，董姑娘懂得看相？”

董小宛点点头：“略懂一二，高大哥阔口大耳，定当胸有大志不甘寂寞在山里做一个平庸之人，你手里也有绝技、绝招。”

高士民听着顺耳：“哈哈，你知道我会做烟花是吧。”

董小宛：“说高大哥只会做烟花那就真的小看人了。”

高士民举着手指左右寻找柳敬亭的身影，却始终找不准方向。

董小宛笑道：“您是想说这是柳师傅告诉我的吧？”

高士民打了个饱嗝：“小丫头机灵。”

董小宛：“是您口口声声称柳师傅恩人，柳师傅可从未提及过你。”

高士民：“也是，他是个守口最严谨的人！那你真有有几分神通。”

董小宛接着道：“神通不敢说，不过，看高大哥的眉眼长相是个敢担当、敢作为、能精研、能吃苦耐劳唯独……"

高士民："哦？唯独什么？"

董小宛："唯独容易轻信于人。"

高士民又笑起来："呵呵，我可不轻信一个小丫头。"

董小宛语气笃定、缓慢："非也，是轻信于大奸大恶之人，一旦犯错不但危害自己，更会害了身边最亲近的人。"

高士民被董小宛的话激得寒毛倒竖，浑身发冷，想起死去的妻儿顿时悲从中来。忍不住呜呜大哭起来："啊呀呀呀！若不是我亲近魏党，我的妻儿也不会惨遭杀害！真是我害死了他们啊！呜呜呜……"

董小宛并不劝慰，而是默默给高士民添酒，让他痛快哭了一阵。

高士民抹掉眼泪，仰头喝完了杯中酒道："董姑娘，看来我真不该小看你。"

董小宛摇摇头："人都有命格，那不能全怪你。"

高士民苦笑道："要是真能改命，我真他妈想改改这条破命，只是现在一切都晚了。"

董小宛："若有贵人指点，改命也不是不可能，你说柳师傅是你的恩人，他就是你命中的贵人，行事前跟他多讲讲，说不定能拨开迷雾见光明。"

高士民迷迷糊糊地趴在了桌上："他是个严谨的人，我的闯劲他一定不——认同，可……可是一股子气憋了十年了，命运在向我招手了……"

镜头淡出。

第三十二集　贤良寺救主中毒箭　董小宛半隐苏州城

1. 就城贤良寺寮房　日　内

冒辟疆坐在桌案前望着窗外发呆，身后华安来来回回地收拾衣物一一打进包裹。

冒辟疆有气无力地说道：“华安你就那么着急吗？”

华安把冒辟疆的佩剑也背上，立在冒辟疆身后道：“急，曹琴钟催得急，老爷、老太太在如皋盼得也急。”

冒辟疆抓着椅子的扶手要懒道：“我不走。”

华安急了：“二爷，这是皇家的寺庙，走不走也由不得咱啊！”

冒辟疆还想抓住最后一丝希望：“我得见曹化淳一面，不然绝不死心。”

华安：“他如今是秉笔司礼，不是想见就能见的。再说，你不是说当今皇上多疑，别再往老虎嘴里拔牙了！”

冒辟疆：“不会，亲眼见了皇上后，觉得他应该不会。”

华安翻翻白眼：“老百姓眼里最凶险的就是皇家，二爷咱能避开就避远点吧。”

冒辟疆像是忽然有了力气，拍案而起：“怎么能就此做个胆小鬼呢？不成！今日是绝不走的！”

华安无奈只好将包裹、佩剑全部放下。

冒辟疆自觉有点蛮横了，故意岔开话题道：“华安，我饿了，我想吃东西。”

华安听到几天茶饭不思的主人要吃东西，倒是有些许安慰：“好，二爷你等着，我这就去弄些斋饭来。”

冒辟疆看着华安出门的背影，内心五味杂陈。

2. 京城皇宫慈庆宫　日　内

三十出头的太后張嫣身材修长、面容姣好，一袭青色旧锦袍衬显的她的肤色更加白净、亮洁。她端坐在榻上，有两名宫女穿过珠帘呈上托盘中的锦缎让她过目。

張嫣问道："新的？"

宫女答道："是新被罩，太后。"

張嫣："把这些新的锦缎拿回去重新入库，领旧的就好。"

宫女答道："是，太后。"

張嫣又道："等等，你们可知皇上节俭到什么程度，皇上还时长穿打着补丁的衣裤呢，后宫应当以此为例，不要事事让本宫盯着，退下吧。"

宫女低头退出。

張嫣显得有些疲惫，用双手揉了揉太阳穴，透过珠帘，发现田弘遇还跪在那里，便问道："国丈还有什么事？"

田弘遇："太后，老臣刚才所言句句属实。"

張嫣："后宫的事有周皇后，按理，本宫也不该参与过多。"

田弘遇："太后贤明，事事有洞察，皇上也是最听您的，这是后宫之福，大明之福！"

張嫣想了想说道："皇帝的母亲曾在景山居住，正好说明他对陈圆圆是满意的。"

田弘遇："太后，曹琴钟领了两名太医……"

張嫣忽然烦躁起来："好了，本宫对宦官的事不感兴趣！再说，曹琴钟不是魏忠贤，国丈别再扰了本宫的清静。"

田弘遇："太后恕罪，老臣这就告退。"

張嫣忽然又想到了什么："等等，你说皇上在贤良寺见了三个从南京来的年轻书生？"

田弘遇一听来了机会，赶忙说道："正是。太后，那三名书生是南京拉帮结社的活跃分子，平时言论激进，万万不可让皇上再接近此等三教九流之辈啊。"

張嫣点点头："国丈所言极是，皇上究竟是怎么了？别是受了外界的挑唆才动了南迁的念头吧。"

田弘遇："有两个倒是走了，一个叫冒辟疆的，现在还住在贤良寺呢。"

張嫣："内忧外患，皇上操心的事够多了，别再节外生枝，悄悄轰那个书生走了了事吧。"

田弘遇小眼睛闪出光芒来，连忙答应道："是，太后，老臣一定办妥当了。"

3. 南京城门外　日　外

高士民拍拍毛文平的肩膀道："老大，从此你是王婷的人了，不是我们的老大了，就送到这里吧。”

毛文平笑道：“一夜之间变化挺大，你当真舍得我。”

高士民摇摇头：“呵呵，昨夜喝高了，现在还头晕呢。不过董姑娘的话倒是愈发清晰了，她说的对，我的人生惨状基本可归咎于行事莽撞，容易轻信！”

毛文平点点头：“没错，亲自给魏党余孽送火器，差点害我于不仁不义哦。”

高士民：“所以不明情况下入川，我不能拉你入伙，算我有了一点自知之明吧。”

毛文平：“我想归于平常的生活，也不仅仅是为了王婷，也是为了我自己，毛家盐村的盐田也需要有人去守护。过去的事已经了了，不是吗？”

高士民自嘲道：“我大概从里到外都是个流浪汉，无根之草。”

就在此时，柳敬亭骑驴而至：“十年的准备和等待就像个荒谬的梦，明知荒谬却还想去尝试，为了一个不能不了了的倔强念头，不惜头破血流地去冒险。”

高士民惊讶道：“柳师傅？”

柳敬亭：“怎么？不跟我打个招呼就想溜走？”

高士民：“不想再打搅您。”

柳敬亭：“是不敢面对吧？”

高士民：“是，既然你已经猜到了，我就实话实说，我不想半途而废。”

柳敬亭：“在我看来，你该悬崖勒马了！”

毛文平与高士民对视了一眼，低下头保持沉默。

柳敬亭又说道：“高银祥被孙传庭逮了，现下你入川无非张献忠和李自成吧？”

柳敬亭看高士民不说话，便又接着道：“他们都自称忠义之士，可是高银祥一死，李、张首先自己人不和，搞起了分裂，我不是朝廷命官，也不想站在哪一边帮腔说话，但是我有家国之念。你想，家里人内斗，遭殃的还是自己人吧，要知道一旦边境告急国破家亡，生灵涂炭百姓岌岌可危，覆巢之下无完卵啊。”

高士民眼眶湿润：“柳师傅，那你说我该如何做才是对的？”

柳敬亭走近高士民语重心长道：“士民，你心里有股子气，可是仇恨不解决问题，你那火器可成为国之利器，不应把火炮对准自己人，而应用它来保家卫国才是正道啊！”

高士民想起妻儿便忍不住要哭泣：“我的家早没了，我心里是有恨，可到头来竟然不知该恨谁，最可恨的竟然是我自己。”

柳敬亭：“魏忠贤是祸国殃民之奸臣，自古以来，历朝历代皆有忠、奸两臣，那不是你我可左右的，我们可以选择的是保护好自己的立场。”

高士民苦笑道：“我是个被朝廷驱逐出来的人，有立场也不会有机会了。”

柳敬亭在高士民耳边低语了几句，高士民眼前一亮：“此话当真？”

柳敬亭点点头：“你我赤城之心，愿上天可鉴！”

高士民眯缝起小眼睛像个孩子似的笑了，牵起柳敬亭的小毛驴道：“走，柳师傅，我跟你回家。”

柳敬亭哈哈大笑：“哈哈哈哈哈哈，你看看，要不是昨天董小宛巧妙地以柔克刚稳住了你，咱们说不定就犟头憎脑地打起来，自己人伤害自己人能有个啥好的。”

高士民跟着柳敬亭兴致勃勃转身回城去了，似乎完全忘了他的马和毛文平的存在。

毛文平傻愣愣地“左右开弓”牵起两匹马，一边喃喃自语道：“看吧，不做老大就要沦为给人牵马。”

4. 京城贤良寺寮房外　黄昏　外

冒辟疆在寮房外满怀希望，焦急地来回踱步。

华安小跑着进院来：“二爷，我回来了。”

冒辟疆：“可回来了，天都快暗了，见着曹琴钟没？”

华安喘着粗气：“人并不从上次曹琴钟带咱们进宫的门走，等我弄清楚出入口，找个带话的人太难了，他们都是八小时工作制，一早进去后，就再不见有人出来了，好不容易才带话进去。”

冒辟疆急不可耐：“你就说曹琴钟怎么说？”

华安：“曹琴钟说带你进宫，或者等秉笔司礼出宫见你，都是不可能的，但可以带个话，这个事不好办，弄不好会累及他师父在宫中的位置。”

冒辟疆：“这个不等于没说吗？”

华安：“他还说，别再去宫门外等人带话，太扎眼太冒险了，他劝你早早回家去。”

冒辟疆不免失落，却又不甘就此罢休：“这个是国丈和太后强拧的瓜，皇上的心思根本不在于此。”

华安无奈地看着他那失魂落魄的主人：“是啊，连我一个下人也看的明白，就因为是太后的意思，这个才不好办，才可能累及曹琴钟在宫中的位置吧。二爷，咱回家吧，曹琴钟说了，陈姑娘不会有事的。”

冒辟疆：“容我再想想，容我再想想还有什么办法。”

华安松了腰上的汗巾，一边擦脸一边说着进屋去：“二爷饿了吧，我去弄吃的去。”

5. 京城贤良寺寮房　夜　内

冒辟疆胡乱吃了点东西就歪在榻上想事，大概是因为心神不宁怎么躺都不得劲，转辗反侧。华安默默地将桌上的食物收拾了，又拿出包裹来重新打开整理。

华安见冒辟疆并未睡着便道：“二爷，把换洗衣裳给你挂上吧，放在包裹里容易起褶皱。”

冒辟疆两眼直瞪瞪地看着窗外，像是根本听不见他在说话。

华安又说道：“二爷，衣裳给你挂木椸上了。”

冒辟疆心不在焉回了一句：“你随便。”

正说着，一支滋滋冒火的利箭穿过窗户稳稳地落在冒辟疆的榻上，冒辟疆还不及反应，榻上的被褥瞬间点燃了。

华安拉起冒辟疆想往室外逃：“二爷，快走。”

谁知更多的火箭穿门而过钉在了墙上，寮房为木质结构，顿时室内烟火蔓延将两人团团围困。

刚刚大病一场的冒辟疆本就虚弱，被大火呛得直不起腰来，华安急中生智把脸盆里的水倾倒在被子上，又将被子盖住冒辟疆，背起他就往外冲。

6. 京城贤良寺寮房外院落　夜　外

院落房顶上黑影在攒动，华安背着冒辟疆一出寮房，就有人把箭头对准了两人。

华安大喊：“屋顶有人！”

华安放下背上的冒辟疆的同时被三只箭射中了心脏，应声倒地。

冒辟疆从湿被褥里爬出来，火光把华安胸口的三只箭映照的血红发亮，冒辟疆不敢相信眼前这一幕是真实的还是梦境，就在一分钟之前他还躺在榻上对他那么漫不经心，他忽然觉得那三只箭就像是他亲自插在华安胸膛上的，顿时情绪奔溃，号啕大哭。

寺里的僧人纷纷赶来，人们高喊着：“走水啦！走水啦！”

冒辟疆抱住华安不停呼唤：“华安，华安，你醒醒，你醒醒啊！华安睁开眼看看我啊！”

冒辟疆的泪水模糊了眼前的景象，他看见每一个从他身边走过的僧人都长着一张华安的脸，华安在救火，华安在泼水，华安在呐喊，华安在哭泣……

一脸烟灰的冒辟疆嘴里仍然不停在呼唤着：“华安啊，华安啊，华安啊……”

镜头淡出。

7. 南京秦淮河边桃叶渡小楼暖居门口巷子　晨　外

站在马车旁的董小宛频频回头，这个充满传奇色彩的小楼，当初因为红果儿的到来而变得异常热闹，如今又因为贞娘的离去而变得异常冷清。时间的流逝让她恍惚觉得红果儿和贞娘可能真的不是同一个人呢。

柳敬亭提醒董小宛道："上路吧。"

董小宛："这一走大概不会回了吧。"

董小宛正要转身上马车时，看见巧妹和顾横波从楼里出来。

顾横波上前将手里捧着一个盒子递给董小宛："小宛，走了就别回头。"

巧妹眼圈红红的："是贞娘留给你的，她一直为你攒着这些银子，说攒够了好为你赎身。原先我还怪她偏心呢，没想到你在这小楼打拼了两年，临走了连问都不问一句……"

董小宛将盒子递给巧妹笑道："巧妹，这银子我不拿，小楼里还有姐妹们呢。"

顾横波夺过盒子又塞进董小宛怀里："现在我是这里的主，我说了算！贞娘留给你的，我们拿了算个什么道理？再说媚楼可比你们小楼强，别说五百两银子就是五千两也不在话下的。别辜负了贞娘对你的一片心意是真。"

巧妹感到眼前境况已经转危为安，心里也踏实了："贞娘让姐妹们跟着顾姑娘准没错。"

董小宛捧着盒子说不出话来，感激地点点头，转身上了马车。

顾横波看董小宛又从马车里探出头来，便挥挥手道："钱就是个乌龟王八蛋！小宛，走吧，走吧。"

镜头切换到马车里：

马车里柳敬亭和董小宛并排坐着。

柳敬亭："这个一夜千银豪赌的顾媚就是为秦淮之夜而生的，既有女人的妩媚、柔情又有男人的侠义、豪迈，王公贵族们都愿意在她的楼里一掷千金醉生梦死。小宛你不属于这里，你是来还情债的。"

董小宛有些迷糊："情债？"

柳敬亭侧头看了一眼董小宛笑道："嗯，父母之情，朋友之情，爱人之情。"

董小宛叹了一声："哎——或许吧。"

柳敬亭："但愿你回苏州能有好运！"

董小宛有多少想家只有她自己知道，但说出口时却比风还轻，她只淡淡地说道："能回家甚好！"

镜头切回巷子：

马车离小楼暖居越来越远，一直到深巷的尽头……

8. 京城城外亭子　日　外

亭前曹琴钟带着冒辟疆骑马而至。

景护卫一身简装早已等候，出亭子拱手相迎：“冒公子好久不见，变化挺大。”

冒辟疆一夜无眠，披头散发、眼圈红肿出于礼节，勉强回了拱手礼便进亭子坐下了。

曹琴钟问锦护卫：“昨晚究竟谁人丧心病狂？查得如何？”

景护卫也跟着曹琴钟在亭子里坐下，一边给两人斟上酒水：“不是周奎就是田弘遇，猎艳献媚是他俩的终身事业。”

曹琴钟掩饰不住地愤怒道：“那你们为何不行动？”

景护卫：“证据呢？一个是皇后的父亲一个是贵妃的父亲，没有证据谁敢动这两人？就连皇上也看不惯那两老家伙，尽整些鸡毛蒜皮没边儿的事，也就睁一只眼闭一只眼算了。”

眼神呆滞的冒辟疆一听景护卫这般说，顿时怒火燃烧，一把抓住景护卫的衣领质问道：“一条人命是鸡毛蒜皮的事？在你们眼里，老百姓的命就轻如鸡毛是吗？”

景护卫一时被惊懵了：“不不，绝不是这个意思？”

冒辟疆怒吼道：“那你什么意思？我倒希望死的是我，而不是华安！”

景护卫：“华……华安是……是谁？”

曹琴钟一旁解释道：“华安是冒公子的贴身侍伴。”

景护卫连忙道歉：“对不起对不起！昨晚来报，只说冒公子没事，我也就放心了，并不知晓竟然还有另外一个仆人死了，我很抱歉！”

冒辟疆见他道歉便松了手，自责的情绪愈发涌上心头，干脆趴在桌上捶拳哭诉起来：“是我害死了他！是我太自私了，只顾自己的感受完全不把他放在心上，要是听他的话，一早离开皇城，他也不至于被人害死！我真后悔！我真后悔啊！华安从小同我一起长大，一心全在我身上……”说到此处冒辟疆哽咽了，再也说不下去了。

景护卫没料平时气宇轩昂、处世果敢有远见的冒公子也有这般脆弱的一面。

曹琴钟劝说道：“这事不能全怪你，我也有责任，这皇宫里的复杂我比你清楚，是我没处理好。”

景护卫被冒辟疆的主仆之情感动了：“冒公子不可这般悲伤，你若好好的，就是对他最好的安慰了。”

曹琴钟：“这事还涉及到太后，若为此事皇家内部争斗起来，那大明更是岌岌可危了……”

景护卫："我同你一起下江南，要尽快召回高士民。"

冒辟疆听罢冷静下来，也不擦去眼泪，起身出亭上了马："这就上路吧。"

曹琴钟与景护卫对视一眼道："照顾好他，一路平安！"

曹琴钟看着景护卫上马并对冒辟疆拱手行礼道："冒公子，一路好走！"

冒辟疆心中悲伤不想言语，只回身与曹琴钟行了礼以示告别。这次进京使他失去了陈圆圆、华安，也将是他此生与曹琴钟的最后一别。

冒辟疆和景护卫策马离去，曹琴钟看着冒辟疆离去的背影，眼中充满了惜别之情，嘴里喃喃道："一个不可一世、骄傲的纨绔子弟要蜕变成一个有胸怀、能忍辱的君子，岂能不经历生死离别呢。"可曹琴钟未知的是，真正的磨难在几年后的1644年，那不仅仅是冒辟疆的更是他的，乃至整个大明的灭顶之难。

9. 苏州地界路边　日　外

马车停在路边，马夫正在喂马，董小宛和柳敬亭在路边树下休憩。

柳敬亭点燃他的铜烟斗，猛吸了几口，呛得他直流眼泪："连烟鬼张献忠都下得戒烟令，我却戒不掉呢。"

董小宛问道："张献忠何许人也？"

柳敬亭笑道："一个自称'替天行道'的人，曾也有过劫富济贫的义举，不过终是过不了金钱、权利的关，在四川杀人嗜血、掳掠大量的金银财宝，与他的初衷越走越远。"

董小宛："莫不是高大哥入川是想要投奔此人？"

柳敬亭摸摸他的长胡须："别人投奔他无非为了钱财、利益，高士民呢还停留在十年前的所见所闻，自以为那是理想、抱负，岂知离那已差了十万八千里啊！小宛，你急中生智挽救了一场看不见的灾难。"

董小宛："我在滁州山洞里见过高大哥研制的火器，不管怎样，那是伤人的东西。我猜你拦着他不让走多半与这有关，再说，我信得过柳师傅。"

柳敬亭点点头："小宛有精确的判断也有胆略，你若是个小子，我定收你为徒。"

董小宛笑了："柳师傅太抬举小宛了，我怎能与您那位鼎鼎大名的徒弟冒大才子相提并论呢？"

柳敬亭："这可不是抬举，不瞒你说，我是不支持他那金陵大会的，上百人的文人墨客聚会耍嘴皮子揭发阮大铖，表面上看波及面大，有杀一儆百之效果。"

董小宛："对呀，把这个文化流氓赶出了南京城不好吗？"

柳敬亭："依我看此举太过张扬，形式大过内容，阮大铖是出了南京城，但是他毫发无损，而复社冒辟疆却早成了人家暗地里的枪靶子。”

董小宛：“就算他们没有写留都防乱公揭，复社冒辟疆与阮大铖也从不对付。”

柳敬亭：“那不一样，《留都防乱公揭》檄文滔滔铿锵有力，将成为千古奇谈。阮大铖虽是个江湖恶棍，却始终想披一张文人墨客的皮，如今将他那张皮揭了，这只会让他把那邪恶的一面更加变本加厉。”

董小宛：“天日昭昭，人心灼灼。那坏人还不容揭发、唾骂了吗？冒公子何错之有？”

柳敬亭：“这不在对错，而是需要隐忍和理智，公揭可揭露坏人也可扬美名，冒儿他不需要后者。可是这百名文人中，就有借此公揭表明立场沽名钓誉之辈，即使寥寥无几也会让他人为此诟病吧。所以，无论正反，此举都有负面之处。”

董小宛：“您这么说我就明白了，好德、好义之人，通常得罪人也通常遭人利用。”

柳敬亭点点头：“冒儿是在蜜罐里养大的，哪里知晓江湖的险恶，哪里知晓那痛之又痛的隐忍背后需要付出代价。”

董小宛笑道：“冒公子有你这样的师父可真好。”

柳敬亭：“师父再好也不能时时陪着他，护着他的。”

董小宛听罢内心感到一阵莫名的悸动，这个熟悉的陌生人为何总让她有种千丝万缕、难以割舍的责任和牵挂。她连忙转过身，不让柳敬亭看见她因内心燥热而变红的脸颊。

柳敬亭收了烟管又说道：“就如笨伯说的，再好再心疼也不能护啊，好比我是同情崇祯皇帝的，但是绝不同情皇家。朱家皇子皇孙浩浩荡荡十几万人，都享有特权，依我看这特权就是为腐败开了先例，特权最终是害人又害己啊！”

10. 南京城外阮大铖的未名山庄后花园　日　外

阮强一副花旦装扮扭动腰肢真是千娇百媚，阮大铖在一旁摇头晃脑陶醉其中。

侍女们纷纷上了糕点、茶水退下了。

阮大铖招招手道：“阮强啊，快来歇息片刻，吃点茶润润嗓子。”

阮强上了妆，真是比美娇娘更胜几分姿色，妖妖娆娆在阮大铖一旁入座，阮强套了假指甲，上手拿了几次都不曾将茶杯端起来，阮大铖“扑哧”笑出声来，慢悠悠地拿起茶杯挑逗道：“美人，让俺亲手喂你吃茶如何？”

阮强娇嗔道：“大人就爱看我笑话。”他话虽这么说，嘴巴却凑上前去“咕噜、咕噜”灌了一盅。

阮大铖一脸满意、满足的模样。

阮强问道：“大人，今日定有什么好事？”

阮大铖摸摸他的大胡子笑道：“都说我阮大铖有手段，皇家宫廷内斗那才叫一个毒辣。”

阮强：“定是陈圆圆随国丈爷顺利进了宫了吧。”

阮大铖：“那是当然的，只是那愣头青冒辟疆也进了皇城，还赖在贤良寺不肯走了。”

阮强：“冒辟疆还想着吃陈圆圆的天鹅肉呐？”

阮大铖：“那是铁定吃不着的，但对国丈来说总是个障碍吧，那边还有个顶呱呱的国丈周奎，也四处寻美女进京呢，好不容易陈圆圆入了皇上的法眼，怎能半途出个幺蛾子？”

阮强做了个杀头的手势：“国丈不会把冒辟疆给解决了？”

阮大铖拍了一下阮强的手背：“你真当杀人如杀个蛾子那么简单？不过也差不多了，他让咱们的人去火烧贤良寺。冒辟疆命大没死，把个伴读杀了，至少吓住了冒辟疆。”

阮强：“在皇上眼皮子底下，这事做得冒险了。”

阮大铖摇摇头：“最危险的地方就是最安全的，皇上现在最头痛的是李自成加上北边边境的烂摊子，哪有功夫管一个伴读的事，再说这事由太后顶着。”

阮强：“这冒辟疆就是太嚣张，也该杀杀他的锐气！”

阮大铖眯缝着眼：“金陵大会把我赶出南京城，复社的小子要跟我斗还太嫩了点。冒辟疆这次不死也得剥层皮！”

11. 南京秦淮河边柳敬亭说书坊　客厅　日　内

冒辟疆带着景护卫进了说书坊的门，门框上的铃铛立即“叮当、叮当”响起。

门童见了冒辟疆就知是来找柳敬亭的：“柳师傅不在。”

冒辟疆：“几时回来？”

门童：“说是去苏州了，怕一时是回不来的。”

景护卫对冒辟疆道：“他不在可怎么办？”

冒辟疆对门童道：“叫酒保来，就说是柳师傅的徒弟冒辟疆找。”

门童点头去了，不一会儿几个壮汉从里间出来。

冒辟疆拱手道：“几位大哥，帮我找个人。”

12. 苏州七里山塘　日　外

山塘河比秦淮河窄小许多，船只在水面上行走到了河面窄处可以伸手碰到岸上的花草。柳敬亭和董小宛一个船头一个船尾坐着，各自看各自的风景。几个十多岁的大孩子在岸边跟着小船追着跑，调皮的还拿了小石子往船上扔。

柳敬亭出船舱往岸上扔了几个铜钱："小子别闹了，去买几个糖果吃吧。"

大小孩捡了铜钱冲柳敬亭做鬼脸："老牛吃嫩草，羞羞羞。"说完一溜烟全跑了。

柳敬亭回到船舱对董小宛笑道："苏州话骂人也像唱儿歌，还挺好听。"

董小宛感到心神不宁："苏州就这么点大，用不了多久，风言风语就能传到我母亲耳中了。"

柳敬亭："坦然面对，卖艺讨生活的怎就低人一等了？我也是说书人，咱俩都一样，人家冒老爷和冒公子还称我一声柳师傅呢。回头你见了老人家就实话实说！"

董小宛泪汪汪地："我与你不同，落了籍就是奴。"

柳敬亭："你得学学人家贞娘和河东君，别在意那一张纸和别人的眼光，该在乎的是你自己的心，只要自己觉得自己是个人是个独立的人便可。"

董小宛："我在意的不是别人的眼光，我怕的是伤了我娘的心。"

柳敬亭叹息道："缩头伸头横竖得面对啊，哎！我也得回南京了。"

小船缓缓前进，山塘河的水晃悠悠地布满了水波纹。

13. 南京城外竹林　日　外

高士民在竹林里弄了一块空地，地上摊满了火铳，火药和一坨坨黑漆漆的铁球、陶球。

高士民双眼红肿，头发乱蓬蓬地，手里握着一个小黑球盯着看了半天，自言自语道："我就不信点不着你！我还要将你做成连环的，地面上你听我的，进了水里你还得听我的！"

高士民将一个个小黑球挂上一根又细又长的铁丝，将它们放入一个个装满水的木桶里，然后，他躲到树后小心翼翼地蹲下身，猛地拉动了铁丝，只听得木桶里的小黑球晃荡晃荡地响了几下便再没有别的动静了。高士民三步一停地慢慢靠近水桶，好像水桶里有洪水猛兽。

高士民投入火器研究便进了忘我境界，此时竹林里来了三个人，他丝毫没有察觉。

酒保带着冒辟疆和景护卫寻到了竹林，见高士民这般尊容又神神叨叨的以为精神出了问题。

景护卫问酒保：“你确定我们要找的人就是他？”

酒保点点头：“是啊，没错的，柳师傅特地交代过，说你们可能随时会来找。”

高士民听到有人说话吓得不轻，瞪圆了眼睛吼道：“快离开！赶快离……”

话音未落，其中几个水桶爆炸了，水柱夹带着泥巴冲天而起，四个人瞬间变成了泥浆人，高士民离水桶近，泥浆炸得他裸露的皮肤火辣辣的疼，高士民捂着脸又哭又笑地喊道：“你们终于开窍了啊！才用了十分之一的火药就有这样的威力，哈哈哈哈哈我成功了！终于成功啦！哈哈哈哈……”

被弄得一脸泥浆的冒辟疆被震惊了：“真是不成魔不成活啊！”

14. 南京秦淮河边艳香楼李香君房间　夜　内

窗外灯火密织如星辰，留都的岁月静好却总透着悠长的伤感。

李香君一袭纯色青衣，不抹胭脂水粉，不戴金银饰品，及腰的长发只挽了一个简单、干净的发髻。她端坐在窗前神情娴静，弹奏着《琵琶词》。

坐在书桌前的侯方域缓缓地将手里的折扇打开，上面题的是他为李香君写下的诗句：“夹道朱楼一径斜，王孙初御富平车。青溪尽是辛夷树，不及东风桃李花。”再展开，他看到的是白色扇面上，洒满了扎眼的用鲜血画成的桃花，侯方域握扇的双手开始颤抖，他恭敬地将它平放在桌子上，忽然“哇”地失声痛哭起来。

李香君停了琵琶站起来轻声呼唤：“侯公子，侯公子。”

侯方域平稳了情绪后道：“我真后悔，我送你的那首诗配你鲜血染成的桃花太轻贱了，真是羞煞了我这个须眉汉！”

李香君拍拍侯方域的肩膀笑道：“我还以为公子因为感动的涕流，原来是羞哭的。”

侯方域坐正了，认真地看着李香君道：“都有，朝宗今生欠下了香君似海的深情呢。”

李香君回看着侯方域满眼的深情，嘴上却淡淡地说道：“此话差矣，公子不欠我的，只要你我都不欠自己的心便可。”

侯方域想到自己的处境便又眉头打八节：“可是如今我……”

李香君用她那兰花似的指尖按住了侯方域的嘴唇：“我等你，你一年不来我等你一年，你十年不来我等你十年……”

侯方域不知如何回答，满怀感激地将李香君拥入怀中。

李香君在侯方域怀中感到久违的温暖和幸福，她转向窗外：“可我们倒是真的欠了一个人情呢。”

侯方域放开怀里的李香君问道：“谁？”

李香君看着侯方域回答道：“贞娘，贞娘为李香死了一次。”

侯方域点点头：“秦淮河边的贞娘死了，或许她能真正为自己活下去了。”

李香君眼泪汪汪地：“那是自私的说辞吧，她为我挡了祸灾，岂能说她得了便宜去了？”

侯方域：“我也是为她祈福，希望她今后能活得更好，你也不能总抱着愧疚活着，把此事郁结中心伤了身体，对你对她又有何益？”

李香君擦了眼泪自嘲道：“此话是真，可见许多眼泪是虚的。”

（侯方域与李香君喝茶、聊天的空镜头）真是知音煮茶长，两人对饮畅谈，直到天明……

15. 苏州城外清水湾瓦舍院子　日　外

董小宛跪倒在母亲的门外泣不成声：“母亲，莲儿回来了！”

历经了风霜、雨淋、酷晒的木门打开了，白羽（董夫人）由高管家和子修搀扶着跨出门槛来。因为思虑过度，董夫人已头发花白，清秀的脸庞上布满了皱纹，她看见自己日思夜想的女儿恨不得立刻上前紧紧地拥抱。但是很快心底那种不可原谅的自责感涌了出来，她便再迈不开脚上前一步了。

董小宛泪流满面：“娘，对不起！对不起！莲儿也对不起父亲了！”

董夫人不由地浑身颤抖，用尽全身的力气说道：“你卖身落籍为我求医治病，是要置我于何地？你父亲生前是怎么教育你的？你父亲一生光明磊落，你可还记得你那个身可死、命可丧也绝不弯腰、屈膝、低头的父亲！”

董小宛号啕大哭：“对不起娘！我自作主张落了籍，我不该瞒着家里人，是我伤了娘的心！呜呜呜，娘——莲儿错了！”

嬷嬷拄着拐杖一瘸一拐地急急赶来：“小姐回来了？是我家小姐吗？”

嬷嬷看清了跪在地上的董小宛，扔了拐杖也跪在地上一把抱住她，又哭又笑道：“真是我家小姐！回来就好，回来就好！不哭、不哭，咱不哭。”

董夫人见嬷嬷替她拥抱了女儿，并替她说出来了心底最想说的话，竟委屈地“呜呜呜”哭出声来。

嬷嬷扶着董小宛起来：“都是自家人，夫人哪一天不盼着你回家来，快起来去夫人跟前说个好话，认个错也就是了。”

董小宛上前拿手绢替董夫人擦拭眼泪："娘，您生我的气可也不能伤了自己的身体，我知道你心疼莲儿，你看，我不光毫发无伤还长高、长大了，子修她没跟你说吗？"

子修眼泪汪汪低声道："我都跟夫人说了，小姐在南京能的很，也没有受苦受累，还遇到了好心人帮忙，可夫人就是不听，差点没把我打出家门。"

高管家见母女俩关系已缓和，晓得子修在宽慰董夫人，也故意调剂气氛责怪子修道："小姐要有个三长两短，别说夫人，我老高也得打你！"

董夫人抬眼看到女儿依然瘦弱却已长大的样子，眉眼间透出的倔强和坚韧与自己是那么相像，她反反复复把女儿细细打量了个遍，并紧紧地把女儿搂进了怀里："我的莲儿长大了，我的莲儿长大了，娘不该责怪你，娘该怪罪自己啊！"

董小宛这才放松下来，在母亲怀里哭得像个邻家小女孩："娘，我好想你，做梦都想回家啊。"

母女俩相拥哭了一阵，高管家、子修、嬷嬷在旁也默默地掉眼泪。

16. 南京秦淮河边柳敬亭说书坊客厅　日　内

自从北京回来以后冒辟疆变得沉默寡言，他自己斟了酒一饮而尽。

柳敬亭看出几分异常便询问道："冒儿，出了什么事？"

冒辟疆摇摇头："没什么，大概一路奔波累了。"

景护卫自然清楚冒辟疆为何不悦，却又不能将真相告白："冒公子此次入京，我没有照顾周到，很惭愧！"

冒辟疆又饮下一杯，不客气地回道："既然多言无益又何须强辞客套。"

景护卫有些尴尬，举杯道："对对，我自罚一杯。"

只有高士民听不明白，也无兴趣接此话题。他举杯敬柳敬亭道："柳师傅，大恩不言谢，十年前您救了我的命，十年后您又指点了我的前途。"

柳敬亭摆摆手："哎，要谢你得谢冒公子，他此次进京多半是为了你的事情啊，你看回来累得就剩喝闷酒了。"

冒辟疆已微醺："我累与他何干？你以后的前途在景护卫那里，要谢你谢他吧。"

高士民拍拍脑袋："看我糊涂的，至此，三位都是我高某的恩人、贵人！连敬三杯一并谢过！"

柳敬亭细细观察冒辟疆，总觉得他有什么事瞒着他："冒公子，别喝了，连日劳累喝多了身体吃不消的。"

冒辟疆苦笑道："最近总是喝各种各样的送别酒，人这一生，有没完没了的送别呢！”

景护卫：“没有相逢怎会有送别呢？没有送别又怎会有再见呢？”

冒辟疆：“送别的滋味真不好，若人们终究有一别，又何必当初的相逢与今后的再见呢。”

柳敬亭：“人在旅途嘛，你看高贤弟今日与你我别离，却与景护卫相遇了，或许人生也因此而变得丰富多彩啊！”

冒辟疆想到陈圆圆如今离了南京进了皇宫，听罢柳敬亭的话，心底里千浪翻滚，趴在桌上呕吐不止：“那可真是只见新人笑，不见旧人哭啊！”

高士民起身道：“冒公子得好好休息，感谢两位设宴送别，高某就随景护卫启程吧。”

柳敬亭：“我送你们到外面。”

高士民转身道：“留步，留步。”

冒辟疆挣扎着起身：“哪儿的话，送人送到底，送佛送到西。”

柳敬亭无奈只好搀扶着冒辟疆一起往门外走。

17. 南京秦淮河边柳敬亭说书坊门外小巷　日　外

巷子外飘起了雨，深秋的南京变得异常潮冷，冒辟疆喝了酒禁不住冷雨的浇灌，浑身打颤、喷嚏连天。

柳敬亭脱下自己的外挂给冒辟疆披上：“人都走了，心里究竟什么憋屈总好说出来了吧？为什么没有跟陈公子、侯公子一起回南京，华安呢？怎么不见华安人影？”

冒辟疆一听华安，身子一软摔倒在了地上，他真希望自己醉了，一切都是不真实的，可是几天前发生的可怕一幕又在脑海里闪现：“华安死了！”

柳敬亭惊愕：“什么？”

冒辟疆希望雨能下的更大些，偏偏雨丝湿答答地、黏黏糊糊地飘着，既不干脆也不痛快。冒辟疆拍着地上的石板说道：“陈圆圆被田弘遇送进了皇宫，我想多留几日，心想着或许能把圆圆从宫里弄出来，华安一直催我回家、回家……”冒辟疆激动地说不下去了。

柳敬亭脸色煞白，才知道事情的严重。他蹲下身按住冒辟疆的双肩道：“原来出了那么许多事！酒桌上我不该那么劝你，一切等回家再说。”

两人的脸上都落满了密密的小雨滴。

镜头淡出。

18. 江苏如皋冒府一默斋　日　内

冒起宗和柳敬亭、冒辟疆在书房内谈话。

柳敬亭见冒起宗在室内不停地来回踱步，没有再往下说话，他也站起来轻声道："原来冒大人已知晓了。"

冒辟疆垂头丧气更没有底气搭话了。

冒起宗："我笨伯再笨，在京总也有熟识之人，都火烧贤良寺了我还无动于衷吗？"

冒辟疆："孩儿让父亲担惊受怕，孩儿知罪。"

冒起宗说话的音量才高一点起来了："听听，他认错认倒是快得很，你有没有想过，事情演变到这一步你的问题出在哪儿？"

柳敬亭："之前金陵大会我不但不阻止还支持他，我也有责任。"

冒起宗挥挥手臂："这个咱不说了，我要说的不是这个。柳师傅，我想与冒儿单独谈谈。"

柳敬亭拱手："好好，冒大人，敬亭先行告退。"

冒起宗礼貌地将柳敬亭送至门口："请。"

柳敬亭有些不放心，转身添了一句："大人，这件事是我太大意了，主要责任在我。"

冒起宗等柳敬亭离开后，转身拉起冒辟疆的手同坐一榻，一向严厉的父亲忽然与儿子平起平坐。

冒辟疆如坐针毡，浑身不自在。

冒起宗："此次入京你能活着回来是万幸。"

冒辟疆不知如何作答，只是点点头。

冒起宗："不要发抖，你不是小孩子了，我不会再用打你、骂你来解决问题。"

冒辟疆实在是情不自禁地发抖，他努力让自己平静下来。

冒起宗："金陵大会你办得风光十足，大获全胜，实则呢？"

冒辟疆："实则既无杀一也无儆百，只是召集百人打了个口水仗，还招致仇恨。"

冒起宗："你们年轻人爱逞能、逞英雄也是人之常情，可万事万物兼有度量，逞一时之能与包容万象两者，你认为谁更可取？"

冒辟疆："后者。"

冒起宗："人贵在自知之明，你是读书人，静心研读文章是第一要事。"

冒起宗："此次进京是我许可的，所以华安的事，你不要再作自责，我会找人去查实。”

冒辟疆想要说出田弘遇送陈圆圆进宫的事：“父亲…….”

冒起宗打断了他：“有些事全京城的人都知道，你就不必说了。既然是我首肯你入京，华安之事我有责任，你若真心想赎罪，即日起闭关读书吧。”

19. 江苏如皋冒府水绘园　日　外

空镜头：水绘园春、夏、秋、冬四季更替。

冒辟疆在看书，湖边杨柳依依。

冒辟疆在亭子里读书。

冒辟疆在书案前书写。

冒辟疆在桥头背诵诗文，满天飞雪。

此处插曲：

昔我往矣，杨柳依依。今我来思，雨雪霏霏。

20. 苏州七里山塘　日　外

七里山塘没有秦淮河繁华热闹却也幽静、雅静，乡绅、贵族时有往来。

空镜头：

董小宛为客人呈上“董肉”美食。

董小宛在堂会为客人绘画祝寿。

董小宛在游船上弹奏古琴。

董小宛在游船上翩翩起舞。

此处插曲：

手如柔荑，肤如凝脂。巧笑倩兮，美目盼兮。

第三十三集　运河三湾激战匪兵　隔层甲板智搬救兵

字幕：三年后春

1. 京城某客栈一单间　日　内

侯方域留了胡子，看上去老成了许多，方以智着翰林院检讨制服，两人正对饮。岁月的沉淀让两人里里外外都有了变化，当年青涩又满怀抱负的少年郎一去不返。

侯方域恭敬地起身敬方以智："朝宗正式替父亲和族人谢过方兄大恩！"

方以智也连忙起身回敬："哪里的话，我也是托曹琴钟帮忙在皇上面前说的情，再说侯世伯清者自清。只是，曹琴钟在皇上面前只字未提侯世伯'围而不打，有机可乘'的战略意义。"

侯方域眼圈红了："他若再提，或许事情又办不成了。父亲坚决不让说'委屈'两字，说为臣者执行君王之命是天职，既然违令在先，就没什么可怨天尤人的。"

方以智点点头："打就是白白去送死，不打的话，责任由他一人承担，可保孙将军和那可救大明于危难的一万精兵。"

侯方域眼眶湿润："可父亲死谏也没能保住他们。当他在监狱里得知孙将军战亡的消息后，三天三夜不食不寐。一万兵力对李自成十万精兵，不迂回、不躲闪直杀得片甲不留！"

方以智："君王面前没有对错，只有服从。"

侯方域："李自成闹了那么多年了，为何唯独等到他壮大了，就一刻也不能等了呢？"

方以智："谁能说清你是等还是怕了？更可悲的是只有死了才能说明问题。孙将军阵亡了，侯世伯从五军都督府监转移到了督察院监，皇上还亲自派了太医过去为他治病。

侯方域："可悲！可悲！真是可悲啊！"

方以智："不管怎样，现在侯世伯的处境和身体状况都好了许多。"

侯方域满脸憋得通红，愣是让自己没有掉下眼泪："可我就是不太明白，偌大一个朝廷，为何屡屡不分青红皂白，忠奸不辨！"

方以智沉默了片刻道："大概侯世伯的回答是最恰当的，能忍受得了委屈和背叛，依然能坚守职责的臣子，才真正称得上'忠诚'二字吧。"

侯方域怔怔地看着方以智半天："不得不佩服方兄，我懂了，方兄所言令小弟醍醐灌顶！"

方以智："我一个小小检讨官，闭门修国史，不见风也不见浪，纸上谈兵而已。你要敬佩的人是你自己的父亲啊，侯世伯冒死进谏为的是什么？他才是你我之明灯啊。"

两人重新入座。

方以智："到了京城才知什么是伴君如伴虎，这几年错判、重判的臣子何止侯世伯呢？"

侯方域："当年在贤良寺，你可记得皇上他自称……"

方以智打断了侯方域的话："哎，下了庙堂可称兄道弟，进了庙堂就是君臣，各司其职。就算皇上最信任的人也不可越界。"

侯方域点点头："有关李自成的传闻，外面的风言风语愈发严重了。"

方以智："自从侯世伯、孙将军出事后，心中甚是郁闷，总觉是不祥的预兆。近来更是夜不能寐，大把大把的掉头发，可我在宫里头修编国史，二步不得迈出殿门，问周围的人都说捷报频频，只怕是连皇上自己也难以相信吧。"

侯方域连连摇头："这恰恰与我在外头听到的完全相反啊。"

方以智："年少时满腔热血一心报国，临了方知强暴、武力之下，多少学问也是无能。终日里修编史册，多少都是心虚的。"

侯方域："方兄不必太过自责，国之强弱，岂是一人之力可挽回的，现下力尽所能便是了。"

方以智从袖口里取出一封信件："有一私事拜托侯贤弟。"

镜头淡出。

2. 苏州七里山塘静室门口　日　外

门口小而雅致，秀气多姿的太湖石后面，一丛绿油油的湘竹点缀的清凉爽目。

一个十二三岁的女孩站在门口，抬头辨认门楣上的两个字："静室，大概就是这里了。"

门是虚掩着，她敲了门没人回应就直接进去了。

3. 苏州七里山塘静室内厅　日　内

室内干净、清爽，有一股淡而幽长的香气。客厅更像是一间普通的书房，几样简单的家具透着幽静、淡泊，真正是一间闹中取静的静室呢。

小女孩看了会儿书案上随意散放的画，有各式花卉、山水画。

子修穿着白色宽松灯笼裤，上身穿一件斜襟香芋紫薄薄的小衫，还梳着双环头，整个人高挑、修长了许多，她抱了两匹水洗苎麻布给小女孩问道："正要给你家送去，你怎么寻来了，你娘呢？"

小女孩接过布匹回道："我娘让我来认个门，哪天店里的布不够了好打发我来取。"

子修点点头："这布虽比不得丝绸，却也是好东西，下次还是我给你送去的周全。"

小女孩笑问道："子修姐姐，屋里熏的什么香真好闻。"

子修回道："进门时你没瞧见门口那两盆兰花吗？虽然瘦弱，这两天竟开花了呢。"

小女孩回看了一眼："哦。"

子修："这苎麻布价格比丝绸便宜得多，却比丝绸还轻薄、凉快，并且耐磨不金贵好打理，做夏衣是普通人家的首选，才几天你又来取布了。"

小女孩笑道："自从用了你家的苎麻布，来我家做衣裳的人络绎不绝，只是嫌布匹少了些呢。"

董小宛在屏风里面说道："物以稀为贵，供不应求是好营生。俗话说的好：'千年不烂是苎麻！'"

说着董小宛从屏风后面出来，乌黑的长发溜过两肩长过了腰，七分袖的筒裙并不束腰，素淡而飘逸，下面着一双绣花面的木屐。

小女孩呆呆地看着董小宛半天。

子修笑道："你怎么傻了？我家小姐是说，东西少，买的人多是好事。"

小女孩痴痴地道："哇！董姑娘真美，像天上下凡的仙女。"

董小宛走到小女孩跟前道："你看看，我穿的就是你手里的苎麻。"

小女孩捧着手上的两匹布如获至宝，点点头开心地走了："那我拿走了，下次还是子修姐姐送，我记下了。"

董小宛笑着点点头。

子修将女孩送到门口，转身问董小宛："小姐，我有件事想不明白。"

董小宛：“什么事呢？”

子修：“去年咱们织的是香云纱，赚的可比这苎麻多，为何好好的要改织苎麻呢？”

董小宛笑道：“我刚才可听见你说话了，这苎麻布价格比丝绸便宜的多，却比丝绸还轻薄、凉快、耐磨，苎麻布做夏衣是普通人家的首选。”

子修：“那是说的普通人家，咱们说的是织布的行当，小姐家原还是丝绸世家呢。谁放着金子不拾是拾一块石头呢？”

董小宛：“你还记得我娘教你绣祥云金雀吗？”

子修点点头：“怎么不记得。”

董小宛：“祥云金雀有谁会让你绣呢？”

子修：“夫人说那是皇宫里才用的图案。”

董小宛又道：“你若成了宫里的一等绣娘，那一定是日进斗金了吧。”

子修嘟囔着嘴：“我不要。”

董小宛笑了：“那就是了，在南京遍地是贵族，在苏州遍地是平民，为她们织麻虽然赚的少点儿，心里倒是踏实的很。”

子修：“怪不得夫人二话没说，就同意把蚕丝换成了麻线、棉线，就是应了她平时常说的一句话，积德行善比赚钱重要。”

董小宛披了件深色背心长外挂在身上，即刻变得端庄、沉稳又干练，又是另一种气质了。她想了想对子修说道：“一会儿柳师傅要来，我要随客船去趟扬州，你多买些棉、麻线送去清水湾，帮着夫人把布织好，还得染色、浣纱，千万不能让她劳累了。”

子修：“小姐要去扬州没个人陪着怎么行？夫人知道了也不放心的。”

董小宛：“不是柳师傅介绍的客人我也不会去，你们尽管放心好了。”

子修想了想点点头道：“由柳师傅一起去扬州倒是放心的。”

董小宛故意点了一下子修的额头，笑道：“谁放着金子不捡去捡石头呢。”

子修：“看来小姐此去应酬是要发财咯！”

董小宛咳嗽一声道：“少不得也能赚小半年的生活费吧，等我回来咱就安心织布，用不着看别人脸色度日。”

子修笑出了两个酒窝：“小姐，回苏州真好，再没碰上过欺男霸女的事。”

董小宛也笑道：“嗯，是托了母亲的福。”

董小宛转身收拾出行的行礼，眼中闪着莫名的泪花。

4. 苏州运河埠头客船甲板　夜　外

各家公子都带着侍从登上了客船甲板，只有冒辟疆落单独自一人，自从华安走后他便固执地独来独往惯了。

汪然明手持酒杯从船舱里迎出来："久违了冒大才子，今日你能登我船来，可谓百年修得同船渡啊！有幸、有幸了！"

冒辟疆一边上了船，一边拱手还礼道："汪兄，汪兄何苦挖苦愚弟，三年足不出户在家闭门思过，何幸之有？"

汪然明端详一番冒辟疆："三年的定心修行，贤弟愈发骨骼清秀，气质脱俗。以兄之见，人世间之多情事还需多情治啊，避之无形，却倒如影随形。"

冒辟疆看到运河的水，脑海里又闪现出陈圆圆落水时的情景，他没有再回汪然明的话，默默转向船舱。

汪然明微笑着摇摇头，赶紧跟上了冒辟疆："今日巧了，船上还有一个如皋的青年才俊——陈君悦。"

冒辟疆回头问道："哪个陈君悦？"

汪然明："如皋乡绅陈行甲之子。"

冒辟疆想了想问道："不当县令专门资助平民百姓状告恶霸，行侠仗义的陈行甲吗？"

汪然明点点头："正是。"

冒辟疆眼里冒出光来："多谢汪兄引见！"

汪然明："请。"

两名侍女早已撩开帘子等候。

5. 苏州运河埠头船舱客厅　夜　内

陈君悦头戴青色纶巾，手持折扇，二十出头笑容腼腆，举止典雅，眼神显然特别沉稳、坚毅。与冒辟疆一相见便有惺惺相惜之意，冒辟疆本阴沉的脸上也稍有了色彩，两人热切交谈。

冒辟疆："久闻陈行甲前辈单打独斗黑暗势力的传奇事迹，时间久了一度以为只是个传说，今日有幸见到陈公子真是三生有幸！"

陈君悦："冒公子，父亲说金陵大会虽谈不上丰功伟绩，但是给年轻一辈做了个好榜样——勇敢地为正义发声。"

冒辟疆："惭愧惭愧，雷声大雨点小，多少有虚而不实之嫌，过眼云烟罢了。陈行甲前辈说实话、做实事才是我们真正的榜样啊。"

汪然明远远观了片刻，走上前笑道：“冒公子还是怜惜有志之士，嫌弃我汪某人身上有铜臭味。”

冒辟疆：“汪兄，人称你黄衫侠客，原来也有吃醋、小气的时候。”

陈君悦：“此言差矣，汪兄说冒公子近年来为情事所困，特意让愚弟为冒公子出个解脱心中烦闷的法子。”

汪然明拍一下折扇道：“这是正经，陈老弟可有好主意了？”

陈君悦：“弟甚愚笨，也无甚好主意，倒是也想到一个苏州七里山塘的一位故人来，苏州全城唯有冒公子这样的人中之鹤，才可与之相配同行。”

汪然明：“哦，竟有如此妙人？”

冒辟疆连连摆手：“我这样的人怎能与‘妙人’并称。”

陈君悦笑道：“冒公子今夜若推却，就是看不起愚弟了，除非同我一起前往请了这位故人来，你自己定夺妙不妙，岂不清爽。”

汪然明：“如此甚好，两个时辰后发船，这个时候去请正好。”

6. 苏州七里山塘董小宛静室门口　夜　外

冒辟疆随陈君悦来到董小宛的静室门口，一轮明月正好爬上那丛太湖石后头的竹稍，又赶上春夏交接之际的一阵恰巧温和又清爽的风，冒辟疆纶巾上的丝带随风飘动，柔和地绕过他的脖颈，他恍惚觉得这一方小小的天地有一种久违的温情在等着他。

冒辟疆趁着月光看清了门匾上“静室”两字：“外面街上那般闹哄哄，这里倒是雅致、清静，别有天地呐。”

陈君悦轻轻地叩击门环：“可见室内主人之心境吧。”

冒辟疆：“大隐隐于市，此人心境比我闭关避世的强。”

陈君悦叩了三四遍，里面无人应答。

冒辟疆：“怕是仙翁云游四方去了罢。”

陈君悦听闻冒辟疆声称董小宛为仙翁，不免哑然失笑：“仙翁？”

冒辟疆：“不然呢？不是得道高人，怎能赢得陈公子这般欣赏、推崇呢？”

陈君悦：“哈哈哈，罢了，罢了，看来高人不是三顾茅庐也得是二顾了，今日她定然是不在家，待下次再引见吧。”

冒辟疆沿着太湖石绕了一圈，仰头指着月亮痴痴地说道：“见与不见，与他共明月；见与不见，与他遥相对；见与不见，与我何相干？”

陈君悦哪里知晓冒辟疆这话是说给陈圆圆听的，他愣说道：“不知道的，以为你就是来此一方小天地赏月的，倒是我成了个自作多情的了。哈哈哈……”

冒辟疆："还真是，与你出来走这一遭，心里豁然开朗许多。可谓人外有人，天外有天，郁郁不得志也多半是自己境界太狭小了吧。"

陈君悦拍拍冒辟疆的肩膀："冒兄能有这般感悟，愚弟真是宽慰许多。人说商女不知亡国恨，历朝历代家国兴旺，岂是仇恨和忧郁可解决的。"

冒辟疆："慈悲为怀吧。"

陈君悦笑道："哈哈哈，芸芸众生，首先最需要宽恕的是自己。"

冒辟疆也笑了："妥了妥了，咱们回吧。"

陈君悦："回。"

7. 苏州运河埠头客船甲板　夜　外

柳敬亭带着董小宛上了甲板，董小宛瘦弱的身子抱着一把古琴显得有点吃力。

柳敬亭一边让自己的随从替董小宛拿古琴，一边笑道："秦淮河边的花魁出场也不带个贴身丫鬟，倒是占我这个小老头的便宜。"

董小宛精气神十足："秦淮河边谁人不知柳师傅怜香惜玉，这便宜谁都占得，独我董小宛占不得吗？二则您正当年壮，怎么也算不得个小老头吧。"

柳敬亭直摇头："得了便宜还卖乖。"

董小宛认真地点点头："此去扬州，衣食住行就全仰仗柳师傅了。"

柳敬亭笑道："那是当然，还有价格不菲的出场费。"

董小宛微仰下巴调皮而自信："自然少不得。"

柳敬亭对船舱门口的侍女吩咐了两句，又回到董小宛身边说道："咱们在外面等那船主人最后的一锤定音吧。"

说话间那侍女叫来了汪然明，汪然明见了柳敬亭就问道："柳师傅啊，您可来了！叫你请的人马呢？"

柳敬亭不慌不忙拱手笑道："邀请人员已到齐了。"

汪然明左顾右盼一番："少说也得是十几人吧？"

柳敬亭扶一把胡子，慢悠悠地说道："五百两银子请来董姑娘，我说书她奏乐，这样的组合不会让汪公子丢面子吧？"

汪然明才发现站在柳敬亭身后那个瘦弱的身影，轻声问道："董……董小宛？"

董小宛大大方方走上前去："久违了汪公子，如今我的彩蝶图在市面上比马湘兰的一叶兰就略高一点点。"

汪然明这才回想起当年在文一书斋拒绝买她画作之事。连忙道歉："惭愧惭愧，当年没有收一张董姑娘的彩蝶图真是眼拙！”

董小宛：“当年低价不收我的画，今日高价买也还来得及啊，我可以当场为汪公子作画一幅。”

汪然明看了一眼柳敬亭不觉额头冒汗：“荣幸之极，荣幸之极！”

柳敬亭在旁忍俊不及：“哈哈哈，汪公子，董姑娘一人可抵常人十几否？”

汪然明连连点头：“抵的抵的，董姑娘之才貌万千人中难觅，若不是柳师傅出马，恐怕我汪某人是请不来的。”

董小宛掩着嘴低头偷笑，心想：难怪这个江南商界大亨能与河东君做闺阁好友，实在有不似江湖之人的天真和谦卑，可谓是豪门子弟中的翘楚，确有几分可敬可爱啊。

汪然明：“柳师傅、董姑娘里面请。”

8. 苏州运河埠头客船正厅　夜　内

厅内宾客满堂，鸦雀无声。董小宛在古琴前凝神端坐，柳敬亭轻悄悄地在她身旁点上一支清香。随一缕袅袅青烟董小宛指尖缓缓流淌出一曲《平沙落雁》……

汪然明远远地在船舱门边上屏息听了一会儿，若有所思喃喃念道：“北雁南飞，北雁南飞啊……”

忽然厅内有两名着灰黑长袍的男子离座从侧门出去了，汪然明来不及辨认连忙从正门追了出去。

9. 苏州运河埠头客船甲板　夜　外

汪然明在船舱外前前后后寻了个遍，早已不见那两名陌生男子的身影。

汪然明问门口的小厮：“刚才有两个穿灰黑袍子的人可曾下船？”

小厮愣愣地摇摇头：“不曾注意到。”

汪然明又跑到栏边向岸上眺望，正巧冒辟疆和陈君悦上船来。

陈君悦问道：“汪兄，你别瞧了，就咱们俩，那妙人出门云游去了没能请来呢。”

汪然明不苟言笑：“你们来时可碰到两个穿灰黑袍子的外乡人？”

冒辟疆：“还真有两人与我们擦肩而过，叽里咕噜说的话一句听不懂的。”

汪然明神情凝重地点点头：“那就是了……”

冒辟疆不解：“汪兄认识那两人？”

汪然明："不认识。"

陈君悦注意到船舱里的琴声，细瞧了瞧便拍手叫好道："踏破铁鞋无觅处，那人却在灯火阑珊处。哈哈哈，冒兄，咱们要请的妙人就在船舱里弹琴呢！"

陈君悦一脸兴奋进了船舱，冒辟疆正要随他进去，转身看见汪然明一脸忧心忡忡，全然没有平日的悠闲、洒脱之态。

冒辟疆停了脚步转身问汪然明："汪兄，那两个外乡人有何不妥吗？"

汪然明摇摇头："倒是不怕那两人有何不妥，而是担心他们背后之人。"

冒辟疆思索片刻问道："你是怀疑他们来自境外？"

汪然明："今年来江南一带经商的人越来越杂，特别是这小半年忽然多了许多陌生面孔，你别以为我是过于敏感，要知道商人有商人的气息，几十丈之外我都能闻得到，如今圈子里的味道变了，让人捉摸不透啊！"

冒辟疆："若果真如汪兄所料，此举可谓细思极恐，令人后脊发凉。"

汪然明拍拍冒辟疆的肩膀："若有一天山河破碎，你我怎有闲情闲游？"

冒辟疆："汪兄此去扬州是想打探北边的实情吧？"

汪然明双眉一挑："谁人与你说的？"

冒辟疆低声道："柳师傅，也是他说服我此去同行。柳师傅说汪兄身在商界，接触南来北往的多为利益往来，环境变化更有切身体会。"

汪然明："有意思的是朝廷内部更是听不到实质的情况，真是皇帝不急太监急啊。"

冒辟疆："你也是盼着南迁之事吧？"

汪然明无奈地："据说北边无人敢提南迁之事，这般不切实际就是荒唐了。"

冒辟疆："孙阁老有嘱托：'孙氏有一人尚存也定要保家灭清。'可惜去年十一月孙传庭为了图功自赎，明知是圈套而自入圈套战死潼关，岂不令人扼腕痛惜啊！"

汪然明："不祥之兆啊！我辈碌碌，在此作悲叹又有什么用？哎！你听听，一介商人与你们这些文人墨客混久了，不知不觉间也变得悲悲戚戚起来。"

冒辟疆："陈老弟刚还劝我来着，现在轮到我劝慰你了，扬州该去去得，该想的该行的事照常做得便了。"

汪然明恢复了往常的神情道："冒公子，你能一起同行甚好、甚好！"

冒辟疆笑道："谁说商人唯利是图，汪兄就是个例外。"

汪然明摇摇头自嘲道："我是个三不像，坐实了算个坐享其成的富三代，与那纯粹的商人怕是相去甚远。"

冒辟疆："不管身处何地，富贵如何，做一个有良知的人是本份。"

汪然明："冒公子懂我。"

董小宛弹奏平沙落雁接近尾声，冒辟疆做了个禁声的手势与汪然明侧耳倾听。

汪然明好似陶醉在琴声中："陈老弟要找的妙人竟然是她，真是妙哉。"

冒辟疆点点头："董姑娘，我多年前就认得。"曲终，船舱内一片叫好声。

汪然明："董姑娘把曲中所思所念表达的正当是处。"

冒辟疆抬头望月："正当与尔同销万古愁啊！"

10. 扬州运河三湾船舱外　晨　外

船舱内酒宴通宵达旦，客船行至扬州运河三湾，天空完全放明了。客人们意犹未尽，纷纷出舱观赏清晨的运河风光。

柳敬亭也趴在栏杆上吹着江风，吸一口旱烟，咳嗽不止。

冒辟疆上前抢了柳敬亭的烟管子："说了大半夜的书，这会子您该去睡觉休息。"

柳敬亭回头看着冒辟疆，好像第一次见面似的："冒大公子，这是会心疼人了吗？还是你觉得我老了？当年在秦淮河边连开三天三夜的场，也没见有人说你该去休息了的嘛。"

冒辟疆："听听你那咳嗽声吧。"

董小宛推了一张做点茶的桌子出来，桌子四角有轮，移动极其便利，桌子上摆放着执壶、茶盏、茶筅、末茶。

冒辟疆看了笑道："哟，这是要做点茶？"

董小宛："有现成的材料，正好给柳师傅做盏润喉的薄荷茶。"董小宛动作娴熟、优雅，不一会儿用一匙青绿色的薄荷粉，在乳白色的茶沫上拉出一片嫩绿的薄荷叶子。

众围观者纷纷赞叹："好技艺！好技艺！栩栩如生！"

董小宛将茶盏连着盏托轻轻地往前送："柳师傅请。"

柳敬亭小心翼翼地如获稀世珍宝似的品了一口："细糯绵绸、清凉爽滑，食之甘怡，直沁心脾哇！小宛，今后谁若娶了你，那就是享有了九霄云天的神仙生活啦！"

冒辟疆看了一眼董小宛："有那么夸张吗？"

忽然岸上传来呼救声："救命啊！救命啊！官兵抢劫了！杀人啦！"

众人急急在探头观望，只见两个身穿齐腰甲的士兵正用鞭子抽打一个十五、六岁的少年，那少年的惨叫声，立刻将客人们从董小宛带来的仙气飘飘的意境中拉回到了人间地狱。

有人怒喊道："这是哪一方面的兵？下手如此狠毒，比那土匪还凶残！"

柳敬亭也顾不得享受点茶了，连忙吩咐船上小厮："快让你们掌舵的靠岸，救人要紧。"

没等船靠岸，冒辟疆纵身一跃上了岸。

11. 扬州运河三湾岸上　晨　外

冒辟疆将那士兵的鞭子砍成了两截，用身体护住趴在地上呻吟的少年。

士兵甲见状火冒三丈："总兵有令，扬州郊外各个村落，凡有粮食、财物一律上缴营寨，违抗者、阻拦者格杀勿论！"

少年护着怀里一个包裹不放："这是我娘临终前交于我的唯一传家之物，就是死，也不能给你们！"

士兵乙："你不是扬州人，速速让开！"

冒辟疆："不让又如何？"

士兵甲、乙同声道："杀！"

冒辟疆用柳师傅给他的玄铁剑抵挡了一阵，为掩护手无寸铁的少年渐渐被逼的连连后退，那俩士兵的大阔刀每一招都是绝杀。

董小宛在船上喊着："小孩，快跑船上来，小孩，快跑船上来！"

冒辟疆眼看少年一路狂奔上了船，才放手施展开了手脚，他灵活地躲开了两个粗笨、使蛮力的士兵，几个回合后，冒辟疆已处于上风之势。

冒辟疆趁机好一顿训斥："你们有什么脸面穿那身盔甲，不但不能保护百姓竟然干些烧杀掠夺的强盗行径！羞也不羞！"

谁知话音刚落，忽然从村子里头赶来黑压压一群士兵，这两个本就是通风报信的兵，见来了救兵立刻扔了兵器就跑："你有种别走，一会儿再来收拾你！"

冒辟疆知道追上去根本没有胜算，放走那俩歹徒又不甘心，正犹豫着。

此时柳敬亭、汪然明赶到，汪然明拉了冒辟疆就往回走："愣着干什么？还不回船上去。"

那边官兵一边追一边放箭，冒辟疆三人一边用剑抵挡，一边勉强撤到船上。

12. 扬州运河三湾客船　日　外

汪然明上了船就大喊："快开船，掉头回南京。"

船上的人一片哗然："到了扬州城外不进扬州城了？"

冒辟疆上了船才发现胳膊上被箭头伤了，血流不止。董小宛从做点茶的桌子上拿了一罐末茶就往冒辟疆胳膊上倒。

冒辟疆躲之不及："哎呦！你这是干什么？"

董小宛撕下她的碧罗披帛给冒辟疆包扎伤口："你救过我的命，我总不至于害你，你放心，白茶末有消炎止血的功效，幸好伤的不深，权当给你做点茶了。"

冒辟疆果然觉得不怎么疼了，这是他第一次那么近距离那么仔细看董小宛，虽说不及陈圆圆那么艳丽、娇媚，却是清新、脱俗，给人一种不抑不扬不多不少恰当的美："怪不得！"

董小宛被盯得红了脸，侧过半脸问道："怪不得什么？"

冒辟疆笑道："董姑娘精通音乐还能做点茶，人也美，怪不得被人称作妙人。"

董小宛又羞又恼，扔了末茶罐子站起身道："冒公子果然是风流才子，伤的这般还有心情调笑别人。"

那少年一直站在冒辟疆身后，赶紧捡起罐子磕头道谢："大恩人啊，多谢大恩人救命之恩！"

冒辟疆问道："你叫什么名字？"

少年回答道："我娘叫我憨蛋。"

船舱外有小厮喊道："对面来船了，只有交汇后才能掉头。"

冒辟疆从凳子上起来察看，只见一艘大客船向这边驶来，岸上的追兵已经逼近河边。

汪然明大喊道："对不住各位了，身上佩了剑的，准备好跟那些匪兵决一死战吧。"

汪然明话音刚落，岸上的官兵撑了竹竿就往船上来，有一半士兵下饺子似的掉进了运河里，另一半则稳稳地跳上了船，顿时船舱甲板上双方厮杀起来。

冒辟疆一手拉起董小宛，一手拉起憨蛋往船舱里跑："以后别叫憨蛋了，就叫思聪吧。"

冒辟疆将两人推进船舱转身就要回甲板上去，董小宛拉住冒辟疆的衣襟道："你身上有伤，小心！"

冒辟疆："你去问一下船夫，甲板下有暗舱，进去躲好了，不管发生什么都别出来！"

汪然明久居江南，从来是悠闲、自在惯了，从未遇到被官兵追杀的事，腰间的佩剑拔了半天也不见出鞘，被对方悍兵的大刀架着脖子控制了起来。

冒辟疆见状惊得一身冷汗："各位冷静，你们究竟是哪路官兵，为何无辜为难平民百姓？”

那大兵高出汪然明一头，一脸的杀气：“哼！你手上拿着兵器抵抗也敢说无辜？信不信我一刀结果了这个胖子！”

柳敬亭立刻扔了手里的剑道：“别，你们想要什么？”

冒辟疆知道此时不宜对峙，也跟着柳敬亭放下手上的剑，众人纷纷效仿。

大兵：“哈哈哈，这就对了！我们总兵想要进扬州城，你们给得了吗？要留住性命就把船上的金银财物一律乖乖交出来，还有你，快把刚才带到船上的小子交出来。”

汪然明被掐的气喘吁吁：“金银财物给你们便是，。”

不一会儿几个小厮把一箱银子和两套银壶、银杯子摆在了甲板上，几个士兵七手八脚地把金银财物打上包裹缠在腰间。

那带头的大兵似乎很满意：“很好，你们这船比走上几个村落都实惠，把那小子交出来，我就放了手上的胖子。”

冒辟疆用余光看到对面的大客船正在慢慢靠近，为了争取时间冒辟疆好言道：“你们也是正规军营的，自然不会为难一个平民孩子，我这就去找他。”

其中一个兵挥动大刀压着冒辟疆去船舱里找人。

汪然明忽然在后面叫起来：“快看我——脖子底下要挨着刀了。”

那大兵凶巴巴地：“别玩什么花样！”

汪然明一边求饶一边用手指偷偷向冒辟疆示意：“兵爷，你把刀锋朝外点，我只求破财消灾，破财消灾！”

冒辟疆看到汪然明先是伸出食指指向甲板，然后再伸出两个指头示意，冒辟疆并未猜出具体意思，但他知道那一定很重要。

13. 扬州运河三湾客船暗舱内　日　内

董小宛和思聪躲在黑暗狭小的暗舱里，听见头顶甲板咚咚响。

传来冒辟疆的说话声：“兵爷，你看都找遍了，那小子识水性，说不定早跳水逃走了。”

小兵喝道：“你骗个鬼，跳水怎么没个动静？快把人交出来！不然你们全得处死！”

董小宛听罢心都快要跳出来了：“不行，咱们躲着会害了一船的人。”

思聪倒是十分懂事：“我不能害了大恩人，小姐姐你躲好了让我出去。”

董小宛摸了摸四周：“这也没有地方可躲了。”

思聪正犹豫着，只听得上面敲了两下，冒辟疆故意提高嗓门道：“下面，可——还有——两——层舱，真能躲——好——小子！”

董小宛一边听着冒辟疆阴阳怪调的提醒，一边迅速在脚底下摸索，果然打开了一个暗格。

思聪琢磨着冒辟疆说的话，会心地笑了：“真能躲——好——晓知？”

董小宛一边下暗格一边称赞道：“知晓了，你是个聪明的小子！”

待董小宛关上暗格，冒辟疆和思聪几乎同时打开了暗舱的入口。

冒辟疆和小兵也同时看到暗舱里除了思聪空无他物。

14. 扬州运河三湾客船甲板上　日　外

冒辟疆带思聪到了甲板上，那挟持汪然明的大兵咧嘴大笑：“哈哈哈，总兵说务必带你回去给周围村里的村民做个反面榜样。”

冒辟疆看到那对面的客船越来越近便大声道：“你们提的条件都做到了，快放了汪公子。”

果然那客船甲板上看到这边甲板上站着那么多人，有人起了疑心高声问道：“对面船上出了什么事吗？”

大兵脸色大变，背过身道：“快让甲板上的人动起来。”

冒辟疆故意走到栏杆边，敲着围栏大声道：“这——边——风景——独好啊！”

15. 扬州运河三湾客船暗舱　日　内

董小宛找到了暗舱的出水孔，她打开暗舱孔，一缕刺眼的光线照进舱来，她重重地咬破了自己的食指，用渗出的鲜血在碧罗披帛上写下了“救命”两个字。

16. 扬州运河三湾对面客船甲板　日　外

甲板围栏边人群聚集过来，侯方域从人群中探出头来。他看到对面客船一侧的水面上漂浮着一截碧罗披帛上面的红色的字在水中晕染开来，分明写着：救命！

人群嘈杂起来有人说：“那客船出事了！”

又有人说：“看那甲板上那许多人，既不看风景又不像在说话，怪得很！”

侯方域终于看清了正在敲击围栏的冒辟疆：“冒兄！”

17. 扬州运河三湾客船甲板　日　外

大兵十分老道，以为骗过了对面客船的人，转而对冒辟疆道：“要我放了这个胖子可以，叫你们的船靠近岸边送我们下船便可。”

冒辟疆向柳敬亭使了个眼色：“那是自然。”

柳敬亭向掌舵的船夫喊道：“掌舵师傅，你把船开稳了好靠岸。”

那掌舵的师傅好像明白柳敬亭让他拖延时间，故意把船开得极其缓慢，直到对面的船已经交汇离开还没有靠岸，那些士兵高举起明晃晃的大刀以示威胁。

那大兵不耐烦地吼道：“这胖子好累人，叫那船夫把船开快些。”

18. 扬州运河三湾客船暗舱　日　内

董小宛趴在暗舱出水孔处向外观望，她看到水面上有几个人背着绳索，悄悄朝客船船尾游过去。董小宛想了想，脱掉香樟木制成的高底绣花鞋，轻手轻脚地出了暗舱。

19. 扬州运河三湾客船尾甲板　日　外

客船已慢慢靠近岸边，在船尾把手的士兵，看左右无人正想着撤退，刚走两步只听的身后“啪”的一声重响，转身一看竟是一个带绳索的铁锚深深地扎在的甲板上。士兵举起了大刀向绳索砍去，不料躲在后面的董小宛举起木屐狠狠砸了下去，士兵当场摊到在甲板上。董小宛也被自己吓到了，看着还在挣扎的士兵不敢再下手。

正在此时，三个浑身湿漉漉的人爬上了甲板。

其中一个正是侯方域，他气喘吁吁地惊讶万分：“董姑娘？”

甲板上的士兵恢复了意识又要举刀砍人，董小宛用香樟木屐连续在他的后脑上重击了两下，那人才“扑通”栽倒在地彻底晕死过去。

侯方域的侍从瞪大眼睛道：“这姑娘懂穴位？稳、准、狠！”

董小宛对侯方域用低声、颤抖的声音道：“救……救……救人要紧。”

侯方域点点头取下了腰间的火器朝船头走去。

20. 扬州运河三湾客船甲板　日　外

客船眼看就要靠岸。

大兵对着冒辟疆喝道："你，带上那小子跟我上岸，上了岸你带走胖子。"

冒辟疆："成交。"

话音刚落，甲板一侧响起了火枪声："轰——啪——"那声音好似晴天霹雳，军营里待过的人更是敏感，个个低下身呈躲避之势。

柳敬亭眼疾手快，趁那大兵注意力转移，抬脚踢飞了他虚架在汪然明脖子上的大刀。冒辟疆又补上一脚，那大兵一个后仰重重地摔下船去。侯方域赶到时，手上的火枪还冒着烟，甲板上已混战一团，不一会儿工夫，运河三湾的水面上又下了一阵"饺子"，匪兵一个不剩，全部被赶下了水。

船上人员无一人伤亡，全体欢腾。

冒辟疆惊讶地看着湿漉漉的侯方域："侯贤弟？你突然从水里冒出来的吗？"

侯方域笑道："冒兄遇难，岂有袖手旁观之理？"

冒辟疆难以置信："你如何知晓？"

侯方域朝一旁瘦小的董小宛努努嘴："喏，你们船上还藏了个女诸葛呢？"

冒辟疆才发现身旁的董小宛："董姑娘？"

董小宛看冒辟疆手臂上的碧罗披帛还保护着他的伤口便放下心来，低了头含笑不语。

柳敬亭扶了汪然明过来，汪然明劫后余生，内心充满了感激之情："感谢两位救命之恩，那一声枪响来的太及时了！"

冒辟疆看了一眼镇静自若的董小宛，语气中流露出几分敬佩之意："深藏不露，这里还有一位无名英雄呢，不知是用了什么妙法搬来了救兵的。"

董小宛见柳敬亭、汪然明身上兼有伤痕，便建议道："各位不如先进舱处理伤口，虽无大碍也需及时处理才好。"

汪然明点头："甚好，甚好。"

众人点头进舱。

21. 回杭客船船舱　夜　内

白天经匪兵的折腾，夜间的客船静悄悄的，客人们再无心思饮酒闲聊，都早早地歇息了，船舱内只有冒辟疆和侯方域两人在喝茶说话。

冒辟疆喝完了碟中茶，放下茶碟时牵动了手臂伤口，忍不住皱眉喊了一声："嘶——"

侯方域不知冒辟疆手臂上有伤："怎么？方兄所托之事有何为难之处吗？"

冒辟疆摇摇头："方贤弟怜香惜玉，我又何尝不想帮她一把呢，再说，今日船上遇难，她还是这一船人的救命恩人。”

侯方域：“真别说，董姑娘遇事冷静、机智！”

冒辟疆笑道：“真没想到，她竟有勇气打晕强悍的匪兵，令人刮目相看啊！密之此事托得好，脱籍之事定当全力以赴！”

侯方域掏出一张银票：“太好了，这是方贤弟的五百两银票，办脱籍这可能远远不够，方贤弟说只能日后给冒兄补上。”

冒辟疆：“怎么？密之不让咱们告诉董姑娘，那他准备何时娶她？”

侯方域摇摇头：“纯粹是帮董姑娘脱籍，并无嫁娶之意。”

冒辟疆不解：“密之这事办得奇了，究竟是痴情还是无情呢？”

侯方域想到李香君愧疚万分：“方兄与董姑娘只是爱慕之意，并无实质男女之情尚能如此深沉、真挚，而我对香君却什么也做不了，真是惭愧啊！”

冒辟疆看着侯方域沉默了几秒钟：“论做人之纯粹，世上再无方以智。”

侯方域想到伤心处竟落下泪来：“我有何面目去见香君……”

冒辟疆看他如此便劝慰道：“既是深情至此，又何必在乎在朝夕之间，只要你心里有她，终将……”冒辟疆想到自己跟陈圆圆的事便再也说不下去了。

侯方域倒是止住了眼泪问道：“终将什么？”

冒辟疆忽然变得不耐烦：“你心里没个数吗？哭哭啼啼的怨得了谁？”

冒辟疆说完起身离开了船舱。

侯方域傻傻地看着冒辟疆离开，说不出一句话来。

22. 回杭客船甲板　夜　外

月色如洗，运河水泛着蓝白的波光，静谧的让人落泪，为世界本来的美好而落泪。

冒辟疆擦去眼角滚落的泪珠自语道：“人真虚伪，为世界的美好而落泪吗？明明是因为个人的脆弱和自私。”

冒辟疆侧头望去，看到船头甲板上亮着一盏灯，正要上前，传来柳敬亭的声音。

柳敬亭：“小宛，这么晚了还不歇息。”

董小宛：“柳父傅，你不是也没睡吗？”

柳敬亭叹道：“唉，今夜怕是无眠了。”

董小宛：“今天遇见的官兵看着是大明军营的人，为何行径却像土匪？”

柳敬亭：“他们的总兵是高杰，原是李自成部下的队伍，战败后降的大明。”

董小宛点点头：“不管是哪边的队伍，对老百姓如此残暴，终是令人憎恨、唾弃的。”

柳敬亭像是发现了另一个董小宛：“你不害怕？”

董小宛想了想苦笑道：“三年前也遇到过劫匪，怕——是没有用的。”

柳敬亭：“小宛，原来觉得你跟圆圆出身不同，自然有许多不同之处，现在看来，你们都有一处惊人的相似之处。”

董小宛：“倔强！”

柳敬亭点点头沉默了片刻后说道：“所幸，小宛除了倔强，还有非常人的果敢和机智，你今天救了我们大家。”

董小宛遥望着银盘一般的圆月，若有所思：“那么圆圆姐呢？”

柳敬亭心里不是滋味：“她——或许会认命。”

董小宛不知觉地眼眶里噙了泪花：“为什么？”

柳敬亭：“她从小在梨园长大，受过的苦你无法想象。”

董小宛趴在栏杆上呜咽道：“这不公平……”

柳敬亭：“唉——如今这世道对女子不公，对美人是灾难。”

对切冒辟疆：

冒辟疆怔怔地听完了他们的对话，遥望云层中的明月，喃喃自语道：“我于美人是多余，美人于世界是多余。”

冒辟疆说完想转身进舱，正撞上了侯方域，侯方域忙问道：“冒兄，什么多余？”

冒辟疆讪讪道：“我，我是多余的！”

侯方域看着冒辟疆又进了船舱，无奈地摇摇头：“唉！冒兄这两年变得古怪了！”

第三十四集　一言九鼎不负所托　浅得自由深困于情

1. 苏州运河埠头亭子　日　外

陈君悦在埠头早已等候，见了汪然明、冒辟疆、柳敬亭、董小宛、侯方域，好一番询问，众人默默地接受他那连环式的热情轰炸，一路劳顿让他们个个变得沉默寡言。

陈君悦："你们究竟是被吓着了还是伤着了，个个垂头丧气也不说句话呢？"

董小宛声音有些沙哑："没吓着也没怎么伤着，只是走了四天四夜的水路，疲惫得不想说话了。"

陈君悦看着冒辟疆，冒辟疆赞同董小宛点了点头，六人在亭子里落座，侍从送上了茶水、点心。

陈君悦懊恼万分："嗨！我就该一同前往，汪前辈、冒兄、董姑娘遇到这般大难，我却什么也没能帮上！"

汪然明明显比出发前消瘦了许多，一向整洁、光亮的他，此时一头乱发胡子拉碴，勉强笑道："小——陈公子，你比不得你父亲，有侠义之心也得量力而行嘛，你去了也是跟我一样，还得让冒公子和柳师傅出手相助嘛。"

汪然明一句话压住了陈君悦焦躁不安的热情。

陈君悦："我……"

柳敬亭温和地插了一句："多谢陈公子一片好意，我替大家伙儿领了。"

汪然明："明人不说暗话，我此行多是为了自家生意，陈公子帮我召集苏州商行的合伙人，就是帮了汪某人一个大忙，感激不尽。"

陈君悦的脸红一阵白一阵的，听汪然明转了话题才平静下来："我家族人与汪前辈也有生意来往，此事也是分内之事。"

汪然明点点头："明日起，我会停了在苏州城所有的生意，把该结的账都结了。"

冒辟疆与柳敬亭对视了一眼没有说话。

董小宛见他们谈生意上的事便想起身离开，汪然明挥手示意："董姑娘是自己人，你本也是有营生的人，听听也好。"

董小宛只好又重新坐下了，陈君悦张着嘴惊讶道："那么严重？要知道南京城可照样歌舞升平的。"

汪然明："在江南过惯了安逸、太平日子，老虎追到脚后跟了未必知道是险情。李自成在西安建立大顺是去年一月，一年多时间过去了，咱们都盼着京城的动静。"

冒辟疆："三年前南迁作为积极之举时或许能成，当南迁成为消极之举时，百官推让谁也不愿承担这个责任了。"

柳敬亭："唉，留都作为大明政权的备份，怕是要失去它的意义了。"

侯方域心里堵着一口气："保家卫国还得靠忠臣良将吧，高杰之辈实不配为大明军营的总兵，扰乱军纪祸害百姓不说，只怕招来亡国之灾。"

汪然明咬咬牙道："高杰就是个十足的悍匪，被李自成打出门的家贼，在大明大摇大摆地当起了总兵，可恨可悲啊！我汪某人若丧命于此贼，那就是给后人留下一个天大的笑柄。"

陈君悦倒吸了一口冷气："这么说来，实况不比传闻的乐观，倒是更糟心了啊。"

汪然明："呵呵，一路上我还担心境外有什么狼子野心，是不是闲的？是纯属虚构吗？"

柳敬亭："汪公子所虑高瞻远瞩，世人容易盲从，到头来不知为谁做了嫁衣。"

汪然明对身边的侍从道："我可不做这个冤大头，派人随陈公子走一趟，通知商行，但凡我名下的绸庄、布行、客栈、酒家全线停业，几处地产也统统抛售罢了。"

董小宛想了想道："汪公子果然精明，非常时期把手头生意折算成现银是明智之举。只是——绸庄背后往往靠的是蚕农的默默支持，你一旦停业他们怎么办？"

陈君悦："不愧是丝绸世家的后人，董姑娘想的周到，蚕农冬天就预备蚕苗了，多少也是成本。"

汪然明吩咐下人："通知下去，蚕苗的钱我出。要不这样……"

冒辟疆拉着董小宛到一旁低声问道："董姑娘，你现在是住在——静——"

董小宛："苏州七里山塘静室。"

冒辟疆点点头："好，我记下了。"

董小宛觉得有些莫名，便问道："怎么？你可用不着为扬州之行谢我了。"

冒辟疆不知如何回答才好，侯方域接话道："咱们几个算是旧相识了吧，留下地址日后也好相聚嘛。"

董小宛红了脸，偷偷看了一眼冒辟疆："当然。"

汪然明行色匆匆没打招呼先离开了亭子。

随后董小宛跟陈君悦出了亭子，陈君悦转身拱手作揖道别："冒公子，回如皋一定告知小弟。"

冒辟疆拱手回礼道："回见。"

董小宛上了马车，打开帘子恋恋不舍地冲着冒辟疆、侯方域微笑告别。

冒辟疆、侯方域两人目送两人离开。

侯方域回头问冒辟疆道："你为何不如实告知董姑娘脱籍之事？"

冒辟疆胸有成竹："不急，先去南京。"

空镜头：运河上航行的客船渐渐远去。

2. 南京教司坊门口　日　外

教司坊设在一个不起眼的小巷子里，门头窄且小。

穿着衙门制服的小厮急躁地从门里出来，指着里面嚷道："你出来，你出来，连续三天了，你每天都来，不嫌烦啊？"

冒辟疆两脚一前一后跨在门槛上，头却不时朝里面张望。

小厮极不耐烦："跟你说了，张祠部出去办理春祭的事了，再说你没有帖子怎可轻易见得咱们祠部大人，衙门虽小也得有规矩不是。"

冒辟疆："我都听说了，新来的主管是个开明的年轻人，不会仗势欺人的。"

小厮："按规矩办事总不是欺负人吧，你还是个读书人，不至于为难我一个看门的吧。"

冒辟疆这才出了门来："抱歉抱歉，我这事有点急，见了你们主管才好说话。"

小厮说了一半又似不想讲了："实话跟你说吧，你可知为何现下脱籍难于上青天？"

冒辟疆递上几两碎银："为何？"

小厮收了银子挠挠头道："礼部缺钱，靠官伎的营生赚了钱才好办事，一年光大小祭祀十八次，哪来的钱？"

冒辟疆："这么说见了你们主管，这事也不好办了。"

正说着话，门里几个乐工、衣巾教师带着一队穿着舞蹈服的姑娘们过去了。

小厮努努嘴道："看见没？衙门养着的这些人要不要用银子供着？"

冒辟疆点点头问道："一个花魁脱籍五百两银子够吗？"

小厮瞟了一眼冒辟疆："开玩笑！公子，说这话你还是风月场上混的吗？"

冒辟疆心里憋屈得慌，听了这话扭头就走："我不是！"

小厮指着冒辟疆的背影道："这人真是的，要么赖着不肯走，要么不听我把话讲完就走。"

3. 南京秦淮河边桃叶渡小楼暖居后花院　夜　外

小楼暖居在贞娘时代虽然也名震秦淮，可总透着一股无名的清冷，只有半塘的荷花开时才会显出青春热烈、勃勃生机。顾横波不同，她爱着四季盛开的花，她在园子里种上了各色牡丹、杜鹃、芍药等，不管外面的世界怎样，这园子里始终是百花齐放的锦绣盛世，特别是在春季雅集这样重大的日子。王公贵族们在亭子里、太湖石前、假山后三五成群有低声细语的、品茗作诗的、品尝美食的、欣赏花卉盆景的、弹奏乐曲的，也有落单独自饮酒赏月的。

冒辟疆手执酒壶离了侯方域等几个复社同窗，独自坐到池边大石头前自斟自饮。

侯方域看到假山后的钱谦益和柳如是便斟满了酒杯，走上前去道："牧斋先生好久不见，朝宗先干为敬。"

钱谦益忙起身，关切道："侯公子，真是久未相见，令尊大人可安好？"

侯方域看惯了世态炎凉，极少有人问起他父亲，突如其来的问候倒让他不知所措了："他——身体无恙了。"

钱谦益才放心地入座："那就好，那就好哇。"

侯方域点点头也坐了下来，两人一阵默契的沉默。

柳如是在一旁注意到不远处独自饮酒的冒辟疆，便对侯方域道："如今的冒公子倒像是个不十分爱热闹的人哦，跟几年前的印象很不一样了。"

顾横波捧了一盘点心过来了，放到柳如是跟前道："为小宛脱籍的事愁的吧。"

柳如是听到董小宛要脱籍心里喜忧参半："哦，此事确实不容易。"

侯方域惊讶道："这事我没跟别人说啊，你从何知晓？"

顾横波顾盼生情，缓缓道："自然不是别人，你与香君说了没呢？"

侯方域红了脸低语道："忘了您才是这里当家的。"

顾横波冷冷笑道："哼，不是知心人不说知心话，香君与我是自家人。"

柳如是问道："今夜香君怎么不来？"

顾横波瞟了一眼侯方域道："贞娘交代过的事怎能忘？香君除了祭祀礼乐再

不出席陪客的，大概也是为了某君。”

侯方域低了头不再说话。

钱谦益想了想道：“我倒是与礼部的李大人有交往，只是……”

柳如是嫣然一笑：“只是为河东君脱籍讨过人情了，不好再次上门叨扰了吧？”

顾横波：“何必叨扰李大人，找今晚的琴牧子就好。”

柳如是：“琴牧子？”

顾横波指向池边弹琴的张公亮（江苏金坛县人，好文学、善音律，此年为台州推官）：“喏，那位就是，我去请来，侯公子把你们冒公子叫来便是。”

说着两人各自去了。

钱谦益：“秦淮河边是个神奇的地方。”

柳如是笑道：“除了京都的皇帝，没有顾媚请不来的贵人了吧。”

不一会儿顾横波带着张公亮，侯方域带着冒辟疆前来。

张公亮看到钱谦益迎上来便拱手行礼道：“牧斋先生，久仰大名。”

钱谦益也行礼道：“今日有幸欣赏琴牧子美妙的琴声，果然名不虚传啊！”

张公亮侧头仔细端详着柳如是：“闲暇时附弄风雅罢了，哪能有如是夫人那样艳冠群芳的才艺，班门弄斧，班门弄斧啊。”

柳如是心性敏感，张公亮这一看让她很不舒服，话语一出就长了刺：“什么样的才艺也要看什么样的人才配赏得吧。”说完站起来换了一张与他相隔的凳子坐下了。

张公亮倒是满不在乎：“如是夫人言辞犀利、形态举止不同凡响，果然是人中仙鹤。”

冒辟疆上前一步深深作揖：“学生冒辟疆见过张大人。”

张公亮：“呀，冒公子，金陵大会早有耳闻，此事办得畅淋漓恨不能早日相见。”

冒辟疆：“惭愧，惭愧。”

顾横波用胳膊肘轻轻碰了一下张公亮，张公亮连忙笑道：“听说冒公子为董小宛脱籍之事连撞了三天黑门？”

冒辟疆见他说的这般直接，张着嘴一时不知如何作答。

柳如是站起来讪讪道：“是啊，小宛出身名门脸皮子薄，不像我似的从小被人当球踢习惯了，但凡能保的尊严，她那样的人家万万也不至于落入红尘了。”

侯方域向柳如是轻声解释道：“董姑娘并未与冒公子一同前来南京。”

钱谦益深知柳如是一向对官场上的人无多好感，便劝解柳如是在一旁坐下。

谁知张公亮并无官僚习气，毫无架子，他摇摇头看了一眼顾横波笑道：“如是夫人误会了，顾媚都跟我说了，董小宛不仅才貌双全还是个孝子，我愿意帮她。”

冒辟疆和侯方域对视了一眼，几乎同时道：“真的，那太好了！”

顾媚向柳如是抛了一个媚眼，柳如是有些不好意思了。

张公亮道：“此事我愿意帮忙也帮得了忙，巧得很，张祠部正好是在下的门生。不说闲话，速上笔墨纸砚待我移书一封。”

顾媚张罗着在桌上铺设文房四宝，众人围着张公亮兴致勃勃。

张公亮提笔对冒辟疆和侯方域道：“究竟托的冒公子还是侯公子，到时人赎出来了，别乱了鸳鸯谱哦。”

侯方域连连解释道：“当然是冒兄，此事从头到尾都是他张罗便了。”

张公亮一边落笔一边开怀大笑：“哈哈哈哈哈，一桩才子佳人的美事哇！”

众人都乐了，只有冒辟疆脸上挂着尴尬的表情，哭笑不得。

镜头淡出。

4. 苏州郊外清水湾白羽房间　日　内

董小宛正站在人字梯上布置母亲的房间，用几根长竹子搭框架，上面铺上透气又能挡风挡尘的印染麻布，房间焕然一新。

董小宛拉齐屋顶麻布的一角问道：“怎么样？”

子修扶着人字梯，仰着头回答道：“严丝合缝，好得很。”

董小宛吐了一口气，露出满意的笑容：“真好，母亲睡觉时终于不用看着黑乎乎的房顶了，以后远离噩梦，每天有美梦相伴。”

白羽一边纺纱一边笑回道：“胡说，夜里天一黑还不都一样，刚回来又折腾，也不好好歇息歇息。”说完就咳嗽起来。

董小宛下了梯子倒了一杯水给母亲：“你看看，真正该休息的人还日夜操劳不停地干活。”

白羽喝了一口水，看着蹲在身边撒娇的女儿，透出怜爱的神色：“莲儿，哪一天你脱了籍还了自由身，娘便放心了，才好真正的歇息了。”

子修扛了梯子出去了。

嬷嬷端了药汤进来听到白羽说的话就停了脚步，眼眶里噙着泪水不敢上前。

董小宛趴在母亲的腿上道：“娘，你听女儿的，不要那么劳累。这次去扬州交了官银还足余三百两，用不了几年就能还籍，只要娘身体好好的，别的我什么都不怕。”

白羽爱抚着董小宛的头发：“我倒是想歇呢，就怕时间不够。我托人去打听了，人说要脱籍可不是几百两银子就行的。咱们娘仨几个，虽说不顶你赚的多，可总归是凑一点是一点吧。”

嬷嬷站在董小宛的身后，偷摸地擦掉了眼泪。

白羽给嬷嬷使眼色道：“嬷嬷，你别把药弄洒了，快给我喝。”

董小宛忙起身：“嬷嬷把药给我吧，娘，我喂你。”

白羽一边咳一边摆手：“不用不用，我自己能喝。”

嬷嬷莫名地悲伤，怕董小宛看见便扭头出了房间。

5. 苏州郊外清水湾瓦舍院子　日　外

子修还了梯子，手里多了两个白面馍馍，活奔乱跳地进院来。看见嬷嬷在水井边洗衣服，子修悄悄地迂回到嬷嬷身后，一手抱着馍馍，另一只手去蒙嬷嬷的眼睛：“嬷嬷，我去隔壁大娘家还梯子，你猜，她今天做了什么点心？”

嬷嬷赶紧转身将木盆藏到后面：“吓我一跳，她做甚好吃的，也不会给你吃。”

子修沉浸在自己的欢乐里：“错，她今天给了我两个糖水馍馍。”

嬷嬷拉开子修的手，没好气地说道：“嗯，你借梯子有功，还赠送你两个馍馍吃。”

子修发现手上湿湿的：“嬷嬷你在哭吗？弄得我一手的水。”

嬷嬷端了木盆想走，被子修拉住问道：“嬷嬷，怎么啦？小姐平安回来多好啊，你怎么反倒哭起来了？”

子修看到木盆里血糊糊的帕子：“呀！谁的血帕子？嬷嬷你受伤了吗？”

嬷嬷推开子修：“一惊一乍的，我还来月事了呢，吃你的糖水馍馍去。”

子修捂住嘴：“咦！血出乎啦的，让我怎么吃得下去？”

嬷嬷甩开子修一瘸一拐地快步离开，脸上的泪水又不争气地滚落下来：“高管家砍柴伤了腿，是他的血帕子让我来洗。”

子修点点头：“哦，就是啦，嬷嬷一把年纪早不经月事了，故意弄得我吃不下糖水馍馍。”

说完大口啃起了馍馍。

不一会儿土灶的烟囱炊烟袅袅升起，子修已经啃完了一个馍馍，她坐在嬷嬷洗血帕子时坐过的小凳子上，望着炊烟一脸的心满意足。喃喃自语道：“有家真好，我希望能永远和夫人、小姐、嬷嬷、高管家守着这个家。”

天色渐渐暗淡下去。

6. 苏州七里山塘董小宛静室门口　夜　外

人间最美四月天，即便是小冰河期的四月也是万物复苏的季节，冒辟疆仰头望着这个世外秘境般的一方天地，他的心底由衷地升腾出一股美好的暖意。他若能知晓半个月后，他所满腔热爱的大明国土将被一帮草莽子弟攻破，并在四十二天后又被多尔衮带领的洪水猛兽般的清兵侵吞，是否还有此心境享受那片刻的静谧呢?

冒辟疆轻轻敲击静室门环，他渐渐提高了音量：“有人吗？董姑娘在吗？董姑娘在吗？董姑娘请开门，我是冒辟疆，有要事登门拜访。”

冒辟疆怕里面听不见又站到太湖石上去喊：“董姑娘，董姑娘，董小宛——董小宛在家吗？”

冒辟疆深深地吸一口气沉丹田：“董——”

隔壁楼上的窗户猛地打开，有人破口大骂：“懂你家姥姥啊！大呼小叫地，那门口写着静室你眼瞎了呀！”

冒辟疆吓得把正要吐出去的“小宛”两字活活咽了回去：“嗯，不好意思，打扰到你了，抱歉抱歉！真的十分抱歉！”

那人见冒辟疆彬彬有礼也不好再发作：“董姑娘这几天回乡下家去了，她那么个安静、孝顺孩子怎么结交你那样莽撞的人？”

冒辟疆：“是是是，按理董姑娘那样的好人，她的朋友也不会太差对吧？今天是我莽撞了，确实有要紧的事情急着与她交代。”

那人又道：“你若果真有要事，去郊外清水湾找她，那里就那么几户人家，她们家前有竹林后有桃林不难找。”

冒辟疆在月光下深深作揖：“多谢姐姐指路。”

7. 苏州郊外清水湾竹林瓦舍　夜　内

掌灯，五人围坐在一张简易的竹圆桌旁，桌上满满的一桌菜肴。

白羽握筷子的手有些发抖：“哎，终于把剩下的纱纺完了，叫你们先吃，何苦非得等我一起呢。莲儿饿了吧？”

董小宛夹了一块虎皮红烧肉放进母亲碗里：“娘，尝尝我做的虎皮红烧肉，大概有您一半的手艺了吧。”

白羽尝了一小口，点点头笑道：“糯而不腻，入口即化，这手艺早胜我几成了。”

子修：“小姐谦虚着呢，夫人，您知道在秦淮河边那会儿，每回雅集聚会，客人们都必点咱们小姐的这道菜，它有一个专属的名称叫‘董肉’。”

白羽听罢忽然“哇”地一声呕出一口血来，白米饭瞬间染红了。

董小宛又痛又惊，吓得上前抱住母亲，一边疾呼一边给她扶背顺气：“娘，娘——这是怎么了？您不是说身体比以前好多了，这咳出的是血啊！呜呜呜呜呜……”说着就泣不成声。

白羽掏出袖口里的帕子连忙捂住嘴，擦去嘴角的鲜血：“没事没事，别吓着你才好，咳了四五年了，能不咳破喉咙出点血吗？”

高管家和嬷嬷眼里噙着泪花却都低着头不说话。

董小宛哭喊着：“高管家、嬷嬷，你们——你们没看见吗？我母亲咳出血了，还愣着干嘛呢？快去请医生啊！”

子修吓得脸色铁青，半天才反应过来：“好好，我……我这就去叫医生。”

白羽想要说话拦住子修，无奈子修飞快地冲出了门，她有气无力地说道：“你看看，饭都还没吃呢，不要折腾，扶我去床上歇歇就好。”

董小宛刚还吓得魂飞魄散，见母亲这般淡定、平静才定下半个魂来，和嬷嬷一起将她扶到了床上。

白羽躺下后望着头顶崭新的扎染麻布，边咳边笑道：“莲儿，你半天的劳动没有白费，我这一躺下就能看见你的成果，这病就好了大半。”

董小宛泪如雨下：“娘，您为什么要骗我？为什么不顾自己的身体？谁让您日夜操劳纺纱、织布？娘——你为什么不爱惜自己的性命？为什么啊——”

白羽：“高管家，你去把那个木盒拿来。”

高管家拿来木盒递给白羽，她小心地打开盒子，里面是几样银首饰和几个银锭：“这几年娘的病花了好多银子，连累老高和嬷嬷吃了不少苦才攒下这些，加上银镯、银簪大概有二百两。老高、嬷嬷，请你们谅解我在女儿的事上自私了。”

高管家和嬷嬷也忍不住抹泪，嬷嬷连声说道：“没有没有，夫人从来对我们像家人一样亲啊。”

董小宛泣不成声：“娘，我不要您攒钱，我只要您身体好好的啊。”

白羽替董小宛拭去眼泪：“不要哭，就算天下有神仙药，娘的身体也就这样了，咱们这样的人家原该保你周全的，是娘没照顾好你。”

董小宛连连摇头：“不是不是，当初是女儿执意要去南京，说有错也是我太任性了。”

白羽心疼地一把将女儿搂紧：“不说……不说这个了，你还记得你那个先生宋柏青吗？我托他打听为你脱籍之事，为此他特意去了趟南京，他说脱籍难但要有足够的银子也不是不可能。”

董小宛一股子犟劲上来了：“娘，莲儿不是小孩了，自己的事自己能做主，您为我呕心沥血、操劳费神伤了身体，我宁可永不脱籍。”

白羽喝了一口嬷嬷端来的止咳汤药：“好了，好了，娘这些年喝那么多苦药不都是为了续一口气嘛，只有你脱了籍，我才好安心去找你爹。”

董小宛将手里的木盒往地上一放，趴在母亲的怀里哭道：“不让，我就不脱籍让你一直陪着我……”

白羽温柔地抚摸的董小宛的头：“傻孩子，每一家的女儿长大了都要飞走的，娘要为你真正的归宿考虑，这一定也是你爹的意思呢。”

白羽冷不丁又呕出一口血来，连忙用帕子捂住。

董小宛抢过帕子替母亲拭去嘴角的血，悲从中来，又倒在母亲怀里呜咽不止。

高管家和嬷嬷也跟着流泪。

8. 苏州郊外清水湾乡野路上　夜　外

子修提着灯一脚浅一脚深地引路，大夫不十分情愿地在后面跟着。

子修催促道：“大夫，您走快些嘛，一杆子路您怎么还走老半天呢？人等着您救命呢！”

大夫：“你会飞吗？你走得快怎么还一路摔了两个跟头，这丫头也不叫疼，照样跑得飞快，真不是个人。”

子修生气了：“你骂谁不是人呢？救死扶伤不是大夫的职责吗？你怎么还骂人呢？”

大夫：“这荒山野岭的遇见你这样一个伶俐的丫头，走夜路还飞快，可不是个人是个狐仙也指不定呢。”

正说着前面黑簇簇地拦路立着一匹马，子修吓了一跳，放慢了脚步低声道：“前面是什么？”

那大夫本就胆子小，想着这么个地方哪来那么一匹骏马，掉头就想溜走。

果真又出来一个戴斗笠披斗篷的男子：“大夫莫走，救死扶伤，时间就是生命，不如让我的马送你一程。”

子修打起灯笼一照，看清了那男子不是别人正是冒辟疆，万分惊喜道：“冒公子？你是冒公子！”

冒辟疆眯着眼睛看清了子修，不禁也喜上眉梢：“真是巧了，我在附近绕了半天没找到董姑娘的家，没想到竟在路上能碰见你。”

子修招呼那大夫：“冒公子，来不及细说了，快让那大夫坐马，董夫人忽然呕血了，小姐等着我叫大夫救命呢。”

冒辟疆连忙请那大夫上马：“大夫，快快上马。”

那大夫连连摆手：“不不不，我、我还是走……走着去安全。”

子修柳眉倒立，举着灯快要抓狂了。

冒辟疆不由分说地抱起那大夫将他按在了马上。

9. 苏州郊外清水湾竹林瓦舍　夜　内

油灯忽明忽暗，屋内无人说话，董小宛的低泣声显得格外凄凉，两位老人也沉浸在悲伤的情绪里。

白羽也悄悄地将眼角的泪珠拭去：“嬷嬷，你怎么也像个孩子似的哭起来了。”

嬷嬷努力让自己平静下来，绞了热毛巾给白羽擦拭脸和手：“夫人的病动不得气的，小姐快别伤心了。”

董小宛这才慢慢止住了哭泣，平静下来：“子修请的大夫该来了，我去外面看看。”

白羽拉住董小宛的手道：“莲儿，你别走，那么多年了娘的病心里有数，娘真的感到累了，只是心头有万般的放心不下。”

董小宛擦掉眼泪：“娘，您有什么事尽管吩咐我。”

白羽此时关注的不是自己的病，而是屋里的其他三人：“嬷嬷和高管家也都上了年纪了……”说着又咳了一阵。

董小宛多么想抚平母亲胸口的病痛：“娘，你放心，我也会把他们当成自己的家人一样。”

嬷嬷和高管家对视了一眼，不知是因为过于欣喜还是感伤，高管家差点没哭出声来，嬷嬷怕触动白羽的情绪，重重地用胳膊肘撞了一下高管家，高管家转过身去把眼泪咽了回去。

白羽气若游丝，继续说道：“嬷嬷十六岁进了白家，又随我到了董家，整整三十五载。她嘴上犟可心里从未忘记过嘉兴老家……”

董小宛一个劲儿地点头，不争气的眼泪又下来了：“娘，我懂，我一定会圆了嬷嬷的念想，您别说话了，一会儿大夫就来。”

门外传来马蹄声。

董小宛激动地站起来：“嬷嬷快开门，一定是大夫到了。”

迎面进来的是冒辟疆，董小宛张着嘴惊讶万分。冒辟疆连忙作揖：“董姑娘，冒辟疆冒昧来访。”

子修带着大夫也进门来：“小姐，大夫请来了，路上正巧遇上冒公子，多亏了他的快马。”

董小宛顾不得与冒辟疆寒暄，简单地说了声：“多谢！”

董小宛拉着大夫到母亲床前：“大夫，快救救我娘吧。”

那草头郎中看到被吐得满是鲜血的被褥，早已吓得心神不宁。哆哆嗦嗦哪里还能分辨脉象：“这……这，脉象也太、太弱……”

董小宛急了：“你究竟是不是个大夫？”

大夫：“我就是个平常的草头郎中，看些普通伤风咳嗽还、还行。”

子修哭将起来。

董小宛一脸倔强：“好，你不行就去请别的大夫！”

冒辟疆看着也跟着着急了：“我陪你一起去。”

白羽注意到了冒辟疆：“你们回来！回来，你们听我的安排便是。子修，你先去吃点东西填填肚子。莲儿，我来问你，他是谁？”

冒辟疆上前作揖：“晚辈冒辟疆见过董夫人。”

白羽打量着冒辟疆：“冒公子是哪里人？年方几何？是否娶亲？为何深夜来访？”

冒辟疆莫名被问得脸上火辣辣的，原一颗坦荡的心此刻七上八下的：“我……我本是江苏如皋人，年……年方……”

董小宛一心想着救治母亲，她打断了冒辟疆：“冒公子今天就不应该来，娘，我一定会请个能救治您的大夫来。”说着董小宛夺过子修手里的灯就要出门去。

白羽用尽全身力气喊道：“董——小——宛，你给我回来！”

董小宛听罢僵在了原地，母亲从未叫过她的艺名。

白羽虚弱却异常冷静：“嬷嬷，你送送大夫。”

那大夫巴不得赶早溜之大吉，拿了嬷嬷一点碎银消失了。

冒辟疆看到董小宛的泪珠打湿了衣服的前襟，心里也极不是滋味：“我有马，让我去请大夫吧。”

白羽：“你也回来，冒辟疆、董小宛你俩过来。”

冒辟疆跟着董小宛走到白羽床前，董小宛对母亲道：“娘，冒公子他……”

白羽只看着冒辟疆：“现在可以说了吧，你为何深夜来此找我女儿？”

冒辟疆从袖筒里掏出一张纸：“我来此就是为告知董姑娘，她已经是自由身，这是户籍文书。”

屋内人听闻无不惊喜。

董小宛不敢相信地接过文书，上面白纸黑字还籍写得分毫未差，她浑身颤抖着。

喜从天降，白羽太激动了，想笑却笑不出声来只是流泪，顿觉一股热血喷涌而出，吐得满榻都是鲜血，当场晕了过去。

董小宛扑进母亲怀里呼唤着：“娘——娘——娘——”

白羽缓缓睁开眼睛，笑道：“我要漱口。”

嬷嬷哭着端上茶水，小心翼翼地伺候白羽漱口。

白羽笑着：“满嘴的血，别吓着你们了，现在好了，快把文书给我看看。”

董小宛哭得魂不守舍，冒辟疆在一旁忙递上文书。

白羽看着文书如获至宝，她将女儿的手放进冒辟疆的手中：“这下我放心了！莲儿，冒公子的大恩大德值得你托付终身了！”说完便咽了气。

董小宛丝毫不曾体会到脱籍的快慰和喜悦，整个人完全被淹没在失去母亲的悲痛当中。

冒辟疆冷不丁闯进了一个陌生家庭失去生命中至亲的命运中，他似乎能听见眼前这个瘦弱的女子心脏被撕裂的声音，他下意识地蹲下身，紧紧搂住了董小宛因抽泣而颤抖的肩膀。

镜头上摇，白羽微笑着神情安详，盖着鲜血染红的被褥像一朵盛开的巨大的红牡丹。

10. 苏州郊外清水湾桃园墓地　日　外

董志的墓碑旁并排立着白羽的新墓碑，正值又是桃花盛开的季节，周围树树绚丽的桃花，处处散发着娇艳和芬芳，排解了出丧人的悲伤和凄凉。这场景与当初董志离世时如出一辙，夫妻俩都选择在桃花盛开之际离世，或许是他们美好情缘的一种象征。

董小宛披麻戴孝跪在坟前，一阵风吹过，漫天的飞花。董小宛恍惚间看到父亲、母亲在天上团聚，母亲笑得很甜，低下头亲吻她的脸，董小宛轻声唤道：“娘——”她刚喊出声，父亲母亲的笑容便不见了。她抚摸着被母亲亲吻过的脸，原来是一片小小的冰凉的花瓣落在了她的脸上。

董小宛分明看到母亲的笑脸变成了冒辟疆，冒辟疆正关切地望着她：“董姑娘，节哀顺变。”

董小宛也望着冒辟疆，两行泪珠滚落，悲欣交集：“天意怜幽草，似梦又非梦。”

镜头淡出。

11. 苏州郊外清水湾瓦舍院子　日　外

院子里挂满了浣洗过的苎麻布。

冒辟疆牵了马立在院子中央犹豫徘徊。

子修和高管家在忙碌着，一个正打井水，一个将浣洗好的苎麻布在竹竿上高高挂起，在冒辟疆的眼前竖起了一道道天幕。

忙了一阵，子修才发现牵着马立在院子中央发愣的冒辟疆："冒公子，你……你这是要出去吗？"

冒辟疆点点头："嗯，我准备回如皋了，不要打搅董姑娘，回头你跟她说一声。"

子修眼睛瞪得大大的："那怎么行？我这就去叫小姐来。"

冒辟疆看着子修消失在苎麻布的后面，他转身牵着马穿过一道道的苎麻"瀑布"，心里空荡荡的，几年前他也经历过失去母亲的悲痛，那种极度悲伤后的虚无缥缈之感又向他袭来。

12. 苏州郊外清水湾瓦舍房间　日　内

董小宛的卧室与原母亲的床榻只隔了一张布帘，她一边抹泪一边收拾包裹。

子修急匆匆进来："小姐，冒公子要走了。"

董小宛抬起红肿的双眼："那么快就走吗？我这里还没收拾好呢。"

子修感觉到了异样："小姐，你收拾包裹做甚？你要去哪里？"

董小宛苦笑道："冒公子替我赎了身，我自然要跟他走了，这是规矩。"

子修心里一阵心酸："虽说小姐能跟自己喜欢的人一起是好事，可怎么连个说法都没有吗？况且小姐还戴着孝呢。"

董小宛面无表情，没有说话，拿起包裹出了房间。

13. 苏州郊外清水湾瓦舍院子　日　外

冒辟疆马背上褡裢挂在了院门上，又把袖带里的银袋子放进了褡裢里。他回头往院子里看，那藏青的苎麻布把那几间瓦舍遮的严严实实的。

冒辟疆刚走出几步，董小宛背着包裹从苎麻"瀑布"里走出来："冒公子且慢走。"

冒辟疆停下了脚步回头看着董小宛："董姑娘，你不用送我的。"

子修也跟着跑了出来，董小宛下意识地摸了一下包裹，有些尴尬："子修，你先回去，我跟冒公子说句话。”

子修疑惑地看看冒辟疆又看看董小宛，指指苎麻布帘说道：“行，我……我就在里面浣纱，有事叫我便是。”

董小宛走上前去与冒辟疆四目相对，内心五味杂陈，连她自己也说不清是希望冒辟疆能带她走还是让她留下来。

冒辟疆满心怜惜道：“董姑娘，请多保重自己的身体，人世间最难过的关是生死离别，这个我也帮不了你，只能靠你自己了。”

董小宛眼眶里噙着泪花，没有让它落下来：“嗯，我懂，你帮我的已经够多的了，我……我今生来生也难报答。”

冒辟疆实有难言之隐：“不不，你不用报答我，此事……”

董小宛迅速打开包裹拿出几张银票：“一千六百量纹银就算冒公子家境殷实也不是个小数目，我这里有三百两银票你先拿着，剩下的——我一定会慢慢如数还你。”

冒辟疆连连推让：“董姑娘万万不可，此事并非我一人所能，是牧斋先生、河东君、顾媚还有——方贤弟，几方合力才帮董姑娘脱了籍。”

董小宛的眼泪从眼眶里奔流而下：“牧斋先生、河东君、顾媚还有方公子吗？”

冒辟疆见董小宛这般动情心里也是一阵酸楚，点点头道：“嗯，你不必谢我，大家相识一场也是缘分。”

董小宛：“如此恩情我怎能不放在心上，牧斋先生、河东君、顾媚三位我会写信致谢，方公子那还请冒公子转达我的谢意，此恩情小宛定当铭记在心。”

一阵风吹进院子，苎麻纱布随风飞舞，晾竹竿晃动起来，董小宛连忙过去固定竹竿，冒辟疆很自然地过去帮忙，两人同时握住一根竹竿隔着一层纱布离得很近。

风停了竹竿不再晃动，两人松开了手，董小宛低声道：“这银子，今日你不收，他日我也得还你。”

冒辟疆撩开苎麻纱布的一角：“你不必给自己压力，此事就当在扬州时你救我一命相抵了，我们互不亏欠。”

董小宛低下头不敢直视冒辟疆的眼睛：“人世间的事怎能说不亏欠就不亏欠呢，好比我的父母，对我而言他们的恩情此生、来世终是亏欠了的。”

冒辟疆笑道：“我们与他们自然是不一样的。”

董小宛抬起头来，火辣辣地看着冒辟疆：“有何不同呢？你我同样在世为人不是吗？”

冒辟疆忽然间觉得董小宛那娇小的面庞化成陈圆圆的模样，那眼神让他无处躲避，冒辟疆内心积压已久的情绪似要喷涌而出：“那你告诉我，究竟是什么东西要我们这样相互亏欠呢？”

冒辟疆紧紧地抓住董小宛的肩膀，董小宛不曾料想冒辟疆那么大的反应，怯生生地后退了几步：“大概是命运，当然你不欠我什么，是我，是我欠你——太多。”

冒辟疆如梦中醒来，愣愣地看着董小宛半晌，感到莫名的羞愧：“对不起，董姑娘，我该走了！”

冒辟疆径直上马出了院子，董小宛追了几步，看到院门上冒辟疆留下的褡裢，顿时泪眼模糊，喃喃自语道：“这是什么？浅得自由，深困于情吗？”

第三十五集　大国陨落宁死不降　为酬知己以命相搏

1. 顺天府街道　晨　外

街道上人们行色匆匆，各家商铺纷纷关闭了门面，不一会儿便有携儿带女，举家迁徙的路人。人群逐渐壮大开始熙熙攘攘前拥后挤起来，在嘈杂的人群中哭爹喊娘声混成一片。

2. 皇宫皇极殿　日　内

殿上稀稀落落立着四五个臣子，低着头默默不语。

异常消瘦的崇祯皇帝坐在宽大又金灿灿的龙榻上，原本再平常不过的早朝，让他觉得每时每刻都如在刑场中煎熬。他绝望而又倔强地盯着大殿中央那一束躺着的光，一个多月前他还想着南迁，当时大殿里黑压压一片无一人响应，他知道距离那束光一步之遥却永不能相及了。他想站起来，可两腿一晃又重新跌坐在了龙椅上。

崇祯微闭双眼，动了一下满是血泡的嘴唇断断续续说道："朕从凌晨等你们到现在……那李自成破宣城时，你们当中有人说'团结人心，坚守待援'，可你们说的人心在哪里呢？坚守的待援又在哪里呢？你们走吧！从此可以不再早朝了，你们在背后议论朕多疑，从此朕再也无须多疑了，一切都结束了。"

几个臣子隔着老远相互对视，谁也不敢先移步离开。

崇祯一把抓过一旁王承恩手中的拂尘，并狠狠地把它扔在了大殿上，怒吼道："滚！滚！都给我滚吧！"

王承恩小心翼翼地下了垛踏拾起拂尘低声道："走吧，走吧，快走吧。"

那几个臣子垂头丧气，慌忙退出了大殿。

三十四岁的崇祯皇帝挣扎着从龙榻上起来，一步一摇地下了垛踏，蹒跚得像个垂暮老人，他指着空荡荡的大殿大声控诉："朕听够了你们满嘴的仁义道德，看够了你们的忠贞直臣的把戏，厌烦了你们的党争谋划，你们个个都是潜藏的高手，都有一副放之四海而皆准的君臣之道的假面孔！朕若明，天下便是黑！是也不是？朕在位十七年，经历了旱灾、蝗灾、鼠疫和极寒气候，死亡百姓数百万，无数百姓流离失所，耕地荒废，税收入不敷出！朕想尽一切办法救助灾情，恪守勤俭，十七年来宫中不行乐、不设宴、不建行宫、不修陵园，一切衣食住行缩减再缩减，国家有难朕一日不享安宁！朕恨不得榨干了自己来挽救大明！振兴大明！可最后统统都是徒劳，朕再怎么披肝沥胆、励精图治也成不了尧、舜、禹啊。朕就是一个笑话，是个跳梁小丑！哈哈哈哈哈哈哈……”崇祯仰天大笑，笑得涕流满面。

垛踏下跪伏着一个臣子，他的头埋伏在两袖之间，双肩抖动着抽泣出声来：“皇上，皇上啊，臣有罪！臣有罪！呜呜呜呜……”他正是那个提出“团结人心，坚守待援”，一个多月前崇祯皇帝重新启用的兵部尚书范景文。

此时的他已经三天三夜不食不寐，两眼深陷，气若游丝：“臣——有罪啊——”

崇祯冷静下来，看着这个被高大、空旷的大殿忽略的范景文，好像看到了另一个自己：“呵呵，你何罪之有？你不是大忠臣吗？你死都不怕，还怕亡国吗？”

范景文被问住了，愣愣地说不出话来。崇祯走上前两人四目相对，此时的崇祯既无怨恨也无怜悯：“你脸上写着忠君报国，你是节臣，朕——是亡国之君。”崇祯拔出佩剑狠狠地削掉了龙袍的一角，并将剑鞘扔到大殿中央，独自扬长而去。

范景文惊得一个后仰跌坐在地，消瘦的脸庞上显得过于宽大的官帽顿时滚落在地。王承恩吓得半天才反应过来，慌忙去追崇祯皇帝，整个皇极殿只剩下披头散发的范景文在痛苦地呜咽。

3. 翰林院藏书阁　日　内

翰林院内静悄悄的，方以智照常沐浴、焚香，编撰史书。

忽然大门被人推开，方以智也不抬头，一心书写。

曹琴钟蓬头垢面立在方以智身后，声音嘶哑：“方编撰果真一心只写圣贤书，两耳不闻窗外事？”

方以智放下笔站起来：“琴钟？”

曹琴钟：“快收拾东西随我出城去。”

方以智惊愕：“此时你不应该随曹公公在皇上身边吗？”

曹琴钟眉眼低垂：“皇上关了后宫，除了女眷将所有人逐了出来。”

方以智：“曹公公呢？”

曹琴钟：“皇上命他——出宫开城门，须保城内百姓平安。”

方以智眼前一阵恍惚，一个趔趄重新跌坐在椅子上：“不成功便成仁了！”

曹琴钟：“没有时间了，快走吧。”

方以智双泪长流，站立起来摇摇头道：“不走了，臣无力守城，至少可以选择不逃吧。多谢琴钟和曹公公惦记，保重！”方以智复又入座，提笔继续书写。

曹琴钟眼圈一红，点点头，抱拳离开了翰林院书阁。

窗外远空传来炮轰攻城的巨响，厮杀声和哭喊声交错，天空迅速地暗下来。

画外音：1644年4月25日凌晨，李自成率众攻占了外城，崇祯在煤山自缢身亡，留下血书：朕死，自去冠冕，以发覆面，任贼分裂朕尸，勿伤百姓一人。

（场景一）督察院外明朝旧臣排队交款按手印。

（场景二）督察院监牢各种刑具、竹夹堆积如山，用刑后方以智浑身血迹斑斑。

画外音：李自成攻入紫禁城后召集明朝旧臣，刘宗敏下令按官员等级收缴白银，短短几日收缴白银七千万两。方以智因翰林身份交不出一万两罚银锒铛入狱，在地牢受尽大小酷刑。

字幕：四十二天后

4. 督察院监牢外广场　日　外

昏迷中的方以智被两名胸口写着“清”字的狱卒架出了监牢，外面挤满了从监牢里放出来的明朝旧臣，正被强行执行剃发。有人在花名册按手印领清朝官服，有人剃了发在花名册上按手印离开。

狱卒拍拍方以智的脸：“快醒醒吧，做个二臣总比蹲监牢强吧。”

方以智迷迷瞪瞪地睁开双眼，虚弱而坚定地回答道：“要么放了我，要么杀了我。”

两名狱卒不约而同地把方以智扔到地上：“傻子。”

5. 督察院监牢外广场　黄昏　外

天色渐暗，下起了大雨，广场上的剃发礼已结束，雨水把头发冲的四处飘散，方以智从雨中醒来。他咳嗽着把嘴里的淤血全吐了出来，他想站起来，可两腿根本无法支撑。

一位年迈尚未离开的老臣，在离方以智几丈远的地方呜咽哭泣：“为何让我活着？你们把我的脑袋也剃了去吧。”

方以智这时已完全清醒，他慢慢爬了过去，终于看清了那老臣的脸：“侯世伯，侯世伯是你吗？”

侯恂颤抖着抹去脸上的雨水和泪水，他几乎认不出眼前这个瘦骨如柴的人，竟是当年那个意气风发的少年方以智：“你，你是？”

方以智：“我是朝宗的同窗好友方以智。”

侯恂老泪纵横，上前搀扶方以智：“原来是仁植之子，我儿受苦了！”

方以智也激动万分：“侯世伯，真的是你！”

侯恂看清了方以智被剃了发的脑袋光秃秃的像个出家人，样子显得有些滑稽，侯恂苦笑道：“哈哈哈哈哈，你看见我的样子就像我看见你的样子一样滑稽可笑吧，罢、罢、罢，几十天来天翻地覆地折腾，原最终是这样一场闹剧！咱不做那二臣！剃发又奈我何？又奈我何？哈哈哈哈哈哈…….”

两人在雨中相互指着对方，哭笑不止。

字幕：一年后

6. 苏州十里山塘某说书坊　夜　内

柳敬亭拍响了惊堂木：“欲知后事如何？请听下回分解！”

堂内众人纷纷散去，只留下角落头一个戴面纱的人。

柳敬亭收拾了桌子走上前去：“客官好生面熟。”

董小宛取下帽子看着柳敬亭：“柳师傅，我找你打听个人。”

柳敬亭笑了：“小宛？”

7. 如皋水绘园门口　夜　外

思聪举着灯在门口张望：“二爷，咱们都等了半个时辰了，陈公子不会是记错日子了吧？”

冒辟疆：“不会，别的事情或许会记错，这事他绝不会记错了。”

话音刚落，一行人举着火把过来了，冒辟疆谨慎地退到了门槛里面。

陈君悦推着泔水车跑上前来，见了思聪便道：“抱歉，有事耽搁来晚了。”

冒辟疆：“张公子，你怎么弄一泔水车来。”

陈君悦打开泔水桶：“冒兄，你看。”

冒辟疆看到里面全是白花花的银子：“看来今天收获不小啊。”

陈君悦一边帮着思聪将门里的两个大箱子搬到泔水车上，一边笑道："加上冒兄送来的这两箱，一共有五千两了吧，十天下来总有这个数了。"陈君悦举起一个手掌。

冒辟疆："五万两？"

陈君悦摇摇头："五十万两。"

冒辟疆眼里闪着泪光："哦，那还好。"

陈君悦壮志踌躇："五千套铠甲、兵器快完工了。"

冒辟疆心里的担忧无法掩饰："与那十万清兵相比还是差距甚远。"

陈君悦似乎毫不在乎，拍拍冒辟疆的肩膀道："冒兄，要有信心！一旦战火蔓延，全城老弱妇女儿童举城迁徙，你的任务不比我的轻。"

冒辟疆点点头："我知道，如皋抗清守城千古壮举，陈公子保重！"

陈君悦拱手告辞，推着泔水车跟着火把队伍离开了。

8. 苏州十里山塘某说书坊　夜　内

董小宛瞪着眼睛："这么说清兵真的要打到江南来了？"

柳敬亭紧皱双眉："清兵已过盐城了，可咱们的南明皇帝还沉浸在莺歌燕舞里呢。民间的百姓都知道不能坐以待毙，你还记得陈君悦吗？"

董小宛："当然记得，没去扬州的陈君悦，满腔热情的陈君悦。"

柳敬亭："将来还是抗清英雄的的陈君悦，冒公子一直在配合他组织抗清物资准备，今日我就要带着几天来筹集的银两连夜送去如皋。"

董小宛："正好！我随你一同去。"

柳敬亭："荒唐，一则此去凶多吉少，二则你去了家里人怎么办？我不能让你一起去。"

董小宛："你放心，家里嬷嬷和高管家两位老人已送去嘉兴老家，早早安顿好了，子修，子修她在家能照顾好自己的。柳师傅，求求你带我一同去如皋吧。"

柳敬亭甚是为难："你一姑娘家，明知前头有险还有硬往险中求？"

董小宛："柳师傅必定知道冒公子是小宛恩人，此外，我……我……我是喜欢冒公子的，我愿意拼得一命酬知己！"

柳敬亭怔怔地看着董小宛："此话当真？将来你不后悔？"

董小宛坚定的眼神："死而无憾。"

柳敬亭有些懵，拍拍脑袋道："不，不是，你喜欢他也用不着去死啊。"

董小宛笑道："谁说要去死啊，国家存亡之际，在哪儿不都是灾难吗？我的意思是，就算是死，也要与心爱的人死在一起！”

柳敬亭：“嗨，你一个千金小姐怎能长途跋涉？”

董小宛露出她不曾缠足的脚，理直气壮道：“我从小随父亲有长途跋涉的经验，西至山西，南至岭南，如皋还没那么远。”

柳敬亭严肃道：“关键是到了如皋之后，接下去可能是长时间的逃亡，那可不是一般旅行的长途跋涉。”

董小宛：“我不怕，去意已决，你不带我自己也去得。”

这时子修推门进来：“我也去！小姐，你休想把我一人丢在清水湾。”

柳敬亭傻眼了：“这下可好，又来一姑奶奶。”

9. 如皋冒府一默斋　夜　内

冒起宗站在灯前持颂《金刚经》神闲气定：“不应住色生心，不应住声、香、味、触、法生心，应无所住而生其心。”

管家信良默默地进来，站在冒起宗身边不作声。

冒起宗合了《金刚经》问道：“怎么不说话？”

信良低头回答：“老爷每天这个时候念《金刚经》呢。”

冒起宗把经书放到了书架上：“嗯，老太太年纪大了，最怕旅途劳顿，她若不愿意走也不要勉强，我留下来陪她。”

信良：“老太太听说了史可法史阁部的来信，她是第一个站出来支持搬迁的。她说别的做不了，至少不能拖了抗清队伍的后腿，还十分赞同老爷‘断舍离’轻装上阵的搬家策略。倒是那边堂宗的几个太太、奶奶各种抱怨，十万个不愿意。”

冒起宗说起自己的母亲，严肃的脸上总会泛起少见的温柔：“母亲识大体。”

信良：“老爷放心，老太太的马车做了改装，几凳、卧榻、被褥都有，白天可饮食休憩，夜里可作床榻安睡。”

冒起宗：“又是冒儿作的妖吧，别太做作，怎么改装也是车轱辘撵地上过，总是颠簸，简装上路才是实在。”

信良：“是。”

冒起宗：“明早辰时启程。”

10. 如皋冒府冒辟疆卧房　夜　内

房间里堆满了大小箱子、包裹，苏元芳独自坐在凳子上默默垂泪。

窗外下着大雨。

冒辟疆拎了两件蓑衣进来："元芳，别的衣物可以少带些，这两件蓑衣是户外傍身的宝物。"

苏元芳也不抬头："嗯。"

冒辟疆环视屋内："怎么那么多东西？我去老太太房间看了，比咱们屋里的还少些呢。"

苏元芳抹了眼泪站起来："都是给嘉穗、丹书带的，孩子长得快，衣物自然要多备。另外也不能耽误了他们学习，书籍、笔、墨、砚、纸样样都得带上，又怕孩子磕着碰着遇着风寒，还得带各式常用的药。"

冒辟疆点点头："你想得周到，委屈大人可以，总不能委屈了孩子。"

这几年冒辟疆收了心在家闭关读书，在老太太的催促下他们诞下两个聪敏、可爱的儿子，一家人守在一起过平静的生活她觉得知足。苏元芳对这个家是万般不舍："二爷，咱们一定得搬家吗？"

冒辟疆拉着苏元芳坐下来："陈君悦召集了几万人抗清，不久，这里便是战场。只有咱们搬到了安全的地方，才没有后顾之忧。"

苏元芳看着冒辟疆，心里一酸又落下泪来："国破家亡，原来觉得那么遥远的事，怎么就让咱们给遇上了。"

冒辟疆安慰道："你看，父亲前几年多是忧虑不安，时常整宿整宿睡不好，病倒了好几次，倒是这一年来他虽话更少了，却不再焦躁，那是因为他心里有颗定心丸。担忧早已无济于事了。"

苏元芳轻轻抽泣道："我……我做不到。"

冒辟疆觉得自己好笨，完全不能说道点子上："对不起，是我平时与你沟通得太少了。"

苏元芳从来是贤惠的，她此刻情绪有些失控，却也不想冒辟疆真正为难，于是很快又停止了哭泣："是我不好，我不该让你为难。"

冒辟疆努力想调整好苏元芳的情绪："我知道你是心疼孩子，你看这样好不好，就跟嘉穗、丹书说，咱们要出门旅行，体验跋山涉水，他们还可以把途中的所见所闻写下来。"

苏元芳破涕为笑："二爷说的对，哪有遇到困难做父母的先慌了的，这个法子极好，嘉穗、丹书都极爱徐霞客游记，苦中作乐才是引导孩子面对困难的法宝。"

冒辟疆将自己的帕子递给苏元芳擦拭眼泪："先保护好自己的身体，才能保孩子周全，明天赶早呢，早点歇息吧。"

11. 去如皋途中（白蒲镇）夜 外

大雨如注，三辆马车飞奔前行，忽然头一辆马车的左侧轮子磕着一块石头，整个车厢甩了出去，后面的马车失控也连环撞在了一起。

柳敬亭从第二辆马车里钻了出来，赶快过去察看："小宛、子修，伤着你们没有？"

董小宛从最后面一辆半倾倒的马车车厢里探出脑袋："柳师傅，前面怎么了？"

柳敬亭已浑身湿透，他撩开车帘往里看，董小宛和子修受了惊吓相互搀着，他询问道："可能是马车速度太快了，你们没受伤吧？"

子修连连摇头："没有受伤，就是吓了一大跳。"

董小宛将自己的伞递给柳敬亭，柳敬亭撑开了伞道："没事就好，我去前面看看。"

董小宛揉着子修的肩膀："叫你别跟来你不听，叫你别睡着你不听，这下撞疼了吧？"

子修撒娇道："哎呦，原没撞出血来，别让小姐给揉出乌青来。"

董小宛笑道："看来真是没事。"

一会儿柳敬亭从雨中回来了："车子没大碍，是车轱辘轴坏了，车厢里东西也都整的，下这么大雨，今晚是走不了了。到前面找个地方躲雨，等天亮再走。"

董小宛点点头："好，听柳师傅安排。"

子修舒了口气："正好，终于可以正经睡着了。"

12. 如皋冒府正门 晨 外

天蒙蒙亮雨停了，冒府上下百余人集结在正门外，信良来回跑着清点人数、车辆。

信良到冒起宗跟前汇报道："老爷，东西两府的人全到齐了，除了各府留下五人看门、看园子，其余一百三十五人整装待发，请老爷示下。"

冒起宗回头看着朱漆大门上"冒府"两字，久久不曾说话。

冒辟疆十分清楚此刻父亲内心的沉重，上前低声道："父亲，相信我们很快又会回来如皋，自从决定搬家以来，家族上下从各执己见到齐心合力，从前不和的也都相互谦让起来。所谓‘福兮，祸所伏；祸兮，福所倚’啊，请父亲不必忧心忡忡。”

冒起宗的视线慢慢转向冒辟疆，他眼眶湿润：“作为臣子愧对国家！作为儿子愧对祖先！作为父亲愧对儿孙！冒儿，你以后不会怨恨我吧？”

冒辟疆第一次看到父亲眼里有无助的神情，他感觉到一直把他当孩子看待和爱护的父亲也需要关怀：“父亲，心理包袱也算负担吗？”

冒起宗：“算。”

冒辟疆低头劝慰：“父亲，您这般沉重怎么轻装上阵呢？”

冒起宗道：“你是说我心理负担太重。”

冒辟疆谨慎地回答：“是。”

冒起宗想了想说道：“你说的对，那就此放下。”

冒辟疆：“多谢父亲。”

冒起宗：“你谢我做甚？”

冒辟疆：“因为——父子连心，你放下便是我放下。”

冒起宗听了心里欣慰，面上却皱着眉头道：“还有此说法，又是你信口拈来吧。”

冒起宗转身对管家道：“信良出发吧。”

冒家长长的搬家队伍缓缓离开街道。

冒辟疆留在最后上了马，还在原地转圈像是在等人。

果然陈君悦骑一匹快马赶来，未等马立定便迫不及待道：“冒兄，柳师傅人可到了？”

冒辟疆下马来：“陈公子，只能劳烦你在此等候柳师傅了，我得走了。”

陈君悦也下了马说道：“我猜你这个时辰得走了，正好过来送送你，柳师傅若过了午时未到，我就派人出城去看看。”

冒辟疆：“昨夜暴雨，怕是路上有耽搁，回头柳师傅到了，就说日后咱们南京见。”

陈君悦上前拥抱冒辟疆，眼眶逐渐湿润：“此去扬州一路平安！我父亲、母亲此时已到南京了，还请冒兄挂心替弟孝敬。”

冒辟疆心里说不出的滋味，也郑重地拥抱了陈君悦：“贤弟，不可说断头话，汝父母即吾父母，保重！盼早日重逢！”

冒辟疆洒泪快马离去。

13. 如皋城入口　日　外

三辆马车匆匆进了如皋城，忽然上来四五个身穿铠甲的民兵拦在马车前面。

柳敬亭探出头来，只见那民兵问道：“车内可是柳敬亭柳师傅？”

柳敬亭见状便明了是陈君悦等急了：“是谁让你们拦的车？”

民兵回答道：“陈君悦陈公子。”

柳敬亭点点头：“烦劳带路了。”

14. 如皋抗清义军练兵场　日　外

董小宛和子修从马车上下来，偌大的练兵场尘土飞扬，高台上有人打旗语，只听见整齐划一的步伐，不见人影。

子修在董小宛耳边问道：“小姐，这不是冒公子府上吧？”

董小宛：“这是练兵场。”

子修：“我去问柳师傅怎么回事？”

董小宛不知是出于好奇还是什么，眼前的场景让她感慨万分，久立着。

此时一对义兵小跑到离她们几丈处站立，个个手执腰刀，虽然队伍中高矮不齐，却神情庄严不失威武之气，高台上旗语一变队伍立刻转了方向，整齐地踏步裹着尘土离去。

尘土散去，董小宛发现地上留下了一柄刀鞘，董小宛上前拾起，发现刀鞘严重磨损，上面写着“百夫长”，忽然从扬尘中回来一个十五六岁的少年义兵，试图一把夺过董小宛手里的刀鞘。

董小宛握住不放：“这个不是你的吧？”

少年义兵天生带着敌意的眼神：“难不成是你的？”

董小宛：“上面写着百夫长。”

少年义兵：“凭什么我不能是百夫长！这刀是我祖父用过的，你懂什么！”

董小宛看清了少年耳朵上的耳洞，惊诧不已，语气里又是惊又是敬佩：“你是个姑娘。”

少年义兵恼了，重重地夺过刀鞘：“古有花木兰，现在是什么年代了？有什么不可以！”

子修跑回来：“小姐，柳师傅叫你呢。”

少年义兵瞪了董小宛一眼：“多管闲事！”

董小宛对着少年义兵的背影喊了一句：“花木兰保重！你特别像我一位旧友。”

少女义兵转过身回看了一眼董小宛，表情明显柔和了许多。

董小宛感到莫名地感动，眼角的泪水悄悄滚落。

15. 如皋抗清义兵军营　日　内

董小宛第一次进军帐，一边是高高挂起的地图，另一边有如皋地形沙盘，她的心跳几乎比平时快了一倍。她想，这大概就是这场战争的空气，既不是对死亡的恐惧也不是对残暴的战争的报复，而是义无反顾地投身守护故土的勇气和对有限生命的诠释。

柳敬亭进帐来："小宛，我的事交接完了，带你见见旧友吧。"

董小宛转身，只见柳敬亭身后有一位身穿铠甲留着络腮胡子的将军，看着面善却认不出是哪一位旧友。

陈君悦哈哈大笑道："哈哈哈哈哈，我这身铠甲别说女神认不得，连我自己也快认不出自己了！"

董小宛听出了陈君悦的声音："你是陈公子？如今果然叫人刮目相看！"

陈君悦："军帐里没有茶水招待也没有椅子可坐，恕我直言，董姑娘你不该来如皋，更不可以长途跋涉去追随冒公子。"

董小宛张着嘴看看柳敬亭说不出话来。

柳敬亭点点头："非常时期，我对陈公子实话实说了。"

董小宛眼里闪着泪光："那你们想让我怎么做？"

柳敬亭和陈君悦异口同声："回苏州家去。"

董小宛倔强地往军帐外走："既然已到了如皋，我自己去找便是。"

柳敬亭厉声喝道："小宛，你站住！"

董小宛缓缓转过身来，泪如雨下。

陈君悦吓了一跳，柳敬亭摇摇头示意他冷静，他以极其温和的语气说道："小宛，我知你心意真切，可现下真的不是好时机。"

董小宛眼神坚定，语气沉稳："就是因为不是好时机才须如此，我有难时冒公子出手相救，今日他有难我岂能袖手旁观？"

陈君悦才看明白董小宛的决心："嗯——你确定你们去了不是拖累而是帮衬？"

子修听了也开始不舒服起来："你们也太小瞧咱们小姐了吧？"

董小宛也不辩，欠身对柳敬亭施礼告别："柳师傅，保重！"

陈君悦："董姑娘，董姑娘……"

不等陈君悦说完话，董小宛带着子修离开了营帐。

陈君悦忙招呼手下：“来人，派一辆马车跟着刚才那两位姑娘，送她们去扬州。”

进来一侍从答应着便匆匆追出了军帐。

柳敬亭叹了一声：“唉！若不是急着回南京，理当我送她去。”

陈君悦：“没想到外表那么柔弱的董姑娘却是个性子坚毅、刚烈的女子，如此义无反顾，冒兄有福！”

16. 扬州驿馆大堂　日　内

大堂用两个大屏风隔出了三间卧房，冒辟疆一家祖孙三代在此算是暂时落了脚。

苏元芳首先安排好了两个孩子的书桌，招呼道：“嘉穗、丹书，这张书桌便是你俩的书房了，看书、写字就在这里。”

天资聪慧的丹书学着哥哥在书桌上看书的样子，他也仰着头一咕噜爬到椅子上：“娘，父亲说只要心中有书，天地间所到之处都可当做书房，不管是一棵阴凉的树底下，还是在一块平坦的石头上，都成的。”

苏元芳心疼地在孩子额头上亲了一下：“好孩子，你爹爹说的对，你跟哥哥一起看书、写字，我去给你们太祖母换药。”

苏元芳转到屏风后：“老太太，该换药了，膝盖疼的好点了吗？”

老太太歪在榻上闭目养神：“老毛病了，一走路就疼，老了不中用了。不打紧，你一路照顾两个孩子已经够辛苦，不用时刻关注我，一会儿让她们换药便了，倒是你公公那边熬着药，你去盯着别让旁人出了差错。”

苏元芳应声匆匆去了：“是，老太太。”

冒辟疆一身短装打扮，风风火火进了大堂，提了桌上水壶倒了一大杯，正要喝水。

思聪在堂外喊道：“二爷，二爷，驿馆楼上楼下各家公子到齐了，等你呢。”

老太太在屏风里听见了动静：“是冒儿吗？”

冒辟疆：“是，老太太，父亲一早去了史阁部府上，可回来了？”

老太太：“还没呢，外面兵荒马乱的你去路上迎迎，冒儿你听我的，千万别折腾其他的事。”

冒辟疆沉默了片刻，答应道：“我知道。”

17. 扬州抗清指挥部史可法住处　日　内

冒起宗在史可法的指挥部或站或坐，或观墙上地图或看地上沙盘，整整等了一个上午时间不见史可法身影。

中午时分，史可法才从外面回来："起宗兄，不好意思，让你久等了。"

冒起宗忙迎过去："哪里哪里，是我多有打搅史阁部。"

史可法一边倒水一边让座："随意坐，请喝茶，见笑了，忙了一上午还滴水未沾呢。"

冒起宗看着史可法"咕噜咕噜"一口气喝完了一盅水："史阁部这般消瘦，也要保重身体啊。"

史可法颤巍巍地将沾到胡子上的水滴抹去："起宗兄，我得向你献罪啊，当初你们劝我北伐收复中原，而我听信奸臣谗言，保守求和平分半壁江山，秋毫不犯满清。没想到才一年时间，鞑子狼子野心打过江南来了，气势比那李自成凶残百倍啊。"

冒起宗急切地看着史可法："现下对决有几成胜算？"

史可法低着头在室内来回踱步，他的步伐与那榻上凌乱的被褥一般，可见他来扬州之后的日子好似在炒锅上煎熬。

冒起宗眼眶里泪水打转："史阁部，扬州可能守住？"

史可法眼神黯淡，神色极其痛苦："起宗兄，今天来正是要告诉你，带着家人南下吧，也别去南京了，过了长江往东南走，去沿海一带暂避战乱吧。"

冒起宗跌坐在椅子上，泪流满面："为什么？"

史可法："弘光皇帝昨天带着他的'戏班子'跑了，所以马士英答应的援军也不会来了，从昨天开始军中陆续有人要求出降。"

冒起宗分不清自己的情绪是愤怒还是悲伤："军令如山，岂可儿戏？"

史可法摇摇头苦笑道："出降者也并非不良之辈，我这半天时间就是出城去放行了……"

冒起宗用尽全身力气才支撑着站起来："史阁部？你……你……你这是自断……"

史可法自蔑地笑道："自断后路！唯有此举或许能激起破釜沉舟、舍命救国的抗清义举，不为谁，只为自己的良知和对故土的眷念。"

冒起宗："如此消极！好，那我们全城老少陪你一起死！"

史可法："万万不可，起宗，这不是消极，普天之下谁不惧怕死呢？正因为死而后生，才死得其所！人会死肉体会腐烂，但是我族人的精神是不可亡的啊！"

冒起宗哽咽着：“所以你赴死守城，让我活着，我有何面目活下去？”

史可法也眼眶湿润了，拍拍冒起宗的肩膀：“活下去比死难，我拿命赌死，你也得拿命活着！”

冒起宗几乎要哭出声来：“你是兵部尚书，眼下除了死就没有别的法子了吗？”

史可法苦笑：“多铎率十万精兵来势汹汹，我部可用军力加上城中民兵共一万，我是兵部尚书，此时不死更待何时？来人，送客。”

冒起宗被人硬拉着出去：“史可法，我来扬州也是作了破釜沉舟的打算，你这般草率赶我走，你会后悔的！”

史可法大声回答道：“起宗，你们必须给我活下去，东南沿海还有大明的军队，记得一定把我的话带给他们，我史可法此生无悔！”

史可法重重地将大门关闭。

18. 扬州城门外　夜　外

字幕：1645年4月25日，史可法拒绝投降，多铎下令用红衣大炮攻打扬州城。上百架大炮在城下齐鸣，扬州城顿时呈现世界末日。

城外逃亡的难民队伍像蜿蜒的蛇阵，天上飘起了雨，连地上的泥泞也在呜咽、哭泣。

苏元芳披着蓑衣在逃亡的人群中呼喊：“二爷、二爷，冒辟疆、冒辟疆，你在哪里？”

冒起宗在慌乱的人群中一把抓住苏元芳的蓑衣：“别慌，究竟怎么了？”

苏元芳哭着说道：“父亲，二爷，二爷不见了，刚才老太太的马车被卡在泥里，他下马去推马车，一晃眼工夫就不见了。”

冒起宗仰头看着远处被大炮轰的血红的扬州城上空叹道：“别告诉老太太，他若回不来你哭也没用，他若能回来，此刻你照顾好自己和家人比什么都重要。”

苏元芳重重地点点头，像是赌气似的将脸上的眼泪甩掉：“我早知道他会那么做的，他会的。”

冒起宗：“他有错，他也是对的，你要相信他！”

苏元芳擦掉了眼泪：“知道了，父亲。”

19. 扬州驿馆院内　夜　外

董小宛与子修推开驿馆门进入空荡荡的院子，里面散落着一些家具和行李，东西两边廊下的灯笼通红，在风雨中倔强而孤独地晃动着。

虽说已进入初夏，空气中的阴冷让人瑟瑟发抖，子修颤抖地说道：“小姐，看来人都走光了。”

董小宛跑到游廊下喊道：“有人吗？有人吗？还有人在吗？冒辟疆——冒公子，我是从苏州来的董小宛，我来找你来了！”

游廊旁一间厢房的门突然被风吹开，里面散落着被褥、衣裳一片狼藉。

外面天空一声雷霆般的巨响，瓦砾窸窸窣窣地从屋顶上滑落下来。

董小宛大声喊道：“是清兵攻进城来了！冒公子，冒辟疆你在哪里？”

董小宛试图往驿馆里面闯，一颗巨大的火球落在了建筑正中央大厅，顿时火光四射，门窗上的纱绸呼呼地窜出火苗来。

子修从背后紧紧抱住董小宛：“小姐，我怕！”

董小宛听见子修的哭喊，顿时清醒过来，她停住了脚步，眼中的泪水在熊熊的火光中滚落下来：“对，冒公子应该带着家人提前离开了，子修别怕，我带你出城去。”

20. 扬州城外小树林　夜　外

小树林里挤满了难民，有难民点起了煤油灯慌张地喊道：“我的手杖不见了。”

冒辟疆浑身湿透了，在地上厚厚的树叶堆里找到了手杖，递给那人：“快把油灯灭了，千万别引来清兵，大家搭把手，必须在天亮前离开。”

思聪带着广福寺的监院赶来。

监院：“冒公子，广福寺虽有上百间房于今日倾城之难也无济于事。”

冒辟疆：“这条秘密出城的通道，日后必是一条生命通道，全部涌往这里来一定会被发现的。”

监院：“你的意思是难民可以暂先收留在寺内，再慢慢设法出城。”

冒辟疆：“正是，另外，我还得同你回城去。”

监院：“这不行，冒公子，大和尚交代过，可以协同帮助在城外疏散人群，但是不能带出城的人再回去，这太冒险了。”

冒辟疆：“城内有一个比你我性命更重要的人，他若能活下来，或许扬州城还有浴火重生的机会。”

十几个年轻公子个个箭袖、短装，不畏风吹雨淋聚集在了冒辟疆身边。

监院张着嘴惊讶不已：“你们几个要去救史可法？”

冒辟疆点点头，介绍旁边那位高头大马的公子道：“是，这位是福建镖行的小公子戴悯喜。”

戴悯喜拱手道：“还请师父引路救人。”

思聪架起发愣的监院往前走：“和尚，时间就是生命，快走吧。”

监院还想阻止，无奈众人拥着他钻进了雨蒙蒙的夜幕里。

21. 扬州城街道　夜　外

董小宛拉着子修在一片狼藉的街道上奔跑，空中不时落下炮火和烟尘。

子修在后面拽住董小宛：“小姐，我总觉得不对劲，为什么街上一个人都没有啊？”

子修话音刚落，疾风骤雨般的铁蹄从她们对面迎面而来，两人躲到街边房屋下，使出浑身力气想要推开门，一连推了几户人家的门都无法打开，眼看清兵的高头大马越来越靠近。

董小宛一把抱住子修用身体护住她：“子修，别怕，要死也让我死在你前面。”

千钧一发之际，子修一个后仰，两人同时掉进门槛里。

一队强悍的满清骑兵黑压压地如铁铸的巨兽正要经过街道，忽然听到街道旁有关门的“吱嘎声”，领头的十分警觉勒住缰绳调头察看。

骑兵头领正是多铎，过盛的杀气让他变得超常冷静，他下了马慢悠悠地推开那扇门：“拿火把。”

22. 扬州城某药铺　夜　内

董小宛和子修躲在药铺货架后面的药材堆里，里面还有刚才救她们进来的一家三口，襁褓里熟睡的婴儿只有三四个月大。

多铎下令：“看看有没有人躲在里面。”

清兵：“是。”

药铺顿时一片狼藉。

多铎来到货架后面猛地抽刀一连划开几个麻袋的口子问道：“这是什么？”各式晒干、切片的药材洒落了一地。

镜头换切：药材堆里的婴儿被外面巨大的响动惊醒，眼看就要咧嘴“哇哇”

哭出声来。

董小宛和子修吓得闭上了眼睛，却并未传来婴儿的啼哭，睁开眼一看，那父亲一巴掌紧紧捂住了婴儿的脸。

镜头切回，药材堆里窜出一只黑猫，多铎反手一刀将黑猫劈成了两段，墙上留下了两道黏黏的血迹。

多铎笑道："原来是一只野猫。"

镜头换切：药材堆里小婴儿正吮吸着董小宛手里的冬瓜糖条，小婴儿不再有啼哭的意思。

镜头切回多铎："可惜。"说完他随手扔了火把，扬长而去。

23. 扬州街道某药铺外　夜　外

药铺大火蔓延到整条街道，冒辟疆、思聪、戴悯喜、监院等十多人想要穿过街道去西门的抗清指挥部却被大火阻挡，寸步难行。

戴悯喜："我们来晚了，这火定是多铎放的。"

药铺里传来婴儿洪亮的啼哭声："哇——哇——哇——"

思聪喊道："药铺子里有人！"

冒辟疆焦急万分："快救人！"

24. 扬州街道某药铺后天井　夜　外

四人冲出药铺到后天井，中间有一口大水缸，子修顾不得扑灭自己身上的火，舀了水就往董小宛身上泼，那药铺老板娘因为惊吓过度，将手中的火球扔进了水缸，襁褓的火灭了，孩子发出惊天动地的哭叫声，将四人都吓呆了。

冒辟疆等人冲进药铺，药铺眼看就要倒塌了。

子修恍惚间看到药铺里的人影："里面有人。"

药铺老板以为是清兵返回来了，赶紧上前去关闭天井的门，冒辟疆在里面使劲地一推，火焰连着门框倒塌下来。

冒辟疆倒在天井的石板上，思聪抢上前扶起了他："冒公子，冒公子，你没受伤吧？"

躲到后面瑟瑟发抖的药铺老板激动地哭出声来："原来你们不是鞑子！"

冲天的火光照亮了冒辟疆满是烟灰的脸，董小宛无法相信眼前的一幕："冒公子？真的是冒公子！"

冒辟疆同时也看清了董小宛异常清瘦、热泪盈眶的脸庞："你是董小宛！"

天井外传来监院的吼叫声："房要塌了，快出来，快出来啊！"

药铺老板反应过来："恩公是来救咱们的，快，快，走侧门出去有条河。"

冒辟疆在此与董小宛相逢有一种难以言说的激动，他没有问原因，拉起董小宛像是拉起一个从未分离过的自家人一样并用身体护住她。

子修乖巧地拉住董小宛的衣角，有一种劫后余生之感。

董小宛毫不犹豫地拉住子修的手，两人泪眼相视："活着就是天意。"

冒辟疆对戴悯喜说道："此时坐船倒是安全，街道上的火正成了掩护，若可以到达西门楼，就算多铎先行一步，咱们也要试一试！"

药铺老板："可以到西门楼。"

戴悯喜喜出望外："多铎初来乍到，地形未必有这位药铺老板熟悉，与西门楼相对有什么高楼没有？"

药铺老板想了想连忙道："有，有一座塔楼。"

戴悯喜和冒辟疆同时道："太好了。"

火已窜到了天井沿廊，思聪大力托起倒塌的门板，护着众人从侧门离开，碎末火星纷纷落在了门板上。

25. 扬州西门楼　夜　外

多铎的骑兵和弓箭手层层包围了史可法的西门楼。

多铎在楼下喊降道："史可法，我多铎敬你是条汉子，只要你出来受降，保你后半辈子享不尽的荣华富贵！既然注定是大清的天下，一样效忠君王，你何不学学平西王吴三桂！"

清兵见多铎下马立即上前将堆积在门前台阶上的明朝官兵尸体拖到一边垒成小山一样。

西门楼死寂，无人应答。

25. 扬州与西门楼呈对角的小塔楼顶　夜　外

冒辟疆举着望远镜观察西门楼，思聪小心翼翼地爬上楼顶问道："冒公子，戴公子带了弓箭手在西门楼东北巷子就位了。"

冒辟疆吓了一跳，回头道："你怎么还回来？叫你送董姑娘她们去广福寺等着。"

思聪："董姑娘说和尚送她们去很安全，千叮咛万叮咛让我看好公子您。"

冒辟疆没有再回话，举起望远镜凝神望着西门楼和东北巷子一角，他在镜头里看到了戴悯喜在箭头上塞好了纸条。

只见一支银色的箭在空中一闪而过，正好在清兵围困的视角盲区，银箭穿过西门楼高二层大圆柱旁的窗户不见了。

冒辟疆放下望远镜激动的热泪盈眶：“这个角度不偏不倚正好！”

思聪也两眼放光问道：“信送进去啦！”

冒辟疆点点头：“快去通知南郊巷，一刻钟后放烟。”

思聪一轱辘爬下去：“是。”

26. 扬州西门楼　夜　内

史可法忍痛用受伤的胳膊拔下柱子上银色的箭，箭头脱落露出里面的纸条，上面写着：南郊巷浓烟升起，史阁部便可顺绳索东下。

果然楼下传来一阵骚乱：“咳咳咳，哪来的浓烟？什么也看不见了！”

呛鼻的浓烟一直蔓延到史可法的指挥室内，史可法的背后柱子上忽然一声巨响，一根带矛头的绳子钉在了上面。

就在此时，多铎带领清兵闯了进来，多铎一脚踢翻了摆在室内正中央的屏风。

史可法手起刀落砍断了那天外飞来的救命绳索。

多铎看到了柱子上遗留半截的绳子，大喝一声道：“史可法，你想逃跑？”

史可法大笑道：“哈哈哈哈哈，愚蠢的鞑子，真要逃跑何须等到今日！”

史可法说完毫不犹豫架刀抹脖、血流如注，人依然瞪着眼直挺挺地站立着。

多铎倒吸一口冷气，惊得连连后退：“史可法呀史可法，我一生征战无数从未畏惧过什么人，你是头一个！”

对切镜头一：塔楼顶冒辟疆在望远镜里看到西门楼上的绳索切断了，痛心地捶打胸口。接着一颗炮弹落在了塔楼上，冒辟疆的望远镜抛向夜空，整个人瞬间在倒塌的废墟中淹没了。

对切镜头二：南郊巷几位公子仰头看到塔楼倒塌，迅速从小巷撤退。

多铎上马下令道：“刚才西门楼的浓烟、绳索分明是有同谋掩护，全城听令，抗清者立斩，十日不封刀！”

众人高声应喝：“喳——”

浓黑的烟雾从多铎的血红的瞳孔里弥漫至整个扬州城上空。

27. 扬州城外树林边小河　夜　外

河边监院看到树上系着红绳，他蹲下身扒开芦苇丛，一船家摇着黑色的篷船靠岸。

监院："各位义士，坐船顺流南下走得越快越好。"

戴悯喜拱手道谢："给监院添麻烦了，救人不得倒是伤了自己人。"

监院看了一眼冒辟疆叹了一声："哎！"

董小宛披着冒辟疆的黑色斗篷一直在抹眼泪。

监院从怀里拿出白色的药瓶递给董小宛："董姑娘，冒公子伤到头骨，只盼望此药能救他一命，至于能不能醒来，全凭天意。"

子修听了也哭起来："冒公子会死吗？"

监院叹了口气将药瓶塞进董小宛手里。

董小宛心焦如焚，巴不得此刻立即有神仙、菩萨能救苦救难，她半跪着看着昏迷中的冒辟疆喊住监院道："大师父，可有什么解救伤痛、性命的经文、咒语？小宛愿日夜为冒公子咒颂。"

监院也神情痛苦："人世大劫难，皆由万千众生因缘所聚，岂是几句咒语可解的，董姑娘真要为冒公子祈福，心诚则灵，阿弥陀佛！"

第三十六集　时事巨变命悬一线　生死相爱追忆一生

1. 海盐马鞍山下布谷口河道边　日　外

戴悯喜对思聪道："不是我不愿意等了，而是董姑娘绝不会主动离开你家冒公子的，不然也不会冒着炮火进扬州城去找他了。"

思聪："二爷是怕伤了董姑娘的心，又不肯对她直说，倒是耽搁了戴公子回苏州的行程。"

戴悯喜："无妨，冒公子总算是醒了，身体还虚弱，多多照顾好他。"

思聪拱手行礼道："嗯，多谢戴公子。"

戴悯喜正要上船又回头道："董姑娘倒是十分懂得照料人，你家公子的伤，多亏了她采的草药。"

思聪低头正想着戴悯喜的话，他们镖局一行人启船离开了。

2. 海盐马鞍山山谷低矮的草棚下　日　外

一双修长、瘦弱的手为冒辟疆擦拭伤口，伤口不再有脓血留出，皮肤表面有了结痂。

冒辟疆歪了下头"嗯"了一声。子修惊喜地叫起来："冒公子醒了！冒公子醒了！"

子修转身去寻董小宛的身影："小姐，小姐，冒公子醒了。"

董小宛及腰的长发简单地系了一条丝带，汗水从她的发梢滴落，她盛了药过来，原本坚毅、平静的脸上显露出激动的神色："冒公子醒了吗？"

子修用力地点头："他……他刚才动了。"

董小宛将药碗塞给子修，蹲下身跪在冒辟疆身边呼喊："冒公子，冒公子，你听得见我说话吗？你要是听得见，就眨一下眼动一下嘴唇都行啊。"

冒辟疆不再有反应。

董小宛眼睛一眨不眨地盯着冒辟疆许久，冒辟疆却再没有反应，董小宛泪汪汪地叹息道："子修，该是你看花眼了。"

子修端着药委屈道："真的，刚才我真的看到冒公子动了，还'嗯'了一声呢。"

董小宛："好了，把药给我吧。"

董小宛把煮烂的草药在手掌内反复地揉搓成泥，用纱布包裹敷在冒辟疆受伤的部位。

子修嘟囔着嘴："小姐就是不相信，依我说，小姐自己亲自在山上采的田七就是好呢，冒公子的伤口都结痂了，说不定过几天就能说话了。"

冒辟疆忽然"嗯"了一声，董小宛不相信似的与子修对视，子修惊喜道："哈哈，这下信了吧！小姐，你不是有好多话要对冒公子说吗，现在说正好，等冒公子完全醒了你又不说了。"

子修说完跑开了，董小宛忽然觉得脸红心跳，冒辟疆昏迷时，她事无巨细地照顾他与他亲密接触并无障碍，现在却让她的心砰砰地跳，紧张地立即撤开了冒辟疆的手。

冒辟疆缓缓地睁开眼睛，董小宛激动万分，眼泪却又不争气地滚落下来："冒公子，你终于醒了！在山里都待了十多天了……你别动，我去给你拿水。"

冒辟疆伸手拉住了董小宛："不用。"

思聪和几个公子推了一辆板车过来，董小宛一脸喜悦："思聪，你们回来了，冒公子醒了呢。"

思聪他们几个似乎并没有惊喜，脸上淡漠地点点头。

董小宛又问道："你们不高兴吗？"

思聪尴尬地回答道："二爷醒了有——好几天了，他……他说不想让你……"

董小宛一脸委屈："为何不想让我知道？思聪你天天唠叨，劝我坐镖行的船回苏州去，合着你们是装给我看，逼着我离开？"

思聪歪歪脑袋补充道："二爷他不想让董姑娘跟着受罪，我们还要等着跟老爷他们会合，不知道要漂泊到什么时候呢。"

董小宛蹲下身把碗里多余的草药收拾起来："我不走，我还要给冒公子采药呢。"

冒辟疆："董姑娘，你坐板车先出山，然后走水路离开，这是最安全的路线，我们人多走得慢，不知道哪一天才能走出山去。"

董小宛看了看思聪旁边的板车，觉得又可笑又委屈："真要怕死，我来寻你做甚？要走也用不着什么板车，我自己有脚自己会走。"董小宛说着擦掉了眼泪，拿起包裹冲出棚子顾自己走了。

冒辟疆见状急了："董姑娘，董姑娘，你自己走怎能放心，思聪快……快叫人跟着。"

思聪无奈地耸耸肩，立马追了上去。

3. 海盐马鞍山溪边　日　外

董小宛背着包裹跌跌撞撞走得飞快，子修在后面跟着："小姐，小姐，你等等我。"

董小宛看到前面有一条窄窄的小溪，也有不少从北边流亡至此的难民在溪边支了棚子正垒石起灶。

董小宛一屁股坐在溪边石滩上："子修，咱不走了，重新在这里垒个石灶生火熬药。"

子修气喘吁吁地："小姐，咱得天黑前出山谷，不然，是要饿肚皮的。"

董小宛看着屁颠颠赶来的思聪笑道："咱有药啊。"

子修皱皱眉："啊？药总不能当饭吃呀！"

思聪带着一个身强力壮的仆人赶来，他喘着粗气道："董姑娘，冒公子说不放心你们自己走，派一个送你们回去才安心。"

董小宛拉住思聪到一边低声道："思聪，你今年多大了？"

思聪不解地问："啊？我今年十六，怎么了？"

董小宛点点头："我比你年长五岁，可以做你姐姐了吧？"

思聪脸红红的，害羞地低头道："我是个拙劣小子，怎敢认董姑娘这样的人物做姐姐呢。"

董小宛："思聪，姐姐的话弟弟该不该听？"

思聪莫名地听话点头："那当然。"

董小宛："那好，接下来你听姐姐的话，不许告诉冒公子。"

思聪脸又红了："啊，冒公子对思聪极好的，我可不敢……"

董小宛："我是让你帮我救他的命，又不是让你去害他。"

思聪："哦。"

4. 海盐马鞍山山谷低矮的草棚　黄昏

冒辟疆坐在席子上看着远处渐渐暗淡的夕阳出神。

思聪端了一碗药过来，他学着平时董小宛揉药的样子将药在掌心反复揉搓成糊："二爷，该换药了。"

冒辟疆疑惑地看着思聪："这是董姑娘熬的药？她没走吗？"

思聪："董姑娘自然是走了，巧得很，山谷那头溪水边的难民群里有个瞎眼婆婆也弄这药，是我用米换来的，瞎眼婆婆说我眼光好得很，这药治伤口灵光呢。"

冒辟疆："这药跟董姑娘熬的一样嘛。"

思聪一边帮冒辟疆换药一边道："就是，也没啥稀奇的。"

冒辟疆叹了一声："哎，也不知董姑娘她们上了船没有。"

思聪故意试探道："二爷，你又担心董姑娘的安危了？"

冒辟疆："自然担心，她原奔我而来，若有个三长两短叫我如何心安。"

思聪："要我说，二爷带着她在身边最是心安。"

忽然传来一阵急促的马蹄声，众人屏住了呼吸，特别是守在棚子外的三个公子，立刻起身拔剑警觉起来："不好，是有响马进山了。"

只见来者戴着斗笠，昏暗的光线下看不清真面目。

冒辟疆："思聪，快扶我起来。"

思聪倒吸一口冷气："当我刚才的话没有说过。"

那三人从马上下来，双方一时紧张地对视。

其中一人取下斗笠激动地喊道："二爷，老奴可算找到你了！"

冒辟疆也认出了管家信良："原来是韩管家！"

一起从扬州城死里逃生出来的三位公子看是自家人便收了剑，其中一位道："既然冒公子找到家人了，咱们也就放心了，该告辞了！"

冒辟疆心有歉意："这就走吗？"

另一位说道："现下各家都不知怎么慌乱呢，事不宜迟，有缘日后相见吧。"

冒辟疆点点头拱手道："各位公子铁肩担道义，是无名英雄！"

一位公子上前拍了拍冒辟疆的肩膀，冒辟疆"哎哟"了一声，公子笑道："彼此彼此，好好活着！保重！"

冒家家仆也跟着冒辟疆深深地向三位公子鞠躬告别。

夕阳染红了天边的云，照得远去的人影肩背上都红彤彤的。

5. 海盐马鞍山溪水边　夜　外

董小宛仰头看着清凉夜空的星辰仿佛置身另一个世界，喃喃自语道："天上的世界可真安静啊。"

子修蜷缩在董小宛的身边，疲惫让她的眼皮耷拉了下来，董小宛靠近她一些，好让她的头枕在自己的腿上。子修半睡半醒着念叨："溪边的风冷飕飕的呢。"

董小宛将头巾解下来披在子修肩膀上，她那一头乌黑的秀发散落下来，成了天然的披肩，她苦笑道：“子修你先别睡，没有被褥，在野外受了邪风是会病倒的。”

思聪抱着干草和柴禾赶来，一边点上火一边说道：“董姑娘，冒家的人找着了，明天一早沿着这小溪走，沿途我会给你留下记号。”

子修起来揭下思聪身上披着的羊皮褥子倒头就睡：“臭小子来这么晚，我都困死了！”

董小宛：“思聪果然言而有信，太好了，冒家人找着了就好。”

思聪靠近董小宛道：“董姑娘，我家二爷惦记着你呢。”

董小宛低垂眉眼，心里忐忑：“你怎么知道？”

思聪笑道：“给他换药的时候，他自己说的。”

董小宛将石灶上的药末子包进手帕里递给思聪：“明早的药，记得先焐热再给换上。”

思聪接了药看着董小宛也不撒手：“真的，董姑娘，我知道你对我家二爷好，其实二爷心里也有你呢。”

董小宛转身去添柴火，背对着思聪道：“我的命、我的自由都是冒公子给的，他怎么想我的，我不需要知道。”

空镜头：

清晨的马鞍山脚，思聪牵着马，冒辟疆坐在马背上，随着难民队伍沿着溪水缓缓前行，相距千米上下，董小宛和子修相互搀扶，一脚深一脚浅地跟着。

黄昏的马鞍山脚，人们纷纷搭棚烧火准备过夜，董小宛和子修忙碌着熬药。

思聪给冒辟疆换药，胳膊上的绷带日渐变少了。

马鞍山天边的云彩快速变化着，白天、黑夜反复交替。

6. 海盐马鞍山某山洞附近一片草地　日　外

初夏的马鞍山芳草萋萋，各色不知名的小花骨朵在风中伸展着，董小宛和子修平躺在草地上。

董小宛：“这里真好，没有世间的纷争，没有世俗的命名，一草一木都享有同等的阳光和空气。”

子修：“小姐，我觉得这里不太好，远离了难民队伍，咱俩一生火搭棚立刻就暴露了。”

两人正聊着，只听十来匹响马朝山脚的方向冲去。

子修直起身去看，被董小宛猛地拉低身位躲进草丛里。

董小宛："不好，他们是冲着冒公子家人藏身的山洞去的。"

子修："那怎么办？得赶快通知他们。"

董小宛："来不及了，我们从山脚过去。"

董小宛和子修猫着腰奔向山脚，远处传来双方打斗的刀剑声。

7. 海盐马鞍山某山洞外　日　外

冒家人虽无打手却也是人口众多，那十来个气势汹汹的响马也渐渐被人群逼退到了洞外，响马刀剑无眼不断地砍伤冒家主仆，冒家主仆也是前赴后继地英勇对敌。

苏元芳的前襟被不断冒出的鲜血染红了一大片，原躲在石头后面的冒丹书看见母亲被砍伤了，便不顾一切地冲了出去："母亲，母亲，母亲！"

原渐渐处于下风的响马一把揽住冒丹书的脖颈喝道："都别动，要不然就要了这小主子的金贵命！你们把银子全部交出来，我可以放了他。"

双方都屏住了呼吸，气氛一触即发。苏元芳顾不得伤口剧痛，扑上前去恳求道："不要伤害我儿，你们要什么都行。"

冒辟疆满头虚汗要冲出人群去，本就虚弱的身体几乎要晕倒在地，思聪上前拦腰抱住冒辟疆："二爷，我求求你别过去添乱了。"

冒辟疆怒喝道："那是我的儿子！"

冒起宗高喊道："信良，快拿银子来，快拿银子来。"

信良迅速将两个保险箱放到响马面前："这是现银五百两。"

响马狠狠地提了一脚箱子道："打开，给我打上包裹！"

信良照做，并打好包裹。

响马一手横刀绑架冒丹书，一手将五百两银子的包裹背到肩上："很好，像是个有钱人家的派头。"

另一个响马邪笑道："老大，要玩就玩个彻底的，这么个大家子五百两现银是个小意思，你可想好了价钱再撒手啊。"

信良急了："这可把全部现银都交给你们了，你们不能言而无信啊！"

冒家人救人心切的"怂心"让响马放松了警惕，他把大刀举得老高，晃动着威胁道："除了现银你们不可能没有别的金银财宝吧？统统给我拿出来！"

冒起宗带头解下了他腰间的玉佩和手上扳指，冒家人一时上上下下都开始搜寻身上有没有值钱的宝贝。

响马更是得意了，乐得哈哈大笑道："从头到脚都给我寻仔细了，头上、脖子上、裤腰带上，还有十个手指、脚趾哈哈哈哈哈……”

忽然“啪”地一声巨响，那响马高举头顶的大刀被火铳一枪命中，在众人的尖叫声中，响马吓得抱头鼠窜，落荒而逃。

冒丹书人小却胆大心细，趁机用头重重地顶开了响马，去寻找他母亲：“母亲，母亲！”

信良心底恨极了响马，带了手下家仆要去追赶，被冒起宗喝住了：“别追了，救人要紧。”

众人才冷静下来，七手八脚地救援伤员，冒辟疆抱起气息奄奄的苏元芳：“元芳，元芳，你快醒醒，没事了，响马全跑了。”

苏元芳缓缓睁开双眼开口便道：“是谁开枪了？丹书，别伤了丹书。”

冒辟疆猛地惊醒过来，在人群中搜寻儿子的身影，一个倔强的小男孩，他的脸上挂着一道伤痕和愤怒的泪水正朝他们奔来：“母亲，母亲！”

苏元芳一边流淌着泪水一边笑道：“我的小丹书好着呢。”

冒辟疆站了起来大声问道：“到底是谁开的火铳？”

众人纷纷摇头，冒起宗趴开人群向山脚望去：“是哪路好汉出手相救，请快快现身。”

董小宛举着火铳和子修从山洞后面的大石头堆里哆哆嗦嗦地爬了出来。

众人惊愕。

冒辟疆认出了董小宛手里的火铳正是他当年的那一把。

8. 海盐县城外乡道　日　外

遭响马后冒家人从马鞍山迁出，不得不冒险进海盐县城。冒家老祖宗的豪华马车经几百里路的颠簸后，已掀去了顶，变成了敞篷的板车，冒辟疆和老祖宗并排坐在受伤的苏元芳身旁。他看到有一匹快马拦在了队伍的前头，便示意车夫到路边树荫下停下来。

冒起宗从马上下来：“信良，可是有鲁王那边的消息？”

信良递上一封信：“这是二爷复社的好友送来的急信。”

冒起宗又将信交给信良：“快交与二爷亲自拆看吧。”

信良呆了片刻又双手接了信：“哦，是，老爷。”

冒辟疆由思聪扶着下了板车：“管家，你拆开念了便是。”

信良迅速拆开信封念道：“冒兄见字如面，弟于五月初七收到冒兄消息，日夜担忧沿途四五百里外有大兵、内有匪徒之险情，整整一月的煎熬等待却不见冒兄到来，无奈家人催命南迁孤岛，弟泣拜别。特嘱咐可靠之人安置兄长家人到秦溪吊脚楼暂住避难。复社兄弟，陈则梁。”

冒辟疆满脸愧疚：“父亲，要不是因为我耽误了大家的行程，这会子大概早已随鲁王到海上了，好在海盐没有清兵，还有陈则梁安置了避难所。”

冒起宗点点头：“进海盐县城吧。”

董小宛陪着冒丹书和冒嘉穗坐在另一辆板车上，她手里捧着《徐霞客游记》，孩子们的注意力完全被书本吸引，董小宛时不时地往冒辟疆那边看，脸上露出忧虑的神情。

9. 海盐秦溪吊脚楼 黄昏 内

吊脚楼虽简易却能遮风挡雨，一个多月来冒家人颠沛流离，此时总算有了落脚之地。

子修熬好了药，苏元芳喝了几口脸上也有了血色，董小宛在一旁耐心地批阅冒嘉穗、冒丹书写的的千字文。

苏元芳开口问子修又像是在自言自语：“你家小姐与我家二爷是旧相识吧？我感觉他们不像是在路上偶然相遇的。”

说话间冒起宗进门来，拿了新的药方递给冒辟疆，听见苏元芳的问话便瞪了冒辟疆一眼。

子修看了一眼冒辟疆不敢回话。

冒辟疆连忙对苏元芳同时也是跟父亲解释道：“哦，董姑娘家是苏州有名的丝绸世家，她多才多……”

董小宛放下千字文大方地走到冒起宗跟前，抢了冒辟疆的话道：“因为家道中落，为了生存我便以一百两纹银把自己卖到秦淮河边落了歌舞籍，是冒公子不惜以一千六百两巨款赎了小宛，小宛愿生死追随、报答冒公子。”

冒起宗气得几乎鼓胀的脸由红转黑，他盯着冒辟疆要讨个说法。

冒辟疆被董小宛的大胆和坦率惊呆了，张着嘴结结巴巴：“那个……那个，并非是我……我一个人出资帮董姑娘赎的户籍，其中有……有方公子五百两、牧斋先生二百两、寇白门一百两，我……我……我……”

董小宛直视着苏元芳，内心毫无保留：“我不管，不管冒公子留不留我，我都欠他一条命。这次从苏州到如皋又从扬州一路到这里，全是小宛自愿追随，与冒公子不相干的。他并不知情，是我一厢情愿。”

冒起宗拉过冒辟疆低声怒喝道：“怪不得你在南京屡考不中，这几年你都干了些什么？”

冒辟疆完全不知所措：“父亲，父亲，事情不是你想的那样。”

冒起宗重重地推开冒辟疆想要离开房间。

苏元芳艰难地仰起头喊道："父亲，留下董姑娘吧，她救了丹书，救了大家，您若觉得二爷有错，这也足够抵消他的过错了。"

冒起宗缓缓地转过头来对冒辟疆道："看在元芳的面上不跟你计较。"

董小宛："伯父，眼下这情景您觉得考不考中有那么重要吗？"

冒起宗看着这个倔强的女孩说不出话来，在家里冒辟疆不敢那么对他说话，全府上下除了老太太其他人也不敢。他忽然觉得其实她说的是对的，他不再说话，转身离开了吊脚楼。

苏元芳靠着子修躺下休息，却又睁开了眼睛，她看着董小宛瘦弱、单薄又倔强的身影仿佛看了当年的自己，她鼓足勇气道："二爷，我很佩服董姑娘的勇敢，今天我也想说句心里话，就怕你不爱听。"

冒辟疆看了一眼董小宛，像个被泄了气的球："最怕的都说了还怕什么，你说便是。"

苏元芳也看了一眼董小宛："你之所以躲着董姑娘，就像当初躲着我一样吧，因为你心里装着一个人，多一个人都是别扭。"

子修也点点头："二奶奶说的是陈姑娘吧。"

冒辟疆像是瞬间被点燃了怒火、妒火，从凳子上窜起来，掏出刚刚揣入怀中的药方子，将它压在了桌上的杯子底下："真是无稽之谈！"

思聪急吼吼地从外面喊进来："不好了，不好了，鞑子进城了！鞑子进城了！"

众人大惊失色！天色渐暗……

10. 海盐秦溪　夜　外

秦溪两侧全是逃难的百姓，吊脚楼另一侧的街道不时传来炮火声。

信良紧张地指挥着冒家临时租赁来的船只，吊脚楼下的埠头挤满了人，正等着排队上船。不断有年轻妇人、孩子在哭哭啼啼。

冒起宗指着河面对冒辟疆道："情急之下也联系不到鲁王的人，先漂到海上避开鞑子再作打算，那是咱们一房人的船。"

冒辟疆看到河面中央有一条八桨的船，他点点头回答道："是。"

话音刚落，子修打着灯扶着老太太从台阶上下来了。

信良连忙发话："前面的船家赶快开船，快走快走。"

船只纷纷向东海方向驶离，信良等不及八桨的船靠近便搭上一条木板让几个仆人先上了船，好伺候老太太登船。

老太太颤颤巍巍地不肯上船："冒儿，快叫我的孙儿先上船，你们不要管我这个老太婆啊。"

街道上的炮灰纷纷落入河道。

冒起宗用自己的斗篷为老太太遮蔽："母亲，您先上船。"

老太太恼了，推开上前搀扶她的冒辟疆叱喝道："还不快去，你在这磨蹭什么？"

冒起宗喝道："你还不快去！"

冒辟疆挤出人群上了吊脚楼。

11．海盐吊脚楼　夜　内

董小宛迅速地将桌上的书籍放进箱子，并将零碎的衣物打包背在肩上。

苏元芳招呼两个儿子到床前吩咐道："这两天你们跟着董姑娘读书写字，你们觉得她待你们如何？"

冒嘉穗目如点漆双眼炯炯有神："弟弟不再像以前那么爱闹腾了。"

冒丹书嘟囔着小嘴毫不掩饰道："我喜欢董姑娘陪着读书写字。"

苏元芳欣慰地点点头："好，这样很好，记住娘的话，不管以后发生什么，读书、学习是万万不可丢的。"

门外的炮声更近了。

冒辟疆急急进门来："元芳，快带孩子一起上船去。"

董小宛已收拾好东西上前与冒辟疆一起搀扶苏元芳，几次搀扶三个人都跌倒在了床上。

苏元芳落下泪来："对不起，二爷，我……我走不了了。"

冒辟疆连忙蹲下身去："我背你出去便是。"

这时外面街道传来老百姓的哭喊、尖叫声，鞑子的马蹄声也更近了。

思聪火急火燎地在吊脚楼门口喊道："二爷、二奶奶，鞑子进吊脚楼街道了，再不走就走不了了！"

冒辟疆满头大汗："董姑娘，你先带着孩子下楼去。"

董小宛拉着冒嘉穗、冒丹书往楼下走："嘉穗、丹书，我们先下楼。"

冒嘉穗、冒丹书兄弟俩哪里肯离开母亲："娘，娘，我们要和娘一起走！"

思聪也上来和董小宛一起死拉硬扯地将两孩子从吊脚楼拉走了。

冒辟疆大病初愈，好不容易将苏元芳背到身上，正走到窗边的楼梯口时，吊脚楼临街的木门被清兵"哐当"一脚踢开了。

冒辟疆向窗下喊道："船家快开船，快开船，快开船，鞑子来了！"

楼下的船缓缓离开了河岸，清兵举着火把上了吊脚楼，把房间照的通亮。一边叽里咕噜地说着满语，一边翻箱倒柜根本无视站在窗口瑟瑟发抖的两个人。

苏元芳虽然抖得厉害，语气却异常冷静："二爷，放我下来，我要靠着窗户透气。"

冒辟疆缓缓地放下苏元芳："元芳，对不起，是我没能照顾好你。"

苏元芳泪水簌簌地滚落："二爷，董姑娘是个好人，她能帮我照顾好两个孩子，要善待她。"说完，她用尽浑身力气将冒辟疆推下了窗外。

清兵发现后举着大刀砍向苏元芳，苏元芳果断摘下挂在窗口的煤油灯将自己点燃，瞬间一个火人不顾一切地扑向了清兵。

12. 秦溪　夜　外

信良、思聪等几个仆人七手八脚将冒辟疆从水里打捞到了船上。

冒起宗将自己的斗篷给冒辟疆披上："元芳呢？"

冒辟疆指着熊熊火光中倒塌的吊脚楼几乎说不出话来："她……"

思聪满眼血丝："我看到二奶奶将自己点着后抱住了追我们的清兵！"

冒辟疆听罢顿时觉得眼前天地翻滚，他跌倒在的船板上呕吐不止，他挣扎着想跳入水中去寻找那一丝幻想，却被思聪等人死死地拽住了。

冒嘉穗、冒丹书"哇哇"的哭喊声似要将整个河面的水全都翻起来一般："啊！母亲——母亲——娘——娘——娘——娘……"

逃难几个月以来，董小宛第一次感受到了战争给人带来的仇恨和无助感，她试图去拥抱两个孩子，却发现自己浑身无力，声音轻的连自己也听不清，嘴上说着不哭，泪水却像河水决堤似的："你们有一个了不起的母亲！咱们不哭！不哭！"

一船的人无不动容落泪。

大小船只摇摇晃晃终于从秦溪漂至黑色的海面，将上蹿下跳、凶神恶煞的清兵远远地抛在了陆地上。

海盐县城上空的炮火声依然延绵不绝……

13. 空镜头

夜色下风浪卷席着海面上的船只，船上的煤油灯忽明忽暗，像迷失方向的萤火虫。

字幕：三天后

14. 杭州湾海滩边　晨　外

海滩渐渐明亮起来，到处是破败不堪的船只，难民们三五成群聚在一起，时有哭泣的、呼唤的、悲伤的。疲惫的冒辟疆将蓑衣盖在那脸上挂着泪水却已困倦、熟睡的孩子身上。老太太发髻凌乱，奇迹般地生还，由董小宛和子修搀扶着，她意识混乱嘴里不停地呼唤着："元芳，元芳啊，我的好孙媳……"

冒起宗步履蹒跚用目光清点家人人数，腥味的海风让他咳嗽不止。

几天几夜不曾入眠的冒辟疆满眼的红血丝，他对冒起宗道："父亲，事已至此，您先歇着，一会儿我来清点。"

冒起宗眼眶湿润，无奈地摇摇头："我已来回数了多遍，靠岸的冒家人只有七十六人啊。"

冒辟疆的眼眶里也涌出了泪水："多半人活下来了，请父亲如此想着便是了。"

思聪和韩信良匆匆赶来。

思聪跨先一步到冒辟疆跟前："二爷，大兵都往南边去了，各县都新任了县令。"

冒辟疆冷笑道："倒是有人急着做二臣嘛！"

冒起宗拉住韩管家问道："可有为难百姓？"

韩信良："除了剃发令就是重新普查人口登记入册，别的不曾听说了。"

冒起宗点点头叹息道："低头保全一方百姓，何苦又笑那二臣。"

冒辟疆心有怒火，不解地望着父亲："好一个低头保全！那扬州史阁部和八十万百姓的性命又有谁为之诉冤？还有冒家四十二条人命呢？"

冒起宗也激怒了，他拔出佩剑扔给冒辟疆吼道："你是不是还想说元芳，元芳也是被大兵害死的，你去啊，你去杀了那大兵报仇去啊！"

冒辟疆死死地抓着佩剑，手指间慢慢渗出了血，他几乎要将逃难几个月以来积压的愤怒和痛苦通过肺部、喉咙一泻而出："你以为我不敢吗？元芳是为我死的！元芳——元芳——"

老太太听见冒辟疆歇斯底里地喊"元芳"名字便号啕大哭起来："元芳啊，元芳被火烧死了，火，好大的火啊！"

董小宛立刻安抚老太太，随后上前夺过冒辟疆手里的剑用尽全力喝道："你们手里的利剑到底要穿过谁的心脏才能战胜愤怒呢？真得是这铁做的东西杀了人吗？"

董小宛的喝声惊动了四面八方的人，人们面面相觑渐渐安静下来。冒辟疆捂住脸低声抽泣，就在几年前他在台下为陈圆圆的天籁歌喉打赏时，怎能料想今日这国破家亡的局面，怎能料想那曾经并不十分令他满意的原配夫人有如此壮举，今日他感到无比羞愧。

董小宛弯下腰劝慰冒辟疆道："人死不能复生，但是活着的人得活下去。"

冒嘉穗和冒丹书也醒了，他们双眼红肿，身影憔悴，与离开如皋时判若他人，两人踉踉跄跄走到冒辟疆跟前讨要食物："父亲，有吃的吗？我们饿了。"

冒辟疆抱住两个孩子，泪如泉涌，他努力地控制住情绪，抬起头感激地看了一眼董小宛，捡起地上的佩剑交给冒起宗说道："父亲，我听你的，回如皋吧。"

冒起宗接了剑："你可以不做二臣，可以选择沉默。"

几天不曾好好进食的董小宛忽然感到一阵眩晕，她从怀里掏出一块手绢，里面藏着几小块干粮，她虚弱地蹲下身对两个孩子温和地说道："吃吧，咱们很快可以回家了。"

空镜头：旷野上排成蛇阵的难民在劫难之后进入了回乡潮。

15. 如皋城内　街道　日　内

（画外音）：董小宛随冒辟疆一家从杭州湾进盐官，几经波折终于从盐官回到了如皋。

董小宛撩开马车窗帘朝外面看，只见街道上行人稀少，所见男子均已剃发，少有店面开张做买卖，她看见一家早点包子铺前的石阶上全是污血凝结的痕迹，她立即放下帘子，闭上双眼不敢再多看一眼。在黑暗中她听见自己"砰砰砰"的心跳好似来自另一个世界的呼唤和呐喊。

黑瘦的子修眼睛变得更大了："小姐，你在祈祷什么？"

董小宛这才从恐惧中回过神来："祈祷远离战争。"

16. 如皋冒府　艳月楼绣房　日　内

字幕：三个月后，盛夏

贴着喜字的格子窗户被一双纤细的手推开，这是全新的世界，芭蕉翠绿，蝉鸣阵阵。

董小宛挽了发髻，着长裤、短衫，依然消瘦的脸庞白净、祥和，她娴熟地将绣架上多余的丝线挽结挂好。

子修喜匆匆地进来："小姐，我回来了，哦不，应该叫奶奶，习惯了，总改不了口。"

董小宛莞尔一笑："我也不习惯，绣活怎么样？"

子修："小姐，咱们的扇面放到绣庄就被一抢而空，掌柜的说了，在如皋从未见过这么好的绣工，各家夫人、小姐都抢着预定呢。"

董小宛吐了一口气："这便好了，咱在如皋不但能自食其力，说不定还能缓减冒府现在入不敷出的境况，子修，你把老太太房的算一算先送过去。"

子修给董小宛倒了一盅茶凉，问道："小姐是说寿琪和小口绣的吗？"

董小宛点点头："是呀。"

子修嘟嘟嘴："她们才刚学个把月，绣的东西一样没敢拿出去，倒是先给她们算报酬。"

董小宛："做什么都需要鼓励，这样其他房的也会受启发加入进来，要不然改变冒府的经济状况就是一句空话。"

子修不情愿地从腰间解下钱袋来："给多少？"

董小宛想了想说道："我一份，你一份，她俩算一份。"

子修的情绪都写在脸上："从选花色、打版样到做工都是小姐熬的心血，这不公平，要我说在如皋的日子还不如在苏州呢。自从小姐答应要给老太太冲喜跟二爷成亲后，那二爷便像是失踪了一样，再没见过他来艳月楼。小姐你天仙般的品貌却独守空房，嘴里、心里还时时念着冒家冒家，没见过这样不公平的！"

董小宛听到"天仙般的品貌"忍不住"扑哧"笑出来："没见过有这么自夸的。"

子修却泪汪汪地："难道不是吗？你为他连性命都可以赌上，他若看得见，怎么会在新婚前就玩消失呢。"

董小宛脸上露出了忧虑，点燃了一炷香插入香炉："你不懂，二爷去了南方，我只求着他平安回来就好。"

思聪风尘仆仆从外面进来："奶奶，奶奶，二爷回来了，那边叫您过去。"

子修喜滋滋地重复道："二爷回来了，太好了！"

董小宛喜出望外："几时回的？二爷可都好？"

思聪眼睛红红的，回了话匆忙走了："昨夜里到的，奶奶过去看了就晓得了。"

董小宛顾不得换衣裳就往外走："我这就去。"

子修紧追上去："小姐，外面太阳毒，披上罩衣。"

17. 如皋冒府　冒辟疆书房　日　内

书房屏风外挤满了人，冒起宗在屋里焦急地来回踱步。几个堂宗的兄弟、妯娌都穿戴了当朝时新的服饰在旁垂手站立，看见董小宛衣着随意便挤眉弄眼起来。董小宛一心只在冒辟疆身上，哪里顾得上旁人的眼光，当看见丫头们从里面端出一盆血水出来便猜出了几分，她再也忍不住低声抽泣起来。旁边两个堂宗妯娌躲瘟疫似的躲到了另一边。

老太太哭喊着从外面进来："我的冒儿啊，他要有个三长两短我也不活了！"

冒起宗赶忙叫人拦着："老太太正病着，快请老太太回去。"

老太太看见冒起宗就要动手打他："都是你这个凶狠的老子害得我冒儿，是你让他去的南边！"

冒起宗也不解母亲此时言语清晰，不像个有病的人，便好言沟通："母亲，大夫正在给冒儿看病呢，您先回去，等他好些了，让他过去给您请安。"

老太太："你唬谁呢？还让他做这做那，都是你使唤出来的病。"

冒起宗忙承诺："这回都听老太太的。"

老太太看见一旁哭泣的董小宛忽然又糊涂了，拉起她的手语重心长说道："元芳，我知道就你是最疼冒儿的，你帮我盯着他们，不可委屈了冒儿。"

冒起宗这才知道母亲是疼孙儿的本能反应，认人不清的病反而重了。

董小宛听罢，几处委屈涌上心头，眼泪落下来嘴上还应道："嗯。"

谁知老太太看到董小宛点头，便着了魔似的安静下来："那我回去了。"

这边老太太刚离开，里面冒辟疆"啊——"地一声叫唤出声来。

大夫喊道："人醒了。"

冒起宗即刻进去看个究竟。

仆人们也纷纷从屏风后面传出话来："二爷醒了，二爷醒了。"

几个堂宗的兄弟、妯娌，有欣喜高兴的，也有悻悻然无趣离开的。

冒起宗从里面出来，脸上转忧为喜，向各位堂宗亲戚道谢送别："多谢各房关心，让众人都受累了，人醒了没事了，都回吧回吧。"

董小宛恨不得立刻冲进去陪在冒辟疆身边，却被众多人群挡在屏风后头。

只听得里面冒辟疆沙哑地喊道："小宛，小宛。"

众人都盯着董小宛看。

冒起宗尴尬地咳了一声，对董小宛淡淡地道："你去陪着吧。"

冒起宗随大夫安排药方，众人散去。

18. 冒府冒辟疆卧榻　日　内

董小宛进了房间，思聪将榻前的纱帐放了下来。

董小宛坐到纱帐前眼圈红红的，想要撩开纱帐不料里面有一只手按住了她。

冒辟疆："小宛，咱们就这么说话。"

董小宛一怔，对思聪道："把纱帐打开吧。"

思聪摇摇头："奶奶还是听二爷的吧。"

董小宛哪里肯听，一把撩开纱帐，冒辟疆连忙用双手捂住了脸："了不得了，我一身的脓疮怎么见得你？"

董小宛发现冒辟疆手臂上的肌肤布满了毒疮，心疼得泪如雨下，却极力控制住情绪好言劝解道："好，我闭上眼睛不看你，那你睁开眼睛看看我行吗？"

冒辟疆慢慢将手从脸上移开，看见董小宛安静地闭着双眼已成泪人。

倒叙：梧州古刹冰井寺前院　夜　外

大雨滂沱，清兵冲进院门将几个试图堵住大门的和尚团团围住，。

方以智不顾住持阻拦，大步从正殿出来冲进了雨里："不要伤及无辜修行人，我是方以智，你们要找的是我。"

清兵把总一看这么个瘦弱书生正眼不瞧就上了大殿外走廊的台阶，他转身扬手一挥，即刻上去两人，一人捧刀，一人捧官服站到他的左右两旁。

清兵把总对着雨中的方以智道："你上来自己选吧。"

雨水瞬间打湿了他的衣衫，对面廊下灯光昏暗，但他还是看清了一边是明晃晃的刀，一边是顶戴花翎。

方以智直接走向了持刀的一边："我有自知之明。"

清兵把总狠狠地盯了方以智几秒钟："你很无知。"

方以智冷笑道："无知总比无耻好。"

清兵把总抽刀按住了方以智的脖子："你有几个脑袋？"

刀刃慢慢要切进方以智的脖子，方以智不为所动。

正在此时，有人边喊边跑了进来："刀下留人，刀下留人！"

清兵把总一看来人穿着清廷官服便松开了手。

那人一脸的雨水举着官员上任通牒道："我是新到此地就任的县令，方公子是同我一道过来的，原让他帮衬着县里办学堂的，他既无意仕途一心做学问，又何罪之有呢？"

清兵把总见是县令脸上和气了许多："大人，抗清复明者杀无赦。"

县令笑道："他与我为友怎会是抗清者。"

方以智这才看清县令的脸，原来是冒辟疆扮演，不由地倒吸一口气神情紧张起来。

清兵把总来回端详着冒辟疆和方以智，似有怀疑之色。

方以智冷静下来，就地盘腿而坐："请住持为我削发剃度。"

住持走上前来对清兵把总道："刚才是大人的兵打断了剃度仪式。"

清兵把总才看到主持手里一直捏着剃刀。

住持："怀让，打灯。"

冒辟疆想要阻止，方以智挥手道："我意已决，若要杀我也请在剃度之后。"

清兵把总看满地青丝甚是无趣，并对冒辟疆道："大人，既然如此，我也有个交代了，告辞！"

清兵撤出寺院后，冒辟疆扯掉顶戴，露出本来面目："我备了马车送你去岭南。"

倒叙毕。

冒辟疆用手捂着自己半边长疮的脸道："就这样把密之送达岭南，回来的路上染了这身怪病。"

董小宛慢慢睁开了泪汪汪的眼睛，第一次看到了冒辟疆那么认真、慎重地看着自己，心中感慨万分："方公子没事了就好，你安全回来了就好。"

冒辟疆深情款款："临走时密之送了我一句话。"

董小宛："什么话？"

冒辟疆："满目山河空念远，落花风雨更伤春。"

董小宛知道冒辟疆这两年来的痛苦，便劝解道："从古至今，春去秋来天地变幻更迭，谁人能阻止呢？徒有伤悲伤更伤。"

冒辟疆听罢感概万分："小宛，对不起，是我忽略了你，我不知道现在觉悟还来不来的及？"

董小宛不知是喜是忧泪流满面："怎么来不及，其实最不该忽略的是你自己，不知你路上吃了多少苦头，现在回来了好好养身体就好。"

外头有丫头进来回话："老爷吩咐，二爷才醒来别说话劳神，等养好了再说。"

董小宛虽有不舍，还是点点头欲起身离开。

冒辟疆拉住董小宛的手道："你说的对，最不该忽略的是自己，我今天说的也是为自己的心，你尽管放心在冒家待着，这里就是你的家，说出了心里的话，这样即便我死了也无憾了。"

董小宛吓得立刻回身掩住冒辟疆的唇："快别说什么死，静心养着，一定会好起来的。"

冒辟疆说了几句话已是用尽了全力，满头的汗，迷迷糊糊地念了几句便昏昏睡去了："小宛，小宛，谢谢你……"

董小宛又是心疼又是欣喜。

19. 冒府冒辟疆住处外廊下　日　外

董小宛低头恭敬立在冒起宗跟前回话。

冒起宗点点头："按礼节你只能住在艳月楼，念你对冒儿的一片赤诚情义，你留下来照顾他我没有异议。只是冒儿这病来的凶恶，人都避之不及，你不怕吗？也不怕别人背后闲言碎语？"

董小宛泪眼低垂："既然生死可置之度外，又怎会怕人几句碎语。"

冒起宗："你带领冒家人做绣活改善家里经济状况，这像极了冒儿的母亲，她若在也会喜欢你的。"

董小宛低头不语。

冒起宗："之前我对你有误解，你别放心上。"

董小宛礼貌地点头："是，父亲。"

冒起宗看着这个瘦弱又倔强的女子不再说话。

画外音：董小宛为了照顾冒辟疆搬进了冒家东厢房，她在冒辟疆榻前铺了一张席子不分昼夜地照料，谁知冒辟疆的毒疮从手脚蔓延到背部逐渐加剧，府上有人开始恶意传言董小宛是个不祥的女人。

20. 冒府冒辟疆卧房　夜　内

冒辟疆发着高烧呻吟着，董小宛用清水为他擦拭后背："二爷，你忍一忍。"

冒辟疆迷迷糊糊地："火，火，好大的火！"

董小宛一边给冒辟疆上药一边抹眼泪："退了烧就好了，并没有火的。"

子修端了换洗的水走了，又拿了靠垫递给董小宛，董小宛小心翼翼地将靠垫放在冒辟疆后背，好让他躺着舒服些，没料冒辟疆"哎哟"一声叫唤，他疼得根本无法躺下去。

子修："二爷躺不下去大概是太疼了。"

董小宛："子修，你我各一边架住他的肩膀。"

子修已困的眼皮子打架，没一会儿身体东倒西歪撑不住了。

董小宛心急如焚："子修，子修？"

子修泪汪汪的："小姐，一周两周我都熬下来了，二爷再不好转我也得垮了。"

董小宛无奈："子修，你去睡吧。"

冒辟疆又喊道："火，火，火烧起来了。"

子修："小姐，二爷烧得更厉害了，我走了你怎么办？"

董小宛："你索性走了我才好想办法，快去吧。"

子修睡眼朦胧地："哦，好。"

董小宛赶忙用清水给冒辟疆额头、肩膀降温，冒辟疆变得安静一些却依然呻吟不止，董小宛干脆脱去自己的小衫抱住冒辟疆又腾出一只手为他轻轻摇扇，冒辟疆的呼吸渐渐变得均匀。

21. 冒府东厢房廊下　日　外

董小宛和子修在廊下忙碌着为冒辟疆熬药，子修生炉子打扇，董小宛用勺子添水。

路过东厢房的冒家仆人影影绰绰、指指点点。

仆人甲："二爷交给这两人照顾，怕是好不了了。"

仆人乙："路边捡来的货色准晦气！"

仆人丙："据说是秦淮河边的歌舞伎。"

仆人丁："狐狸精转世吧？邪门！"

董小宛假装听不见，声音却清清楚楚地灌进了耳朵里，汗滴顺着发梢落到正煎熬的汤药里，她的身体慢慢地倾斜，软了下去。

子修慌张地呼喊着："小姐，小姐……"

镜头虚化。

22. 冒府冒辟疆书房外院子树荫下　日　外

镜头里出现一束束穿过树荫的白日光线，那是初夏特有的阳光，冒辟疆从小睡中醒来，竹子躺椅吱嘎作响。薄薄的衣衫下肌肤已变得光滑，他举着手看了一会儿，觉得自己经历的一场死里逃生像做了一个不太真实的梦。听到竹林里鸟雀阵阵，院子外有人在泼水打闹，仿佛才把他从梦里拉回了现实。

冒辟疆一身洁白的布衫像个修道人，他看到思聪过来了便问道："小宛怎么不来了？我的病好了，怎么倒不见了她。"

思聪摸了下脑袋道："奶奶说怕打搅你休息，过几日来看你。"

冒辟疆："胡说，虽说那些天烧的神志不清，但我清清楚楚记得是小宛日夜守在我身边，若不是她我早就归西了，她怎么就打搅我了？现在就去见她。"

思聪忙上前拦住冒辟疆："二爷，你才好点，大夫千叮咛万嘱咐一定要静养，不可外出、不可劳累、不可出汗的。"

冒辟疆虽有些虚弱却大步绕过了思聪执意往外走去。

思聪无奈，急匆匆对一旁侍从道："快去通知艳月楼那边，就说二爷要过去。"

23. 冒府艳月楼董小宛卧房　日　内

董小宛斜靠在卧榻上，正对着的窗户敞开着，可以看见天井里子修把刚浣好的薄纱挂在竹竿上，并高高地将它们升到空中。风一吹，五彩的纱轻柔妩媚地舞动起来，使得整个院落仙气飘飘，不似在人间。

外面有人传话道："思聪叫人来说，二爷来艳月楼了。"

子修听罢忙进了房间来："小姐，二爷还病着怎么会过来呢？"

董小宛揭开毯子从卧榻下来，整个形体异常消瘦，面容苍白，她边咳边坐到梳妆台前："快给我收拾一下，千万别让他看出我病了。"

子修一边快速地替董小宛梳妆一边心疼道："小姐明明是为二爷积劳成疾，为何要硬撑瞒着他呢？至少他知道了总会念着小姐的好吧。"

董小宛笑着将咳出一丝血渍的手帕收起来："我那么做是我念他的好，不是为了让他念我的好。再说同样是病着，我比他的不知轻多少，他若见我这般，心头一急加重了病情，那我之前多少个日日夜夜也就枉费了。"

说话间子修已经将董小宛的发髻打理好，董小宛拿起胭脂轻轻的抹在苍白的脸上，容颜顿时像一朵娇柔的芙蓉绽放，她由衷地感到满足和快乐，微微笑道："你看，这不就好了。"

子修泪汪汪地收起董小宛擦过的手帕："好，好，是拿命换来的好。"

董小宛向子修讨好似的恳求道："让我去院子里吧，你今天浣的纱真鲜艳，一会儿二爷来了就说我跟你一起浣纱呢。"

子修没再多说什么，她点点头扶着董小宛出了房间："我懂……"

24. 冒府艳月楼小院　日　外

冒辟疆由思聪扶着进了艳月楼小院，迎面看见天井里挂满了七彩的纱绸在风中柔曼轻舞，像是一道彩虹从天而降。董小宛一袭藕粉色的薄衫在纱绸后面若隐若现似有还无的模样，让冒辟疆一时间惊呆了，思聪和子修都悄悄地离开了院子。

冒辟疆不知不觉地站到了纱绸中间与董小宛只隔着一层薄纱，他想说感谢的话，却又觉得没有一句话足以表达他的内心的。

董小宛等了半天见冒辟疆不说话，便撩开了纱绸，冲着冒辟疆微笑。

冒辟疆莫名感到心跳加剧，他想起当时在苏州，董小宛家院子挂满了瀑布似的藏青苎麻布，他们俩也曾这样相对而立，感受却如此不同："你笑起来真好看。"

董小宛甜甜地笑着："二爷若喜欢，以后小宛可以每天都这样对着你笑。"

冒辟疆发现董小宛是那样的柔弱又坚韧，他眼前又闪过董小宛不分昼夜照顾他的情景，那么多年来第一次让他那颗坚硬、紧绷的心变得柔软、敏感起来："可以不那么称呼我吗？"

董小宛害羞地低下头，想了想轻声唤了一声"冒郎"，然后确定地抬头看着冒辟疆深情地唤道："冒郎！"

冒辟疆一下将董小宛拥入了怀抱："莲儿！从此我们都改了吧。"

阳光透过七彩的纱绸散发出梦幻般的光影，屋檐上四方的天空飞起来一般旋转着。

冒辟疆和董小宛久久地相拥亲吻。

冒辟疆画外音：在经历国破家亡、颠沛流离、死里逃生的绝望之境后，是小宛重新让我燃起了生活的希望。在与她生活的九年时光里，余一生清福九年占尽，九年折尽矣。

镜头一（春）：冒董两人花前阅读。

镜头二（夏）：冒董两人月下品茗赏荷。

镜头三（秋）：董小宛在桂树下扫桂葬花，冒辟疆陪着抹泪叹息。

镜头四（冬）：董小宛为夫挑灯补衣到天明。镜头从室内通过窗户伸向外面的世界，东方渐白，雪花飞舞。

25. 水绘园—默斋外莲池　日　外

接着上一场的镜头，从屋檐、天空俯拍到一默斋外的莲池，大雪纷飞，残荷依然默默屹立着，雪花轻柔地落在荷茎上也落在了冒辟疆斑驳的双鬓上。

冒辟疆慢慢地摊开双手，原来是一方手帕，上面绣着一朵淡青色的莲花，那是二十年前董小宛十三岁时绣的，命运转转让它到了冒辟疆那里，可他哪里知晓八年后这方手帕的主人将会成为他的妻子，更无法预料的是在短短的九年之后她又悄然离去。命运跟他开了一个玩笑，他却要用一生的时光去治愈那九年后的痛不欲生。

雪花落在手帕上面瞬间融化了，冒辟疆脸上的雪花也随泪水融化了：“莲儿，你看，又下雪了。”

思聪剃了发续了小胡子却还像个老小孩，他带了两个人进园来，一人手中捧着官服官帽，一人手里托着剃发刀、剪子。

其中一人说道：“先生，朝廷设‘博学鸿词’科，请先生进京就任《明史》编撰官。”

冒辟疆半僧半道披肩散发，着一袭宽大的道服，在莲池边的石头上坐下来，雪忽然停了。

冒辟疆轻声道：“如皋有个叫许元博的秀才刚刚去世，他在自己手上刺下了‘生为明人，死为明鬼。’吾今尚存，但也不能随你们去清廷为官。”

两人迟迟不走，思聪对两人劝说道：“你们都来了三回了，事不过三，以后别来了。”

两人无奈，只好将聘书和笔墨留下：“先生，你想好了在上面签个字便可。”

思聪带着两人离开。

冒辟疆看着石头上留下的聘书和笔墨苦笑道：“我意岂在于此。”

冒辟疆小心翼翼地将一直拽在手心的丝帕摊在石头上，提笔在绣有‘青莲’两字的手帕上写下了‘石头记’三个字。他忽然感应到了什么，慢慢转头看向莲池，满池的荷叶、莲花仿佛在瞬间全都盛开了，董小宛在池中甜甜地冲着他微笑。

冒辟疆也笑了：“我哪儿也不去，就在这儿陪着你一生一世。”

全剧终。

后　记

我在大学时的理想是当一名演员，当初学的专业是影视表演和戏剧导演，若不是在影视公司从事八年的剧本统筹和编审工作，参与过四十多部电视剧本的创作，大概不会去写电视剧本。从戏剧艺术的角度看当下市场化的电视剧，免不了会起轻慢之心，这是资本运作带来的后遗症，并不是电视剧本身不承载深刻的艺术性。一向眼高手低的我，加上不甚具备深厚的文学功底，写这样一部三十六集的电视剧谈何容易。上学时，老师布置的戏剧小品通常就五六千字，我便从创作小品时的心态开始写，从表演者的角度又从导演的意图去构思，这使我的创作有了持续的动力和意外的惊喜。只要坚持，就能“积跬步以至行千里”。

写《碧叶如染忆青莲》这部电视剧，源于五年前就职的影视公司，让我写一篇关于冒辟疆和董小宛的故事大纲。这个项目公司没有后续，我也离职了。但从此，冒辟疆和董小宛的故事在我的心中埋下了种子。

这粒种子在我心中萌芽，仿佛为我开启了一个时空隧道，通向那三百多年之前。明朝晚期，政治、经济走向衰败，而人们的思想、文化艺术迎来了巨大的变迁，某种意义上我们的民族精神也到了高度凝聚和勃发的时刻。苦难使人痛苦，也可积蓄能量爆发奇迹，特殊的历史时期迎来《红楼梦》这部伟大的文学作品横空出世。《红楼梦》的作者曹雪芹究竟是谁？至今没有一个确切的定论。蔡元培认为董小宛就是林黛玉的原型，《红楼梦》是甲申之变后明朝遗民的隐喻之作。胡适认为《红楼梦》讲的是曹家自家事，与他学生一起著书编论，影响甚广。不管怎样，《红楼梦》流传于明末清初，故事中的生活习俗，社会形态无不在诉说着那段历史。冒辟疆和董小宛究竟是不是宝玉和黛玉的原型已不重要，他们本身的故事已经足够令人称奇。

我爱上了那些谜一样的人物和故事，沉浸其中整整四年多。当初只想把一个电影大纲改写成十五六集的网络剧本，不承想，一头扎进去就再不能轻易抽身了。故事生发出故事，因果轮回滚滚而来。我本一介平凡女子，无意去构架那宏大的故事脉络，可当历史的洪水淹没到你的咽喉处，不管你多么微小，还说没有感受，那就太不真实了。恰恰相反，你越是弱小，那感受是愈加强烈的。以董小宛的视角，在一个封建社会女子“无才便是德”的普遍认知下，且是在一个极端恶劣、动荡的环境中求生存。如此，问问董小宛，家国与我何干？便知其中滋味五味杂陈。历史是给大人物写的，故事可以写给芸芸众生。平凡人的视角，普通人的认知，一起去经历一段不平常的历史，恰恰形成了这个故事特有的光泽。跟以往短时间速成一个剧本的工作经历相反，我写得极慢，例如写一场登闻鼓的戏，落笔只需十几分钟，查阅资料却需要几天。我需要进入到那个真实的三维世界，真听、真看、真感受才可落笔。当然，这与我原本知识匮乏不无关系，但是态度是认真的。千辛万苦，写到最后一集，董小宛和冒辟疆终成眷属。他们可以畅快地谈恋爱了吧，可我一个多余的字也写不出来了。冒辟疆大病初愈，随时可见董小宛，可情节卡在那里毫无头绪，我安慰自己是剧中人物舍不得离开吧。一天清晨六时醒来，忽然来了灵感。来不及洗漱，打开电脑就写。写完最后一场，明朝已不复存在，董小宛消香玉殒，独留两鬓斑白的冒辟疆在大雪纷飞里追忆。我趴在书桌上泣不成声，忽然明白，“舍”或许是最好的一种圆满。写完了《碧叶如染忆青莲》，好似完成了一次渡劫。

在此，我心存感恩，感恩照顾、关爱我的家人、老师和朋友们。感恩黄纪云先生，资助此书出版。他是现代版的“黄衫侠客”，默默为杭城建造着诗歌界的“不系园”。最后，郑重感谢读完此书的你，感谢你的耐心和宽容，它存在的意义正是因为有你，愿这一明末之旅让我们珍惜当下走向更美好的未来。

孙林霞2023年9月12日于诸暨